ジャン・パウル

恒吉法海〔訳〕

# ヘスペルス

## あるいは四十五の犬の郵便日

〔新装版〕

九州大学出版会

『ヘスペルス』第二版（1798）のジャン•パウル（1763-1825）の口絵

# 目次

## 第一小冊子

第二小冊子

## 第三小冊子

## 第四小冊子

# 第一小冊子

# ヘスペルス
# あるいは
# 四十五の犬の郵便日
# 一つの伝記

# モットー

地球は神の偉大な町の袋小路——より美しい世界からのあべこべの縮んだ絵で一杯の暗い部屋〔針穴写真機〕——神の創造物への海岸——より良い太陽を巡る靄の多い暈——まだ見えない分母に対する分子——まことに、それはほとんど何でもない

悪魔の文書からの抜粋(1)

# 第三版への序言

二つの長い序言がこの第三の序言に踵を接している、第二版には第二の、初版には第一の序言が。この第三のをまたしても長くしてしまったら、それどころか将来の版に残りの多くの序言を添えたら、この最後の版の読者がいつになったら控えの間の通りから話しの絵画陳列室へ達するものか分からない。本へ到る途上で頓死してしまう。

それで手短に言う、この版では最も肝要にして簡単な事が改善された。まず私は頻繁にドイツ語にギリシア語、ラテン語、フランス語、イタリア語から翻訳した、それも言語浄化主義者がこの件にしかるべき敬意を払って要求した所ではすべてそうした。いつかは我々執筆者は皆カンペ[1]やコルベ[2]その他の単語外国人法案、あるいは外国人排斥を受け入れざるを得なくなって、我らのゲーテでさえもどんなに出世し(emergiert)[*1]頭角をあらわしても(eminiert)、遂には将来の版では例えばまさにこの二つの語を、これらを最近の版では一行に表現しているけれども、本から追放せざるを得なくなることだろう。余所者の長いことドイツに逗留していた民族にそれ以上に長く滞在したそのエコーや単語をもそろそろ送り返す時期ではないか。

ただコルベとか純正主義者はすべて公正であって欲しく、教養あるヨーロッパの共同の合成語、例えば音楽「ムジーク」、哲学「フィロゾフィー」を見慣れぬ自国語に変換して、通訳の手が多彩な暗示の蝶の鱗粉すべてを剥げ落とし、摘み取ることのないように願いたい。例えば純正主義者という名前自体がその例である。仮にアルント[3]を政治的ドイツ純正主義者と呼び、コルベがその代わりに政治的言語浄化主義者、言語純正者と訳したら、その翻訳の些細な思いつきはそのなけなしの精神を奪ってしまおう。

しかし筆者は若干の言語隠者のように一掃して、気管の如くすべての異物を不快な咳や唾とともに吐き出し、ただ祖国の空気だけを吸入しようとはしなくても、少なくとも氷河に似るようには努め、石や材木のような異物を年毎に徐々に追い出そうとした。私がヘスペルスのこの版で如何に各頁これに努めたかは、新たな改訂を記入された古い版が証している。コルベ氏は一度ベルリンに旅してこの版を見て欲しいと思う。少なくとも、数年前に私を会員に受け入れたベルリンドイツ語協会は出版社に出掛けて、会員が為したこと、何を消し何と変えたか直接確認して欲しい。

ドイツ語に対し、またドイツ語しか解しない者たちに対し最も重い罪を犯したのはそもそも博物学者で、彼らは例えばアレクサンダー・フォン・フンボルトのようにラテン語のリンネを丸ごと我らの言語に移してその際後にドイツ語の印としてドイツ語の語尾や尾羽しか付けず、それでそれはドイツ語しか話さない者には男の人を後の弁髪から見分ける如く見分けのつかないものになっている。ヴィルヘルム(4)とかそれ以上に由緒正しいオーケン(5)を読めば、我らの汲み尽くせない言語はドイツ語のリンネを産み出すその力をすでに示してはいないだろうか。

その他ちなみにドイツ語は余所者に対するこの上ない客あしらいのよさということで決して貧し、匍匐することはあるまい。というのは（すべての辞書が証しているように）ドイツ語はその常に新鮮な系統樹から、子供の代わりに受け入れる余所の生まれよりも百倍多い子供や孫、曾孫をいつも産み出すからである。それで数世紀後には我らの盛んな語根語から生じた森は単に風媒花として芽の出た外来語を窒息せしめ陰に追いやらざるを得ず、遂には本物の蔓の森と茂り、その枝は根となって下に伸び、その上方に巻き付いた根は梢となって栄えよう。これに対して数世紀経つと例えば英語は何と奇妙に繁茂し荒廃していることだろう、祖国の幹ではあるが無力で、接ぎ木された言葉の薮で一杯、生み出すことは出来ずただ接ぎ木されるだけで、二重［南北］のアメリカから商品よりも多くの新語を取り入れている。

ヘスペルスのこの第三の改訂版の為に為された第二の、しかしより容易なことというのは宵の明星のすべてにわたって手に除草ナイフを持ってゆっくりと歩き、見つけられる限りの複合語のすべての属格あるいは es の寄生雑草を——これは遺憾ながら表題の犬の郵便日がすでにそれに当たるが、——注意深く取り除いたということである。しかしこれは相当我慢した。豊かな言語の古い過程そのものの中で多すぎる程のものがその財産となっており、それで余りにも長く腰を落ち着けて、耳目に馴染んで根付いた多くの es のならず者達は放置せざるを得なかった。この序言を書くときにいたるまでなお、複合語についての朝刊紙上の書簡の筆者は、丁寧な吟味なんかではなく、（これは早すぎるというものだろう）、とりわけまずは一通り読まれることを望んでいる、随時ばらばらに掲載された朝刊島の群島では新聞が読者に行き渡らない限り、読了は難しい。しかしその暁、家の裁判席の前でそれをすべて手にしたときには言語学者の根本的反論と承認を期待したい。

最後に第三に二つの版の二回の改訂の後（というのは初版も大改訂を、それも印刷の前に行ったからで）、三回目の改訂が為された、これは表現の固さ、曖昧さ、誤解、その他の冗長さ、簡略のゆきすぎを避ける為である。

しかし執筆者は何とよく、半世紀を越えた年とも言えないのに、改訂の要のあることであろう。メトセラ［九百六十九歳まで生きたと言われる］の千年生きて、執筆することになったら、このメトセラは多くの巻の改訂を出すことになって、それで作品そのものは単に分農場、付録、補遺として添えられることになろう。

数年前から筆者は以前の作品でのある誤りをはなはだ憎んでいるが、それはエルンスト・ヴァーグナー[6]、フケーその他にしばしば反復されたり、模倣されているもので、つまり感情についての己が作家的宣伝癖、鼓吹という誤りで、これは対象が有し示すべきもので詩人がそうしてはならない。例えば「気高く落ち着いてダホールは答えた」。――何故気高くと付け加えるのか、答えが本当に崇高であれば、余計、不遜、先取りであり、そうでなければ、すべては一層みじめではないか。このようにして登場人物の前もってのエコーとなっている詩人は、ヴェルナー、ミュルナー等の数人の当世の悲劇作家を範としているのであって、彼らは俳優の為に話しの度に製本用情報を記している。「心打つ痛みを伴って――痛々しい思い出の溜め息とともに――痛みの深みより」――ただの鶴の一声、あるいは悲鳴であって、これは単にパントマイムの踊りなら必要とし従うことの出来るものであるが、しかしシェークスピア、シラー、ゲーテの作品なら決して必要ないものである。話しそのものが話し方を教えている。

ちなみに私は現在、四半世紀年を重ねて、心のはじめての青春の奔流に別の河床やより弱い起伏を与える勇気はない。後の人間は若い頃の人間を変えるとその改善と思いがちである。他人の代わりとなる人間がいないように、同じ人間といえど異なる年齢層の代弁は決して出来ない、詩人は殊にそうである。最良の夫婦の愛は、処女的な愛とは異なる。そのようにまた熱狂や叙述に於いて処女的詩神がいる。詩作に於いても人生に於いてもすべてはじめてのものは、後に色褪せようと、無垢で善なるものである。すべての花は純粋に白くこの世に咲き、後に「太陽の所為で」、ゲーテ[7]がすでに肉体の色について言及しているように、「白くてはおれない」。それ故にエマーヌエルの死、ヴィクトルの愛と涙、クロティルデの沈黙と受難に対する私の熱狂のすべての熱い言葉はいつもヘスペルスでは冷まされず変えられずに残されるべきなのである。現在でさえ過去から何も奪ってはならない。というのは二十五年前からこの本の幾つかの模倣や後奏曲で私自身くちくなっているけれども、しかしこの自ら飽食してうんざりした思いを、現在執筆中の若者は後にまた若者達や乙女達を読者に得るであろうし、将来は中年の読者にとっても模倣よりも模倣されたものがもっと多く残っているであろうと期待して克服しているからである。

それでこの宵の明星は、――以前は私の魂すべての明けの明星であったけれども――読書界への三回目の公転を太陽と地球に対してより良い位置で光を一杯に受けて行って欲しい。

バイロイト　一八一九年一月一日

ジャン・パウル・Fr・リヒター

＊1　その全集第三巻六十八頁〔『詩と真実』、ハンブルク版第九巻四七五頁〕

# 第二版への序言

まだ私はこの序言についてはそこそこの草稿しか仕上げておらず、それをそのまま読者は手にすることになる。この草稿の贈り物によって相変わらず私の文学的仕事［フリーメーソン］の工房に垂れ下がっていて、後世に如何に私がそこで実の奉仕の兄弟［フリーメーソンの員外奉仕人］としてまたスコットランドの椅子の親方［フリーメーソンの最高位］として働いているかを隠しているカーテンをも揚げることになるかもしれない。草稿というのは私の場合主任牧師が土曜に出して日曜に弁じるハンブルクの説教草案ではない——それは模型人形や、アカデミー、作り出すとき倣う規範ではない——将来の肉の為の骨格ではない——そうではなくて、草稿というのは一枚の紙、一枚の全紙のことで、そこで私は屈託なく動き回り、その上に頭の中のものをすべて振り落とし、その後落果を吟味し、種を播き、そして紙を有機的弾丸、フェニックスの灰の層で覆ってそこから微光を放つ雉飼育場を作り上げるのである。このような草稿では私は極めて不似合いな敵対する事柄を単にダッシュで区別している。この種の草稿では自ら自分に話しかけ、クエーカー教徒のように自分をおまえ（du）で呼び、自分に多くを命じている。いやしばしば、印刷に付さない思いつきを記している、それぞれに関連がないからであり、あるいは無用のことだからである。

今は読者に本当にこのような草稿をお見せするときであろう、これはこの度は現在の序言の草稿そのものである。これの上書きは、

ヘスペルスの第二版の
序言の為の建築学と建築材木

「手短にすること、二つの控え室を通って本の旅客室に入ることはいずれにせよ長くなることだから――最初は冗談を――九柱戯場で九人のすべてのミューズを倒す者はめったにいない――省察の結末――タイトルのヘスペルスと宵の明星あるいは金星との間に多くの類似点を見い出すこと、例えば私の本もこれも鋭く高い山が多く、両者とも凸凹の為にかなり明るく見え、更にはどちらも太陽（アポロン）を通過するときただの黒点のように見えることである。――（おまえの手紙複写帳に幾つかのこのようなほのめかしを記しておかなくてはいけない）――宵の明星は後の第二版では光の使者あるいは明けの明星として登場し、紙の神々しい体には神々しい魂が宿っていることを世間は期待している。そのようにして世間を啓発する事。――事柄よりも言葉を糧とする衒学者を見つけること、彼らは蠟のケーキに食いつき消化するけれども、蜜の菓子《フラーデン》には食いつかない偽蛾に似ている。――衒学者ほど、盗癖があって同時にお喋りである九官鳥［こくまるがらす］に似ている者はいない、彼らは水っぽくし、私掠する。――批判の地獄にまさに投げ込まれることのないのは、タルムードがユダヤ人の地獄から除外している人々、つまり貧乏人、支払い能力のない者それに下痢で亡くなった者である。――狐となって、損失と利益を告げる批判的ビリヤードの記録係の頭をなでること」。

最後は私自身分からない、この草稿はすでに冬に書かれたからである。むしろ皮肉を込めずに言えることは、批判の四半期ごと裁判官、地方裁判官は私を生きながらえさせ、スペインのマント［刑具］も屈辱の衣服も血と山羊毛皮のシャツも着せることはなかったということである。この批評家達の温情は、カトリック教徒のように至福の為に必要とするよりも多くの善行［作品］をこなしている著作者には確かに有り難いことで、こうして我らの空しい日々は救われる。というのはほんの四つ五つの新しい比喩が復活祭の見本市に出て、聖ミカエルの祝日の見本市に新刊のほんの若干の花が売り出されれば、それを今日では喜びとしなければならないからである。我々文学的料理人は同じおやつを六つの異なる皿と見せかけて食卓と口に供し、年に二度パリの有名な馬鈴薯宴会を楽しむ。最初はただの馬鈴薯のスープ――次にはもうまた別の調理の馬鈴薯――三番目の料理は加工馬鈴薯――四番目も――五番目もまたも馬鈴薯であるが、早速六番目も新たに磨かれた馬鈴薯と決まって、かくて十四の料理が行われ、その際更に少なくともパン、菓子、リキュールが胃を慰めるが、馬鈴薯から出来ているという幸せが語られたのであった。

非難は賞賛における心地よいクエン酸である。それ故この二つはさながら酢蜜のようにペアで分かたれるにすぎない。タルムードによれば燔祭の祭壇には二、三つまみの阿魏［悪魔の糞］が投げ込まれたようなものである。従って、批評家達に先の賞賛の後私が浴びせようと思う唯一のこと、本当に腹立たしい思いでいることは、彼らはめったに（その心は善良であるが）自分達の裁く事柄、文書について多くを理解していないということである。そしてこの非難でさえ比較的多くの者に当てはまるにすぎない。

「織り込むこと」、（と草稿は続く）「女性の腕[*1]や胸、背中を現今むき出しにすることはどういうことなのか理解できない、と。かつて孔雀がまさに同じように輝かしい部分、毟り取られなかった首や翼、頭を付けて焼き肉皿に載せられたようなものである。――それ故被いのない女性は秘密のイエズス会士、フリーメーソンであると推測したら良かろう、両教団とも神秘化、秘儀は裸になることと共に始まるからである。あるいはこうした羽毛のない部位は何らかの欠乏のせいと考えたい、わずかばかりの蛋白を取り除かれた卵から生まれた若鶏には羽毛の欠けた所があるようなものである。――女性とざりがには脱皮期に最も捕らえられ煮られやすいと少なくとも脅すこと」。

――これが草稿での思いつきを全体との関連性の欠如の為に断念し除外しなければならないと先に述べたケースの一例である。実際これらの部分はすべて序言とは生まれた年しか共通するものはない。

「他の作家とは」（と草稿は続く）「違って、自分の得た喝采は黙殺しなければならない、そうして自分の人となりを世間に知ってもらうこと。――第二版の序言では第一版より優れているすべての遅咲きの開花についての小さな生産カード、収穫目録が期待されている。目録を見せること」――

喜んで、――まずは私はすべての誤植を、――それからすべての誤字を、それから多くの耳障りな言葉を、それにまた単語や事実についての間違いを充分に直した。しかし思いつきや詩的チューリップはめったに除外しなかった。そんなことをしたら、本で残るのは（すべての手法を削ることになるので）装幀と誤植一覧表の他には大して残らなくなるだろう。神学者は法学者的暗示を嫌い、法学者は神学者的暗示を、医師はその両方を、数学者は先に述べたものをすべて嫌い、私はそれをすべて好む。何を残し、何を取るべきであろうか。女性は諷刺を好まず、男性はとろける暖かさを嫌う、(冷たさを本の場合板チョコの場合同様に価値を試すものと見ているからである)、――そして読者自身一つの章について四十五の意見を持っていて、クロムウェルが四通の矛盾する手紙を同じ受取人宛に口述筆記させ、書記にどれが本物か分からなくさせたようなものである。――このような論争では著者はどの意見に与したらいいか。世間が世論に従うように、自分自身の意見に従うのが一番いい。

ちなみに私の小著はそれを自分の部屋で書いていたとき改訂したほどには、印刷されてからの改訂を経験していない。それ故に大きな変更は、一層、不必要とはならなくても、難しくなっている。話しの筋自体――それが本当の話しであることを忘れるところだったとしても、作品が私のズボンに似ていて、変更しがたい、それは仕立屋ではなく、靴下製造機が作ったもので、右股のたった一つの網の目が解けると左側のすべての目が外れるのである。エピソードの欠如から容易に説明のつくことであるが、最初の階(あるいは分冊)からちょっとした脆い角石を除きさえすれば、三階ではすべてががたつきついには崩れてしまうというのがこの本の根本的な、しかし否定しがたい欠点であるからである。勿論この為に私はより良い当世の長編群にははるかに遅れをとっている、これらは構成や堅牢さを少しも傷つけずにかなりの部分を出し入れ出来る。私の本のように単なる家には似ず、ニュルンベルク製の玩具の街全体に似ているからで、子供はそのばらばらの家を玩具棚に積み重ね、そして小屋のモザイクを好きなように並べて楽しむのである。本当の話しにはそのようなことは作れないというううんざりする事実がいつもある。

にもかかわらず私は、芸術的な変更や改善の代わりに、作品の真の――拡大、話しの追加によって作品の償いをすることにする。幸いなことに数年前から私は自分の描いた人々自身の許に暮らし、住んでいるので、この素敵な家族圏のコンパスとして私は生きた証人文書から千もの報告や注釈を追加できるのである、これは他には誰も知り得ないもので、にもかかわらず幾分分明ならざる話しを大いに照らし出してくれるものである。批評家ならこの本の次の二章、あるいは懸け離れた先の章その他を開けてみて欲しい。

追加の部分では無数の機知を避け、水をかけて消すことも沈めることも出来ない私の宵の明星の輝くナフサの地面を新鮮な物語によって巧みに灌漑したと愛想を言われるかもしれない。――そうであればいいが。望みは薄い。しかし書評家が、私のパンテオンでは私は私の濃密な比喩を、競りに出したり隠したりはしていないけれども、しかし今後は絞首刑に処していると請け合ってくれるならば、嬉しいことである。

「そもそも」（草稿は続く）「批判的除草ナイフよりも話しの芽接ぎナイフを手にすること」。

そうしたと今述べたばかりである。

「しかしかの枯れた黄灰色の輩に関しては、自分達の肖像以外には何の偉大なものもなくて、崇高な心のより美しい動きを目にする度にその胃が反対の動きを示す、つまりすべてが（厭わしいものを除いて）吐き気を催す輩に関しては、そんな者など全く気付いていないかのような振りをすること、真田虫にかじられている患者、医学的所見によれば音楽の度に、とりわけオルガンのとき嘔吐する患者に似ているだけになおさらである。自分が知っていて愛している善き人々のこと、およそ愛しているかぎりの善き人々のことをむしろ思い出す事――それ故序言の終わりでは真面目になって謝辞を述べ、喜ぶこと」。

実際これは草稿がなくてもしていたことであろう。どうして全般に私の宵の明星のヴィーナス学的断片[1]が受けた思いやりを忘れることが出来よう。これは人目にしるき光行差、逸脱の為、惑星とは思えない楕円軌道のため、天体のヘスペルスがそうであるように、よく帚星、彗星と見なされがちなのである。ごく短い歓喜の日、いや悩める人々を導いた歓喜の一秒、一刹那に無感動、無関心でいられるのは、よくよく冷たく固い魂に相違ない。高い望み、聖なる希望、友愛の感情が広く結ばれることに対して、また快い平和の締結に対して誰が無感動でいられよう、ここでは散文的生活の第一世界の口論者、戦士が詩文の第二世界で互いに認め合って手を差し伸べ兄弟となるのである。

私の頭上の穏やかな宵の明星の小星、副惑星よ、おまえにまた三年前の願いを述べる、それぞれの魂を喜ばせて欲しい。雨の星と見られることがあっては欲しくないし、詩文の月の光を真理の明け方と思って、余りにも早く朝方の夢を棄て去るという間違いを人々の目に強いてもならない。――しかし棄てられた魂の拷問部屋、格子の中の牢獄には喜ばしい光を投げ入れるがいい、――そしてその幸せな島が永遠の海の底に消えていく者にとっては、その暗く深い一帯が神々しく見えるようにするがいい――そして枯れ落ちた楽園で空しくあたりを見渡したり、見上げたりしている者には、おまえのささやかな光が下界の黄色い葉陰の大地で先の世の覆われていた何か甘い果実を照らし出すようにするがいい——そして何も見せてやれない目には、これを穏やかにおまえの兄弟と、この兄弟が輝いている天へと導いて欲しい。——そう、私がいつか年を取り過ぎたときには、私をも慰めて欲しい。

ホーフにて　一七九七年五月十六日

ジャン・パウル・Fr・リヒター

＊1　ユダヤ人はかつて妻がむき出しの腕で現れると離婚した。しかし今日のパリの頻繁な離婚をこのせいにするのは難しい。

# 序言、七つの願いそして決議

## 序言

私はまずこの本では挨拶に困る数群の読者にいきり立って、ヘスペルスの前面に門番として立ち、何の役にも立たない輩を専ら失敬千万なやり方で追い払うことにしたい――この輩は解剖助手と同じで、心を最も分厚い筋肉と見なしており、脳や心臓、すべての内部のものを、石膏像の型に剪毛した羊毛、干し草、粘土の混ぜ物を詰め込む場合と同じく、流し込んでも空洞を作って離れるにすぎない。それどころか立派な商人にもかみつきたい、彼らは偉大なマルクス・アウレーリウスと同じで詩文に馴染まなかったことを神々に感謝するのである――それに楽長アポロンが奏でるという木琴［ふしだらな女］の音、彼の九人のソプラノ歌手の声と低音の藁の［さえない］バスに耳傾ける人々、いや騎士道小説の女性読者に対してさえも物申したい。彼女達は結婚するときのように読み、本を広げても殿方の顔を見る場合と同じく、美しい女性的なものは選ばず、荒々しい男性的なものを選ぶのである。

しかし著者は子供であってはならず、毎日序言を一つ書くには及ばないのだから、序言に塩を入れすぎてはならない。何故私はむしろ最初の行でかの読者達に語りかけ、その手を取らなかったのだろう、私が喜んでヘスペルスを渡し、どこに住んでいるか知っていたらその一部を謹呈していたであろう読者達に。来るがいい、疲れた魂よ、何か忘れたいことがあって、悲しい一日か、曇った一年、あるいは自分を侮辱する人間か、自分を愛する人間、あるいは枯れ落ちた青春か、苦しい生涯を忘れたい魂、それに現在が一つの傷であって、過去が一つの傷痕である、抑圧された精神よ、私の宵の明星にやって来て、そのささやかな微光を楽しむがいい、しかし詩的錯覚が須臾の甘い苦痛を与えるというのであれば、結論付けて欲しい、「ことによるとこれももっと長くもっと深い苦痛をもたらす一つの錯覚かもしれない」と。――そして、ただ鏡の中で行われる我々の生を自分と死よりも小さいと見なす気高い方よ、ダイヤモンドをダイヤモンドの粉で磨くように、心をある覆われた偉大な精神が他の倒れた人間の心の死者の埃の中でより明るく、より純粋に磨く御身よ、君を私の宵の明星、夜の明星の高台に、私の築く高台に招くと、君は、高台の周りで、ヴェスヴィオの周りのように、蜃気楼、霧の群、夢の諸世界、影の国々が下方に移って行くのを眺めて、自らにつぶやかれるかもしれない。「私の周りのものはすべて夢、影であろう、しかし夢は精神を、霧は土地を、地球の影は太陽と世界を前提としていないだろうか」。

しかし高貴な精神よ、君に対しては勇気はない、世紀に疲れ、人間の余寒に疲れていて、時に、いつもという訳ではないが、人類が月のように後戻りするように思われる君、それはその下を飛び過ぎる雲の移ろいを天体の運行そのものと思うからであるが、それに崇高な嘆息、崇高な願望で一杯で、従順に黙しながら、自分の傍らで絞め殺す手、兄弟の倒れる音を耳にしながらも、しかしひたと見据えた、摂理の永遠に明るい太陽の面に向けられた目を伏せることのない君、不幸が、稲妻が人間を襲うように、魂を喪失させても、醜くすることはない高貴な精神よ、勿論君に次のように言う勇気はない。「私の影絵芝居に目を留めて欲しい、そうして目の前の宵の明星に夢中になって地球を忘れて欲しい、君のいる地球は今千もの墓をもって吸血鬼のように人間に襲いかかり、犠牲の血を吸っている」。――しかしこの本を書く間ずっと君のことを考えていた、そして私のささやかな夜景画、夕景画を濡れた、しかと見据えた目の前に置くという希望が疲れた手を支える画家のステッキであった。

真面目に書き過ぎたので、約束の七つの願いのうち、四つだけがそれで、三つは取り下げなければならない。それで

第一の願いというのはただ、「犬の郵便日」という表題を第一章で説明し、釈明するまでは大目に見て欲しいということで、――

第二は、いつも章全体を読んで、中途半端に読まないこと、全体はより小さな全体から出来ていて、アナクサゴラスの元素によれば人間の体が無数の小さい人間の体から出来ているようなものだからである。

第七の願いは、半ば第二の願いから生ずるが、しかし批評家にだけ関係することで、その書評と銘打つパンフレッ

トに手回し良く粗筋を印刷しないで、読者に一回きりしか体験出来ない若干の驚きを取っておいて欲しいということである。そして最後に

第五の願いは、主の祈りからすでに知っていること［我らの罪を許し給え］である。

## 決　議

それで、小さな静かなヘスペルスよ姿を現すがいい。――おまえは姿を隠すには小さな雲があればよい、公転を済ますにはわずかな年月があればよい。――おまえは徳と真実とに、その天の似姿が太陽により近いように、おまえの微光が差し込むこの地球が先の三つに対するよりも、もっと間近であって欲しい、そして金星のように太陽に隠れることによってのみ人の目から逃れて欲しい。おまえの影響は迷信が本年の勢力の王位に置いている暦のヘスペルスのそれよりも、もっと素晴らしく、もっと暖かく、もっと確かであって欲しい。――おまえは、どこかの盛りを過ぎた人間にとっては宵の明星と、どこかの栄えてゆく人間にとっては明けの明星となってくれたら、私を二度喜ばせてくれることになろう。前者と共に沈み、後者と共に昇ってくるがいい。前者の夕方の空では雲間に輝き、これまで登ってきた来し方の人生の道を穏やかな微光で照らして、彼が遠い青春の花を再び見いだし、その老化した思い出を希望へと若がえらせるようにして欲しい。人生の初期の元気な若者には鎮める明けの明星としてその頭を冷やして欲しい、太陽に燃やされ、日々の渦に巻き込まれる前に。――しかし私にとっては、ヘスペルスよ、おまえは沈んでしまった――これまでおまえは地球の傍らを私の衛星、第二世界として移ろい、そこに私の魂は昇り、肉体は地上の衝突に晒されていた――しかし今日は私の目は悲しげにゆっくりと、おまえと、おまえの海辺に私が植えた白い花園から転じて今立っている湿って冷たい大地を見据える――我々はみな冷たい夕闇に包まれ――はるかに星々から引き離され――螢に喜び、鬼火にたぶらかされ――互いに正体は分からず、それぞれが孤独で、自分の命を感ずるのはただ暗闇の中で手にする他人の暖かく脈打つ手を通じてのみである。――――

いや、確かに明るい別の時代がやってくるだろう、人間が崇高な夢から覚めて、また夢を、眠りを失っただけなのだから、――見いだす時代が。

石と岩は、これを二つの正体を隠した姿、必要と悪徳が、デウカリオンとピュラ(1)のように肩越しに善人達へ投げるが、新しい人間となることであろう。

そしてこの世紀の夕方の門にはここより徳と英知への道と書かれていよう、ヘルソンの西門に崇高な銘が、ここよりビザンチウムへの道と書かれているように。

無限の摂理よ、夜明けをもたらして欲しい。

しかしまだ夜の十二時の時は静っており、梟は飛び立ち、幽霊は騒ぎ、死者は動き回り、生者は夢を見ている。

ジャン・パウル

一七九四年　春分の日に［ジャン・パウルの誕生日］

# 第一の犬の郵便日

五月一日と四日の違い——鼠の戦争画——夜景画——ズボンを約束された三箇連隊——内障針《そこひ》——この本の序曲と秘密の指示

湯治村聖リューネの宮廷付き牧師アイマンの家では二派に分かれていた。一方はこの話しの主人公、若きイギリス人のホーリオンがゲッティンゲンから五月一日戻って来て、牧師館に泊まることになれば四月三十日に喜んでいた。他方はそうではなくて、五月四日になって到着すればと願っていた。

五月一日あるいは火曜日の一派を構成していたのは、牧師の息子フラーミン、彼はこのイギリス人と共に十二歳までロンドンで十八歳まで聖リューネで育てられ、その心はすべての血管の末端を含めてイギリス人の心と一体化していて、その熱い胸の中ではゲッティンゲンで長く隔てられ一つの心だけでは物足りなく感じていた——更に牧師夫人、彼女はイギリスの生まれで、私の主人公を同郷人として愛していた、祖国の磁気的渦はなお彼女の心に海や国々を越えて届いていたからである——最後に長女のアガーテであった、彼女は一日中何故ともなしにすべてのことを笑い飛ばし、好きになっており、さほど遠くに住んでいない人々をすべて自分の心の養分としてそのポリープの腕で吸い上げていた。

五月四日の派も三名の構成員から成り立っており、先の派に拮抗出来た。信奉者は料理をしているアペル（アポローニア、末の娘）で、その料理の栄誉、焼き加減の表彰状は客人が白パン種よりも早く着くと打撃を受けるのであった。手にラルデ針と縫い針を一杯もって、窓カーテンの裁ち台の横に、帽子の型、その下の髪型すら半分も決まらないうちに客人を前にしたらどんな気持になるであろうかという思いであった。この派の第二の信奉者は、最も強硬に火曜日に反対する筈であったが、最もしゃべらなかった、しゃべれなかったからで、つい最近洗礼を受けたばかりであった、――これは金曜日にはじめて教会に運ばれる予定であった。この信奉者は客人の代子であった。牧師は確かに、月はその代父依頼人のP・リッチョーリ(1)を地球上の学者達の許に遣わして、彼らを月の地名の代父として天の教会記録簿に載せていることを知っていたけれども、自分の代父は五十マイル以内に限った方がいいと考えていた。教会へ行く使徒の日と代父氏の到着の祝日はそんな訳で重なれば良かったであろう。しかし天候が(良かった)為に代父は四日早く着いた。

金曜日の第三の信徒はそもそもこの派の異端の頭目、牧師その人であった。ホーリオンがしばらく仮の御殿とする予定の牧師館は鼠が一杯で、まさしくその舞踏室、野外演習室であって、牧師はこれを一掃しようと思っていた。それで体に労咳、家に鼠を持っている宮廷付き牧師の中で聖リューネの牧師ほど獣に対して悪臭を起こすものはいなかった。そのわずかな煙があればヨーロッパ中の貴婦人がいぶり出されていたであろう。この労咳患者は切り落とすほどの馬の蹄はすべて燃やさなかっただろうか。――このような齧歯類を自ら捕らえて、馬車のタールや魚油をこれになすりつけ、被拘禁者を放って、これを賎民として穴の中をあちこちさまよい、上級のカーストの鼠をその香油で退散せしめるようにしなかっただろうか。――大きく出て、雄山羊を飼って、悪臭を放たせ、尾のある隠者を閉口させようとしなかっただろうか。――そしてこれらの方法はほとんど無効ではなかったろうか。

イエズス会士と鼠のこん畜生め。しかし人々はすでにここ全紙のCで、両者に対しては、歯痛や、心の苦悩、南京虫に対するのと同じく千もの良い方法があるけれども、何の役にも立たないという教訓が得られよう。

さて我々は皆これから牧師の館に侵入して、三軒先の家の話しであるかのようにアイマン家の話しを案ずることにしよう。ホーリオン――アクセントは第一音節でなければならない――あるいはゼバスティアン――短縮してバスティアンともアイマン家の人々が呼ぶように――あるいはヴィクトル――彼の父のホーリオン卿が呼ぶように(私は私の散文の韻律の要請に従ってその都度呼び方を変えるが)――このホーリオンは牧師の一家にイタリア人トスタートを通じて、彼は一帯の人々にとってさまようアウエルバッハの旅館であり、聖リューネにも向かっていたが、自分は金曜日に着くというささいな嘘を口頭で言わせていた。まず第一に本当に彼らをびっくりさせたかったからであり、第二に彼の為に準備し、洗い、食事の用意をしようとする彼らの手をはにかんで縛りたかったからであり、第三に口頭の嘘は手紙の嘘よりも罪がなかろうと考えたからである。彼の父にはしかし本当のことを書いて、牧師館への到着を五月一日、火曜日に定めた。卿は首都のフラクセンフィンゲンに滞在していて、侯爵に倫理的目隠し皮と眼鏡とを同時にはめ、そうして侯爵の視線を導き、かつ鋭くしていた。しかし彼自身は盲目であった、単に肉体的にであるが。それで彼の息子は牧師の家で火曜日に手術を行う眼科医をゲッティンゲンから連れて来ることになっていた。彼はヴィクトルを医学博士にしたので、聞くところによると多くのゲッティンゲンの人々が、このような高貴な若者が博士の帽子、このプルートー［冥府の神］の兜を、神話のそれとは違って所有者ではなく他人［患者］を見えなくする兜を被ることになって、博士の指輪、他人をのみ見えなくするこのギゲスの指輪をはめることになったことを不思議がったそうである。ゲッティンゲンの人々は彼の父の眼疾を知らなかったのだろうか、それで充分ではなかったのだろうか。

　卿は牧師に自分と息子は明日到着するであろうと書いた。牧師はヨブの郵便を静かに三度続けて拾い読みし滑稽に諦めてそれを封筒に戻し、言った。「明日我らのドクトルが他の人達と一緒に到着するのはいよいよ確かだ。楽しい出会い、行楽が待っているぞ。明日到着して、うちの鼠がすべて子供達のように彼の前で踊りだしたら[*1]――どっちみち食べるものは何もないし、――頭に被るものもない、木曜以前にはフラクセンフィンゲンの風袋野郎から袋鬘一つ取れない――笑っているな――もう四月も終わりというのにエイプリルフールではないのか」。しかし牧師夫人は歓喜の二重感嘆符とともに彼の両肩にすがり、自分の善き心のこの薔薇祭に子供達の兄弟団、姉妹団を引き入れる為にすぐに走り去って行った。家族全員は三人の驚愕した顔と三人の歓喜した顔とに分かれた。

　我々はただ喜んだ人々の許に行って、彼らが午後肖像画家、服装画家、ギャラリー監督として愛するこのイギリス人の描写にとりかかる様に耳傾けることにしよう。すべての思い出は希望へと変わり、ヴィクトルは姿以外何も変わっていないことが望まれた。フラーミンは、イギリス庭園のように荒々しかったが、実のなる庭園で、自他をヴィクトルの穏やかな忠誠心、実直さ、その頭脳のことを述べて喜ばせ、普段は評価しない彼の詩作熱まで讃えた。アガーテは彼の諧謔的桂馬飛びを思い出させ、彼がかつて遍歴するある歯科医の太鼓で村の人々を呼び集めたけれども、前もってこの実直な死神の移動薬局をすべて買い占めていたので、何もならなかったこと、しばしば子供の洗礼の後、演壇に立って、平日の厚皮にくるまれた二三の敬虔な聴衆に説教し、それで彼らが泣くというよりも笑ったこと、そして自分より他には誰もお笑い草にはしない、他人より他には笑わせないその他の冗談のことを語った。女性はしかし、ヴィクトルのような者が諧謔家のイギリスの騎士団領地の一つとなることを決して認めない（そうするのは男性だけである）、——彼女達にあっては廷臣と同じくすでに機知が気分なのであるから——またヴィクトルが（例えばスウィフトや多くのイギリス人のように）喜んで身を落として御者や、道化役者、水夫になることを認めない、フランス人は作法の人士に成り上がり追従したがるのであるが。というのはいつも人間よりも市民に敬意を払う女性というものは、諧謔家はかの平民等が話していることはすべて自分が小声で教えていることであると自分に思いこませていること、彼は意図的に無意識の滑稽を人為的滑稽に、道化を英知に、地上の瘋癲病院を国立劇場に高めるということを知らないからである。同じように役人、小都市の住民、大都市の住民は、何故ホーリオンが自分の読み物をしばしば詰まらぬ紀行作家の古い序言やプログラム、宣伝文から選び、これらをすべて舌を鳴らして読み通すのか知らない——これはただ、単なるぼろ紙カッターの下に置かるべきこの精神的馬糧嚢を諷刺的意図から自ら仕上げ詰め込んだと自らに信じ込ませているからにすぎない。——実際ドイツ人はイロニーをまとめ、記すことはめったにないので、多くの真面目な本や書評に悪意のイロニーをなすりつけて、ともかくそれを所有する他ない。

——そしてこれは私自身が試みていることと異ならず、私は開廷日には思念の中で裁判所を喜劇劇場に、法曹家を法律家のルカイン(2)と道化役《カスパール》に、審理全体を古代ギリシアの喜劇に高めている。善良な人々に裁判全体を単に客演として覚えて貰っており、自分は従ってその座付き作者、監督であると自ら信じ込むまでは安心できないからである。それで本当は私は威勢良く私の黙した顔をドイツ人の喜劇的ポケット劇場として彼らの最も高貴な屋敷（例えば大学、政府）を通じて持ち運んでおり、全くこっそりと——垂らした顔の肌のカーテンの奥で——自然の喜劇を芸術の喜劇へと高めているのである。

閑話休題。牧師夫人はヴィクトルについてみんなが既に知っているかぎりのことを話した。しかし馴染みの話しのこの繰り返しは家庭内の会話でまさに最も楽しいことである。我々自身が自らの中で甘い考えをしばしば退屈することなく繰り返すことができるのであれば、他人が時にそれを我々のうちに呼び起こしてまずいことがあろうか。善良な夫人は子供達に、彼女の愛する息子はなんと穏やかで柔和、優しく女性的であることか、(ヴィクトルがいつも彼女を自分の母と呼んでいたからで)、──なんといつも自分を頼りにしてくれたか、──誰かをからかうことなく、なんといつも冗談を言っていたか、すべての人を、最も疎遠な人でさえ、愛していたか、──彼に対してならばなんとよくどこかの年配の夫人に対するよりも自分の苦しい心を打ち明けることが出来たか、なんとよく自分と共に泣いてくれたかを物語った。軽石の心を持ったある宮廷薬剤師は、──ツォイゼルという姓であるが──この最も暖かい魂の流涕をあるとき涙の瘻《ろう》とさえ見なすことがあった──病んだ目の他に涙を流す目はないと思っていたからである。……親愛なる読者よ、君は今伝記作者と同じく、善良なるヴィクトルの牧師館と伝記への登場が待ちきれないのではないか。彼に好意的手を差し伸べてこう言うのではないか、「ようこそ、面識のない方、君の優しい心は我々の心をもう敷居の所で打ち解けたものにしている。涙を一杯に湛えた目の方よ、君も我々同様に、その岸辺が小枝を頼りにする驚愕者と、葉を頼りにする絶望者で鈴なりの人生においては、また愚行ばかりでなく苦痛にも取り巻かれているこのような人生においては、人間は赤く泣きはらした目にたいしては濡れた目を、血を流している心に対しては塞いだ心を、辛く重い苦難の盃を飲み干さなければならない哀れな者に対してはその盃を悲しげに保ち、ゆっくりと持ち上げてやる優しい手を持っていなければならないと思っていないか。──君がそのような者であれば、思いのままに話し、笑っていい、人間を笑っていいのは、人間を心から愛している者に限るからだ」と。

午後侍従長のル・ボーが、──スパイスの利いた葉脈の骸骨であるが──使者のゼーバスを牧師に送って、懇請させた──館《やかた》は牧師館の近くに向かい合って建っていたからであるが、──娘が来るので風向きが変わるまでその間だけ牡山羊を遠ざけて欲しいと。「ゼーバス殿」(と感動してこの鼠敵対者は答えた)「謹んでご返事申し上げます。御覧の通りの窮状にあります。明日卿とその御子息と眼科医がお出で遊ばされます。ここで内障《そこひ》の穿開がなされます。それなのに今家中が臭っています、そして鼠どもは夜の踊りを臭いの中悠々となお続けています。請け合いますが、ゼーバス殿、阿魏を手にして牧師館の屋根組みに至るまで存分に撒き散らしても、一匹たりとも追い払えません。むしろ気持よさそうにしています。私としては鼠どもが明日手術の際穿開者と患者に飛びかかるものと覚悟しています。このような次第と館にお伝え下さい。しかし今日はなお立派な紫檀油を試みるつもりです」。

彼はそこで大きなホップ袋を取って来て屋根裏に引っ張り上げ、文字通り鼠どもの鼻面を引き回してホップ袋に入れようとした。周知のように鼠が紫檀油に執心すること人間が聖油に対するが如きであり、聖油はほんの六滴頭のてっぺんに落ちただけで即刻国王や司教を造り上げるが、これは第一の場合は頭部に黄金の輪がくっつくこと、第二の場合は頭髪が全く抜け落ちることから分かる。武人の牧師は袋に若干油を塗って、袋の口をぴんと開けて敵に備えた――彼自身その後に控え、同じように油を塗ったストーブの熱避け衝立の背後に隠れた。彼のもくろみは鼠が袋の中に入ったら飛び出て、一味を巣袋の中の蜂さながら一網打尽にすることであった。これを読んだ少数の害獣駆除者はこの捕獲法を度々援用したに相違ない。

しかし彼らは牧師のようにひっくり返りはしなかっただろう、彼の大腿の間には良い匂いの熱避け衝立が突き出ることになって、彼は敵が走り回る間、静かに伸びていた。このような状況のときには呪詛の上方回音が気付けとなるものである。そこで牧師はこのような顫音《トリル》、下方回音を発し、家族の許に降りて、通り過ぎながら次のように述べた後で、「温和な地域に、襁褓のときから哀悼馬に乗り、ハットの第二の鼠の塔(3)、アムステルダムの重懲役刑務所、煉獄に定住している人がいるならば、まだ生きているのが不思議でならないそんな苦行者がいるならば、自分こそはそれに他ならないだろう」――こう述べた後で、鼠どもを放置し、――自分自身放心するに至った。

夜に生じた特記すべきことはただ、彼が――目を覚まして尻尾族が騒がないか耳を澄ましたということだけである、彼は存分に腹を立てたかったのである。畜生どもは何にも聞こえず、こそともしなかったので、彼は床に身を乗り出して、これにスパイの耳を押しつけた。幸運にもまさにこのときバレエとギャロップの敵の動きが彼の聴覚に侵入してきた。彼は立ち上がって子供の太鼓で武装し、妻を起こして囁いた。「ねえおまえ、また寝ていいよ、睡眠中びっくりしないでおくれ。鼠どもに少しばかり太鼓をたたくから。都市経営と農業の為の有益なツヴィッカウの覚書集一七八五年を参考にしているのだ」。

彼の最初の雷鳴は彼の不倶戴天の敵に安らぎを与え、彼の親族からはそれを奪った。……しかし今すべての人々にシャツを着、雑兵のツィンバロンを持った牧師を思い描かせることになったので、今度は彼の息子フラーミンのベッドの許へ行き、これのしていることを見ることにしよう。……

何もしていない、しかしベッドの外ではこんなに夜遅くなってから馬に乗っており、しかも鞍もベストも付けていない。その胸が押さえた疾風の渦巻く風神の空洞となっていた彼は、――ヴェッラーの気の利いた最高書記官なら誰でも彼よりは綺麗にその魚の頭、山鶉の羽を剥いだり、そのビロードの膝に綺麗にブラシをかけることだろうが――彼はそれ以上長く枕元に留まることが出来なかった、今日は太鼓がかくも間近に、明日は友人が迫っていた。勿論他の者ならば（少なくとも読者と私ならば）四月の終わりの澄み切った夜と、太鼓ばちに叩かれるはるかな静寂、朝になればまたすさんだ心、砕けた人生を補ってくれるであろう愛しい友への憧れ、こうしたことすべては我々二人を穏やかな感動と夢とで包んでいたことであろう、――しかし牧師の息子は馬に飛び乗り、夜出掛けることになった。彼の精神的地震はただ肉体的ギャロップの下で静まった。

彼は明日またホーリオンと結ばれようと思っていた丘に十度駆け上がり駆け下りた。彼はこれまで自分達の結ばれた友情の手に骨切り鋸をあてがってきた彼の情熱すべてに対して、――勿論情熱的に――呪い、雷を落とした。「また再会しさえすれば、ゼバスティアン」、（と言って馬の向きを急に変えた）「君のように穏やかになって、決して誤解なんかしない、さもなければこの場で雷に遭って……」性急な矛盾を恥ずかしく思って彼はただ馬の側対歩《パス》で家に戻って来た。

再び戻って来る友人への憧れを彼は馬小屋で、頭髪を逆立たせ、弁髪を第四のバイオリンの弦のように張り、飼料箱の鍵のつめをねじ切ることによって言い表した。……

友人に対しても丁度恋人に対して憧れるような人間だけが、その両者に値する。しかし地上で誰も愛しなかったということをかつて嘆きも案じもせずにこの世を去っていく人々がいるものである。利己心の商業論文の次に、礼儀の社交条約の次に、いやそれどころか愛の国境協定、交換条約の次に高いものを何も知らないそのような人、――この人には出版者から私の本を取り寄せてもらいたくないが――その人の虚ろな心は親しい友人の兄弟結社について、その高貴な血管同士の絡み合いについて、争いと痛みの際の盟約については何も知らない――しかしこんな奴について長々話す理由はない、フラーミンの憧れが身につまされることがないからで、フラーミンは自分の欠点と美点とが同じように反感を覚えさせていたので、愛し、敬してくれる目を切望していた。他の人ならば少なくとも瑕が長所を、あるいは長所が瑕を償うのであるが。

ただ君侯の馬小屋だけが牧師館の歓びの五月の一日の喧噪よりも朝の早い騒がしいものとなったろう。女性の読者にはどなたにでもお尋ねするが、内障《そこひ》の卿とそれに息子、内障穿開者の待たれる朝ほど更に床の磨かれ、煮沸されるときがあろうか。男性の休息の日はいつも女性の苦役の日である。父と息子は悠然とドクトルと穿開者を迎えに行った。

五月一日は、人類とその世界史のように霧で始まった。春、北国のラファエロはもう野に来ていて、我々のヴァティカンのすべての部屋をその絵で覆っていた。私は霧が美しい一日の顔からヴェールのように外れるとき、そして四つの学部よりも大きな学部が霧を形成しているとき、霧が好きである。霧が(五月一日のそれはそうであった)底引き網のように山頂と小川に懸かるとき、――下った雲が沃野の上、濡れた灌木の間を這うとき、――霧が一方の側では空を瀝青のにおいで汚し、森にその不純な重い霧峰で触れながら、他方では空の湿ったサファイアから拭き取られて、滴と化して、花々を輝かせるとき、そしてこの青い輝きと先の汚れた夜とが接近して来て居場所を取り替えるとき、このとき、やがて来、やがて去る有毒の悪臭を放つ霧の群に襲われている国々や人民を眼前にしている気にならない人がいるだろうか。更にこの白い夜が私の憂鬱な目を、飛び去って行く靄の流れ、迷いおののく靄の粒で囲むとき、私は物憂くこの靄に人間の生が映し出されているのを見る、我々の上昇と下降の際のその二つの大きな雲に、また我々の周りの一見明るい空間とその我々の上の青い出口に。……

ドクトルはそう考えたかもしれない、しかし彼を迎える父と息子はそうではなかった。フラーミンは近くの自然よりも遠くの自然に、小さな自然よりも大きな自然に感銘を受けた、それで居間よりも国家のことに理解を示し、彼の内的人間は最もピラミッドや、雷雨、アルプスを頼りに生長した。牧師がこの件全体で味わったのは――五月のバターだけで、その口からはこれほど多くの倫理的装置にもかかわらず、――唾液しか出なかった、この二つは、霧が自分を襲って、自分の喉と胃を喰い破りかねないからというものであった。

彼らが夜のギャロップの丘から霧にふさがれた谷へ足を踏み入れたとき、彼らに向かって三箇守備隊が駆け足でやって来た。それぞれの連隊は四人からなりそれぞれが並んでいて、――火薬も靴もなく――しかし綺麗に穿たれた太股のカフスを備えていて、つまり穴のあいたズボンを身に付け、それに将校が多すぎた、兵卒がいなかったのである。それに両杖、連隊杖と元帥杖は六百以上の大砲を自由に出来、そもそも一砲兵隊を丸々持っていること、また中隊将校達が全く新しい、戦争では珍しい黄色の弾、それは野蛮人が種として蒔く火薬というよりは芽の出る弾であるが、それを舌で銃につめたことを今ここで記すと、（案ずることであるが）読者、ことに女性の読者を、――ことにそれが大人の兵士なのか少年の兵士なのか明らかにしていないので、――少しばかり不安に突き落とすのではなかろうか、ペンを浸して、部隊が霧の中の牧師めがけて発砲し始めたという遺憾な状況を、前もって至急、軍の背後で待てという男の声がしたというさきがけの知らせで断りもせずに、更に語ろうとしたら。

この出会いから飛び出て来たのは元帥で――その砲兵中尉の丁度倍の背丈であり、――丸い帽子を被り、腕と髪を飛ばして猛然とフラーミンに突進して、それを殺そうと摑みかかったが――憎しみの余りというよりは愛する余りで――実はドクトル――二人の友人は震えながら抱き合って、顔に顔を埋め、胸には胸を押し当てて、喜びの言葉はないけれども喜びの涙を伴って、――第一の抱擁の次には第二の抱擁が続き、――最初の言葉は自分達の二つの名前であった。……

牧師は軍の傍ら私人として立ち、誰も抱きつかない首を抱えて絶縁体の上でうんざりしていた。「しばらく抱擁するがいい」と彼は言い、半ば振り向いた、「一時はしばみの木の所に行っておくか、しかしすぐに戻って来て、私としてもドクトル殿を喜んで抱擁しよう」――しかしホーリオンは愛の不機嫌を察知して、息子の腕から父親の腕へ飛び移り、その中に長く留まって、すべてをまた償った。

充ち足りた愛、踊る心、耽溺した目と共に、開花した空の下、大地の彩りの上を、――というのは春はその宝石箱を開けて、咲き初める宝石をあらゆる谷やあらゆる丘に、また遠くの山にまでばらまいていたからで――両者は陶然と歩いて行った、そしてイギリス人の手はドイツ人の手を握った。ゼバスティアン・ホーリオンはフラーミンに何も言えなかった、が父親とは語った。何でもない言葉の一つ一つが、血と愛の積み重なったその胸を更に屈託なくさせた。

三箇連隊のことは誰もが失念してしまっていた。しかし彼ら自身は元帥に忠実に後を行軍してきた。ゼバスティアンは博愛家でおよそ人を忘れ去ることは出来ず、小さな半ずぼん無しども［サンキュロット］の後衛に向き直った、彼らはパリの出ではなく、フラクセンフィンゲンの出で、乞食の少年兵として彼に従っていた。「いいか、君達」（と言って、立ち止まっている軍だけを見た）「今日は諸君の総帥と諸君にとって特別な日で、総帥は三つのことをする。まず諸君を解任する、がこの解任は君侯による解任同様物乞いを妨げるものではない、――第二に三年分の滞っていた給料を払う、つまり将校それぞれに三十四クロイツェルの給料を払う、今は俸給が上がったから、――第三に明日また集まるように、全連隊にズボンの寸法をとらせよう」。

彼は牧師の方を向いて言った。「金よりもむしろ物を贈るべきです。金に対する感謝の念は金と共に支払われてしまいます、しかし贈られたズボンに対しては着ている限り感謝されます」。

ここで案じられるのはただ、フラクセンフィンゲンの侯爵とその戦争参謀が結局ズボンに容喙してくることであろう、正規軍が体の中よりも体の表面にもっと何かを持つことを両者は許しはしないからである。今日では遂に次のようなことを最も愚かな軍服と糧食の兵站部は――しかし実際は賢いものであるが――思いついているそうである、――一。二人の兵士のうち満腹の者より空腹の者がいつも優先される、持つものが少なければ少ないほど勇敢であるとすでに人民すべてについて分かっているからである――二。ブロッツハイム[*2]では、二人の同等に立派な若者の間ではより貧しい者が栄冠を受けるように、同じように貧しい臣下が正当に豊かな臣下よりも、すべて同等に勇敢であるとしても優先され、この者のみが募集される、貧しい奴は空腹と寒さによく耐えるからである――三。現在、王座のあらゆる段には防塁同様に大砲があって（太陽がその輝きを数千の火を吐く火山から受けているように）、立派な国家では男性の丸太は槊杖へと酷使され削られるので、人民は二種類に分類されて便利である、守られる者と守る者とに――そして四。不平を言う者は悪魔に淩われるがいい。

三人がやっと牧師館前に到着したとき、解体された軍の全員がこっそりと後を付けていて、ズボンを欲しがった。

しかしもっと偉い者がフラクセンフィンゲンから追って来た——盲目の卿である。若い客人をイギリス生まれの母親が慇懃にではなく喜んで微笑みながら迎え、アガーテがはじめて真面目に母親の陰に、変わらぬアッペルが深鍋の陰に隠れるや、片付けをしていたアイマンが窓際から大きく飛び跳ねた、そこには四頭のイギリス産が、——人ではなく馬であるが——駆けて来た。眼科医は来ない、眼科医はどこにいるという質問が今や皆に浮かんだ。ゼバスティアンはそれに答える時間がほとんど無く、眼科医は来ない、自分自身が父親を手術すると述べた。父親が馬車の扉から部屋のドアまで案内を請うわずかな間に、息子は嘘を押し付ける、あるいはむしろ嘘を頼む他なく、閣下に対して家族に伝えて貰った。「御子息はまだで、ただ最近の卒中の為言葉を失った眼科医だけが到着している」と。

　私と読者は多くの人込みの中にいるので、まだ読者にクールペッパー医師が卿の左目を無器用な内障針で抉り取るも同然なことをしていたと伝えられずにいる。それで愛する父親の右目を救う為に、すでに冥界をさまよう目をした、ただ四つの感覚のみをもって墳墓の外にいる哀れな者達の治療にゼバスティアンは専念していた。

　息子は、子供も太陽ももはや見えない、誠実な、長い夜に覆われた姿を目にしたとき、同情と歓喜と希望とで動悸して震える自分の手をアイマンの手の下に押し込み、急いで差し出し、名前を偽って父親の手を握った。しかし彼はまた、自分の震える救いの手が治まるまで玄関から外に出なくてはならなかった、そして外で期待の余りどきどきする心を、手術は成功しないかもしれないと考えて静めた——彼は微笑みながら十二頭立ての幼年生徒団に目を遣ったり放したりして感動と憧憬を揺れる胸から退かせた。中ではその間牧師夫人が盲人を更に盲《めしい》らせて、十分に嘘をついていた。嘘、良心的ナ嘘、親切ナ虚偽、詩的虚構、法律的擬制がなされるときには、女性は自ら、手配する秘書、宮廷印刷業者として現れ、正直な男性の手伝いをする。「息子が到着する前に」と父親は息子が入ってくるときに言った、「今手術して頂きたい」。牧師夫人は胸苦しい息子を連れ戻して、父親の希望を打ち明けた。彼は戸惑っている一行のもとにこっそりと入った。部屋は暗くされ、内障の柳葉針《ランセット》が用意され、病の目が固定された。皆、落ち着いた盲人の周りで不安げに見守っていた。牧師は眠っている新生児を不安げに苦悩の面持ちで覗いていて滑稽であったが、少しでも泣き声を上げたら内障穿開の部屋からすぐに連れ出す構えであった。アガーテとフラーミンは患者から離れていて、両者とも同じように真剣であった。フラーミンの上品な母はその喜びと不安と愛とで震撼された心を抱いて、感じた心のままに涙を溢れさせながら近寄って来た。ヴィクトルは黙した父親の傍ら、案じ喜んで泣いたが、支障となる滴をことごとく激しく押しつぶした。——手術は何であれ準備がものものしくなると見ている者は心配、不安になるものである。ただ目を覆われたイギリス人の卿だけが——彼は自分の頭を高い山岳のように冷たく晴れやかに砲撃地帯よりも上に持ち上げている人間であるが——彼だけが子供の手に黙した顔を震えることなく差し出していた。彼は運命の前に敢然と黙っていた、運命は今やその荒涼とした夜が墓場まで続くのかそれともこの時まででしかないのか決しようとしていた。

運命は言った、光あれと、すると光があった。——目に見えぬ運命は息子の不安げな手を取って、それでこの星座のない夜よりももっと美しい夜に相応しい片目を開けた。ヴィクトルは化膿した内障の水晶体を、——この被造物に投げられた霧の球、雲を——眼底の底に押し付けた、すると一原子が三ライン沈められて、再び人は無限を得て、父親は息子を得た。踏みにじられた人間よ、おまえは塵の息子にして下僕であるが、おまえの広大な脳、広大な心から溢れ出る考え、瞬間、血と涙の滴の何と小さいことか。二三滴の血球があるときはモンゴルフィエーの気球に、またあるときはベリドールの圧搾機雷となるとしても、おまえを高めたり押しつぶしたりする地球の何と取るに足りないことか。

「ヴィクトルよ、おまえが治してくれたのか」(と救われた男は言って、まだ手術器具を持っている手を握った)、「片付けてまた目を覆ってくれ。おまえを最初に見て嬉しいぞ」——息子は感動して出来なかった。——「包帯をしてくれ、光が痛い。——おまえだったたか、話すがいい」。——彼は黙って開いた目に、自分の目からは喜びの涙を流しながら、再び包帯をした。しかし包帯が立派なストイックな魂に対して、すべてを、彼の紅潮と流涕とを隠すと、幸せすぎる息子はもはや自制してはおれなかった——彼は自分の心のままに、涙を見せながら覆われた顔、もっと明るい日々を取り戻してやった顔にすがりついた。そして自分の震える胸に父親の心のより早い動悸と感謝のより堅い抱擁を感ずると、そのとき最も立派な子供は最も幸福な子供であった。——そして皆が彼の喜びを喜んで、父親よりも息子にもっと多くの幸せを祈った。……

外では十二の大砲が同じ数の部屋の鍵から発射された。——これでこの話しは射殺される。——

今本当に話しは終わってしまった——一言も、一音節もこれ以上知らない——そもそも私はこれまでホーリオンとか聖リューネとかは見たことも聞いたことも夢見たこともロマンチックに考え出したこともない——そんなもの誰が知ろう、それに私としては今もっとましなことを始めることが出来るのだ、つまり、

## 序曲と秘密の指示

余人ならば愚かなことをして早速冒頭から始めていたことだろう、しかし私は自分がどこに住んでいるかはいつでも言えるだろうと考えていた——実は赤道であって、私の住んでいるのは聖ヨハネ島で、これは周知のように、シェーラウ侯国[4]にすっかり囲まれている東インド洋上にある。本格的な文学上の帳簿（見本市のカタログ）と本格的資本の本（文芸新聞）を購読している立派な家ならば、私の最新の特産品、見えないロッジを御存知ないことはあるまい。これを読むようにと国の大学に通うことよりも更に強く領邦君主が国の子弟とそれに作家にすら推薦するべき（明らかに協定に反することではないであろう）作品である。このロッジに私は珍しい池を置いたが、これは東インド洋という名前でもっと良く知られており、この池の中に我々シェーラウ人はわずかばかりのモルッカ諸島とその他の島を運び込み、整地した。島々では専ら輸出貿易が行われている。見えないロッジが見えるものへと印刷される間に、我々はまた島を一つ仕上げたが、——これが聖ヨハネ島で、ここに私は住み、ここで話している。

次の段落は興味をそそろう、読者に何故この本では変わった題、犬の郵便日としたか明らかにしているからである。

一昨日の四月二十九日のこと、私は夕方島を散策していた——夕方は既に影と霧に包まれていた——ほとんど向こうのティドレ島、この美しい日没の春の墓標は見えなかった、目で近くの葉や花の蕾、この成長する春の広袖ドレスを追うだけであった——周りの平地や浜は花の女神の着衣室に見え、その装身具は谷や灌木の中に閉じこもって点在していた——月はまだ地球の背後にあったが、その光の噴水はもう空の端全体からこぼれ出ていた——青い空はやっと銀色の輝きを帯びていたが、しかし大地は黒く夜によって描かれていた——私はただ空を見上げた。……そのとき何かが地上でぱしゃぱしゃと音を立てた。……

それはスピッツで、インド洋に飛び込み、聖ヨハネ島を目指していたのだった。私の浜に這い上がって、私の傍らで尻尾をふりながら雫を撒いた。全く余所者の犬とはイギリス人相手の場合よりとっつきにくい、その性格や名前を知らないからである。スピッツは何か私に用があって、いわば全権使節のように見えた。遂に月はその輝きの水門を開けて、私と犬とを照らし出した。

聖ヨハネ島の
鉱山局長[*3]ジャン・パウル殿

郵税無料

この私宛の上書きが動物の首に懸かっていて、首輪に結ばれた瓢箪に貼られていた。犬は私が背嚢を取り上げるのを、アルプス犬がその持ち運びできる糧食をはずすのを許すように許した。私は、酒保商人の天幕でよく酒精を詰められた瓢箪から何かを取り出したが、それは私をもっと陶然とさせるもの、一束の手紙であった。学者、恋人、暇人、少女は熱烈に手紙に執心する。商売人は全くそんなことはない。

束全体の――名前と筆跡には見覚えはなかった――中心の話題は、私は著名な男であり、皇帝や国王と親交[*4]があって、私のような鉱山監督局長はおそらくいない云々であった。しかし充分であろう。私は一オンスの謙虚さも有していないことになってしまうであろう、仮に私が、何人かに現実に見られる厚顔さを発揮して、手紙から次のことを抜き出そうとしたら、つまり、私はシェーラウのギボン、メーザー[5]であって（それもただ伝記の分野でのみであるが、しかし何というお追従か）、――人生を閲してそれを伝記として陰影をつけて欲しいものは誰でも、私がどこかの王家に修史家として召し抱えられ、遣えなくならないうちに、それを依頼し続けるがいいこと、――にもかかわらず私も他の鉱山監督のように、ぼんやりした読者が、既に他の小路、つまりあの世に行ったのに気付いてからやっと帽子を脱いでくれる目に遭うであろうこと等を。この最後のことを私以上に案じている者がいようか。しかし案じたからといって謙虚な男は、下に伏して自分の賛美者のプロンプターとなるような真似はしない。他界していたらやりかねないのであるが。私の感情には、最後の顫音《トリル》で「これ以上言うのは謙虚さが許さない」と追加するのが厚かましくも、許されないことをすべてとっくに述べてからであるという作家達でさえ厭わしい。

今ようやく通信員が私をある匿名の家族の話しの伝記作者にしようという自分の意図を打ち明ける。彼は頼み、宥め、賺す。「自分は」――（彼はもっと冗漫に書いているが、しかし私はすべてを縮める、そもそもこの手紙の抜粋はちんぷんかんぷんにしかならない、三十分前からいまいましい鼠野郎にひっかかれ、かじられてかりかりしているのである）、「貴方にすべてを司法的文書で証明することが出来る、しかし貴方を全面的に信用することは出来ないので、この話しでは人物の名前は偽名を伝える他ない、必ずや時とともにすべてを明らかにする――この話しとその進展には運命そのものがまだ関与しているのであって、ここでは単にその鼻面を渡すが、手足を次々に、時の轆轤から出てくるように、正しく送り届けて、尻尾が付くようにしよう――それ故配達人のスピッツが驢馬の郵便のように規則正しく泳いで渡ることになる、が配達人の後を追って船で来てはならない、――こうして」（とクネフと署名している通信員は結んでいる）「犬がペガサスのように多くの乳糜を運んで、それで貴方は年鑑の薄い勿忘草の代わりに二つ折り判の厚い甘藍の茎を積み上げることになろう」。

彼がどんなにうまくこの意図を達成できたかは、まさにこの話しの第一章、スピッツがアイマンの鼠から大砲の速射まで一度に容器の中に詰めていたものを読んだ読者なら御存知であろう。

私はクネフ氏に次のことだけを瓢簞の中に返事として認めた。「突拍子もないことは嫌いではありません。――もともと気位が高くないのであれば、貴方のお追従で鼻を高くすることでしょう。それ故追従家が惑わすことはほとんどないのです。私は最良の世界をただ小宇宙に定住していて見いだします、私のアルカディアは四つの脳室以上を出ません。現在は人間の胃の為以外には出来ていません。過去は歴史から出来ていますが、それはまた畳まれた、被殺害者の住む現在で、真理の冷たい極からの永遠の水平な偏向の単なる磁針偏差計であり、また美徳の太陽からの垂直な偏向の傾斜角計です。――それで自分の外でよりも自分の内で、より幸せになりたい人間にとっては、未来あるいは空想、つまり長編小説しか残されていません。伝記というものは巧みな手にかかれば容易に長編小説へと、ヴォルテールのカールとかピョートルとか[6]諸自伝に見られるように、高められますので、それで私は伝記の仕事を引き受けます、条件は、そこでの真理という女性は単に私のお相手役であって、私の指導者ではないということです。

応接室では普通の諷刺は嫌われます、誰もが自分に引き寄せ得るからです。個人的諷刺は中傷の義務の一つに数えられて、大目に見られます、諷刺家は悪徳よりも人物を攻撃していると期待されるからです。本ではしかしこれはまさに逆で、そこで数人あるいは幾人かの悪漢が私どもの伝記で、私の期待通り、登場する場合は、その匿名が好ましく思われます。諷刺家はこの点医者ほど不幸ではありません。生きのいい医師の作家で、生きのいい読者が持っていないと思うような病気を描くことが出来るものはほとんどいません。彼は憂鬱症者にその話しの中の患者達を通じて患者達の痛みをうまく接種し、あたかも彼らの枕頭にあるような思いにさせます。身分のある人士で花柳病の生き生きとした描写を、自分が罹っているという思いを抱かずに読める人はほとんどいないと断言できます、ことほど左様に彼らの神経は弱く、空想は強いのです。これに対して諷刺家は、読者が倫理的病気の彼の絵、精神的奇形児の彼の解剖学的図表を自らに当てはめることはほとんどないと期待できます。喜んで自由に、専制、弱点、高慢、愚行を、そのようなものを持っていると思ってしまう者がいるとは少しも案ぜずに、描けます。いや私は読者全体、あるいはドイツ人すべてに美的嗜眠、政治的弛緩、胃と財布に関係しないものすべてに対する重商主義的鈍重の罪を帰すことが出来ます。しかし私は、私の文を読む誰もが、少なくとも自分はそのうちには数えないと信じています。この手紙が印刷されれば、各人の心の証言を引き合いに出したいところです。——本当の名前をこの物語の劇で遣わなければならない唯一の役者は、殊にプロンプターをやるだけなので挙げると——犬です。


ジャン・パウル」


私はまだ返事を貰っていないし、第二章もまだである。今や学界にこの話しの続きを贈るつもりがあるのかないのかは全くスピッツにかかっている。

——しかし伝記作家の鉱山局長が、単なるいまいましい鼠の所為で、それも新聞ではなく私の家で働く鼠の所為で、ちょっと読者の許から離れ、奴を竦ませようと部屋という部屋で怒鳴らなければならないということがあろうか。

……スピッツィウス・ホーフマンと犬は言って、これが鼠であった、そして瓢箪に第二章を入れてドアを引っ掻いた。学界がつまみ食いして良い満載した糧秣船を船ごとホーフマンの首から私ははずした。そして気の利いたものも詰まらぬもの同様に好んで読む読者にとっては、今日――私が書き続けることは確実になったわけで、――喜ばしい見込みがついたことになる、これはある種の謙虚さの気持から私の指摘しないことであるが。……読者は今ソファーに座っていて、最も美しい読書のホーラー達［秩序と季節の女神達］が彼の周りで踊り、彼の時打懐中時計を隠す――優美の女神達は彼に私の本を支え、彼に分冊を渡す――ミューズは頁をめくったり、すべてを朗読することすらする――彼は何の邪魔も受けず、スイス人あるいは子供達は言わなければならない、パパは心ここにあらずと――人生は一方の足に悲劇役者の底の高い靴を、他方の足には喜劇役者の低い靴を履いているので、彼にとって伝記も同時に笑って泣くのが好ましい――文筆家はいつもその文書の有益な倫理的なものに、有害であるが興味をそそる何か非倫理的なものを結び付けるすべを、薬品と火酒を同時に小売りする薬店主に似て、心得ているので、読者は人目を惹く非倫理的なものに対しては、例えば私の有する宗教的なものに免じて、そしてまたその逆と、喜んで許すことになる――そしてこの伝記は、ラムラー[7]が前もって六歩格に直すので、（調和的なゲスナーの場合よりもこうすることはもっと必要である）、音楽化され、読者は読み終えたら、立ち上がって演ずることも歌うこともできる。……私も作品を読んでいるようなほとんどそんな幸せな気分である――東インド洋は開かれた孔雀の尾の照らされた波を私の島に打ち寄せている――誰とも私はうまくいっている、読者とも、書評家とも、犬とも――万事犬の郵便日の為に用意出来ている、――錬金術師からのインクの処方箋、羽幹をもった鵞鳥の番人は昨日来た、種々の筆記帳をもった製本屋はやっと今日になる――自然は芽をふき、私の体は開花し、私の精神は実る――かくて私は樹皮末温床箱（つまり島）を越えて花を咲かせ、根繊維で箱を突き破り、（木の精の私は）私の樹の葉からは、どれほどの苔を年月が私の樹皮に、どれほどのかみきり虫を将来が私の心の髄に、どれほどの木上げ機を死が私の根の下に置くか分からないほどである、すべてに気付かず、心優しい運命よ、私は喜んで風に小枝を揺すり、葉を光と露とて満ちた自然に吸い付かせ、一面の生の息吹に触れて、歯切れのいい物音を必要なだけ立てて、それでどこかの沈んだ人の心はこの葉［頁］に注目しながらその痛み、その鼓動、その止まる思いを短い穏やかな夢の中で忘れることだろう。――――何故人間は時にかくも幸福になれるのか。

それは、時に文学者となるからである。運命がそのヴェールの下、幾つかの講義室や本棚を伝って流れるある文学者の人生の小流を、大きな世界地図から特殊な地図へと点描していく度に、運命はこう考え、言うことであろう、「人間を文学者にするほど、安上がりにそして風変わりに人間を幸せに出来るものはない。その喜びの盃はインク瓶で、――そのトランペットを吹く祭り、謝肉祭は（論評したときには）復活祭の見本市で――そのパフォスの杜全体が本のケースに入ってしまう――その青い月曜日［休業日］は（書かれたあるいは読まれた）犬の郵便日の他にあろうか。かくて運命自らが私を導いて、

＊１　彼は彼の鬘の掃除人を暗にさしている。

＊２　上部アルザスにある、そこでは三年毎に最も優秀な若者が花輪とメダル、沃野の管理を受ける。

＊３　周知のように私は鉱業についてはほとんど知らない。それで上司に拍車をかけてもらって、このような重要な学問において何か為すべく駆り立てられる必要があると思っていた。それで鉱山監督局長職はいつも拍車のようなものである。

＊４　二人の皇帝ジルクとアトナーハそれに四人の国王スゴルタ、ザケフ・カントン等の他には私は更に親交はない。それもただ高校の最上級生のときで、我々法律家は万難を排してヘブライ語を学ばなければならなかったからである、その際まさに先の六人の権力者が単語のアクセントとして登場した。しかし手紙の差し出し人は人民の偉大な、鋭い、王冠を戴くアクセントを考えているのかもしれない。

# 第二の犬の郵便日

大昔の話し——ヴィクトルの生活過程の規則

第一章の門では読者は通行人に尋ねている、「名前は、性格は、仕事は」と。

犬が皆に代わって述べる。ヤヌアールは——つまりヤヌアール氏で、聖ヤヌアリウスではなく、フラクセンフィンゲンの侯爵のことであるが——かなり若いとき上流の大物の世界を巡る大旅行をした。彼は至る所で外国人に贈り物を配った、それは彼の臣下たちの唯一の無償ノ税を要したもので、そしてフランスの多くの抑圧された百姓を支援し、気の毒に思った、彼らはフラクセンフィンゲンの彼の百姓同様に悲惨な状態にあった。身を守るすべのない女性に対しては、すべての旅する侯爵がそうであるように、ほとんどそれ以上のことをした。侯爵の大多数については、彼らはティトゥス(1)や東方への世界周航者のように、幸福にせずに、従って幸福にならずに一日を失うことは時にあるけれども、しかし一夜を失うことはめったにないと言えるであろう。君侯はそもそも現在のフランスの人口減少を予見していたに相違ない。それに早めに対処してフランスの海辺の三都市に三人の息子を残したからである、所謂七つの島では一人の息子を残したにすぎない。最初の息子はヴァリザーと言い、次はブラジーリヤー、三番目はアストゥーリヤー、七つの島の息子はムッシューあるいはムッシュと呼ばれた。多分名前はヴァリス、ブラジーリエン、アストゥーリエンの［それぞれイギリス、ポルトガル、スペインの］皇太子にあやかったものであろう。彼は子供達をただ自分達の身分を知らないままこの無知以外はひどくないという教育で育てさせた。彼の統治の将来の協力者に仕上げる腹であった。ヤヌアールは官能的で少しばかり虚弱であったが、しかし不安を抱いているときの他は、極めて人情味豊かであった。

ホーリオン卿はヤヌアール侯爵に二度旅の途次出会った。一度目は侯爵の衛星の軌道に微小彗星として、二度目は太陽に近い彗星として横切った。言いたいのは、ホーリオンは、ロンドンに住んでいるヤヌアール家ゆかりの女性を愛したそのとき丁度二度目に侯爵に会って、彼とその宮廷をロンドンの彼の家に招いたということである。この侯爵の遠縁の女性については私の情報は——国家と家庭の事情を顧慮する余り、折悪しくヴェールを被せている。彼女は卿と結婚したとき二十二歳で、彼女の人となりは（ロンドンの彼女の賞賛者の大胆な表現を遣ってよければ）、無比の繊細な穏やかな青い眼に他ならなかった。これが聴衆に話せるすべてである。

侯爵は喜んで卿に征服され、支配された、卿の奇妙に混合した冷淡さと天分は拘束を受けない魂の君主と司令官を造り上げていた。卿はさらに家に美しい姪を有していたが、その人の侯爵の目に映る魅力は侯爵のような精神的な山岳の長老を、より若返らせもすれば平らかにもした。

しかし葬礼の鐘はその不協和音を生のこの諧音の中に響かせた。卿の愛する人は荒れた地上から飛び去って、彼の最初の息子を思い出、心の形見として残した。彼女は二十三歳のとき、さながら子供の命と引き換えに、その子の生まれた数日後に亡くなった、そしてたおやかな細い枝は熟した果実の下くずおれた。ホーリオン卿は運命に黙って対した。彼は彼女をとてつもなく愛していたが、それを見せなかった。同じように彼女を悼むとき、深く黒い目を濡らすことはなかった。

侯爵が姪に、つまり本物のイギリス人女性に、惹かれたのは、以前同じように強くフランス人女性に惹かれたからであった、同じ理由で、先に前者と知り合っておれば、逆に後者を愛していたことだろう。後の侍従長のル・ボーは同じ志操を抱いていて、しかも同じ女性相手に抱いていた。インドの廷臣が主君の傷をすべて真似るように、ル・ボーはアモールの矢で彼の主君の傷を真似、それで最も強い傷の一つを身に受けた。

——このロンドンの話しはもう長くは続かない筈で、皆また我々の聖リューネに楽しく着くことになる。——

君侯が高熱に襲われたとき、医師のクールペッパー博士はそれを単に移り気な痛風の炎症の漫遊と見なした。このクールペッパーはその著名な同名人(2)、医学上の名手仲間と少し近い関係にあるのか、私にはまだ調べが着かずにいる。熱にヤヌアールは駆られて、そして聴罪師はその良心に水を掛けるよりも火を着けたので、死の苦しみの彼は、娘の許でもう決して人口減や革命のことは考えないと正式に誓った。彼の迷信や子供っぽい信心を強めている弱点が同じく彼の官能性に役だっていた。彼がまた元気になったとき、彼はどうしたら良いか分からなくなっていた。姪と彼の誓いは脳室の中では壁を隔てた隣人であった。ある有能な元イエズス会士が、彼は良心の疑いの為にのみ生きていて、自ら不確カナ良心を抱いていたが、懐疑家の許に駆けつけて、これを納得させた。「彼は誓いを、殊にその赦免以前には、良心的に守らなければならないが、罪深くて、出来ない話しのとき、つまり彼の妻の同意なしには誓えもしないし、実現もできないという場合にはこの限りではない」と。別の言葉で言えば、イエズス会士が彼に隠さなかったのは、彼は熱の中で単に未婚の女性に対して誓ったのであって、彼の不犯はただ尼僧にだけに限られる、従って彼の誓いは双方の不義（これは告解すれば済む）は禁じていないが、しかし厳格に片方だけの不義は禁じているということであった。ヤヌアールは信心深かったので、全面的に片方だけの不義は控えた。

彼の四人のフランスの大公太子達あるいは小侯爵達に対する彼の今やより大きくなった愛がその果たされた誓いと如何なる関係にあるか調べるのは難しい。要するに彼は卿に四人をフランスからロンドンに迎える任務と全権を与えた、愛する、名を伏せた、小さな後世どもを共にドイツに連れて行きたかったのである。彼は喜んでコッツェブー[3]のように（しかし違う）愛する者の没後にフランスへ出掛けた。ところが彼からではなく、ヴァリザー、ブラジーリヤー、アストゥーリヤーの家庭教師達から、ある晩おそらく結託した皇子誘拐団の共同計画に従って三人の子供達が拉致されたという悲しい知らせが届いた——ほどなくして卿からこの悲報が確認されたばかりでなく、七つの島のムッシューあるいはムッシュももはや島にはいないという新たな悲報も付け加えられた。

運命はしばしば人間に傷よりも早く傷の鎮痛剤《バルサム》を与える。ヤヌアールは五番目の息子を、私はいつも単に王子《インファント》と呼ぶつもりであるが、子宝の喪失の知らせ以前に得ていた。侍従長のル・ボーは王子の母親（卿の姪）と結婚していた。しかし彼は彼の結婚の日付を、三カ月遅らせずに、九カ月遡らせた。私はこの時代錯誤（日付違い）を侯爵の誓いと関連付けることが出来ないでいた。ちなみにイェンナー［ヤヌアール］は宮廷の夫達にとってはその誓約ではなはだ危険な者になったが、父親達にとっては無害な者となった。しかし夫達が自分達と結婚した女性の貞潔に対する有徳な信頼は揺るぎもしないものであったので、彼らはためらわずにこの貞潔を彼の放たれた炎へ案内した。それどころか彼らは、彼らがそうするのは例えば、彼がその王冠を彼らの妻達の化粧台に置いたとき、その輝く先駆攻城冠を玩具のように弄び、その輝きで見ている人々を幻惑せんが為であるという嫌疑を無視した。廷臣というものは妻を見張るよりも見分させたがるからである。

――まもなく開始と人形遣い達が叫ぶ、まもなく終了と私が叫ぶ。――

卿がやっと得るところなく帰ってきたとき、彼は驚いた――王子がいることに対してではなく、――王子の養子縁組、つまりル・ボーの結婚に対して。しかしこの侍従長は、――このことをホーリオン程考慮しなかったものはいない――侯爵の熱烈な友であった。このため彼は侯爵の為なら（キケロ[4]が要求しているように）自分の為なら決して出来ないようなことすら――名誉に反するようなことを出来た。そもそも廷臣や社交家にとって、彼らの名誉は高い地位の為しばしばこの上なくひどい疑惑を受けることがあるが、この名誉がたとえささいな衝突[*1]の際にははなはだ敏感であっても、大きな衝突は容易に呑み込んでしまい、そして言葉では駄目でも行為では後腐れなく籠絡されるというのは大いに幸いである。同じ様なことを医師達は錯乱者、あるいはむしろ彼らの皮膚で確認している、彼らの皮膚はかすかな触診をも感ずるが、しかし発疱膏は何もきかない。――侯爵は三重の靭皮《じんぴ》でル・ボーと結ばれていた、感謝と息子と妻との。卿は靭皮をばらした。つまり彼は姪に侍従長の心をむき出しにして、その中の毒袋を剔抉し、彼女がこれまで思いやりと見なしていた、劇的に遂行された計画を明るみに出した。あらゆる高貴なもの気位の高いものが恥辱と瞋恚の余り彼女の中で燃え上がった。彼女は耐え難い思い出から、子供を連れ、次の子を腹にかかえて、都市から卿の田舎の領地へと逃げた。

さて侯爵は卿と廷臣とともに（クールペッパー医師さえも連れて）ドイツに帰った。ル・ボーはしばらく残って、姪を宥め、旅へと説得した。しかしすべての彼女の垂直に伸びる根を自由の国から引き抜き、ドイツへ共に出掛けることは出来ない相談であったばかりではない、彼女は海峡で隔てられたばかりでなく――離縁状でも汚い寵臣と別れてしまった。彼女は侍従長に二番目の子供、彼の実の娘を渡さなければならなかった、しかし第一子、王子は自分の母親の胸に抱き寄せた。ル・ボーはこれも喜んで耐え、考えた、竣工式の後は足場はいずれにせよ家のストーブに焼《く》べられる、と。

しかし彼がドイツの王座の天蓋の下に現れたとき、彼の太陽（ヤヌアール）は夏至にあって、次第に暖かさが減じ、冷たい嵐に移っていった。ヤヌアールの愛は持続するよりも容易に昇降する、そして彼にとって最大の罪は――不在であった。ル・ボーは今では妻と子供が無く、卿がロンドンに残された二つの至宝の財務官、沿岸警備人としてイェンナーの王座の下に登場したということだけで既に卿に対して勝ち目がなかった。しかしもっと深い理由があった。卿は君侯を簡単に支配した、君侯を自らの悪徳にも相手の悪徳にも依らず、自分の美徳に依って御したからである。第一に彼に対して何も要求しなかった、決して食養生や純潔を求めなかった。第二に縁者を鞍に乗せず、悪しき者を引きずり下ろした。彼を灰鷹のように金具の付いた拳に乗せて運んだが、鷹匠がこうしたのは、侯爵に鳩や兎を取らせる為ではなく、いつも目覚めていて且つ馴れているようにする為である。第三に彼の堅固さと彼の繊細さが互いに補っていた。変わりやすい者達を最も良く支配するのは変わらない者である。第四に彼は寵臣ではなく、社交家で、常にイギリス人、卿、国の有り難い養蜂家であり続けた、一方ヤヌアールは女王蜂で、女王蜂の牢にいた。第五に彼は、その人達の言うことを聞かないでいるにはその人達と対等でなければならない、そうした数少ない人達の一人であった。彼の口もとにいつのまにか錠を置くという手品をしようと思った人は、魂の足枷、手錠を一つすぐに感じた。第六に彼は良いチーズを持っていた。これはくだくだと説明する必要はない。チェスターにヨーロッパには見られない類のチーズを供する借地人を彼は有していた。侯爵というのはしかし全体に地方法律顧問の珍しい謝辞よりも珍しいチーズを好むものである。

このような凶星に出会って勿論侍従にも、はじめは同情的なタッチでイェンナーの顔に描かれていた拒絶状が次第にはっきり読めるようになった――しかし正しく読む為に週に何度か目を通した――今やもはや抱き犬に職を、つまり膝をあてがってやれなくなった――彼の推薦状は［持参人の命を奪う］ウリヤの手紙となった――その上卿によって侍従長の地位を得たときには、膝痛風の為自分の騎士領の聖リューネで年中湯治に専念する潮時と考えて、引き籠った、前もってじきに治って戻ってくると宮廷全体に誓わなければならなかったが。

――本来ならばこれで先史は約束通り終わって、私はこの作品の最近の話しに進めるところであるが、牧師のことで次のことを付け加えておかなければならない。

ル・ボーがそれでも宮廷でまだ任ずることの出来る唯一の職は聖リューネの牧師職であった。彼は教会保護者として鼠敵対者のアイマンを就けて満足させた、彼はロンドンで彼に宮中牧師職への口頭の任命を願い出て、それを得ていなかった。それ故犬の郵便日では彼をいつも宮中牧師［拙訳では牧師と省略］と呼んでいるのである、実は単に田舎牧師に過ぎないのだが。

アイマンが巡回牧師としてイェンナーの伴に従ったというささいな事情から多くのことが生じた。アイマンは卿の領地で彼の現在の妻にその肺病で掘り抜かれた心の玉の首飾り、胸飾りと共に小さなプレゼントをして、受け入れられた。両者はまだイギリスにいるときにフラーミンを設けた。レディーは牧師夫人を同性の立派な姉妹、祖国の立派な市民として愛した。彼女はイギリスに残ってくれるよう強く頼んだ、そしてすべて断られると、少なくともフラーミンを――せめて半分はイギリス人になるように――王子とヴィクトルと一緒に、友情のクローバーの葉が一度にドイツの土壌に植えられるまで残してよいように頼み、聞き入れさせた。

牧師夫人は気丈で、フラーミンのより良い教育の為には目の前で育てるという楽しみを犠牲にすることが出来、彼を愛情の目の許、子供の友情の小さな腕の中に残した。同じ教育者の手が――ダホールと教師は言った――三本の気高い花を直し、花に水を注いだ、これらの花は一つの苗床と天空から三種の色彩を吸い込み、それぞれ違った花糸と蜜腺をもって育った。ダホールは子供達皆の心を優しい手に捉えていた、彼の心は決して荒れたり怒ったりしなかったからであり、その若い姿には理想的美しさが、その純な胸には理想的愛が宿っていたからである。三人の子供達は彼の目の許、互いに一層暖かく、抱擁しあった、ヴィーナスの前で、グラティア三女神が抱き合うように。彼らはそれどころか皆、タヒチ人が愛情から名前を交換するように、一つの名前にした。

彼らが幾らか成長したとき、卿がやってきて、ダホールと共にドイツへ船で送られることになった。しかし出発前に王子は痘瘡を煩い、盲となった――そしてダホールは彼と共に不安で泣いているレディーの許に戻らなければならなかった。ヴィクトルは長いこと物も言わずに病いの友人の首にすがり、ダホールの膝を抱いて、愛する二人から離れようとしなかった。しかし卿が別れさせた。――フラーミンとヴィクトルはそれからフラクセンフィンゲンで育てられた、前者は法律家に、後者は医師に。

――スピッツィウス・ホーフマンの瓢箪には若干信じられない点がある。しかし犬が自分の供することに責任を持たなければならない。今やまた話しが進む。

卿は、穴だらけの駐屯部隊の砲撃の後、ヴィクトルと共に別室へ去った、彼の最初の言葉は、「少し包帯を解いて、おまえの手を私の手に貸してくれ。おまえの反応が分かるようにな、言っておくことが沢山あるのだ」。健気な男よ、貴方はそう見せたがっているよりも心優しいということは皆が気付いていて、我々は皆それを讃える。冷淡ではなく、冷却がより大きな英知である。我々の内部の人間は、鋳型の中の熱い金属鋳造のようにただゆっくりと冷えるべきで、そうしてより滑らかな形に仕上がって欲しい。まさにそれ故に自然は彼を――金属像の為に鋳型を暖めるように――熱い肉体の中に流し込んだのである。

彼は続けた、「目が見えなかったのでおまえ宛に意味のない手紙しか口述出来なかった。おまえが着いてから秘密を明かそうと思っていたのだ。ちょっとした火薬陰謀事件[5]が私を見張っている」。ヴィクトルはどうして突然盲になったのか尋ねて、話しをさえぎった。卿はしぶしぶ答えた。「片方の目はおそらくはもうおまえがゲッティンゲンに旅立つ前にそうであったのであろうが、気付かなかった」。

「でももう一方は」とヴィクトルは言った。卿の顔に仕舞っていた痛みの冷たい影が過ぎった。彼は息子を長いこと見つめて、放心したように、そして急いで答えた。「おまえが見える、はるかに高く、大きく見える」。「それは」（と彼は推測して言った）、「敏感な網膜[*2]による目の錯覚かもしれません。――火薬陰謀事件のことをおっしゃいましたが」――「こいつらは」（と卿は続けた）、「侯爵の子息がロンドンにいないと知った。その上、痘瘡は当時わざと接種されたものだと勘ぐっている――侯爵は私が彼の子息を連れ戻すときのことを毎日口にしている、ことによると勘ぐりのことも御存知かもしれない。私はロンドンへ旅立つのを治るまで延ばさなければならなかった。今からすぐに子息のいないイギリスへ渡って、母親を連れてくる。子息は他のどこかから連れてくる、おまえが治してくれた私の目同様にちゃんとした目にして」。

「それでは」、とヴィクトルは発した、「倒されるのは立派なあなたではなく、敵方でしょう」。

「いや、私は先に倒されている、おまえの言い方を借りれば。――しかし話しの腰を折られたな。阿呆ども以外の他の人の話しの腰を折る勇気は私にはない――私の不在がまさに望まれているからだ」。

私は任用された伝記作者としてみだりに事を尋ね、好き勝手に話しに口をはさむことはしない。話しの腰を折られた人は冗談を言えても、証明は出来ない。プラトンに接ぎ木されたソクラテスは、ソフィストに最後まで話しをさせなかったが、その点でまさにソフィストの一人と言えた。ワインを傾けながらもなお体系を語るイギリスでは、特大全紙の如く長大な著述となる。英知の眼鏡が輝く諷刺へと砕けるフランスでは名刺の如く短くなければならない。百度も賢者はいかれぽんちを前に黙ってしまう、自分の意見を言うには二十三枚の全紙を必要とするからである――いかれぽんちはほんの数行でよく、彼らの意見はせり上がる島々で、虚栄心以外には何の関係もない。……更に注目されることは、卿とその息子の間には丁寧な洗練された慎みが見られることである、これはこのように近い関係ではただ彼らの身分、考え方、度々の別離から説明されることである。

「しかし私が居たらもっと悪くなるかもしれない、プリンセスは」――

(侯爵の婚約者のこと、彼の最初の妻はすぐに子供を産まずに亡くなった、スピッツの言うところによれば)。

「プリンセスは滔々たる気晴らしを持参する、侯爵は享楽へ誘う声しか耳に入らなくなるだろう。影響が中断するということは負けるということ。私もこのゲームのある点まではなはだ草臥れてしまって、この新しい出来事のもたらす新しい関係からは身を退きたいところだ。プリンセスが、言われるように、愛していないのであれば、それだけ一層簡単に侯爵を支配できよう。すると私の不在はまた良くないということになる。――私のことはさておき、私が留守の間何をするつもりかね」。

四分休符の後彼が自ら答えた。「侍医になるがいい、ヴィクトル」。ヴィクトルの手は父の手の中でぴくっと動いた。「侯爵にはもう約束されている、何度もおまえのことを口にするものだから、侯爵は会いたがっている。その父親をよく知っている息子の風貌を知りたくてならないのだ。侍医としておまえの腕と気分で、私の戻ってくるまで侯爵を他のくびきから守ってくれ、戻ってきたら私がもっと穏やかなくびきを置いて、これを潮に私は退く。私の関係はこれまで他の関係を、とりわけある関係を遠ざけようとしていただけだ」――(胸を張って別な調子で)「いいかね、この世で徳操、自由、幸福を得ることは難しい、しかしそれらを広めることはもっと難しい。賢者はすべてを自ら得る、愚者はすべてを他人から得る。自由人は奴隷を救い、賢者は愚者達の為に考え、幸福な者は不幸な者の為に働かなくてはならない」。

彼は立ち上がって、ヴィクトルの肯定を期待した。ヴィクトルはそれで歩きながら弁舌の流れを滴らせなければならなかった。彼は息を重ねて始めた。「宮中を吹く砂嵐は忌み嫌っています」。……息子がここで認容の接続詞「確かに」を省いたのは私に言わせれば卿に責任がある。服従を期待していることを匂わせると、少なくともより自尊心の強い体裁を覚悟しなければならない。

「宮中の風はただ平伏している人間だけを撫でて、立っている者は粉にしてしまいます。レセプションの日に控えの間にいて、皆に頭の中で言いたいものです。私が嫌いなのは諸君と諸君の馬鹿げた悦楽と苦難の役の酢蜜――諸君の賭博台の忌々しい見張りと漕手の席――処刑された田舎で一杯の畜殺の鉢、つまり諸君の遊びの料理皿だと。――しかし分かっていますが、決して声高に言うことはないでしょう、何かを摂り入れる為にはその殻の他には何も動かし、開けるすべを知らない――もとより心をそうすることはない――卑屈な探るような宮廷の牡蛎どもについては……」。

「まだ口をはさんでいないが」と卿は言って、少し静かに立っていた。「しかし」(息子は続けた)、「大いに喜んで牡蛎養殖台へ下りて行きますよ。父上、どうして行かずにおれましょう。これまで病気の目の包帯をはずしたのは、私の顔色に御希望に反する様子が一つもないことを見て頂く為ではありませんか。――いや王座の周りには千もの濡れた目があって、切断されて手のない人々が見上げています。上方には鉄の運命が侯爵の姿で座っていて、手を差し伸べていません――優しい人間が登っていき、運命の強張った手を導き、もう一方の手で下の千もの目を乾かしてやってはいけない法がありましょうか」。――ホーリオンは若者よと言いたげに微笑んだ。

「しかしただ若干の経過上の道草、猶予をお願いします、もっとストイックにもっと奇矯になる為の時間が欲しいのです。もっと奇矯にというのはもっと堪能するということです。周りの善き人々と一緒に、私のフラーミンの傍らで、そして今暦の春、私の年齢の春の時に、人生の船が年取って凍り付かないうちに、せめて二カ月笑い、徒で行きたいのです。ストイックにはいずれにせよならなければなりません。実際、エピクテトスの手引書を蛇紋石として私と私の傷口に置いて、石に倫理上の毒を吸い取って貰わずに、胸を癌で一杯にして家から出て行ったら、宮廷は私のことを何と考えるでしょうか。……いや私は真面目に言っています。哀れな内部の人間は、――情熱の間欠熱でひからび――歓喜の動悸で疲れはて――苦難の創傷熱でほてり――他の病人同様、孤独と静寂、休息を癒える為に必要としています」。休息と言ったとき、彼の内部は解体するほどに動揺していた。それ程までに情熱は彼の血を沸かし、彼の心を震撼していた。

今や二人は共に黙して再びアイマンの許に行った。「フラーミンの為にお願いがあるのです」――「どんな」と卿が言った。「私はまだ知りません、でも直に言うつもりだと書いてきました」。――「彼への注文は」、と卿は言った、「任用されたいのなら、戦術よりも法典を、剣よりも筆を好むということだ」。――息子は父親から余りにも丁重に扱われたので、彼の秘密、特にイェンナーの子息がどこにいるかについて、質す勇気は持てなかった。私も同様に上品に読者を扱うので、読者も同様に勇気を持てないと思う。誰かが秘密と説明したら、それを新たに問うほど不躾なことはないからである。

卿はかくて癒えて侯爵の許に戻った。

＊1　彼らの名誉は、例えば彼らの馬車が他の身分のある人の馬車より先に行かないと傷つけられる。
＊2　内障の穿開では敏感な網膜はすべてをより大きく見せる。

# 第三の犬の郵便日

喜びの播種日――望楼――心の義兄弟

卿はそれまで語りや、問いかけ、喜びの洪水の前に立っていたダムで、それが取り除かれた。牧師館の行った最初の調査は、まだ昔のバスティアンであるかどうかであった。――肌、髪に至るまで完全に同じで、しかも左の側髪は昔同様に右の側髪よりも短かった。肉屋の下男がハンガリーから郷里に帰ってくると、自分の一族が変わっていないことに驚く――一族は彼が変わったことに驚く。こちらでは双方が変わっていないことを喜んだ。どの顔にも喜びの後光が差していたが、しかしそれぞれ別の光であった。有頂天はヴィクトルのように穏やかな顔では美徳のように見える。――生涯にダビデの詩編と雄牛の葉胃《ようい》しかめくったことのない昔馴染みのアッペルは銅鍋を前に猛然と火を掻き立てて、その満足を顕にした。年取った人間では善い魂と悪い魂とが和解するように――互いにもはや憎み合わない老パグと雄猫のウィーン動物園と黒く着色された一羽の鶩のストーブの下の鳥コレクションが周りの騒々しさに感染して、自己紹介をし、そうして喜んで――これは大使のしないことであろうが――最初の訪問の権利を放棄した。アガーテはその喜びをただ唇で表して、それで黙しながらそれを兄の唇に押し付けた。牧師で感心な点は、後足に後脚痛風、前足に前脚痛風を持っている傷病のパグを静かにその居間兼寝室の籠に入れて再びストーブの下に戻し、がみがみ言わずに安楽椅子の支柱の並びを元通りにし、喜んで言葉を乱しながら小さなバスティアンを、目覚めて更に訳の分からぬ言葉を増やさぬようあやしたという点である。しかし同国人の牧師夫人の崇高に磨かれた心の中では家族の喜びの光線が一つの焦点に収斂し、胸中に愛の生命の暖かさを広げた。――ヴィクトルの顔に思いきり微笑んだので、彼女は彼のこれからの部屋を示す他なくなって、彼の為に開けて見せるよう命じた。アガーテが鍵をがちゃがちゃ言わせて飛んで行き、家の人々も客人に後れをとらず、皆して彼が何と言うか知りたがっていた。

彼は心づくしのもてなしを満喫した、教養を身に付けた余所者の自惚れた自負心を抱いてではなく、満足し、従順な、ほとんど子供っぽい混乱を覚えて――彼は自分が子供のように見えることを意に介しなかった、それほど穏やかで、快活、要求がましくなかった。このような時には、座っていたり、話しに耳傾けたり、話しをしたりすることは難しい。……それぞれが話しを始めた、すると牧師が割り込んだ、「全く別の話しがあるんだ」。しかし全く別の話しなどなかった。――誰もが客と差しで話したがった、が残りの三人の耳を除くわけにはいかなかった。――彼の混乱を叙する私の筆自体が混乱している。が私の場合いつもそうである。例えば急ぐ様を叙するとき、いつの間にか大急ぎでそれをしている。愛の羽毛に揺すれて掛かっている彼のような心にとって、細かくひび割れた窓枠のそれぞれに、滑らかな舗石の一つ一つに、玄関の石の雨で穿たれた跡の各々に、自分の少年時代がモザイク状に模写されているのを見て、同じ対象で今と昔を味わうということはなお必要あったであろうか。影の世界から出現したこの少年時代は、聖リューネの草原に住み、花ばかりの喜ばしい日曜日に挟まれて、愛しい顔の人々の許で現れたが、この少年時代は薄暗い鏡を手にしていて、その中に少年時代のぼんやりした視野は戻っていった――そしてこの遠くの魔法の夜からほのかに光りながらダホール、彼の忘れがたいロンドンの教師が立っていたが、彼は彼をかくも愛し、労り、気高くしたのであった。「嗚呼」と彼は考えた、「報われない、この世には暖かすぎる心よ、今どこで脈を打っているのか、どうして私の嘆息をあなたの嘆息と一緒に出来ないのか、そして愛しい先生と呼べないのか。人間が気付くのはしばしば後になってからである、どんなに自分が愛されていたか、どんなに忘れっぽい忘恩の徒であるか、どんなに誤解された心は偉大であったかを」。彼の静かな喜びを最も養ったのは、自分は父親に対する子供らしい従順さと将来宮廷でヘラクレスのように働くという決意とによって喜びに値するという考えであった――大きな喜びの度に苦い胃液のように、自分はそれに値するかという疑念が心に滴ったからである。これは支配の一門、君侯、家長、騎士団長には子供時代巧みに消される疑念である。より良い人間は喜びを善行の後にはじめて最も甘美に感ずる、復活祭は受難週の後にである。

女性の読者は今昼食の料理を知りたいであろう。しかし半ば陸路、半ば水路を通ってくるこの郵便日の記録が告げていることはまず第一に、誰も食欲がなかった——歓喜は心痛よりもそれを奪う——三箇連隊を除いて、彼らは古兵のように敵へ、つまり食卓の残飯へ斬り込んだということ、第二に、食事は客自身よりもさらに痩せていたということであった。しかしここで読者界を五月四日の固定祝日に招待申し上げたい、ヴィクトルの到着とその代子の教会参りがはじめてきちんと祝われる金曜日である。

牧師夫人は午後この囲まれた愛しい人を多彩な音色の音楽の渦から連れ出し、夫の目の前で、彼女は夫の支配人、ロンドン市長であった、彼を奪い、夫の部屋に案内して、自分だけ彼を相手に母親のように悲しみ、喜び、打ち明けた。長いこと仕舞い込まれていた嘆息、積もった涙が堰を切って開けられた母親の心から、別の柔和な心へ押し寄せた、これは実際彼女の息子の最良の友だった。彼女はかつては彼がいつも鎮めてくれたフラーミンの激情について訴えた、「学者なのに兵士気質で」と、そして最後に彼の仲間のことを。「いつもマチュー——シュロイネス大臣の子息——と一緒で、これは乱暴な、どこでも好まれ、どこでも堕落した、抜け目のない、大胆な、小馬鹿にした人で、仕事の都合がつくと決まって、むこうの侍従長の家かこちらのうちの息子の許にいて、何のつもりで市民階級の家を訪ねてくるのかさっぱり分からない話しだ」と。彼女は、ヴィクトルが昔からの友をこの放蕩息子の鉄罠、牙から守るつもりだと聞いて喜んだ。ヴィクトルは感動して彼女の手を握り、言った。「私は彼の心をどんな最良の盟友とも分かち合いたくありません——私の意向次第であれば、彼は惚れることさえ許されません——、ただ私と、それに彼のことを少しも正しく伝えていない人、つまり貴女《あなた》だけを愛して貰います」。彼はまだマチューの太陽の黒点についての描写には大いに不信を抱いていた、女性が風変わりな人間を解することは少なく、娘は確かによく荒っぽい男を愛するけれども、しかし（結婚で実情に明るくなった）夫人はいつも穏やかな男を愛するからである。

彼は既婚夫人達の心を彼女達に対するある好意的な丁重な物腰で容易に彼の引き網へ引き寄せたが、これはドイツ人男性は未婚女性にしか見せない物腰である。年取った御婦人と古い煙草のパイプはしかし簡単に男性の唇にくっつく。比較的若い鳩は彼の喜劇的な塩で惹きつけた、小雉鳩を別の塩で捕らえるように。警句は彼女達にとっては証明文で、諷刺家《パスクイーノ》は意見の教師、醜聞年代記の批判本はカントの純粋理性批判の改訂版である。その医師としてのドクトルの指輪によっても彼は女性の心をフックに留めた。医者として肉体の神秘に通じていると言ってよかった、そして肉体の神秘の後には容易に精神の神秘が続くのである。

夕方、最初の歓喜の森の水が引いたとき、やっと気の利いた言葉を三つ言えた。牧師も今ではがみがみ言うことが少なくなった。午前中は喜びで辛辣になっていたのである。怒りと肉体は互いに強められる、それ故喜びで、――それ故一月と二月には、犬どもは比較的長く凶暴になるが、人の怒りの発作は短いのであって、――それ故快方に向かっている者は一層強くぶつぶつ言って回る、強い精神の緊張状態にある者、例えば犬の郵便日記述者がそうであるように、――それ故片頭痛の後草臥れているときとか陶酔の後では子羊よりも穏やかなのである。

夕方にかけて早速何か重要なことが生じた。アポローニアは彼女の血族と客人を手箒で蜘蛛や埃よりも早く追い出した。――五月四日にはこれまでの逃亡者の今日の帰還がきちんと祝われる予定であった。――フラーミンとヴィクトルは先に牧師館の庭を通って行った、そこの特異な物珍しさはかなりのもので、この文書の報告者は、犬の飛脚を通して庭をもっと鮮明に私に描けたらいいのだがと願っている。牧師は多くの苗床を長い四角形に整地せずに、官房書体のラテン文字に、家族の頭文字として反らしたり曲げたりしていた。彼自身のEは大根の種を播いて、アポローニアのAはタマヂシャ、フラーミンのFは球茎甘藍、ゼバスティアンのSは甘草、またの名 Glycyrrhiza vulgaris が播かれていた。種を播けない人にも場所はいつでも取ってあって、南瓜とシュテティーンの林檎の上には貴顕録が白いままあって、果実を名前に切り取られた紙が透かし彫りに包み込んでいたが、この装幀を剥ぐとほの白い実が緑や赤に現れるのであった。ヴィクトルはチューリップのKの許を通り過ぎるとき、フラーミンにその意味を尋ねた。「何で尋ねるのかい」とフラーミンが尋ねた。後からやって来た牧師家の人々の話しに答えが紛れてしまった。牧師の草地の向こう側には（小川を越えるだけだが）丘があって、その上には古い望楼があったが、そこには木の階段しかなく、またその上にはイタリア式屋根の代わりに板の蓋しかなかった。二つとも侍従が作らせたものであった、人々が――（自分がではない、大貴族の無情はフランシスコ会士の情の為に働くのである）――上で少し見渡せるようにする為である。そこから創造主の支柱の並び、スイスの山々と舟を浮かべたラインの流れが見えた。望楼には二本の自然にからまった菩提樹が伸びていたが、その上の茂みは、緑の壁龕にくり抜かれ、草のベンチが置かれていて、感動した島国人に風を送っていた。愛するこの人物は女墻《じょしょう》に登って、その田舎の胸に安らぎを吸い込んだが、胸の中には穏やかに外の静かな空が写されていた。空は太陽を隠しながらこれらの良き人々を覆っていた。まだ一片の雲が燃え上がったが、燃え尽きる前に散ってしまった。

今や聖リューネの一般世界史の補遺は快適に追加納品された。アイマンは役員会や鼠について苦情の大型本を提出できた。突然下の方からアガーテが同名の聖女のように当地のオルガンのふいご踏みから呼ばれた、彼は村のお仕着せ下僕、教会御者であった。何人かの著者が、御者は盲で馬は聾であったと言うなら、事実は全く逆である。男は聾であった。彼はそのハンカチに——ハンカチは賎民の間では札入れ、封筒であった、手紙は批評家に良い手紙がそうであるように、彼らには重要で稀であったからである——今日アガーテ宛の手紙を探り、取り出した、それは昨日卿の手紙と共に渡すべきであったのであるが。しかし御者達は殿方をただ馬の幻日、添え役としか見なさず、婦人方に至っては厩舎の寄生植物としてしか見ない。それ故「すぐに」というのは彼らの場合一日あるいは二、三日を指すのであり、そして「明日の午前中に」というのはレーゲンスブルクの議決案件の通知では一年あるいは二、三年を指していたのである。アガーテはむしろ駆け下りて、手紙をより明るい西方にかざして、何かを読みとるや目を輝かせて駆歩で階段を上がってきた。「彼女が明日来るの」とフラーミンに向かって叫んだ。彼女は自分の友人のそれぞれの中ではほとんど自分の別の友人のその相手、その友人だけを愛しているように見えた。クロティルデ（ル・ボーの最初の妻、卿の姪の唯一人の娘）が教育を受けているマイエンタールの女子修道会から父親の許へ帰ってくるということだった。

「用心なさい」と牧師夫人が言った、「彼女はとても綺麗ですよ」。——「それでは」、と彼は言った、「むしろ用心しないよう気を付けましょう」。——「そもそも」（彼女は続けた）「美人が皆あなたの周りに集まって来ます」。（彼は媚びる眼差しでここで彼女を当惑させ咎めようとしたが無駄であった）。——「イタリア人のプリンセスも夏至祭には来ます、この方はとても魅力的で、あたかもプリンセスなどではなくて、ただのイタリア女性に見えるそうです」。こう述べて大方のプリンセス達に失礼なこととなったが、同性に対するある皮肉が牧師夫人の唯一の欠点で、彼女には何人かの母親達がそうであるように、継子の息子は存在しなくて、ほぼ継子の娘だけが存在していた。彼は答えた、自分がぞっこん惚れ込まないようなプリンセスは、アメリカでさえ、これまで結婚の例はないと願いたい、これもただ哀れな華奢な小動物、紋章の動物に対する同情からで、これは捺印の際と条約締結の時に押されるもので、これらがしばしばこうした結婚の唯一の子供となるのであります、――「若い領主令嬢はまことに巣房の中の女王蜂のように売りに出されていて、どの巣箱に領主あるいは養蜂家が今日にも売り払うか待機しています」と。

女性というのは自分が尊敬する男性が自分以外の女性に恋することがあるとは少しも思い至らない、そしてその恋人を目にしないうちはほとんどそれを予想し得ない――同様にはなはだこの男性の恋の流儀に執着していて、それがオランダ流であるか、フランス流あるいはイタリア流であるか知りたがっている。牧師夫人もこの点について打ち解けた客人に尋ねた。「私の後宮は」と彼は始めた、「この楼から喜望峰に至り、地球を一巡します――ソロモンは私に較べれば黄色の一時［藁］やもめにすぎません――私はその上彼の妻達も加え、ソドムのボルス村林檎を持ったイヴから十字架付きの球［皇帝の象徴］を持った最新のイヴまで、それに単なる果実の絵を持つ侯爵令嬢まで皆私の胸に捕らえられています」。女性は自分もその一人であるとして女性への敬意を許す。女性自身は自分達女性の特性については少しも分かっていない。「しかし最愛のサルタンの妃はそれについて何と言うでしょうか」と女性大審問官は尋ねた。

「妃は」――と彼は詰まった、当惑したというよりは過剰な花と咲く夢に浸って。「勿論妃となると」――（彼は続けた）、「私は私の頭を担保にしますが、青年は誰でも二つの時期、あるいは瞬間を持っています。最初の時期は青年自身その頭を担保にして言いますが、むしろ自分の心を自分の胸部、あるいは上半身の中で黴びさせたい、自分の膝窩あるいはひかがみを萎えさせたいと思うものです、この両者を最上の女性、真の天使、紛れもない一等籤以外の女性の為に使うくらいなら――彼は結婚籤の最高賞を目指します、最初の時期のことです、――ところが次の時期がやって来て、教えられます、当然女性の一等籤は男性の一等籤を要求していて、仮に彼がその籤ならば、……愚かな当たり籤、四等籤だ自分はと私は言って、次の時期［綜合文］のことは言い終えません。しかし一等籤には注意し続けるつもりです――道化とならなかったら人間であって何の甲斐がありましょう。――さて先の一等籤を引いたら、これは過度の期待を抱かずとも前提としてよいことでありますが、その際には無関心ではいられず、幸せの極みとなることでしょう。――おお、天よ。即座に調髪し、影絵を描いて貰わなければなりますまい――詩を作り、ステップを踏むことでしょう、どちらも伝統的な詩脚で。――敬虔な僧侶よりも度々背をかがめて、お辞儀をし（刈り取れるところでは）花束を作ることでしょう――私は肉体と魂、精神を多くの指先、触糸から自分の許に組み立てるので、私どもの二つの影がぶつかったら、それをすぐに感ずることでしょう（一等籤はもっと早く感じましょう）――手で触れられた細い切れ端のリボンは稲光となって私から出る電気エーテルの立派な避雷針となることでしょう、彼女は負の、私は正の電荷をもっていることでしょうから――全く彼女の髪に触れるとなったら、世界が解き放たれた彗星の尾に落ち込んだときに劣らぬ発火をもたらすことでしょう。……

しかしこうしたことすべてが何でありましょう、分別を持って、この善き女性、忠実な女性、不当な扱いを受けている女性が何に値するかを考えて見れば。全く愚かな詩、溜め息、短靴（長靴はお呼びでない）、片方あるいは対の握りしめる手、献身的な心というものは、それである生き物を満足させる為とすれば、何と小さな贈り物、無償の贈り物でありましょうか、この生き物はますます多くの例に接するように、人間の人生を導く最も素敵な天使から、目に見えないということは除いて、すべてを貰い、――すべての美徳を有し、すべての美をまとって、――ほのかに光り、元気付けることこの春の夕方のようで、それでいて同じようにその花と星とを隠していて、愛の星は別で、――その全能にして微かな心のグラスハーモニカを聞くのが私は大好きで、その目により優しい魂の滴と、より高い魂の眼差しとを私ははなはだ見たがっていて、その側なら人生の全く移ろう喜歌劇、正歌劇の許喜んで立っていたいと思うのです、喜んでというのは、哀れなゼバスティアンが、人生の聖なる黄昏に自分の影がますます長くなって、自分の周り一帯が広い影に溶け、自分自身そうなるとき、つまり私が二つの影の手を」――（一方の手は丁度フラーミンが握った）「見て、叫びたいからで」……（詰まりながら）

「老ふいご踏みがまた手に何かを持ってやって来る」。

彼は自分の感動を冗談に紛らすことも、目の中の感動の印を幾つかの鬱蒼とした菩提樹の葉陰に隠すことも出来なかったので、声が感動で途切れようかというときに、高台の向こうを見て、御者がまた近寄って来るのを見たのは幸いだった。御者は下から叫んだ、「ゼーバーセンから貰いやした、たった今のことで」。アガーテは勢いよく駆け下り、そして紙片を読むと――草地を越えて向こうへ走っていった。［オルガンの］ふいご踏みは、持続的天候の気圧計に似て、ゆっくりと登って来て、自分と戻された紙片とを、上からどれほど合図があろうと、その梃子の腕で一刻も早く塔へ動かそうとはしなかった。紙切れにはクロティルデの筆跡で、「愛しい人、あなたの木陰道に来て頂戴」と書かれていた。

皆の目は今や疾走者の後を追って、彼女と共に夕方の薄闇の中を牧師の庭へと舞ったが、しかしその木陰道には誰の姿も見えなかった。アガーテがその入口を目にして、急ぐ様が飛ぶようになって、ほとんどそこに着くと、白い姿が両手を広げて飛び出し、彼女の両手の中に入ったが、しかし抱擁の結末は木陰道で隠れ、長いこと皆は期待しながら愛の庵を見つめ、期待はずれに終わった。

牧師夫人は、いつもはすべての娘に身分の降下のみを認め、身分の上昇は認めないのであるが、今やクロティルデには七つのすべての叙階を授け、大いに賞賛したので、――ことによると彼女は母方が彼女の同郷人だったからであるかもしれないが――ヴィクトルは賞賛者と被賞賛者とを同時に抱擁したいところであった。――牧師は彼女の賞賛に付け加えた、自分は彼女の名前のイニシャルのKをチューリップでさながら表題のように赤くプリントした、花が咲いたら、苗床の文字は一面に輝くのだ、と。

夫にして種蒔き男は今やますます夜の天体のハルモニアの合奏に咳のリード管で加わっていった。とうとうヴィクトルの熱烈な女友達と一緒に離れ、二人の友人をその素晴らしい夜二人っきりにした、二人は互いに打ち明けたいと思う心で一杯であった。

フラーミンはこの日ずっと黙した感動的優しさを見せていたが、これは彼の内部にはめったにしか見られぬもので、心に何か秘めていると言っているように見えた。望楼が更に人気がなくなると、愛の夢で一杯に、柔和になっていたヴィクトルは涙に濡れる目をもはや隠さず、彼の生涯の最も馴染みの友人の前で目を開けて、御覧よ心のずっと奥深くまで、愛の他には何もないのだからと言っている率直な目を見せた。……黙って愛の渦が両者の回りを巻き、二人を近寄せた。――彼らは互いに両腕を広げ、音もなくくずおれた、そして義兄弟の契りを結んだ魂の間にはただ二つの死すべき肉体があった――高く愛と至福の奔流に覆われて、酩酊した目は一分間互いに目を閉じた、そしてそれらがまた開かれたとき、夜が崇高に、永遠の深みに沈んだ諸太陽と共に彼らの前にあって、銀河が無窮の回りの永遠の輪として昇り、地球の月の鋭い鎌が人間の短い日々と歓喜とに斬り込んで来ていた。――

しかし、諸太陽の下にあり、輪に囲まれ、月に攻撃されているものの中にはこれらよりも何かもっと高く、堅く、明るいものがあった――それは移ろいやすい覆いの中の移ろわぬ友情であった。

フラーミンは我々の言葉にならぬ愛のこの疲れる表現に満足する代わりに、今や生きて飛ぶ炎となった。「ヴィクトルよ、今晩永遠に君の友情を僕に呉れて、僕に誓ってくれ、君への僕の愛を決して妨げないと」――「ねえ、君、とうに僕の心は君に差し上げているけれども、喜んでまた今日誓うよ」。――「そして決して僕を不幸にも絶望にも追い込まないと」――「フラーミン、そんなこと辛すぎる」。――「頼むから、誓って、手を挙げて約束してくれ、君が僕を不幸にしても、決して僕を見棄てずに、憎まないと」。……（ヴィクトルは彼を抱き寄せた）「和解出来ないのだったら、ここを去って、――ヴィクトルよ、僕も辛い――抱き合って、下に墜落し、死のう」。――「そうとも」（ヴィクトルは疲れて小声で言った）「何かあったのかい」。――「すべてを言おう、もう生きるも死ぬも一緒だ」。――「フラーミン、今日は言いようもなく君を愛している」。――「それでは僕の心をすべて見せることにしよう、ヴィクトル、そしてすべてを打ち明けよう」。――――

しかしそのことが出来るには、まずその前に沈黙して奮い立たせる必要があった。彼らは長いこと黙っていた、内部と外部の天に耽って。

やっと彼は口を開き彼に語ることが出来た、彼が今日冗談を言ったあのクロティルデが消しがたい文字で彼の内部に刻まれたこと――彼女を忘れることも手に入れることも出来ないこと――臆病で狂った嫉妬の熱が忍び込んできて彼の内部で燃え上がり、消耗させること――確かに彼女とは彼女自身の禁止によって、彼女の兄（王子）が再び戻ってくるまでは彼の愛について一言も語ってはならないけれども、――しかし彼女の振る舞いとマチューの断言によれば、彼に対して幾分かの愛を抱いているかもしれないこと――彼女の身分が、彼が昇進の為に軍の道ではなく法律の道を取る限り、永遠の障壁となって二人の間に残ること――軍の道ならば、卿が彼に手を差し伸べれば、より早くクロティルデと同じ段階に達するであろうこと――ヴィクトル宛の手紙で彼が話していた頼みとはまさにこのことで、すべてをまた卿に話して、彼の助力を請うことであることを。――実際彼の荒々しい腕は正義の秤よりも剣を上手に持てたにすぎない。将来の可能性だけでも痙攣を起こす嫉妬への恐ろしい性向が主因であった。ヴィクトルは彼の感情に最良の言葉、つまり行動を与えることが出来て喜び、彼の信頼と、新しい消息は案ずるに及ばないことに感謝して彼の言うことをすべて了承した。こうして彼らは、新たに心を結ばれて、床に就いた、双子座が――この友情の燃え続ける組み合わせの名前が――地上の永遠から目配せしながら西に輝き、そして獅子座の心臓がその右側に燃え上がっていた。

この地上に人々は横になっていて、床に固定され、決して起き上がって友情を目にすることがない、この友情は二人の魂の周りに土臭い、金属の、汚い絆ではなく、精神の絆を置くのであって、これは自らこの世を別な世と、人間を神と織り合わせるのである。このような汚れに卑しめられた者達こそは、旅行者と同じくアルプスの峰にかかる神殿を下界から土台が無く浮いていると見なす者達で、それは自ら高所の神殿の大きな部屋に立っていないからであり、我々が友情では我々の自我、この同時には愛の源泉と対象とはなりえないものよりも何か高いものを敬し、愛しているということ、何か高いもの、つまり我々にあっては単に是認するだけであるが、しかし他人にあってはじめて愛することになる美徳の具現と反映とを敬し、愛していることを知らないからである。

いやより高い者達も影の群の弱き者達を厳密に計算出来るだろうか、――互いにしがみつこうとし、北風にばらばらに離されようとしている者達――厚く不格好に地上の仮面を被った高貴な目に見えぬ姿を自分に抱き寄せようと競っている者達、泣かれた者達が悼んで泣く者達を引き入れる墓場へ互い違いに落ちていく者達のことを。

# 第四の犬の郵便日

影絵師——クロティルデの物語上の姿——幾人かの廷臣と一人の崇高な人間

本当はクロティルデは——このことをゼバスティアンは朝に知った——夏至祭が過ぎるまで修道会に残っていたかった。しかし最良の友人で修道会の同輩のジューリアが両親の許ではなく、地の下に、先立ったので、それで泣きはらした目を早めに旅立つことによって亡き心の上に廃墟のように憩う墓塚から引き離す必要があった。荷物を持たずに彼女は自分の傷ついた魂の花のないゴルゴタから去ったが、それを再度目にし、再度旅立ち、先の涙を新たにすることが目前に迫っていた。

クロティルデがアガーテからされたように非常な美人がそれほどでもない美人から屈託なく賞賛されたことはなかった。いつもは少女は少女に対しては心だけを評価するものである。他人の顔の雲散霧消する魅力は彼女達の目には少しも重きを置かれず、彼女達はそれに言及することをほとんど好まない。青年はよく美しい青年を自分の友に選ぶともっともな批判を受ける。これに対して少女の場合は少女を讃える者は、彼女達が女性の美しさを友情に対しては余りにも緩い、低俗なモルタル、膠として全く蔑んでいること、それ故美しい女性にとってごく醜い女性の心は五つの地帯、地球の肩帯のどんな美人の顔よりも貴重であるということから多くを語ろうとする。アガーテは違った。彼女は早速朝には館に行って、友人に服を着せた。

フラーミンは一層悪くした。彼は現実自らがクロティルデの聖母像をヴィクトルの脳室に掛けるのを待てなかった。彼は現実に対して画家のペン画で先回りした、少なくとも——冷たくはないペン画であったが。というのは画家は美学的筆跡学的意味ではめったに上手に書かないからである。この画家は単にクロティルデを見て描く為に、ほとんど日曜日の朝毎にマイエンタールの前の山に横たわって、修道会の周りの素晴らしい風景を自分の紙に記し、八番目の窓から見える美しい頭部を心に留めた。いつもは散文的な書物のカットを詩文の生きた油彩画よりも上に置くフラーミンでさえ、次の聖母あるいはクロティルデの場合には画家の趣味であった。

「私の自我が唯一の考えとなって燃えるとき、そして私が、炎に包まれて、手を絵の具に浸して、冷やそうとするとき、――そして私の中で永遠に輝く崇高な美人がその鏡像を、天と地を震えながら映す波に落とし、透明な流れを燃え立たせるとき、そうして天から滑り落ちた[*1]パラス［アテネ］の像が流れに憩うとき、百合の総包が、飛び去った天使の残した鞘翅が――つまりその汚れなき魂を肉体ではなく雪が、神の玉座の周りにあって、そこから天使が須臾の旅の体を造るという[*2]雪が囲んでいる一つの形姿が憩うとき、――またどのような華奢な衣服も余りに粗野で固く、顔の精神的息吹を取り巻く、この肉の震える花のビロードを、この白薔薇からなる、朱の差した皮膚を取り巻く木製の枠であるというとき――私の光る魂のこの反照が絵の具の表面に落ちるとき、そのとき誰もが振り返り、考える、クロティルデが岸辺に休んで、微睡んでいるのだと。……そして私の技法は尽きる。というのは、彼女が目覚めて、まず魂がこの魅力を翼のように動かすとき――閉ざされていた唇の蕾が微笑みに開くとき、そして胸が溜め息を半ば吸い込み、無粋に吐き出さないとき――溜め息が、歌に包まれて、二つの魂のように互いに漂うけれども触れ合うことのないこの唇から、薔薇から出る蜂のように洩れるとき――目が輝きと涙の間を動くとき――そしてようやく天上の愛の女神がその娘の許に歩み寄って、その静かな心に電気のように触れて、愛しなさいと言うとき、そして今やすべての魅力がおののき、咲き出し、ためらい、憧れ、望み、しり込みし、夢見る心が一層深く花の中に閉じこもり、震えながら、その心を推し量り、その心に値する幸福な男の前で涙の陰に隠れるとき……そのとき幸せな女、幸せな男、画家は黙する」。――――

ヴィクトルは傍らの友人である幸福な男を潤んだ目で見つめて言った。「君に相応しい」。――しかし今や館へアガーテの後を追いたいという二十もの拍車に掛けられた、画家のペン画――衣服規定――姻戚関係――友人の仙女、王女を見たいという誰もが抱く欲望――誰もがではないけれどしかし彼の抱く、誰かとはじめて（八回話すよりもむしろ）話したいという――特に昨晩抱いた欲望に。フラーミンの熱情は昨日ヴィクトルの胸を火口一杯燃え上がらせ、火口からは火花だけが走った。彼は彼にすべてをどうでも良いことと説明するべきであったろう、愛に反対する戦いと愛に賛同する戦いとは単に位階が異なるだけで変わらないからである。しかし読者は今度は（去勢された、そして去勢を及ぼす長編小説のように）この伝記で悪魔が出現し、主人公が館に行進していき、クロティルデの前で倒れ、跪いて、「ヒロインになって欲しい」と頼み、彼女とは愛情から、先の忠実な羊飼い「愛人」とは憎悪から言い争いをし、実のところは美的、自己中心的、多感な――ならず者としかならないだろうと思ってはいけない。私が仮にこれを望んだ場合、弁解できるとすればただそうなれば若干の伝記上の殺害、決闘とかに至るであろうと述べることによってであろう。しかし私はきっと倫理を傷つけずに立派に一つあるいは二つの殺害、死傷をこの紙上で――少なくとも最後の巻ではものに出来ると信じている。この最後の巻では美的刈り手は誰でもその人々を間伐し、半数をインク壺の地下牢あるいは一族の墓所に投げ込むのである。

ヴィクトルは年を重ね、付き合いも多かったので、支払猶予期間も二重の手形期間もなしに――その場で――まだ夕食の前だというのに――至急、大至急――短兵急に――恋することは出来なかった。彼の視神経は日々より織細な華奢な先端に分岐し、新しい形姿のすべての点に触れた、しかし傷ついた触糸は前よりすぐに縮こまった。毎月見知らぬ顔は、新しい音楽のように、一層強いけれども一層短い印象を与えた。彼は恋の中には――語りかけることが出来るだけで、覗き込むことはできなかった。ただ言葉だけが――美徳と情緒で翼を付けられた蜂で、愛の花粉をこのような場合一つの魂から別の魂へ運ぶのである。このようなより良い愛はしかしごく些細な反道徳的な追加物で潰える。どうして友人に対する裏切りという思いで汚された心の中でそれが合成され精錬されようか。

ヴィクトルは九時半にはもう館へ行きたかった、しかし侍従夫人はまだ眉毛と絹毛むく犬を充分に梳いていなかった。――ゼーバースがフラーミンに書き付けを持ってきた。

「今日は貴方には会えない。三人の優美女神に囚われている。三人目は貴方自身が送ったものだ。貴方のイギリス人の友人に、私は貴方を愛しているから私を愛するように伝えて欲しい。共感がなくとも外科は成り立つかもしれないが、友情はそうはいかない。

マチュー拝」。

巫山戯た書き付けだ。ヴィクトルはアガーテが三番目の優美女神であると聞いて、劇場のカーテンに大きな穴が開いた気がした、その劇ではマチューはフラーミンの友人とアガーテの——最初の恋人を演じていた。兄弟ばかりが、あるいは姉妹ばかりが座っている巣ほど不運なものはない。巣というものは雑多に混じっている、つまり兄弟、姉妹が層状に詰められていなければならず、それで正直な愛人はやって来て、単に姉妹がお目当てのとき、兄弟のことを尋ねることが出来る、また兄弟の恋人の方も全くそれ以上に姉妹が必要で、その友人となり、姉妹は兄弟の取っ手、柄というわけである。我々のトルコ風の儀礼では、マチューはアガーテを見る為にそのオペラグラスをフラーミンに向けることが、そしてクロティルデはアガーテを訪ねることが要求された、フラーミンは先祖はないけれども名誉心を持った男として侍従の家にはその市民としての訪問を遠慮したからである。クロティルデはしばしば訪ねて来た、それでこれは彼女の女性的に崇高な性格とは矛盾するこれまでのところ私には解けぬ謎となっている。

フラーミンにとってマチューの像は母親とは全く違う染色釜で描かれた。好色な天才で、これほどひどい者はいなかった。彼は世の中のすべてを模倣した、が彼を模倣できる者はいなかった——彼はフラクセンフィンゲンの一座のすべての俳優を真似、茶化し、その上桟敷席までそうすることが出来た——彼は宮廷全体よりも学問を解し、いや更に言語を解し、それどころか小夜啼鳥や雄鶏の声にまで至り、それをそっくり真似たので、ペトラルカ[*3]やペトロも逃げ出すところだった——女性達の許では意のままであった、そして宮廷の女官は誰もが他の女官に詫びた——彼の忠誠心を一度試して見ることがかつてフラクセンフィンゲンのエチケットだったからである。——彼に対する愛はふくらはぎからハイソックスを編むように［自然に］始まったと言われる、が真っ赤な嘘である——それ故宮廷の気晴らしのこのような絶えざる節度のなかでは、彼が燃え尽きて衰弱した宮廷全体よりも強く健康であったのは不思議なことではない——ただ彼は余りに辛辣であり、哲学的で、ほとんど無頼にすぎた。

私とヴィクトルと読者は相変わらずマチューについては漠として消された白墨の素描を頭に入れているにすぎない。私の主人公にとって彼は少ししか気に入らなかった、風変わりな人間にとってすべて風変わりな人間がそうであるように。力には容易にその過ち、倫理的過ちでさえ、許してしまうのが彼の過ちであった。好奇心を倍にして彼は館への道、あるいはむしろその大庭園への道を行った、庭園は館に美しい緑の半円を接続させていた。彼は木陰道の中を行って、緑樹の木漏れ日が、その緑樹の鉄の骨格には柔らかな小枝が鬢挟みの周りの優しい髪のように巻き付いていたが、まぶしく彼の体に滑り落ちるのを喜んだ。彼の木陰道の横を別の男が同じようにうろついていた。彼は撒かれた黒い紙の切り屑を道しるべに後を追った。朝風のささやきで小枝からきれいな紙が一葉舞い落ちてきた、彼はそれを手に取って読んだ。まだ一行、「人間の有する時間は二分半、一分は一度微笑む為……」、読み切らぬうちに、ほとんど水平の弁髪にぶつかった、それは私や読者の編んだ細管の髪と比べると黒いヘラクレスの棍棒といえた。弁髪を上に反らせたのは下を向いた頭部で、それは聞き耳を立てる目的で緑樹の窪みから女性の影絵を切り取っていて、そのモデルは隣の木陰道でアガーテと話していた。ヴィクトルの物音で半顔を窪みから切り取られた女性が驚いて振り返り、影絵鋏を持ったキュクロプスの弁髪の持ち主と犬の郵便日の主人公を見た。持ち主は更に一言も言わずにその芸術家の手を茂みから出して、彼女に彼女の影絵あるいは影切り絵を差し出した。アガーテが微笑みながら受け取った。しかし名を知らぬこの女性は、女性の顔にあってはどちらともとれるということを除いては軽蔑と変わらない、あの真剣さをスタイルと顔の切り絵師に対して浮かべているように見えた、彼は聞き耳を立てているという疑いをその鋏で余りにも顕にしたからである。ヴィクトルはまだその名を知らぬ女性の背丈を測ることしか出来なかった、彼女は少し前かがみになっていたけれども平均を越えていた。顔の切り絵師は両の黒い目を光らせてヴィクトルの方を向き、如才なく彼を迎え、彼の名を当て、自分の名前を――――マチューと言い、八歩目にはもう四つの名案を述べた。五つ目は、私の主人公を頼まれもしないのに脇の木陰の二人に紹介することだった。

木陰の面会格子が止み、女性の姿が現れた、ヴィクトルはそれにはなはだ当惑したので、とまどいをほとんど知らない、あるいはそれで一層機知豊かになる彼は、序文なしにその就任説教を始めた。これが――クロティルデであった。

彼女が三言言ったとき、彼はその音色に聞きほれて、内容を聞いていなかったので、皆目理解出来なかった。

――――

――ここ私の傍らにスイスの紙の真っ白な地の上にまさにその影絵が、マチューが鋏で切り取った絵が置かれている。私の文通者は、クロティルデを並外れて綺麗に描くように要求していて、（百もの事柄がさもないとこの話しでは理解できなくなると彼は言う）、それで私に（私の空想力は信用できないので）せめて影絵をと送ったのである。それにこの絵を執筆中ずっと見つめるようにとのこと、これは、かつて見知らぬ楽園からこの地球に飛び込んで来た最も美しい別の女性の天使に生き写しの（目を）、いや顔をしているだけになお更ということである。――私はフォン＊＊＊嬢、現在のシェーラウの女官［『見えないロッジ』参照］のことを言っているのだが、すべての読者が御存知かは知らない。

ヴィクトルには、突然血が外に噴出して、外の皮膚になま温かく触れながら渦を巻いているように思われた。やっとクロティルデの冷たい目と、それは魅力を誇って酔っているのではなく、冷静に控え目に、ただ女性にのみ特有なやり方で無垢を誇っていたのであるが、それと有り余る分別を窺わせる彼女の鼻とが、古いアダム［昔の癖］の出ていた彼の新しいアダム［彼の心］を再び立ち直らせた。彼は自分はフラーミンの友人で、それで彼女の注目と厚誼を願う若干の権利を有していて幸せだと自らを称えた。――それでも相変わらず、彼女のすることすべてがこの世で初めて行われるような気がしていて、盲人として生まれて手術を受けた者、あるいは［クックの連れて来たタヒチ人の］オマイ、あるいは［ウィルソンの連れて来た］リ・ブーを見るように彼女を見守った。彼はずっと考えていた、「彼女の席を譲る様――果物皿を差し出す様――さくらんぼを食べる様――手紙を覗く様はどんなであろうか」と。私は先の女官の傍らではもっと軽薄な阿呆である。

やっと庭にル・ボーが最初の化粧の後、そして彼の夫人が二度目の化粧の後、現れた。侍従は――短躯の、御しやすい、ぎこちない奴で、地獄に入ったら悪魔の前で帽子を取りかねないのであるが、不倶戴天の敵の息子をはなはだ愛想良く迎えた、しかし威厳もあって、それは彼の心ではなく彼の身分が力添えしたものであった。ヴィクトルは、自分は彼には不快であると考えていたので、気を利かせて彼に好意を抱いた。ル・ボーの舌は彼の歯同様模造のはめ込まれたもので、従って歯と舌のアルファベットから成る言葉もそうであったが、しかし下手でも無礼でもない彼のお世辞は――そこに彼の立場も意図もあった――我々の率直なヴィクトルの気に入った、彼は洗練された追従家を、弱者として、憎むことは出来なかった。侍従夫人は――すでにいい年で、コケットな女性なら隠そうとする年、もっともむしろそれ以前のことを隠すべきであったが――我々の気のいい主人公を、まだ偽りのユダの胸から生ずる最も率直な声と、まだ決して愛と紛うものが表情に表れたことのない（ように見える）最も狡猾な顔とで迎えた。

新しい仲間は一挙にヴィクトルの戸惑いを取り除いた。彼は確かに連盟の独自のフェンシングの構え、ダンスの姿勢に直に気付いた。クロティルデは皆に対して控え目で無関心に見え、父に対してはそうではなかったが、――継母は侍従に対しては上品、継娘に対しては高慢、ヴィクトルに対しては愛想良く、マチューに対しては軽やかで、従順、コケットであった――マチューは夫妻に対しては交互に追従的、嘲笑的であり、クロティルデに対しては氷のように冷たく、私の主人公に対しては、ル・ボーが皆に対してそうであったように、丁重であった。にもかかわらずヴィクトルは皆より喜んで、自由な気分であった、それは単に戸外にいたからではなく――部屋はいつも牢獄のような圧迫感を与え、安楽椅子は足枷の鉄塊に思われた――洗練された人々の許にいたからである、彼らは（極めて辛辣な状況にもかかわらず）会話に四枚の蝶の羽を与え、それが、――棘の度に身を突き刺す這いつくばった毛虫とは違って――物音を立てずに小さな弧を描いて棘を飛び越え、ただ花にのみ舞い下りるようにする。彼は洗練された人と言葉が大好きであった。それ故彼は喜んでフォントネル[1]、クレビヨン[2]、マリヴォー[3]、すべての女性達、とりわけその上品でコケットな者達の仲間に入った。誤解してはいけない。いや彼のフラーミン、彼のダホール、世間の広い洗練された臆病な空虚な小宇宙人を越えた偉大な人間達に彼のすべての魂は寄せられていた。しかしまさにそれ故に一層完璧になるようにと小さな者達を縁飾り、縁金具として熱心に求めたのである。

四人が今突然四つの潜望鏡を彼の魂に向けていた。彼は何も手にせずにいた、気のいい彼は喜んでいたので、心のスパイをすることなど出来なかった。数日経ってからやっと彼は話し相手について彼の頭に残ったイメージを観察した。彼は自らを隠さなかったが――しかし間違って思われた。良い人間は悪い人間のことをその逆の場合よりも簡単に推し量ることが出来る――彼は言い当てられるよりもはるかに良く言い当てた。クロティルデだけは弁護の必要があるが、彼女は私の主人公を食事の後まで――その間ル・ボーは、この物語の世紀の最大の語り手で、その役を発揮した――余りにも悪意があって諷刺的であると思っていた。しかしそれはほぼやむを得ない。女性は容易に男性の人間的性質を推し当てるが、しかし彼の神的（あるいは悪魔的）性質は難しく、彼の価値は難しいが、彼の意図は易しく、彼の素描よりも彼の内的彩色を容易に察する。――マチューは彼女の思い違いのきっかけとなった、しかしまた（すぐに報告するように）それを解くきっかけともなった。この福音史家は、新約聖書の同名者よりもはるかに偉い諷刺家であったがほとんどすべてのフラクセンフィンゲン人を彼の私的晒し台に載せた、侯爵から宮廷、ツォイゼルに至るまで――ただ大臣（彼の父）と彼の多くの姉妹は残念ながら除かなければならなかった、同様に現に一緒にしゃべっている人達も。彼の中傷と呼ばれているものは、実は極端なヘルンフート趣味であった。というのは聖マカーリウスが、(4)五オンスの悪を持っているときには、謙譲から二十オンスの悪を申し出なければならない――善はしかしその逆――と命じているので、実直な宮廷の人々は、誰もこの謙虚な言葉を遣う気がないと知って、みんなの名前でそれを話そうとし、そしてその謙譲を代弁しようと思っている人に、いつも現実より十五オンス多い悪とそれだけ少ない善とを押し付けるのである。これに対して居合わせる人々に対してはこの代理的補償は必要ない。それ故このような高貴な宮廷人達の生活は全くドラマチックである。というのはアリストテレス［詩学Ⅱ］によると喜劇は人間を現実にそうであるよりも悪く、悲劇はそれよりも良く描くというので、それで上述の宮廷人は喜劇ではただ不在の者達を悲劇ではただ居合わせる者達を演じさせるのである。この完璧なやり方が福音史家の現実の誤りを償うに十分であるかどうかは分からない。その誤りというのは、ルペルカリア祭［牧神祭］のローマ人のように、余りにもしばしば女性を当てこすったというものである。それで彼は今日例えばこう言った、少女とラズベリーは、熟しもしないうちにもう蛆がいる――女性の貞潔は赤熱の鉄で、それを女性は（かつて神明裁判のときそうであったように）洗礼盤（洗礼日）から祭壇（結婚式の日）まで、無垢であるべく持っていなければならない等々。

クロティルデにとって――これはいつも最良の女性に見かけてきたものであるが、女性全体に対する諷刺ほどカチンとくるものはなかった。しかしヴィクトルは、――それを我慢し、軽蔑していることを隠す、女性と世間智の双方に特有の彼女の技に驚いた。

福音史家に触発されて、ヴィクトルもまた彼の魂のすべての点で燐光を発し始めた――機知の火花は彼の観念の輪全部を回った、観念は互いに優美女神のように手を取り合っていた、そして彼の電気的合鐘《カリヨン》は青年貴族の放電を凌いでいた、この放電は稲妻で硫黄のにおいがした。じっと見守っていたクロティルデはゼバスティアンの唇と心に不信を抱いた。

青年貴族は彼を自分の同類と見なし、クロティルデに惚れていると思った、その根拠は、ある社交で一人の男が一層陽気に一層真面目になったら、そこの女性の電気鰻がその胸を痺れさせた印であるからというものであった。白状しなければならぬが、ヴィクトルの魂はふきあふれていて、早まった優しさに陥ることのないあの女性に対する敬意の表現を決してなし得なかった、それはしばしば彼が教養ある紳士に対してうらやましく思う表現で、彼の敬意は残念ながらいつも愛の告白のように見えた。――侍従夫人は彼を間違って自分の間男のように見なした。彼女のような人は慇懃なあるいは巧妙な好意の他は分からない。

我々の主人公は日中と夕方の半ば向こうに留まった。

日中ずっと彼は――彼の内部の人間の目に見えない目はクロティルデの高貴な姿、冷たいこの世を去った友人に対する彼女の人知れぬ悲しみ、ただアガーテとだけ話すときの彼女の感動的な声で涙があふれていたが――にもかかわらずおよそ真面目な言葉を話すことが出来なかった。他人に対しては彼の性分ではいつも最初若干の諷刺的あるいはその他の兎飛びをすることになった。しかし夕方、厳かな庭にいて、人生の虚しさに対するいつもの戦慄が陽気さで一層激しくなるとき――こうなるといつもこうなった、これに対して真面目で悲しい情熱的な会話では戦慄は減じた――そしてクロティルデが彼には単に非常に冷たい、さながら父親から彼に割り当てられた丁重さのみを示し、彼とマチュー、第二の世界とその為に組織化された内部の人間とを仮定しないこの男との区別をそのあるがままの大きさで認めないとき、彼の憧れる心は鬱屈し、多すぎる涙が彼の胸全体を満たし、溢れるように見えた、そして大きな深い空を見上げる度に、何かが彼の魂の中で言った、上品な社交のことは気に留めず、心を語れと。

しかし彼には唯一の人がいた、その人にはペダル式ハープの場合のように半音上げる踏み板が付いていて、それがすべての考えにより高い天空の楽音を与え、人生に聖なる価値を、心にエデンからの木霊を与えるのである。この人というのは彼の普段大好きなフラーミンではなく、イギリスの彼の教師ダホールで、彼はもう長いこと目にしていないが、決して夢にも忘れたことのない人である。この偉大な人間の影は、さながら夜に向かって投げられたかのように、彼の前に羽ばたきながらまっすぐに立って言った。「愛しい者よ、私には君の心の嗚咽、敬虔な憧れ、荒れた心、広げられた震える両腕が見える。しかしすべては空しい。君には私が見付けられず、私は君が見付けられない」。彼は星を眺めた、その崇高な知識は彼の師が当時すでにその若い心に植え付けたのだった。彼はクロティルデに言った。「天体の地形学は私どもの宗教の一部であるべきです。女性は教理問答とフォントネル(5)を暗記したらいいでしょう」。彼はここで彼のダホールの天文学の時間とダホール自身とを説明した。

クロティルデの顔が神々しくなった、そして生き生きと修道会の自分の天文学の師を描いた――彼も同じように高貴で同じように静かであること――彼の姿は彼の教え同様にお手本となること――エマーヌエルと名乗って、姓を持たないこと、「飛び去っていく人間、すぐ地下に去る系図にあっては姓と洗礼名の違いは取るに足りない」と言って、――残念ながら彼の気高い魂は押し潰された肉体、すでに深く墓穴に吊るされた肉体の中に住んでいること――尼僧院長の断言によれば、彼は東インド（彼の祖国）から来た最も穏やかな、最も偉大な男であることを、――マイエンタールの彼の生き方には若干の風変わりな点があって大目に見なければならないけれども、と。――

――

マチューは、彼の機知は美曲線、毒牙、跳躍、冷淡さを蛇から借りていたが、小声で何気なく言った。「彼がこちらで天文学者にして夜警とならなかったのは蒲柳の質にとっては結構なことです。数年前に望遠鏡とホルンを請願していました」。クロティルデにはじめて怒りの朱が、雨の前の朝のように、差した。「私の話しからだけで判断なされば」、(彼女はすばやく言った)「このような風変わりなことは見当たらない筈です」。しかし侍従は青年貴族の肩を持って言った、エマーヌエルは確かに五年前この職の請願をして断られた、と。クロティルデは、唯一人皮肉には見守っていなかった男、我々のヴィクトルを、彼は神々しくなった彼女の照り返しを浴びていたが、助けを求めるように見つめ、主張するというよりも期待して尋ねた。「このような事をかような頭の方がなさるでしょうか」。「むしろ私の頭ならでしょう」(と彼は避けて答えた。というのは現今の教皇に刃向かいかねない彼もしばしば美しい唇には刃向かえなかった、殊に彼の否定を大いに期待して出された女性の質問にはそうであったからである)。――「夜村々を歩く度に、霊の夜警よりも肉体を持った夜警を聞きたく思います。耳を澄ます静かな夜、満天の星空の下では夜警の説教学的梟の歌声には何かとても崇高なものがあって、百度も一つのホルンと六つの詩が欲しくなります」。

侍従と彼の相棒はこれを失敗した諷刺と見なした。後者は自分の諷刺を――下着の胸と下着の尻とで武装した彼の心の女帝の得になるように、クロティルデに嫌われたい為か、厚顔にも続けて述べた。その名のある無名人を悲しませる最良の方策は、とても愉快なもの、喜劇で、――もっと感動させるのは勿論茶番劇だ、自分自身ゲーテの道徳的人形劇あるいは年の市を見てそう思う、と。

そのとき困惑していたヴィクトルに新しい顔、新しい姿勢が浮かんだ。丁度エマーヌエルのようだったからである。あちこち流れる人間の小川を伴う年の市――人形時計のように人々の姿が飛び出し、飛び去って行く――ざわめいた雰囲気の、ヴァイオリンの音と人々の諍いと家畜の鳴き声とが唯一つの耳を聾する騒音へと溶け合う――卑小な、必需品で繕われた人生のモザイクの絵を描く屋台の商品置き場を伴う――年の市、これは人生の大きな凍えた新年見本市についてこうしたことすべてを思い出させ、ヴィクトルの気高い胸を重苦しく一杯にさせた。彼は甘美に陶然となってその騒音の中に浸った、周りの人間の群が彼の魂を彼らの物静かな空想の中へ閉じ込めた。これが、いつもゲーテ[6]のホガース風の年の市の尻尾作品が(シェークスピアも同様である)彼をメランコリックな気分にする理由であった、丁度そもそも低俗で滑稽なものに高い真面目なものを発見することを最も好んだように――(女性はその逆の発見が出来るだけであるが)――そして何らより気高い傾向も示唆もない滑稽な本は(例えばブルーマウアー[7]のアエネイス)ラ・メトリ[8]の厭わしく高笑いしている顔、あるいは笑っていいとも文庫[9]の扉の銅版画の顔同様に彼には我慢ならなかった。

彼はまことの青年のように自分と周りの人々を忘れて、両腕を半ば広げて、エマーヌエルの像を思慕して思い描いている魂を窺わせる眼差しで言った。「名のない方よ、あなたのことが分かります、あなたは稀にみる高貴な方です。……フォン・シュロイネス殿請け合いますが、エマーヌエル氏はなかなかの人です。……いや飛び過ぎる人生の下では、俄雨から俄雨へ、群雲から群雲へと急速に飛び去って行く輩は、絶え間なく嘴を開けて哄笑していてはなりません。……今日どこかで読んだのですが、人間は二分半しか有しない、一分はただ微笑むため……」彼は全く気持が乱れていた。いつもならもっと胸に仕舞い込んでいたことだろう、殊に庭で見付けた紙片からの最後の一行は。クロティルデは何かに当惑した。彼は今その紙片を取り出して読みたいところだった。彼女はそこで彼に、まだ許せることと思っていた彼女の師の風変わりな点を述べた。彼はピタゴラス派で――ただ白い衣服を着て歩き――フルートの音を聞きながら眠り込み、起こして貰う――莢豆類や動物を食せず――しばしば夜の大半を星を見ながら歩いている、と。

彼は、その師にうっとりとして黙って、情熱的な目を女弟子の親しげな唇に止めたが、その唇は崇高な変わり者への趣味で高められていた。彼女ははじめてここでお気に入りのピタゴラス学徒に対して熱烈な思いに仕向けることのできた男性を見付けた。彼女のすべての美貌は花が太陽を向くようにはつらつとエマーヌエルの像に向かっていた。美しい魂の二人はその親近性を、二人を三人目と結びつける同じ愛の中にはじめて見いだす。感激して一杯の心は、不似合いな者だけが集まる客間では黙って隠れている。しかしそこで二つ目の心と出会うと、夢中になって、自分の沈黙と隠蔽と客間のことを忘れざるを得ない。

ヴィクトルの朝方の陽気さの水銀柱は十度下がった。彼の夢うつつの魂には読もうと思っていた紙片、外の小道ですでに読んでそれっきりになっていた紙片しか残っていなかった。

その紙片はクロティルデの散書の記念帳から舞い落ちたもので――エマーヌエルの書いたものであった。

「人間がこちらで有する時間は二分半、一分は微笑む為、一分は溜め息をつく為、そして三十秒は愛する為、この愛の最中に死んでしまうからである。

しかし墓は深くない、それは我々を訪う天使の明るい歩みである。未知の手が人間の頭部に最後の矢を放つとき、人間はまず頭を下げて、それで矢はその傷から茨の冠を取り除くだけである。[*4]

そしてこの希望を抱いてマイエンタールから去れ、高貴な魂よ。しかし大陸も、墓も、第二世界も二人の人間を引き離したり結び付けたりは出来ない、ただ考えだけが人々を離したり娶したりする。

あなたの人生は花で埋もれてあれ。あなたの最初の楽園から次の楽園が、一つの薔薇の中から次の薔薇が芽ぐむように生じて欲しい。地球はあなたには、あなたがあたかもその上に立って天のその公転を見送っているかのように、ほのかに輝いて欲しい。――そして神が接吻したのでモーゼが亡くなったように、あなたの生涯は永遠な者の長い接吻であって欲しい。そしてあなたの死は私の死とならんことを。――――

エマーヌエル」

「御身、立派な精神よ」（ヴィクトルは叫んだ）「私はもはやあなたのことが忘れられません――私の弱い心を受け止めて下さい」。彼の内部の弦から今やその響きを押さえていた靄の雫が滴った。彼の顔は晴れ上がった風景となって、そこにはエマーヌエルの輝かしい姿だけが立っていた。彼は上気した顔で夜遅く牧師館に帰って来た。この火照りの中で彼は見物人達の前でクロティルデの姿を描いた、それは天使からすべてを借りて来たもので、わずかな命となりかねない翼さえも与えた。彼の友情は邪推の邪推からはるかに彼を遠ざけていたので、クロティルデを最も熱烈に贔屓して讃える以外に友人に対して友情のより暖かな、より細やかな証しは無いと彼には思われた。フラーミンの彼女に対する愛は友情を通じて彼の魂に移った。友人の恋人に対する思いは名状しがたい甘美さと道徳的優しさを伴う。ヴィクトルは確かに、友人が相手に恋を犠牲にすることが出来ることを解したが、しかし相手がその犠牲を受け入れることが出来るとは解しなかったという点では私は彼の肩を持つ。しかしフラーミンに対してはフラーミンが十分に冷静で、人間に通じていて、ヴィクトルがクロティルデに対して鋳造し、彼女の美しい顔と彼の紋章を刻印した賛美の貨幣を常に信頼と兄弟のような忠誠を保証する貨幣と見なすことが出来たとは私は言えない。彼は余りに昂っていて、野心が強く、真理を見抜くことが、いやそれに耳傾けることすら、出来なかった。というのは彼の率直な友人は多くの思いやりのある非難を、彼が余りにも野心と炎に富み、余りにも自信が少ないので、彼をはなはだ傷つけかねないと、押さえざるを得なかったからである。それ故マチューのような追従家はその木蔦の鉤を一層堅固にこの岩の裂け目に食い込ませてきた。彼は少しぶっきらぼうに姓のないエマーヌエルを陶酔者と呼んだので、ヴィクトルは彼については今日少ししか語らなかった。フラーミンは、――法律家であるか、癇癪持ち、あるいはその両者であったので、――詩人とか、哲学者、宮廷人、感激家には、一人を除いて、一度にこのすべてである彼のゼバスティアン・ヴィクトルを除いて、ほとんど我慢できなかった。

＊1　美の理想。
＊2　アイゼンメンガーの『ユダヤ文化』第二部第七章によればラビ達が信じているように。
＊3　ペトラルカは（ドイツの評論家のように）小夜啼鳥を避けて、蛙を求めた。
＊4　ナポリで、一四三九年アルフォンスが包囲されたとき、ある十字架像が頭を砲弾に対して傾げて、それでただ茨の冠が取られただけであったという空想にとって好ましい昔話へのほのめかしがあるのかもしれない。『あるフランス人の旅行記』第六巻三〇三頁。

# 第五の犬の郵便日

五月三日――音楽の上に座っている神父――小夜啼鳥

前もって述べておかなくてはならぬが、この話しの中の多くの有りそうもないことに私が気付いていなかったら、私はよほどの馬鹿であろう。いや私はこうした点については――例えばクロティルデの振る舞いに関する、あるいは主人公の医学博士号に関する本当らしくない点については――読者自身よりも早く、私はすべてを早く――読んでいるので、承知している。それで猶予せずに、今日のホーフマン便で、次回には犬を通じてその肖像缶に、我々の皆が関心のある事を書くように私の文通相手に頼んだ。――私はたった今、彼は分かっちゃいないと書いたところだ、読者とその横暴についてなのだが、もっとも私は言わざるを得ない(と言った)、読者は分別のある人士で、読者には伝記作家は、いや長編の建築主は詩人のペテンで接してはならず、彼らの言うことは、アレオパゴス［古代アテネの最高法廷］のようで、「赤裸々な史的事実だけを、何ら更に詩的粉飾を加えずに」である、と。そもそも不思議でならないことは、(と続けた) 読者は大いに一つには分別を一つには四つ葉のクローバー[*1]を自らの内に有しており、最も偉大な作家や悲劇詩人が洒落たつもりで読者を美的まやかしで放血器のように恐怖を、あるいは乞食のように同情を抱かせようとする度に、読者は彼らの仕事が済むまで冷たく放っておき、「その手には乗らないよ」と言うものであるということをまだ御存知ないということである、と。――にもかかわらず書評家はもっと無茶で、気が利いていて、事によると最良の現今の暗度計となろう、殊に彼らは惨めな光度計であるから、と。そして最後に私の話しの副官にぶちまけたことは、損をするのは彼ではなく、私であって、私は幾つかの言語に翻訳され、そこで本文の有りそうもない話しの度に下の注の鞭打ち部屋に連行され鞭打たれて、その間私は口を挿むことは許されない、私の瓢箪の貯蔵室を一樽のワインのようにある国から別の国へ運ぶ翻訳中の悪漢がワインに途中運送業者のすべてがそうするように外から水を注ぎ、内を水で薄めているというのに、と。彼は少なくとも、私が手紙を書いたことを証拠として読者に見せることが出来るように返事を書いて欲しい、と頼んだ。――――

次の犬の郵便日ではいずれにせよ大きなことが期待されよう。――

その上五月四日には重要と思える二つの感謝祭が二人のゼバスティアンの到来に対して、小さな方はこの世に、大きな方は湯治の村にやって来たことに対して行われる。クロティルデさえ明日は足を運ぶ。ヴィクトルは（私自身もそうであるが）愛の陽射しの中の彼女をフラーミンの傍らで見てみたいと興味津々であった。向こうでは彼女の美貌はすべてまだ愛の光に当たって熟してはいない心の周りで花咲いているように見えたからである、葉が白い双葉を太陽から隠すように。――マチューは今日、明日は町に帰るからと別れに来た。彼は我々の主人公の気にますます入らなかった。彼が自らについて語った小姓の話しを聞いて、ヴィクトルはこのような者を追い払いたいという牧師夫人の頼みを早く適えようと決意を新たにした。

マチューは小姓として宮内庁長官夫人に仕えていた、思うにあれこれの仕事をしていた。あるとき夫人の小私室に神父である聴罪師を呼んだ、そこは勿論彼女の愚かな嫉妬深い夫には分からない程の神聖な場所、祈祷台であった。さて隣室には音楽仕掛けの安楽椅子があって、実はそれは尻で演奏するものであった。腰を下ろすと、序曲を始めるのだが、私はかつてエスターハージー侯爵[1]の許でこのようなものに座ったことがある。我々のマッツは――こう市民階級のフラクセンフィンゲン人はすべて彼のことを呼んでいて、何人かの書記局の縁者は福音史家とも名付けているが——神父を二時間も早く呼び寄せた。しかし剃髪した鬘の男が待ち草臥れないように、前もって音楽仕掛けの椅子を、疲れた期待者の休憩椅子、投錨地として置いた。夜の三時頃、宮内庁長官を除いて一行が去ったとき、立っているのに疲れた聴罪師はその胴体をとうとうお気に入りのアリアで詰められた安楽椅子に沈め、そのズボンで全葬送曲とその下方回音とを引き起こして、この目覚まし時計の私室の小夜曲を鎮めることがさっぱり出来ないでいた。夫はやっと、鯡のように、最終カデンツァのあとを追って、対位法と上方回音の最中に座っている聴罪師をオルガンの椅子から引きずり出し、その鶉の鳴き声を、思うに、ぶん殴るよう命じて台無しにした。宮内庁長官夫人は容易に椅子の親方［フリーメーソンの最高位］、マッツのことを察した。しかし宮廷では許すのがいつものことなので、——そこでは昔の侮辱が良き女性達から許されるばかりでなく、将来の侮辱までもがそうである——夫人はマッツに対しては——彼はなお三週間半仕えたけれども——この三週間半が過ぎるまでは復讐しなかった。

ヴィクトルはフラーミンの哄笑に怒った。彼は気まぐれは好んだが、巫山戯は好まなかった。彼の甘くなっていた血はこの種酢で次第にマッツに対して酸っぱくなりはじめた、この男の正直なアガーテに対する冷たい皮肉な丁重さに夙に彼は腹を立てていたのだが、ちなみにアガーテの鈍重な、いわば既婚の脈拍は彼が居ても居なくても同じ数であった。更に一層ヴィクトルの心に胸焼けと酸とが集まった、彼は何でも我慢できた、虚栄家、自慢屋、無神論者、陶酔者でも我慢できたけれども、しかし美徳を一種の立派な貯蔵パン、悦楽を許されたもの、精神を肉体の喜捨集金人、心を血の注射器、我々の魂を体の新しい木の芽と見なす人間には我慢ならなかったからである。このことをしかしマチューはした、彼はその上哲学の嗜みがあって、ヴィクトルの友人に、彼はそうでなくても政治家のようにすべての詩人界、精神界に対して冷たかったが、その哲学的癌の毒を移そうとしていた。

夕方彼は少しばかりもっとフラーミンの耳もと近くで遠ざかった偽福音史家に対する風評の女神の二番目のラッパ［非難］を吹こうとした。庭でそれを吹いた。彼はマチューの手が握るには相応しくない手を、自分のもっとましな手で握って、偽の友人に対する友情に対してすら保たなければならない、極めてねんごろな繊細な思いやりをもって彼の比喩の嵐を始めた。彼は侍従夫人に対して、彼女がアガーテをその梢から見下ろす視線は、不純なもので、他に猿がその梢から人々を見るときと変わらないと非難し、また青年貴族に対しても、彼は多くの貴族がそうであるように貴族の許ではじめて市民階級の者の異端的匂いを最も強く（対比の助けを借りてか）感じていて、館での彼の言葉と表情は氷の先端のようにアガーテの善良な暖かい心に突き刺さっていると非難したが、妹に対するこの五月の霜も非難は、青年貴族がアガーテの恋人となり得ないのであれば、フラーミンの友たり得ないという意見を包み込む為の口実に過ぎなかった。

フラーミンの沈黙（彼の怒りの印）で彼の弁舌の奔流は新たにもっと早い斜面を迎えた。その上ル・ボーの庭で囀る小夜啼鳥が彼の魂に愛のすべての反響を呼び起こした。それで彼はのぼせてフラーミンの両手を握ったが、それはいつも目標への彼の歩行を跳躍に変え、そうして目標のすべてをふいにしてしまうのだった。――多くの計画が上手く行かない、心が頭の模倣をするからであり、事の終わりではその始まりよりも注意力が落ちるからである。彼は恋しい友を見つめた、小夜啼鳥のフルートの喉が彼の愛のテクストを音楽に変え、名状しがたく感動して彼は言った。「君の心が良すぎて、君に値しない人々の策にのせられてしまうのだ。いつか宮廷口調の刃が君の胸の血管から血を流させることになったら」――（フラーミンの表情は、君も諷刺的ではないかねと尋ねているように見えた）「美徳も無私の心も信じない者が、いつかそれをもはや何も見せなくなったら、君が騙されて、宮廷で鍛えられた手がいつか君の心から血と涙をレモン搾り器のように搾り取ることになったら、そうしたら絶望しないで欲しい――というのは君のお母様と僕は君を違った風に愛しているからだ。本当に君が、自分に注意してくれる友人の言うことに、自分をとても愛している母親の言うことに何故耳を傾けなかったのかと自分で言わざるを得なくなったときには、僕のところにやって来たまえ、僕は決して変わらないし、君の間違いの方を利己的な用心深さよりも高く買うのだから。そのときは泣きながら君のお母様のところに君を案内して、言おう、君をすべて受け入れるように、君を愛せるのはあなたしかいない、と」。――フラーミンはそれには何も言わなかった。「悲しいのかい、フラーミン」――「うんざりだ」――「僕は悲しい、小夜啼鳥の悲嘆は将来の悲嘆のように聞こえる」とヴィクトルは言った。――「この小夜啼鳥は気に入ったかい、ヴィクトル」――「言いようもなく、僕の心の奥底の女友達のように」。「錯覚するものだ、マチューが歌っているんだよ」と素早くフラーミンが答えた。福音史家は小夜啼鳥とは格好しか違わなかったからである。——それからフラーミンは気分を害して、しかし握手して去っていった。

＊1　このクローバーは、偶然見付けると、もはや騙されないようにする。これまで見付けたのはただ——侯爵達と哲学者達だけである。

## 第六の犬の郵便日

愛の三重の偽り——無くなった聖書とパフ——教会への参詣——読者との新たな協定

クネフの返事はひどいものだ。「貴台の発布された六日付けの手紙には読者は趣味と若干の繊細さを有するとありますが、——これは何ら不思議なことではありません、読者というのは、まず羊皮紙の本の間で、それから二つの牛の肩胛骨の間で薄く繊細に叩かれる金の板のように扱われており、同じように本から本へと為され、その中で製本圧縮桿の圧力で特上紙のように品のよいものにされています。読者が更に二、三年読み続ければ、最後にはドイツ自身よりも賢くなれるかもしれません。我々の作品の中の有りそうもない点に関しては、もっと多くが望ましいでしょう、これがないと伝記や長編小説は楽しめません、ロマンチックな独創的長編小説を満載したドイツの救貧院船、阿呆船を大層興味のあるものにしている魅力が欠けることになりますから、——この船は不快な作品の分泌腺として学者の共和国の肝臓と呼ばれるに値し、書店は胆管というわけです。しかし有りそうもない点については自ら慎重を期しますので、問題になっているわずかな箇所も最後には消えます、小生は云々」。

容易に気付かれるであろうが、この巫山戯屋は私と読者にただ兎の尻尾をつけたいだけなのである。私にとってはしかしこれは私が自分の為すべきことをし、悪漢に手紙を書いたことのすばらしい証拠である。

　ある種の人間は、夕方とても暖かく友好的になったときには、朝方はとても陰気で冷たい――モペルテュイ[1]の半太陽のようなもので、半分の方だけが燃えていて、大地の方が表を向くと消えてしまう――そして冷たかったときには、暖かくなる。フラーミンは朝方には暖かい夕方のことか夜の冷たさのことを忘れていた。今日は教会参詣のお祝いの日である。――ゼバスティアンの所に出掛けて彼は、ドイツの警察の清教徒、浄化主義者のように、毒紅茸とマスケット銃の射撃とで教会の参詣に対して――子供の洗礼の御馳走に対して――クリスマスと聖霊降臨祭の伐採に対して――祝日と人間のすべての楽しみに対して攻めたてた。

　ヴィクトルにとって今世紀のことで何より腹の立つことは流行遅れの愚行に対するその高慢な十字軍の説教であった、そのくせ今世紀は流行遅れの悪徳に対しては助成の条約を結んでいるのである。彼は諄々と説いた、国家の幸せは、人間のそれと同様に、富ではなく、富を使うことにあること、その商人的価値にではなく、倫理的価値にあることを――古来のパン種を洗い落とす我々の大抵の諸制度、新法、訓令はただ君主の収益を高めようとしているだけであって、倫理を高めようとはしていないことを、そして悪徳と臣下は昔のユダヤ人のようにその犠牲をただ町だけで、つまり首都だけで捧げるように要求されていることを――人類は以前からただむき出しの両手にある爪だけを切ってきたのであって、しばしばそれで自ら衰弱した覆われた足の爪ではなかったことを――奢侈法や贅沢法は君主達自身にもっと必要であること、少なくとも最下層の階級より最上級の階級に必要であることを――ローマはその多くの祭日を多くはその祖国愛に負うていることを。……フラーミンは家庭的喜びの小さなパール文字、享楽の煎じ花には何の目も持っていなかった。その代わり彼の魂はブルートゥスと同じ歩調を取っていて、大きくポンペイウスの像を思い浮かべては運命に対する嘆息と共に自分の価値を自分の権利と取り違えたこの世で最も偉大な心にパルカ［運命の女神］の鋏を送った。ヴィクトルは最も懸け離れた感情に対して広い心を持っていた。

　何度繰り返しても十分ではないが、今日は教会参詣の日である。これを後世に描いておきたい、しかし新聞記者が国王の葬列を三枚の紙に記すあの短さではなく、もう少し委曲をつくしたい。この日の壮麗な頭文字として牧師館は、私の知る限りまだ我々の時代に打ち明けて良いと思っていることより全く別な理由を胸中に持っていた。三人の関係者が互いに、二人がいつも一人を、欺こうとしていた。

まず牧師夫人が主人公を欺こうとしていた、彼は今日が自分の父親の誕生日で、父親が――率直に彼女に招待されて――今日五分間だけやって来るということを知らなかった。彼女は朝二人の娘に紡ぎ糸を煮させた、娘達がヴィクトルに――何も告白しないように、少なくとも真実を話さないようにさせる為である。周知の迷信によれば、紡ぎ糸は真っ赤な嘘をつくと、真っ白に煮られるからである。それで女性が嘘をつくときには、もっと慎重になって尋ねなければならない、その詩的欺瞞で紡ぎ糸よりも何か別なものの潔白を晴らそうとしているのではないかと。彼女の好きなヴィクトルには――これが彼女の計画であった――彼女の夫に、この誕生日も今日であったが、通常の祝いを述べて、それを後で折半して、自分の誕生日と共に馬車から降りる卿に届けなければならなくなるようにしむける心づもりであった。

第二にゼバスティアンと彼女は老牧師を欺こうとしていた、彼は自分が生まれたことを忘れていた――これはすでに最初の誕生日の際彼に生じたことである。人間は自分の履歴よりも他人の履歴を心に留める。実際我々はかつての我々のものであり、過ぎ去った時間の殻である歴史には全くほとんど注意を向けない、しかし我々の泳いできた時間の雫は思い出として遠ざかったときにはじめて享受の虹となる。男達はすべての皇帝がいつ生まれ、すべての哲学者がいつ死んだか知っている――女達が年代記から知っているのは自分達の支配者であり古典的作家である夫達がいつこの二つをなしたかである。自分の繊細な感情が自分に対する大きすぎる注目で傷つけられていたヴィクトルはアイマンの肩が今日の栄誉の半分を担うことになって喜んだ。

第三に牧師が一人前に、それも各々を欺こうとしていた。この祝日は――修道院の三つの大事な祝日同様に――彼にとって髭剃りの日で、この日はどんな気の利いた男も最も愚かな顔をするものである。それで理髪師は剃刀のランセットで牧師の皮膚に、白樺の皮にするように、記念を刻みつけた。しかしこの滲み出たわずかな血は牧師に、理髪師がもたらしたこと、分泌された神経液、これは極めて浅薄な思想家によれば我々の精神的動きの滑液、我々の最も豊かな観念の金溶解、我々の精神の精神であるそうだが、それよりももっと利口な考えを思いつかせた。私がかくも賞賛する利口な考えとは、左腕を瀉血してもらって――それを家中の者に秘匿して――夕方卿と各人にお祝いを述べ——そして最後に袖を捲り上げ、ローマ人のように傷を見せて言うことである、瀉血にお祝いを、と。——彼は敢行し、理髪師は驚きながら顎よりも別な箇所を傷つけなければならなかった。負傷者は中庭の扉まで見送った、丁重さからではなく、彼が家中の者に喋らず、この件を胸に収めておくようにする為である、髭と耳の待っている家では別であるが。というのは歴史記述者がともかく時の月針であり、それで新聞記者がその時針、女性が秒針であるとすれば、理髪師というのはその両者、女性にして秒針といえるからである。

フラーミンとヴィクトルが居間、客間、夏の間、冬の間に降りて行くと、ただ喜んでいる顔にまじってうんざりした顔にぶつかった、取り憑かれたようにあちこち物を動かせている牧師の顔であった。彼は二つの物、聖書と化粧刷毛が探し出せないでいた。三分前にはこう泣き言を言っていた。「私と私の惨めな人生はまことの受難物語に決まっているのだろうか。私の籤壷ときたら、他の皆はそこから王国全部を取り出すというのに、悪魔がすぐに私に気付いて、糞を入れてしまう。それで私が引き出すのは糞で、それ以外になく、ざりがにや王国ではない。——今日は面白いことになるぞ、と悪魔は見た——夕方四時までは面白いことはない、いやな仕事ばかりだ——それから始まる、東屋での食事、祝辞、礼砲、本当のお楽しみが、と。……おまえ達にはそれが恵まれるさ、しかし私には刷毛と聖書が見付からなかったら、（夕方の御馳走の残り物の）煤と灰ばかり少しでいい、それで狐の（馬の）歯を磨いてやろうじゃないか——そして夕方には東屋の横で大根を引き抜こう」。

ここで彼は頭に旗を下ろして、総付き帽子で、入ってきたイギリス人に敬礼しなければならなかった——すると帽子から髪の総が落ちてきた、それは探されていた聖書ではなかったけれども、所定の刷毛であった。つまり、しばしばかなり重要な事実が知らされない思想界、読書界は決して次の事実を忘れてはならない、即ち牧師は——人間が他の者を凌いでこれを支配するよう、人間から引き抜かれるように——丁度そのように彼の櫛がほぐした髪を一つの毛皮の束、髪結社の中に丸めて、まだ立っている他の髪に粉おしろいをつけようとしたという事実を、これがおそらく最も崇高な精神、五歩格に髪の刷毛と名付けられるものに他ならない。にもかかわらずアイマンの顔はがっかりしていた。彼はこの頭の染め色粉末の噴霧器を冷たく放っておき言った、「聖書が見付からない限り、この総毛だけではどうなるものでもない」。

ルター以前の聖書のように、今や黒い甲虫の鞘翅のついたカンシュタインの聖書[2]が探された。この打撃を更につらくしているものがあるとすれば、それはアイマンの聖職者襟飾りは――彼の理性同様に――無くなった規範的な本の間に、ナプキンのプレスに挟まれるように納まっていたということである。聖職者は――特に教皇は――聖書を好んで自分の外的人間のつや出し機、宝石箱とするからである。彼は更に八冊の聖書を、素朴なザイラーの聖書選集[3]さえ家に有していて、今日の新生児の教会では聖書は必要なかったけれども、しかし祭具室の管理人である教師の頭を窓から口笛で呼んで、礼拝を――偵察のように――十五分の暫定時間を設けて延期し、鐘の時は変えても決して聖書と襟飾りは変えようとしなかったのは、より良いこと、より人間的なこと、つまりより奇矯なことであった。

いやはや聖書釈義者、ケニコット主義者[4]のように探し、微笑むことになった。「この聖書探しは」、とゼバスティアンは言った、「聖職者にとって名誉なことだ、殊に聖書の真実をただ昼の明かりの許で探し、火刑台の松明の許では探していないのだから」。

僧侶は、街頭の点燈夫のように、梯子と多くの油を持っている、しかし油で明かりを消し、己の渇をいやす、そして梯子で再び点す者を――絞首台に送る。

牧師は新生児の静かに寝ている頭の側を通り過ぎるとき、その頭にはもう今日のモール付き帽子が被せられていたが、その子の平静な様に腹を立ててまた戻り、右手でその飾られた頭を持ち上げ、左手を揺り籠の藁の穴に滑り込ませて、聖書を――これは通常子供達（特にフランス皇太子）の枕、護符の下敷きとして使われる――掘り出そうとして言った。「この子ときたらこんなに困っているというのに我関せず焉と寝ている、起こしてやろう」。このとき何かが、銃声ではないが、本のような音がした、私の鵞ペンで三千年後にまで届く音になるが。アイマンは考えて三階へ飛んでいき、足許に片付けられた――鼠を探していた聖書の下に見付けた。プロテスタントの一同で学生のあるいはルター博士の鼠落としを御存知ない方はあるまい、それには一冊の本があれば良く、鼠の為のもので、聖職候補生には象徴的な本である。ゼバスティアンは聖書の圧搾型、ザイラーの聖書協会の下の死骸の尻尾を持って取り上げ、光に死体をかざして、即興の弔辞を述べた。「哀れな離教者よ、汝を旧約と新約の聖書が砕いた、しかし汝と聖書に罪はない。——聖書がポルトガルのイスラエル人のようには火刑に処さなかったことを喜ぶがいい。汝は聖書が牧師にしか用のない啓蒙の時代に生まれた。かつては聖書は猛火の中に投げ込まれてもそれを消したのであれば、何故火刑もそうしないのかと問えば、それは気が利いている」。——

私はここで長いこと世人を待ち伏せしていて、調べたいと思っている、何故鼠の死亡事故は一般の世界史の射殺された軍隊よりも、無くなった他人の髪の刷毛はクリスティーネ[5]の委譲された王冠よりも面白いのかと。……何故これが当事者に生じるかと言えば、私がくだくだしく語るから、つまり読者がそれに関心を示す主人公達同様にかろうじてその馬鹿げた話しの一瞬一瞬を次々に生き延びていくから面白いのである。多くの小さな打撃は一つの大きな打撃同様にどんなに強固な人間に対しても確実に穴を穿つ、そしてこの打撃は運命が加えようが一人の著者が加えようが同じである。この世の人間は時の指針の間近におり、それが動くのが見える。それで卑小なことも、多くの瞬間を取ると、偉大なものとなり、世界図絵[6]に描かれた我々の魂同様に点から成る、黒と金の点から成る短い人生も長いものとなる。それ故に至る所で、この紙上に見られるように、我々の真面目さは我々の哄笑に間近に接しているのである。

フラーミンを除いて、皆、代父と代子は教会へ行った。これは所謂平日祈祷で、どこの分別ある公国、辺境侯国でも存続されるであろうもので、その上次のことが期待されるものである、牧師が週に二、三回凍えること、牧師は、修練士が服従の練習に枯れた棒に水を注がなければならないように、神の言葉の種子をがら空きの教会の椅子に向かって放つことになることである、メランヒトンが空の深鍋に向かって練習したように。ドイツの国々では——私の国と少数の国を除いて——全く馬鹿げたことを廃止するのに二百年を要する——百年はそのことを察知する為で、後の百年はそれを廃止する為である。長老会の見解はその命令よりも常に百年早く分別のあるものとなる。

アイマンの格子窓付椅子に、そのドアは祭具室のドアとほとんど直角になっていたが、ゼバスティアンはその素晴らしい幼年時代に咲いていたすべての花を、少なくともその花弁の骨子を再び見いだした——本来の花とそうでない花とであるが、本来の花は、汚れて合唱席の足台の下に隠れていて、再び思い出の花へと変わった。彼は子供っぽい受難と——それには長い説教もあった——子供っぽい喜びを、それには長い前奏曲と説教壇の階段の中程のアイマンの膝があったが、思い出した。彼は木製の格子窓を後へ押して、その木の溝に自筆署名のV.S.H.が刻まれているのを見付けた。子供から青年になるにはかくも時間がかかる。人間はその距離に驚く。「当時はなんと」――とホーリオンは言った、彼と共に言おう、「まだすべてが無限であったことか、自分の心の他には小さなものはなかった――あの暖かくさわやかな時代には、父親はまだ父なる神で、母親は聖母、幽霊や墓、嵐で震える胸はまだ安んじて人間の胸にすがった――すべての四大陸はこの教会に教区編入され、すべての奔流はラインと呼ばれ、侯爵はすべてイエンナーであった――嗚呼、この美しい静かな日を果てしない希望の黄金の地平線が、朝焼けの輪が包んでいた。――今やその日は移ろい、地平線は沈み、ただ骸骨が残っているだけだ、格子窓付椅子が」。

しかし我々が今人生の正午の時にすでにそう考え、嘆息するのであれば、黄昏のときには、人間がその花弁を閉じ、他の花と見分けがつかなくなるとき、西の下の地平線に立って消光する黄昏には、向き直って、短い、踏みしだかれた希望で覆われた道を眺めるとき、そのとき少年時代の庭は、それは東側に、深く我々の日の出のところに、まだ昔の色褪せた朝焼けの下にあるけれども、更にもっと優しく我々を見つめ、更にもっと魔術的に輝き、しかしまた更にもっと我々を柔和にしないだろうか。そしてその後人間は墓から遠からぬ大地に横たわり、もはやこの地で希望を抱かなくなる。

長年他人の産婦に教会で祝福を与えてきたアイマンが一度自分の近親者にお祝いを述べることが出来たのは彼にとって感動的であったに違いない。ヴィクトルは少年時代の日曜日とその幻覚に、今日、――十歳のときと同様に――教区民の皆が歌っているときに祭具室の牧師の許に行って、歌の紙片を求めるという行為によって忍び込んだ。教会堂に四人動く者がいること、牧師と教師と喜捨箱の出納課長と自分とがいることは子供時代の彼を嬉しがらせた。長い水平の平衡棒を持って一人でただ固定している彫像達の間を歩き回る寄付金袋の集金人ほど素晴らしいものがあろうか、と彼は思っていた。

教会の後お祝いは単なるその準備作業から始まった、和平締結が中立の場所、序列等の締結から始まるように。ただ世人は、午後の五時以前に何か始まったとか、誰かが早まって散文的な平服から詩的晴れ着に着替えたとか、あるいは静かに隣人の横に腰掛けたと思ってはならない、そうではなくて今や皆が快楽の手続き規則に則って階上、階下を灯し、――アポローニア、この家の少佐に従い、――東屋から豆の支柱と種子の紙袋を運び――羽化した蝶、それに目覚めた大黒蝿をそれから扇ぎ――伸びてきた木の枝を窓から折り曲げ、橙の木の数百もの花をつけている大温室《オランジェリー》を牧師館から庭園の道へ降ろし、同様に傷を負ったピアノを、その共鳴板は弦程にはしばしば弾まなかったのであるが、降ろさなければならなかった。……真面目なフラーミンは騒々しいゼバスティアンからこの主要な国家的事件に参加するよう強いられ、そして二人の間でこの喜びの予備狩りのとき困った顔をしてアイマンは働かなければならなかったが、彼にヴィクトルは肝心な忠告をした。「御主人、どんなに真面目に熱心になっても足りないくらいです――このお祝いは影響を及ぼす所々でなお語られることでしょう――しかし侯爵の豪華さとベルギー風吝嗇との中間が我々に最も好意的光を投げかけると思われます」。すべてうまく行った――群雲でさえ散った――クロティルデが来ようとした――その記念に教会参詣が為されたお祝いの主役、小さな新生児は声高に自分が五時以降に為すべき役割、お祝い事の何人かの主人公の場合そうであるように、眠ることに他ならない役割を思い出させていた。

　思い出させたということは彼が絶えず目覚めていて、創造主が人生の荒野においてすでに最初の糧《マナ》を置いてくれていた胸を求めて泣いたということである。しかし五時になるとすぐに母親が母親の睡眠水薬の乳房を含ませ、小さな演説者の喉頭蓋と目蓋を共に閉ざしめた。最初は私は――牧師夫人に敬意を表して――彼女が乳を飲ませて、いわば鯨がまだ哺乳動物であるように、その胸でアモールより他の子供を養うことをほとんど隠してきた。しかし後には、劇の王女でも皇太子妃でもない人物は、子供や乳を持っていても余人程には厳しく評価されないと都合良く解している。

　クロティルデが来たという前に、彼女は八代［Quartier］続いているのに、――十六代続く貴族の中には自分の眠る十七番目の石積みの宿営［Quartier］を求めるのも多いけれども――市民階級の宿に出掛けたことの弁解を少し試みたい。実際田舎に居たからとしか言えない、田舎ではどんな古い貴族もしばしば市民達の他にはより良い交際を望めないのであった、他には家畜ぐらいで、これを馬鹿ではない何人かの貴族は本当に贔屓にしたりする。

……

五時になって——美人が入ってきた——月は天からの白い花弁のように彼女の上に懸かっていた——聖リューネの喜んだ無邪気な血は月の下満潮のように満ちた——皆が着替えていた。……

しかし第六章は終わった。……

スピッツは第七章をまだ持って来ないので、私と読者は分別ある言葉を互いに交わすことが出来よう。読者は私と私の行為を長いこと評価していると思う、読者は、すべてが、犬、小生、この犬の郵便日の主人公達が順調に伝記的に進行していると理解している。私は、読者がますますこの足から生まれた子の光輝、稲光に眩惑されるであろうことを決して否定しない。私はこれには人間の長靴、ベルリンの軍馬の蹄に対するよりも多くのクリームを塗り、擦り、磨き上げているのである。——そう、私はコーヒーの澱の形ではじめて下手な占いをして言うに及ばない、（人間の性質と私の飲むコーヒーからすでに分かることだからであるが）、これはまだごく僅少であって、本当の読書欲に人の良い読者坊主がはじめて襲われるのは、バスリス織りの場合のように二人の労働者が一つの椅子に座って織っているこの作品では、このバスリス織りの話しの人物像がそのグループ別に足の指球から脊椎の縫合線まで浮かび上がってきたときであるということを。——　——現在ではまだほとんど踵も、頚骨も、靴下も出来上がっていない。

しかし二、三十エレこの作品が織り込まれたら、私と私の同席者はここで私の描こうと思っていることを期待できよう、つまり読者は狂ったように急ぐだろう、一つの犬の郵便日を済ますのに、六つの料理を冷めたままにし、デザートを暖かいものにしてしまうだろう。しかしそれどころか、本物のローマの国王が道を騎行し、その後から砲声がとどろくとしても、彼はそれを耳にしない——彼の伴侶がその書斎で嫡出の筋腫に最良の夕食を与えるとしても彼はそれを見ない——筋腫自身が彼の鼻の下に植物の阿魏を差し出しても、戯れに伐採印用ハンマーで軽く叩いても、彼はそれを感じない。……それ程彼は私に夢中になり、まさしく正気とは言えない。——

これがさて、その確実であることを私が自分に隠そうとは思わない不幸である。一度出来上がって、読者が自分と関係づけられた人物以外には何も、父親であれ従兄弟であれ、耳を傾けないし、目を向けることもないあの話しの透視の世界へ不幸にも読者を連れ出してしまったら、読者は鉱山局長なんかの言うことには一層聞かなくなることは確かであると言ってよい――彼の欲しいのは話しであって私のことなんかではない――仮に、私が機知の色とりどりの花火を打ち上げ、私の口から哲学的連鎖推理が手品師の口からのリボンのようにツァスペル単位で吐き出されるとしても、それが何の役に立つだろうか。

それでもリボンは取り出され花火は打ち上げられなければならない。しかし次の如くに。毎年時間が残って、四年間の剰余の時間から閏日が一日作られるように――そして私自身には四日の犬の郵便日の後ではいつも多くの追伸、機知、洞察が全く不必要な店晒しとして残り、それで独自の閏日が作れそうであり、そこで四日の犬の王朝が過ぎる度に閏日が実際に作られるべきであろう。ただこれには私が前もって読者と次のような国境と家政の条約を結び批准することが必要である、即ち、

Ⅰ　読者の側からは聖ヨハネ島の鉱山局長に彼と彼の相続人の為に今より四日の犬の郵便日の後に物語のない一日の機知と学識の閏日を設け印刷に付することを許可し承認すること。

Ⅱ　鉱山局長の側からは読者がそれぞれの閏日を飛ばしてただ物語の日だけを読むことを承認すること――その為に両者はすべての法律上ノ恩典――無償ノ修復――途方モナイ違反ノ例外――弁解――赦免等を断念する。聖ヨハネ島での会議による、一七九三年五月四日。

鉱山局長と読者との間の周知の犬の条約の証書は以上のようなものであり、この放棄文書が両者の将来のいざこざの際に仲裁裁判官、帝国等族者第一法廷に唯一の根拠として提出され得るものであり、提出されなければならないものである。

# 第七の犬の郵便日

大きな牧師の庭――大温室――フラーミンの身分の昇進――家庭的愛の祝宴の午後――火花の雨――エマーヌエル宛の手紙

卿を除いて、すでに皆が牧師の庭に座っていて私を待っていた。しかし庭のことはまだ誰も知らない。それはあらゆる庭の選集であった、が教会よりも大きくはない。多くの庭がこの庭同様に菜園、花畑、果樹園である。しかしこれは更に動物園となっていて――聖リューネのすべての動物相を含んでいた――更に植物園であり――村のすべての植物相が生い茂っていた――蜂と円花蜂の園で――それらが飛び込んできていた。しかしこのようなささやかな長所は物の数ではない。この庭はかつて人間が足を踏み入れたことのある庭の中で最大の英国風［自然風景］庭園であるという長所をとにかく持っていたのである。この庭はその終点を――どこの公園も切符売り場同様そうしなければならないが――隠しているのみならず、その始点をも隠していて、単なるテラスに見え、そこから、見渡すことは出来ないけれどもクックのように一周出来る所を覗き込むことが出来た。英国風の牧師の庭には個々の廃墟ではなく、朽ちた町々が丸ごとあって、偉大な侯爵達が競ってそこにロマンチックな砂漠や戦場、絞首台を配しようとして、絞首台にはその上（錯覚を更に高めて）本物の悪漢が花綵装飾としてぶら下がっていた。様々な大陸の建物や茂みはそこでは馬鹿げた近さに集められているのではなく、まっとうな海、水部分によって綺麗に隔てられており、これはその大きさの為に、九百万平方マイル以上あったので、容易であった――そもそもこれらの塊はどのような趣味で互いに配置されているかは、読者は、すべての卿、文芸新聞のすべての批評家、それに読者が自らこの庭に移住してきていて、しばしば六十年間ここに留まるということから察知できよう。

牧師はオランダ風庭園としても若干の名声を得たいと思っていた、とりわけ水の鬘によってで、これは鬘置きではなくブリッキの頂飾に掛けられるもので、巻き毛のように吹き上げ、幾人かの町の牧師達は自分達も欲しいと願わずにはおれなかった。蝶のガラス箱は夜の冷気を絹製の早めの薔薇と蠟製の早生胡瓜とで防いでいた。本物の胡瓜はすべての牧師の中で彼が最も早く、冷害を受けるかもしれないと心配して、漬け込んだ。この心配があったから、ガラス瓶が家で割れると彼は喜んだ。彼はそこで毎年残念ながら喉の渇きと共に増える氷のあるいはガラスの山を庭に運んで、この屑の鐘で双葉を覆った。かなり大事な苗床には色とりどりのモザイク状の破片の縁を作った。彼の家族は彼の硬貨縁取機であって、つまり彼の為に少しばかり陶磁のカップを割らなければならず、彼はこの多彩な粉砂糖でかなりの部分を引き立てた、丁度侯爵が多彩な、その控えの間で控えている勲章の大綬で縁取られ囲まれるように。カップはそのまま苗床に使うことは出来ず、分解技術者［化学者］によって壊されてはじめて使えたので、彼の所で食する批評家は、私のヒントを利用して、高価な皿が割られたとき、この労咳病みは何故怒り狂わないのか納得しなければならない。安物の皿のときにだけ彼は我を忘れるのである。主婦は誰でもこのような苗床を別な流儀のアルントの楽園の小庭[1]、陶磁の為のされこうべの地として設定して、カップが落ちたとき、気を確かに保つ為の魂の安寧に役立てるべきであろう。「あなた」と私は言うだろう、「この不幸をキリスト教徒らしく耐えなさい、これは向こうの永遠の世界かこちらの——庭で役立つものです」。

家の近くでは家庭的些事を伴うオランダ風の庭の渦巻模様は永遠の荘重さを伴う衝撃的自然よりも良く見えた。アイマンの彫り込まれた庭は基本的には単に屋外に移された居間であった。

牧師が我々のヴィクトルを庭に連れ出したとき、客人は庭の理念の図を誉めることを忘れそうになった、ただただクロティルデの到着と彼の友人に対する彼女の振る舞いとに余りに好奇心を抱いて暖かく待ち受けていたからである。幸い牧師が献香と香炉を心待ちしていることに気付いた。栄誉を期待している心を欺くことは彼は好まなかったので、それで彼は若干の価値を持つ人々に好んで与して、真理を犠牲にすることなく、人を誉めるという博愛的な自分の性向に屈した。

ヴィクトルはフラーミンとクロティルデの出会いを楽しみにしていた。どんなに素敵に彼と彼女の気位の高い顔に優しい愛の月光が掛かることだろうと彼は考えた。――そして彼らの愛に対する十分な容認と愛とを仕入れた。彼は我々の喜びの逃走に十分な認識を有していて、どんなに馬鹿げた喜びにも文句をつけなかったばかりでなく、二人の恋人達の職人仁義のきりかた（あるいは方法論）にも喜んで見守ることができた。「面白い事に」――と彼はゲッティンゲンで言った――「善良な人間は誰でも友人達や兄弟姉妹、両親が抱擁しているのを見ると、関心を寄せて自分の両腕を開ける。しかし一組の惚れ合った奴等が我々の前で愛の綱にすがって踊り回っているとき、それが劇場であっても、誰一人関知しようとしない――長編小説の中で踊っている場合は別であるが。しかし何故であろうか。利己心の故ではない、利己心故とすれば人間丸太の木材の心は他人の友情や子供っぽい愛に触れても固く動かないことだろう――そうではなく惚れた恋は利己的であるから、我々もそうなるのであり、長編小説の恋はそうではないから、我々もそうならないのである。私自身は更に考えを進めて、恋人のカップルに出会う度に、これは印刷され装幀されているのであって、安い貸本代で貸本屋から借りているのだと自分をごまかしている。利己心にすら好意を寄せるのは、より高次な私心のなさの一つである。――それに君達哀れな女性に共感することもそう。君達はあるいは私にしても、君達の縫い合わされ、煮詰まり、洗い晒された人生において、惚れ込むことがなければ、魂を持っていることにしばしば気付かないのではないか。君達の何人もが長い涙の年月の中で恋の晴れわたった短い一日にしか頭を上げず、その後奪われた心はまた冷たい底に沈んで行った。そのように水生植物は一年中水中にあり、花と恋の時にだけ水上に茎を伸ばして、素晴らしい光を浴び――それからまた下に沈む」。

やっとクロティルデが牧師夫人と共に会話に加わってきた。彼女は黒いレースの落とし格子のついた紗の帽子を被っていた、それで透かし彫りの影が出来て彼女の美しい顔は同時に美化され、分割され、隠蔽されていた。しかし彼女の目はフラーミンの目を避け、ほんのときおり思案げにこっそり後を追った。彼は最上の勇気の者がまさに美人に対して最小の勇気を示すことを証していた。――彼は彼女に一歩も近付かなかった。彼女は我々のヴィクトルに卿の到着と状態について熱心に尋ねた。それからよく女性にみられる医学的おぼつかなさでこのような手術はよくそう簡単に済まされるのか、彼はもう多くの人に対して父親同様の成功を収めているのか質問した。彼は二つとも否定した。彼女は隠さずに嘆息した。彼は彼女に敬意を表して離れていたが、彼の友人が彼女と距離を置いていた為、彼女に渡すもの――エマーヌエルの紙片が無かったら、更に離れていたことだろう。彼女にこの前すでに最初の行を読み上げていたので、盗むわけにいかなかった。第二に二人っきりのとき――例えばアガーテを介してではなく――渡さなければならなかった、彼女の極端なまでの秘密の厳守を知っていたからである。クロティルデは――伝記作家と主人公にとって厄介な人物の一人で、好んで些細なこと、例えば食べているもの、明日は何処へ行くかを隠し、友人が彼女は昨年聖トーマスの日［冬至］に軽い頭痛であったと喋ると腹を立てた。クロティルデの場合それは恐れから来ているのではなく、何でもない秘密を喋る者は遂には重要なことも話してしまうという漠とした予感から来ていた。彼は彼女の気位の高さにもかかわらず、彼女に対して率直さという強い性格を感じた。彼は彼女を一人橙の木の所に案内して――開放的な気軽さで煩わしい内緒めかした振る舞いをせずに――そこで紙片を返した。彼女は驚いた、しかしすぐに言った、驚いたのは単に自分の不注意についてであると――つまり彼女は彼の言うことを信じたが、しかし自分の館の仲間と紙片が木陰道に来た仕方に何か不審を抱いた。彼女は大温室を利用して彼女の生気ある顔を橙の花に押し付けた。ヴィクトルも木偶坊然とそこにぽつんと立っているわけにいかなかった――彼女の驚きと、仕舞には彼女の大きすぎる気位の高さに少しまだ当惑していたが、同じく橙の香に惹かれて、自分の顔を彼女の向かいのそれにくっつけていった。しかし彼は何かを嗅ぐ者はその何かを見ずに真っ直ぐ見るものであることを知っておくべきであった。嗅神経が花に接するやすぐに彼は目を開けた、するとクロティルデの大きな目が彼の向かいに見開かれていた。それらは丁度最も効果的な四十五度の角度[2]にあった、視線あるいは弓術のことをここで考えて良かろう。彼は眼球を強引に花びらに下降させた、彼女はもっと賢明に、麻痺させる橙から退いた。

　にもかかわらず彼女は当惑していなかった。彼は彼自身に対する彼女の思いを観察するのはフラーミンに対する裏切りと思っていた。しかし彼女の心の星空を観察する為の天文台は他の女性の場合よりも高くなければならないと気付いていた。賞賛されることに慣れていて、彼女は男性がしばしば女性の虚栄心をくすぐる為に用いる女性の魅力の印象の甘言に動じなかった。彼女は、先に述べたように、当惑していず、彼女の聞き手にエマーヌエルの性格について更に若干、先日の不敬な聞き手達に対しては師に対する尊敬の念から口に出そうとしなかった事柄を語った――つまり彼は一年後の夏至の真夜中に死ぬであろうと自ら確信していることを。しかしこの気位の高い女性が心が優しいばかりに夏至にマイエンタールを出るという予定を、将来の命日の日に愛するこの人と出会わないように、早めたということを察知していなかった。彼女の話しによるとこのエマーヌエルは人々の間で孤高の位置を占めていた。一人っきりで、胸中には立派な友人達がいたけれども――皆亡くなってしまっていた――それで彼も姿を隠したいと思っていた。歳月は荒々しい強力な人間にはより美しく調和した心を授ける、しかし洗練された冷たい人間には歳月は授けるよりももっと奪うものである。先の強力な心は英国庭園に似ていて、歳月でますます緑に豊かに茂る、一方世慣れた紳士は、フランス庭園のように、歳月と共に枯れていびつな枝で被われる。

ヴィクトルは次第に不安になった。彼女から言葉を引き出す度に友人に対する神殿荒らしに思われた。いずれにせよこの友人は彼程には上手く女性と会話出来なかった。ヴィクトルは光彩を放つ勇気がなかった、友人と競争して彼女の喝采を求めることになってしまうからである。彼のフラーミンは今日はもっと背が高く、美しく、立派であり、自分は背が低く愚かであるように思われた。彼の父が来ていて、クロティルデをもっと楽に手中にする為のフラーミンの頼みを父に大いに熱を込めて仲介できればと、切に願われた。

とうとう彼が来た、そしてヴィクトルは再び大きく息をした。善良な人間はしばしば犠牲的行為によって自分の良心を自分の考えと再び折り合わせようとする。胸を高鳴らせて彼は二人っきりになる時を待った。庭は最も容易に人々を個別にし、結び付ける、そしてここでのみ秘密を打ち明けるべきであろう。ヴィクトルはやがて四本の栗の木が人々の頭上で花の葉脈の巣を作っている木陰道で感動しておののきながら父を抱擁し、友人の為に舌と心を持って語り、燃え上がった。卿の不意の知らせは卿に対する感動よりも大きなものであった。「ここに」（彼は言った）「おまえの願いは別な風にとうに実現している。ただおまえに知らせる楽しい役を残しておいたのだ」――こう言って彼に勅書を渡したが、それによると侯爵は弁護士として活動しているフラーミンを参事官に招聘していた。

勅書というのは超自然の効果、国家の奇跡をもたらす神の御名の四文字、秘蹟である。陛下の筆記の親指はさながら魔法の盗人の親指[3]で、国家という時打懐中時計の様々な歯車、槌上げ歯車、文字盤用歯車を、またしばしば直接指針を、陛下が一時間早くしたいか遅くしたいかで、早めたり遅らせたりする。それ故よく大臣は上に登ってはこのような盗人の親指を自分達のバッグの中に切り取ってくる。

ゼバスティアンはハバククの天使[4]に捉えられるように喜びに襲われ、庭の中を当たる人を幸いにニュースを知らせていった——牧師がその人であったが、それは単にヴィクトルのいたずらだろうと戯《おど》けた顔で誓った、しかし押さえた喜びの為縛った血管がほとんどはじけそうであった。ヴィクトルは論駁する時間はなかった。この知らせを受けるに相応しい心、母親の心の許に急いだ。母親は口を開けて幸せに微笑むことしか出来なかった、目からは喜びの涙が滴った。自然の中で子供の幸せについての母親の喜びほど崇高で感動的な喜びはない。しかし今日のその魂にとって運命のこの陽光が必要であった息子は不意の知らせのときにはすぐには見当たらなかった。

卿はその間クロティルデと娘を相手にしているように話し、彼女の母親の手紙を渡し、自分は間もなく旅立つと知らせた。彼の敬意を伴った洗練された男性的好意の為彼女は品良く彼の表情を見つめ、彼女が暖かな小声の会話から目を輝かせて出てきたとき、彼女の高い姿は、いつもは少し前かがみであるが、感銘を受けて背筋を伸ばしていて、自然の神殿の中に、この神殿の巫女のようにはるかに美しく立っていた。——卿は彼女から離れた。——彼女はフラーミンをチューリップのKの所で見付けた、幸運の女神は最も優しい人間化した姿で現れ、彼に女神の贈り物を渡した。勿論ここでは知らせと知らせる人とが同じように彼を有頂天にさせた。

喜びは蜂の群の巣箱の蜂の庭全体を混沌へと揺さぶった。泡立つワインの発酵はまず澄んだ静かな歓喜へと収まらなければならなかった。卿が多くの充填声部で満たされた感謝を避け、馬車の所に行ったとき、黙した心で一杯の母親が追いついた。しかし喜びで塞がった胸からはつつましい言葉しか唇に出なかった。「今日はお誕生日ですよ、息子さんは御存知ありません、そのことにもびっくりして喜んで貰いたかったのです」。彼は感謝の微笑みを浮かべて彼女から別れようとして言った、侯爵の許に戻らなければならない、侯爵もこの日のことは彼女同様に気を遣われたのかもしれない、と。しかしゼバスティアンは見付けた友人と共に庭の入口で彼に追いついた、急いでいた卿は更に息子を取り急ぎ抱擁して遅れることになった。彼が離れたとき、自分の愛を解き放とうと思っていた母親は、ヴィクトルの手を優しく握って、断りを忘れて尋ねた、「何故誕生日のお祝いを言って差し上げないの。私は言えなかったのですよ」。このときはじめて彼は父の急ぎの抱擁を感じ、理解して、両腕を彼の方に広げて、抱擁に応えようとした。

その間に老牧師も庭からやって来て、戯《おど》けて言った。「彼が参事官だといいな」。しかし夫人はそれには答えず、溢れ出る愛の言葉で言った、「今日のような誕生日はまだ経験したことがありませんよ、ペーター」。アガーテは問いかけるように咎めるように彼女を見つめた。「さあ言ってご覧なさい」と言って二人の子供を抱きしめ、両者を父親の抱擁の中に連れて行った――「お父さまに御長命をお祈りして、更に三人の子供が幸せになるよう願いなさい」。

父親は何も言えず、手を母親の方に差し伸べて、愛するエデンの群の輪を形作った。ヴィクトルの好意の血は心臓に集まって、それを愛に溶かした、彼は静かに祈った。「慈悲の神よ、この絡まり合った腕を不幸でばらばらにすることのないようにお願いします」。――しかしフラーミンはすぐに輪から抜け出て、ヴィクトルに感謝の握手をして言った。「いつも誤解していて済まない」。牧師は皆に自分の感動を隠せると思って言った。「騙そうとしなければよかった。――瀉血をしたのだ、愚かにも――知ってさえおれば――そんなことをしないでさえいたら――ほんとにまあ御覧」。この仮面は彼の感動した魂のすべてを隠すに十分でなかったので、玄関で目覚めたバスティアンを揺すっていた哀れな忘れられたアポローニアを大声で来るように呼んだ。しかしこの女性は、ただ遠くから皆の集まりに喜んで加わっていてヴィクトルを心底感動させたが、内気にためらっていて、母親がやって来て、彼女の肩代わりをした、母親に決して報われることのないあの愛の行為で。しかし牧師夫人は子供を腕に抱いて口付けしたとき、感情の抑えられていた炎がはじめて燃え上がり、心が軽くなるのを感じた。――

人間は最も素晴らしい愛をそれをまだ理解しない丁度その時に受け取るのだ――人間は溜め息をつきながら他人の両親の愛、子供の愛を見守る晩年になってはじめて希望を抱きながら自分に語るのだ、「私の両親もきっとこのように私を愛したのだ」と――嗚呼、半生に対して、千もの報われぬ世話に対して、言い難い決して再び帰ることのない愛に対して感謝と共に駆け寄りたいその胸はそのときにはもう古い墓の下に朽ちており、君を長いこと愛した暖かい心は失われている。

家庭的な幸福では凪の凪いだ、四つの狭い壁の間で為される快適な喜びはほんの偶然の要素に過ぎない、その中枢の生気の精神は、親しい心から互いに飛び跳ねる愛の燃える炎である。

　思いもかけぬ不意の知らせは思いをかけていた不意打ちを挫いた。しかし喜びの波はすべての人を合流させて、その波が引いてからも人々はまだ親しく集まっていた。東屋での宴会に腰を下ろした。御馳走がこれほど二つの特殊な長所、食べ物の欠如と席の欠如とで味付けされていることはめったにない。腹に満たぬという心配ほど食欲をそそるものはない。各人にはただ好物だけが供されるとゼバスティアンによって考案された――牧師には味付け肉を詰められた蟹と馬鈴薯チーズ――フラーミンにはハム――主人公には藜《あかざ》の野菜が。――誰もが今や他人の好物を欲し、誰もが自分の好物を競売に付した。婦人達でさえ、いつもは魚のように食して食べないのに、かじっていた。喜びの盃に投げ込まれた第二の陶酔させる要素はテーブルと園亭であったが、テーブルは食事を、園亭は人々を収めきれなかった。ゼバスティアンはアガーテと共に食堂の窓の外側に置いた予備のテーブルの所に出た、これは単に外で食するというよりも騒いで苦情を言う為であった。この悪ふざけは実のところ謙虚さを隠していて、内で他のお客をよそに、卿の為に祝われるのを恐れての故であった。彼が一人っきりでいることを――ことによると痛ましい意味で――素朴なアペルは彼に描いて見せた、彼女は竈の女神として残った食べ物の中から戻し税をようやく食べたが、それが他人にどんな味であったか単に試す為であった。彼はこの別離の考えに長くは耐えられなかった、ワインと最も上等のデザートを取って彼女の冬営地の台所へ持っていった。その際彼は顔に女性に対する無頓着さは装わずに、彼女が余りに卑下して解するおそれがあったので、極めて丁重な真面目さを装った、それで幸せにも、生来押しつぶされた魂に――料理鉢より他の植木鉢には根を下ろさない、そのコンサートの広間は台所に、その天体の音楽は焼き串回転器にある魂に――黄金の夕方と、風の通った心と嬉しい長い思い出とを与えることになった。意地の悪い男がこのような善良な蝸牛の魂の通り道にこぶしを置いて、その乗り越える苦労を見て笑うことのなからんことを――正直者が身をかがめて、優しく持ち上げてその小石を越えさせんことを。……

　クロティルデに関しては、食事の前はまことに良くいっていたが、その後はまことに悪かった。ゼバスティアンのことを言っているので、卿に頼んだ請願状の後では一層陽気に軽やかになって、クロティルデとはあたかも彼女が――花嫁であるかのように気ままに語った。というのは早速ハノーヴァー訛りで言ったからである。「花嫁ほど、とりわけ友人の花嫁ほど退屈で神聖な代物はない。それよりは自分はフィレンツェのもろくなった学説彙纂、あるいはウィーンのガラスの箱の聖体を軽く触り、たたくだろう」。そもそもクロティルデに惚れることは難しかった。読者はそんなことはせず、冷たくまた立ち去ったであろうことを私は承知している。「ほとんど男性的に広い額の下の彼女のギリシア風の鼻」と読者は言ったであろう、「このすべての聖母を思わせる鼻、ドイツの顔におけるこの珍しい境界猟区の肉、――自分の他には何も求めない彼女の静かな、しかし明るい目、このイギリス人の真面目さ、この調和のとれた思惟する魂は愛する権利の上に彼女を押し上げている。この荘重な姿が愛そうと思っても、誰がそれに応えようとする勇気があろうか、誰が全き天の贈り物を私しようとするであろうか、あるいは誰が自分の心を蒸気の球として彼女の心に打ち込み、そうしてこの静かに思案している晴朗さに影を差そうとするほど高慢であろうか」。読者は自分のものを好んで読むものである。

しかし食後は別だった。ヴィクトルの脳髄では騒霊《ポルターガイスト》が内部の文字箱で彼の考えのすべての文字をごちゃごちゃにしたので、これまで陽気ではあったが、意に添うてはいなかった――アガーテの髪をあちこち巻いて、二重の蝶結びのリボンを不均等にしたかと思うとまた均等に直そうとした――しかしいつものようには気に入らなかった――今日の家庭的愛情の間奏曲は彼の冗談好きの魂全体の箍をはずしてしまって、それで今の喜びから離れて、どこか静かな角にいたら少なくとも数分間もっと楽しいように思われて、特に日の沈む様を見たいと憧れた。――

――

その上に、クロティルデのアガーテに対するより暖かな愛の様、――口に出さない優しさと、いつもより穏やかな声と、激しい人間にあっては抗しがたい従順さとでどの人にも、私を愛してくれと命じている友人の様、そして最後に夜の様が加わった。……

彼はまだ陽気に見えたが、とうに沈んでいた。今度は母親が今日の午前中の小さな主人公をなま暖かい夕方の空の下に運び出した。皆が庭の幕屋の外、敬虔な人間の最初の神殿に立っていた。雲には沈み行く太陽の夕方の血が流れた、深みに死につつある巨人の血が海に散るように。緩い群雲は空を覆うには足りなかった。月の周りに漂って、その淡い銀の光を炭がらから覗かせた。

赤い雲は乳児に紅を差した。誰もが、枕の蕾、襁褓紐の蛹から抜け出ている柔らかな両手をそっと握った。クロティルデは――多くの少女が男性の前であるいは男性の為にするように、幼児に体のコケットな愛撫をすることはしないで、――新しい人間に愛情を込めた眼差しを注ぎ続け、食い込んでいたシャツの袖を緩め、盗み見られていた月の光を遮って、あやすように言った、「笑って御覧、そして私を愛してゼバスティアン」。彼女は隠喩的な弾の跳ね返りをこの一行に込めていなかった。大きな、襁褓に包まれていないゼバスティアンも彼女が二重の意味を予見していないことはよく承知していた。何人かの者はある考えを言葉から追放しようと気にかける余り頭にそのことがあることを窺わせてしまうという規則を彼は心得ていた。にもかかわらず彼は他の人間同様に微笑むとか、彼女の触った小さな手を自分で手にする度胸はなかった。彼女は彼の方を向いて言った、「**子供はすでに言葉を知っているから、私どもの言葉を**学べるのではないのかしら」。

……私は単に世の識者に対する愛からこの言葉をシュヴァーバッハ活字体で印刷させた。

「そうですね」とヴィクトルは答えた、「身ぶりの言葉は耳に聞こえる言葉同様に多く意味しているに違いありません。――聾唖者が聖餐に行くのを見る度に、すべての授業は人間に何ももたらさず、ただすでに存在しているものに印を付け整理するにすぎないと思います。――子供の魂はそれ自身で製図の名手で、言葉の教師はその彩色家です」。「どうでしょう」と彼女は続けた、「この素敵な晩がいつかまたこの子の思い出に蘇るとしたら。何故六歳の時は十二歳の時よりも思い出の中では素敵なのでしょう、三歳のときが更にもっと素敵なのでしょう」。美しい女性の話しに口をはさむことは前の学部長の場合のように簡単ではない。彼女はそこで続けて言った、「エマーヌエルさんがかつて言っています、子供達には毎年それまでのことを話すのがいい、いつかすべての年を見通せて、第二の霧の年に至れるように、と」。私には先に述べた宮廷の女官自身が話しているのを聞いている思いがした、その薄いブロンドレースの下には幾多の博士のフェルト帽子の下よりも多くの哲学が見られた、水銀が紗には残っても革は通り抜けるように。ヴィクトルはいつものように善良な心で応じて答えた、「エマーヌエルは人間の近くに立っていて人間をよく知っています。誑かされている人間を劇全体を通じて案内しているのは二人の背景画の女流画家、つまり思い出と希望です――現在においては人間は不安で、享楽は人間にはガリバーのようにただ千ものリリパットのような瞬間へと注がれてしまいます。どうしてこれが陶酔させたり、満腹させたりしましょう。享楽の一日を想像するときには、それを圧縮して唯一つの嬉しい考えにします。それに近付くと、この考えが丸一日の中で薄まってしまいます」。——

「私もそのことを」、彼女は答えた、「野原を行く度に考えます。遠くでは花が咲き乱れています——でも近くでは花は皆草で隔てられています。でも結局思い出はただ現在の中で享受されるのです」。……ヴィクトルはただ花のことだけが頭にあって、考え込んで言った、「夜には花自身［凋んで］草のように見えます」——その時突然降り始めた。

皆晴れやかに東屋に入った、その屋根を雨が叩いていた、開けられた窓の中には雲が懸かったり抜けたりする月が氷河のように雪の光を差し込んでいた——一帯の輝く風景のなま暖かい花の息遣いがそれぞれの人間の溜め息、それぞれの重い胸に癒すように吐きかけられていた。この隣り合った近さの中、月によって交互に変わる夜の為自然から離れていては、すぐ近くの古いピアノに逃げざるを得なかった。クロティルデの声が外の雨の絶え間ないささやきに対するフルートの伴奏となった。牧師夫人は彼女に頼んだ、それもベンダ[5]のロメオからの自分の大好きなアリアであった。「安らぎはもうない、安らぎをまた見いだすのは奥津城かもしれない」等、その歌は音色が繊細な香りのように心の中に千もの開口部から侵入してきて、その中で震え、一層激しく震え、遂には微細な震えに収まり、その調和的消滅の中で涙しか残さなかった。

クロティルデはためらった虚栄心を見せずに歌うことに同意した。しかしすべての音色がむき出しの震える触糸に当たって、野原の牧人の歌声だけでも悲しい気分になるゼバスティアンにとっては、このような宵のこれは心に過ぎたことであった。他の人達が音楽に聞きほれている間にドアから出て行かなければならなかった。……

しかしここの大きな夜の空の下ではかなり大きな雨粒の中、人に見られずに自分の涙を流すことが出来た——何という夜か——ここでは一つの輝きが彼の上で、夜と空と地球とを並べてまとめ、魔術的な自然が奔流となって心に侵入して来、心を強力に拡大した。上では月が漂う雲の薄片に流れる銀の光を満たし、浸された銀の羊毛が震えるように下に落ち、輝く真珠は滑らかな葉の上を滑り、花の中に止まり、そして天の広野はきらきらと輝いていた

――火花と滴の二重の吹雪が花の香りの霧雨の中を戯れ渦巻くこのエデン、クロティルデの声が道に迷った天使のように上下して飛び回っているここを通って、この魔法の雑踏の中を、ヴィクトルは眩惑され――思い溢れて――震えながら――そして泣きながらさまよい、今日父の胸を抱いた木陰道に疲れて座り込んだ。彼はこの良き父親のただ見知らぬ人々の許での冬の生活、今日の恥ずかしげなお祝い、かつては亡き恋人の姿が住んでいた父の胸の中の空洞のことを考えた――そして消え去った母親の心を悲痛な思いで憧れた。彼はもたせかけていた頭を雨の中へ持ち上げた、大きく見開かれた目から落ちたのは雨ばかりではなかった。彼は全身が火照っていて、夜の雲で冷ます必要があった。指先は軽く組み合わされて垂れていた。クロティルデの歌声はあるときは溶けた銀の斑点のように彼の胸に滴り、あるときはさまようエコーのように遠くの杜からこの静かな庭に流れてきた。彼は何も呼ばず――何も考えず――自分を赦さず――自分を責めなかった――漆黒の夜が庭を覆ったり、光の海がその後に続いたりするのをさながら夢のように観じていた。

しかし彼は、今愛する人々を抱きしめ、狂ったような幸せな思いで自分の胸と心とを押しつぶすことが出来たら、自分の胸が飛び跳ねてしまうかのように、また陶然となるかのように思われた。今誰かを前に、単なる思念の影を前にしても、すべての自分の血、自分の人生、自分の本性を注ぎ込むことが出来たら、幸せ過ぎるように思われた。クロティルデの歌声に叫び声を上げ、両腕を岩に押し付けなければ、この痛々しい憧れは鎮まらないかのように思われた。

葉から滴る音を耳にして彼はまだ雨が降っていると思った。しかし天の水煙を上げる流れは次第に収まり、月の光の瀑布だけが一帯に飛び散っていた。空は深く青かった。アガーテは雨の中彼を捜していて、そして今やっと見付けた。彼は目覚めて、従順に黙って彼女に従って行き、晴れやかなばかりの天国の顔をした者達に会った――彼のすべての神経はぴくついた、そして彼は黙って会釈をして心苦しく好意的に離れて行かざるを得なかった。誰がそのことには別々の解釈をした。しかし牧師夫人は一行に言った、彼は遠くから音楽を聞くのが好きだが、それを聞くといつも余りにも心が重くなるのだ、と。

自分の部屋では彼の魂は幸福な慰めの多い考えに包まれた。クロティルデの奥津城の歌と一切のものが崇高なエマーヌエルの姿を目の前に焼き付けた――エマーヌエルは言っているように見えた、「一年したら私はもう大地の下だ、私の所に来なさい、死ぬまで君を愛そう」。明かりを求めずに、どうしようもなく涙を流しながら、次の紙片をエマーヌエル宛に書いた。

「エマーヌエル様、

君とは面識がないと仰有らないで下さい。何故人間はこの小さな太陽光線の中の浮塵の地球上で、そこで暖められながら、そして生命の稲光と死の電撃との間の脈拍で数えるわずかな瞬間になお知人とそうでない者との区別を設けるのでしょう。何故取るに足りぬ人間達は、同じ種類の傷を持ち、時が棺桶への同じ寸法を測るというのに、互いに躊躇わずに溜め息と共に腕の中に飛び込まないのでしょう。『我々は多分互いに似ていて近しい』と。何故まず肉体の立像が、その中に我々の精神は閉じ込められていますが、詰め寄って互いに触れ合って、そうして中にくるまわれている人間のことを互いに考え、愛し合わなければならないのでしょう。――しかしそれが人間的なことで真実です。死が私どもから奪うものは肉体の立像の他に――私どもの目からは愛する顔の他に――私どもの耳からは愛しい声の他に、私どもの胸からは暖かい胸の他にありましょうか。……嗚呼エマーヌエル、死なないで下さい。私を受け入れ、私にあなたの心を下さい。私はその心を愛します――私はとても幸せとは言えません、私の立派な師ダホールが――この方は天の輝く白鳥で、翼の関節が折れながら生きていて、他の白鳥達が第二の生のより暖かい地域に飛び立つとき、憧れながらこの白鳥達を見上げていましたが、私に手紙を書いて下さらなくなりました、その最後の言葉にこうあります、『私の似姿を捜し給え。君の胸は他の胸で傷を覆うまでは血を流すことだろう、そして一人っきりでいるとますます強く地球に震撼させられることだろう――孤独な者にのみ幽霊が忍び込むものだ』と。――エマーヌエル、あなたは静かで穏やかで思いやりのある方ではないですか。――あなたの魂はすべての人を愛そうと憧れ、その魂にとっては唯一つの心は狭すぎるのではないですか、その心の中に魂は愛と共に眠り込んだチューリップの中の蜂のように閉じ込められているのでは。――私どもの歓喜と葬礼の鐘の音の反復に、あらゆる夕方と時間の類似に飽き飽きなさっているのではないですか。この拉致された地球からあなたの上の長い道を御覧になっているのでは、吐き気や目眩を抑える為に、丁度馬車からその為に通りを覗く人がいるように。より高い立場の山の空気の匂う人間、その山の頂きに立って静かな空の中にいて、地上の雷鳴、虹を見下ろしている人間を信じておいでなのでは——神を信じて、その考えを自然の手相の中に、その永遠の愛を自分の胸に捜しておいでなのでは。……もしあなたがこうしたこと一切の人であり、そう考えておられるのであれば、あなたは私の人です。あなたは私より立派なのですから、そして私の魂はより高い友の許で自らを高めようとすることでしょう。より高い生命の樹、私はあなたを抱き、あなたを千もの力、小枝で編み込み、周りの踏み散らかされた糞便から抜け出したいと思います。——偉大な人間によって治癒され、宥められ、勇気づけられ、高められたいものです。哀れな私は、願いだけが豊かで——夢と感覚の間の戦いで砕け——組織、涙、愚行の間であちこち傷つけられて——代えようのない地球に嘔吐を催しながら——ただ悲惨故の悲しい喜劇を笑っていて、広大な夜の影の中で最も矛盾に富み、最も暗然とした、そして最も陽気な影です。……美しい善良な魂よ、私を愛して下さい。

ホーリオン」

頭を手で支えて、何も考えず、何も見ずに、涙を自然に涸れるまで流した。それからピアノに向かって、その伴奏の下、自分の手紙の中の最も激しい箇所を歌った。強く感動すると、彼はいつも歌に駆られた、特に憧れが昂じたときがそうだった。それが散文であったことに何の問題があろう。

手紙の歌の最後の行のときゆっくりとドアが開いた、「君なのか」と声がした。「お入り、フラーミン」と彼は答えた。「戻っているかどうか見たかったのさ」とフラーミンは言って去った。

——少なくとも次のことを挿入する必要があると私は考える——即ち、ヴィクトルは余りに多くの空想、気分、思慮を有していて、この三つの弦が同時に揺さぶられると全くの不協和音を出さないわけにいかなかったということ、これはこれらの諸力[*1]がもっと調和的間隔を置かれると見られない筈のものであるが——彼はそれ故陶酔三昧や夢想家への萌芽というよりもむしろ好みを有していたということ、——彼の陰極の哲学は陽極の熱狂と常に均衡を求めて戦わなければならなかったこと、二つの霊の沸騰から他ならぬ諧謔《フモール》が生まれたこと——彼は同じ苗床でのすべての歓喜のカーネーションを欲したこと、一方のカーネーションは他方の色を歪曲したけれども、(例えば洗練と熱狂、脱俗と世馴れた調子)――ここから気分と高度の寛容の他に我々のかすめ合う、色彩のこのような対立から描かれる内的状態の無効性についての不動の重苦しい感情も生ぜざるを得なかったこと――悪意の人には両面性と、善意の人には変わり易さと見なされる彼は彼の多くの材木の中に隠されている新しいアダムを、あるいはパラディオン［町の守護神］を飾り完成させる為には時の大鎌――つまり時間の他には何も要しないということを。

＊1　まさに不似合いな諸力を同程度に所有することから一貫性のなさ、矛盾が生まれる。一つの優勢な力を持った人間はただそれに従って、より一定に振る舞う。専制政治は共和政治よりも安定している。暑い赤道では四季のある地域よりも気圧計はより一定である。

# 第八の犬の郵便日

良心の試験委員会と諫止状――学者の研究の蜜月――博物標本室――包まれた顎――エマーヌエルの手紙――侯爵の到着

物語が終わって印刷できたらいいと思う。私はもう民衆の間で多すぎるほどの予約者を持っているからである。作家は今日では本への前払いをどんな悪党からも受け取る――仕立屋は前払いを服で、理髪師は髪粉で、家主は書斎で払う。

毎朝ヴィクトルは毛布の下で昨夜のことを反省し自らを叱った。ベッドは良心の良き告解席、法廷である。昨日の庭の一同は彼のことを——恋人としてではなく、まことの道化と見なしてくれたらいいと願った。「フラーミンが自ら不信を抱いて怒ったら、長いこと離れ離れであった僕らの心が、またもそうなってしまったら」。こうして告解席の寝台は炎の窯となった。しかし天使が彼の床に入って来て、烈火を吹き消した。「しかし僕は一体何をしたか。彼の為に幾千も喜んで話し、行い、黙っていなかっただろうか。非難されるべき眼差し、言葉は一つもない——他に何をしたというのか」。

光、あるいは火の天使が今やめらめらと燃える炎に襲いかからなければならない。

「他に何か。ひょっとしたら考えはした、これはしかし野鼠のように魂の足許で跳ねるもので、蝮のように構えるものだ。しかしカント主義者が僕に、三人の君主の国［イギリス、ハノーヴァー、フラクセンフィンゲン］でついぞ呼び出したことのなかった最も美しい、最も素晴らしい姿の小さな像を、このようなラファエロの頭を、このような楽園の古典古代を、頭の別荘の窓から林檎の皮かすものの核を吐き出すように投げ出せと要求できるものだろうか。そんなカント主義者は不思議に思われる。そしてそれが内部にあっていいのであれば、僕は、教理教師よ、家畜のようにそれを冷たく見つめていなければならないのか。そんなのは嫌だ。いや僕は自分を信じて、最も美しい心から友情さえも要求して、その心に愛を与えよう」。親愛なる読者よ、良心の法規委員会を前にしてのこの略式訴訟のすべてを書きながら、自分自身に三十回以上いったものである、「君達両人、君と読者は、良心に対して少しもこれより正直ではない」と。

彼はゆっくりとベッドの革紐を使って起きた、いつもは飛び起きるのであったが。彼の観念の歯車が止まった。昨日の手紙を読み余りに激しいと思った。「これはまさに」と言った、「僕らのつまらなさで、人間が永遠と思うすべてのことが一晩で凍死してしまう。心の動きは顔つきのどんな激しい動きよりも速くて跡形もなく消えてしまう。何故今日の僕は昨日の僕ではなく、明日そうであるかもしれない僕ではないのだろう。人間はこのように煮え立ったり収まったりして何の利があるだろうか。一体何を頼りに出来るだろうか」。

その間に地球時間の炎の歯車、太陽が、注ぐように昇って地球の岸辺を燃やした。——彼は窓を開け放ってむき出しの胸を新鮮な朝の風に晒し、熱い目をオーロラの赤い海に沐浴させようとした。しかし何かが彼の中で東方の国を味わううちに後味のように生じてきた。善良な人間は将来の行為の良心の痛みを感ずるうちに享楽へと堕ちてしまう。

次第に彼のうちに圧倒的な感動が湧いてきた――再び昨晩の照り輝く雨、昂ぶる心、エマーヌエルの影が浮かんだ――彼は歩みを速め、部屋を斜めに走り――ナイトガウンを一層きつく結んで――目からは何かを揺すって――垂直に飛び上がり――「否」と発して、何とも形容しがたい快活な微笑みを浮かべて言った、「否、僕はフラーミンを裏切ろうとは思わない。彼女を訪ねることも避けることもしない、彼が最も幸せになるまでは彼女に友情を求めない。汝のように[*1]、天上的な光輝の胸像を眺めることにしよう、そして胸像が暖かみを受け入れ、冷たい石膏の目を僕に向けるようにとは求めまい。でも友人の君には幸福に、全く幸せになってもらって、決して僕の葛藤には気付いて欲しくない」。

今ようやく朝の教会の装いが彼を快活にし、朝の大気が涼しい剣帯のように彼の熱い胸に流れ込み、戯れながら髪と鬢飾りとをなびかせた。やっとエマーヌエルに書いたこと、天を眺めたことが正しかったと思われた。

フラーミンは若干冷淡に入ってきた、手紙を見て更に幾らか冷たくなった。ヴィクトルは冷めなかった。ただ誰も下では一言も彼の昨日の酒神賛歌に触れなかったので、見抜かれていると恐れて、彼女が来たら行かないという誓いを怒って秘かにした、――これは実際そうする必要があった、彼女は来なかったからである。彼女はまだマイエンタールに荷物があって、友人達に挨拶し、今一度愛する師の魔法の園に足を踏み入れなければならず、旅立っていた。

次の週はアングレーズやコティロンを踊る多くのホーラー達［季節と秩序の女神］のようにゼバスティアンの前を過ぎていった。午前中は果実が一杯で、午後は花盛りであった。朝は彼の魂は勤勉に頭の中にあって、夕方頃には心の中にあったからである。夕方にはカルタ――詩――率直さ――女達――音楽がまことによく好まれ、朝方にはまことにそれは少ない――丑三つ時にこれらは最も強く好まれる。

二つの心配を除いて――一つは、自分が宮廷と国家の馬車の轅《ながえ》を馬につなぐまえに、エマーヌエルが直に手紙を書いてくれて、それでまだ彼を訪問する余裕を持てるかどうかであり、あとの一つは、宮廷行きが余りに早まりはしないかということであったが——幸福でいるかあるいは幸福にするかの他には今ほとんど為すことはなかった。これらの週は丁度彼の休みの週あるいは安息の週に当たっていたからである。

　これらを読者が既に御存知かは知らない。これらは改訂された暦には載っていない。しかしこれらは規則的に(何人かにあっては)春分の日の直後か小春日和に見られるものである。

　ヴィクトルの場合は最初の方、丁度春の最中にあった。体かあるいは天候か、あるいは誰が我々の胸中のこの神の平和を鳴らすのか、私は調べる必要はない。それ、安息日の週がどのようなものか書くべきであろう。その様は正確に記すとこうである。休みの週あるいは安息の週には(多くは、例えば私はただの安息日あるいは安息時間で済ませるのであるが)、まず揺すられている雲の上にいるかのように軽くまどろむ——晴れた日のように目覚める——その前日の夕方には、自らを改善し、毎日少なくとも雑草の苗床には除草ナイフを使うと固く決め、そのことを符丁でドアに書いておく——目覚めたときにもその気であり、それを実行する——胆汁、この憤激する酒精は、いつもは、十二指腸にいかずに心臓や心臓の血に注がれると、雲と共に沸き立ち、湯気を上げるのであるが、数秒で吸い込まれ、挫かれる、そして高められた精神は自分では興奮することなく静かに肉体の興奮を感ずる。——我々の肺葉のこの凪のときには人はただ穏やかな小声で話し、話し相手が誰であれ愛してその手を握り、溶け去っていく心で考える。私より君達がもっと幸せならばこれを君達皆に祈念して止まない。——純粋な健康な平静な心の持ち主にあっては、ホメロスの神々がそうであるように、軽い傷はすぐに塞がる。「否」(と君は安息の週にはいつも言う)「まだ数日このように平静でいなければならない」。——喜びの素材にはほとんど存在していることで間に合う、そう、歓喜の日射病はこの冷たい魔術的な透明な朝霧を雷雨に圧縮してしまうことだろう。君は、感謝して泣きたいかのように、絶えず青空を見上げ、「今日は何処にいても幸せだ」と言いたげに地上を見渡す、そして嵐の眠る心を君は、母親が眠った子供を抱くように、おずおずと大事に喜びの柔らかな花々を横切って運んで行く。——————しかし嵐は目覚め、心に手を伸ばすのだ。

　至福の日々の絵画が溜め息しかもたらさないのであれば、何と我々は既にこれまでに失ったものが大きいことだろう。平安よ、心の黄昏よ、疲れた心の静かなヘスペルスよ、いつも有徳の太陽の側にいるものよ、我々の内部がおまえの穏やかな名前を聞いただけで涙にくれるというのであれば、これは、我々がおまえを求めるけれども、おまえを所有してはいないということの印ではないのか。

ヴィクトルは心の昼寝を──学問、とりわけ詩文と哲学とに負うていた、二つとも彗星と惑星のように同じ太陽（真理）の周りを回るもので、ただその公転の形が異なるにすぎない、つまり彗星と詩人の方はより大きな楕円を描くにすぎない。彼はその教育と資質によって書斎の雰囲気、熱気に慣れていた、これはまだ我々の情熱の唯一の寝室（修道士の寝室）、唯一の請願修道士となりうるもので、感覚と習俗の太い渦を避けようと思っている人々の安全な港である。学問は美徳よりもそれ自らで報われる、学問は至福を味わわせるが、美徳はそれを許すだけである。多くの学者がその研究に対して貰いたいと思っている褒賞のメダル、年金、実のある報酬、発明への謝礼はせいぜいその為に苦労している文学的な奉仕の兄弟［フリーメーソンの員外奉仕人］に相応しいもので、それで喜んでいる椅子の親方［フリーメーソンの最高位］にではない。学者というものは退屈を知らない。ただ王座の住人だけがこの神経の労咳に対して百もの宮廷の祝祭、社交の貴族、国々の全体や、人間の血を処方する。

誓って。ヴィクトルの安息の週に梯子を使って窓に登った読者がいたら、そこで覗いたものは、学問の分野を極楽島に居るかのようにさまよう有頂天の男の他にあろうか。恍惚となって何も知らない男は、一連の眼前にある本の高貴な貴族から、とりわけ対象の何かを、あるいは誰かを、考えたり、詩作したり、読んだりしたりしなければならなかった。この精神の新婚の部屋（これが我々の書斎である）、この最も美しい、あらゆる時代、場所から収集された声の音楽会場では、美的哲学的快楽の余りにほとんどその選択が出来なかった。読むと書きたくなり、書くと読みたくなり、考え込むと感じたくなり、感ずると考え込みたくなった。

前もって彼がどのように勉強したか書いていたら、この描写をもっと楽しく進めることが出来よう、つまり彼はある件についてはそれについて沢山読まないうちには決して書かなかったし、逆に前もって懸命に考えないうちには決して読まなかったのである。激しい外的、つまり内的な動機や衝迫がないうちは、詩ばかりでなく、哲学的文章も書くべきではないし、誰も腰を下ろして、「今聖バルトロメーウスの日の三時に仕事にかかって以下の文を巧みに検証したい」と言うべきではないと、彼は言っている。──今や先に進める。

さて彼がこの精神の実験室で、これは分解術［化学］よりも統合学に役立つ部屋であったが、飛塵を引き付ける電気石から、地球を引き付ける太陽まで、そして更には太陽系を回転させる未知の太陽にまで昇ったとき、――あるいは、解剖学の表が神的建築様式の透視図梗概となって、解剖学のメスが彼の愛する真理の太陽の道しるべとなったとき、それである神を信ずるには、二人の人間がいれば良くて、その上その一人は死者であっても良く、生きている者がその死者を研究し、頁をめくれば済むということになったとき、[*2]――あるいは詩文が第二の天性、第二の音楽として穏やかにその目に見えないエーテル［天空］の中に吹き上がり、高みで話そうとしたとき、筆か鍵のどちらを選ぶか決めかねていたとき、――――要するに、人間の頚椎の上にある彼の天の球体中で、観念の霧が次第に明るい部分と暗い部分に崩れて、目に見えぬ太陽の下ますますエーテルで満たされたとき、雲が次々にスパーク伝導線となって、遂に輝く群雲が詰め合ったとき、そのとき午前十一時に内部の空は（しばしば外部の空がそうなるように）すべての閃光から一つの太陽に、すべての雫から一つの注出となって、上部の力の空全体が下部の力の地上に降りてきて、そして……第二の世界の若干の青い箇所が一瞬ぽっかり開いた。

――我々の内部の状態は隠喩、つまり近い状態の色彩によるときほど哲学的にまた明瞭に描かれることはない。隠喩を狭量に誹謗する人は、我々に絵筆よりはむしろ木炭筆を与えたがって、素描が分からないのを彩色のせいにする。それはしかし単に原像を知らないせいなのである。確かにナンセンスが紛れ込みやすいのは哲学者達の広大な抽象的な新造語の方であって、――言葉は、中国の影絵芝居のように、広がりとともに同時にその内容の不透明性、空虚さも増すからであるが――詩人達の密な緑の莢よりも多い。思考の柱廊《ストア》、回廊から詩作のエピクロス学派の庭を眺めなければならない。

――三分したらまた話しに戻ろう。――自分は、とヴィクトルは言った、山岳と庭園と沼地との牧草地を持っていなければならない、三つの異なる戯けた魂を有するからで、これらを様々な地所で放牧しなければならない。彼が言っているのは、スコラ学者のように、植物性と感覚性と知性の魂ではなく、狂信者のように、人間の三つの部分［体、魂、精神］でもなく、何かそれに近いもの、彼の諧謔的、多感的、哲学的魂のことであった。自分からそのうちの一つでも奪われたら、その残りもきっと残っていないだろうと彼は言った。いや、時に、丁度諧謔的魂が交替する交差椅子の最上部に座っていたとき、軽薄さを進めて、願望を述べたものである、天のアブラハムの膝下でも冗談がなされたらいい、十二の椅子に自分の三つの魂をもって同時に座ってみせよう、と。――――

午後彼はあるときは奔流のような気まぐれに委せて、その正しい聞き手は一人もいなかったが――あるときは牧師館の人々を相手に、あるときは聖リューネの学校児童全員を相手に過ごした、彼は児童の胃の方に（善良な教師なら誰でも腹を立てたであろうが）、頭によりも栄養を与えたが、それはよだれ掛けが布巾となってしまう短い年月においては享楽は子供のナプキンを経由するのであって、入口は口の他にはないと信じていたからである。彼はチョッキに小銭を一杯にしたかなりの作戦の現金なしには出掛けなかった。「無頓着にばらまくのさ」と彼は言った、「でもこのばらまかれた金属の種子から哀れな奴さん達に申し分のない喜びの夜が育つのであれば、それにこうした夜は無垢な人に限って少ないのであれば、大切にされた美徳と喜びの為に同時に何かをする気にならないだろうか」。

彼は自分は倫理学を聴講した、この裁判外の贈り物とささやかな基金に対しては許しの他は何も請わないと言った。彼を岩の上の無邪気な播種機と解したフラーミンは、会議までの少ない休暇を、この会議に役立ちたいという燃えるような希望と、役立つ為の準備の中で過ごした。しばしばより高い愛国心が愛するフラーミンの顔から後光とモーゼの輝きを伴って現れる度に、ヴィクトルの目には喜びの友情の涙が浮かんだ、そして抒情的な人間愛の瞬間に二人はその心にかけて将来善行の面で互いに支援すること、人類の為に共に犠牲を払うことを誓った。――両者の違いはただ互いに度を過ごしている点で――フラーミンは悪徳に対して寛容でなさすぎ、ヴィクトルは寛容にすぎた――前者は参事官として再洗礼派のようにあらゆる祝祭を非難し、初期のキリスト教徒のようにあらゆる花を（どんな意味においても）嫌ったが――後者はギリシア人のように両者をはなはだ好んだ――前者は名誉の為なら人間を犠牲にしえたが――後者は自分の心の他には名誉毀損者を知らなかった、彼は茶席での我々の嘆かわしい体面問題の空論の生半可な貴族を飛び越えて、嘲笑を嘲笑しながら、ただ美徳の高い貴族にのみ仕えた。

ヴィクトルは雨蛙の足をもって喜びの花弁にはどれにでも、子供達にも、動物達にも、村のルペルカリア祭にも、祈祷時にも吸い付いた。しかし最も好んだのは土曜日であった。このときには村の喜ばしい動揺の中を遊撃した、大鎌を磁気を帯びさせる為ではなく、もっと鋭くなるように槌で叩いている下僕達の側を通り過ぎ、教師の店の入口では彼の目は門番としてしばしば半時間立ち止まった。自分のズボンのポケットの財布よりわずかの商人の財布を見たことのない教師のささやかな海難保証取引の中に聖リューネの取引の繁栄をまことによく観察出来たからである。この東インド商会から夜遅く日曜日の安っぽい喜びが購入されるのを彼は見た。この問屋は（教師のことであるが）、黒人の奴隷の助けを借りて、聖リューネの日曜日の朝をそのシロップで甘く、コーヒーで熱くした。ドイツの煙草栽培によってこの商人は安物の巻き煙草でパイプの頭部を、また養蚕によって娘達の頭部を安息日の三角旗で、それぞれアウエルバッハ風旅館から仕入れて面倒を見ていた。――我々の主人公を皆が知っていた。どの犬小屋からも犬が尾を振って彼を迎え、彼はパンを投げ与えた。どの窓からも子供達が呼びかけて、彼はからかってやった。彼が通り過ぎるのを見た多くの少年達が、帽子を被っていたら幸せと感じた――この殿方の前でそれを脱ぐことが出来るからだった。彼が聖リューネで最初にしたことは聖リューネの話しで、話しに出てくる人物自身の口頭の考課表からか、帝国女性騎馬飛脚である牧師夫人から汲み出されずには済まないものであった。牧師夫人はプルタークのようにいつも二人の人物を布のようにつき合わせた。そして彼女の夫は最良の知識、良心に基づいて、彼の教区の教会史、改革史について講義した。ヴィクトルはこの小宇宙の世界史に二つの理由から没頭した。一つは、――これはパンの為の学生達がより大きな世界史に対して行うことでもあるが――きれいさっぱりと忘れる為であり、二つ目は村のことに乞食取り締まり巡査や産婆のように通じて、聖リューネの住民が亡くなったら悲しく思え、その前に結婚したら嬉しく思えるようになる利点を引き出したいと願ったからである。

――今や物語はまた日々に進んでいき、時の奔流の中の小石の上を行くかのようである。――

そんなわけで春は彼の前を安息の週と共に、聖霊降臨祭の日々と共に、白い花々と共に素敵に通り過ぎていった、花々は春から次第に蝶の羽のように落ちていった。ヴィクトルはル・ボーへの訪問を延ばした、次のように考えたからである、「いずれにせよすぐにもう自然の柔らかな膝元を下りて、宮廷の針金の台上に、宮廷という顕微鏡のスライドガラス（王座）の上に登らなければならない」と。彼は毎日自分に、直に、クロティルデの帰ってくる前に、自分の心根を怪しまれないよう訪問するように説得したが、いつも駄目であった。――――が突然（その前日は六月十三日で）十四日ということになって、その日にクロティルデの荷物が彼女を伴わずに届いた。そこで彼は（公の犬の報告に記されているように）、本当に十五日に聖リューネの小川を渡って、侍従の階段のアルプスを越え、ル・ボーのソファーに彼のシーザーの陣営を設けた。今日は誰もいない、マッツもいないことを彼は承知していた。

「天が」（と彼は言った）「丁重さを大切に扱いますように。丁重さが欠ければ悪漢に耐えることが出来なくなるでしょうし、それにこれは喜びの瞬間ごとの税を払ってくれます、慈善の方は単に四半期ごとの税、大審院税、福祉補助金を払うだけですが」。ル・ボー夫人はかつてないほど丁重であった。（誓っていいが、ヴィクトルの宮廷のドクトル帽子、ドクトル王冠について何か嗅ぎつけたのである。ただ彼らは、どのような吸口をヴィクトルのような戯けて曲がりくねった楽器にねじって取り付けたらいいか知らなかった。すべての書斎の甲殻類がそうであるように人物よりも事実のことを話すのを好んだ。フラーミンはその反対であった。夫妻にとっては救世主の歌の中で今夏至の日にイタリアのプリンセスがやってくること程何か崇高なものはなかった。それについて語り足りぬ者は、殊に田舎ではいなかった。どうしてヴィクトルは誤って大抵の女性達に自分を彼は愛していると思い込ませてしまうのか、私には分からない。要するに侍従夫人は、この年頃ではもはや愛ではなく、愛の見せかけを欲しがっていたが、「ひょっとしたらそうかもしれない」と考えた。彼女を誤解してはいけない。彼女は確かにいつも男性との最初の時間は天文台で観察するのであったが、次の時間は、最初が上手くいったときに、狩りの隠れ場からのみ観察した、そして見抜くより他にはもはや希望を抱かない程に十分に冷静であった。それに彼女は、征服を余りにも容易に考えて、女性の虚栄心に対して公のやり方よりも他の仕方で彼女に媚びようとするものを誰でも軽蔑していた。要するに、今日彼女は我々のヴィクトルを――彼女の意味で――余りにも都合良く――我々の意味で余りにも都合悪く解していた。そもそもただの廷臣が単にただの廷臣を察知するような具合であった。クロティルデについては一言も、帰還の時についてすら語られなかった。

そもそもル・ボー夫人は自らの内に継娘に対してとてつもない気位を抱いていたが、この気位が何に基づくのか、関係によるのか功績によるのか私の通信相手に教えて貰いたいところである。この二つは十分に考えられたからで、侍従夫人は現侯爵の故父君の娼―であった。私とある気の利いた男は、彼女はシーザーに愛の点で、あるいは野心の点で似ているかあれこれ考えたことがある。この気の利いた男は「愛の点で」と言った、女性は侯爵が愛の師匠であったらその愛を決して忘れないから、と。故父君の心は特に彼女の二つの美を崇拝していた、昔スコットランド人が好んでむさぼり喰っていたもので、[*3] つまり胸と尻である。偉い人達は小さな者達には思いもよらぬ独自の俗悪さを有している。これは印刷したくないものであるが、しかし宮廷全体が承知していたことで、それ故私の読者の多くも承知している。ところが悪魔が時を招き寄せ、時がその大鎌を鍛え、その二つの魅力のうちの張り出していた部分をすべて刈り取ってしまった。ところで宮廷の女性達にあっては――宮廷でなくとも廷《にわ》のある所、校庭、梱包場、家畜収容所では――虚栄心は、老サトゥルヌスが（つまり時が）女性達をその鎌付き戦車とその砂時計の小さな火砲とで襲うと、私の知っている中で最も気の利いた退却の一つを為すが、――虚栄心はある仕掛け、ある肢から次々に追いやられる――最後に虚栄心は柔らかい部分から堅い部分に、例えば指の爪とか額、足等々の堅い場に身を投じ、そうなると梃子でも動かない。侍従夫人はまずこのような堅い部分を用意しなければならなかった、つまりパリ製の胸の下着、パリ製の尻の下着である。この彼女の領土の四つの境界の丘は日々年月の境界移動に対して所有物尊重の念から元通りに高められなければならなかった。このことから先の気の利いた男は、彼女の魂は彼女の肉体にいつも私拿捕免許状を与えていると結論付けている。

　私はまさに気の利いた男の対蹠人で、愛は彼女の奉仕の兄弟にすぎず、フリーメーソンの親方ではない、副官であって、大元帥ではないと主張する。なぜかなれば、彼女は相変わらず、自分がかつて宮廷で神の傍らの女神として崇拝されていた彼女の最初のソロモンの神殿の再建に自分の手とル・ボーの手を置いていたからで――彼女がル・ボーと結婚したのはその侍従としての鍵、彼の会合、彼の将来の影響への期待故であったからであり――クロティルデの顔ではなく頭を嫌っているからであり――彼女の愛が今や嫉妬のないものであるからである。つまり彼女は福音史家のマチューとはある愛の関係にあったが、それは（我々の市民の感覚では）憎しみとは――持続の点でしか異ならないものであった。愛の冷やかしが彼らの愛の表明で――眼差しはエピグラムで――彼は彼のひとときの逢瀬には他の場所での逢瀬の滑稽な話しで塩味をつけた――そして聖人が賛美歌を唱えようとする時には、[*4] 両者は皮肉になった。このような性愛の結び付きはある政治的結び付きの下位部門に他ならない。しかし閑話休題。

侍従は客人に今度はドクトルや学者の関心をもっとそそる何かを見せたいと思った。その何かがある部屋には侍従夫人の部屋とクロティルデの部屋を通って行った。夫人の部屋で休息したので、ヴィクトルの目は夢見るようにクロティルデの影絵に釘付けになった、これはマチューが最近無から切り出したもので、侍従夫人が影絵作家に媚びてガラスを上に掛けていたものである。奇妙なことに、つまり偶然にこのとき美しい顔の上のガラスが割れた、そしてヴィクトルと父親は縮み上った。というのは父親は多くの偉い者達がそうであるように時間が無くて迷信深く且つ不信心であったからである。そして周知のように迷信によれば肖像画のガラスが割れるのは原像の死の先触れを意味する。父親は不安げに、これほど長くマイエンタールに留まるのをクロティルデに許した自分を咎めて、健康を無益な青春の陶酔で損なってしまうと言った。亡くなったジューリアに対する彼女の悲しみのことを言っていた。というのも彼女は（と彼は語った）ただジューリアを悼む余り、何の荷物も持たず五月一日にこちらへ急いで来たからであり、その上愛する友人の服を今日自分の荷物の中に詰めて送ってきたからである。彼は元気良く打ち切った。このジューリアの兄、マチューが入って来たからである、彼は宮廷の腹違いの兄弟団の何人かがそうするように、プリンセスを迎えに行くので、姿を見せ、暇ごいをしたいと思っていたに過ぎなかった。

ヴィクトルは一層静かになり一層沈んだ。胸には突然目に見えぬ涙が湧いてきた、その源泉は心当たりがなかったのであるが。その上クロティルデの静かな空いた部屋を通るとき、そこは簡潔に整然としていて所有者の美しい魂を余りにも強く思い出させることになって、彼の突然の感動した沈黙は他の人の目にも明らかとなった。彼は目を大急ぎで彼女の筆跡の若干のスケッチ、彼女の白い筆記用具、油の壁紙の美しい風景から転じて、ル・ボーが開けたものへすばやく近寄った――ル・ボーがその大砲のように穴のあいた侍従としての鍵で閉ざしていたものは、（ウィーンの名誉侍従達は密封し、封印された鍵を着けるだけであるが）、高貴な心ではなく、博物標本庫を彼は開けた。標本庫には珍しい標本、若干の奇妙なものがあって――子供の膀胱結石、十七分の二インチの長さ、十七分の二インチの幅、あるいはその逆――老大臣の硬くなった大静脈――一着のアメリカの羽ズボン――まずまずの海綿サンゴとより良い化石の袖貝（例えば偽糸掛貝）――産婆用椅子と種蒔き機の模型――フォークトラントのホーフからの灰色の大理石状のもの――石化した鳥の巣――模造宝石はいうまでもなく――しかし私と読者はこの死んだがらくたよりもここでは猿を好むが、これは生きていて、一人でこの標本庫を飾り、そして――所有しているものである。カンパー[1]にはこの生きた標本から侍従の頭を切り取って、これを解剖し、どんなに猿が人間に近いかせめて見て欲しいものである。

偉い人はいつも、自分が何も問題にしない、つまり自分に得手の何らかの学問的分野を持っている。ル・ボーの知に飢えた魂にとっては、印章のあるいは準宝石のあるいはピストルの標本庫に囚われるかはどうでも良かった。私がお偉いさんであれば、極めて熱心にボタンを――あるいは分娩を――あるいは本を――あるいはニュルンベルクの商品を――あるいは戦争を――あるいはまことに結構な準備を為すことであろう、単にいまいましい退‐屈のせいで、おこじょの毛皮、星形勲章の下から覗いているすべての悪徳と美徳のこの種酢のせいである。一般的に大きくなる退屈ほど一般的に大きくなる洗練を良く証するものはない――婦人達でさえ単なる平凡な退屈から百度も気晴らしをする。自分を十分に退屈させてくれる仲間に対してはどんなに気の利いた男も大抵愚かなことを、最良の男も大抵中傷を言ってしまう。

青年貴族は歩き回ることの標本庫の模範であったかもしれない。ヴィクトルは、彼は上流階級の遊蕩によるよろめくような柔らかな歩行を気取っていると不当な医学的推測をしていた。実際そうした歩行をしていたのであり、それもヴィクトルの美しい理由とは全く違って、――座っているのを好まなかったからである。しかし更に話しを進めよう。侍従夫人がヴィクトルの魂の前のカーテンを開き、自分とクロティルデに対する思いをこれから話そうと思う驚愕によって調べようと思っていなかったのであれば、そうでなかったのであれば、侍従夫人の手を銀鉱塊にまで導いたのは、はなはだ邪悪な霊に他ならなかった。魂の背後にぼろぼろの砒素によってお陀仏となったのかもしれぬ鼠がいた。同じような危険な目に遭った女性の読者は、硬いもので何か柔らかのものをつかみ、それを取り上げ、何であるか見たときの侍従夫人の気持を考えて見て欲しい。本当の失神が不可避であった。そのきっかけがもっと些細で、例えば彼女の感覚ではなく単に名誉が攻撃されたのであれば、私自身彼女の失神をただ見せかけのものと見なすであろうことを告白しておく。そもそも彼女は、彼女の夫や彼女のチチスベーオ［友人］といった意地悪な観客の前では、この五幕目殺人をとうに彼女の芝居から、フランス劇の場合のように追放しておかなければならなかった。いや思うに、彼女の貞操の圧倒的な敵に対しては（本当の失神は別として）見せかけの失神ほど滑稽なことはなかったであろう。偽の死に驚いて福音史家は分別を失い、単に意地悪く手を動かすことになって、両手で早速胸の瞞着、骨組み、要するに光学的胸のすべてを引き裂いて、本物の胸に、その板の中には一つの石が、つまり彼女の心があったが、空気が十分に行くようにした。しかしヴィクトルは彼を押しのけ、彼女の魅力と生命にもっと優しく注意を払って、数滴の氷の滴をかけてまた元気にした。それでも彼女は自分の推察したことすべてを青年貴族に許し、宮廷医師にはすべてに感謝した、勘違いではあったが。

しばらくこの醜い織物からは目をそらして、敵のいない私の島で周りのもっと美しい世界を眺めてさわやかな気分になりたい——ここでは岸辺で魚と子供達が水をはねながら遊び——戯れる母親が花と見守る視線とを投げ与え——大きな楓が、穏やかに千もの葉や蚊と共にささやきながら波の下でゆらゆらしている立木に揺れかかり——暖かい大地と暖かい空とが愛の眠りで寄り添って休み世紀を次々に産んでいく。……

ヴィクトルは、田舎での日々が終わることに不安を抱いて、家に帰った。——土曜日（六月十六日）は穏やかに通り過ぎ、急ぎながら羽付き種子の花の頭部全体を新たな喜びの花となるようにばらばらに揺さぶった。

星はそっと夜の上を滑っていった。さわやかな青い日曜の朝がおめかしした村の上に漂い、息を潜めた、決して盛りの菩提樹の花や猿猴草の小苞を吹き飛ばさないようにとの心遣いであった。——ヴィクトルは館から弱いピアノの音が休らう村の上に響くのを耳にした、そして幸せな憧れで胸を締め付けられて溜め息をつかざるを得なくなった。「いつになったら、この輝く静かな海の上を、人生のこの素敵な停泊所を泳ぐことをやめなければならなくなるのだろう」。——その時運命が答えた、今日だと。というのは丁度今日、日曜日に、フラクセンフィンゲンの首都から一人の軽やかな道化が（実は二人）同じように軽やかな四人乗り旅行馬車《ベルリーネ》でやって来て、彼宛の卿の手紙を取り出したからである。

「六月二十一日（木曜日）にイタリアのプリンセスはクセヴィッツに到着する。水曜日に私は旅立って、おまえを聖リューネでそこまで御同道下さる侯爵に推挙する。しかしその後の土曜日には和合の島[*5]へ出掛けて貰いたい、聖リューネでは機会が少なくて話せない若干のことを島で話したいからである。そこで会うことにしよう。この手紙の配達人は宮廷薬剤師のツォイゼル氏で、彼の家の一角に将来おまえは宮廷医師として住むことになる。ご機嫌よう。

H・」

「ツォイゼルって」（と読者は尋ね、考え込む）「ツォイゼル達のことは知らない」――私も同様に知らない。しかし、あんまりではないかと読者は言うがよい。実際この作品の通信者は、犬を通じて私が行っているあらゆる紹介にもかかわらず上手くいかずに、この話しでは、惨めな長編小説ではどれであれ、それどころか――刑務所で見られるように整然とした構成しか出来ずに、新たな囚人の度に古い囚人達に早速最初の時間に自分のすべての運命を、話し手がまさに問題としている入場の当初の殴り合いに至るまでまことしやかに語るというのは骨折りではないか。いやはや人々が私の作品には待合所のように飛び込んできて、誰もどの読者も、誰がどこの馬の骨であるか知らない。

「これは、――――」と言って、その後六つの長音符をそれだけ省かれた呪いの省略符とした。今や田園生活の牧歌から都市生活の茶化したアエネイスへ移らなければならなかったからである。書斎から宮廷の溶鉱所、火刑裁判所への、休息から雑踏への道ほど惨めに舗装されている道はない。それにエマーヌエルはまだ彼に手紙をくれなかった。クロティルデ、かの素晴らしい二晩のヘスペルスは、天の金星《ヘスペルス》に似て聖リューネの上には見えなかった。その上このツォイゼルは、彼の将来の大家は、宮廷薬剤師は、いわば道化で、彼の四人乗り馬車同様に、あるいは一緒に来た宮廷補給係同様に軽く、しかし馬車よりも五十三歳年取っていて、つまり五十四歳で、全体に心身の人間の指小形、酢鰻虫で、いたるところ、顎、鼻、機知、頭、唇、肩がとがっていた。この洗練された酢鰻虫は――というのはこの鰻は、自分は決して平民の与り知らぬある種の洗練を心得ていて、自分の先祖はツォイゼルではなく、フォン・スボボダと綴ったことを否定しないと主張したからで――クセヴィッツで侯爵の花嫁の為の給養係を司る宮廷補給係と共にそこへ赴き、不要となるまで滞在する予定であった。ツォイゼルはフラクセンフィンゲンの宮廷に対して、浣腸ポンプよりは別な影響を持ちたく、センナ葉［下剤］よりも別なもので国家に働きかけたかった。そこで彼は、宮中の新しい気象について収集したすべての秘密の情報を（すぐに公の情報に改訂したが）高く買い上げ、何人かが王座の隊列から転げ落ちると、全く上品に微笑を浮かべ、彼らが自分を友人と見なして、彼らを薬局からこっそりと蹴っていた自分の足に気付いていないことを願うと述べた。彼は若干善良なところがあったが、生来の嘘吐きで、これは彼が意地悪であるからではなく、上品ぶろうとしたからで、機知を連ねようとして、常識を濁していた。

将来の宮廷人、後援者としてのヴィクトルに対して彼は自分と他人とを同時に敬う率直な宮廷の礼儀を取れないでいた。しかし牧師館の人々に対しては通常の宮廷の軽蔑を十分に守って、卿の息子と会う意図がなかったら、庭の石塀や窓下の腰壁を見ることさえないのだ、いわんや来ることなどなかったのだと十分に分からせた。ヴィクトルは隣人に対して別の隣人に対する憎しみほど憎むものはなかった。彼のすべての身分に対する敬意、すべての身分執着者に対する彼の軽蔑、儀式に対する彼の憤懣、人生の小さな舞台に対する彼の諧謔的な好意は、薬剤師的滴虫類、その人間に対する反吐、その偉いさんに対するへつらいと最大のコントラストを為していた。

ヴィクトルは大家にクセヴィッツのイタリア人トスタートに三十度よろしく言ってくれるよう頼んだ、彼は一緒にゲッティンゲンから一日と半旅し、笑い、踊ったのであった。――出発する薬店主はヴィクトルにいまいましい酸っぱい澱を残した。毎日曜日にコーヒーを運び上げるふいご踏みに対してすらいつものように笑う気になれなかった。いつもは何故笑ったかお話ししよう。

御者は髭を剃っていた、それも直に自分の手で。さてこの無精の御者台の住人の顎は、髭剃りや草刈りに必要とするよりも多くのもぐらの盛り土を――いぼのことを飾って言ったのであるが――突き出していた。この老人は日曜日の朝――この日庶民は古いアダムと古いシャツを脱ぎ捨て、ただ平日に罪と髭を伸ばすからであるが――カミソリで大胆にいぼ粒起革の間をあちこち削り、剃った。さてこの死体解剖者がローマ人のように自分の傷を愚かにも見せていたら、この男は顔の前景が壊れていて惨めに見えていた筈で――この石の河神の顎に赤い線が走っていては、この顎のことで我々は泣いて血の涙を見せなければならなかったであろう。しかし彼は何も見せなかった。彼はもっと利口にタバコの海綿をちぎって小さな帽子にし、これらの帽子を傷ついたいぼに被せて、そうして現れた。

「シュペーナー［敬虔主義者］とか小カトーとかが」とヴィクトルは言った、「一度私の部屋にやってきて、笑わないものかどうか、ふいご踏みがコーヒーカップを持ってきて、頭皮のはぎ取られた十六のいぼ、海綿で締められた顎を見せるとき、この顎があちこち綺麗に生えた苔の付いた庭石に見えるときに。シュペーナーとかが笑わないものかどうか」。

彼自身今日は笑えなかった。日中のことで疲れて静かな夕方の世界に出掛け、急な山の頂で仰向けになった。太陽が、金の群雲に溶けて、溢れる花のワニスの上をおののきながら流れ去り、山々の草の海で泳ぎながら沈んでいったとき――そして彼が自然の暖かい動悸にもっと近寄って、柔らかい大地に安らかな死者のように下ろされ、雲雀の息と共に自らの中に招き寄せ、遠くからの風に吹かれて、蜂と雲雀とで眠りに誘われていたとき、思い出が、この人間の喜びの小春日和が、彼の魂に、涙が彼の目に、憧れが彼の胸に生じた、そしてエマーヌエルがすげなくしないことを願った。――突然小さな足音が寝ている彼の耳もとに迫ってきた。彼は立ち上がり、びっくりし、驚いた。重い旅客馬車がよろよろと登ってきた。後ろの従者立席革ひもには従者の代わりに三人の青白い歩兵が手を差し込んでいた、彼らは皆ただ一本の足、肉の足を持っていただけで、五本の木の義足あるいは靴屋の目印に頼っていたが、これらは横のもっと長い木製のもの、つまり三本の立派に加工された乞食棒と共に彼らが敵から奪ったものであった――御者は車の横を歩き、侍女もいたが、飛び上がったヴィクトルの側に――――クロティルデが立っていた。

彼女はマイエンタールから来たのだった。この突然の光輝で彼の魂に懸かっていた法律告知板はすべて暗くなり、すぐにはこの板を読めなかった。彼女はいつもより穏やかな輝きで彼を見つめた、太陽が若干の輝きをそれに添えた。彼の最初の質問を推し当てたかのように微笑んで彼に――エマーヌエルの手紙を渡した。畏縮した嗚呼が彼の答えであった。二つの喜びに浸る前に、馬車はもう上に行って、その中の彼女も皆も立ち去っていた。

彼は震えながら、今まで思いを述べた者の中で最も美しい魂の静かな青い楽園の流れに見入るのをためらった。やっと、まだ触れたことのない愛する人間の手の筆跡を見つめて、読んだ。

「ホーリオンよ、

山に人間は子供が椅子に登るように登って、無限の母親の顔にもっと近寄り、その小さな抱擁で母親をつかもうとする。私の高みでは地球は柔らかな霧の下にそのすべての花の目と共に眠っている――しかし空はもう瞼の下の太陽と共に起き上がっていて――青ざめた牛飼い座のアークトゥールスの下では霧が微光を発し、色彩から色彩が生まれてくる――地球は大きく陶然として一杯の花や動物と共に朝の輝く膝の中にころがって行く。

太陽が昇ると、私はそれに見入り、私の心は高まり、君を愛していると誓う、ホーリオンよ。……オーロラよ、人間の心をおまえの群雲のように燃え上がらせ、人間の目をおまえの露のように照らし、暗い胸に、おまえの空の中へのように、太陽を引き入れるがいい。

今君に誓うが――君に私の魂のすべてと私のささやかな人生とを捧げる、太陽が君と私の盟約の封印だ。

私は君を知っている、しかし君は誰の手を握っているか知っているか。御覧、この手はアジアで八つの高貴な眼を閉ざしたのだ――私より長命の友人はいない――ヨーロッパで私は隠れる――私の悲しい物語は両親の灰の傍ら、ガンジス河の流れにあり、来年の六月二十四日には私はこの世を去る。……永遠の者よ、夏至の日に幸福な精神は羽を持ってこの太陽の神殿から去る、すると緑の地球は四散して、私の落ちていく蛹の上で花と共にぶつかり合って、亡くなった心を薔薇で覆う。……

朝の風よ、大きめの波を私に寄せるがいい。我々の沃野、森の上をいくおまえの広大な大波の中に私を引き入れ、輝く庭や煌めく奔流を越えて花々の群雲の中に私を連れ出し、飛んでいく花々や蝶の間でよろめきながら、太陽の下腕を広げつつ溶けていき、かすかに地上を漂いながら息絶えるようにして欲しい。そして血の外皮が、赤い朝の一ひらに溶けて、自由に羽ばたく蝶[*6]の血に似て花の中に落下せんことを、そして青く輝く精神を熱い太陽光線が心の薔薇の萼から第二の世界へ吸い上げんことを。嗚呼、愛する今は亡き者達よ、おまえ達が今天の震える青の中の暗[*7]い波として流れているのか、覆い隠された世界で一杯のあの深みには今、隠された太陽の周りをおまえ達のエーテルの覆いが波打っているのか。また来て波打つがいい、一年したら私はおまえ達の心に溶け入るのだ。

私の友の方よ、直にお出でなさい。この世で、直に死ななければならない人間ほど君を愛せるものはいない。善良な心よ、別れの前にこれらの穏やかな日々私の両手に押し付けられる心よ、言葉にならぬほど君を愛し、温めることにしよう、私がまだ取り除けられない今年のうちは、ただ君の傍らにいることにしよう、そして死がやってきて私の心を要求するとき、死はただ君の胸元にそれを見いだすことだろう。

私は私の友のこと、その人生、その将来を知っている。君の未来には暗い拷問室が待ち構えている、そして私が死ぬとき君が傍らにいたら、私は彼が涙を流す前に何故彼を一緒に連れていけないのかと溜め息をつくことになろう。

ホーリオンよ、人間の中には黒い死者の海があって、そこからはじめて、海が震えるとき、第二の世界の幸福の島が霧と共に浮かび上がってくるのだ。しかし私の唇はもう土くれの下にあることだろう、冷たい時が君のところにやってきて、君がもはや神を見ようとしないとき、死が王座に座っていて、周りを刈り取り、虚無にまでその霜の影、大鎌の稲光を投げかけるときには。――愛する者よ、君の内部に真夜中が訪れるときには、もう私の塚が出来ていることだろう。嘆きながら君は塚に登って、憤慨して穏やかな星の花輪を見て叫ぶことだろう、[*8]『私の許で心が砕けたあの方はどこか。時の仮面である永遠はどこか。無限の者はどこにいるのか。覆われた自我は自分を求めてあちこち手を伸ばし、自分の冷たい姿にぶつかる。……広大な星々よ、瞬くことはない、おまえ達は、空間の下で埋葬された人生の砂漠の前に立っている無限の墓地の門にかかる彩色の遊星の合成された絵にすぎない。……より高い星々の上の像達よ、私のことを嘲ってはならない、私が消えれば、君達も消えるのだから。人間の名付けることの出来ない、ある一つの物が、永遠に果てしない煙の中を輝く、そして法外な中心点が法外な周辺を硬化させる。――しかし私はまだ生きている。死のヴェスヴィオはまだ私の上で煙を出し、その灰が降り懸かる――その飛び上がる岩が太陽を穿ち、その溶岩流が溶けた世界を動かし、その噴火口には前世が伸びて横たわっている、そしてただ墓だけを押し上げてくる。……希望よ、おまえは何処にいる』。

魂のある金粉よ、私の周りで沸き立つがいい、おまえの薄い羽と共に、私はおまえの短い花の命を押しつぶしはしない――よろめく西風よ、沸き上がって、おまえの花の萼に私を注ぐがいい――測りがたい光の流れよ、太陽から狭い地球に落ちてきて、その輝く流れに重い心を載せて至高の王座に案内するがいい、永遠の無限な心が小さな灰に等しい心を取り上げて、癒し、温めるように。
　この地球の哀れな息子は不幸が過ぎて、朝の光輝の最中に、王座の熱い段の神の間近にいながら気後れしてしまうのだろうか。
　私が日々暗くなって遂には小さな夜として私を包んでしまう影にいつも取り巻かれているからと言って私を避けないで欲しい。私は影を通して天と君とを見ている。真夜中に私は微笑み、夜風の中で私の息は一杯になり暖かくなる。私の魂は星を見上げているからだ。人間は胸が薄くて、横になって胸を上げないでいると窒息してしまう。――しかし永遠の者がその世界の明るい軍と共に同行することを許した地球、この天国の前庭を軽蔑することが出来ようか。君が君の魂に有していて、他人の魂の中でも愛する偉大なもの、神的なものは、太陽の噴火口、惑星の大地の上に求めてはいけない――第二の世界全体、楽土全体、神自身は、他ならぬ君の内部にあるのだ。地球を軽蔑するほど偉大であれ、しかし地球を尊敬するほどもっと偉大になれ。地球にかがみこんでいる口にとっては地球は肥えた花の平野に見える――地球に近い［近地点の］人には暗い天体に――地球を離れた［遠地点の］人には輝く月に見える。そうしてはじめて、見知らぬ高みより人間の中に落とされた神聖なものは君の魂から流れ出て、地上の生活と混じり、君の周りのすべてをさわやかにする。そのように空と群雲からの水もまずは大地に流れて、そこからまたわき出て、新鮮な明るい飲み物へと浄化されなければならない。――地球全体が今や歓喜の余り震えていて、すべてが鳴り響き、歌い、叫んでいる、地震のときおのずから鐘が鳴り出すように。――そして人間の魂は間近の見えないものによってますます大きくなる。――――君をとても愛している。

エマーヌエル」

　ホーリオンは潤んだ目で読んだ。「嗚呼」と彼は願った、「この世ならぬ方よ、今日にもこの乱れた心を抱えてあなたの許に行けたら」、そしてはじめて夏至の日が近いことに思い至って、その日に彼に会うことにした。太陽はすでに消えていて、夕焼けが盛りの林檎の花のように沈んで行き、彼は顔の上の熱い雫にも、両手にかかる黄昏の冷たい露にも気付かず、夢で輝く胸と、落ち着いた、地上と和解した心と共にさまよいながら戻った。――――

ところで、文章家、柱頭行者（より高い意味で）としてのエマーヌエルの為に擁護の文を書くことが必要だろうか。そしてそれが必要ならば、次のことより他のことを述べる必要があろうか、――つまり、彼の魂はまだ彼のインドの椰子とガンジスの流れのエコーであること、――より良い解放された人間の歩みは、夢の中でそうであるように、いつも飛行であること――彼は自分の命をヨーロッパ人のように他の動物の血で養ったり、死んだ肉で暖めたりしていないこと、そしてこの食事の断食が（飲み過ぎとは全く違って）空想の翼をより軽く、より大きくすること――彼のうちのわずかな観念は、彼はそれらにすべての精神的養分を一面的に注ぐので、（このことが狂人ばかりでなく、傑出した人間をも凡人から分かつのであるが）、比較にならぬほどの重みを有せずにはいないこと、木の果実は、他の果実をもぎ取ると、それだけ一層太く、甘くなるので――等々より他のことを。――というのは、正直に言って、擁護の文を要求する読者は、自らそれを必要としていて、エマーヌエルは――刑事上の擁護よりも何かもっと良いものに相応しいからである。

今や主人公に自分は木曜日に自然の中の魂の遍歴［輪廻］を、旅を始めるのだという慰めが泉のように湧いてきた。「いやはや」と彼は飛び上がって言った、「キリスト教徒で、非常硬貨を鋳造し、葬式用外套をまとう必要のあるものがあろうか、木曜日にクセヴィッツにイタリア人のプリンセスの引き渡しに旅行出来、土曜日には和合の島へ、そしてその日のうちに、夏至の一日前に、マイエンタールの大事な人、自分の天使の許に行けるというときに」。――彼と私とがもう旅を終えているといいのだが――あらゆる希望が見せかけでないのであれば、まことにその旅はなかなかのものとなるかもしれない。

水曜日の定時信心のとき二台の馬車が転がって来た。詰まった馬車からは卿と侯爵とが、空の馬車からは何も出て来なかった。馴染みのアッペルは綺麗な服を着て、食物貯蔵室に閉じこもっていた。牧師はもっと幸福で、神殿で弁じていた。人は紹介されたとき、気の利いた顔はめったにしない、あるいは紹介するとき、愚かな顔はしない。卿は息子を自分の将来の忠誠の証として侯爵の両手と心に案内したが、しかし畏敬の念を示すと共にその念を獲得する威厳を伴っていた。私の善良な主人公は――道化のように振る舞った。彼は高位の者に対する我々の敬意、あるいは我々に対する高位の者の敬意が許容するよりもはるかに多くの機知を有していた。宮廷の宮仕え以外で表明されたら大逆罪と見なされうる才能である。

彼の機知は単に秘かに狼狽している所為であった、二人の顔と三番目の理由の所為でそうなっていた。まず侯爵の顔は、……

——読書界が、このように次第に新しい名前と俳優とが次々にこの金星に忍び込んで来て、金星を一杯にしては、話しの画廊が普通の単語の広間となって、人名録を手にうろつき回らなければならないほどだと苦情を述べるならば、それはまことにごもっともなことであって、私自身が既にそのことで最も不平を鳴らしているのである。結局最大の重荷がかかるのは私の首であって、新しい奴というのは新たに抜かれたオルガンの音栓で、それを弾かなければならず、鍵を押すのがしんどくなるからである。しかし文通者は問い合わせもしないで、こうした宿営をすべて瓢箪に入れて私に送ってきて、その上この冗談屋はもっと人が増えると世間に言うようにと書いている。

侯爵の顔は主人公を当惑させた、それが畏敬の念を起こさせたからではなく、あくまで侯爵の顔であったからである。それは平日の、流通している顔で、称賛のメダルではなく、硬貨に見られるもので——善いことも悪いことも意味しないアラベスクの容貌で——少しばかり宮廷の燻し金がかかっており——どんな強い波も押さえてしまう穏やかな油が引かれていて——男性よりも女性の喉に合う一種の甘いワインであった。ヴィクトルが答えようと思っていたごく洗練された言い回しは聞こえも見えもしなかったが、適切な軽い言い回しはそれだけ一層多かった。ヴィクトルは丁重さと真理の間の戦い、交替で当惑した。社交での当惑は道が不確かで行けないからではなく、選択が交差し、ブリダンの驢馬のように二つの干し草束の間にあることから生ずる。丁重さがいつも人間愛から生まれていたヴィクトルは、今日は利己心からそれを生まなければならなかった。しかしこれはまさに難しいことだった。父親の顔の他に、これがあると大抵の子供の自由な振る舞いの歯車装置全体がきしみ、止まってしまうのであるが、第三に、何かを得ようと思っていたことが彼を当惑させ、機知に富んだものにした。私は、——廷臣を除いて、その生涯がキリスト教徒の生涯同様絶えず何かを求めての祈りである廷臣を除いて、誰がドアから入って来ても、喜捨収集人、［信仰に依らない］功績聖人としてかあるいは単に喜びのクラブ員として立ち寄っているのかが分かる。

人々が教会から立ち去らないうちにもう、ヴィクトルは侯爵に対する衷心からの愛を抱いていた——理由は、誰が何と言おうと、彼を愛そうと決めていたからである。彼はよく、二日あるいは一晩あったら、誰であれ君達の薦める人に惚れ込んで見せると言った。イェンナーの顔にひとときの逢瀬の秒針、月針が見えないことに彼は満足した、普通の立派なシーザーなら［他の夫人達の］退屈な結婚生活をこれで蜜月のように撃ち抜こうとするのだが。彼の顔には禁欲の他には何も窺われなかった、そしてヴィクトルは噂よりもむしろ顔を信用した。彼は誤っていた。というのは男性の顔には――ある種の文字の絵のように、同じようにただ骨相学の文字から出来ているけれども――しかし自然は悦楽の解読母型、印を非常に小さく書き込んでおり、女性の顔にはより大きく書き込んでいるからで、これはまことに先のより強い、そしてより貞淑ではない性にとって幸いである。そもそも不貞はイェンナー侯爵にとって一種のより穏やかな統治であり戦争であった。しかし正直な支配者は、女性を征服するといつも先の夫に満足してまた返すものである。これはローマ人達が偉大な国王達から領土を取り上げておいて、後にまたそれを贈ったのと同じ偉大さである。

侯爵達は法律家のようには悪しきキリスト教徒ではなく、むしろ教徒ではなかったので、イェンナーは我々のヴィクトルを宗教の様々な火花の所為で、フランスの百科全書派に対する若干の憎悪の所為で、受け入れた。もっとも侯爵にとっては宗教は確かに良い面もあるが悪い面もあることを見抜いていたのであるが、というのは人格神論者ではなく、ただ王座の無神論者だけが、控訴無効の得難い特権を得るからで、これは不平のある当事者が（跳躍あるいは宙返りによって）この世の外の最高審に上告するのを禁ずるものである。

会話はこのような状況ではどの会話もそうであるように、どうでも良く空疎であった。そもそも人間は会話に対しては黙っていてしかるべきである。考えの方がいつも会話よりましである。立派な頭脳に対して、内部で考えられていることをすべて外部に書き写す自記気圧計とか植字ピアノとかがないのは残念である。賭けてもいいが、偉大な頭脳は誰でも印刷されていない考えの図書館を丸ごと持って地下に亡くなり、印刷されたごくわずかの書架だけを流布させる。

ヴィクトルは侯爵に通常の医学的質問をした、単に侍医としてばかりでなく人間としても彼を愛する為に。大きな、最も大きな世界の人々は、人間の下のオランウータンのように、二十五歳で生を終え死んでしまうけれども

――それ故多くの国で国王は十四歳で成年となるのかもしれないが、――イェンナーはまだ長く生きてきたわけではなかったのに、多くの青年達より本当に年を取っていた。――侯爵が善良な暖かいゼバスティアンの心を最も捉えたのは要求がましくないあっさりした振る舞いによってで、それは虚栄心も高慢さも示していず、その率直さが通常のものと違うとすればただ洗練さの点であった。ヴィクトルはかつて臣下が領主の口の横に立っているのを見たことがあるが、領主は横の人間を喉にくわえている鮫に見えたことがある。しかしイェンナーは中に綺麗な銀貨を有しているたまはざ*9に似ていた。

そのときやってきた牧師は王冠を戴く客人に驚いて、唇と足を動かすことが出来ないでいた。彼は自分の周りにマルチパンの周りの容器のように被されている僧衣の広大な竜巻の中でじっと動かずにいた。彼が敢えて大胆にも行った唯一のことは――聖書（鼠用丸太）を手放すことではなく――目をこっそりと部屋のあちこちに向けて、部屋がしかるべく部屋の女性文書係によって綴じられ、丁付けされ、表題が付けられているか調べた。

侯爵はすぐに卿と旅立った、卿は息子との別れと別れの説教を和合の島での二人っきりの日にまで延ばさなければならなかった。息子は侯爵と親しくなることに、自分の父に対する侯爵の態度を考えたとき、楽しさを覚えた。彼は子供として人間として二重の喜びを抱いた、父が自分の幸せを貧しい国の幸せに変えて、ただ良いことを為すために、王座の岩に足跡を残していたからで、丁度イタリアで、出現し幸せをもたらした天使の足跡が岩に見られるようなものであった。他の寵臣達は刑吏に似ていて、――頭を刎ねるときしっかり立てるようにと砂に足跡を掘るのである。

空になった部屋でアイマンの肢体では――彼はまだ僧衣の哨舎にいた――まず人差し指が目覚めて、それは突き出され、家族にベッドを指した。「陛下にこれをじろじろ見られるよりは」（と彼は言った）、「この襤褸を着たまま絞殺された方がもっと良くもっと有益だ」。それは彼自身の汚れたスカーフのことで、彼が自ら夫婦のベッドに――彼の洗濯物の美術陳列室、包装所に――投げ込んでいたのだった。その苦悩の思いつきを論駁されると、それを長いことかかって証明し、自らそれを信じた。それを受け入れられると、若干の疑念を考え出して、別の意見を述べた。「カーテンの間からきっと閣下は襤褸を御覧になったに相違ない」、と彼は答えた。遂にはイェンナーが立ったすべての場所に行って、襤褸のスカーフに狙いをつけてその視差を調べた。「窓がまぶしかったことにしよう、そうすれば落ち着ける」と彼と――　――私は結論付けた。

追伸。いつも八章毎に――私は丁度一週間に二つの犬の郵便日を完成するので――また一カ月働いたと述べることにしよう。それ故明日は六月だと報告する。

＊1　ヴァティカンのアポロの胸像で、彼はそれで他ならぬ自分の姿を形成することを学びたいと思っていた。
＊2　太陽系は世界守護神の点で示された側面図にすぎない、が人間の目はその細密画である。天体の力学は数学の教師が計算出来よう、しかしただ濁った湿気の中にありながら明るくなった眼の光線屈折学は我々の代数の経理課の手に余り、それで経理課は猿真似の眼（眼鏡）から拡散の部分と密な部分を差し引くことが出来ないでいる。
＊3　ヒエローニムス、ヨヴィニアン反駁、第二巻。
＊4　ピエール・ベルの『歴史的批評的辞書』アッシジのフランチェスコの項、注C。［肉の誘惑を避ける為に賛美歌を唱えたイランの僧の話しが見られる］。
＊5　それがどんな島かは犬も私もこれ以上は知らない。
＊6　蝶はその最後の変身において赤い滴を落とす、昔血の雨と呼ばれていたものである。
＊7　青い空を長く眺めていると、空は波打ち始める、子供時代にはこの大気の波を戯れる天使と見なしている。
＊8　この独白は、情のある心ならどれであれ一度は襲われる以前の黒い時間の時の作品である。
＊9　ペトロがその口にキリストの税金を見付けた魚の名はそう呼ばれる。［マタイ伝、第十七章、二十七］

## 最初の閏日

条約は守られなければならないか、それとも結ぶことで十分か。——

後者である。——今日はじめて鉱山局長は読者の地所、大地で権利（自分の家を隣家を支柱として建てる権利あるいは自分の家を隣の地所に張り出して建てる権利）を行使する、これは五月四日の条約に基づいて本当に有するものである。肝要な問題は今、二つの強力な力——読者はすべての大陸を有し、私はまた読者を有するので——この間の犬の条約を締結後もまだ守るべきかである。

反マキァヴェリストのフリードリッヒは、マキァヴェリを引き合いにだして我々に答えている。勿論誰でも、条約を守ることが——有益である限りは条約を守らなければならない、と。これはまことに真実で、これらの条約が一度たりとも——結ばれなくとも、これらは破られることさえないであろう。更に一七一五年フランスと条約を結んだスイス人達も同様にすべての州で指を挙げて誓えた筈である、毎日きちんと——放尿するつもりである、と。

しかし条約の益がなくなると、二種類の条約を支配者は破ってよいとなる、——一つは他の支配者達との条約、もう一つは自分の国の継子達との条約である。

私がまだ会議室で働いていたとき（六時にはもう羽箒をもって、鵞ペンをもってではなく、会議の机をきれいにしようと思って）、鵞ペンの下で気の利いたパンフレットをものにしたが、その中で条約の序曲、三位一体の名においてとか、不可分の聖三位一体の名においてを、公使達が報告の際、逆のことを考えるようにとの合図の為に時に用いる暗号としようとしたのであるが——しかしパンフレットは単に——草稿としかならなかった。草稿では私は単純なことにまず侯爵達に助言しようと思って、侯爵達は条約の窮余の嘘、窮余の真理についてその範囲と時とをことごとく変化させ、傾斜させなければならないと述べた。私は内閣を隅の私の許に口笛で呼び寄せて、彼らの耳に告げようと思った、わずか腹ぺこの九箇連隊しか有しなくても、条約の蠟と封蠟とで自分の手と足とをくっつけられ、インクで羽を貼り合わせられるのには我慢できないだろう、と。これを国家の実務にまず導入しようとした――しかし内閣は遠くから馬鹿げた隅の私を笑い飛ばして言った、口笛吹きには、我々の流儀は別だと知って欲しいと。

慣習氏の作品において――これは最良のドイツの著述家であるが、しかし聖人列伝は書かない――国王の侯爵は自分の先祖と臣下の間の条約、特権、同意事項を守る必要は少しもないと証明されている。それ故、臣下との自分の条約は更に守る必要がないことが結論付けられる、それを守るか破るかでしかないこれらの条約の用益は明らかに所有者としての彼にあるからである。慣習氏はこのことをあらゆる紙上で述べており、その上それを誓っている。いや、――一般的な承認によれば国王という者は死なず、それで先祖と子孫とが一人の男に結合するのであれば、子孫は自分の条約を自分の先祖の条約と見なして、そうして、両者は単に一人の男なので――相続した条約同様に破って良いという結論が見えてこないようなそんな分別の乏しい学部長とか大学総長とかがいるであろうか。

哲学的にこのことを話そうとする者は、そもそも人間は、単に侯爵のみならず、条約を守る必要はないことを証明出来よう。生理学によれば国王の（読者の、鉱山局長の）古い体は三年経つと新しい体に変わるそうである。――ヒュームは魂に関して更に押し進めていて、魂を現象の消え去る（凍結していない）河川と見なしている。それで国王（読者、著者）が約束の瞬間にその遵守に意気込んでいても、次の瞬間にそれに縛られていることは出来ない、そのときには彼はもう自分の子孫、相続人となっていて、それで実際五月四日にここで契約を結んでいる我々両人のうち五月の今日残っているのは我々の単なる異腹の子、子孫つまり我々だけである。幸いある瞬間に約束と遵守とが同時に為されることはないので、それで我々すべてにとって、そもそも誰も約束を守るように強いられない、王座の円蓋であろうと、鋸屑であろうと、という快適な結論がそこから導かれる。廷臣（王座の角の金具）もこの命題には反対しない。

読者には、序言を第二の閏日と見なすようお願いしたい、そうすれば均整がとれる。

# 第九の犬の郵便日

天国の朝、天国の午後——壁のない家、家のないベッド

哀れな鉱夫や岩塩の掘削人、島の黒人はその暦においてここで描かれたり、繰り返されたりしているこのような日を経験したことはない。ゼバスティアンは木曜日の三時にはもう巣箱の飛び台に立っていて、皆が起きないうちに一日でグロースクセヴィッツに着きたいと思っていた。下の床に地図を広げている読者は、侯爵の花嫁の引き渡しの行われる市場村を、ロストックの町が不動産に加えている同名の村と混同してはならない。家中の人が、残念ながら彼を大いに愛していたので、すでに三十分前から、夢の最も大きな羽が作られる朝の羽根布団から抜け出ていた。馬車の鎖や犬、雄鶏の噪音の中ただ彼を愛してくれる人々の目から自分の穏やかな心を離していった、心の動悸と目の潤みは嫌であったけれども、すべては一層ひどくなった。外部の騒ぎは魂の内部の騒ぎを静めてくれるからである。

外ではすべての草原、種子畑が露の滴を浴び、朝の風の冷たい空気を浴びていた。彼はその中で熱い鉄のように鍛えられた。見渡しがたい希望の東方の国が彼を取り巻いた、彼は胸をさらけ出して、燃えるように滴る草の中に身を投じ、（娘達よりはもっと高尚な意図から）硬い顔を液状の六月の雪で洗って、線維をぴんと張って、露の沐浴から服の中へ戻った——ただ髪と胸とは牢獄に閉じ込めてはいなかった。

彼は確かにさまよい歩きたいところだった。しかし彼は月を避けようと思った、これは太陽とはその両者の子供、つまり夜の想いと朝の想い同様に両立させ得なかった。というのは朝の雲が降り、愛する小鳥達が鳴きながら輝く霧の中を矢のように飛び、太陽が雲間からこぼれてくると、元気づいた人間は自分の足を一層深く大地に押し込み、

新たな生命の木蔦と共に一層堅く自分の惑星に根付くのである。

ゆっくりと彼は低いはしばみの通りを歩いて行き、そこの冷たくなっている甲虫に触れるのを好まなかった。彼は自制して、遂には遅くなるよう立ち止まった、太陽が丁度その劇を始めたときに、近くの小森に入ってしまわないようにする為だった。彼はすでに小森の中の音楽的混乱を耳にしていた——薔薇の雲が花のように太陽の軌道に広がっていた——牧師の村の望楼、この中央祭壇は、その上で彼の最初の美しい夕方が燃え上がったのであるが、燃えていた——大気の歌声の世界は歓声をあげながら朝の彩り、青い空の中に懸かっていた——雲の火花が地平線の金の延べ棒から上に跳ねた——最後に太陽の炎が地上に吹き込んできた。……

まことに、毎晩日の出を描いて、毎朝それを見るのであれば、私は子供達のように叫ぶことだろう、もう一度、もう一度と。

視神経を痺れさせて、色彩の小片を漂わせながら彼はゆっくりと暗い大聖堂に入って行くように森へ入った、そして彼の心は敬虔なまでに大きくなった。……

私の読者は朝に対して散文的感情を抱いていて、この詩的感情がヴィクトルの性格とは合わないと思し召すとは思いたくない。いや私は読者の人間理解を信用して、造作なく、ヴィクトルのこのような懸け離れた調子、諧謔と感傷の間に導音を見付け出されるであろうと思いたい。それで心置きなく彼の優しい魂を喜んで眺め、他の人々も唱和して下さると信じていたい。

金星と森とは朝方と夕方に最も美しく開花する。そのとき両者に最も多くの太陽光線が当たる。それで森に入ったときヴィクトルには、新しい人生の門をくぐったかのように思われた、彼はこの燃え立つ朝、彼の横を小枝から小枝へと飛んでいく太陽と共に、ざわめく樹木の中、多くの動く玩具のぜんまい筒でもある多彩な声の枝の下を過ぎて、緑の陽の炎の中の苔の土を、そして青空に突き出ている緑の樅の木の下をふらふらと歩いていった。そしてこの朝彼の心に四つの事の痛々しい類似性が甦った——人生と一日と一年と旅で、これらは新鮮な歓呼で始まり、鬱陶しい中間、疲れて飽き飽きした終わりという点で互いに似ている。

外の天然の林、小森の奥では自然がその何マイルもの祭壇画を展開していた、奥の連なる丘、庭を盛り果実のように飾っているまぶしい別荘、小川の銀色の美しい線沿いに揺れている小さな花の細密画の色彩と共に。そして酔い、戯れ、ぶんぶんと鳴るごく微小な者達の雲が湧き立つ絵画の上に懸かり、越えて行った。――ヴィクトルは美しい迷宮のどの道を通るべきであったか。羅針盤の六十四の射線はすべて道しるべの横木として伸びていて、彼は分別を用いて、何時間経っても到着しないようにして――それ故至る所左右に避けて、丘の後ろに隠れている谷にはどの谷であれ降り――木々の列の透かし彫りの影を訪ね――比較的美しい花の根元では横になり、その体を折り取らずにその精神を嗅いで元気になり――粉おしろいを付けた蝶の旅仲間となって、花に蝶が潜り込むのを眺め、岩雲雀の後を茂みを通ってその抱卵場、子供部屋まで訪ね――蝶が彼の周りを回るとその中で動かずにいて、蜂が静かに自分の花束の縦穴に入っていくようにさせ――色とりどりの土地が彼に示す村を見る度に通行権を行使して、子供達に会うことを最も楽しみにした、彼らの日々は彼の時間同様にまだ遊びであった。――

しかし人々を彼は避けた。……

それでも彼の心からは愛の高い泉が湧き出て、どんな遠くにいる兄弟の許へも迫っていった。それでも彼には少しも利己心がなく、あの多感な不寛容、ヘルンフート派のそれと程度、源泉を同じくする不寛容が見られなかった。――その理由というのは、旅の第一日目は二日目、三日目、八十日目とは全く違うからというものであった。二日目、三日目、八十日目には彼は散文的、諧謔的、社交的になって、つまり彼の心は鉤付きの種子のように至る所で引っかかって、その幸運の根を他人の運命に出会う度に下ろした。しかし最初の日には昔の時からヴェールで隠された霊が彼の魂へやってきたが、それらは第三者が話すと消えるのであった――自然の雰囲気がワイン貯蔵庫の雰囲気のように伝える穏やかな酩酊が彼の魂の周りに魔術的な孤独のように広がった。……しかし第一日目を描く前に、何故私は第一日目を描こうとするのだろう。

今日の旅の最初の時には彼は元気で、喜んでいて、幸せであった、しかし有頂天ではなかった。彼はまだ飲んでいたが、しかし酩酊していなかった。しかし数時間汲み取る目と吸い込む心とをもって露を帯びた織物の真珠の首飾りを通り、ぶんぶんという谷、歌声の丘を通ってさまようとき、そして菫色の空か穏やかに靄の立つ山、暗い、庭の壁のように上下に連なる森に接するとき、自然が生命の流れのすべての管を開けて、そのすべての噴水が上がり、太陽に彩色されて、燃えるように互いに戯れるとき、そのときヴィクトルは昂揚し飲み込む心と共にこの奔流の中を行き、流れに持ち上げられ、心和らげられた。そして彼の心は震えながら無限の大洋の中の太陽の像のように、山の急流の躍る水滴の中の輪虫の動悸の点のように泳いだ。――

それから暗い無限の中に花が、沃野が、森が溶けていった、そして自然の色彩の粒は一つの広い流れに合体し、ほのかに光る流れの上には無限の者が太陽として立っていて、その中には人間の心が反射した太陽としてあった。――

すべてが一つのものとなった――すべての心が一つの最大の心となった――たった一つの生命が鼓動し――緑なす像、大きくなっていく立像、地球という塵の塊、そして無限の青い穹窿は一つの測りがたい魂の注視している顔となった。――

彼はずっと目を閉じていたかった。彼の暗い胸にはまだこの花咲く無限が休んでいた。

雲の中に転げ上がることが出来て、雲に乗って風の吹く空の中見渡しがたい地球の上を飛べたらどんなにいいだろう。花の香りと共に花の上を滑って行き、風と共に梢の上を、森の中を抜けることが出来たらどんなにいいだろう。今や彼は偉大な人間の心にすがり、酩酊し、泣きながら、その胸を抱いて口ごもって言いたかった、「人間はなんと幸せなことか」と。

何故かは知らずに彼は泣かずにおれなかった――意味なく言葉を歌った、しかしその調べは彼の心に適った――彼は走り、立ち止まった――彼は輝く顔を花粉の雲の中に浸して、葉の間のざわめく世界に消え去ろうと思った――彼はくしゃくしゃの顔を高い冷たい草に押し当てて、春の不死身の母の胸に陶然として抱きついた。

彼を遠くから見る者は、彼を狂人と見なした。ことによると今も、きれいに晴れた至福の胸からは、晴れ上がった空にみられるように、嵐が生ずることがあって、その胸も空も雨となってしまうということを自ら経験したことのない人も多いかもしれない。

この彼の再生の日の日中に彼の守護神は彼の心に、すべての人とすべての生物をその炎の中へ捉える愛の火の洗礼を与えた。――ある種の素晴らしい幸福な瞬間があって――何故そうした年はないのか――、すべての人間に対する名状しがたい愛が全身に流れ、自分の腕を穏やかに兄弟すべてに開くものである。――少なくとも為されたことは、心が愛の陽の当たる側にあったヴィクトルは、山腹で出会った人に対しては誰にでも急斜面の側によけて、――釣りをしている人の前では魚をおどかす影を水に投げかけないよう通り過ぎて――ゆっくりと羊の間を通り、自分を恐れる子供の前は迂回したということであった。彼がどの巡礼に対しても今朝より幸せでありますようにと祈ったときの穏やかな声に勝るものは無かった。村々で硬皮や傷跡、切り傷の為の血止めの海綿、痛み止めの滴剤を必要としている哀れな奴を知ろうとしたときの心のこもった眼差しに勝るものは無かった。「僕は倫理学の教授の助手同様に」（と彼は自分に言った）、「掻き傷の額から茨の冠を、傷ついた神経から棘の帯を取り除くことは、美徳ではなくて、快楽にすぎないことをよく承知している。しかしこの無邪気な喜びを恵んで欲しいものだ。多くの道に裂かれた人間が横たわっているのに、何故誰一人手を差し出して、僕の胸のこの過分の天の為に僕が何かを握らせることが出来るようにしてくれないのか」。

彼は自分の喜びを他人の心に味わうよう差し出したかった、蜂が蜜で一杯の口を他の蜂の唇にわたすように。遂に二人の子供があえぎながらやって来た、そのうちの一人は役畜として手押し車に結ばれていて、もう一人は押す御者としてつながれていた。手押し車には樅の毬果の入った六個の穴の多い袋が積まれていて、哀れな輓獣はへとへとになるまでに一緒に運んでいた。二人はしばしば仕事を換えて、長続きさせようとした。御者はすぐにまた馬になりたがった。「ねえ、おまえさん達、お父さんは押さないのかい」――「樹が倒れて父の両足を砕いてしまったの」。――「大きな兄さんが森に出られるのでは」。「兄はそこで鋤いているの」。――ヴィクトルは休閑地の所で、穴同様彩りの多いダブリット［上着］と汚れたパン袋の横に立ったが、その二つとも遠くの方で痩せた雌牛達の半分の郵便馬車［二頭］でこの場の舞台を鋤いている兄のものだった。――貧窮の懐へ空とされる［金で］一杯の手は、ヴィクトルの重い心をより軽くした、それに対して流される［涙で］一杯の目もそうしたように。利己心ではなく良心がその贈り物の額に対する反対論者であった――彼はそれを与えたがしかし少額の硬貨で与えた――子供達はその商品を置き去りにして、一人は畑を横切って鋤の所へ、もう一人は村の母親の許へ走っていった。――農夫は遠くで帽子を取り――大声で謝辞を述べようとしたが、しかしただ鼻をかんだだけで――帽子なしで耕しながら近寄って、青年に感謝を叫んだときには、青年はもう聞こえる所から遠く離れていた。

読者よ、幸福な自然の偉大な場面からこのような幕間、あるいは次のような人間の悲嘆の幕間の出現を望まないで欲しい、そして君の心はヴィクトルのように与えることによって受け取って欲しい。

心優しく急いでいると直に彼は熱にうなされている鍛冶職人に追いついた、その旅行トランク、鞄というのは一杯になったハンカチであった。更に棒に一足の色褪せた長靴を運んでいて、大事にしていたが、別の棒、つまり足に履いていたもう一足の方がもっと惨めで、履いていない方よりもっと色褪せていた。彼は熱病者にいたわりながら挨拶をし、贈り物をしたとき、その青白い死にそうな顔を見た、そして若干のお見舞いをしないわけにいかなかった。……いやこの人生に対するお見舞いの全額はもっと高い人生の中でやっと支払われるはずだ。……彼に丁寧に尋ね、彼の腹ぺこの遍歴のこと、彼の懲役場の食事のこと、国から国への逃亡のこと、親方が亡くなったとき親方夫人が断った彼のわずかな路銀のことを聞いたとき、神に対して恍惚の彼の花畑が恥ずかしく思え、自分が「その哀れな男」同様にそれに値しないと思って、今一度贈ったのである。——そして再び彼を待ち受け、見通しのない五十歳のことを知り、いつも年はとっているけれども老成していない人間、白髪の職人、老書記、老薬剤助手、老助手に会ったときに感ずる胸苦しい気持に襲われ、それでまた戻って来たことを詫びて、驚いている老人に黙って、彼の溢れる幸せな魂の新たな印を与えた。——そして新たに離れて、自分の愛に溶け、さながら自分の魂の周りにだけ漂っている心がますます善行を欲しているのを感じ、新たな贈与への言い知れぬ愛着と、誰かに今日は一切合切を与えたいという憧れとを感ずると、はじめて今自分が余りに優しく、余りに幸せで、余りに酔い、余りに弱いことに気付いた。

村で慈善のこの通行税の確かなニュースが伝わると、午後にはおよそ十五人の子供達が道でさまざまな部署に就き、隘路を押さえ、歩哨と捨て石の兵を出して、税の減少を食い止めようとした。……

真っ直ぐな三時間から曲がった七時間を作り出すヴィクトルのような人間はしばしば腹が減る、がきっと彼よりももっと減ることであろう。——彼は単に袋からライプニッツのモナドの「全質変化の」食事、ビスケットとワインを取り出しただけで、それで精神に懸かりそれを養っている胃にあてがって、彼の内部の明るい、空の青、空の赤で覆われている海が投げ込まれた肉片で暗く汚れたものにならないようにした。そもそも彼は大食漢を余りに粗野な利己心の人間として嫌い、同様に脂肪層が精神を、小屋の上の雪のように押しつぶしているあらゆる生きた脂身貯蔵室も嫌いであった。魂は、と彼は言った、肉体の摂取物から、ワインが地下貯蔵室で側にある果実から匂いを受け取るように、影響されるのであって、フラクセンフィンゲン人の魂が彼らの胃の中の馬鈴薯やビールを煮ている麦汁煮沸釜の上でじたばたしているときの蒸気は、多分にこの哀れな小鳥達を泥酔させ窒息させてこの死の海へ落下させずにはいないであろう。

　彼はビスケットを家の中ではなく、骨組み、つまり家の小屋組みの中で割ったが、骨組みはまず大工の手と手斧とで村の手前へ運ばれてきたのだった。この建築物の骨格のすべての区分、小区分、そして一度に部屋、台所、馬小屋、屋根裏部屋を見て、彼は考えた。「これはまた哀れな小さな人間一座の為の劇場で、慈善興行の喜劇、ゲイ[1]の乞食オペラを演ずるけれども大きな桟敷席からアンコールの声がかかることはない。これらの梁が冬燻されて黒檀になるまでには、多くの眼窩が赤く悩まされることだろう。人生の幾多の北西の風が窓から臆病な心に吹き込み、まず暗く壁で囲まれるこの隅には市民生活の銃携帯で挫傷した幾多の背中が、汗あるいは血を乾かす為に入ってくることだろう。――しかし喜びも」(と彼は考え続け、暖炉やテーブルの代わりに見た)、「君達住人に二、三本の丁子の樹を窓前に植えることになろう、三つの聖なる祭りと教会開基祭と子供の洗礼という花嫁の馬車が、これから作られる君達の玄関前に止まって荷を降ろすことだろう。――――いやはや、ここの格子の中でこうしたことすべてを考えることの方を、あそこの村の壁でふさがれた家の中で見ることよりも好むというのは、何とも妙な話しだ。

　この卓話、竣工祝辞の間に、酒杯は割られなかったのであるが、白い胸の燕が低く道の上をかすめて、嘴で消和された石灰をその屋根裏の小部屋に運んで行った。雀蜂は小屋組みから鉋をかけて屑を玉葱形の巣にしていった。蜘蛛はすでにその巣を大きな蜘蛛の巣状の家に架けていた。すべての生物が無限の海の中で小さな島の木組みを作り壁を塗っていた。しかし土を掘り返す人間は振り向いて、すべてが自分に似ていることに気付こうとしない。

　ゼバスティアンは木造の旅館、フランクフルトの名高い赤い館の骨格から、壁の塗られた館から出るときよりも一層酩酊し、一層幸福な気分になって離れた。ある種の人間には暗い憂愁が、自分の外の影が最も小さいとき、つまり夏の午後の一時に、それだけ一層大きく魂の影がなることがある。午後孵化する太陽の下草原が一層強く薫って、葉を垂らして、森が一層穏やかにざわめきながら休んでいるとき、そして小鳥達がその中で無言の端役として止まっているとき、花の雲が鬱陶しく懸かっている楽園で彼の心は憧れの重苦しい気持に駆られた——そして東方の国の永遠に青い空の下へ、インダスの酒ラフィアの下へ空想によって吹き飛ばされ——そしてかの静かな国々に安らっていた、そこでは刺すような欲求とか焦げるような情熱はなく婆羅門の夢見心地の休息に流れ込み、魂はその高みにしっかりと留まり、もはや震える地球と共に震えることはなく、恒星に似て、その光は震えずに山々を眺めている——そして彼はドイツ人の植民者にしては余りに幸せに過ぎ、ヨーロッパ人にしては余りに詩的に過ぎ、北極の隣人にしては余りに耽溺していた。……夏の朝にはいつも、夏の午後余りにも軟弱に空想に耽るのではないかと彼は案じた。

断食——ワイン——空——大地は今日彼の心室を歓喜の催眠飲料でふんだんに満たしたので、心室は、それが継ぎ足されたときには目から溢れないわけにいかなかった。継ぎ足され、彼の曇った目の奥、彼の影を投げかけられた、自然の緑で張られた内部では、それはさながら夕焼けのカーテンで暗くなっていたが、色鮮やかな夜が始まって、子供時代のすべての小さい形象が霧のように立ち上がり——人生の最初の玩具が並べられ——最初の歓喜の月日が天使のように夕方の雲の上で戯れ、それらは振り袖衣装で大きな雲の周りは飛べず、そして太陽はそれらを枯らしはしなかった。……

彼がとうに忘れていたもの、失っていたもの——かつて愛していたもの——意味のない歌と言葉のない響き——名を知らぬ幼友達——埋葬された子守女達——亡くなった従者達——こうした者達すべてが生き返った、が先頭の最大の者は彼の最初の、最も大事なイギリスの教師ダホールで、溶けた魂に向かって言った、「かつては一緒だったね」と。この永遠に愛しい精神、当時すでに我々のヴィクトルのうちに、他の世界に向けられている翼を見て、彼のかくも優しい、かくも波打つ、愛らしい、予感にみちた心の教師というよりはすでに当時友人であったこの忘れがたい精神は消えようとはせず、その姿は屍衣を投げ捨て、輝き始め、話し始めた。「ホーリオンよ、私のホーリオンよ、君は私の手を握って、私の胸元にいなかったかね。しかし互いに愛し合ってからもう久しく、私の声はもはやそれと知れず、ほとんど私の顔は分からない――愛していた時代は戻って来ず、永遠に去って行く」。彼は一本の樹に寄り掛かって、絶えず目を拭いていたが、目に道はもはや見えず、彼の視線は聖リューネの方に向いている森とマイエンタールと彼の二番目の師の前に立ちふさがる霧深い山々とに据えられていた。……

――クセヴィッツが飛び出てきた。

しかしこれは早すぎる。彼の感動した魂はまだ他人の許にいたくなかった。彼の好んだのは、羊が塩をなめている転がった樋にぶつかり、羊を夜守る垣根と、その番人が眠る二つの車輪の上の小屋にぶつかることだった。家の小さな模写に対して彼は独自の好奇心と偏愛を有していた。彼は炭焼き小屋とか猟師小屋、鳥刺し小屋には何であれ入って行って、自分の狭小さ、我々の卑小な生活のパロディー、貧乏の一階を悲しみ、そして喜んだ。彼は世馴れた紳士、商人が軽蔑する卑小なものは決して見逃さず、また市民生活の華美に対しては無視した。彼はそこで羊飼いの移動ベッドのドアを開けた。そこは大層みすぼらしく、毛綿鴨の綿毛と絹の袋の代わりとなっている藁は大層ぼろで草臥れていたので、彼は言いようもなく中に入りたいと憧れた。彼は今、彼の周りの駆り立て、押さえつける崇高な海から自分を隔てる釣鐘式潜水器を必要としていた。私は彼が本当に入ったことをヨーロッパの諸内閣、帝国議会、皇帝代理主席に隠しておきたい。ここでしかし彼の感覚の緊張は、ベッドの入口の所で青空のわずかな切り口を感じただけで、直にまどろみへと弛緩していった。そして熱い目の上に瞼が下りた。

# 第十の犬の郵便日

養蜂家――ツォイゼルの振動――プリンセスの到着

先の郵便日から主人公は眠っている。ドイツ人の批評家で出来る人がいるならば、彼をたたき起こして欲しい。(1) しかし彼ら、この検閲官達の死刑告知人、組合員達は悪漢で、読者も侯爵も起こしはしないけれども、しかしホメロスの眠りを眠る者(2)だけは起こしてしまう。太陽はすでに低く懸かっていて、丁度水平に彼のグレイアム博士の［不妊治療の］ベッドを覗いていて、彼はなおほてった。……

羊の鳴き声と鐘の所為に違いない。彼の目覚めつつある耳にグロースクセヴィッツの塔の鐘が羊の鐘を伴いながら音楽となった夕べの祈りと共に侵入して来て――彼の目覚めつつある目に、今日の楽園を照らし出した落日の赤い影絵と夕焼けとが差し込み、夕方の風が夕焼けの金箔を雲に吹きかけ――花束のように露を帯びた大気が彼の胸をさわやかにしたとき、今日の鬱陶しい午後は一週間分後戻りした。ヴィクトルは新たな至福の島に落下していた。生まれ変わって元気よく彼は彼の動産の後から這い出た。「でかした」と彼は言った、「でもたいして嬉しくないのは、半ロートの睡眠粒があれば人間のすべての燃え上がる世界が酸処理されてしまうこと、全くと言っていいほど――体を寝かすのはその楽園と地獄の地表陥没となるということだ」。

道路では二人の駕籠かきが普通の駆け足で革の立方体の為の運搬棒の間を跳んで行った。彼は彼らの後を追った――彼らの積み荷は、と彼は考えた、一国とその王笏よりも軽いことだろう、この二つを支配者は、曲芸師が剣を操るように踊りながら鼻の上、歯の上、諸々の上に載せることを心得ているけれども。しかし彼らはこの世で最も重いもの、その下ではしばしば町や王座、大陸が毀れてしまうものを運んでいた。

「何を運んでいるんだい」と彼は尋ねた。「陛下ですよ」——ヤヌアールであった——しかし著者が読者の期待をいやが上にも高める美学的技法に則って、私はイェンナーの何が跳ねる駕籠の中に座っていたかは次の言葉でしか言わない。

彼の絵であった。胸像はいつも花嫁に先立って旅し、頃合良く花嫁の寝室に到着し、壁の釘に掛かるのだった。感傷旅行の間中花嫁の体積は、新郎の面積が鬼蜘蛛のように一晩中掛かっている部屋にだけ眠った。……

私は読者殿と結んだ国境条約によって、閏日の他になお号外——付録——似非号外を作る権利を奪われたとは思わないし、むしろそれは教皇が枢機卿の誰かに話すように、私の頭の中にだけある内密のある別条項によってまず私に与えられているので、私によって作られた付帯協定が私に許す権利を即刻行使することにしたい。

先の胸像についての付録

「私の意見では」——とシェーラウの玉突で丁度当たらなかったとき私は言った——「公爵、辺境伯、その他の伯爵それに多くの貴族は馬鹿に違いない、この我々の時代——それどころか将来——髯毛が生える前に頭頂髪の抜けるとき——眼鏡をかけるに多くの顔に鼻梁の他は欠けるものがないというとき——とりわけ身分の高い男が人間の鋳造物の代わりに略図であることを喜ぶときに、賢明とは言えないだろう」と要約した、「本物の床入りの儀よりましなものを知らず、つまり絵画による床入りの儀を知らず、彼らの胸像がジョッキの錫の蓋よりましなもの、つまり胸には押し当てられず、それでジョッキで酔うより他の仕方を知らず、そして自分達が至る所で、帝国議会席、会議席、新婚の床で（公使による結婚の場合）、代理人を通じて行うので、自分達が描かれている一エレのカンバスよりもこの件でもっと忠実でもっと無垢な皇帝代理主席がいるなどと考えるようならば」。……丁度大勢で遊んでいて、私は王様で熱を込めて続けたが、「なんてことだ、我々王様は美徳と婚姻での造形美術を巧みに素描美術で置き換えるすべを心得ていて、王様が全く無為に王笏キューを持って立っているは玉突のときばかりではない」、その気炎はほとんど目立たなかった。

先の胸像についての付録の終わり

オー侯爵の許に――七年戦争のときの有名な将校もそう言い、シェークスピア[3]では地球のことで、そしてある老女のすべての祈りであり、ブルース[4]によるとヘブライ人はこの母音を殊に愛していたが、これはしかしここではやはり無用な学識である――プリンセスと絵の夫は降りた。ヴィクトルは今日の服と今日の心とでは世間の陶酔状態に混じりたくなかった――しかし皆の許にいたかった。

クセヴィッツから赤と白の小さな家が迫り出してきた、赤いことリスの籠の如く、楽しげなこと東屋の如くであった。彼は近寄ってその反射する窓の所で――しかしまた後ずさりした。鐘がオルガンであった老夫婦の祈りの済むのを待ちたかったのである。彼が今日の神々しい変容の反照で高められた顔をして入ったとき、老いた男が、その人生の夕方に懸かる明るい月のような銀髪の頭をしわくちゃに微笑みながら客の方に向けた。ただ偽善者だけが――美徳の相場師だけが――祈りの後もっと穏やかにもっと愛想良くなることがない。老夫人からまず敬虔な表情が消えた。ヴィクトルは何の屈託もなく――一夜の宿を請うた。それを赦すのは――このように自足している人々にのみ出来ることで、それを請うのは――彼のように、どの客に対しても同じように馴れた利己的な冷たい宿の主人の関心と愛情とが自分の暖かい魂には厭わしくて、宿の主人を避けるような者にのみ出来ることだった。第二に、余所の部屋の不潔な者でさえ愛するような、そして自足していることと――子供のないことの証明である清潔さが彼の心を捉えた。第三に彼はお忍びのまま今日は通りの雑踏から逃れて、自然によって清められた魂のままでいたかった。

彼は直に馴染んだ。食べ物が洗われ、葉が摘み取られ、出来上がる前に、彼は聞き出していたというか聞き入っていた、穏やかな老人は――リントという名前で――養蜂家であるということを。これは信じられることである。というのはさもないとこれほど穏やかではないであろうからである、大抵動物界は人間界ほど駄目にはしない。それ故プラトンは動物達とのランゲ風問答[5]を土星の黄金の統治の中の最良のものと挙げている。犬のあるいはライオンのあるいは蜂の飼育係であるかどうかはどうでもよいことではない。下半身の我々の動物園は――プラトンの寓意によれば――外部のそれと同音で真似て吠え、鳴くそうである。ヴィクトルが老人とすっかり家の周り、蜂の巣箱の周りを回って、また食卓の部屋に戻ってきたとき、彼はクセヴィッツの教会に一つ席があり、教会戸籍簿に一頁要求できる男であるような顔をしていた。彼はすでに知っていた、養蜂家がクセヴィッツの三人の牧師と五人の郡長を墓まで見送ったこと――彼が彼のお母さん（そう彼は妻を呼んだ）とはじめての結婚式を挙げたのは、普通なら銀婚式をする年齢のときであったこと――自分の頭はまだ記憶力と毛髪を有していて――棺桶には黒い眉毛で入りたいこと――自分、リントは、老ゴーベルとか代官のシュテンツとは全く違って、教会で目の為に窓際に行く必要がなくて、詩をどこでも読めるということ、自分は毎年一度マイエンタールの教会へ行って、墓地には自分の父方の親戚がすべて埋葬されているので、硬貨を一枚教会の玉突台ポケットに押し込むことを。

この人生の黄昏の雲に対する自足の様は憂鬱症の聞き手、観客を元気づけた、聞き手のメランコリックな弦は容易に老人を前にしてさながら死の指針のように震え始めた。情熱的な老人というものは不死身の、死の大鎌に対して堅牢な人物、第二の世界を指し示す腕に見えるものである。ヴィクトルはとりわけ重い気持で老人のうちに組織化された過去、背を丸めた具体化された歳月、自分自身のミイラの石膏型が姿を取っているのを眺めた。子供っぽい、忘れやすい、石化した老人は誰でも彼に鍛冶屋の親方を思い出させた、この者達は年をとると人間の魂のように後ずさりの昇進をして、通常目が見えなくなる所為でまた水注入係――それから鋳造長――それから鋳造見習いとなるのである。立派なニュートン、リンネ、スウィフト[6]はまた学識の鋳造見習いとなった。しかし人間は奇妙に臆病で、魂を、有利に最も器官に依存しているときにはそれでも一つの母音であると見なしながら――それはもっともなことであるが――しかし不利に依存しているときには、魂は単に体の子音にすぎないと案ずる――これは不当なことである。

見知らぬ土地の散歩は旅行者に最良の帰化書類となる――ヴィクトルはどこでも余所者でいることは出来なかったので――少しばかり外に出た。幾つかの夜は夜とならない。彼は外で――長老の、貴族ではなく精神の長老の庭の木柵から遠からぬ所で――一人のとても美しい少女が座っているのを見た、ラテン語の聖霊降臨祭論集に没頭し、それから両手を組み合わせて祈っていた。美人と愚行の取り合わせに彼は逆らえなかった。彼女に挨拶して、そのラテン語の祈祷書を彼女が丸めて隠すことが出来ないようにした。彼女は祈祷書、主祷文を失ったのに、聖霊降臨祭論集の『学のあるカリフ達について』からやすやすと祈りを上げたが、それは彼女がラテン語も読むことも出来なかったからで、手の組み合わせを、上級の所でならばきっと理解されるフリーメーソンの手話と解していたからである。彼女は紙から六本目の切り取られた指を取り出して言った、これを自分の父がフラクセンフィンゲンのマリア修道院の聖母様に感謝の為に奉納しようとしたが、銀製ではないので受理されなかった、と。ビュフォンは人間の概念が明確になったのをその指の所為にしていて――それで考えも手で解剖できるのであり――それ故六本目の指を持っている者は五分の一だけあるいは十一分の一だけより明瞭に考えるに違いない。このような余分な筆記の指を持っている者のみが手をすべて備えている我々よりももっと学問上の成果を上げることだろう。

　彼女は語った、自分の父は自分と二年後にようやく結婚することになっていて、その息子は自分の妹を貰ってもいいのだが、まだ妹は六歳でしかないこと、自分達二人は六本指の許に養子として養われていること――彼は宝石商で、伯爵の館を次々に渡り歩いていて、今丁度オー伯爵の館で、食卓と住まいと共に小店を構えていること――彼はイタリア人で名前を――　――トスタートと言うこと、を。何だって、ヴィクトルは彼ならよく知っていた。更に聞かずに――というのは彼はどんな少女ともどんなスピッツともどっちみち喜んで若干の安息日許可行程［千歩］を歩いて、新しい顔と美しい顔との間には区別を、その必要があっても、自分はつけないと言っていたからで――彼は彼女と真っ直ぐ行進して伯爵の許の父親の所に行った。彼はお相手の小さな婦人の莢を次第にむいていった。彼女はとてつもなく美しかったのみならず同様にまた――愚かであった。

　今しかし彼女は逃げて行った。フラクセンフィンゲンの廷臣達がやって来て、彼女は貴婦人達の降りる様を見なければならなかった。彼はまだ通りをかすめている全軍の後尾の近くで立ち止まった、胴体部分の半ばはすでに館に入っていた。しんがりはいくらか短く、薄かったが、宮廷薬剤師のツォイゼルで、彼は虚栄心から五十四歳なのに若々しい服を着て、がたがた揺れる馬車の中で一心不乱であった。この世で最も小さい男はこの世で最も大きい馬車の中では物とは見なされず、私は彼の馬車を、御者が彼を胡桃の中のひからびた実のように揺すっていた空の儀礼の馬車と思うことにする。

　御者が彼をどのように吹き分け、篩っていたか委曲をつくして記し、代わりにもっと不要な事柄についてはより簡潔にまとめることにしたい。

私は勿論御者の所為にして、御者が車台に石とスピードとでかの激しい脈拍を与えたのであって、それでツォイゼルはクッションの上というよりは空中に座ることになったと言うけれども、ゲッティンゲンのケストナー[7]は私に反論して、薬店主自身が、クッションに対して自分の尻で行う反作用によって、同じ極への反撥の責を負うていたと述べるであろう。しかしここでは真理よりも薬店主の身が大事であると思われる。宮廷医師のヴィクトルは遠くから宮廷薬剤師に関心を寄せ、彼を笑った。いや彼に頼んで自分も乗り込み、巧みな御者がどのようにしてツォイゼル氏というボールを上手に空中に投げているのかもっとはっきりと知りたいところだった。しかしヴィクトルの優しい神経にとっては喜劇的場面はそれが現実にもたらす身体の痛みによって余りに厳しくどぎつく思われ――それで跳ねる車台の後を追って、その内部の奴さんが気圧計のように酔っぱらった御者の晴れやかな天気を示して上がる様を単に思い描くだけで満足した――彼は、善良な小廷臣が御者の加える絶頂のときに、その高まりの後にはもっと大きな高まりが続くのであったが、左手をチョッキのポケットにではなく、ただ馬車の革帯に入れて、右手にはひとつまみの嗅ぎ煙草を一時間前から握って暖めていなければならず、それを休む暇がない為に御者の悪漢がブルルと叫ぶまではさみしい鼻に持って行けないでいる様をありありと思い浮かべるだけであった（それ故私はその必要がない）。

「行こう」と愚かな少女はヴィクトルに言って、父親の所に連れて行った。イタリア人は風車の身振りをして、ヴィクトルの耳元に寄って、小さい声でささやいた。「神のご加護を」、ヴィクトルはもっと小さくイタリア語で感謝した「どうも有り難う」。その後でトスタートは三つ四つのはなはだ小声の呪いをヴィクトルの耳につぶやいた。彼は分別を失っていたのではなく、声を失っていただけで、それも鼻風邪の所為だった。彼は多くのカットが出来るであろう明日にかぎって鈍物のように黙っていなければならないと呪い、悔いた。ヴィクトルは率直にそのお祝いを言って、明日まで自分を医者としてのみならず、出資者、代弁者としても考えて欲しいと頼んだ、明日店で彼の代わりに話して、お忍びで皆を一層良く観察したい、と。「今日何か愉快な話しを聞かせてくれたら考えよう」とトスタートは答えた。そこで彼がツォイゼルの話しをイタリア人風の両手の心収縮と心弛緩を伴って話すと、トスタートはおかしさの余りおかしくなった――イタリア人とフランス人は全身で笑う、イギリス人は頭で笑うだけである、それで彼と一緒に貿易会社を設立したのは不思議なことではない。医師としては患者の靴下を脱がせて、それを調子の狂った首に巻くことから始めた、暖かい靴下は足でも首でも同じような医学的利点があるからで——靴下留めではこうはいかないだろう。

今や論集祈祷者の美しさと愚かさとは彼には一層大きく思われた。彼は彼女に接吻したかった。しかしそれは出来なかった。宝石商がどこまでも彼の機知の排泄物の後を付けてきて、両耳をその下にあてがった。

この折彼は、機知と芸術に対するドイツ人の冷淡さを考えて、全く間違った命題を述べた。イギリス人、フランス人、イタリア人は人間であるが——ドイツ人は市民で——後者は人生を稼ぐが——前者は享受する、そしてオランダ人は銅版画の欠けた単なる印刷用紙によるドイツ人のより廉価な版である、と。

彼はまた養蜂家のリントの許に戻りたいと思った。その時夜遅く、——宮廷の使者はこの彗星の出現を丸一時間早く天文学の表に告げていたのであるが——プリンセスはそのお供の勢力圏と共に着いた。彼は長いこと彼女について話していたので、彼女を愛するには更に彼女の馬車の転がる音、歩く時の絹の音を耳にするだけでよかった。「侯爵の花嫁は」と彼は言った——「他の花嫁よりもはるかに我慢できる。王のプリンセスと王の花嫁、王の妻の間に職員録にある以上の違いがあるなら示して欲しい」。最初の結婚の際彼女よりも彼女の姉を優先させた侯爵に対する彼女の個人的嫌悪を彼が知っていたということをなお考慮に入れる者——そして今、手にハンカチを持って彼女は下りたと彼にトスタートが言ったという文を読む者は、きっと利口で、彼の話しに怒ることはあるまい。「こんな美しい子の美しい柔らかな手を横取りしてかまわないという、豚達が子供の優しい手を食いちぎるような、こんな王座の獣に対しては、僕は、——僕は、……しかし僕の商品は明日は彼女の間近にあって、ハンカチが見られることだろう、そうさね、出資者殿」。

彼の帰った養蜂家の所はより穏やかで、彼の家は緑の中に、眠りの修道院のように、また夢の聖地のように黙してあった。ヴィクトルは屋根裏部屋で自分の小さなベッドを流れ込む月の河口に押していって、黙した燕と雀蜂の巣をひさしとして、静寂が月の形をとって自分の小さな巣に漂ってくるのを見た——しかしそれは強力に彼に微笑みかけ、彼は無邪気な夢の世界に溶けていった。健気な人間よ、君は夢の歓喜の花卉画に値する、そして目覚めてからは新鮮な頭と胸の花束に値する——君はまだ人間を苦しめたことも、陥れたこともない、女性の名誉と戦ったこともなく、自分の名誉を売ったこともない、ただ少しばかり軽薄にすぎ、軟弱にすぎ、陽気にすぎ、人間的にすぎる。

# 第十一の犬の郵便日

プリンセスの引き渡し——接吻の略奪——調整器付懐中時計——一緒の愛

上手な喜劇を書くことの出来なかったヴォルテールは、第十一の犬の郵便日を作ることは出来ないだろう。第十一の犬の郵便日に当たって勿論私は、自然はあらゆる数の花糸を持つ植物を創ったけれども、ただ十一本のものは創っていない、そして十一本の指を持つ人間も稀であることに気付いている。

しかし人生は、甲殻類に似て、Rの付かない月が最もおいしい。

これに対して何人かの者は、著者の筆は長く書けば書くほど、時計のように速く進むと言う。私はしかしこれを裏返して、多く書けばむしろ速く書くようになると言う。

しかし人は車の第五番目の車輪である人間を我慢しようとはしない。しかし幌馬車にはどれも五番目の車輪が後に留められていて、事故の際には本当に運命の［女神の］車輪となる。ラインホルト(1)はカントの批判を五回通読してはじめて理解した——私はもっと分かり易いと申し出て、その半分だけでも読まれたい。

有り体にいうと、バネの足を持っていて脳室を次々に移る飛躍の観念で一杯の頭には若干軽侮の念を抱いている。それらと、ゲーツェ(2)が光の中で三インチ跳ぶのを見た腸の中の蟯虫との区別が付かないからである。

勿論次の考えは先の連結推理、花輪とはうまく合わない。模倣者を見いだすのではないかと案じているということで、私自身がある機知に富んだ作家達の模倣者であるだけになおさらである。ドイツではある偉大な作家が新しい松明を燃やして、長く世に保ち、疲れてその燃えさしを投げ捨てると、決まって小さな作家達がそれに襲いかかり、燃え残りで更に半年走り回り、照らし出そうとするのである。それでレーゲンスブルクでは私の後を（そして他の人々の後を）千度も少年達が追いかけて来て、公使達が投げ捨てた蠟の松明の残りを手に持って、わずかな金で宿までの道を照らそうとした。……馬鹿ゲタコトニ。

――ヴィクトルは朝館に急いだ。彼は商人の服を着、小屋を得た。十時にプリンセスの「引き渡し」が行われた。彼女が歩く予定の三つの部屋は両開き戸と共に彼の店の向かい側にあった。彼はまだプリンセスを見たことがなかった――夢の度の夜の間を除いて――そしてほとんど待てないくらいであった。

読者もそうである。読者は今や鼻をかみ、蠟燭の芯を切って――パイプとグラスを一杯にして――所謂書見鞍に跨っているときには、その姿勢を変え――本を平らに押し広げてご満悦の体で、「興味津々だ」と言わないだろうか。私は全く違う、私は銃殺されるような気分だ。まことに冬の最中オペラで極めて厚い紙の敵の城壁に突進する歩兵は、私の同胞の鉱山局長と比べたら地上の楽園にいるようなものである。

というのは、コーヒーを飲んで、宮廷の何らかの学校行事の描写をしようと思う者、例えば謁見の日とか――結婚（実際はその予告）とか――引き渡しとかについて、飲みながら描写しようと思う者は、その品位が極めて洗練されていて、束の間である起居振る舞いを、これはほんの些細な間違った副次的タッチ、半陰影でさえそれをすっかり滑稽なものとし――それで観客もこのような添えられた副次的筆致のせいで実物のそれを笑ってしまうものなので――このような喜劇に接した幕を、読者がその品位に気付いて、自分もそれに共演しているかのように、笑い出すことのない風に再現する責を負っていると私は言いたいからである。実際私は少しばかり自分を頼みにしていい、あるいはむしろ自ら様々な宮廷にいたことがあること、自称ピアノ教師であったこと（これがもっと高い身分の仮面であったのかどうかはここではっきりさせない）を当てにしていい。それ故私に対してほとんどすべての著述中のハンス連に優先して与えられる利点、私が本当に作家連の低級な乗組員に対して(何人かの者達によって)

発見された宮廷学における優位を保っておれる基となっている利点、これからはほとんどとてつもないものを期待できよう。――しかしそれは間違いである。というのは私は教え子のグスタフにフランクフルトの戴冠式を真面目に描いて、グスタフが――笑いを止めてしまうようには決して出来なかったからである。それでヨリック[3]も人々が逃げ出すほどに叱ることはできず、人々はそれを冗談と解していた。

失敗に終わっていたことだろう、私がプリンセスの引き渡しを、はじめは勿論その方がもっと品位があるだろうと考えていたのであるが、ドアの木屑と共に封印された債権者への家の譲渡というイメージで描いていたら、あるいはベルト――あるいは指輪――あるいは世の杖[*1]を使っての封土の譲渡のように描いていたら。――私は幸いに、劇場のもたらすかの品位を伴う物語的慈善喜劇という詩的装いの下に引き渡しを描くことが出来た。私はその為には必要なだけの、あるいはそれ以上の、所――（三部屋）――時――（午前中）――関心――（全くの諧謔）――の一致を手にしている。作家がその上に――私は実践している――前もって極めて悲痛な真面目な作品――ヤング[4]の夜の想い――ルター教徒の非カトリック的重荷[5]――ジークヴァルト[6]の第三巻――自分自身の恋文に目を通して、更にそれでもまだ自信がなくて、前もってホームとビーティ[7]の喜劇的なものの源泉についての立派な見解を目の前に置いて、どのような喜劇的源泉を避けたらいいか確認すべく読んでいたら、このような作家はきっと手前味噌と言われずに、読者に、喜劇的なことを喜劇的に避けながら、次のような喜劇をすべての崇高なものの特徴を逃すことなく供し、描くかもしれないという期待を抱かせ期待に応えることが出来よう。即ち

## プリンセスの引き渡しについての五幕の<br>物語的慈善喜劇

（慈善という半語は私自身が受ける利益を意味しているにすぎない）。

第一幕。三つの部屋のうち真ん中の部屋が演じられる舞台、陳列される取り引きの場、すべて重要なものが熟し実る（レーゲンスブルク風に言って）相関の広間である――これに対して最初の隣室にはイタリアの宮廷が、第二

の隣室にはフラクセンフィンゲンの宮廷が控えていて、誰もが自分に定めた役割の始まるのを静かに待っている。この二つの部屋を私は単に最も大きい部屋の聖器保管室と考えている。

真ん中の部屋、つまり二つの両開き戸からなるそのカーテンが遂に開いて、鼻風邪の商社の横で店から覗き込んでいる出資者のゼバスティアンに多くを見せる。書き割りナンバー1のドアの所に赤いビロードの椅子が登場し、書き割りナンバー2のドアの所にもまた一つ、この兄弟分、親戚分が登場する。これらそっくりさんは、プリンセスが筋の進行に従って、疲れたからというのではなく、その身分の為に明らかに必要となる為に座る安楽椅子である。すでに長い、総の付いた机が顔を出していて、自ら二つの書き割りの分割の印となっている真ん中の部屋を二つの部分に分けている。この解剖［分割］台がまた愚者にはほとんど見えない何物かによって二分割されるであろうと期待してはいけない。しかしヴィクトルの店に入るとよい、絹の紐が目に入って、それが鏡台の下から、瑪瑙の床の上、分割の机の下を通って、前面のドアの入口に達しているのを目にするであろう。かくてただ絹の紐が簡単に分割の机とそして分割の部屋とを、最後には分割の役者仲間を丁度半分に分けているのである——ここから、宮廷ではすべてが切り分けられることを学ぶとよい——死体解剖者でさえいずれ後ほど解剖台に乗ることになる。大君主がその寵臣達を上から除して、分数としてしまうこの絹の紐については第一幕ではもはや触れられないし触れるべきでない、第一幕は——終わったからである。

この段を真面目に書き上げるのは私にはとても簡単であった。プラトナー[9]によれば滑稽なものはただ人間にのみ生ずるので、私の幕で喜劇的なものの代わりをなす崇高なものは、生き物が、家畜すら登場しない第一幕では容易に得られたからである。

第二幕。劇は今やもっと活発となる、劇にプリンセスがイタリア人の大臣の手を取って書き割りのナンバー1から登場する。両者ははじめは、自然に似て、紙ですでに二頁分のこのパレード場で静かである。

劇場から中央桟敷に目を転じてみよう。ヴィクトルは自分の為に演じていて、売り物の柄付き眼鏡の中で最も凹んだものを選んで、それで私の物語的慈善喜劇の女主人公を捉えた。……彼は彼女が今日すでに跪いていた告解席、祈祷台を見た。［僕は］（とトスタートに言った）、「今日神父であればよかった、彼女の罪は赦していただろう、しかし彼女の美徳はそうしなかっただろう」。彼女は確かに、空っぽの女性の頭も中身の詰まったそれも覆い隠すかの整った彫像の顔、聖母の顔をしていて、宮廷にデビューする役割の為精神と表情の波と輝きの一つ一つを上品さの冷たい硬皮の下に隠していたけれども、その声を聞きたいと思わせる穏やかな子供の目、身分より女性であることからくる忍耐心、二重の休みを、事によると母親の園を憧れているかもしれぬ疲れた魂、目の痛みあるいはもっと深い痛みの印かもしれぬ目の周りのそれと知れぬ隈、こうした魅力のすべてが、火花となって、眼鏡の奥の出資者の乾いた火口を点じて、出資者はその桟敷でまことに――このような魅力的女性の運命を思って半ばいかれてしまった。このような無垢の犠牲者達がヘルンフート宗の女性達のようにその揺り籠と新婚の床の間にアルプスと海とが置かれているのを見ること、内閣が彼女達を蚕の卵のように急報の紙袋に入れて送ることに、頭がかっとならないものがあろうか――殊に心がもう熱くなっているときに。……再び第二幕に戻るが、そこではまだ――到着以上のことは行われない。

書き割りのナンバーと2は、これから登場する多くの俳優、女優を隠している。この日は、二つの宮廷が二つの軍のように二部屋に対峙していて、出動して互いに対面する時を悠然と待っている日で、やっと本当に、このような準備の後、このような近さのとき全く当然の如く生じなければならないこと、――出発に至る。ナンバー1の体積は侯爵夫人《プリンセス》の後を追って溢れ、それはイタリア人達から成る――同じときに書き割りナンバー2の宮廷も司令部に行軍路を定めて来て、それはフラクセンフィンゲン人から成る。今や二つの目が――実際はそこから蒸留され蒸発させられた精であったが、間近に向かい合い、すべては、私が第一幕で部屋に張った絹の紐が効果を及ぼすかに懸かっていた。というのは二つの間近な国家、ドイツとイタリアの国境移動、民族混血は、一部屋の中では教皇の脳室の中でのように、紐がなければほとんど不可避であったであろうからである――しかし紐があった、そしてこれが二つの凝固しようとする民族を上手く分けたので、ドイツの諸内閣がこのような封鎖縄を自らとイタリア人の間に用いて来なかったというのは、嘆きの的であり、損害に他ならず――正直者が一番馬鹿を見ている。縄を何処に置こうとするかは、床か、イタリア人の手か、イタリア人の首かは、諸内閣に懸かっていたのではないか。

イギリスの一般世界史とそのドイツ語の抜粋とがいつか間近な時代に迫って、この引き渡しの年に着手して、物語り、とりわけプリンセスが登場の後ビロードの安楽椅子に腰かけたと述べることが出来たら、世界史はその典拠となった著者――私を引くべきであろう。……これが第二幕で、これはとても良く出来ており、滑稽というよりはむしろ崇高であった。

第三幕。ここでは単に話される。宮廷は国の面会室、談話室で、大臣と大使は聴聞の修道士[*2]である。フラクセンフィンゲンの書記は遠くから結婚の証書あるいは売買契約書を読み上げた。その後演説がささやかれ――イタリアの大臣によって二回――フラクセンフィンゲンの大臣（シュロイネス）によってこれも二回――花嫁によっては一回もなされなかったが、これは何も言わないということでは大臣達のやり方よりも一層短いやり方であった。――

私が何も言わなかったら今やこの崇高な幕は終わってしまうので、多くの週の後で一度、号外を請い、添え、その中で何かを言うことを許されたい。

専制におけるかなりの自由についての懇願された号外

高校や共和制ばかりでなく、（先の頁でも見られるように）君主制でも演説は十分になされる――民衆に対してではないが、その法的代理人に対して。同様に君主制では十分に自由がある、専制では君主制や共和制よりももっと多くの自由があるかもしれないが。真の専制の国家では、凍った樽のワインと同じでその（自由の）精を失っておらず、精を水っぽい周辺から火床に押し込んだだけである。このような幸せな国家では自由は単に、それに相応しい少数者、サルタンとその諸侯に分配され、この女神は（これは不死鳥より頻繁に描かれるが）崇拝者の数については、女神のわずかな秘儀通暁者、消息通――諸侯――が大衆の全く与り知らないやり方でその影響を享受するので、崇拝者の意義と熱意とをもって更に一層よい埋め合わせとする。自由は相続財産と同じで相続人の数によって一層少なくなる。そして自分一人だけ自由である者が最も自由であるだろうと私は確信している。民主制と油絵は節（不平等）のないカンバスにのみ描かれる、しかし専制は浮き彫りである――あるいはもっと変わった言い方をすれば、専制の自由はカナリアのようにただ高い鳥かごにのみ住み、共和制の自由は頬白のようにただ長い鳥かごにのみ住む。――

専制君主は一国の実践的理性である。臣下は同じほどのそれに敵対する衝動であって、克服されなければならない。それ故彼にのみ立法権はあり、（執行権は彼の寵臣にある）。既に単なる気の利いた男達が（ソロンとリュクルゴス）立法権を独占し、国家という船を導く磁針となった。専制君主は、この男達の王位継承者として、ほとんど法律だけで、自分と他人の法律だけで出来ており、国家という船を引き寄せる磁石山である。――「自分自身の奴隷であることは最も厳しい奴隷的仕事である」と古代人は、少なくともラテン語の生徒は言っている。専制君主はしかし他人にはより軽い奴隷的仕事を要求するのみで、自分にはより重いのを引き受ける。――別の者が言っている、服従ト知識ハ同ジ名声ヲ支配者ニモタラス。黒人の奴隷は黒人の王同様に名声、栄誉を得るわけである。――奴隷ハ何トモ見ナサレナイ、それ故に政治的にくだらない者も宮中の圧力を我々が空気の圧力を感じないように感じない。専制君主の現実はしかし、それが自由の価値を非常に感じ評価する術を心得ている点ですでにその自由に値している。――より高い意味での共和主義者、例えばペルシアの皇帝は、その自由の［赤色の］帽子はターバンで、自由の樹は王座であるが、その軍事的宣伝とその貧しいサンキュロットのかげで、高校で習う古代の著者が欲し、描くような、自由への熱意を持って戦っている。実際我々は、このような王座の共和主義者にブルートゥスの魂の偉大さを試しもしないうちに否認する資格はない。歴史においては悪よりも善がもっと記録されるのであれば、今でも多くの王、大官、ラヤー、回教国主達のうちに、自分の自由の為に（奴隷は他人の自由の為に戦う）いつもは立派な人間であり友人である者の死という代償を払うということまでやってのけた幾人ものハルモディオスやアリストギトン[10]、ブルートゥス等を指摘する必要があろう。

専制におけるかなりの自由についての懇願された号外の終わり

号外と第三幕は終わった、しかし第三幕は号外よりも真面目で短かった。

第四幕。カーテンを下げ、また引き上げることによって、私は最も短い幕の世界を最も長い幕に移した。プリンセスの許に――彼女は今、ドイツの帝国史が告げるように、座っていたが――はなはだ正直であるとも、はなはだ愚かであるとも見えない彼女の同郷人達[*3]、教育係典侍、宮廷聴罪師、宮廷医師、女官、従者その他皆が近寄った。この宮廷は別れを告げない――これはすでに内緒で為されていて――黙ってお辞儀をして簡単に済ませるだけである。すべてのイタリア人の次の一歩は真ん中の部屋から――イタリアへ進むことであった。

　イタリア人達はゼバスティアンの店の前を過ぎて、顔から、その堅い部分は高い浮き彫りとなっていて――ドイツ人のは低い浮き彫りであったが――宮廷の与える輝きよりももっと高貴に煌めくものを拭った。――ヴィクトルは多くのはっきりした眼窩の下に自分自身の憂愁の印と同じものを認めた。彼は、一人だけドイツ人の冷たい王座と雲の天蓋の下に残され、すべての恋しい風習と情景から離され、優しい感情に焦点を合わせて焦がす顕微鏡的な眼差しに晒され、氷の胸に結ばれている従順な余所の地から来た女性の心を思って重苦しい気持でいた。……

　彼がこうしたことすべてを考えて、同郷人達が、もはや侯爵夫人と言葉を交わしてはならずに荷物をまとめる様を眺め、東洋の真珠の他は何の真珠も見せてはならない（東洋の真珠の夢と所有は西洋の真珠、つまり涙を意味するけれども）内部の黙した温順な人物の姿を見つめていたとき、彼は願った、「三重のヴェールを、涙を流せるくらい長く、あなたの目の上に被せられたらいいのだが。女官達のようにあなたの競売に付された手に接吻出来て、自分の涙で感動した心の持ち主が側にいることを売られた手の上に記せたらいいのだが」。……

　優しくなって、侯爵嫌いを侯爵夫人嫌いに拡大しないで欲しい。傾がれた女性の頭がマホガニーの机に支えられているからといって、大粒の涙が絹の中に落ちるからといって、我々を感動させてはならないだろうか。「酷すぎる」――とハノーヴァー訛りでヴィクトルは言った、「詩人と大学教師が王侯の別荘の側を通り過ぎる度に、嫉妬して他人の不幸を喜ぶ気持のままに、ここでは漁師の小屋に劣らず涙のパンが焼かれるかもしれないと述べるのは。しかしスコットランド人の穴熊の穴で部屋の煙の他に涙を搾られることのない目は、白子の目に似てすでに喜びの光に痛みを感じ、悩んだ精神が精神的涙で一杯にするあの繊細な目よりもっと同情に値するであろうか。下の谷では皮膚だけであるが、上の身分の高い所では心が突き刺される。村の時計の指針の棒は空腹と汗の時間毎に進むが、ダイヤモンドで飾られた秒針は荒れた、泣き通された、落胆する、流血の分毎に飛んでいく。

　しかし幸いなことにかの女性の犠牲者の受難史は朗読されない、その心は造幣料に、また他の宝石同様、王座の権標に利用され、生きた花として、おこじょの毛皮をまとった［王者の］死んだ心に差し込まれ、味わわれずに豪華なベッドで朽ちて、職員録に載っていない遠くの優しい魂の他には誰も悼む者がいない。……

この幕はほとんどただ歩くことだけである。そもそもこの喜劇は子供の人生に似ていて——第一幕は将来生まれてくる者の為の家具の整備で——第二幕は到来——第三幕はお喋り——第四幕はあんよは上手である等々。

ドイツがイタリアに、イタリアがドイツに十分に演説すると、ドイツが、あるいはむしろフラクセンフィンゲン、あるいは実はその一部、シュロイネス大臣が侯爵夫人の手を取って、熱い地帯から冷たい地帯へ——これは新婚の床から夫婦の床へということではなくて——部屋のイタリアの領土からフラクセンフィンゲンの領土へ絹のルビコン河を渡って案内した。フラクセンフィンゲンの宮廷は右翼に立っていたがまだ全く戦闘に至っていなかった。彼女は絹の線を越えたが、彼女が新しい国でした最初のことが何か珍しい事であったのは結構であった。実際彼女は新しい宮廷の見ている前で四歩半歩き——そして第一幕で空いたまま私が用意していたフラクセンフィンゲンの椅子に座った。今や右翼が戦闘、手とスカートの接吻に至った。右翼の誰もが——左翼は全く違ったが——自分の放つ威厳を感じた、この感情は、個人の気位と融合していて——プラトナー(11)によれば気位は崇高なものと近いので——私の慈善茶番にとってまことに都合のよいものであった、私はどんなに崇高であっても構わないのである。盛大にそして静かに、絹の筌《うけ》に乗り込み、ローブの湾に沈められて、女官達は唇をもって、結婚という手錠で他人の手につながれている静かな手へ帆掛けていった。それよりは崇高ではなかったが、やはり崇高にアダム派の人物も近寄っていった、その中には残念ながら薬店主のツォイゼルもいた。

彼らの中で我々が知っていたのはただ大臣と、その息子マッツ、彼は我々の主人公に全く気付いておらず、それにプリンセスの侍医クールペッパーだけで、侍医は、肥満とドクトル帽とで重いロトの塩の柱に変わっていて、亀のように女性の統治者、患者の前に進んで行った。

ツォイゼルのことでどんなに私が不安かは誰も知らない。身分に逆らって彼より先に、肉付きの良い、悪戯っぽい愚かさの溢れる従僕達を紹介したい、彼らの上着は糸よりも縁飾りで出来ていて、彼らは黄色の帯の標本として、疲れた、もっと美しい姿を見慣れている目の前でお辞儀した。ヴィクトルは、自分の英国眼鏡を通してイタリア人の光沢ある宮廷人の顔は少なくとも絵画的で美しいと思い、それに対してドイツ人のパレードの仮面ははなはだ使い古されていながら強張っており、はなはだ草臥れていながら緊張しており、視線ははなはだ醒めていながら燻硫されていると思った。……私は更に小姓達の顔という過越の子羊、あるいは神の子羊によってツォイゼルを引き延ばす、彼らは蛆のように柔らかく白い、乳母なら搾乳器の口をした彼らを胸に抱きたいところであろう。

これ以上ツォイゼルを引き留めておくことは出来ない。彼は侵入してきて、開き扉の侯爵夫人の許にいた――この喜劇の面白さのすべて、つまり真面目さのことであるが、それが今や台無しになった。この白髪の道化はその晩年の日々、――夜々はもっと後になる――物語の銅版画そのものにボタンを掛けていて、つまり動物学的流行のチョッキを着ていて、四つの色とりどりの輪と共に全く、すべての狩りの動物が描かれ、四つの輪が実物の猪をつなぐ為についている緑の猟の馬車に見えた。今や私は目撃し、悩まなければならない――すべて彼が過去に行っていることなので――彼が虚栄心に酔い、礼服と時計の鎖とを見分けることがほとんど出来ずに進み出て、何か絹物を取り出して接吻するのを。この人間が私の祭壇画全体をその話しで駄目にするであろうことは容易に予見できた。その戯れ、走りが余りに飛び出して、口を開けていなければ、この兎を押さえ付け、絵の額縁で隠したことであろう。彼も通信相手が明確に慈善同盟者に数え入れ描いているのである。――――ほとんど書くに値しないが。

第五幕、今やすべてがぶち壊しになって、読者が笑っている。第五幕では、私は何のやる気もないが、為されたのはただ、――いつもは悲劇作家やキリスト教徒は改宗やすべて重要なことを最終幕に移しているが、ベーコンによるとある廷臣が自分の請願を追伸に延ばしているようなもので、――プリンセスが新しい女官達に上級宮内官職の最初の計算問題、引き算問題をやらせた、つまり自分を脱がせたということである。……脱ぐことで悲劇の第五幕は――死がそうする――喜劇のそれも――愛がそうする――終わるので、我々の人生のように喜劇と悲劇の間を揺れるこの慈善物も、ぐったりして脱衣と共に終わってよかろう。

慈善劇の終わり

――私は昨日余りに憤激していた。薬店主は確かに私の絵の中では、晩餐(12)のテーブルの下でいがみ合っている犬と猫である。しかし全体にこの茶番は確かに崇高である。すべては君主制の統治形式の中で為されていること、――これはビーティによると共和制のそれよりも喜劇に向いていること――アディソン[13]とズルツァー[14]によると最も冗談好きの人間（例えばキケロ）がまさに最も真面目であること、これは彼らの作る物にも妥当する筈であることを考慮されたい、すると私の劇の喜劇的なものから、劇が真面目なものであることを御理解頂けよう。

私の主人公は店で激しい神父メルッ[15]風論駁説教を、帝国都市や帝国村が賛成していることに反対して展開していた、即ち反対なのは、「人間が何の白い脳も灰色の脳も持たず、趣味も味蕾も持たずに、恥ずかしげもなく数年を、痛みがまだその捕獲名簿に死がまだその夜間客名簿に記してない数年を、罪深く犬のように無駄遣いしてしまうほどに行動することであって、それは何もしないとか、官庁休暇の生半可な全休止符、あるいはローマ民会休暇の全休止符を利用するとか、歓喜の愚行をするということではなく、これほど立派なことがありましょうか、そうではなくて、苦悩の愚行をすること、十二のヘラクレス的無業績を為すこと、控え室という牢獄で、緊張した儀式という拷問を受けることです。……式部官殿、美しい教育係典侍様、私は何でも認めます、しかし人生は大変短いので、人生の中で長い弁髪をする甲斐はありません。――髪を解いて、すべての控え室、つまり煉獄《リンボ》を、すべての闘士、踊りのリーダーを飛び越えて、さながら我々の日々の五月の花園に、その花の萼に入り込むことは出来ないものでしょうか。……私は抽象的にスコラ的に言いたくはありません、その流儀で言えば、犬と同じく儀式は年齢と共に狂ってくる、踊りの手袋と同じく儀式はどれもほんの一回役立つだけで、済めば投げ捨てなければならない、となります。しかし人間はいまいましい程に儀式的動物で、人間はレーゲンスブルクの議会よりも長い一日を知らないと誓えるほどです」。

彼が食事するとき、トスタートは一緒に居ずに、店に居た。彼はさて昨晩から美しい痴女に接吻しようという計画を忘れることが出来ずにいた。「愚かな優美女神に一度接吻したら」と彼は言った、「生涯心安まるだろう」。しかし不幸なことに痴女の周りには所謂ちっちゃい子（妹）が、その理解力と鼻とは大きすぎたが、釣り具の浮き羽根として漂っていて、その羽根は彼が唇を餌に近付けただけで動いたであろうものであった。しかし彼は狡猾であった。彼はちっちゃい子を股に載せ、ツォイゼルの御者のように揺さぶって、頭越しにこの賢女に甘い名前を呼んだ、これをすべて彼は愚者の目をして捧げたが、（宮廷ではその反対の振りで捧げるだろう）。彼は二度戯れにちっちゃい子のスパイの目を塞いだが、それは単に本気の三回目をする為で、そのとき彼は痴女を引き寄せて、右手で彼女をある姿勢にし――彼女はそれに応じてくれたが、少女は策略は断らないもので、しばしば単にその策略を推し当てる喜びからだけでもそうしてくれる――盲女に宮仕えしながら彼女にさっと接吻することが出来るようにした、それには前もって多くの策を練り、行軍の道筋を整えていたのであった。今や彼は満ち足り、癒えた。更に二晩接吻のおあずけを食っていたら、彼は惚れ込んでいたことだろう。

侯爵夫人が召し上がるとき、彼は再び櫓楼にいた。戸は開かれたままであった。彼女は彼の愛の野火を金のスプーンで、それを小さな唇に押し当てる度に、かきたてた――その火を再び二本の爪楊枝（甘くて酸っぱい）で、それを使用する度に、かき消した。トスタート商会は今日最も貴重な品を売っていた。彼らの商会を知っている者はいなかった。ただツォイゼルだけがヴィクトルの顔をしげしげと見て考えていた、「見たことのある顔だぞ」。午後二時四十分頃僥倖があって、プリンセス自らが小屋に足を運び、自分の気に入った少女の為にイタリアの花を選ぼうとした。周知のように誰でも仮面を付けると仮面の自由を、旅に出ると市の自由を味わおうとする。変装していて旅行中であるときにはほとんど大胆不敵になるヴィクトルはプリンセスの母国語でそれも機知を交えて話そうとした。「悪魔に」と彼は考えた、「さらわれはしないだろう」。彼はそこでモロク［子供が犠牲に捧げられたセム人の偶像神］の腕の中の美しい子供に優しく思いを寄せてただ絹の花について次のように述べた。「喜びの花は残念ながら大抵ビロードと鉄線から成り、ろくろ鋼で作られます」。丁度イタリアの貴族がイタリアのフローラを製作しているという事情を意識に上せない程彼が丁重であったのは、奇跡であった。彼女はしかし彼の品を見て黙っていた。そして花の代わりに調整器付時計[*4]を買って、後で運ぶよう頼んだ。

彼は時計を手ずから渡した、しかしそれは自筆でもあって――読者は驚く。しかし最初は彼自身驚いたのであって、決断するまで何度も考えた末のことであった――つまり前もって時計の最高軍司令官［インペラトル］の上に一枚のかわいい紙を貼ってその上に手ずから真珠文字［五ポイント］で書いたのである。「ローマは自分の神の名前を秘した[16]、それは間違いであった。私は私の女神の名前を秘す、それは正しい」。［原文仏語］

「あの人達のことは知っている」、と彼は考えた、「生涯時計を開けたり巻いたりすることはない」。ゼバスティアンよ、私の読者や君の読者は何と考えるだろうか。

彼女は晩のうちに結婚によって手にした国、将来の王笏というまな板に旅立った。ヴィクトルは紙片と共に金属の心とは別の心を渡したような気がして、フラクセンフィンゲンの宮廷を楽しみにした。彼女の前を復刻版の夫、あるいはその駕籠が走っていて、夫はその駕籠から降りて寝室の壁に掛かっていたのだった。彼は彼女の神であったので、彼あるいは彼の絵を古代の神々のイメージと比較出来よう、自分の対面馬車で――テンサと呼ばれるもので――乗り回されていた、あるいは肖像画の壺に――ナオスと呼ばれるものに――あるいは鳥籠に――カディスコンと呼ばれるものに――入れられて運ばれていた神々のイメージと。

その後ヴィクトルは彼の商売の執政官と共に慈善劇場の書き割りの背後をぶらついた。彼は絹の境界線、封鎖線をはずして――高くいやな髪の毛のように上げて――それを触り――目からまず遠ざけ――それから近付け――ぐいと引っ張ってから言った、「何の力があろうと――絹の紐は政治体を電気を帯びた物体同様に絶縁するのであれ――侯爵は鶏と同じで、白墨で嘴から下に真っ直ぐな線を引かれると一歩も動けなくなるのであれ――はっきりしているのは、出資者殿、アレクサンダーが国々の境界石を動かそうとするようなときには、このような紐がこれに対する最良の、細かく規定された自然法であり、国境条約です」。彼は寝室の空の聖なる墓地、つまり復活した花嫁のベッドに行った、それは壁に停泊している新郎が釘のところから覗いていたものであった。千々に乱れた思いが頭の中をよぎった、その思いをもって彼は絹の枕に――それは馬車の肘掛け、犬のクッションほどの大きさであったが――頬を押し当てた。そのように身を寄せ、跪いて彼は半ば羽根布団に（羽根ペンにではない）語りかけた、「別の枕にも顔があって、それが私の顔を見つめていたらと思う――二人の人間の顔が互いに向き合っていて互いに目の中に引き入れながら――互いに溜め息を窺って――互いに優しい分かりやすい言葉を吐いていたら――これには僕と君はたまらないと思うよ、出資者殿」。彼は飛び上がって、彼の兎の床をそっとまた平らに叩いて言った、「おまえの中に沈む苦しい頭を優しく包んでおくれ、その夢を押しつぶさないように、その涙をもらさないようにに」。――たとえオー伯爵がその洗練された皮肉な表情でそこに居合わせていても、何も尋ねなかったことだろう。我々だけが——イギリス人には紳士でさえその兎跳び、馬跳び、宙返りを優雅な後退ステップ、前進ステップ、中心ステップと見なすというのに——どんなに歩いても十分に真面目で落ち着いているとされないのは我々ドイツ人にとって不幸である。

彼は夕方再び養蜂家の港へ押しかけて行った。彼の揺れる心はその周りの静かな花咲く自然の中に錨を下ろした。老人はすべての古い紙、洗礼証明書、結婚証明書、ニュルンベルクの養蜂家裁判の便覧等をまとめて、言った、「読んでくれ」。——また耳で聞きたかったのである。彼はまた三つの互いに絡み合ったニュルンベルクの「三位一体の輪」を見せた、それにはこう書かれていた。

この輪の示すは、
父なる神と息子と精霊の
三位は一体であること。

養蜂家は、ニュルンベルクの開廷日にこの輪を購入するまではまだ三位一体を信じられなかったと正直に話した、「今それが分からないのは、抜け作にちがいない」。出発の朝ヴィクトルは二重に戸惑っていた。彼はプレゼントを貰いたかったし、第二にプレゼントをしたかった。彼の貰いたかったものは、武骨な時間時計で——二十クロイツェルの鑵であるとき当たって得たものである。——これは、その厚い針の棒が汚れた文字盤上でただ色とりどりの喜ばしい養蜂の時間に老人の命を計ってきたものであるが、彼にとってのロレンツォの刻み煙草入れ、魔除け、サウルの「憂鬱の」時に対するイグナティウスの「護符の」ブリッキ板となってくれる筈のものであった。「職人は」と彼は言った、「満足して暖かく人生を渡っていくにはまことにわずかな太陽しか必要としない。しかし空想を抱く我々はしばしば日向にいながら嵐の側にいるのと変わらないことがある——人間はエーテルや朝焼けの上よりも汚物の上にしっかりと立つものだ」。彼は幸福な人生のベテランに時間時計の代として、宿泊の褒賞メダルとして自分の秒針時計を押し付けようとした。リントはその気がなくて、赤くなった。とうとうヴィクトルは、秒針時計は三位一体の輪に対する良き照明弾で、この信仰箇条のテーゼを示す銅版画である、三位の指針は一つの時間を指しているにすぎないからと説得した。――リントは交換した。

ヴィクトルはこのような迷える魂の嘲笑者でもなければ、バンクル[17]風改革者でもなかった、彼の思いやりのある気まぐれは、七十年の普通の年を経ている人間の頭脳に対する、仮信条協定である人生に対する、このような三位一体の輪である神学上のドクトルの指輪に対する、このような秒針時計が時を示し告げる神学上の講義室、談話室に対する懐疑的な溜め息に他ならない。

――やっと彼はクセヴィッツから朝の六時に発った。オー伯爵の非常に美しい娘は七時になってようやく帰ってきた。これは幸いなことで、さもなければ彼はまだ残っているだろう。

犬の郵便日は終わった。号外を作ったものかどうか分からない。閏日は近い。それでそれはとっておいて、ただ仮の号外を作ることにしよう、これは周知のように正式の号外とは、何ら表題を記さずに偽作と分からせず、ただ物語を書きながら全く違うことにずれてしまうという点ではっきり異なるものである。

私は物語の筋を再び取り上げ、読者にお尋ねする。ゼバスティアンの女性好きをどう考えるか、そしてそれをどう解釈するか、と。――まことに哲学的に読者は答える。「クロティルデからだ、彼女がその磁化で彼を女性界全体と関連付けたのだ。彼女がこの蜂の群をつついた、もう休んでおれなくなった。男性は二十六年間冷静に溜め息も付かずに書斎に座っておれる、しかし一度愛の霊気《エーテル》を吸ったら、心の卵形の穴は永遠に塞がって、外の天空に出て、その大気を絶えずはあはあと吸っていなければならない、これはきっとこれからの犬の郵便日に見られることだろう」。おかしな哲学的文体に読者が慣れてしまっている。しかしこれは真実で、それ故少女が熱心に自分の芝居の為に二番目の恋人を求めるのは、一番目の恋人が他界した後、彼女への思慕特許状を棄てると誓った後に他ならない。

しかし読者は何故もっと重要な理由[*5]に思い至らないのか、一つは一緒の愛で二つ目はヴィクトルの母斑である。

一、一緒の愛あるいは同時の愛というのはほとんど知られていない。これについてはまだ私の説明の他にはない。今日ではつまり読書室、ダンスホール、コンサートホール、葡萄畑、コーヒーとお茶のテーブル、こうしたものが我々の心の温室、我々の神経の針金製造所となっていて、心は余りに大きく、神経は余りに繊細になっている。――さてこの結婚を望みながら独身である時代において青年が、まだ救世主の女性をユダヤ人のように待ちながら、まだ心の至高の対象が見つからずにいて、たまたまダンスの相手、クラブ員の女性、あるいは出資者の女性、あるいは官庁の女性、あるいはその他の同僚女性と百頁親和力とか犬の郵便日を読み――あるいは互いにクローバー栽培あるいは養蚕あるいはカントの序論について、三、四回手紙を交わし――あるいは五回彼女の額から粉おしろいをおしろいナイフで落とし――その横で一緒にうっとりと豆をはわせたり――あるいはそれどころか丑三つ時に(これはよく逢瀬の時となる)倫理の最初の原理について一致を見ないとき、このとき確かに、上述の青年は(仮に洗練、感情、思慮が互いに均衡を保っておれば)少しばかり気が触れて、上述の同僚女性に対して(仮に彼女が頭あるいは心の瘤で彼の触糸に衝突しなければ)何かを感ずる筈で、それは友情にしては暖かすぎ、愛情にしては未熟にすぎるもので、友情には、何人かの対象を含むという点で接点を持ち、愛情には、この為に死ねるという点で接点を持つものである。これがまさに私の一緒の愛あるいは同時の愛にほかならず、かつて私は共同の愛、総奏の愛［トゥティ・リーベ］と呼んできた。例は厭わしい、そうでなければ私の例を引くところだが。この普遍的愛は親指のほかは指の分かれていない手袋で、他の四つの指は分断されていないので、どの手であれ簡単に入るが――部分的愛、あるいは五本指の手袋にはただ一人の手しかはまらない。私がはじめてこの件の島を発見したので、それを他の人が呼ぶときの名前を贈って良かろう。それを将来一緒の愛あるいは同時の愛と呼ぶこと、もっとも、私とコルベとが許せば、前奏曲の愛――協同組合の心遣い――一般の温情――兄弟姉妹の仲と呼んでも良かろう。

窮極の意図についての神学者やその床屋政談に迎合して更に次の確固とした原則を述べる。一頭立ての愛が増大する金属的、倫理的持参金の要求で一層難しくなっていく我々の時代において一緒の愛なしに三年間持ちこたえるような者を見てみたい、と。

二、ヴィクトルの女性好きの第二の理由は彼の母斑、つまり自分の母親とか一般の母親との類似であった。彼はそうでなくても、自分の考えは女性の考えの歩調、つまり飛躍を持っていて、自分はそもそも女性らしいところが多いと主張していた。少なくとも女性は、その愛が話すことと付き合いから生ずる点で彼に似ている。その愛は確かに憎しみと冷たさとで終わるというよりはそれでよく始まることがある。押し付けられた憎い新郎はしばしば愛しい夫となる。「私は」とハノーヴァー訛りで言った、「女性の心の中ではなくても、その心耳に入りたい。自然は女性の胸に二つの広い心室と――その中では向きを変えられる――二つのかわいい心房と――心嚢とを――触ったことは全くないが――一人の男性の魂がこれらの四部屋をたった一人っきりで借り切るように、丁度女性の頭の居間の四脳室に住むように、そのような具合に植え込んだのであろうか。全く有り得ない。彼女達もそうはしない。過度の機知を避ける方は、ここで私から離れて欲しいが――この円頂閣の二つの翼に、分館に、出ていくものよりは入ってくるものがストックされる――税関あるいは鳩小屋のように出入りがなされる――眺めていると数えられない――これは通り抜けの公正さを持っている美しい神殿である。――このような女性は、節約して心の中央桟敷をただ一人の恋人にだけ与え両脇の桟敷だけを千人の友人に与える少数の女性を相手にしない」。

にもかかわらずジャン・パウルは――席は十分にあるというものの、せめて二つの植民地の籠、つまり心耳に達したいと思っても、出来ないでいた、これは有り得なかった。彼の顔は余りに痩せて見え、肌の色は余りに黄色く、頭は財布よりはるかに詰まっていて、収入は名目の鉱山局長のもので、彼女達はこの好漢を単に全く上の最も寒いところ、頭の二重勾配の屋根の下、髪針から遠からぬところに泊めてくれて、彼は今もそこに座って、（書きながら）冗談を言って十一章を終える。……

＊1　あるフランスの王はあるとき家臣に、自分ヲ支エテイタカノ杖ヲ譲渡ノ印ニ贈った。ドゥ・フレネ[8]の語彙辞典。ドゥ・フレネの語彙辞典からは私の見るところ、女性の為の立派な役に立つ抜粋はまだ出来ていない。

＊2　丁度聴聞の修道女がいるように、彼女達は尼僧達と面会室に行って彼女達の話すことに注意を払う。

＊3　フラクセンフィンゲンの宮廷は先に手に接吻した、しかし何故私が逆にしたかはきっと分かって頂けよう。

＊4　周知のようにハートの形をした女性用時計で、裏には日時計と磁針が付いている。磁針は寒気を嫌う女性に実は南も示し、日時計は月時計ともなる。

＊5　四番目の理由は、彼には今クロティルデ以外の女性に対する愛はどれでも友人に対して貢献しているように見えたということが考えられよう。

# 第十二の犬の郵便日

北極の空想――奇妙な和合の島――先史から更にもう一篇――家の定紋としてのシュテティーンの林檎

我々は今この伝記の暗黒の中世にいて、啓蒙化された十八世紀あるいは犬の郵便日に向かって読んでいる。しかしすでにこの第十二の日に、素晴らしい日の前夜のように、大きな火花が上がる。この犬の郵便日には相変わらず仰天させられる。「スピッツよ」と私は言った、「好きなだけお食べ、そして世間を啓発してくれ」。

ゼバスティアンは土曜日上機嫌で曇天の下和合の島へ急いだ。雲が大地に吸収される前にぐずぐずしないで到着できた。青空の下では彼はシカネーダーのように自分の内面の悲劇を演じ、灰色の空の下ではその喜劇を演じた。雨が降ると、笑うのだった。ルソーは頭の中に多感な舞台を作っていた、現実の生活の書き割りから出ることも、その桟敷に座ることも欲しなかったからである――ヴィクトルはしかし彼の頭の骨壁の間にドイツ人の喜劇劇場を雇い入れていたが、それはただ現実の人間を笑ってしまわないようにする為であった。彼の気まぐれは他の人々の美徳、感傷同様に理想的であった。こうした気まぐれの中で彼は（腹話術師のように）すべての権力者達に対してただの内的演説を行い――騎士用祭典席では教会視察演説に、帝国都市代表席では弔辞に立ち――教皇席では乙女のエウロペと教会の花嫁に麦藁冠[1]奉呈の祝辞を述べた――権力者達は皆また彼に答えなければならなかったが、その様はどうかと言えば、彼が、大臣に対するように、彼の頭の中のプロンプターの穴からすべてを彼らの口に教えたのであった――それから立ち去って、皆を笑い飛ばした。

マンデヴィル[2]がその旅行記の中で、北極では冬の半年は言葉がすべて凍えるが、夏の半年でまた溶け、聞こえると言っている。この報告をヴィクトルは島への途次思い描いた。我々は耳を彼の頭に当てて、内部のうなり声に聞き入って見よう。

「私とマンデヴィルは、何故北極では言葉が唾同様に落下すると氷になるのか、水銀のようになるのか説明する義務は全くない。しかしこのことからの結果を引き出す義務はある。笑顔の遺産相続人が遺言者に長寿を願っても、この人はその願いを次の春より先には聞けず、そのときにはもう死んでいるかもしれない。――どんなに立派なクリスマスの説教も七月より先に善人を教化できない。極の宮廷では殿下に対する新年の祝賀を述べても無駄である。暖かくなるまでは聞こえないし、暖かくなった頃には大半は的をはずれている。強化回路暖炉を伝声管として控えの間に置いて、暖かく宮廷人の会話を聞くことが出来るようにするべきであろう。弁士の兄弟「フリーメーソンの位階」はそこでは暖炉がなければ成功はおぼつかないだろう。――賭博者が冬至の日に呪っても、また勝ってしまった夏至の日にようやく呪いが聞こえる。冬にコンサートをしたら夏には楽器なしでコンサートを開けるだろう。広間に座るだけでいい。――極地の戦争がしばしば宣戦布告の半年前に行われるのも、冬にすでに布告された宣言がやっと好天のときに聞こえるという理由の他に考えられようか。――それで極地の軍の冬の出征についても夏の出征になるまでは何も聞こえない。私自身はただ冬に極地に旅行して、そこで人々に、特に廷臣に面と向かって本当の中傷を述べたい。それがやっと聞き取れるときには、中傷者は再びもうフラクセンフィンゲンに帰っているわけだ。――北地の政府が多くの重大な事を報告し、決定しないとしても、それは冬の娯楽のせいでは全くない。夏のシリウス日の休暇に票決がやっと聞こえるのである。そのとき恩赦や森林権についての議会の決定も言語化される。――しかし聖人達よ、私が極地にいて――太陽が山羊座にあり、私の心が蟹座にあるとき――美しい女性の前で跪き、最も長い夜の間中熱烈な愛の囁きを述べて、二十分の一秒で氷となって、凍り、つまり彼女の耳に達しなかったら、夏にはどうなることか、もう私が冷淡になっていて、彼女をものにしていて、丁度派手に彼女と喧嘩をしようとしていて、がみがみ言っている最中に山羊座の愛の囁きが溶けて語り始めたら。私は冷静に次の規則を立てることだろう、極地では優しくあれ、ただし牡羊座、蟹座のときにと。――仮にプリンセスの引き渡しが極地で行われ、それも地球が動かない地点で為されたら、そこはプリンセスであって女性であるという二重の無為の為には最も相応しいところであるが、引き渡しがまさに誰もが、殊にツォイゼルが、長い冬の夜彼女を中傷していた部屋で行われ、そして広間の空気が中傷し始めて、やむを得ずツォイゼルが出て行こうとしたら、私は親しく彼をつかまえて尋ねよう、『何処へ行かれる』」。

「グロースクセヴィッツへ、逮捕の加勢です」、と聖リューネ出身の本物の捕吏が答えた、彼は石積み壁の背後で片方の手で本を取り出し、もう一方の手でバッグのボタンを掛けていた。ヴィクトルは聖リューネの古典文化に嬉しく胸詰まらせた。彼はあれこれ熱心に、前半の永遠の間離れていたかのように尋ねた。ボタンを掛けている読者は著者となって、それ以来村で生じたことの年報、つまり時間報を彼の前で書いた。二十もの質問の中にヴィクトルはクロティルデについての質問を包み込んだ。そしてそれから毎日牧師の家に来ていることを知った。これには面白くなかった。「あたかも」と彼は考えた、「友人の愛を見守る心の強さがないかのようではないか、――そうでなくてもそう見えるのに」。そもそも、このように離れていては彼女のことを考えるのはもっと許されると彼は考えた。

読書中の捕吏は私の連隊下の読者で、盗人の追跡の際に持ち運んでいた本は『見えないロッジ』[*1]であった。ヴィクトルは第一部を借りた。捕吏は丁度第二部の最初の接吻のピラミッドの所であった。――我々の主人公はますます急いで読み、歩いた、そして本と道とを片付けた。

島が彼の前にあった。

この島では、読者よ、目と耳をしっかり開けて欲しい、……珍しいことが起きるからではなくて、珍しいものは半開きの耳や瞳にでも入り込んでくるであろうから――そうではなくてまさにありふれたことが起きるからである。

卿は島に押し寄せる海の岸辺に一人で立っていた――そして自分の親切を包み込む一種の真面目さと、いつもの冷淡さとなお戦う一種の感動とをもって彼を待ち、迎えた。彼は今や島に渡ろうとしていたが、ヴィクトルにはどうして渡ったものか分からなかった。ボートはなかった。鉄製のとがったものが水面下に密集していてボートは行けそうになかったので、ボートも持ってこれなかったであろう。これまで岸辺で庶民のいたずらな好奇心から島を守っていた歩哨は今日は離れていた。父は息子と一緒に岸辺の周囲を行き、次々と等間隔に並んでいる二十七の石をその場から押し出した。島は卿が盲いる前に築かれていて、見る人には自由であった。しかし盲目の最中、島の内部は秘密の夜の作業員によって作らせ隠していた。島の周りを行きながらヴィクトルは、その影とざわめきを島の中へ投げ入れているように見え、その葉に揺れる波がちらちらと太陽と星とを撒いている高い樹木の幹の棒と果実の柵を見た——樅はきんぐさりを取り囲み、樅の毬果には深紅の花の巻き毛がちらつき、白楊は高い樫の木の下で身をかがめ、アラビアの豆の盛んな茂みが低く葉の帳から燃えだし、二重の幹に寄せ接ぎされた樹が目に入口を分かりにくくしていて、どんな梢よりも高い唐桧の横にはもっと高い唐桧が嵐で半ば水の上へ押し付けられ、その墓穴の上で揺れていた——島の中央では白い柱がギリシア風の神殿をすべての揺れる梢を越えて不動に支えていた——時折神聖な緑の中を迷った音が駆け抜けるように思われた——高く黒い、樅の先端に達する門が、白い日輪で描かれて、東を向いていて、人間に語っているように見えた、ここより入るべし、ここで手を貸したのは創造主のみならず、汝の兄弟、と。

この門に向かい合って二十七番目の石があった。ヴィクトルの父はそれを動かし、磁石を取り出し、かがみ込み、その南の極を穴に入れた。突然機械ががらがらと音を立て、波が渦巻き始めた——水の中から鉄の橋が現れた。ヴィクトルの魂は夢と期待とで満たされた。彼は身震いしながら父の後を追って魔術の島へ歩んだ。ここで彼の父は薄い石に磁石の北の極を当てた、すると鉄の橋はまた沈んだ。高い所の門に達する前に、内側から鍵が回り、鍵を開けて、扉が大きく開いた。卿は黙っていた。彼の顔にはより高い太陽の魂が浮かんでいた——もはや以前の彼ではなかった——この魔術の島の守護神に変身しているように見えた。

何という光景か。門が開けられると、すべての小枝を通じて調和的音色があちこちに走った——門から風が流れ込み、音を吸い込み、震えながら泳いで行き、ただたわんだ花のところで休らった。——歩く度に大きな薄暗い舞台が開けてきた。——舞台では周りに大理石の塊と、それらには鍛冶炉石炭でラファエロの形象が描かれていて、沈下したスフィンクスと、暗黒の自然が小さな廃墟と侵略された町とを腐食した地図の石と、墓穴というよりは流し込む為の鐘の鋳型といえる大地への深い開口部とがあり——三十もの有毒の水松《いちい》が薔薇に、あたかも人間の荒々しい情熱の三十年の印であるかのように、取り巻かれて立っていた——二十三本の枝垂白樺が一つの低い茂みに固まって、互いに押し合っていた——この茂みに島のすべての小道は通じていて——茂みの背後では九層の紗がからまっていて高い神殿への視界を遮っていた――紗の間から五本の避雷針が伸びていて、そして虹が二本の互いにカーブを描いて跳ね上がる噴水から枝にかけて輝きながら漂っていて、絶えず二本の噴水は弧を描きながら、絶えず上で接触しては散っていた。

　ホーリオンが彼の息子を、その心は全く目に見えない手によって摑まれ、驚かされ、押し付けられ、燃え立たされ、冷たくされていたが、低い白樺の茂みに連れて行ったとき、オルガンの顫音装置の呂律の回らぬ死者の舌が荒涼たる静寂の中に人間の溜め息を語り始め、揺らめく音色が深く、優しい心に迫ってきた。――二人は茂みで影になっている墓の所に立っていた――墓の上には黒い大理石があって、その上にはヴェールで包まれた血のない白い心臓と青ざめた字とがあった。「ここに眠る」と。「ここで」と卿は語った、「私の二つ目の目が盲いた。メアリ[*2]の棺はこの墓にある。棺がイギリスからこの島に着いたとき、病んだ目がはなはだしく炎症を起こし、二度と見えなくなった」。――ヴィクトルはこれほど身震いしたことはなかった。表情に、逃げ去り、到来し、戦い、移ろう感情のこのような混沌と変転する世界を見たことがなかった。ひきつった唇の上の額と目のこのような冷たさを凝視したことはなかった――父はそのように見え、息子はそう感じた。

「私は不幸だ」、とゆっくり彼の父は言った。鋭く苦い涙が瞳で燃えていた。彼は少し詰まって、五本の指を広げて自分の心臓の上に、あたかもそれを摑み、取り出そうとするかのように置いて、石のように青白い心臓の方を、何故自分の心臓も休らっていないのかと言いたげに見た。善良で死にそうなヴィクトルは、愛する嘆きに砕かれて、同情に溶け、大事な痛手を負った胸元に倒れそうになり、溜め息より他のことを言おうとした、「父上」。しかし卿は穏やかに彼を遠ざけて、苦い涙は目で押しつぶされて流れることはなかった。卿はまた始めたが、一層冷たい調子であった、「私が特に動揺していると思ってはいけない、私が喜びを求めているとか、痛みを避けていると思ってはいけない――私は希望を抱かずに生きていて、希望を抱かずに死んで行くのだ」。

　彼の声は切るように氷原を渡り、彼の視線は鋭く寒気の中を貫いた。

　彼は続けた、「七人の人間を幸福にすることが出来たら、私の黒い大理石の上に、ここに眠ると書かれることになるかもしれない。……どうしてそんなに吃驚している。落ち着いたかね」。父は白い心臓を凝視し、墓から姿が浮かび上がってくるかのように、更にじっと見つめた——冷たい目はこみ上がる涙の上に収まり、向きを変えた——急いで彼は鏡の紗を後ろに引いて言った、「覗いてごらん、その後で私を抱擁してくれ」。……ヴィクトルは鏡を見つめた、そして身震いしながらその中に永遠に愛する顔、彼の師ダホールの顔が現れるのを見た——彼は多分に震えていたが、しかし彼は振り返らず、希望を抱いていない父親を抱擁した。

「余りに震えているぞ」、(と卿は言った)「しかし何故万事がこうなのか聞かないでくれ。ある歳になると胸襟を開かなくなるものだ、万感の思いでも」。

悲痛なるかな。打ち明けられるような傷は深くない。慈愛に満ちた目が見いだし、優しい手が和らげることのできる痛みは、小さなものにすぎない。——しかし友人が引き受けられずに見ることの許されぬ悲嘆は、これは時折幸せな目に突然の滴となって昇って来て、横を向いた顔によって隠されるけれど、次第に重く心にのしかかって、やっと離れるときには一緒に、癒してくれる大地に沈むときである。海で死んだ人間に鉄球が結ばれ、それと共に大きな墓場に一層速く沈むようなものである。

彼は続けた、「言っておきたいことがある。しかしこの大事な遺骨にかけて秘密を守ると誓ってくれ。フラーミンのことだ、彼には黙っていなければならない」。これは次々と波に翻弄されていたヴィクトルの心に留まった。彼はフラーミンが、自分達が互いに侮辱したときには、一緒に死のうという約束を望楼で彼に強いたことを思い出した。彼は誓いをためらっていて——やっと言った、「でも死の直前には告げてもよろしいですか」。「確かに死ぬと分かるか」と彼の父が言った。「しかしその場合には」——「それならば」と父は冷たく言った。

ヴィクトルは誓った、そして誓いのもたらす結果を思って震えた。

卿の戻る前にはこの暗い島を訪ねないということも誓わなければならなかった。

彼らは葉陰の霊廟から出て崩れた鍾乳石の上に腰を下ろした。時折葉から葉に話す聞耳慣れぬハーモニカの音色が伝わってき、遠くの方では四つの楽園の河が震える西風と共に反響して行くように思われた。

父は始めた、「フラーミンはクロティルデの兄で、侯爵の子息だ」。

ただこのような思念の稲光がヴィクトルのくらんだ魂に侵入してきただけであった。新しい世界が今や高く昇り、彼を近くの大きな世界からさらっていった。

「それに」（とホーリオンは続けた）「ヤヌアールの三人の他の子供達もなお英国に生きていて、七つの島の第四子だけが行方不明だ」。ヴィクトルには何も分からなかった。卿は過去のヴェールをすべて剥いで、間近の人生、過去の人生についての新たな展望に導いた。私は後で卿の打ち明けた秘密をすべて読者に語ることにするが、今はまず父と息子の別れを話すことにしよう。

卿が自分の息子を先の時代の陰鬱な冥界へ伴って、世間に秘してきたことをすべて語っている間に、ヴィクトルの目からは涙が、泣かれはしなかった多くの些少のことについて浮かんできた。しかしこの柔和な目の流れは話しを聞いてではなく、不幸な父を思い返し、埋葬された美しい遺体と大理石の墓を間近に見て流涕する心から絞られたものであった。――最後に島のすべての音色が止んだ――黒い門は独りでに閉まるように見えた――すべてが静まり返っていた――卿は打ち明け話しをすべて終え、言った。「今日のうちにもマイエンタールへ行くがいい、注意して、無事に」。――彼は、その身分にあっては両親や子供にさえ手と腕を差し出すあの控え目な洗練さで別れを告げたが、ヴィクトルは子供らしい、溜め息と感情とで身ごもった胸を父の胸に激しく押し付けて、自分の貧しい心を涙に押しつぶして、それをますます熱く大きく流さなければならないかのようであった。ひとりぼっちの者よ。父の日々と子供の日々とを分かつ橋が浮かび上がってきたとき、ヴィクトルは一人で渡った、ふらふらと何も耳にせずに――橋がまた水中に沈み、父が島に消えたとき、同情で彼は岸辺にしゃがみ込んだ――そして涙をすべて痛む胸から矢のように抜いてから、ゆっくりと夢うつつに謎と痛みの静かな島、亡き母と陰鬱な父の暗い喪の庭から離れて行った。彼の震撼された魂全体が休みなく叫んでいた。父上、少なくとも希望を抱いて、また帰ってきて下さい、私を見捨てないで下さい、と。

ここで今までの話しで不明であったこと、卿が息子に明らかにしたことのすべてを我々にも教えることにしたい。まだ記憶にあると思うが、彼がフランスに発って、侯爵の子供達、――所謂ヴァリザー、ブラジーリヤー、アストゥーリヤーとムッシューを迎えに行ったとき、彼らが誘拐されたという暗い知らせが舞い込んだ。この誘拐はしかし（彼が今告白した）彼自身が仕組んだもので、ただ七つの島のムッシューの消失だけが彼の知らないうちに起きたものであった。それで嘘の中に若干の真実を封糊として交えることになった。この三人の子供達をこっそりと英国へ移させ、イートンで学者に、ロンドンで自由人に育てて、いつか父親にその不安定な統治の血縁の協力者として再び贈る心算であった。それ故所謂王子（フラーミン）を参事官に推挙していた。いつか子供達のコロニーのすべてを集めて、彼らの喜ばしい出現で父親をびっくりさせ、幸せにすることにしていた。乗船の前に痘瘡を病み盲になった牧師の今不明の息子のことは秘していたが、これはそうしないとフラーミンが一体誰なのか容易に察せられる為であった。

ヴィクトルは彼にどうやって侯爵に四人あるいは五人の未知の者達との血縁を認めさせるのか尋ねた。「私の言葉で」とはじめホーリオンは答えた、それから他の証明方法を付け加えた。フラーミンの場合は一緒に来る母親（姪）の証言があり、他の子供達の場合は、自分がまだ持っている彼らの模写との類似があり、最後にシュテティーンの林檎の母斑がある。

ヴィクトルは随分前に牧師夫人からイェンナーの息子達は皆左の肩甲骨にある母斑、あるいは父斑があって、シュテティーンの林檎の熟する秋に限って出現し、やはり赤くなり、原型に似ていると聞いたことがあった。――読者は奇妙な学界の年報から桜桃で一杯の果物籠を思い浮かべたことであろう、その赤チョークの素描がただうっすらと子供達にあり、枝の上の原型が熟すると共に一層赤くなるという果物籠を。私の湯治客の言葉を信じて良ければ、私自身このようなシュテティーンの果実の絵を肩に有しているそうである。これは有りそうになく、目立つものではない。しかし秋になったら――ここ数年の秋もくろんできたことで、このことをクネフはその犬で今私に思い出させているが――シュテティーンの林檎が熟するとき、鏡を取って背中を見てみることにしよう。同じ理由でこのシュテティーンの林檎の予定の為、卿の帰還は、少なくとも子供達の引き渡しと認知は、その赤くなる秋に延ばされた。

ここに私の文通者の諷刺的コメントを写すことに私は遠慮しない。「これを知らせるときには」（と彼は書いている）「私の命令に従っているふりをして、卿の説明、告白を一度話したら、読者に全く平静に二回話して、読者が忘れたり混乱したりしないようにされたい。読者というのはどんなに欺いても十分ではなく、気の利いた著者なら読者を自分の腕で貂の罠や狼穴、狐胴上げ網に連れて行くものです」。白状するが、私はこのようなやり方は以前から好まない――そもそも読者が一回目に、フラーミンはイェンナーの庶子でル・ボーの表向きの息子であり――牧師の息子は盲いて不明であり――更に三人ないし四人の他のイェンナーの子供達がフランスの海辺の町からやってくると聞きながら、今また私が読者に二回目に（実は三回目であろうが）、フラーミンはイェンナーの庶子でル・ボーの表向きの息子であり、牧師の息子は盲いて不明であり、更に三人ないし四人の他のイェンナーの子供達がフランスの海辺の町からやってくると噛んで含めるように説明しなければならないとしたら、私と読者にとってこれほど不名誉のことはないのではないか。私は尋ねたい。

卿が息子にフラーミンに対して守秘の誓いを要求したのは、フラーミンが誠実に秘密をすべて守っても、激昂するとすべてを暴露するからであり、――このとき自分の生まれにかけて、敵対者とピストルで決闘しかねないからであり――明日にもこの為テミス［正義と法の女神］の剣の先駆けの戦士から戦争の剣の遅れてきた戦士となりうるからで――それにそもそも秘密は愛と同じく二人の間での方が三人の間でよりも良く保たれるからであった。それに卿は、何者かになるように金を与えてやる人間の方が、金を持っているが故に何者かであり、硬貨を相続財産の紋章と見なし、将来の解決の際に贈られることになっている褒賞のメダルとは思わないような者よりも一廉の者となると信じていた。

こうした打ち明け話しの後卿は我々のヴィクトルに更に重要なことを一つ話したが、これを彼は将来の宮廷生活の凍てついた行路の中で警告板のように絶えず思い出すようにとのことであった。

卿が愛する女性の遺体の棺の前で盲いたとき、イギリス、娃、侯爵の子息達の教師達との文通がすべて困難になり、少なくとも変更された。到着する手紙を信頼の置ける友人に読んで貰わなければならなかった。しかし誰も信用ならなかった。しかし一人の女性の友を見いだした、彼女は彼が信頼するに足る立派な人物で――クロティルデに他ならなかった。秘密を青年のようには浪費しない彼もしかし、クロティルデに敢えて自分の最大の秘密を知って貰い、彼女を自分の母親、所謂娃の手紙の簿記係、朗読者とした。そもそも彼は女性の口の堅さを我々男性のそれよりも大きい――少なくとも重大な事柄、愛する男性の件では大きいと思っていた。――――しかし悪魔が昨冬行ったことを聞き給え、ゆゆしいことだ。

卿はフラーミンの母親から手紙を受け取ったが、その中で彼女は愛する子供の一層早い昇進についての昔からの依頼と牧師館での彼の運命に対する質問を繰り返していた。幸い丁度クロティルデが聖リューネを訪ねていて、彼はマイエンタールへ旅しないで済んだ。彼は侍従を訪ねて、彼の朗読者から手紙を聞いた。苦労してクロティルデの部屋で盗み聞きされない時間を見いだした。やっとその時を得てクロティルデが手紙を読み上げたとき、彼女は継母から朗読の途中で呼ばれた。卿は彼女がすぐに戻って来て、手紙をほんのつぶやき声でさっと読み、小声で、また出て行きますが、すぐに戻りますと言うのを耳にした。数分後にクロティルデは戻った、ところが卿に何故二回出て行ったのかと尋ねられて、彼女は二回は出て行っていないと答え――卿は確かに二回だと言い――彼女もきっぱりと否認し――最後にクロティルデは、マチューが来て、その演劇の才と、どんな人の声も真似られる喉とで彼女を巫山戯て模して、彼女の信用の下に重要な手紙を読んだのではないかという苦い疑念を抱いた。この恐れは多分にあり、この反証は少なすぎた。確かに今、大学での勉学を終えたばかりのフラーミンにマチューは肩の銘句の十月の検証をすることは出来なかった。しかし彼は（そのようにクロティルデと卿には見えたが）その雨蛙の足をこの善良な魂に貼り付け、アガーテと友人に対する愛という口実のもとに自分の糸を外に掛け、嗅覚によってそれを侯爵の城と牧師館の家の間に張り巡らし、次々に紡いで、遂に彼の父、シュロイネス大臣が正真正銘の網を獲物を捕らえる為に撚り合わせかねないほどまでにしていた。……白状するが、この推測によって数千のことがわかりかけてきた。

　ヴィクトルは我々よりももっとひどく驚いて、卿に提案した、自分の誓いを損なうことなくクロティルデに自分がこれらの秘儀に参入していることを打ち明けていいのではないか、[*3]二つの理由があるからと。まず彼女の妹としての愛がそうしなければ彼の目に映ぜずにはいないと彼女には思われる見かけの上の愛に対する困惑を細心な彼女に味わわせないで済ませられるからで――第二には秘密というものは一人でもその守秘に協力するものがあれば、ミダスの理髪師と葦の話しから知られているように、一層良く守られるからであり――第三にはもっと多くの理由があるからであった。勿論卿はそれを拒まなかった。

ちなみに彼はヴィクトルに対して宮廷の氷路、試合場での衒学的な行軍規則を何も与えなかった。彼は単に、誰であれ余りに意図的に訪ねたり、避けたりしてはいけない、特にシュロイネス家をそうしてはいけない、ただマチューの操る友人のフラーミンだけは馬銜《はみ》をはずして、手綱の代わりに友人の手で導くように、医学博士としての位階だけを求めて、それ以上は求めないよう助言しただけであった。彼は言った、経験の前の規則は内障穿開の前の幾何学である。経験を積んでからでさえグラシアン(3)の宮廷人やロシュフコーの格言よりも諸宮廷の回想、話し、つまり他人の経験が勝る、と。最後に彼は自分の例を引き合いに出して、父の次の諸規則を理解するにはなお数年を要するだろうと言った。

最も大きな憎しみは、最も大きな美徳、もっとも悪しき犬同様に静かである。――女達は我々よりも激昂するが、我々よりも過度に激昂することはない。――他人に対して、他人が数年後にはじめて見せる新たな間違いほど憎むものはない。――大抵の愚行は自分が何も気にかけていない人々の許で行われてしまう。――自分がいつもある事柄に気付く唯一の人間であると思うことは最もありふれた、最も有害な錯覚である。――女性と穏やかな人々は単に自分が危機にあるとき臆病で、救わなければならない他人の危機のときには大胆である。――ごく些細なことで自分の名誉を危うくするような者を（たとえ聖人であれ）信用してはならない。――最初は誰もが愛想を示す、二回目は不承不承、三回目は全く示してくれない。――大抵の者が虚栄心を名誉心と取り違えて、一方の傷を他方の傷と称し、その逆を行う。――我々が博愛心から行うものは、我々が利己心を交えないでおれば、いつでも達成できよう。――男性の熱情は最もよく青年の熱情と間違えられる。――

最後の見解は、これが一層身近であったかもしれないが、すでに彼が島の岸辺で、彼の身分にあっては両親や子供にさえ手や腕を差し出すあの分別のある丁重さで行われた別れの姿勢のとき言われたものである。

＊1　『見えないロッジ』、二巻本のある伝記。八つ折本。
＊2　二十三歳で永遠の腕の中に休らうことになった卿の夫人はそういう名前であった。
＊3　それ故彼女もヴィクトルが牧師館にいるときには、フラーミンと一緒にいることを避けた。

# 第三の閏日

人間についての天候観測

先の章で卿の箴言を書き留めたので、私自身閏日に使えそうなのが若干思い浮かんだ。私は見解を一つだけ述べたことはなく、いつも二十、三十続ける――まさにこの最初の見解がその証拠である。

誰かが賞賛されるときではなく非難されるとき謙虚であれば、その人はまさにそうである。

庶民の話しとか、少女の手紙は更に一層、長い音節と短い音節の絶えざる交替で（強弱格あるいは弱強格）独自の快い調べを持っている。

少女は二つの事を最もよく忘れる、一つは自分の外見で――それ故鏡が発明された――そして二つ目は das（それ）と daß（―ということ）の区別である。私はしかしただ私の文を論駁する為に今日からその区別を守るようお願いする。そうなるとこれまで学ある女性に対してチェックしてきた二つの試金石のうち一つが失われることになる――私の使う二つ目の試金石は左手の親指の爪で、それをペンナイフで時に傷を一杯付けているものだが、しかしまれにである、ペンを切るよりも一層軽くペンを運ぶからである。

多くの恩恵を受ける者は、それを数えるのを止め、その重さを量り始める――あたかもそれが票であるかのように。

立派な性格に移入することは自分の性格を有する詩人や俳優にとっては悪しき性格に移入することよりも害がある。その上先の移入だけが自由になる聖職者は、聖なる役割を神聖ならざる役割でバランスを取ることのできる作家や役者よりももっと倫理的アトニー［弛緩］に晒されている。

情熱は最良の観察と最も惨めな結論をもたらす。情熱は視野が狭ければ狭いほど一層明るくなる望遠鏡である。

人間は新しい侯爵――司教――執事――子供部屋の家庭教師――去勢雄鶏料理人――町の音楽師や町の法律顧問には最初の週だけは前任者に無かった全く特別な長所を要求する。――二週間目には自分達が要求していたもの、逸していたものを忘れてしまうからである。

このような文は女性達の気に最も入り、最も残る。

それ故これに報いて彼女達自身についてもう少し述べて見よう。彼女達は他の女性を自分達よりも単に若いだけであると見なし、美しいとは見なさない。

彼女達は我々達に対するよりもなお十倍自分達に対して策を弄し、偽りを為す。我々はしかし女性達に対するよりも我々に対してほとんどもっと正直である。

彼女達は自分達に詫びが述べられることだけを見て、それがどのようになされるかには注意しない。

彼女達は恋人には我々が女性の恋人に対するよりも多くの汚点を許す。それ故長編作家はその鵞ペンの主人公を何ら傷つけることなしに、暴飲させ、激昂させ、決闘させ、どこにでも宿泊させる。——女主人公はこれに対して家で母親の横に座っていて、天使でなければならない。

そもそも彼女達はとても優しく、穏やかで、同情的で、繊細、愛らしくそして愛に憧れているので、何故——自分達が互いに我慢ならないのかというと——互いに余りに丁重なので、正式に和解したり、正式に喧嘩できないのだという理由の他には考えられない。女性の方々。あなた達は相手が［男性の］友人を持っているとか友人であるという理由でときに人を愛する、——まず女性の友人がいたらどんなに素敵であろう。

黙っていない人々の許で最も沈黙を覚え、黙っている人々の許で最も饒舌を覚える。

自己認識が美徳への道であるとすれば、美徳は更に自己認識への道である。改善され浄化された魂はごく些細な倫理的毒素によってもある種の宝石が他の毒素に当たると決まってそうなるように濁ってしまう、改善された後にはじめてどんなに多くの不潔なものがなお隅々にあるか気付くのである。

改善の為の若干の規則で締めくくりたい。自分の胸が瞋恚の痛みを感じざるを得ないときには誰にもその欠点を述べたててはならない。その許せない点を説き伏せようとするとき、自分自身がそれを納得して怒り狂うことになるからである。——毎朝その日に陥りそうな状況や情熱をおおよそ描き給え。そうすると一層良く振る舞える、反復された状況で二度も悪しくなることはめったにないからである。——君の友人が君に腹を立てたら、君に大きな好意を寄せるような機会を作り給え、それで彼の心は溶けて、君を再び愛するようになるだろう。——一度以上行われなければならない決心ほど大きなものはない。それ故止めることはやることよりも難しい。止める方はもっと長く続けなければならず、やる方は二重の、心理的なものと倫理的なものの、力の表明という感情と結びついているからである。――一度間違っても気後れすることはない、すっかり後悔すればより立派な行為と言えよう。――（禁欲主義あるいはその他の方法で）平静を保つがいい、そうすればやすやすと有徳にも振る舞えるであろう。――心の形成は高貴な衝動を植え付けることによってではなく、悪しき衝動を排除することによって始め給え。一度雑草が枯れたり、摘み取られたりしたら、より高貴な花がおのずと力強く伸びていく。――有徳な心は肉体と同じく立派な栄養によってではなく仕事によって健康に、そして力強くなる。これでお仕舞い。

＊1　幸い試金石は失われていない。この作品の初版を読んだ者のうち誰一人として das と daß の女性的キャッスリング、地位交換をいくらかでも変えていないことに私は満足している。――いやそれどころか第二版の女性の読者でさえ変わっていない。

# 第十三の犬の郵便日

卿の性格について――エデンの夕べ――マイエンタール――山とエマーヌエル

卿については三言、つまり三つの意見を述べなければならない。

最初の意見は全く信じられないものである。それによると彼はすべての世馴れた男達、実業家のように人間を実験の為の装置、猟具、武器、絹物用品と見なしている――こうした人間は天を単に地の鍵盤と、魂を肉体の伝令と見ている――彼らは戦争を行うが、［勝利の印の］樫の葉の冠を得る為ではなく、その土地と樫の実を略奪する為である。――彼らは功績のある者よりも幸運な者を、意図よりも成功を優先させ、――国に奉仕する為に誓いや心を破る――彼らは詩文や哲学、宗教に敬意を払うが、手段としてであって、富と統計学的国の繁栄、健康を大事にするが、目的としてである――彼らは純粋な学問と純粋な女性の美徳に関してはただそれらが工場と軍の為の不純なものに変わることを尊重し、崇高な天文学に関してはただ太陽が胡椒船団の歩数計、道標と変わることを、最も崇高な講義の教師に関してはただ哀れな大学の誘惑的なビール広告のジョッキとなることを尊重している。

二番目の意見は少なくとも一番目の意見に対立するものでもっとましなものである。卿にとっては、他の偉大な人間同様に、経歴が目標で、歩調が栄冠であるというもの。幸運は不運とは価値においては異ならず、類が異なるだけである。彼にとっては両者は内的昂揚の永遠の闘いの為の二つの合流する競争場であって、この人生の偶然はすべて自分の行う不名数の計算問題にすぎない、この計算を彼は商人としてではなく、無関心主義者、代数学者として行っており、彼にとっては積や被乗数は一向に苦にならず、文字で計算しようがツェントナーで計算しようが同じである。

実際人間は、不満を鳴らしているなら、悪徳に染まっているときと同様に非難されるべきである。自分の思念の大洋から最も低い地獄をもたらすかあるいは楽園のタヒチ島をもたらすかは、考え方一つなので、自分の創り出すことすべてに責任がある。……

にもかかわらず第三番目の意見が真実で同時に私の意見でもある。卿は何事にも動じない、範例からはずれた［ギリシア語の］μι動詞の、不変化の人間であるかのように見えるけれども、しかし次のような範例を有している――（逆にごく普通の人間はごく変わったその概要を有す）――彼は不幸な偉人の一人で、幸福である為には余りにも多くの天才と富とを有し、余りにも休養と知識が少なすぎた――彼らは美徳よりも喜びを追い立てて、両者を失い、棒砂糖の形で与えられる苦い滴の度に最後には叫び出す――銀の表面に似て丁度歓喜の炎で溶けるときに、最も黒い皮膚で被われやすい――いつもは計画によって上品な生活の空虚さを隠す彼らの野心は、この空虚さの中で枯れてしまう自分達の心に対して十分強いものではない――彼らは気位から善いことを為すが、それを愛しているからではない、彼らは種を抜き取られた人生と巻き毛のように戯れるが、それを縮めるに値するとは一度も考えたことがない――しかし魂のこの夜の霜に当たって、外見は微笑みながら冷たく、内部は燃え上がって、希望も恐怖も信仰もなく、諦めながら、戯れながら、閉じこもっているときに、死が、大きな痛みが不幸な心を鷲摑みにするとき、縮めてよいと考える。——哀れな卿よ、君の心は黒い大理石の覆いの下以外には休めないのではないか。

哀れな卿と絶えず彼の息子も繰り返した、彼は重苦しい心のままマイエンタールへ出掛けた。彼の外部の空は静かであった。大きな雲が一面空を覆っていた、しかし周囲の地平線には青い縁が見えていた。これに対してヴィクトルの胸では大気がぶつかりあい、小川を飲み込み、樹々を引き抜く竜巻へと渦巻いていた。——彼の父はこの流れの中に青ざめて懸かっていた。——ヴィクトルの将来の日々があちこち投げ飛ばされていた。彼の将来の生活が一枚の細かい、紗をかけられた絵に凝縮して、これを体験しなければならないこと、そしてどのようにこれを体験することになるか、ということが不安な気持にさせた。

彼の父がまだ一人島に残ったという感覚的に些細なことが最も彼の心を重くした。一度大方は単に彼の父が（若い頃悲劇作家であった）秘密を守るという彼の誓約を堅固なものにする為に仕組んだ劇的機械仕掛ではなかったかという推測が思い浮かんだ。しかし自分の心に愛想がつきた。何故に至純な心といえども、多くの反吐を催す有毒な考えが浮かんできて、それらが蜘蛛のように輝く壁にへばりついて、やっとの思いでそれをたたきつぶすことができる程に悩まされるのであろうか。我々の戦いは我々の敗北とさほど異ならない。

クロティルデとフラーミンの血縁という将来を見通す考えに彼が少しも触れなかったのは奇妙なことである。分別ある人間が鎮痛力のある薬を得られないときには希望と錯覚とにそれを切願する。この二つが痛みを除いてくれる。今日次第次第に空では明るい継ぎ目から青空が顔を覗かせたように、そして霧の海が接する湖に流入したように、ヴィクトルの心の中でも暗い考えは四散していった。——膨張した雲塊が遠くの青空へ小片へと小さくなり、最後に青い海がすべての霧の棚を飲み込み、その無限の表面に燃えながら沈んでいく太陽だけを見せたとき、ヴィクトルの魂も靄から晴れ上がって、今日会うことになるエマーヌエルの太陽のような像が穏やかに暖かく雲もなく彼のすべての傷口に現れた。……愛するダホールの姿——愛する父の姿——亡くなった母の姿、そして愛するすべての像が月のように物憂く群れて彼の上に休らった、そしてこの憂愁と、美徳を実践し、父のすべての希望に応えるという聖なる誓いが、彼の燃える胸に父の運命に対する若干の慰めを吹き寄せた。

彼は今日のうちに太陽がマイエンタールの教会の塔の背後に沈むのを目撃できた。

遠くまで晴れ上がった空が彼をより柔和にした――今日魂がこの青い大気圏の上に住む高貴な人間の胸元に倒れ伏すという考えが、彼をより偉大にした――この人から生涯にわたって慰めを得られるという希望が彼をより穏やかにした。――

彼は急いだ、そして急いだ為に彼の魂の最も物憂い音栓を引くことになった。彼は夏の広野を渡らず、夏の広野が彼の前を通り過ぎて行った――風景が次々に、森の劇場が、国家の劇場が飛び去った――新しい丘が別な明かりと共に立ち現れ、その森林を隆起させ、別な丘はその明かりと共に沈んだ――長い影のステップが近寄る黄色の太陽光線を前に後ずさった――直に花で一杯の谷が彼の周りに流れ込み、直に熱く人気のない丘の岸辺が彼を持ち上げた――流れは彼の耳もとでざわめき、突然遠くの芥子畑からこちらにその蛇行が輝いた――白い通りと緑の小道が出会い、後ろに退き、更に先へと続いた――村々が窓を輝かせて過ぎ去り、庭には裸の子供が見えた――沈む太陽はあるときは高く、あるときは低く、あるときは森の梢に、あるときは山の頂に移っていた。

この飛び去る場面の為彼の目は涙にぬれて曇り、内部の世界が照らし出された。しかしある絶えざる音色が残り、彼の上では雲雀が唱和し、その諍う叫び声が彼の魂の中で一つに溶けて、森や茂み、大気からの遠方の物音、この自然のハーモニカが彼に自分に対して言わせた、「何故このように寂しいとき落ちようとする滴を抑える必要があろう。いや今日はそうでなくとも感傷的になってしまった、愛する人に会う前に、出し尽くしておこう」。

最後に彼は広い山に登った、それは麓の緑のマイエンタールの前方に散在する樹の柱と灰色の角石を従えて聳えていた。……すると永遠の者によって調律されていた大地が数千の弦と共に響いた。同じハーモニーの為に、金と夜とに砕かれていた流れ、ざわめく葶、息づく大気、吹き抜ける茂みが動いた。そして赤味を帯びた東と赤味を帯びた西とが二つの薔薇色の琥珀織りの両開き戸のように広げられていた、そしてせり上がる海が開けられた空、開けられた大地から湧き出ていた。

彼は喜びの涙、悲しみの涙を一緒に流した、そして未来と過去とが同時に彼の心を動かした。太陽はますます速く空から落下し、彼は更に急いでもっと太陽を眺めようと山に登った。そしてここから湿った影の中で輝いている小村のマイエンタールを見つめた。

彼の足下、山沿いには花冠を付けた巨人のように、移転された春の島のように英国式庭園があった。南に面するこの山と北に面する山とが揺り籠のように合体していて、その中に静かな小村は休らっていて、その上へ朝日と夕日はその黄金の織物を投げかけていた。五つの煌めく池では五つのより薄暗い夕方の空が映り、跳ねる波はそれぞれ押し寄せる光線を受けてルビーへと光った。二つの小川が遠くになり近くになりながら、薔薇と柳とで小暗くなって長い野原の上を流れていた、そして散水の炎の水車が動く心臓のように夕方で赤味を帯びた水をすべての萌える花壇の中に押し出していた。至る所で花々が、この植物の中の蝶がうなずいていた――どの苔むした小川の石の上、どの朽ちた株、どの窓にも花が香りを放っていた、そしてスペインの空豆が青と赤の葉脈で垣根のない庭を覆っていた。金緑色の白樺のはっきり見える森が草深く向こうの北の山にせり上がっていた、その頂きでは五本の高い樅が崩れた森の廃墟として巣くっていた。

エマーヌエルの小さな家は村のはずれに、忍冬《すいかずら》に編み込まれ、菩提樹に抱かれて立っていた。……彼の心は溢れた、「静かな港よ、祝福されてあれ、ここで空を見て、永遠の海へ発つ時を待っている魂に清められている港よ」。――突然クロティルデの育てられている僧院の窓が彼に夕焼けの炎を投げつけた――そして太陽が穏やかにペンのように［ペンシルヴァニアの創始者］アメリカへ渡った――薄い夜が自然の上に広がって――エマーヌエルの緑の庵室が包まれた。……そこで彼は一人で山の上、この王座で跪いて、輝く西の方、静かな大地全体と空とを見て、大いなる気分になって神のことを考えた。……

彼が跪いているとき、すべては崇高で穏やかであった――諸［惑星の］世界と諸太陽とが東から昇り、玉虫色の虫が花粉の萼の中へ入り込み――夕方の風がその広大な翼を羽ばたき、小さな裸の雲雀が暖かく母親の柔らかな羽の胸の下に憩い――一人の人間が山の上に立ち、一匹の黄金虫が花糸の中にいた。……そして永遠の者は自分の世界全体を愛していた。――――

彼の精神は今や偉大な人間を受け入れる用意があった、そして兄弟の声に憧れた。

彼は小道を通らずに村へよろめいて降りて行った、田鳧の大きな輪とこふきこがねの小さな輪とに囲まれて。山の麓では半陰陽の日は一層翳って――星空ではカーテンが除けられ、熱く昇った夕方の蒸気は人間のように冷たく大地に戻った。声高な雲雀が更に一羽一日の最後の山彦として山の上で舞った。

とうとう彼はエマーヌエルの菩提樹を耳にした。――彼は彼を狭い室内でよりも大きな空の下で抱擁したかった。空の奥にフルートを吹いているとてつもなく美しい青年の立ち姿を見かけた。青年は天国の門から流れて漂うエリュシオンを引き出していた。ヴィクトルは長いこと聞き入って、脈打つ心臓を静めた。最後に目に涙を一杯浮かべて家の周りを回り、物を言わずに盲いて青年とエマーヌエルの許に跪こうとした。窓の前を通り過ぎるとき、青年は挨拶に応えなかった――玄関の戸を開けたとき、穏やかな合鐘《チャイム》が鳴り始めた。すぐに青年が出てきて、誰かと親しげに尋ねた、彼は盲目であった。ヴィクトルは最も神聖な、菩提樹の飾られた部屋に入っていった、そこは今室外の神の偉大な夜の中にいる天翔る人間を閉じ込める部屋であった。真夜中頃にエマーヌエルは戻る予定であった。部屋は空いていて綺麗であった――食された果実の若干の葉がテーブルの上にあった――すべての窓に花が咲き誇っていた――望遠鏡が一つ壁に立てかけられて――オリエント風な衣装室の名残がインド人であることを告げていた。――――

美しい青年の声は馴染みがあるように思われて、彼は何とも名状しがたい感動を覚えた。少年時代から鳴り響く歌曲のメロディーのように、その声は深く彼の心に染みた。彼は自由に、愛を込めて、永遠の夜の世界に向けられた顔をじっと見つめた。メロディーに満ちた子供らしい唇に接吻しようと思いながら、なおためらっていた。しかしエマーヌエルを捜しに再び家を出て、合鐘《チャイム》が再び始まると――というのはドアを開くと盲人にすべてを知らせる為に鳴るからで――この愛らしい鐘の音の中でたまらず、開けられた窓際に寄り掛かっていた盲人の口に、優しく息吹きのような接吻をした。「おや天使、また天国から降りて来たのかい」と盲人は、彼を誰か馴染みの者と取り違えて、言った。

何と外ではすべてが素敵であったことか。村の夕方の鐘が眠り込んだ野原に響き、遠ざかっていた魂が吹き散らされた途切れ途切れの響きに近付くかに思われた。夕方の風が緑の果実で一杯の梢と共にざわめいた。宵の明星が――この黄昏の月が――太陽と月の道に親しげに休らっていて、この二つが不在の間の慰めとなっていた。――

「エマーヌエルよ、今どこにいるのだい。夕焼けを前に休んでいるのか──それとも星の海を眺めているのか──夢中になって祈りというものを上げているのか──それとも、……」。

この時突然、エマーヌエルは今夜ヨハネの日［夏至］が始まるので、夕方を享受して亡くなったのではないかという想念が浮かんだ。……彼は樹を見る度、深い影を見る度に一層熱心に彼を捜した、彼の姿が見えぬかと山を見上げ、星々の間を捜した。周壁として桜の樹が連なっている村を回った、桜はとうに落ちた花による落下の銀河で緑の周囲を銀色に輝かせていた、そして子供達が昼に作った家々の廃墟を越えて、彼の入り込んだ南の山に建てられている僧院の消光しつつある窓へと急いだ。盲人が、この山がエマーヌエルの天文台であって、彼は毎晩そこへ来ると言ったからである。テラスと苔のベンチで縁取られた緑の階段が、その傍らには灌木の茂みの手すりが延びていたが、彼を山へと案内した、その山は崇高にエーテルと一本の高い枝垂白樺で結ばれていた。芝生の度に、湯治場のように、暗い自然の新しい手足が伸びていて、彼はさながら次々に惑星を移っていった。上昇する暗闇の野原に夜の風が流れ、森から森へとこっそり渡り、眠る鳥とぶんぶん飛ぶ蛾の羽毛に戯れていた。ヴィクトルは夕焼けを眺めた、夕焼けは夜を胸に差す薔薇のように諸太陽の憩う胸に付けていた。永遠の海が夜の姿をして諸世界と諸太陽の銀色の砂の上にあって、海の底からは深く砂粒が輝いていた。

枝垂白樺の周りでは聞き慣れぬメロディーが募っていったが、それは今日島で既に耳にしたものであった。とうとう彼は上の白樺の下に立った、そしてメロディーは、まずは楽園と花の垣を越えてくるハーモニカの音のように、彼の周りで声高になった。しかし高い草の祭壇（エマーヌエルの手紙の発信地）と低い草のベンチの他には何も見えなかった。天使が第二世界を越えて飛んでくるとき、天使の伴をしているように見える、あるいは大きすぎる歓喜が溜め息となり、溜め息が吹き散らされる音色に砕かれるとき、和合した魂の伴をしているように見えるこれらの響きは誰の目に見えぬ手から発せられるのであろうかと身震いして彼は考えた。彼の魂をますます大きな感動へと誘ったこのような日に、このように夜身震いして、メロディーの響く枝垂樹の下、目に見えぬ聖なるエマーヌエルの側で、エマーヌエルが今晩他界して、愛情に満ちた彼の魂が今なお彼の周りのエコーの中を飛び、最初で最後の抱擁を憧れていると遂に考えるに至ったことは大目に見るべきであろう。彼はますます響きとその周りの静寂に没入していった——彼の魂は一つの夢となり、夜の風景全体が眠りの霧となって、この眠りの中にこの明るい夢はあった——永遠の者が注ぐ無限の生命の泉が地球から遠く測りがたい弧を描いて、諸太陽の舞い上がる銀色の火花と共に無限を越えて飛び、夜全体の周りを輝いて曲がり、そして無限な者の反映が暗い永遠を覆った。永遠の者よ、御身の星空を見ることがないとしたら、私どもの大地の汚辱に沈んだ心は御身と不滅についてどれ程知ることになろうか。

突然東側の夜が一層明るくなった、覆われていたアルプスの山際で月のぼやけていた明かりが昇って、そして一気に聞き慣れぬ響きが、葉ずれの音が、夜の風がより強くなった。ヴィクトルはさながら夢と人生から醒めて、切ない胸に調和して溶ける大気を吸い込み、溢れる涙の下、その為野原全体が雨雲のように包まれたが、我を忘れて叫んだ。「エマーヌエルよ、姿を見せて、——あなたに会いたい——音を鳴らすのをやめて、外した人間の顔で現れ、私を戦慄させ、あなたの腕に抱きしめて下さい」。……

見よ、暗い涙の雫がまだ目にあって月がまだアルプスの陰にとどまっているときに、白い姿が山を両眼を閉じたまま——微笑みながら——神々しく——喜びにあふれて——シリウスの方を向いて登って来た。

「エマーヌエルよ、あなたですか」震えながらホーリオンは叫び、涙を振り落とした。その姿は両眼を開けた。腕を差し伸べた。ヴィクトルは何も見ず、何も聞いていなかった、彼は燃え、震えた。姿は彼に向かって飛んできて、彼は身を委ねた、「私をつかんで下さい」。彼らは互いに触れ合い——抱擁し合った——夜風が吹き抜けた——聞き慣れぬ物音が一層近くで響いた——一つの星が消え——月がアルプスの上に昇った。……

月がそのエデンの光で見知らぬ男の頬を照らしたとき、ヴィクトルはそれが、今日島の鏡にその姿を見せていた自分の大事な師ダホールであることに気付いた。ダホールが言った、「息子よ、自分の師をまだ覚えているかい、私はエマーヌエルであり、ダホールである」。更にひしと抱擁された——ホーリオンは少年時代のすべてに対する感謝を一つの接吻に込めようとし、師の腕の中、愛する歓喜の腕の中に陶然としてあった。

君達幸せな者達よ、しっかり抱き合い、一杯の心を押し当てて涙を絞り取り、天と地を忘れて、崇高な抱擁を引き延ばすがいい。それが終わるや、このだらけた人生は第二の人生の始まりの他には君達を引き留めることの出来るより強力なものは何も有しないのだから。

エマーヌエルはとうとう愛の姿勢を崩して、膝を曲げて、太陽のように大きく打ち解けてホーリオンの顔を眺めて、うっとりと彼の盛りの高貴な精神と顔とに向き合った。この寵児は愛の視線を受けて顔を上げたまま思わず知らず跪き、言った。「私の師、私の父よ——天使よ、私をまだ愛しておられますか」。——しかし彼は激しく泣いて、彼の言葉は分からず、心の中で絶えた。……

答えずにエマーヌエルは手を跪いている弟子の頭に置いて、神々しい目をほのかに光る空に向けて、厳かな声で言った、「永遠の者よ、今日この頭はこの偉大な夜みずからを御身に捧げます。——御身の第二の世界だけがこの頭とこの心をみたしますように——この卑小な暗い地球に満足することがありませんように。ホーリオンよ、一年したら私がこの世から去るこの山の上で、頭上の偉大な第二世界にかけて、今君の心の中の永遠の者が出現しているあらゆる偉大な考えにかけて、たとえ私がとうに亡くなっても、君は善良であり続けるよう君に切願する」。

エマーヌエルは彼の許に跪いて、疲れた男を抱き、その青ざめた顔にかがみこんで、より小さな声で祈りながら言った。「愛する者よ、愛する者よ、私ども二人が死んでも第二世界で神が私どもを、私と君とを離すことは決してない」。——彼は泣かなかった、がもはや話せなかった。彼ら二人の心は互いに結ばれて休んだ、そして夜が黙って彼らの物言わぬ愛と彼らの偉大な考えとを包んだ。……

# 第十四の犬の郵便日

## 哲学的なアルカディア――クロティルデの手紙――ヴィクトルの告白

ただ先の二つの事を説明する必要がある、聞き慣れぬ物音と目を閉じていることである。物音は枝垂白樺の上に置かれた風奏琴から流れて来ていた。エマーヌエルは夜こちらに来ると、一人で崇高な夜を眺めているとき、昂揚するように、ざわめく葉ずれの音の中にこれらの吐息の音色を花のように混ぜ入れた。目を彼はしばしば太陽や月の前では閉ざした、彼の内部のケルビムのように翼のある人間が丁度優しい空想に浸ろうとしたときのことである。瞼から迫って来る流れる多彩な光の波の中で、甘美に泳ぎながらさながら暖かい西風の中にもぐり込んだ。この光の沐浴の中で彼の中のより高次の光の磁石は大地の光から天国の光を吸い込んだ。外部の自然の調和は如何に我々のそれと係わるか、如何にも万有は風奏琴にすぎず、比較的長い弦と短い弦とで、神的な息吹の前で比較的ゆっくり震えたり速く震えたりしながら休らっているということを知っているのはほんのわずかな人々なので、誰もがこのエマーヌエルを大目に見るようにとは私は要求しない。

生涯にわたってほのかに輝く再会の後で二人は盲目の青年の許に戻った、そして彼のフルートが脈打つ高熱の血から心を穏やかに夢の中の天国の落ち着いたエーテルへと高めた。

私はエマーヌエルの許が好きなので、彼の家で過ごせる時間のことごとくをめくって、一歩一歩進む喜びを読者は私に許されたい。

朝になってはじめてエマーヌエルの弟子に子供達のように、夜彼の心にクリスマスの贈り物として贈られたものが明らかになった。朝の輝きの中で彼の前に現れた姿は如何ばかりであったことか、師の静かな、子供らしい、落ち着いた顔は、そこには穏やかな白い月に火山が燃え上がったように、かつて嵐が吹き荒れたことのあるものであるが、彼に微笑みかけて、それで彼の心は黙した歓喜の中でとろけた。特にその横顔を見ると、この高貴な姿は大地の岸辺に立っていて、墓石とこの人生の肥えた牧草地とが隠している天の第二の半球を見下ろしているように見えた。彼の顔は、空を見上げ――神あるいは永遠を呼び――夏至の日を話すとき神々しくなった。彼の光を受けると現在の水金《みずきん》は過去の燻金となり、彼の精神は、アラビア風唐草模様では精霊が花から芽生えるように、肉体の上に漂いながら憩った。ヴィクトルはかつてこの朝エマーヌエルの声で目覚めたほど容易に夢から新しい日に移ったことはなかった、この声はいわば彼の両眼の青い空に対する天体のハルモニアで、この空からはエジプトの空同様雫が落ちたことはなかった。彼は涙腺が駄目になっていて決して泣けなかった、それにこの人生はもはや彼の魂を震撼しなかった。

純粋な朝の部屋はさながら魂を純粋に、物静かにした。彼は最大の肉体の純正主義者で、体を服同様によく洗った、そして医学的言語の汚辱は例えば歯のほじくり［爪楊枝］という単語に至るまでもが、その汚れない舌によって避けられた。同じように彼の心は大きな罪の単なる比喩にも染まらなかった。この無知の無垢の為、また同じく我々の狡賢い風習を知らない為に、彼は三人の異なった目にはそれぞれ子供に――あるいは少女に――あるいは天使に映じた。

水と果物の朝食は――これらはそもそも予定献立表のすべてであったが、我々のヴィクトルのワインとコーヒー滓とを咎めていた、これらは彼が時折彼の精神の花に、地上の花同様に、肥やしとしていたものであった。植木鉢がダホールの缶であって、緑の菩提樹の下で花咲いていた、この樹には二羽の馴れた、しかし自由な岩雲雀が飛び交っていたが、部屋の生きて成長する屋根となっていた。また彼の魂も、婆羅門のように、詩的花で生きているように見え、彼の言葉はしばしば、彼の習慣同様、インド風、つまり詩的であった。それで至る所で、何人かの人間磁石がそうであるように、外的自然と彼の心の間に顕著な予定調和が見られた――彼は物体に容易に精神の観相学を見、またその逆を行った――彼は言った、物質は考えとして、何か他の考え同様に高貴で精神的である、我々が物質で思い浮かべるものはそれについての神的な表象でしかない、と。例えば、朝食をとりながら、紫羅欄花《あらせいとう》の輝く露に没頭して、目を揺すってその色彩のピアノを弾いた。「何らかの調和が」――と彼は言った――「この水滴と私の精神の間に共鳴しているに違いない、美徳と私との間に、さもないとこの二つが私を夢中にさせることはないであろう。人間が被造物全体と（ただ様々なオクターブで）なすこの一致はただ永遠の者の戯れであって、より近くでより大きな調和の反響ではないのであろうか」。同じように彼はしばしば燃える石炭を長いこと見つめて、それを炎の沃野にまで拡げて、そこを穏やかな空想に照らされてあちこちさまよった。……

読者よ、この花の魂を御海容されたい、我々両者は、人間は哲学よりも宗教を容易に持てること、どのシステムも心の独自の組織を前提としていること、心は頭の蕾であることを考えることにしたい。

唯一の事情がこの朝幸福なヴィクトルの心を痛めた、それは美しい盲人を抱擁し、彼に尋ねることが許されないことであった。「一緒にかつて暮らしたことがないか、僕の声も君の声も互いに馴染みがないか」と。彼は彼を（私も同様であるが）いくつかの理由から牧師アイマンの残っていた息子と見なしたからである。しかしダホールはこのことには黙していた――この人の明るい空ではいつもはごく小さな星雲に至るまで眺め入ることが出来た――それで盲人について単に自分の推測を問いかけても、この敬虔な人の耳もとで守秘の誓約に抵触しかねないと恐れた。このユーリウスは彼の人となりの支根をただ二つ有しているように見えた、その一つはフルートでもう一つは彼の師であった。彼の白い顔には、そこでは音楽的天分の陶酔と夢見る盲人の隠遁とがほとんど女性的な美しさと結びついていたが、その師の反映が見えた、そしてその繊維はラウテの弦のようにただ調和的にのみ動いた。ダホールを自分の父と見ていた哀れな盲人は、綿毛のようにただ師のごく些細な息吹によって導かれていた。ヴィクトルはしばしば愛する盲人の頭を自分の目許に引き寄せて、また治るものか、壊れた目を検査した。この不幸な青年は豊かな明るい地上で癒えることがないと、彼は痛々しい思いで知ったけれども、しかしただその魅力的な愛らしい姿を一層間近に自分の目の許、魂の許で見る為に、再三近寄って調べた。

エマーヌエルは朝、自然の案内者として客を大地の廃墟と古典古代とを通って連れて行った。樹はそれぞれが永遠の古典古代であるからである。敬虔な人間との散歩と卑俗な世俗の人間とのそれは何と異なることであろう。大地は神聖に思われた、創造者の両手からこぼれたばかりに――彼は、我々の上に懸かる花の生い茂る惑星の中を行くような気がした。エマーヌエルは神と愛とが至る所に反映され、かつ変奏されていることを示した、光、色彩、生物達の音階、花々、人間達の美しさ、動物達の喜び、人間の考え、宇宙の循環の中に――というのは一切がその影絵であるかあるいはそうでないかであるからであり――それで太陽はその像をすべての存在に対して、海洋では大きく、露では多彩に、人間の網膜では小さく、雲では幻日として、林檎では赤く、奔流では銀色に、落下する雨では七色に、月全体と諸世界の上では輝きながら描くのである。

ヴィクトルは今日はじめてある精神を前に自分の自我が拡大し変容するのを感じた、この精神は、彼に似ながら彼に勝っていて、天球の凹面鏡に似て彼のより高貴な部分の特質をすべて巨大に反射した。彼の本性のすべての平民的部分は、より高貴な部分がダホールによって大きく描かれ、寝ている衝動の上に起き上がると、平伏した。偉大な太陽の如き人間の間近にいて、燃え上がり我を忘れることのないような人間は何の価値もない。何日も滞在しようと思いながら、ただ彼の言葉だけをいつも聞こうとして、ほとんど話そうとしなかった。彼はより高い人間、恋人を前にしている気分であった、その人達の前では、自分の自我を断念し、ひたすら真理と愛とに没頭して、自分の頭も舌も見せようとはしないものである。土地や市民階級の生活の些細な事情はすべてその虚飾が弾け飛び、すべては苔むしてそこにあり、彼は決してゲッティンゲンやフラクセンフィンゲンの名前、虚ろな人生の出来事、あるいは他人のことを呼ぼうとは思わなかった。ヴィクトルはそもそも、製本屋への情報が本よりも大事であり、著者の書評がその体系よりも好ましく、地球が自然という本の解読局ではなく、惨めな者達の談話室、新聞の露店であって、そこを利用しようとも維持しようとも判断しようともしないで、ただ話そうと思っている人間達に対して少しばかり軽侮の念を抱いていた。そして哲学されることの少ないドイツの社会にはうんざりしていた。一度一日中他の人と一緒に考えることを許され、それ以上に素敵なことに、一緒に詩作することを許されて、彼は何と幸せであったことか。

我々の頭を押さえつけて、我々の心を高めるような最も偉大なものに対する彼の懐疑は今日は質問となり――質問は希望となり――希望は予感となった。偉大な人間達が普通の者達自身よりももっと強く確信を抱いて欲しいと願うような真理があるものである。ダホールは二つの偉大な真理（神と不死）を、これらは二つの支柱のように宇宙を支えているが、堅く心に抱いていた。しかし彼は、真理が単に虚栄心の見本市とか、頭のデザートではなく、疲れた心に対する生気溢れる神聖な聖餐、愛餐である類稀な人間達のように、信奉者を見いだせなくても、少しもそれを気に懸けなかった。ヴィクトルは、議論の砲術、電気的ピストル、バッテリーはエマーヌエルより上手であると感じた。しかし自分の舌がその軽快さをこの美しい魂に対して向けるならば、それを忌み嫌ったであろう。彼は二つの理由から黙っていた。「偉大な、自分の本性を包み、照らし出す真理について」と彼は言った「かりそめの会話の立脚点となる迅速な秒針の上で、人間の観念が染め付けられるわずかな乾いた墨を用いて、この色彩粒を広める為の役立たずの人間の舌に頼って、自分の真理について、エナメルの絵を、祭壇画を描くよう試みるがいい——出来上がるものは実際影絵、見え透いた星座でしかないだろう」。ある単純な、深く感じとる人間の明るい空は、外の空同様に、すべての諸太陽を、最も暖かい太陽を除いて、覆い隠して、荒涼とした青に見えるものである。他の機知と論理に富む者達の不純な空は幻日や虹、極光、雲、赤で飾られている。

　彼が敵対者の栄誉を嫌う第二のもっとましな理由は彼の心で、これは頭が照らし出すよりももっと内に閉じこもった。ある種の見解はイタリアの壁画のように簡単には剥がれず、頭から頭へと移植されない——他人の与え得る光は、自分の内部の家財を示すけれども、作りはしない、光がある人々の許で本当に作り出すものは、空中現象、光学的錯覚で、物体ではない。[*1]——それ故真理、つまり対象を指すことや見てとることが肝要ではなく、それが自分の内部全体を通じて為す作用が肝要である。ただ側にいるだけで、ソクラテスがアリスティデスをそうしたように、我々を神聖にしてくれる人々が何故居るのであろうか。偉大な作家はどのようにして、作品の中のその目に見えない精神が我々を捉え、摑まえるように出来るのだろうか、そうするときの言葉や箇所は挙げることが出来ないけれども、丁度個々の枝は動かないけれども鬱蒼とした森がいつも立ち騒ぐように。何故エマーヌエルはその愛しいホーリオンを圧倒したのか——幅広い「信仰箇条の」テーゼを示す銅版画、決定理由、格言に頼るよりも——単に顔の神々しさ、声のかすかな木霊する響き、視線の輝きとその胸の敬虔さによって、次のような言葉には古く心には新しい真理を厳かに述べたときに。

　人間は地球のように西から東へ行く、しかし人間には、地球と共に東から西へ、生から墓へ行くように思われる。

人間の中の最高のもの最も気高いものは隠れていて、活動的な世界の役には立たない（最も高い山々に植物が生えないように）、美しい考えの鎖からほんのわずかな部分が行為として別れる。[*2]

我々の無意味な行為、我々の徒手空拳はより高い者達には死にかかっている者達が掛け布団をつかむのに似ていると思われるであろう。

寝ている者達が常夜灯が消えると目覚めるように、精神は日光が消えると目覚めるであろう。――――何故これらの考えが魂に戦慄として残ったのか。ホーリオンは、日常の感性の為にのみ作られている言葉がかつて描いてくれたものよりも何か高いものを感じたからであり――彼は子供時代すでにすべての説明しがたいものを隠す体系を憎んでいたからであり、そして人間の精神は説明されるもの、有限なものには、鉱山にいるときや、天のどこかが栓をされていると考えるときのように圧迫感を覚えるからである。

どんなに彼は、このような日にエマーヌエルに彼の命日やクロティルデのことを尋ねる勇気かきっかけを持ちたかったことであろう。――ヴィクトルは容易に最も懸け離れた人達、女性と哲学者の立場に身を置くかの社交的空想を有していた。夕方ダホールは修道院に、彼の大好きな学問、天文学を教えに行った。天文学の授業のときユーリウスの感じやすい顔は広々とした空となった。彼はヴィクトルに第二の父親に対するようにすべてを話した。ここで彼は包み隠さず、昨年いつも天使がやって来て、彼の手を握り、彼に花を与え、優しく話しかけ、そしてとうとう天に去って行った、しかし彼に手紙を残しており、それを一年後の聖霊降臨祭にクロティルデから読んで貰える、いやこの良き天使は昨日彼に接吻して飛び去って行ったと語った。ヴィクトルは喜んで微笑んだ、しかし天使は女子修道院の内気な愛する少女ではないかという自らの推測は黙っていた。「昨日しかし」ヴィクトルは言った、「君をこんなに接吻したのはただの僕だよ」――そして繰り返した。――ユーリウスが愛する人に与えることのできる素敵なものは自分の父の肖像に他ならなかった――人間の長所にではなく人間の欲求に基づいているのでどの人をも忘れることのないこの父の崇高な愛についての描写、――更には彼の思いやり、私心のなさについての描写で、彼は長い美徳によって自分の心と戦う必要がなく、今では自分の欲することしかせず、深く垂れ下がっている第二世界が諸欲求からの自らの自立を説いているというものであった。一等星の五十万の恒星はランベルト（1）によるとより近い満月の明るさにほとんど及ばないそうである。そのように現在はいつも我々の内部を明るく照らし出す。しかし第二世界の恒星の近くに昇るがいい、恒星は太陽となって、時代と現在の月を貧相な霧に変えてしまう。——このエマーヌエルをマイエンタールの人々は皆好いていた、（牧師までもがそうであった、エマーヌエルは非カトリック教徒、非ルター教徒、非カルビン教徒であったけれども）。彼は好んで何物かに、他人の愛に依存していた。*3 このように描きながらヴィクトルは再び感動して、あたかも一年間離れ離れであったかのように、彼に憧れた。そこで夕焼けの中、修道院に向かい合った白樺の葉の下に身を横たえて、早速彼を熱い腕に抱こうとした。

ヴィクトルが彼の魂を、卿によって設計された公園の高く白い柱に添って、嵐のように見える偉大な考えを表現している崇高な彫刻に添って昂揚させ、そして蜜を飛んでいって塗り付ける仕事の蜂が落ちてきて、それを丁度養蜂箱へ運んだときに、ダホールが親しげに近寄って来た。彼は自ら——というのはヴィクトルならある題材をこっそりと話題にすることは罪と見なしたであろうので——クロティルデに言及して言った、ここは彼女の好きな場所で、彼女の静かな魂を憩わせるベンチであったと。そこは崇高ではなかったが、しかしそれ以上のもので、崇高なものに面していた——（自然の偉大なものでさえ、例えば山は、距離を台座として必要としている）——そこは谷の最も低い所にあり、エマーヌエルの花の鎖で囲まれていた——花の鎖を彼はしばしば囲っていなかったが、マイエンタールの人々は皆彼のささやかな喜びを大目に見ていた——、大きなクローバー畑からは風が吹き付け、春になってはじめて山からこの谷を照らし出す月が白樺の影と水面の輝き、明るい場所を鬱然と混ぜて覆い、最後に草のベンチが飾りとなっていた、これについては、これらの両端に大きな揺らめく花が植え付けられていなかったら、言及しなかったであろう、これら花をその間に座る者は優しくて誰も押しつぶしはしなかった。エマーヌエルがこのクロティルデのことを尋ねたとき、ヴィクトルはどんなに当惑したことか——あるいは夢中になったことか。露の宝石のように、あるいは喜びの涙のように師の言葉はすべて彼の飢えた心に滴った、それは、自分の涙をただ他人の涙にのみ注ぎ、乾いた心に対して隠す優しい魂に対する賞賛、男性が非難して冷淡と、女性が非難して高慢と曲解する繊細な名誉心に対する賞賛、目下無機の世界と生物界とを混同して、前者の許で後者を愛する術を学ぼうとしている彼女の蕾のように固く閉ざされた心の中では見いだしがたいような愛する暖かさに対する賞賛であったからである。エマーヌエルが彼にこの楽園から去った女生徒を熱く称えたので、ヴィクトルは感動して涙を流した。その上無邪気にその女友達の友人となるよう頼まれたとき、自分は亡くなり、彼女はもう来ないので、——というのは彼女が先回来だのはただ、聖霊降臨祭に、両親の姿のないまま、公に修道女達と共に聖餐を受ける為であったのであり、——このときに、この星に対して目を上げる女性、この永遠に対して心動かされる女性に対して自分の代役となるよう頼まれたとき、彼は感動と愛の余り、友人と女友達の足許に跪きたくなった。——　——このような口に対象を誉められるといつも愛はとてつもなく膨らむ、愛は常に口実を捜していて、それが見つかると一気に熟するからである。

　友よ、他人の心に対して心が十分に速く激しく鼓動しないならば——私の見るところではもう熱っぽく動悸していて、一分間に百十一回なのであるけれども——そのときには、冷たい熱を暖かい熱に、四日熱を通常の熱に変える為に、他のとりわけ尊敬する人々の許に出掛けるが良い、そして彼女を誉めて貰う、あるいはただ名前を呼んで貰うが良い。致命傷を受け、そして百四十回の動悸をして、離れることになり、望みの熱を首に抱くことになろう。

　ヴィクトルの熱い思いを察しない無邪気なエマーヌエルは、クロティルデに対する友情の司祭への七重の叙品式を行うにはもっとしなければならないと考えて、彼に彼女の一通の——手紙を渡した。東インド人よ、君には許されよう、君はこちらでは煉獄《リンボ》で（子供の天国で）天使となった子供であるし、三人の子供達の秘密の他には（それ故郷は君を手紙の朗読者としなかった）君は秘密を知らなかったし、他人の手紙を渡すことは良くないと思ったことすらないのだから。しかし君の門弟は読むべきでなかったであろう。

　しかし彼は読んだ。彼は私の読者と異ならず、ここで読者は発信人が宛てたものでないこの他人の手紙をその安楽椅子に座って詳しく通読することになる。私自身は何も読まない、犬が持ってきたのを書き写すだけである。——彼女のこの手紙は、彼がエマーヌエル宛に最初の手紙を書いた、庭での祝宴の雨の降る、メロディーの響く夜に丁度書かれていて、素敵である。

聖リューネにて、一七九［二］年　五月四日

尊敬する先生、マイエンタールから去ったばかりというのにこうして手紙で舞い戻る失礼をお許し下さい。早速帰る途次に、つぎには二日目の日に、そしてとうとう昨日筆を取りたくなりました。マイエンタールのお蔭で私には多くの谷が台無しになりそうです。音楽を聞く度にアルプスホルンのように思われて、悲しくなり、心に枝垂白樺の下でのアルプスの生活が蘇って来ます。

こうした気分の中では、数日してまたマイエンタールに戻るという決心をしていなければ、心押さえ難く、打ち明けて、先生に私の生涯での最も素晴らしい薫陶多い日々に対する熱い感謝の念を申し上げずにはおれないところです。二度目の帰還の後申し上げる所存です。

私どもの家では何も変わっておりません*4――隣家でもそうです。すべての人が、互いに別れたときの愛を再び抱いていました、ただアガーテは陽気にしていますが、以前ほどではありません。唯一の変化はアイマン氏の家に客人があることで、その方を誰もが別々に呼んでいます。ヴィクトル――ホーリオン――ゼバスティアン――若い卿――先生《ドクトル》と。この最後の名前は聖リューネでの最初の治療、最初の喜びで申し分のないものとなっております、盲目のホーリオン卿を治されたのです。治された者、治した者にとって何という幸いでありましょう。この若者がいつか先生の楽園へと出掛けて、善良なユーリウスに会い、その素晴らしい腕を再び試みて欲しいと願わずにはおれません。男性は偉大な神々しい慈善をする素材に恵まれていて、神のように、眼や生命、法、学問を分け与えることが出来るのに、私ども女性は、慈善を憧れる心を、よりささやかな功績に、心の拭う涙に、心の隠す自らの涙に、幸福な者達、不幸な者達との秘かな辛抱に限らなければならないということを思うにつけ、最高の慈善を手中にしているこれらの男性が、私どもに、男性を――真似て、それらを分かつときに私どもを幸福にするような財産を手にするという最も偉大な慈善を恵んで欲しいと思います。目下女性は願いでしか偉大な心は持てません。

私は丁度戸外から、アガーテの許でのささやかな庭での祝宴から室内に戻ったところです。私には素敵な濃い青空を見る度に、それが先生の枝垂白樺の上になく、先生の目がそのすべての宝、諸太陽を数えて、私の心に無限な力と愛のあらゆる暗示を教えて頂けないのであれば、不満が残ります。今日は庭でほとんど悲しすぎる憧れを抱い

てマイエンタールを偲んでいました。ゼバスティアン様は、私の先生に似た師をお持ちであったようで、[*5]それで更にしばしば思い出すことになりました。この方は今日とても上手に話されましたが、イギリス人とフランス人の二つの部分から組み合わされているように見えます。幾つかの素敵な見解は忘れられません――例えば『苦悩は雷雲のようなものだ、遠くでは黒くみえるけれども、頭上ではほとんど灰色でもない。――悲しい夢が快適な未来を暗示しているように、人生のしばしば苦しい夢も、それが果てると、同じであろう。――我々の強い感情はすべて幽霊のように一定時間だけ作用する、人間がいつも自分にこの情熱、この苦痛、この歓喜は三日経ったらきっと心から消えると言いきかせていたら、もっと静かに落ち着くことだろう』。こうしたことすべてを詳しく報告しますのは、数日前に（心の内ででしたけれども）この方の諷刺への嗜好に下した早まった判断を申し訳ないと思っているからです。諷刺はより強い性、男性にだけのものに思えます。私ども女性の中で、スウィフトやセルバンテス、トリストラムの作品を好むような女性に会ったことはありません。――――

二日後です。私と手紙はまだ当地です、しかし今日手紙は四日私より早く旅立ちます。今回はマイエンタールの花の一つ一つ、先生の仰有る言葉の一つ一つが以前よりももっと大きなもっと深い喜びをもたらすであろうと思います、丁度訪問のざわめきから出て、メランコリックな心を抱いて参るのですから。教会への参詣の祝いのあの素敵な夜の翌朝私は一人で大きな池の横の木陰に腰を下ろしていて、自分の見、考えることのすべてを通じて心が一層沈んでいました――この朝はずっと夢のせいで、亡くなった女友達[*6]が心に現れていたのです――彼女の墓は透けて彼女の上にあり、私は覗き込み、この天国の百合が青白く静かに横たわっているのを見ました――庭師が鉢と共に花を大地に埋めたとき、私どもの萌え出る肉体も同じく将来花咲くようにと大地に入ることになると考えましたけれども、しかしもはや涙を押さえることが出来ませんでした。毎日新しい色、新しい蚊、新しい花を大地から引き出す陽気な春を眺めても虚しい思いがしました。万物は若返るのに人間はそうではないのですから、一層沈むだけでした。――そしてフォン・シュロイネス様が遠くから蛙捕りと一緒に池を渡って来られたので、遠くから通り過ぎるとき目を覗かれて覚られないように、眠っているふりをしなければなりませんでした。――――しかし私の大事な先生の前でしたら目を、今のように、開けていたことでしょう、先生は私の弱さを許して下さるのですから。

クロティルデ　v・L・B・」

ヴィクトルは手紙を持った左の腕を心臓の間近に置いていた。彼の腕と手紙は心臓の高鳴りと共に震えはじめた、そして感動の余りほとんど読むことも持つことも出来なかった。「この師にして、この弟子」、それ以上彼の眼差しは何も言えなかった。

彼は友にクロティルデに対する愛を語ったものか、迷った。告白の味方は、彼女と付き合うようにとのエマーヌエルの依頼と——彼のさながら恒星からのように地上のあらゆる卑小さを見通している眼と——秘密には秘密でお返ししたいというヴィクトルの感謝のこもった欲求と——それに最も力強かったのは、師にたいするこの愛、師の彼に対するこの愛であった。……

——そしてやはりこれが勝った、これに反対するのは他にどれほどあっても。というのは、ヴィクトルの全本性が友情の炎の中で燃え上がると、彼の心はますます高く昇って、告白しようとかられたからで——まだ心と戦い、まだ心は黙していたけれども——心は無限に愛し——さながら見えない力に押し上げられて——遂に二つに割れて——胸は神を前にしているように解体し——そして、愛しい人よ、御覧下さい、しかしすべてをお許し下さいとなった。

彼らの背後で昇った月が二人の影の半身像を眼前に描いたときには、彼はまだ心の中で戦っていた。——彼はエマーヌエルの移ろう影を見て彼の手紙のある箇所を、[*7] そして彼の病気がちの人生と早世とを思い出した。……この為彼の心は割れて、穏やかにエマーヌエルを流れ込む月の方に向き直らせて、彼にすべてを見せた——それは単に彼の愛ばかりではなく、彼のすべての歴史——すべての魂——あらゆる彼の間違い——あらゆる愚行——一切であって、このとき彼は天使のように雄弁で、また同じように偉大であった——彼の心は愛に溶けて沸き立っていた、そして語れば語るほど、まだ語らねばならないように思われた。

この地上では、一人の人間が立ち上がり、美徳で高められ、愛で和らぎ、あらゆる危険を見下して、友人に自分の心の有様を見せるときほど、崇高で至福な時はない。この震動、この解体、この昂揚は、無益な繊細さを誇ろうとするくすぐったい虚栄心より貴重なものである。しかし申し分ない率直さは美徳にのみ相応しい。邪推や闇を心に抱いている人間はいつも自分の胸に夜の螺子や夜の閂を閉めるがいい、悪魔がその死体解剖を見せることのなからんことを、天国の門を開示できない者は、地獄の門を閉ざさんことを。

エマーヌエルは、友人がその友人の美徳や向上について感ずる神々しい、あるいは母親らしい喜びを抱いていて、喜びの余りその喜びの様々なきっかけを忘れていた。

一晩この有徳な二人から別れるのは辛い。マイエンタールでのもっと多くの日々を描くことが出来、ヴィクトルがもっと多くの日々をそこで過ごせるといいのだが。

＊1　虚ろな心に対する啓蒙は単に詰め込み知識にすぎない。啓蒙はもっと明察を育てるべきである。今日の大抵の人間はポツダムの新しい家々に似ていて、そこでは（ライヒアルトによると）フリードリヒ二世によって夜明かりを点すよう命じられているが、誰もが、ライヒアルト自身、そこには人が――住んでいると考えるようにする為である。

＊2　大抵の人間にあっては良い考えと行為の数は同じかもしれない。しかし有徳な者がこの良い考えを、これは良い行為よりも外部世界を必要とすることが少ないが、どれほど長く取るに足りない考えで中断して良いかは、まだ定かではない。

＊3　というのは最も高貴な人間は大抵愛する魂、あるいはそうした者達の理想に依存しているからであるが、しかしこうした者達を将来の理想像の担保と見なしている限りで用いているに過ぎない。私は禁欲主義者（この享楽主義の神）と神秘主義者を例外としない。両者は創造者に単に被造物の権化を見てそれを愛している、我々は被造物に創造者を見てそれを愛する。

＊4　この手紙の読者は容易に気付かれるであろうが、クロティルデは、誰の手に手紙が渡ることになるか知らないので――実は我々の手にである――彼女の関係や秘密については（例えばフラーミンやヴィクトル等に関して）漠然と書き飛ばしている、これは本来の手紙の読者には十分に明らかなことであった。

＊5　読者は、彼女はこの伝記については、読者以上ではないとしても、同様に承知していることを思い出されたい。

＊6　ジューリアのことで、その死体から悲痛な思いで別れたのであった。

＊7　「わたしが日々大きくなって遂には私を包んでしまう大きな影にいつも取り巻かれているからといって、私を避けないで欲しい」。

# 第十五の犬の郵便日

## 別れ

今日もう彼は行く。これまでの感動と会話は、エマーヌエルの美しい精神をチューリップが蜂を包むように覆っていた華奢な体を余りに揺さぶっていた。青ざめてよろめきながら彼は起き上がった。盲人は、この青白さも、夜彼が泣き濡らす代わりに血染めにした白いハンカチも目にすることはなくて、最も幸せであった。彼自身はなお昨日の喜びの淡い夕焼けを顔に残していた。しかしこの消光しつつある日々に対する無関心、このよりかぼそい小声の話しぶりの為に、ヴィクトルは長いこと見つめていた目をその度に彼からそらさなければならなかった。エマーヌエルは静かに、永遠の太陽のように、自分の肉体の秋を見下ろしていた。人生の砂時計の砂が落ちれば落ちるほど、――一層明るく虚ろなガラスから見通していた。にもかかわらず大地は彼にとって愛しい地で、最初の子供の遊びの為の素敵な牧草地であった、そして最初の人生のこの母親に愛を抱いて寄り掛かっていたが、それは花嫁が翌朝新郎の心に向かう前の晩、子供っぽい思い出を一杯にして愛する母親の胸許で過ごすような具合であった。

ヴィクトルはエマーヌエルが血を滴らす度に自分を責めた、そして今日出掛ける決心をした、この霊魂は大きな翼を有していて組織を傷めずにはもはや動けなかったからである。エマーヌエルの目には感動した弟子に対する言いがたい愛情が輝いていた。彼は自ら、弟子を慰める為に、自分の命日について話し始め、一年経ったらようやくこの世から去れると説明した。この夢見心地の予告は二つの理由に基づいていた。一つは自分の大抵の男性の親戚はこの日に、この厄年のときに亡くなっているからで、二つ目は今までに何人かの結核患者が自分の壊れた胸を魔法の鏡のように覗いて死期を読み取って来たからである。ヴィクトルは反論した。消耗患者が生命力の規則的段階的な衰弱から容易に最後の段階あるいは氷点を予感し得るかのような、最後の顕現の説明は間違っていると述べた、現在における未来の感情は（形容の）矛盾であって、生の最中には死の到来は、目覚めているときに眠りの到来を（同じような階段ではあるが）前もって感得出来ないように出来ないからであると。ヴィクトルは彼にこうしたことすべてを説明した。しかし彼自身確信してはいなかった。死の影へ自分が入ることを月が地球の影に入ること同様に確実に予言する気高い人間に圧倒されていた。――我々としては病人を大目に見て、病人が夢見心地であるからといって自分達を一層賢いと見なさないようにしよう。――自分が死ぬ前にはまず自分の亡き父が姿を現すであろうというエマーヌエルの妄想にヴィクトルは最も慰められた。

ヴィクトルはためらい、またためらうまいと思い、医者としてエマーヌエルの話すのを妨げて、延期しても支障とならない出発の弁解を述べ、彼自身ほとんど話そうとせずに、ますます滅入った。――どうして、善良なヴィクトルよ、今日のうちに彼から、この天使から離れることが出来よう、彼は次の墓の上で姿を消すかもしれないのだ。――花で一杯のマイエンタールから、穏やかな音色で一杯の盲人から去ることがすでに辛いのだから、君には難しいことに違いない――ここではヴィクトルよ、最後の握手は辛い、そして延ばすことはどれも素晴らしい。

彼は夜別れる決心をした、朝の別れは余りに長く痛みを与え、愛する心と離れた心の箇所が一日中血を流すからである。エマーヌエルは昨日同様夕方はまた修道院へ出掛けなければならないだろう。そうなるとヴィクトルは、旅立つときには決まってそうなる溢れそうになった眼窩から、痛みを除く為に、この世で一番悲しい曲を依頼した盲人の前で、心置きなく涙を流せることだろう。

夕方最後の食事を取って、鐘が鳴り始めたとき、彼の心は、心から胸が持ち上げられて、そこに氷の先端が吹き付けられるような気がした。彼は愛情深く盲目の青年に抱きついたが、彼を幼友達と知らせるわけにいかなかった。青年は夜から受け取るよりも多くの恍惚をその調べで与えていて、ヴィクトルは涙の流れるままにしていた。エマーヌエルは涙の二重、あるいは三重の理由について承知していなかった。もはや開けることの出来ないこの眼を見ていると、クロティルデの治癒の願いの後ではるかに心苦しく思われたからである。エマーヌエルに彼はさりげなく、マイエンタールが見えなくなるまで少しばかり同行して欲しいと頼んだ。

外の静かな暗がりの中で痛みはすべてその溜め息の傍ら、胸中にあった。「月がこの花の谷に射し込むときには」と彼は考えた、「もうここを長いこと後にしていることだろう」。ただ祭壇の明かり、星々だけが偉大な神殿の中で燃えていた。彼は師とは、自分が一緒になった山で別れようと思った。しかし彼は迂回した──エマーヌエルはどこにでも喜んで付いてきた──そして迂回しながら登って沈黙と流涕とをこらえた。

しかし彼らは枝垂白樺の下に着いた、彼の目と声にはまだ痛みが残っていた。「何と」（と彼は考えた）「ここでの最初の夜は嬉しかったことか、そして今晩は何と辛いことか」。彼らは大地の草のベンチに並んで休んだ、暗く輝く万有を前にして、二人っきりで、黙して、悲しみながら。ヴィクトルは病んだ胸の苦しげな呼吸を耳にした、そしてこの山での将来の墓が自分の横に掘り返されるように思われた。死の色を帯びた愛する者の今際の顔の横たわるベッドの側に立つのは辛いことであるが、もっと辛いのは、健康な場面の中、真っ直ぐに立った大事な人の背後にこっそり墓を掘る死の音を耳にして、その人が喜んでいるのに次のようにしばしば考えてしまうときである。「もっと喜んで欲しい、しばらくすると死が君を蝕んで、君は君の喜び、私の喜びと共に消えてしまうのだから」と。しかしこんなことを考えないで済まされるような友人や女友達はいないのだ。

彼は、ダホールが何故かくも長く静かにしているのか分からなかった。──月が谷よりも早く山を照らすであろうとは予見していなかった。月が、第二世界の岸辺のこの照明塔が、今や、夢から取られた青ざめた平野で、この世ならぬ眺望の青白く輝く沃野で人間を包んでいて、アルプスや森を不動の霧の中に溶かしていた──地球の上半分には深く、睡眠の忘却の川があって、緑の皮の下には死の海があった、そして二人の愛する人間は広大な睡眠と死の間に生きていた。……今や確かにヴィクトルは一層生き生きと、ここ白樺の横、この冷たい大地の下に彼の［師の］衰弱した胸は永久に消え、血をもはや流さなくなるであろうが、もはや動くこともないと考えたけれども──彼は確かに、恒星があちこち動くように見えるのは単に戯れる地球が恒星の周りで向きを変え、恒星を見せたり隠したりするからであるという悲しい類似性に思いを致していたけれども──彼は確かに憂鬱な気分で、谷を走りながらただ深い闇と墓地で跳ねて、人気のない弾薬庫の塔の周りでゆらゆらと弧を描く鬼火から目をそらしたけれども──　──

しかし彼は黙っていて考えた、「僕らはまだ一緒だ」と。しかし盲人の悲痛なフルートの音が孤独な家から夜の中へ抜けて、山を越え、将来の墓を越えて来たとき、彼の血の滴る心は我慢できなかった。——彼の溜め息は声となり、将来には弔鐘が鳴らされ、フルートの音を聞きながら、この唯一の人、その大きな心に自分に対する多くの愛を抱いてくれている余人をもって代えがたい人が亡くなり、もう二度と現れないと考えたとき、彼には耐え難かった。その上丁度今エマーヌエルが、彼は静かに空に見とれ、他界した者のように彼の横に寝ていたが、呼吸するのが痛くて難儀であった為姿勢を変えて、しかし快活な、胸の痛みを感じさせない表情を浮かべたとき、ヴィクトルの膨らんだ心には冷たい手が侵入し、そこで向きを変えて、彼の血はその手の許で凝固した、そして彼は、彼を正視できずに、弱々しく、懇願しながら、途切れ途切れに言った、「一年後に死なないで、エマーヌエル、死のうと願わないで」。

夜の精霊はこれまでのところ姿を見せずにエマーヌエルの前に立っていて、高い歓喜を彼の胸に注いでいた、しかし情熱を注いでいたのではなく、彼は言った、「私どもは二人っきりではない——私の魂は自分に近しい者達の通り過ぎるのを感じ、起き上がる——大地の下には眠りがあり、大地の上には夢がある、しかし眠りと夢の間で星のように光の眼がさまよい歩くのが見える。——永遠の海から涼しい風が熱い大地に吹いてくる。——私の心は上昇し、生から離れようとする。——神が夜の中を通るかのように、私の周りではすべてが偉大だ。——霊達よ、私の精神をつかんでおくれ、それは君達に巻き付くものだ、そして高みに引き上げておくれ」。……

ヴィクトルは振り返って、嘆願して美しい、喜ばしげな、涙の出ない顔を見た、「死のうとなさるのですか」。エマーヌエルの歓喜は生を越えていた。「第二世界の暗い帯は花の沃野にすぎない[*1]——前もって諸太陽が私どもを照らし、飛翔する空が春の大気を伴って私どもに進んでくる——ただ空の墓をかかえて地球は太陽の周りを回っている。死者達は遠くのより明るい諸太陽の上にいるからだ」。

「エマーヌエル」——とヴィクトルは声高く泣きながら、衷心からの憧れの声を出して尋ねた、フルートの音は嘆きながら遠くの夜へ沈んだ——「エマーヌエル」。

エマーヌエルは我に返って彼を見つめ、静かに言った、「何ですか、——私はもはや地球には馴染めない。人生の水滴は浅く薄っぺらなものになってしまった、私はもうこの中では動けない、私の心は、この滴を去った偉大な人々の許に憧れている。――――愛しい人よ」――（ここで傷ついたヴィクトルの心を抱きしめた）――「この苦しい息を聞き給え――この毀れた体が、この厚い外皮が私の精神に巻き付き、その歩みを妨げているのを見給え。――

見給え、ここで私と君の精神は凍えて氷塊にくっついている、しかるにかしこでは夜がどこまでも休むすべての空を覆って、かしこの青く輝く深淵には地球を離脱したすべての偉大なもの、私どもが予感するすべての真実、私どもの愛するすべての善が住んでいる。――

見給え、何とむこうの無限の中ではすべてが静かなことか――何とひそかに諸世界は移り、何と静かに諸太陽は輝くことか――偉大な永遠の者は泉のようにその溢れる無限の愛と共にそれらの中に休らっていて、すべてを勇気づけ、落ち着かせている。神の周りには墓はない」。

ここでエマーヌエルは、果てしない至福に昂揚したかのように、立ち上がって、まだ天頂に懸かっていた牛飼い座の首星［アークトゥールス］を愛しそうに見上げた、そして煌めく遠くの深みを向いて言った。「何と言い難くかなたの御身達の許に憧れることか――古い心よ、崩れるがいい、そして私を長く閉じ込めないでおくれ」。――「それでは身罷って、偉大な方よ」、（ヴィクトルは言った）「彼方へ移られるがいい。しかし私の小さな心をその死で砕き、あなたの許を去れない、あなた無しでは済まないこの哀れな者をお連れ下さい」。

フルートは止んだ、二人は互いに座り込んで、別れを終えた。「忠実な、愛する、忘れ難い友よ」、（エマーヌエルは言った）「君には心動かされる。――しかし私が一年後にこの山で去るときには、私の側に立って、人間の絆が解かれる様を見て貰うことにしよう。君の涙が私の最後の地上の痛みとなろう。しかし私は今言うことを言うつもりだ。私どもは夜に別れるけれども、また昼に再会すると」。こうして彼は去った。

ヴィクトルは子供らしい唇からこっそりと振りほどくと――夜の小道は駆けずに――ゆっくりと静まり返った眠りの側を過ぎて行った。――彼はしばしば振り返って、涙を流しながらマイエンタールの上の流れ星を目で追った――そして朝の四時にこの世ならぬ心地で聖リューネに着き、なつかしい庭に足を踏み入れ、馴染みの木陰で燃える頭と疲れた心を朝露の中に置いて涼しい休息へと横になった。

休むがいい、休むがいい――人間の永遠に揺すられる胸を静めるのは眠りだけで、それは地上の眠りかあるいは別の眠りかである。

＊1　月の斑点が花や植物の野原であるように。

第一小冊子の終わり

# 第二小冊子

# 第十六の犬の郵便日

馬鈴薯の造型家――聖リューネの輪止めの鎖――模型蠟――誤答法による
チェス――希望の薊――フラクセンフィンゲンへの同行

時折ヴィクトルや私がそうであるように肌着のときには真夜中のメランコリーの吸血鬼に囲まれ襲われるというのであれば老フリッツ［フリードリヒ大王］のように服を着たまま寝たらいいであろう。これらは座ってすべてを身に付けているときには避けるものである。とりわけ靴と帽子は日中の感じを最も良く保ってくれる。

暖かい手がヴィクトルの露に濡れた頭を寝台から起こし、朝の一面に押し寄せる洪水に向けさせた。彼の目は（いつものように）言いようもなく穏やかに、夜の雲を見せずにアガーテの前で開かれ、彼女を照らし出した。しかし彼女は輝く彼を急いで葉陰の寝室から連れ出した。調髪の櫛と朝のお祈りの必要があったからであり、第二に寝台は暖かい飲み物を冷たい場所で取ることを好んだクロティルデの為の茶盆にする予定であったからである。

かくて彼は朝牧師館と館《やかた》の間に立っていた――すべてがまず彼の旅行の間に壁が出来、塗料が塗られたように見えた――そこに住むすべての人が変わったように見え、彼の心は憂鬱になった。「中の両親には」（と彼は自分に言った）「息子がいない――僕の友人には恋人がいない、そして僕には……安まる心がない」。さてやっと彼が家の中へ入って、愛する家族の明るい凱旋門となったとき、心のこもったしかし訳知りの目をして両親の優しい錯覚と、自分の友人の根拠のない希望、嵐の日々の到来を目にしなければならなくなったとき、彼の目は将来に対して浮かべたままの涙となり、それは小さくなることが無かった、彼の養母は優しく見守っていてその涙をもっともなことと言いたげであった。――――一部はしかしこの薄紗は昨日の夜から彼の魂にただ引き継がれたものであって、その薄明の光景は単に眠りという些細な間隙によって隔てられていた。感情の盛り上がった夜はいつも憂鬱な午前を迎えるからである。

牧師は丁度バターの飾り絵を作っていた。他ならぬペンナイフの腐食篦で切り込みを入れ、他ならぬ馬鈴薯の銅板に版木と行揃えクワタを入れていたが、これらは飾りの為に六月のバターに押されることになっていた。考えて欲しいのであるが、ヴィクトルは気が利いていて次のようなことを述べて大いに役立った、即ち古い印刷は確かに印刷についての長い本や本についての長い一般的なドイツの文芸批評には相応しいものであるが、しかし人間の考えには値しない、この最新のバターのインキュナブラ［一五〇〇年までの印刷本］の十分の一も味わえない。というのは、他の人形劇の劇新聞が殴り合いで出来ているように、内容が戦争からなる世界史（つまり君主史）よりももっと惨めなものがあるとすれば、それはただ学者や印刷業者の話し[*1]であるからであると。その後彼が哲学的になって、次のように要求したことも為になることであった、人間は笑う動物でも理性的動物でもなく、飾り立てる動物であると呼ぶべきであると、この見解に対しては牧師夫人はこれを娘達に適用しようとしか考えなかった。

しかし彼のような人間には嘆きと諷刺と哲学は隣同士にあった。彼は馬鈴薯のメダル制作者と牧師夫人に、夫人はこの世のすべての女性を自分の娘の一人に数えて、彼女達に同じような説教をするのであったが、自分の旅行について諷刺と消去を適当に織りまぜて話した。卿が無事に侯爵の子息と帰ってきて欲しいという家族の願いを聞き、参事官が友人と一緒にいつでも町に移れるようにと既に荷をまとめたと聞いたとき、ヴィクトルは滲み出る涙を眼窩に送り出す他なかった。

しかし庭へ行こう。――ここには触れていなかった。フラーミンが後に従った。彼らはお茶を飲む女性達の葉陰の庵に互い違いに着いた。このときのヴィクトルほどにその小枝の影が当惑した顔、柔和な目、思いのこもった眼差し、生き生きとした、あるいは美しい夢に差し込んだことはなかった。彼は今やクロティルデを全く新たな人物と考え、彼女が自分を愛しているかどうか知らなかったので――まことに虚けていた。人間はいつも山を征服した後、次の丘を取るに足らぬと見なすものである。フラーミンが彼の山でクロティルデが彼の丘であった。会話の浅瀬ではどこでも、もう皆が半ば座って落ち着いているときには、何か話しがあるときほど立派な船のポンプはない。

盛大な集会で私が当惑していたとしても、ただ一つの不幸、つまり私の他には誰も知らないその不幸についての逸話さえあれば、もう私は大丈夫である。ヴィクトルはそこで浮き帯、つまり航海日誌を取り出して、そこから木陰道の為に実用的抜粋を作った、有り体に言って、新聞記者ならもっと捏造したことであろうが、しかしもっと省略することはまずなかったであろう。

彼は、思うに、再び牧師夫人には加勢をして、クロティルデには不興を買うことになった――ただ聞き手におもねり、宮廷を憎む余りにクロティルデの手紙の中の諷刺の禁止に反してしまっただけであるが、そもそも娘達は嘲笑者ではなく、ただ嘲笑を好むというのに、プリンセスの慈善喜劇を、私のように、崇高な側面からではなく、滑稽な側面から描写してしまってやむを得ないことになった。クロティルデは微笑み、アガーテは笑った。

しかしエマーヌエルという名前と、彼の家、彼の山が彼によって呼ばれると、友情と過去とが極めて美しい目に、その上には美しい線の眉毛が引かれていたが、穏やかな輝きを放って、今にも喜びの涙に変わろうとしていた。しかしそれは、クロティルデが彼を医師と見込んで尋ねた彼の健康に対する問い合わせに遠回しに夜の吐血のことを答えなければならなくなって、別な涙に転じた。彼は同情の痛みを隠せなかった、クロティルデは痛みを押さえられなかった。二人の良き魂よ、何という挫傷をこれからなお君達の心は君達の偉大な友から受けることになるだろうか。

今や彼女の愛し悲しむ目は兄のフラーミンに向けられる他なかった、兄に対しては秘密を守る為と彼の解釈の為という二重の圧力によってこれまでこの上なく優しく振る舞っていた。ヴィクトルは今こうしたことすべてを全く違う目で見た。現在の幸せと共に将来の嫉妬という毒素を増大させかねない哀れな友の確固たる顔、いつか苦しみの日々に引き裂かれるであろう顔をあからさまに熟と見つめたとき、そしてそもそも他人の未来あるいは過去の苦しみに現在の苦しみにまさって心動かされたとき、というのも感覚よりも空想に余計動ずるからであるが、そのとき一瞬目を意のままに出来ず、視線を、同情の涙を浮かべて、優しく友人に定めた。クロティルデは彼の視線の落ち着く先を見て当惑した、――彼もそうであった、人間は憎悪の激しい表情よりも愛情の些細な表情を恥ずかしがるからである――クロティルデは当惑させたり、当惑させなかったりするコケットな二重の技を心得ていなかった

――善良なアガーテは当惑させないつもりでいつも当惑させていた。……「どうしたのかと尋ねて、お兄さん」とアガーテはフラーミンに言った。……

　同じ気持ちでフラーミンは彼をすぐ近くの酸塊《すぐり》の灌木の奥へ導き、いつも主張を質問と見なす彼の断固たるやり方で尋ねた。「君はどうかしているよ」。「来てくれ」とヴィクトルは言って、彼をより高い葉の屏風の奥へ引っ張っていった。

「ただ僕が」――やっと、眼窩を一杯にし微笑みながら、始めた――「およそ二十六年このかた変わり者になってしまったということでしかない」――（そのような歳であった）――「君は残念ながら法律家で僕よりは眼疾には詳しくないだろう、おそらくジャナン氏[*2]を読んだことはあるまい」。

　フラーミンがかぶりを振ったのは返事の為ばかりではなかった。

「もっともだ、でもそうでなければ彼自身の本かゼレの翻訳から涙を分泌するのは涙腺ばかりでなく、ガラス製の物体、マイボム[1]の脂腺、涙阜――それに付け加えるならば懊悩する心もそうだということを承知していることだろうよ。――それでも哀れな貧しい民の痛みの為に作られるこの水滴は二十四時間で（順調に行ったとして）四オンスしか濾されない。――でも今僕の場合うまくいっていない、僕は君がジャナン氏を覗いていないのに腹を立てているのではなく、僕の致命的な、いまいましい愚かな具合に気付いていないのにむかついている。……」――「どんな具合なんだ」――「そうだね、今日は一杯涙が溢れてくるのだ――プティ[2]が吸い上げる涙道のすべてをまとめて言っている涙源がくたびれ果てているだけのことなんだけれども、例えば不当な目に会ったり、何かを強く求めたりしたときとか、間近の喜び、あるいは単に強烈な感情とか人間の生活を考えたり、ただ泣くことを考えるだけでもそうなのだ」。――

　彼の目はこう言うと一杯になってそのことすべてを裏付けた。

「女性であったらとか、ヘルンフート派か喜劇役者であったらと思うよ――実際そうだ（つまり涙を流している）と観客に思わせようとしたら、その場で出来るだろうよ」。

　こうして愛する者の胸元で穏やかに喜ばしげに言い訳しつつ涙を流した。……しかし男らしさの為の蝮療法、鉄剤療法には単に「ふむ」と言って体全体を一竦みさせるだけで良かった。その後は青年達は男性として木陰道に帰った。

　そこには誰もいなかった。少女達は野原に抜け出していた、野原では丈の高い草と露を帯びた陰を避ければ良かった。空の木陰道は彼の目にとってこの上なく吸い上げる涙源となった。いや通信員のスピッツの報告から、彼はうんざりしたと思う。後に妹だけが戻って来たので、もう一人もうんざりしてしまった。仮に主人公が――それは私と彼にとって不幸なことだが、次第にクロティルデに惚れ込むようなことになったら、我々両者を、彼の場合は演ずるときに、私の場合は写すときに、ヒロインは熱い思いにさせることだろう、まさに彼女自身が熱くならないことによって。彼女は過度の熱意も、過度の冷淡さも有せず、話し相手に応じてではなく、話題に応じて変わる気質をいつも有しており、褒めたところで彼女はその十分の一税を払わないし、貶してみると免罪符をくれないので、そうした気をすべて心優しい輩から奪ってしまい、彼女には聖なる霊に対する冒瀆の他には犯しようがないと仕舞にはそんな不安な思いにさせるからである。このような状況にあって、しばしば数年間攻城梯子、十字軍旗、トランペットと共にこのような山城の前に立って、占領する代わりに自ら名誉の撤退をしたジャン・パウル、このパウルは、ほんの確執の証明にいたるだけでも、このクロティルデに対するゼバスティアンの件ではいかばかりの文書、時間、印刷インクが（彼と私とによって）使われることになるか想像が付くのである。そもそも男性にとって全く理性的女性というのは具合が悪い、単に洗練されていて、夢見がちな、熱い、気まぐれの女性の許で居心地良く感ずるものである。クロティルデのような女性を相手にすると、どんな立派な男性も不安と敬意の余り、冷たく、愚かに、夢中になってしまう。その上大抵不幸なことに、この哀れな疲れたお兄さんは、この兄からこのような地上の天使は、使徒ヨハネの黙示録の天使[3]のように、崇拝されることを好まぬもので、天使に向かって――崇拝を強要する、裕福な者達の別な天使に対する場合[4]のように、「私から去れ」と述べる余力がほとんどないものである。パウルはいつも自ら去った。――

　ヴィクトルはこうしなかった。彼は家から、つまり村から去る気はなかった。聖リューネの夏の日々はアルカディアにいるかのように思われた、風が吹き、香り、安らかであった。然るにこの穏やかにさまようゴンドラから宮廷の奴隷船へ——牧師館のミルク小屋から君侯の砒素小屋に——家庭的愛の博愛主義の森[5]から宮廷的愛の氷原へ投げ出されることになっていた。これは木陰道ではいかにも辛いことで——トスタートの店では望むところであった——人間の願望と状況とが互いに逆転するときには、彼は願望の方ではなく状況の方を再び嘆じた。「自分を」と彼は言った「笑い飛ばしたいところだ、しかし一日一日と聖リューネでぐずついている理由が数百もあるのだ——人間に（侯爵に）愛以外の別の動機で気に入られたいという料簡にはむかむかする——自分自身が気に入られることは、自分が気に入ることよりも有りそうにない——君侯の気まぐれによりは自分自身の気まぐれに付き合いたい、きっと自分は最初の月にフォン・シュロイネス大臣に面と向かって諷刺を、次の月には侯爵に面と向かって言うことだろう——そもそも今夏の最中には申し分のない宮廷の悪漢を一人中傷することだろうし、冬にはむしろ等々」。

こうした百もの理由の他に彼の全く触れていないもっと弱い理由、以下のような理由があった。自分はクロティルデの側にいたい、自分の振る舞いについて——しかしこれまでの振る舞いのことなのかこれからの振る舞いのことなのか知りたいところだが——正当化するには、自分の友人と彼女が血縁関係にあることを自分が知っていると打ち明ける必要があるからというものであった。この打ち明けには、パリで最も高価なもの、広場が欠けていた。発端もそうである。クロティルデは決して一人ではいなかった。消息通は言う、美女に打ち明ける秘密はどれも一緒に接合させる絆創膏であって、これがよく第二の秘密を生むものだ、と。ヴィクトルはこの理由で彼女の兄妹関係を自分は承知していると打ち明けたがっていたのであろうか。

彼は一日延ばしにした、いずれにせよ結婚のハネムーンの時期が過ぎる必要があった。——彼はすでにポケットに結婚の記念硬貨を有していた。しかしクロティルデにはいつも数秒しか会えなかった。ボネ[6]によると明確な観念を有するには半秒かかるそうであり、フック[7]によると丸々一秒かかるそうである。つまりこの静かな女神のイメージを彼がまとめあげる前に、女神は立ち去っていた。

やっともっと真剣な準備がなされた、出発の準備ではなく、その決意の準備が。……訪問で最も素晴らしい瞬間は、その終わりをまた延ばすときであり、更に素晴らしい瞬間は、杖や扇を手にしながら出ていかないときである。このような時に今や我々の愛のファビウス［ハンニバルに対して遅延策を取った］は囲まれていた。穏やかな目が

「急がないで」と言っていた、暖かい手が彼を引き戻した、母親の涙は、「私のフラーミンを明日にはもうさらっていくつもり」と尋ねていた。

「そんなことはしない」と彼は答えて留まった。思うに牧師夫人は彼の所為で舌鋒を鞘に収めたのではなかったか、彼が何より嫌ったのは、男性より不幸なことに、両性から同時に不当な目にあっている女性に対する声高な、あるいは内々の中傷であったからである。彼はよく少女達の手を取って言った、「女性の欠点、とりわけ意地悪な陰口、気まぐれ、感傷は節穴であって、生木の場合には蜜月に至るまで美しい紋様の輪として気に入られるが、しかし枯れ木の場合には、結婚生活の家具としては、球果がひからびると、致命的な穴として裂けてしまう」。——アガーテは「接吻の」針刺しを今や彼の机に固定して彼に接吻した、彼が陽気すぎるようにあるいは不機嫌すぎるように見えようとも。牧師でさえ、彼が彼の許で過ごす最後の日々ではなくても、最後の夜々を、甘美なものにしようとした、その為には太鼓と足があれば良かった。鼠達の激しい夜の魔女の踊りを牧師はその足で禁じた、客人を起こすことがないようにと。そうして下の寝台に時々ほどほどの大砲の衝撃を与えたが、これは人間の耳をもびっくりさせるものであって、それだけに一層舞踏家のラッパ形補聴器に響くものであった。鼠達のオイラー[8]風桂馬跳びに対して彼は太鼓のばちをもって進軍した、そして最後の審判の日のように彼ら遠足、狩猟の一行に侵入し、ほんの一、二回シーツの上に置かれた太鼓を打った。

マチューは姿を見せずに、廷臣はすべての面で侯爵の真似をするので、侯爵の結婚式の日々を少なくともささやかな結婚式の時間に縮めて祝った。大砲や花火師の袋からの火薬、説教壇で祈られ、居酒屋で叫ばれる万歳、その際の借金は厖大なものであったと思われ、それで偉大な侯爵は自分の結婚と——退屈を知らせるのに恥ずかしく思うことはなかった。——冷淡は永遠にメガホンを持っており、情感はラッパ形補聴器を持っている。好かれていない侯爵の亡骸や同様な花嫁の到着は極地で耳にするのと同じである。これに対して我々下々の者が墓地や両腕に愛する者を収めるときには、ただ若干の物言わぬ涙が、悲嘆にくれるあるいは有頂天の涙が落ちるだけである。

フラーミンは会議への出席を欲していて、仕事は直に始まることになっており、遅延を理解できないでいた。……やっと真面目に別れの日が八月十日に決定した。いまいましいことに八日に一人のチロル人が出現しなければ、ヴィクトルは十四日にはもはや聖リューネには居なかったことであろう。

これは一昨日我々シェーラウ人の許に、一部は帝国等族、一部は学者から成る蠟人形を伴って訪れ、この人間の双生児の蠟人形の手で我々の財布から金を巻き上げた者のことである。スピッツが今日犬の郵便を一昨日持って来なかったのは悔しい。聖リューネでヴィクトルと牧師とを蠟で形取ったこの男に、ヴィクトルやアイマン、聖リューネ自身は一体どう呼ばれているか自ら尋ねていたことであろう。仕舞には伝記的好奇心を許されて、我々のささやかな本性をぞっと反映させて作るこの人間の棟梁の後を追うことになろう。

ヴィクトルはまたしても留まらざるを得なかった。自分と牧師とを蠟で形取って貰うことにしたからである、一つにはすべての鋳造物、人形、マリオネットを子供っぽく好んでいる牧師に対して、二つには彼の空いた部屋に蠟のヴィクトル模型を住まわせたい家族に対して、自分を抑えて好意を示す為であった。彼は自分の自我のこの肉色の影には戦慄させられた。すでに子供時代にあらゆる幽霊話しの中で自分自身を見たという人々の話しが極めて冷たい手で彼の胸に触れた。しばしば彼は夜ベッドに就く前に自分の震える体を長いこと見つめ、それが自分から離れ、見知らぬ形姿として一人自分の自我の横に佇み、振る舞うのを見て、それから身震いしながらこの見知らぬ形姿と共に眠りの墓地に横たわった、そしてぼんやりとした魂は木の精のように柔軟な肉の樹皮で覆われるのを感じた。それ故長いこと他人の体を眺めるとき、自分の自我とその樹皮との間の差異と長い間隙とを感じた、それは自分自身の体を眺めるとき、更に強まった。

彼は形取りの台と石筆に対峙していた、しかし目を本に釘付けにして、自らの持ち運ぶ肉体を遠くに二重になって見ることのないようにした。鏡の中で自分の顔が離れて二重化するのに我慢した理由はただ、鏡の中の無言の端役を単に体積のない肖像画と見なすか、あるいは我々の本性の他の模造宝石をまとめるときの唯一の原像と見なしていたからにすぎない。……これらの点に関しては私自身多少の震えを感ぜずには話せない。……

ヴィクトルの蠟模型には成年後に白い長袍《トーガ》が、原像の脱いだ外套が掛けられ、同様に生きたヴィクトルの出ていった部屋は片付けられた。牧師はホーリオンのこの廉価版を、より上等の版が出ていったとき、窓際に置いて、村の教師から行儀作法を習っている学童全員ががやがやと学校を後にするとき、帽子を取るようにさせる心づもりであった。
とうとうその時がきた。マッツが来たからである。彼の絞られた頬と夜の祝典のレモン搾り器の下にいた彼の体全体が、新郎の侯爵は八倍も具合悪く見え、足痛風を病んでいるという彼の言葉が嘘でないことを証していた。彼はヴィクトルの好きになれない辛辣な流儀で付け加えた。「蒼白なお偉いさんはそもそも血を有していない、臣下から吸い上げるか両手にこびり付いているわずかばかりの血を除いては、丁度昆虫が他の虫から吸い取ったものの他には何ら赤い血を有しないようなものだ」。これはヴィクトルに侯爵に対する医師としての義務を思い出させた。一つにはマッツの荒廃した姿を見て――というのは不道徳な夜の生活は長期の病の床よりも容貌、容色を損なうからであるが、一つには卿の忠告を思い出して、あるいはこの二つの為に我々の宮廷医師は彼が嫌いになったが、同様に後者はまた前者が宮廷医師ということで嫌いになっていた。マチューのこの隠された毒はしかし小さめではなく大きめの、ほとんど皮肉っぽい丁重さで表現された。これに対してマッツとフラーミンは以前よりも打ち解けて見えた。

午前に髭を剃った後、もう一度洗顔せずに、ヴィクトルは飛び上がり、靴脱ぎ台を箱に入れ、衣装掛皮紐を引き裂き、彼の人生の底荷を――陸揚げし（梱包がひどいので）それから船に積み込むようにと運搬人を頼んだ。というのは我々の卑小な生活用具のがらくたの後見をすべていつも他人の手に委ねてきたからであり、それもこのがらくたを大いに軽視し、大いに無頓着に散財した――私は主人公を中傷するつもりはないのだが、しかしスピッツによって証明されるように、彼は決して換金された金貨の時価を照合せずに、ユダヤ人、イタリアの行商人、ヘルンフート派からの取り引きでいくらか差し引くことはなかった――それで聖リューネのすべての女性のハンザ同盟は叫んだものである、何と阿呆なとそして牧師夫人は取り引きではいつも彼に肩入れした。しかし彼は救いようがなかった。彼は人生の旅つまり旅の荷を哲学的な目で卑小視していたからであり、利己心が少しでも顕になることをひどく恥じたからである。彼は自分の為になされるすべての準備、乗馬披露、喜劇の下稽古からずらかった――少なくとも二人の食い分、会食者への分の無いような喜びをすべて彼は恥じた――彼は言った、王侯の額は王冠の硬さを帯びているに相違ない、さもないとこのような者はしばしば単に彼の為にだけ国を挙げてなされること、音楽

――凱旋門――歌――散文での歓喜の叫び――びっくりする大砲の連射に耐えられないであろうからと。

彼は今や聖リューネではただの平凡な――慇懃さを示すことの他にすることはなかった。私が私の主人公に選んだ者は、侍従のル・ボーの許に出掛けて、さようならと述べるほどの人生智をもう備えていることであろうとうぬぼれることなく主張できる筈であるからである。このような表敬訪問に彼はいずれにせよ慣れなければならない。

マッツも来ていた、彼はもじゃもじゃの垂れた翼と共に投げ出された、侍従夫人のアモールで、夫人は、弱まっていく彼の愛の鼓動を示す徒な視線のことを揶揄していた――ル・ボーはマッツとチェスをしていた――クロティルデはこの身分の高い三つ子達の許、絹の花の一杯ある小さな仕事机の側に座っていた。……君達可哀想な娘よ、君達はしばしば何という者達を出迎えて、その言葉に耳傾けなければならないことか。しかしクロティルデにとってはこの一家の友人は詰め物をしたミイラで、彼が来たのか去ったのか知らなかった。

ゼバスティアンは幸運の養子、父親の寵臣職の後継者として今日侍従一家からはなはだ愛想良く迎えられた。まことに、廷臣というものは不運な者達を、余りに激しく同情を感ずるので、避けるというのであれば、共感を覚えたくて、幸運な者達の許に押し寄せるものである。王座から転落して宙に浮いている者に対してもまだお辞儀をする侍従は、当然ながらその逆の流れにある者に対しては更に低く身をかがめた。

ヴィクトルは女性達に加わった、しかし目はチェス盤に漂わせていた、当惑したとき、早速話題を変えるとか退散する口実を手中にしておく為であった。これは気が利いていた。彼や女性達の話す言葉はどれもチェスの駆け引きであったからである。彼はル・ボー夫人に――彼女は、完璧な娘ほど母親にとって素晴らしいものはないということを知っていたろうか――つまり継母に対して自分の冷淡さを継娘に対しては自分の熱意を隠さなければならなかった。読者は、一体年取った継母がどんな熱意を欲しがるものか尋ねないで欲しい。高い身分の場合血縁や年齢で要求するものが変わるということはないからである。――ただ身分が低い場合にのみそうなるのであって――それ故私は、私が娘に述べていることは母親には退屈ではないかといつも案じており、母親が来たときには、もっともなことに、より良い話しの糸口をつかむのである。ヴィクトルは自分の冷淡さを容易にかの人間愛から隠していたが、それは彼の場合しばしば不道徳な期待を持ついい気なお追従へと退化した。女性が彼の心を捉えたいと願っているときには、彼は言った。「実際子羊ちゃんに向かって好いていないとは言えない」。クロティルデに対する熱意を隠すのは――下手であった、熱意が強すぎるからではなく、それがまさに十分ではなかったからである。当然のことであるが、教養ある青年は、その気になれば、説教壇からの公表がなくても色好い返事の愛は隠し、黙っていることが出来る、しかし返事のない、自らが単にまだ敬意と呼んでいる愛は隠さずに燃え上がらせるものである。――ちなみに世間の人に腰を下ろして考えて欲しいのであるが――私の主人公は体に悪魔を宿しているとか、十六歳ではなくて、自分の志操とか魅力にモーゼの覆いを置いている人物に愛を抱くことは出来ないのである。愛はお返しの愛を得てのみ、その相互の推測とともに始まり育っていく。敬意だけは彼は持っていた、しかしまことに多くの、しかしまことに成長する、不安げな敬意で、要するにそれは心の卵黄の中のかの冷たく躍る点で、それに対してごく些細な他人の熱意があればしばしば数年後には――譬は卵から来ている――成長する命とアモールの翼が授かるのである。

彼は今やクロティルデの仕事机で熱意を火炎測量計で調べた。しかし彼が熱意を微小に分割された目盛りで百十一分の一ラインだけ上昇しているのを見付けたといって私は有頂天になるわけにはいかない。的はずれかもしれないからである。私は愛を求めている人間の心情測量計、熱意測量計よりもラーヴァーターの額測量計を信頼したい、こうした人間は自分の解釈を自分の観察と、偶然を意図と混同するのである。かれの火炎測量計はしかし正しいかもしれない。善良な人間に対しては悪しき人間（マッツをお考えあれ）のいる所ではいつもより熱くなるからである。

ル・ボー氏、ル・ボー夫人が、かような宮廷の、かような侯爵の許に――ドイツで最も偉大な侯爵と氏は言った――かような侯爵夫人の許に――ドイツで最良の夫人と夫人は言った――旅立つことは幸せであると私の主人公に祝辞を述べたことを悪く取らないで欲しい。マッツは肯定と否定の間で微笑んでいた。老人はチェスを続け、老夫人は称賛を続けた。ヴィクトルは軽侮の念をもって、王座の階段を生命の序階と見なし、王座の氷山をオリュンポス山、天上界と思い、この高みの他には自分達の幸せを築き得ない二人のこのような魂に対しては、幸せについてのより良い考え、高みについてのより悪しき考えを吹き込むことは出来ないと観じた。にもかかわらず彼は、称賛に対して一つの否定以上のものを顔に浮かべていたクロティルデの前では、自分も同様に気高く否定していると打ち明けないわけにいかなかった。そこで彼は称賛と非難をホラチウス風に交互に捏ねて、二人の退任した廷臣に諷刺的当てこすりも追従的ほのめかしもしないようにした。「私の気に入らないのは」、彼は言った、「あそこには享楽しかなく、仕事がないということです――ただ菓子籠だけがあって、一つの手芸袋もありません、いわんやこのような仕事机はありません」。――「宮廷の祝典すべてが」、クロティルデはごく親しく尋ねた、「唯一の宮仕えの償いとなっているとお思いですか」――「そうは思いません」、彼は言った、「祝典そのものに対して償いの必要があるからです――思うにあそこでは仕事だけあって、享楽はありません――その楽しみごとはすべて、自分の役割を考えている俳優には、観客によりも気に入らない照明、間奏曲、装飾に過ぎません」。――「あそこにいたというのはいつも素敵なことです」と老夫人が言った。――「確かにそうです」（彼は言った）「必ずしもそこに残らないというのは結構なことですから」――「でも」（とクロティルデが言った）「そこが好きになれないというだけで、そこで幸せになれない人々がいます」。これはとても洗練されていて思いやりのある言葉であった。しかし理解したのはヴィクトルの心だけであった。「立派な夢想家と」（と彼は言って、いつものようにヴィクトルの生活とヴィクトルの意見の間の見かけ上の矛盾には何ら言及しなかった）「熱血の詩人には、家に留まるようにと助言したいですね。――ステップの代わりの両者の飛行は宮廷生活にあっては、散文中の六歩格と言うべきもので、芸術批評家には我慢ならないものです――ごく多感な心の持ち主には言いたくなります、それを持って逃げなさい、心はそこでは余計なものとしてアンジューの六本指の家系で六本目の指が切り取られるように削除されてしまう、と」。……老夫人はすばやく頭を左に振った。「でも」（と彼は続けた）、「私は三人を皆一カ月間宮廷に案内して、賢くなるよう不幸な目に会わせることでしょう」。侍従一家は私の読者程に上手くヴィクトルの言葉に適応できなかった、読者は大変嬉しいことに気まぐれや、物事のすべての面を見る彼の才能を巧みに追従や懐疑とは区別して下さるのである。クロティルデはゆっくりと最後の言葉に対して頭を振った。そもそも今日は皆が彼に賛否の態度を取ったが、それは女性や親戚の者達が一時間前に同じ訴訟争いを、自分達同士で、しかし実際に役立つようにと為していたとき、いつも他人に対して取るようなあの関心のある態度であった。

ヴィクトルは長いこと当惑するよう気遣っていたが、やっとこれまでしばしば眺めていた――チェスの所に行った、これは大いに――負けるようにと念じて指されていた。侍従は――我々は皆彼の人となりを知っている、彼は世界中に対する推薦状しか書かなかったし、聖餐杯は、それを持ってある重要な男の健康を祈念して乾杯出来れば、より彼の心に叶っていたことであろう――彼は出来るだけ、ひからびたチェスの彫像で、自分の幸せを犠牲にして他人の幸せだけを進めていた。マチューが勝ちさえすれば、喜んで負けた。その上彼は自分の善行を隠すことを好むかのはにかみ屋の魂に似ていて、自分が秘かに勝利を譲っていることをチェスの相手に述べることには耐えられなかった。キリストのように自らに打ち勝つよりも、廷臣のように自らを隠すことにより意を用いた。このような愛には、公然たる敵意よりも暖かく報われてしかるべきであったように見える。しかしマッツは同じことを考えていて、彼に届けられる勝利を、真の悪漢のように避けた。ル・ボーは自らが王手詰めになる最良の手を考えたが無駄であった――マッツがさらに良い手を考えて、今にも王手詰めになりそうであった。チェス盤の上で追い立てられている侍従は気の毒であった、彼はコケットな女性のように負けないようにと気遣っていた。悪漢よりは弱者を許す優しい目にはもう我慢できなかった。ヴィクトルは弱者に何千回も詫びながら、そして悪漢には大いに敵意を抱いて囲い猟に加わり、青年貴族が彼の助言と慈善の援助金を受け入れ提案された有意義な戦略に従うように仕向けて、遂に侍従職の鍵を持つ男がいろいろ案じて最悪の見込みを有していたにもかかわらず――負けるようにした。参加していた者はすべてお見通しであった、侯爵達が公の――喜劇のポスターで互いを察知するように。

　彼はやっと別れの謁見を得たが、慰めは余り得られなかった。彼の美人の理想がすべて比較すると紋章の像、女神像に過ぎなくなるかの人は出迎えたときよりも冷たく、丁重な両親の木霊に過ぎなかった。彼の心を支え、宥めた唯一のものは――薊で、つまり視覚的な、床のモザイクとして植えられたものであった。つまり、クロティルデが多分に意識して別れの際この花を、あたかも本物であるかのように足で踏まないよう避けたのに彼は気付いたのである。夕方彼は大学で教わるように連結推理を行った――この判じ絵の薊に彼の運命のすべての薔薇を植え付けた――「彼女はぼんやりしていた、何故だろう」と彼は枕に語りかけた――「向こうの人達はいずれにせよまだ私の心を察知していないのだから」と、二番目の枕に寝ながら、彼は主張した――「薊を見下ろしていた優しい目よ、私の眠りに再び入って来て、私の夢の月となっておくれ」と彼は言った、彼はすでに半ばその両者の中にいた。――彼は単に謙虚さから、自分が注視される程には自分は変わっていないと思っていたので、自分は察知されていないと信じていたのであった。

一七九［二］年八月二十日は彼がフラクセンフィンゲンへ出発した偉大な日であった。フラーミンは自分の嫌いな別れを避ける為に夕方の四時にはもう駆け出していた。しかし我らのヴィクトルは別れが好きで好んで別れの最後の沈黙のときに震えた。「君達、みすぼらしい利己的人間よ」（と彼は言った）「この極地の生活はただでさえ冷たく寒い、いずれにせよ週ごとに年ごとに並んで立ちながら、その心臓で血の他に何かより良いものを動かそうとはしない――単に二、三の燃えるような瞬間が人生の氷原でしゅっと音を立てて消えるだけだ――何故君達は君達を日常から連れ出すもの、どんなに愛されているか思い出させてくれるものをすべて避けるのか――否、私が滅びることになっても、その後気落ちすることになっても、私は心を拡げて、あらゆる傷から血を流しながら、息も絶え絶えになって、別れなければならない愛しい人を抱きしめることだろう、そして言うことだろう、いい気持ちだ、と」。冷たく自己中心的で、快適を求める人だけが、詩を解しない人が余りに激しい情緒を避けるように、別れを避けるものである。これに対して、すべての痛みを話すことによって和らげる女性や、それを空想によって和らげる詩人は、これを求める。

夕方の六時に――フラクセンフィンゲンへは一っ跳びなので――家畜が戻って来たとき、家族の皆に付き添われて彼は出発した。彼のより幸せな腕には――私のは単に学問の為に動くだけであるが――イギリス人の母親が、左の腕にはアガーテがくっついていた。この妹には哀れなプードル（アポローニア）が固着していた、これは姉という挿入物、中間精神にもかかわらずドクトルに触れ、ドクトルを享受していると思っていた。このように愛の火花は電気的磁気的物質同様に二十もの中間物の媒質を通じて届くものである。腰を下ろして、我々の指は結局一インチも愛する者の魂に接近できない、たとえ指と魂の間には単に頭蓋骨しかなくとも、あるいはその間に地球が存在することになっても、と考える哲学者ならいつでも言うことであろう、「全く当然さ」。このことからこの座した哲学者は、何故少女達は自分の恋人の男性の縁者を半ば共に愛するのか――何故シェークスピアの籐椅子、フリードリヒ二世の衣装箪笥、ルソーの短毛鬘が我々の憧れる心を満足させるのか説明することになる。

　しかし誰も、この蜜蜂の初巣立ちの女王を除いて、戻ろうとしなかった。「六本の樹の所まで」とアガーテが言った。今日の歓楽のこの境界支柱、目印の樹まで来てみるとそれらは七本であった、そしてこれではない、もっと先までと言われた。見送られる者はますます不安になり、見送る者は、長くなる程ますます喜んだ。「ではあの農夫のところまで」と目のいいイギリス人の母親が言った。しかし我らの主人公は、彼らの旅のこのヘラクレスの支柱[9]は自ら歩くこと、農夫と見えたのは旅人であるということにやがて気付いた。「最もいいのは」——と彼は言って、振り向いた、「向きを変えて、明日旅立つことです」。牧師は言った、「古い館までは」（つまりその壁がまだあった）「どっちみち私は夕方いつも行っている」。しかしこの最も素晴らしい宵の境界の砦をおしゃべりの一行は偽って越えて行った、耳に心奪われて目は忘れられていた。この国境争いでは主要項目は次々に単独項目で破棄されたので、次のように試みる他なかった。「ここからは一緒にいたい」（ヴィクトルは言った）「だから一緒に進んで、今日は薬局に泊まろう」。——「そうね」と牧師夫人は冷たく言った、「日没までは御一緒しましょう。この素敵な夕陽に背を向けたくないもの」。勿論夕方は歓喜の炎ばかりを太陽に——雲に——地上に——水面に点火していた。

　丘の上ではすでに町の塔の先端が見えた。太陽、この同伴の回転木戸は、その深みから谷の影の苗床を越えて金を含む深紅の流れを注いでいた。丘の上で、陽が沈んだとき、ヴィクトルは夫妻を抱いて言った、「私に劣らず幸せになって、喜んで家にお帰り下さい」。——それから姉妹を自分の酔った胸に押し当てて言った、「お休み、忘れないよ」——それから皆がこっそりと溜め息をつき、涙を流しながら帰るのを見送った——そして叫んだ、「直に戻ります——ほんの一っ跳びですから」——そして大声を出した、「別れは辛い」——そして彼の重苦しい目はあらゆる枝、深みの先まで彼らを追いかけた、愛する一行が墓地に沈むように最後の谷に消えたときようやく彼は両眼を閉じて、人間の絶えざる別離を考えた。……

　やっと彼は目を広範な、雲に覆われた町に向けて考えた、「人々が卑小な生活と共に巣くっているこの浮き彫り細工の間に、おまえの卑小な日々も閉じ込められる——これがおまえの将来の涙、将来の歓喜の秘かな誕生の地だ——どのような目で数年後再びこの霧の建物を見ることだろうか——いや痴れ事だ、これら二千三百の家々は単に自分の為にあるのではない」。

追記。この第十六の郵便日を鉱山局長はきちんと六月末に終えた。

*1　彼は確かにただ学術書の印刷の話しに対して立腹していただけで、消えた愚かな書物の発行年等の小心な詮索にだけはこの世には一杯素晴らしいことがあるというのにと軽蔑していた。だがここで彼は、印刷のことの他には何も印刷できない頭は、しかしこうした些細なことをするのが、これはより気の利いた者達には最も面倒で無くて済ませるに越したことがないけれども、全然何もしないとか、何か自分の力以上のことをするよりも良いのだということを考慮しなければならない。

*2　周知の、目についての立派な著者。[Jean Janin de Combe-Blanche、一七三一―九九]

# 第四の閏日
# そして
# 第二小冊子への序言

私は閏日と序言とを溶接したい。それ故ここでは、――戯れの序言を述べたくないのであれば――若干第二部に触れる必要があろう。芸術批評家に言及されるに値することであるが、はじめ八頁綴りの白い紙を自分の領地として有する著者は――ストラボン[1]によるとローマの領域は八時間の距離であったようなものであるが――次第に歩を進めて、彷徨した紙を多くのギリシア人の植民で――これが我々のドイツ文字である――埋めて、しばしば二十三全紙[アルファベット]のすべてを使用し栽培するに至る。こうなると第二部を始められるようになる。私の第二部は、確信しているが、第一部よりもはるかに良い、第三部よりは十倍も悪いのであるが。私の作品がきっかけで世にもっと多くの書評が出るようになれば、私は本望である。本が書かれなければならないのは、本の学術批評が栄えるようにする為であるというのでなければ、何故著者が難儀して一日中インク壺の傍らにいて、何ポンドもの下書き用紙を［顔料の］ベルリン青［一般ドイツ文庫への当て付け］へ染めなければならないのか分からない。……そしてこの冷静な真面目な、序言の悪ふざけ［ホックスポックス］は――これはティレトソン[2]がカトリックの慣用句の「これは肉体」［ホックエストコルプス］の短縮と見なしているものであるが――諸大学の立派な批評家にとって十分であろう。

私は本来意図していたものに戻ることにする。つまり閏日を形成する号外や枝葉をアルファベット順に――無秩序には耐えられないので――述べることを予告するばかりでなく、ここでそれをもう始めて、アルファベットのＩに至るまで続けたいと考えている。

## アルファベット順の閏の枝葉

### A

女性の年齢（Alter）。ロムバルドゥス（聖者達の言行録第四部）と聖アウグスティヌス（神の国第二十二巻第十五章）は、我々は皆キリストの復活した年齢で、つまり三十二歳と三カ月で死者から蘇ると証明している。それ故天国では一人も四十代は見られなくなるので、子供はネストルと同じ年、つまり三十二歳と三カ月ということになる。このことを知っている者は、三十歳後には聖遺物のように実際よりも年であると称する女性達の謙虚さを高く評価する。というのは、四十歳の女性、四十八歳の女性なら立派な赤ワインあるいはせいぜい［九六九年生きたという］メトセラの年であると称してくれるなら、十分であろうからである。ところが女性は、自分の顔がそれを裏切っていても、自分が地下に数千年いたときにはじめて得られる高齢――つまり三十二歳と三カ月になっていると言えばもっと謙虚であると信じているのである。これは馬鹿でも、女性は地上での年を言っているのではなく、将来の復活の年を言っているに過ぎないと知っている、女性はこの静止した年から動くことはないからで、このことはまさに永遠の世界では、誰一人一時間も年をとることはなく、ありふれたことである。この時の一致を女性達は生活の陰謀劇へ三十歳のときにもう導入している、三十歳後にはパリでは女性は公の場では踊れないし、（エルヴェシウスによれば）どんな天才も上手に書けなくなるからである。この最後のことをかつてエルサレムでは考慮に入れていたのかもしれない、ここでは三十歳後にようやく誰もが教職に就いた。

B

バーゼドーの［Basedowische］学校。バーゼドーはその『愛知学』で、三十人の無教育の子供達を庭に閉じ込め、発育するがままに任せて、人間の衣服すらまとっていない唖の従者だけをあてがって、そうしてどういうことになるか文書にまとめるよう提案している。哲学者達はただ可能性に心奪われて現実を見ていない。そうでなければ、我らの村の学校は人間が全く教養を奪われたら仕舞にはどういうことになるか哲学が実験したくなるような庭園であるということにバーゼドーは気付いていたに相違ない。私はしかしこうした試みはすべて教師がこれらの実験の子供達に何らかの教育を——ごく些細な教育であれ——施さずにはいられなくなるまでは不確かで不完全なものであると主張したい。そして聾唖の生徒達がいるように、全く唖の教師で行った方がましであろう。

C、Kを参照

D

詩人［Dichter］。詩人は、情熱を描くけれども、情熱を最も上手く描くのは自分の情熱が減少した年であろう、丁度集光鏡が、太陽が最も少なく燃える年の夏に、最も強く働き、熱い年の夏には最も弱く働くようなものである。詩の花は、（インゲンフースによれば）湿った霧の陽光の中で最も良く成長する別の花に似ている。

E

感傷主義［Empfindsamkeit］。これはしばしば内部の人間に、卒中の発作が外部の人間にそうするように、かなりの神経の過敏とそれに麻痺を与える。

F、Phを参照

G

女神［Göttin］。ローマ人が自分達の君主を主人というよりは神々として認めていたように、男性は自分達の心の支配者を女主人と呼ぶよりも女神と呼ぶのを好む、従うよりも崇めるのが簡単だからである。

H

娼――［H-］。私はしばしば、生活しなければならず、生活のすべを知っている――これは二つのことではない――人々がまずは最良、最高の女性達の許をひらひら舞い、彼女達の心の蜜の萼から吸い上げ、次ぎにその日に羽をたたんで情けない女の許に舞い下り、この女に跡取りを生ませるのを見た。これらの蝶は、一日中花々を訪れつまみ食いをしながら、卵だけは汚いキャベツの茎に産みつける蝶と比べる他ない。

H

ホルバイン［Holbein］の脚。(3) 私はIよりもHをもう一度取り上げたい、Iの項目では傷病兵［Invaliden］がくるからである。これらについては次ぎのように主張したい。肢体を奪われた人々は血気盛んとなるので、多くの手足を銃で奪われ、切除される程、パンは一層少なく与えるべきである、そしてこのことが戦費の生理学、食餌療法学の謂であると。――しかし奴さん達は哀れでならない。

ホルバインの脚は切除された脚よりももっと楽しい。画家はバーゼルではバーゼルそのものを塗るより他になかった。自分の天才をこの建築上の染色に費やさざるを得ない為に、天才はしばしば休憩を取らざるを得なかった――

つまり驚くほど飲んだ。ある建築依頼主は名前は不詳だが、よく家の戸口にやって来て、足場に向かって、家のペンキ屋の脚が垂れ下がっている代わりに——それ以上画家の姿は見えなかったからであるが——隣の居酒屋に立ってふらついていると、がみがみ言った。その後ホルバインが路地を渡ってくると、雑言が彼を出迎えて、足場を登る彼の後を追いかけた。これは自分の習作を（酔っていても）愛している画家を憤慨させ、建築主の心を変えようと思い立たせた。つまり不幸の一切はすべて脚のせいで、その花綵装飾をこの男は足場の下に見たがっていたので、彼は決心して、自分の脚の第二版を作り、それを家に掛けながら塗ることにした、この男が家の戸口から見上げたとき、二本の脚とその靴は上の方で勤勉に塗っていると考えるようにとの配慮であった。——実際建築主はそう考えた。しかしとうとう、この仕掛けの脚が一日中一箇所にぶら下がって、先に進まないのに気付いて、なんで一つ所を長く修復修正しているのか大家は調べる気になり——自ら赴いた。真空（空っぽ）の上の方で彼は、画家が膝までの七分像が始まるところ、膝の所で消滅していること、消えた胴体はまたアリバイを作って飲んでいることを容易に見て取った。

建築主が足場の上で脚の作品から何の教訓も引き出さなかったのを私は遺憾には思わない。彼は怒りまくっていた。

私は更に、会議室の議長の背後に本人の代わりに賛否の為に下がっている侯爵の肖像画についての話しをしたい——が関連を乱すことになる。それに以前はここで第一の小冊子は終わっていた。

# 第十七の犬の郵便日

治療――侯爵の宮殿――ヴィクトルの訪問――ヨアヒメ――宮廷の銅版画――殴打

「フェッツポーペルになりたいものだ」と私はこの人物の肖像画を食べながらブレスラウで言った。フェッツポーペルというのは女道化師で、その顔がブレスラウの胡椒入り菓子に刻まれているのである。以下のことを述べるのは、このような胡椒入り菓子のペーストにただ自分を押したいと単に自分のことばかりを考えてではなく、ドイツでは記念碑の栄誉も少ないほかの学者達、例えばレッシングやライプニッツを考えてである。ほんの半ルーテの石をレッシングとかその他の偉人の墓碑に持ってくることもドイツ圏では難しく、――どんな石が生前文学者に立派な批評家から投げられるか、古代人がもぐらに投げていたような具合で、考えてみれば十分で、それで私は気ままに、ブレスラウの市場で、フェッツポーペルをかじる前に表明する。「この胡椒入り菓子にドイツの作家にとっての名声の神殿、名誉の床があるか、あるいは名声は全くないかのどちらかだ。ドイツ人から、彼らが自分達の偉大な男性の顔を写して食品に象ることを期待するのは今を措いてないのではないか、なんといっても胃は最大のドイツ人の部分なのだから。ギリシア人がただ偉大な男達の彫像の下に暮らして、そうして自分もそうした者になったのであれば、ウィーン人は、偉人の頭部をいつも目の前の皿の上に見ていたら、夢中になって、自分と自分の顔をまた胡椒入りその他の菓子、パイ、卵菓子にまで押し上げたいと競うことだろう。モイゼル[1]のドイツの学者人名録は焼き菓子で翻刻できよう――偉大な英雄を軍用パン上に象って、下々の兵士を感激させ名声を憧れるように仕向けることが出来よう――偉大な詩人は私は象眼細工で婚礼菓子にはめこむだろう、天才の紋章学者は燕麦パン上だ――女性に人気の作家からは砂糖菓子上の甘い［煙草缶の］絵がいいであろう。――こういうことになったら、ハーマンとかリスコー[2]といった頭はもっと一般にドイツ人からこのような装いの下味わわれることだろう。そしてパンの得られない多くの学者がそれでも一つを飾ることになろう。［世襲でない］位記貴族の他に焼き上げ貴族を更に持つことになろう」。——私に関しては、私はこれまで私の顔を髭剃り用の鏡の他で見たことがなく、それで「ヴェストファーレン名物の」黒パンに——ヴェストファーレンで私は最も知られていないので——私の顔を細工して欲しいと思っている。

閑話休題。背の高い縮れ毛の人間が夜薬店主ツォイゼルの色とりどりの家の前に立って、自分の入る照明のついた四階を見上げていて、そしてやっと薬局の木製のドアではなく、ガラス製のドアを開けた。善良なゼバスティアンよ。君の到来は祝福されてあれ。良き天使が君に手を差し伸べて、君をぬかるみの道、鉄菱から持ち上げんことを。君が傷ついたら、天使が翼で傷を吹いて、良き人間がその心で傷を覆い隠さんことを。

舞踏室のように輝いている薬局ではこの上なく太った宮中従僕の一人がこの上なく痩せた雇われ薬剤師の一人から陛下に対しての一握りと三指摑みの分量の艾《もぐさ》を依頼していた。痩身の男は秤の背後で一握りとそれに四指摑みの艾を——三指摑み少々というのはほんの三本の指先で摑むというのに——取って、すべてを侯爵の足の為に送った。「これに火を点じたら」——と彼は言って艾を差した——「陛下はきっと国内で見られるような足痛風を感じられることでしょう」。

雇われ薬剤師が処方箋よりも多く与えた理由は名声の神殿での椅子を得たかったからである。それで彼はまず他人の処方箋を長いこと考えてからそれを許可し、次にいつも十一分の一か十七分の一スクルーペル［昔の薬用単位、約一・三グラム］多すぎるか、少なすぎるかに量って、医師の頭から治療の市民冠を奪い自分の頭に戴こうとした。「投薬量の加減だけで私は治療している」と彼は言った。ヴィクトルは彼の迷妄を許した。「快癒しつつあるものの翼《よく》全体を率いて」、と彼は言った、「医師には死体の後衛だけを割り振る薬剤師というものはこの浮き世で頭蓋の内部に十分にもう月桂冠を戴いています」。

薬店主のツォイゼルは世馴れていたので、間借り人を義務的な歓迎の食事で煩わすことはせず、口伝えの町の朝の年代記からの新聞記事、つまり侯爵は足痛風に罹っているというよりはそれを求め、固定しているということだけを伝えた。更に卿が彼の為に雇っていたイタリア人の従者を引き合わせ、部屋に案内した。

そして部屋の内ではゼバスティアンは今一人窓下の腰壁に座って――部屋や眺望の美しさには目もくれず――一体明日、明後日、それ以後にはここで何をするつもりか真面目に考え込んだ。「明日には早速出掛けよう」（と彼は言って、窓の紐の総を回した）――「侯爵の許では足痛風がきっかけとなる――君主の痛風を水と利用して自分の水車を回さなければならないのは残念なことだ――心臓のポリープとか水頭症であればおべっか使いの廷臣より腹は立たないのだが、この二つは栄達への然るべき秘蹟、鰭となろう。――いや私は断固毅然としていて、はじめから譲歩はしない、そのことをとくと了解して貰う。――決して控えの間に駐屯したり投錨したりすることは考えられない」。（卿も独白者に小心翼々と宮廷の規則に従わなくてもよいと定めていた）。――「素敵な青春の年よ、おまえ達は飛びすぎていった、おまえ達と一緒に安らぎも、冗談も、学問も、正直さも、全く類似の善良な心も」。――（彼は総の紐を突然短く巻き上げた）。「しかし父上、あなたはこのような良き年月を持たず、地上をさまよい、日々を人間の幸せの為に犠牲にされた。――いやあなたの息子があなたの犠牲を台無しにし苦いものとすることがあってはなりません――ここで如才なく振る舞わなければなりません――あなたが戻られ、ここの宮廷で従順な、寵愛を得た、それでも堕落していない息子を見いだされるなら、……」。息子が、このように真っ直ぐに宮廷で栄達したら、牧師の心、ル・ボーの心、父の心、すべての親戚の心を、それに（彼が考えたとして）クロティルデの心も得られるだろうと考えたとき、ねじ切られた総を月下香のように手にしていた……そして静かに床に就いた。

――起きよ、我が主人公。朝の太陽はもう君の出窓を赤く染めている――平日の説教の鐘の音と今日の市のざわめきを聞きながら明るい自分の部屋に戻るがいい。――一晩中夢見ていた君の父は、音楽的絵画的家財で一杯の部屋にしている、朝はいつも父のことを考えることになろう。出窓の贈り物はもっとある。細長い緑の畑や西のマイエンタールの丘、――市場全体、――それに向かい側の町の長老の個人の家を眺めることができる、この家は長老がフラーミンに貸したものであるが、その部屋のすべてを君は覗けるようになっている。

フラーミンは今はしかしその中にはいなかった。彼はもう私の主人公を摑んでいて言葉をかけていた、起きろと。新しい状況は心にとって春の治療であり、我々の無常についての不安な思いを取り除いてくれる。――このような人生の快活な空の下今日私のヴィクトルはすべてと——午前の時課——参事官——薬店主と踊り——雇われ薬剤師の側を通って薬局を抜け、上の宮殿に足痛風のイェンナーの回診に出掛けた。

侯爵の許に半時もいないうちに、ツォイゼルは彼がまた自分の医薬品の店に駆け戻ってくるのを見た。……「おやおや」と薬店主は考えた。

事情はこうであった。ヴィクトルは制服のバリケードを通って——というのは侯爵の部屋への通路はほとんど野営地の道で、君主達は第一の者あるいは最後の者たるべく小心に見張りを置いているからで——病室に達した。水平に寝ている患者の前では垂直な姿勢は取りやすい。お偉方はしばしば自分達の部屋や器具の効果を自分達自身の効果と取り違えるものである。——学者が町や森、キャベツ畑で彼らに会えば、きちんと振る舞えよう。しかしヴィクトルは自ら、刺繍の施された金の隅金物の有る部屋で育った。彼の父の友人が苦痛に喘ぎ、脚を包んでいるのを見て、イギリス人らしい自分の自在さを医師らしい自在さに変えて、誇らかな侯爵らしい質問を期待せずに、医師としての質問をすることにした。ドクトルとしての聴罪が終わると、彼は手を、告解者の頭に置かずに、横の聖書の上に置いて、誓おうとしたが——そのままにして——もっと良いことが思い浮かんだので、聖書の痛風者の福音書をめくって——ひらめいたのであった——起きよ、汝のベッドをたための文句を指した。「ここでは痛風は何ら考えられないからです」、と彼は言った。彼は彼に明らかにした、彼の病気はすべて風［ガス］である、比喩的に言っても本来的な意味でも——弛緩した器にそれは住んでいて、イエズス会士のようにあらゆる姿であらゆる部分に忍び込んでいる——腓の彼の痛みでさえこのようなたまった人間あるいは腸の空気《エーテル》である、と。侍医のクールペッパーは侯爵に対する誤謬について弁解しなければならない。医師は誰でもお好みの病気を選んでいて、愛をもって治療する他人のすべてをそうと見なして、神学者がアダムの罪に、哲学者がその原理に帰すように、残りのすべてをそのせいにしなければならない——つまり病理学の巣留め卵、母球根となりうる基幹病として男性の場合は——足痛風を、女性の場合は血の道を——考え出すかどうかはクールペッパーの自由意志に委ねられていたのである。彼はそれを考え出したので、それを陛下にパステルや水銀のように固定することも試みなければならなかった。イェンナーは——礼拝堂を含めても——これまでの臥床、服薬、空腹から彼を解放するヴィクトルの見解ほどに快適なものを聞いたことがなかった。ヴィクトルは病気の軽さを喜んでその処方に急いだのだが、その前に慰めの代わりに述べていた、「風通しの良い体は大事で、魂にとっては天上的な［不妊治療の］グレイアムのベッドとはならなくても、自ら回復する空気入りベッドとなります。ただ哀れな女性の魂だけは――その体を良く見ると――刺すような藁蒲団、滑らかな軽騎兵の鞍、痛い田舎の馬車に休んでいて、一方剃髪され入れ墨された精神（僧侶や未開人）は立派な、そがれた鯨髭の詰まった[*1]体で覆われています」。

――彼は走り去った、そしてとうに述べたように、薬店主はその後「おやおや」と考えた。――薬局でヴィクトルは、雇われ薬剤師に硝石のように飛んでいって言った。「陛下は風［ガス］を治すだけであるという場合どうしますか、助言して下さい。私としては次のように処方します。

大黄の粉末
アニスの種子
茴香［ウイキョウ］の種子
未熟な柑橘類の皮
酒石酸塩　それぞれ一ドラハメ［三・七五グラム］
茎を除いたアレクサンドリア・センナの子葉　二ドラハメ
白砂糖　半オンス

相談に乗って下さい。更に言いたいのはただ、鹿の角で正確に混和し散薬となせ、紙袋に入れて、駆風薬と記し、茶さじ一杯時に応じて服用するということだけです」。

雇われ薬剤師が彼を真面目に見つめていたので、彼は雇われ薬剤師を一層真面目に見つめた。薬は服用量を変えられずに調合された。彼が去ったとき、雇われ薬剤師は二人のたじろいでいる小姓達に言った、「馬鹿どもめ、あれは気が利いて尋ねていたぞ」。

実際伝記作家はイェンナーがその日のうちにも両足で立った事情の理由付けをすることは——散薬と主人公が手を打っているので——必要ない。

侯爵達は——自分達の体内の空気の圧力しか圧力を知らないので、この圧力からの解放に対するイェンナーの感謝の念は果てしないもので一日中ヴィクトルを——離さなかった。彼は一緒に正餐をとり——晩餐をとり——馬に乗り——遊ばなければならなかった。宮殿ではそれは持ちこたえられた。それはネロの宮殿のように、町の中の町、フラクセンフィンゲンの中のフラクセンフィンゲンではなく、単に一つの兵営と一つの台所で、兵士と料理人が多くいるだけであった。繁文縟礼の文書局の前、八個のダイヤモンドのある部屋の前、戸錠の前、階段の前ではどこでも銃剣とそれに付帯する保護者、パトロンが植え付けられていた。多すぎる料理人が宮殿に住んで、暖めていたが、陛下が絶えず食されたからである。絶えず食することによって断食を容易にしようと彼は考えていた。というのは彼は——クールペッパーの意向で——人々の三回の儀礼的食事のときにはほんのわずかしか触れず、彼の厳しい摂生を称える廷臣達に迎合しないわけにいかなかったからである。ロンドンのある時計職人がこの抑制という点に関して最も貢献したが、それは彼の為に給仕人の鐘、ぜんまい仕掛けを作ったからで、その指針は給仕人の部屋の大きな円盤にあった。文字盤は時刻や月の代わりに食べ物やワインが縁飾りとなっていた。イェンナーは呼び鈴を鳴らし押すだけで良かった。すると給仕人達は、指針、糧食針がパイを指しているかブルゴーニュ葡萄酒を指しているかすぐに分かった。内部の人間が何も碾くことがなくなると彼は水車のように呼び鈴を鳴らして、そうして——極めて容易に、医師や倫理学者が説くよりも厳しい摂生を実践し、死後内蔵を取り出した後パレード用棺台に片方の腕の下には空っぽの胃をもう片方の腕の下には渇いた肝臓を置くことになる、丁度去勢雄鶏にもこの二つの内蔵を両翼の間に足隠しとして置くようなものであるが、そのような偉人を一人ならず恥じ入らせた。

宮殿でもヴィクトルは牧師館にいるようにくつろいでいた。本来の宮廷、本来の宮廷の虫野郎、蛙の卵はただ本物のフォン・シュロイネス大臣の御殿にいるだけであった、彼が王の客人をもてなさなければならず、使節や客を招待し、等々のことをしたからである。侯爵夫人は大きな古い宮殿、パウリヌムと呼ばれる所に住んでいた。それでイェンナーは日々を質素に、しかし快適に、賢者の真の孤独の中で過ごし、食事、飲酒、睡眠をするだけであった。それ故フラクセンフィンゲンの学長代理は追従することなく彼を、同じような派手さを憎む心を称賛できる偉大な古代ローマ人と比べることが出来た。イエンナーは実際宮廷を持たず、自ら彼の本当の大臣の宮廷に出掛けた、しかししぶしぶであった。彼は誰も愛せなかった、いつもそこにいる侯爵夫人も、結婚していないシュロイネスの娘達も愛せなかった、娘達はまだロンドンでの誓いに反することであった。

夜十二時にツォイゼルはすべてがどんな具合か知りたくなった。そこで姪のマリーを侍医に小間使として連れてきた。阿呆を愚弄する気の毛頭なかった、とりわけ二人っきりのときはそうであった医師は痩身のかわかますに真実の餌のつまった干し草架を差し入れた、これを彼はパイナップルのように貪欲にむさぼった。マリーは裁判で貧しくなった、恋愛で傷ついた親戚の女性、カトリック教徒で、冷たい宮廷風の薬店主の一家からは言葉の刺し傷、視線の銃創の他には何も受けず何も期待できなかった――彼女の疲れ切った押しつぶされた魂は柳に似ていて、これの枝はすべてただ手で下の方に撫でることが出来るだけで――どのような屈辱にあってももはや苦痛を感ぜず――他人の前で這い蹲っているように見えたが、実際いつも床に平伏していた。穏やかなヴィクトルがこの謙虚な、脇を向いた、多くの涙を流した姿を見、空想の痛みがその毒胞をぶちまけた、このその他は美しい顔を目にすると、人間の運命が彼の心を悲しくさせ、マリーの身分、性別、悲嘆に丁重な敬意を払って、彼女の仕事を断った。薬店主はこの敬意が洗練された嘲笑、作法とは別のものであると理解できたなら、自ら恥じ入っていたことであろう。しかしヴィクトルは今一度彼女を断った。哀れな女性は黙って、女中のように、丁重に振る舞う勇気を持てずに去っていった。

朝、断られた女性はそれでも朝食を目を伏せて痛々しい微笑を唇に浮かべて運んできた。彼はベッドで、薬店主とその厳しい若芽の娘達がマリーに「女々しい愚痴っぽい態度」であると非難し、だから「嘲笑家の主人の拒絶」に会ったのだと結論付けたということを耳にした。彼の心は血を流した。やっと彼はマリーを受け入れた――彼は自分の目と声とを穏やかな同情のこもったものにし、この極めて優しい少女の味方となりたいところであった。しかしマリーは何も気付いていなかった。

イエンナーは彼が戻るのが待ちきれなかった――

三日目もまたそうであった――

　かくて他の週もそうであった――

　――私はしかし、私の読者はこの頃皆でフラクセンフィンゲンの門を駆け抜け、これら知識人の一行が、我々の主人公について調べる為に出掛けたと期待したい。私が喫茶店に送った読者の前衛部隊は、新しいイギリス人の医師は古い医師を追い落とし――聖リューネの牧師の息子を参事官へと加勢して押し上げた――そしてすべての部局で大きな変化が予想されるということを知らされるであろう。宮廷の蔵番、屠殺番、魚番、執事、召使い達の許でそれぞれなされた出会いからは、侯爵は医師の指ではなく肩を軽く叩き――一昨日は自ら絵画のキャビネットを彼に見せ、その中の最良の作を贈り――喜劇のときは一緒に中央桟敷席から見物し――宝石の多い缶を彼に贈った（通常の君主の市民冠とその平和のパイプで、あたかも我々が嗅ぎ煙草の贈り物を最も喜ぶグリーンランド人であるかのようなもの）そして一緒に旅をする予定であるという知らせが得られるであろう。この集団から選抜した二人の最も洗練され、高貴な読者は、そのうちの一人は侯爵夫人のパウリヌムにもう一人は本当の大臣に派遣することになるが、少なくとも次のようなニュースを、即ち侯爵と医師は一緒に二人の許に訪れたということ、そして両人とも主人公を、すべてが父の七光である風変わりな内気な言葉数の少ないイギリス人と見なしていたということを報告するであろう――　――

　しかし読者が私に語った最後のニュースは、読者には知り得ないもので、私が自ら読者に語ることにしよう。

　これを語る前に、ただ三言で何故急にヴィクトルが出世したか説明することにする。読者の中には福音史家のマチューがいるかもしれない、これらの読者は、この急な出世を気圧計の上昇と同じく早期の低下の印と考えて――言うであろう、月桂樹と、布に垂らしたアルコールで二十四時間のうちに熟させたレタスは、同じようにまた直にしおれると――いやそれどころか冗談を言って、空気の入った侯爵の腸を私の主人公の魚の浮き袋と見なし、主人公はただそれを一杯にして上昇したと言うであろう。鉱山局長連はこのような読者を笑って、叱責して言う、人間は、とりわけ王座の君主達は、新しい医者を新しい特効薬と見なすものだ――彼らは新しい医者には最も良く従う――ゼバスティアンは最初は誰に対しても最も洗練された振る舞いをするが、旧知の許ではやむを得ないとき以外は何ら気の利いたことを言わない――イェンナーは自分の見通せる者を誰でも愛して、彼は幸いなことに私の主人公を単に快活な享楽家と見なして、頭の周りに、燐の臭いがし痛々しい火花を放つボースの列福[*2]を何ら感じなかった――ヴィクトルはル・ボーのような王冠の中の植木鉢植物ではなく、それを越えて野外に掛かるヒアシンスであった――彼は陽気で、陽気な気分にさせた――そして私の他に読者にかくも丁重に振る舞う鉱山局長はいないであろう、と。他の局長ならば単に次のような主要な事情を述べていただろう、つまり侯爵はヴィクトルに彼の五番目の（七つの島で行方不明の）子息、ムッシューとの魅惑的な類似点を冗談や振る舞いの点で見いだしていて、それを好きになっていた、そして彼はこの見解をすでにロンドンで、ヴィクトルは子息より五歳若かったけれども述べていたという事情を。

　イェンナーは自ら彼の寵児を誰彼にと紹介したかった、つまり侯爵夫人にも紹介したかった。何故ゼバスティアンは夫の侯爵の横の馬車席に座るまでは、クセヴィッツで懐中時計の最高軍司令官「インペラトル」の上に貼って、買い上げた侯爵夫人に中に入ったまま渡すことになった馬鹿げた恋文のことを思い出さなかったのか、哲学者達は説明するべきであろう。彼は一緒に出掛けて、自分がこのような阿呆なことをしたのは有り得ないことと思った。しかし人間にはこのようなことはよくある。彼の空想はどのような現在、どのような思いつきにも多くの焦点の光を千もの鏡から反射して、その上に横たわる未来に多くの着色された影、青い靄を引き寄せたので、馬鹿げた行為が思い浮かぶと愕然とした。というのは自分がそれを十度はねつけたところで、三十回考えたところで、それを――行うであろうことを知っていたからである。二人が侯爵夫人の前に進んだとき、家庭教師や若い学者には馴染みのあの快適な気分にヴィクトルはあった、それは彼らの手足を化石化し、心を砕き、舌を石化する気分である――アニョラ（そう侯爵夫人は呼ばれた）があの時計の広告を読んだという確信のせいで彼は狼狽したのではなく、確信が抱けなかったせいであった。不安の中で、彼女が実際彼の筆跡や紙片の著者を知っている筈がないということに全く思い至らなかった。そして不安の中でそれに思い至っても、不安は去らなかった。

　――しかしすべては彼の期待以上であり、以下であり、同時に期待に反していた。侯爵夫人は旅の衣装を脱ぐと共に多感な顔を外して、代わりに確固とした上品な盛装の顔を付けていた。王位の夫イェンナーは、あたかも自分が自分自身の——第一級の大使であるかのように、暖かく儀礼的に彼女から迎えられていた。イェンナーの心の円盤は美しい頬とか胸衣の帯電したクッションに会うと火花を発するのであったが、単に政治の為に婚姻の協定を結んだアニョラに対してはまさにそれ故に彼の——月の名前［一月］の暖かさだけを抱いていた。ヴィクトル、彼女の不倶戴天の敵の息子、侯爵の寵愛の盗人の後継者に対しては彼女は、容易に考えられることであるが、真に——愛想良かった。我々の可哀想な主人公は——イェンナーの冷たさにびっくりして、それで夫人からの自分に対する何ら格別の愛情も期待せずに——同時に大カトー、小カトーのように真面目に振る舞った。立ち去るとき彼は神に感謝した（私もそうである）。

しかし道すがら考えた。「時計の封筒から書状を抜き取ればいいのだが。そうしたら、哀れなアニョラ、最善を尽くして、あなたが運命とそれに夫と和解できるようにしよう」。——「聖リューネよ」——（町の長老の前を通り過ぎながら付け加えた）——「花と愛とで一杯の平和な地よ。追い出し猟の賃貸借の為おまえのバスティアンは猟犬場を次々に移っている」。

彼は儀礼の為に本物の大臣の許に出掛けなければならなかったからである——イェンナーが連れていった。そこへは喜んで行った、さながら海戦に、あるいは隔離病棟に、あるいはロシアの氷の宮殿に赴くかのように。

家具と人物はシュロイネス家では極上の趣味であった。ヴィクトルはそこで首のすわらぬ頭や廷臣達から年老いた学者達の玄武岩の胸像やシュロイネスの娘達の人形に至るまで、磨かれた床から磨かれた顔に至るまで、髪粉のキャビネットから読書室に至るまで——両者とも行進のとき頭を飾ってくれるものだが——つまり至る所で、かつて華美取り締まり令が——禁じたものをすべて見いだした。侯爵夫人の許での最初の当惑が次の当惑の気分となった。もはや以前のヴィクトルでは全然なかった。すでに分かっているのだが、シェーラウのマリア学院の立派な教師達は、——殊に校長は——彼に次のことを咎めるであろう、つまり彼は世馴れておらず、そこでは快活さのない機知を弄し、感じの悪い余所余所しい自然さで、目をやたらと動かし、他の体の部分が余りに強張っていたと。しかしこれらの廷臣や教師達に、彼はしようがなかったのだと説明しなければならない。校長自身がヴィクトル同様に芸術愛好家の大臣夫人を前にしては当惑していたことであろう、彼女はモイゼルはまだ載せていないが、宮廷がドイツ学者人名録に載せている人物である——彼女の嘲笑好きな娘達を、殊に最も美しい、ヨアヒメという娘を前にしては——何人かの客人を前にしては——かくも多くの人達、父親の側から彼を憎んでいる人達、彼の侯爵との関係を説明し、正当化しようと彼を観察している人達を前にしては——何の因果かここにも居合わせた侯爵夫人を前にしては——ここでは本性を出し、自分の中心の役、難しく華やかなアリアを演じているマチューを前にしては——そして大臣を前にしては。殊に大臣を前にしてはである。ヴィクトルはこれを威厳のある男と見た、仕事で愛想を失うこともなく、思考で機知を失うこともない男で、ちょっとした皮肉と冷淡さは彼を高めるばかりであったが、感情や学者、人間を軽蔑しているように見えた。ヴィクトルはそもそも——ピットのような——大臣をスイスの氷山のようなものと考えた、そこでは上方の雲や露は滋養として凍り、谷を押しつけ、溶解と氷結を繰り返しながら大きな流れを送り出し、その割れ目からは死骸が上がるのである。

イェンナー自身彼らの許で大して楽しくはなかった。極上の料理も、極上の洒落で苦いものとなったら、何の甲斐があろう。カルタ台が——殊に彼の妻を平和に上陸させる際には——それ故彼の静かな錨地となった。そしてヴィクトルも彼の横に停泊することをこの度は喜んだ。私の通信員は、この上品すぎる、三回弾かれた調べへの調律槌を打ったのは大臣夫人だけであると言っている、彼女はすべての学問を頭部に、それも舌先に有していて、それで毎週精神の集いを開いていた。この滑稽な気分の中でゼバスティアンは宵を遊び暮らし、晩餐を飲み込んだ。彼は上手に語れたが、しかし語るべきことは何もなかった——彼の語ったわずかなコントではすべての人物が無名であった、しかるに一座の人々には名前が肝要であった——彼の気まぐれを生かすことも出来なかった、彼の気まぐれの類は話し手自身を穏やかな喜劇的光の中に置いて、これは尊敬されなくなることはない友人の間でのみ道化の木靴、襟を身に付けて登場して良いもので、尊敬をもぎとらなければならない意地悪な友人の間では出来ないからである——心の中で皆を笑い飛ばす幸せに彼は決して恵まれなかった、その暇がなかったからであり、人々の後姿を見るまでは人々を滑稽とは思えなかったからである。——

彼はひどく困っていた——「すぐにまた来ることはあるまい」と考えた——そして月が庭に面しているバルコニーの二枚の長いガラス戸越しにその夢見るような光と共に侵入し、光が外のより静かな住まい、より美しい風景、より静かな心に投げかけられたとき、彼は（侯爵による賭博の商事会社は食後散っていた）バルコニーに出た、すると地上と空とで輝いている夜が彼の胸をより大きな景色で高めた。このとき何という愛を抱いて父のことを考えたことか、父の哲学的冷たさはイェンナーの雪に似ていて、この雪は苗を霜から守るものであった、一方宮廷の冷たさは三月の雪に似ていて、これは芽を台無しにした。何と、自分の正直な友フラーミンに対する洗練さの些細な欠如への不満の思いを反省したことか。何と彼の内部の人間は、堕ちて赦された天使のように起き上がったことか、クロティルデの手に引かれるエマーヌエルを考えたときのことで、彼は心に心地よく尋ねていた、「私の女友達に匹敵する女性が今日いたかな」と。このとき彼は言いようもなく聖リューネに憧れた。

彼の高まる動悸を一気に止めたのはヨアヒメで、彼女は部屋に哄笑を向けながら出てきた。彼女は一時間も座っていることは出来なかったので、（一晩どうしてベッドに寝ていられるか不思議なほどで）、機会があり次第ゲームの馬銜《はみ》から離れた。侯爵夫人がこのとき彼女を解き放った、彼女は目を病んでいてお偉方のこの夜の仕事を中止した。ヨアヒメはクロティルデではなかった、しかし二十四面体の宝石のように磨かれた両の眼――描かれたような両唇――鋳造されたような両腕を有し――そもそもすべての対の肢体がまことに愛らしかった。……それで宮廷医は早速門戸を開けた。一つしかない部分（心、頭、鼻、額）はクロティルデに及ばなかったけれども。大空の下で勇気を、自分にとっていつも談話室であるバルコニーで弁舌を再び取り戻したので、――ヨアヒメの調子がいつもの彼の調子に連れ戻したので――彼女がこの英国人の沈黙に触れ、彼は例外と弁解したので――今やお喋りの糸口に添って蜘蛛のように上下に渡ることが出来、火照る目を夜気で冷やしに後から来た侯爵夫人によってもはや妨げられることもなかったので――自分自身が退屈を作り出しているときにのみ退屈して詰まらないと言うものなので――そして私がこうしたことをすべて述べたので、それで（思うに）書評家が、侯爵の車台の後に立って、自分の下で車中のヴィクトルが帰路大臣の一家を呪わずに、より一層満足げに「まあいいか」と考えたとき、（従者用の革紐の手摺は別として）何に摑まったらいいのか考えるヒントは十分に与えられているであろう。

侯爵にはヴィクトルとの付き合いは大いに気に入ったので、自分は修道女が教団の他では体から記章をはずせないように彼を欠かすことが出来ないと考えた。彼はいつも新しい友情の暖かい噴泉の教団杯と乾杯杯とをカールスバートの湯治客がその杯を飲み干すように飲んだ。退屈していると、退屈しないよう医師が召し出された。心に喜びを感じると、共に歓喜を味わうようにまた医師の出現が望まれた。イェンナーが退屈もその逆も感じていないときだけが、その友人の自由時間となった。ヴィクトルは以前、あっさり断ると誓って、自分を受け入れる人々の所へ出掛けた。しかし今や言っていた。「いやと言えるものか。まず経験してみなくては」。——それで哀れなヴィクトルは王座の宮廷圏の中でいかさまの空しい弧を描かなければならなかった、その調子には耳を貸せても舌を使えない人々、その心を推し当てることはできても捉えることのできない人々の許で。

胸にマイエンタールと聖リューネの夜景が掛かっている若者——あるいは湯治の村から来た者——あるいは恋しようと思っている者——あるいは大都会とか大きな集いの中で暇な傍観者でいなければならない者、こうした者達はそれぞれすでにその中で不平を抱いていて、非難の口笛を長く戯れる集いに対して吹いて、——一同が彼を自ら受け入れるようにする。しかしこうした理由のすべてが唯一人の人物の中で生じているときには、この者は自分の胆嚢に対しては、上等の紙を取り出して、聖リューネのアイマン家の人々に見聞したことへの嘲笑の手紙を出す他に良い胆嚢管の方策を知らない。

私の主人公は次の手紙を牧師に出した。

「私の養父殿、

——私はこれまで一体どんな月が出ているのか目を上げて見る暇がありませんでした。まことに宮廷では徳を行うには——時間がありません。侯爵は私を気付け香料瓶のように手許に置いて、この風変わりな医師を紹介しています。人々は直に我慢ならなくなることでしょう——私が有用だからというのではなくて、——むしろ断言できますが人々はこの上なく有徳な人物もこの上なく劣悪な人間同様に、それも単に英国人風、空想家、奇形児だからというわけですが、我慢します、そうではなく私が十分に喋らないからです。商売人は会話や手紙の文体は気にしません。しかし宮廷人には舌は彼らの枯れた生活の動脈、彼らの魂の螺旋発条、翼羽なのです。皆が生来の芸術批評家で、言い回し、表現、語勢、言語しか見ていません。この為、何もすることがありません。彼らの立派な作品は警句で、彼らの市の仕事は名刺で、彼らの家政はカルタの一勝負で、彼らの農業は狩猟で、ささやかな奉仕は人相学です。それ故彼らは退屈な時間に対抗して一日中他人の失敗を囁かなければなりません、医者が愚鈍に対処して疥癬を注射するように。宮廷はごく些細なニュースについてのまともなロンドン郵便局で、あなた方市民についてさえも、何かとても――滑稽なことをしたら知らせます。あらまほしきものは、饗宴とか一勝負、喜劇、集会、晩餐、あるいは何かおいしいもの、あるいは娯楽です。しかしこれらは考えられません――確かにこうしたものはすべてあります、しかしその名前があるにすぎません。会計局長官は、あなたが月に四回経験なさるように、私どもがせめて年に四回幸せな目に会いたいと願ったら、肩をすくめることでしょう。私どもの週は七日の日曜日から出来ていますので、私どもの娯楽は誰も注意を払わない暦の印、時期でしかありません、饗宴というのは誰もが有する計画の余地、自分の主役の板の足場、愛あるいは野心の犠牲に対する継続的陰謀の季節に他なりません。こちらでは一分一分が人を刺す蚊で、美しく染められた苦悩の薊の種子が遠くへ飛び交っています。

多くの女性が善良でリンネの信奉者です、そして彼女達の目は男性達をリンネの美しく単純な性別体系に従って植物学的に分類しています。貞潔な愛と不純な愛とに大きな区別を、つまり程度あるいはまた時期の区別を設けています。そして最良の女性でさえしばしばこれについては最低の女性同様に、また最低の女性も最良の女性のように話します。しかしこちらにはそれなりの女性の貞節と男性の誠実があります――が牧師に理解できるものではありません。これら二つのゼリーあるいは膠はとても繊細、柔らかなもので、王座のいかなる段階から牧師館へ運び下ろそうとしても、傷み、腐りかけてしまって、下々の方ではこれらに二つの反対の名前を付けてしまうことになりましょう、上々ではもともとその名前に相当するのは別にあるのです。市民は愛している私どもの年老いた男性を滑稽と思うことでしょう、そしてこの男性はあなた方の娘をそう思うことでしょう。――しかしこの幸せな宮廷生活をしばしば台無しにするのが、偽装の一般的な欠如です。こちらでは誰も自分の耳にすることを信じていず、自分の外見を考えていないからです。皆が正式のゲームの規則に従って、カードのように、単一の表面を有して、内部の輝きを外面の静かな顔で隠さなければならないのです、稲妻が刀身だけを毀して、鞘は毀さないように。――従って、一般的な偽装は偽装ではなく、誰もが他人から毒を予期しているので、誰もが嘘をつけず、ただ裏をかけるだけです。ただ分別だけが欺かれ、心は欺かれません。しかし、本当のことを言うと、これは真実ではありません。誰もが二つの仮面、一般的な仮面と個人的な仮面を有するからです。ちなみに学問的な、上品な、人間愛の外貌の為に費やされる着色は、内面によって必ず掻き落とされますが、内面が少ないので保っておれます。また外見の研究は実体を減少させます。それで私は森でしばしば兎を見たことがありますが、これらには半オンスの肉も一滴の脂肪もありません、死後も生長を続ける途方もない兎の毛皮によってすべて吸い尽くされたのです。

王座の内実と平地の庶民の国とを比較すると、人間の物理的倫理的崇高さはその大地の崇高さとは逆の関係にあるように見えます、湿地の住民が山岳地の住民より大きいように。しかしかの崇高な人々は国家を易々と蝶の羽の上に載せ、その歯車装置を百眼の蝶の目で眺め、散歩の杖で人民をライオンから守ったり、それで人民の中のライオンを追い払ったりします、アフリカで牧童が鞭で博物学的ライオンを家畜から威嚇して遠ざけるようなものです。……牧師殿。この諷刺はすでに先の頁から心痛みます。しかしこちらではいつともなしに意地悪にまたうぬぼれ強くなります、意地悪になるのは、余りにも他人に、うぬぼれ強くなるのは、余りにも自分に注意しなければならないからです。否、あなたの庭、あなたの部屋がもっと素敵です。そこには友情の腕と血管とを樹墻の草木のように磔刑にする石のような胸はありません。そこでは私のように一日に二度髭を剃って、三度調髪してもらう必要はありません。そこでは磨いた長靴を履けばいいのです。すぐにあなたの養子にお手紙を下さい――私はまだあなたを訪問する祝いを断っているからです、――多くの洗礼、葬儀がありますか――狐［馬］と聾のふいご踏みは何をしていますか――たった今臼砲があなたの鼠の太鼓の代わりに轟きました。――――ご機嫌よう。

そして愛する母上、今度はまずあなたにご挨拶申し上げます。私の手は暖かく、私の心の中では二、三の魂が鼓動しています、今や母親らしい暖かさに満ちた御顔がすべての私の諷刺の氷の角を照らして、あなたの為に脈打ち、あなたの為に流れようとする暖かい血へと溶かしているからです。再び愛することは何と素晴らしいことでしょう。あなたの二番目の息子（フラーミン）は元気です、が勤勉すぎて、目下聖リューネにいます。私の妹達と、あなたを愛する者達すべてによろしく。

ゼバスティアン」

彼は手紙を終えて、彼を一緒に連れていこうとしている参事官の荷造りを手伝った。

その間に彼とイェンナーの一緒の訪問はその芝居の仕組みと共にイェンナーと彼の間の友情の全く別な神経節となった——そして同時にこの友情の評判を更に高めた。聖リューネ、ル・ボーの家では実際よりも三倍に数えられ——牧師館では九倍であった。

更に些細なこと、つまり殴り合いが——二回あった。私はこの出来事をスピッツから、ヴィクトルはフラーミンから、フラーミンはマチューから得た、マチューの高貴な物語体でこの出来事は後世に伝えられるわけである。福音史家は、からかうことが出来れば市民との付き合いを恥じなかった。それで躊躇なく宮廷薬剤師を訪ねた。兵営医師のクールペッパーをその高慢な粗野な振る舞いと下記の注[*3]の所為で心から嫌っていた宮廷薬剤師にマチューは長いこと、医師を失脚させると約束していた。医師と足痛風はヴィクトルによって実際イェンナーの足から追放されたので、福音史家は薬店主に気付かせた、自分自身は彼の合図や希望がなければ実際よりもっとクールペッパーの失脚に貢献できなかったであろうと。ツォイゼルは——殊に兵営医師の後任を家に置いていたので——数日後、自分は薬局からクールペッパーに見えない足を掛けて王座から追い落としたという確信を抱いてビリヤードにやって来た。そこには不幸なことに兵営医師と高貴なマッツが居合わせた。ツォイゼルはこの劇場に三個の時計鎖の花綵装飾で着いた——膝に若干のアラベスク模様のプリントされたズボン——ダブルのチョッキ、ダブルのスカーフを身に付けていて、顔に兵営医師に対するダブルの感嘆符を浮かべていた——彼の財布は丁度聖なる脚の下にあった、何人かのイギリス人がそうしているようにズボンのポケットをズボンの留め金付近に隠していたからである。彼は侍従のモール人として痩せた長身の雇われ薬剤師を連れていて、これは隣の酒場で第二あるいは平民薬局の短躯の雇われ薬剤師とぶつかっていた。短躯の薬剤師は至る所で憎しみの念から長躯の薬剤師を追いかけていて、ただ立腹させていた。しかしこの度は快癒した者達から集めた鶏卵と共に田舎から戻っていただけであった。

マチューは——ツォイゼルに釈義的合図をした後——侯爵の足痛風に関してはクールペッパーの意見であるという自由を行使した。クールペッパーは古代ドイツ人たろうとして——古代ドイツ人は怒ると決してうわべを装うことは出来ないものだが、利己心からはまことに上手である——発砲して、イギリス人の医師は全く無学であると言った。ツォイゼルは大きく微笑んで書物の章頭模様のように粗野な男に対する自分の宮廷風軽蔑を縁取った。医師は赤道のように、薬店主は峰のとがった山に見えた。今やただ足痛風について比武［馬上槍試合］が行われた。戦いの付添人、馬上試合監督官のマチューは知らせた、「ツォイゼルは確かに自分の侯爵、主君を愛しているけれども、しかしこの愛が最良の薬、最も効能あらたかであったことを願っているのだとか」。――「宮廷に」（クールペッパーが言った）「奴さんの効き目があるものか」。――薬店主がそれ故鼻高々に軽蔑して伸び上がると、医師が彼をゆっくりと椅子と財布の上に押さえつけた、そして肩に食い込んだ手が小さなおめかし野郎を財布と共に椅子に釘付けにした。

　この固定は裁縫鳥をはなはだうんざりさせた、彼は伸び上がろうとして答えた。「今日にも、助言を求められたら、陛下に今のもっとましな選択を申し上げましょう」。兵営医師は余りに急に手を肩から外したのかもしれない。それで砲撃したかのように相手の鼻を掠め、この鼻からは聖ヤヌアリウス[3]のように血が流れ出た。福音史家は自分としては、「二人のかくも分別ある御仁達が個人的な憎しみとか憤慨がなければ互いに喧嘩できないし殴れないのは」遺憾である、「二人は戦闘的な侯爵達に似てこれらがなくても攻撃できるはずだから、――しかし流血はツォイゼルの憤激を明々白々に物語っている」と述べた。――ツォイゼルは医者に叫んだ、「がさつ者め」。――医者は憤慨して、ツォイゼルは憤慨から血を出しているにすぎないというマチューの見解を真に受けて、彼を、古代には殺人者が近付けば血を流したけれども、しかしそれは全く自然な理由からであったにすぎない死骸と比べた。医者はそこで侯爵のように上部が金メッキされた自分のステッキを取り出して、それで数回さながら磁気療法のようにツォイゼルの指の上をさすって、その王座の棒と共に暇を告げた。しかし私は、他の人々の立場であれば、この棒を、難聴者達によく見られるように、医師がもっと良く聞こえるようにと彼に押し当てたツォイゼルの為の聴診器とも呼ばないであろうし、薬店主にもっと良く真理が伝わるようにと真理の前ぶれとして使ったノッカーとも呼ばないであろう。彼は単に指からハンカチを落とさせようとしたのであって、そうして別れの際に彼の顔を覗けるようにして、思いやりのある別れの言葉を述べた。「そこもとの医者にお伝えなさるがいい、ご当人とそこもとは町一番の二人のおたんこなすだと」。

この最後の言葉の前までは二人の雇われ薬剤師は十分に静かに振る舞っていた、言葉の点ではない――というのは長躯の雇われ薬剤師は第二コーラスとして同じ戦争歌を短躯の薬剤師に歌いかけていて、生粋の反痛風論者であったからで――その他の点である。長躯の男は私の主人公をその丁重さの所為で愛していて、クールペッパーがすべて短躯の男の許に処方するので短躯の男を嫌っていたということを考える者は、この二人からビリヤードの部屋の反映に劣らぬものを期待するであろう。しかし長躯の薬剤師は落ち着いていて、重大な真理をポルトガル人のように流血で広めず、――兵営医師が宮廷医師をおたんこなすと呼ぶや――静かに短躯の薬剤師の帽子を取った、短躯の男はこれに割れないようにと収益の卵を入れていたのであった、そして上述の卵を同業の男に憤懣の念を見せずに被せた。そしてわずかに力を入れて半エレほど高く浮いていたドクトル帽を彼の友人に――カストルとポルックス⑷も卵の殻を被っていただけになお更に――学位の授与としてぴったりと合わせ、被せられたフェルトの詰め物と流れ出る顔の覆いに対する感謝の念をさほど受け取ろうとせずに立ち去った。

殴り合いは小さな真理を、戦争が大きな真理を広めるように、広める。牧師のアイマンはヴィクトルに長い息災を祈る手紙を送って、彼を「侯爵の腎臓管理人」と呼び、彼の訪問を請うた。「太鼓腹の弁護士」が彼の所に上級機関であるかのように訪ねて来て、政府団に対する侯爵の調停を彼に頼んだそうである。薬店主は浣腸の請願をまだ控えていた。

ヴィクトルは聖リューネへの最初の訪問を熟れつつある果実のように先送りして、そうして彼を説得しようとしている参事官を怒らせた。しかし彼は言った。「当地に残された者達は出ていった者が最初の訪問をするまでは、出ていった者をずっと言いようもなく憧れる、これは出ていった者も同じ。最初の訪問の後は両方とも二回目の訪問を全く落ち着いて冷たく待ち受けるもの」。――彼が言わず考えなかったけれども、感じ、恐れていたものは、彼の胸の最も聖なる所に住んでいて、彼の魂にとっては姿が見えないことで一層得難く、必要なもの、そしてそれ故に一層確実なものとなっていた半女神のクロティルデが、ひょっとして姿を見せたらすべての希望を一気に彼の胸から奪いはしないかというものであった。

彼が次のように空想したのはアイマンの手紙を受け取った宵であった。「イェンナーがお元気でありさえすれば。

運動が必要だ、でも慣れない運動が――騎士は歩いて、歩行者は乗らなければならない。――一緒に徒で国中を回ることにしよう、変装して。――私でも多くの哀れな者達の役に立つかもしれない――聖リューネを通ってこっそり帰ることにしよう――駄目、駄目、駄目だ」。……

彼自身ある種の思いつきにはたじろいだ――それを思いついたからにはいつか実行してしまうだろうと案じたからである、それ故三度駄目だと言った。思いつきというのは、侯爵をクロティルデの両親の許に誘うことであった。――しかしそれは役に立たなかった。彼の父が侍従と大臣には厳しすぎる非難を述べていたことを思い出した――「ル・ボーが何の妨げになろう。哀れな奴さんにイェンナーの一瞥を恵んだところで。――最も気が利いているのはもうそのことは考えないことだ」。

犬が答えを運んでくるだろう。私としては――私の島の鋭い人間通はこれに対して、主人公はこの冗談をすると賭けるだろうが――これをしないと賭ける。

＊1　そがれた鯨髭をイギリス人は最も柔らかな臥床として考え出した。
＊2　電気を帯びたときの頭の周りの微光をこう呼ぶ。
＊3　クールペッパーは彼が彼にしばしば頼んでいたこと、侯爵に浣腸を処方するということを聞き入れなかった、処方されれば薬店主自らが行って、せめて一度君主に近づき、君主の弱点を自らの晴れ舞台に変えていたであろう。

# 第十八の犬の郵便日

クロティルデの昇進――微行の旅――上級狩猟監視人の請願書――宗教局の使者――フラクセンフィンゲン人の判じ絵

勿論彼はこの冗談を行った。しかし私は結局負けていない。事の次第はこうであった。ドクトルのクールペッパーが放電器のようながさつな手でツォイゼルの多血質の鼻の前を通り過ぎた日から、三個の時計を持ったこの男は私の主人公の許に押しかけた、主人公はたった一個の時計とそれに養蜂家の不格好なのを有していた。ツォイゼルはそもそも、一人の宮廷休養係でも彼の所で飲んでくれたら、宮廷歯科医が平らげてくれたら、神に感謝した。彼はいつも、出版可能なある秘密の情報を得て来た。彼は自分の許に何も止めておけなかった、たとえ薬局の下に吊るすと脅されても。彼は我々の主人公に語った、大臣は彼のヨアヒメの為に侯爵夫人の許で第二侍女の職を求めている、侯爵夫人はただ女性の使用人だけを選べることになっている――大臣はしかしまさにそのことをするわけにいかない、彼あるいは彼の子息のマチューが侍従のル・ボーに、この職をクロティルデのものとすることを約束しているからである、と。――彼はそこで私の主人公に頼んだ、彼は見るところマチューの友人なので、困っている彼を助けて、侯爵に働きかけ（ほんの一言言えば済むのだから）、侯爵自らが侯爵夫人にヨアヒメを頼むと仰せられるようにして欲しい、と。――侯爵夫人は、いずれにせよ大臣を引き立てていて、このことを一つならぬ理由から喜んでなさるだろう、すると大臣は、卿の敵の侍従が空手形に終わっても、やむを得ないということになるだろう、というものであった。

この阿呆はただ二人の公職応募女性について入手した二つの情報からその他の訴訟手続のすべてを推し当ててい

たのだった、そして大臣が彼の宮殿の四分の一の翼を亡き娘ジューリアの友人の為に空けるというマチューが彼に打ち明けた事情さえもが彼の確信を深めるだけであった。このように悪意は年齢ばかりでなく、情報も洞察力も埋め合わせるものである。

私の主人公は、この話しは何も信じられないと彼に語るしかなかった。しかし一人っきりになって三分経つとすべてを信じた――それ故にクロティルデは丁度侯爵夫人が現れたとき修道院から戻らなければならなかったのだ、と合点がいった――それ故に大臣の子息はル・ボーからのかくも多くの香壇、感謝の供物の祭壇で取り巻かれたのだ――それ故に老夫人は（第十六の犬の郵便日で）宮廷生活にかくも声高なセレナードを贈ったのだ――そもそも、となお合点がいった、二人のかくも追放され、捕らえられたバビロンの宮廷ユダヤ人は、再び昔の聖なる町に帰るまではと、いまいましいほどに元気なわけだ、そして彼らにまさに美しい娘があったら、この娘は旅行の先引きの馬、上昇の軽気球［モンゴルフィエー］として使われる。……

「クロティルデよ、来ておくれ」――と彼は熱くなって叫んだ――「宮廷の沼はそうしたらイタリアの地下室、花壇へと変わるだろう。――大臣の許に来さえすれば、私は才気煥発に振る舞ってみせる――私どもが二つの手綱を持っているのを見たら父上は何と仰せられるだろう、――一方の手綱にはあなたが侯爵夫人を、他方の手綱には私が侯爵を。……」このとき宮廷生活に対するクロティルデの最近の反対意見が氷柱のように彼のたぎる血の中に落ちてきた。しかし彼は考えた、「女性達には宮廷の輝かしい臥床が彼女達が思っていて言うよりももっと少しばかり気に入るのであり、男性達にとってよりもはるかに気に入る。――同じような魂の構造をしている自分も耐えているではないか――彼女は、侯爵の継娘として、その上に美しい継娘として、自分と比べれば惨めさは半分でしかない――いつか偶然によって野戦状態から宮廷の駐屯地に戻されるかもしれないと彼女は思わないのだろうか」。偶然とは――ゼバスティアンとの結婚を指していた。とうとう彼は、私も信じていることだが、彼女は単に儀礼上、両親の許から新たに離れることに対して、つまり新たな土地に対しても、若干の冷淡さを表明したのだということで納得した。これを喜んでいたら、宮廷の誰かに対する熱い思い、例えば彼女の――兄に対する思いとも受け取られかねなかった、と彼は考えた。

このとき、私が賭けに負けた昨日の考えがまた浮かんだ、一晩でものすごい高さに伸びて。つまりこうであった。侯爵に旅行し侍従の許を訪うよう説得し、その途次侯爵に夫人に対してクロティルデの口添えを頼むと、まず継父にとっては、美しい継娘に対する依頼を拒絶するのは不可能であり、第二に夫人にとっては、はじめて依頼の権利を行使した夫に対して拘束力を深めるというはじめての機会を大いに利用しないのは不可能であるというものであった。――

――八日後、もう黄昏ていて――秋の日では直に夜となるが、牧師のアイマンは望楼に立って、太陽を眺めていた、太陽自身を見る為ではなく、夕焼けと天候を見る為で、明日種を播こうと思っていた。びっくりして望楼から飛び降りて家に帰り、凶報を開けると、宗教局の使者がフランス人の亡命者と共にすぐに現れるということで、使者に対してはまだ一文も用意がなく、亡命者に対してはベッドがないという次第。……

誰も来なかった。

私は事情がすぐに分かる。宗教局の使者は牧師館を窺うと、上の窓際に蠟の宮廷医師ヴィクトルが座っているのを見るや、急いで村から出て、真っ直ぐにフラクセンフィンゲンに進んで行った。亡命者は同業のル・ボーの許に入って行った。――

二人の旅行者は別名――イェンナーとヴィクトルと名乗っていて、今日浮かれた彼らの競争路から戻ったのだった。

即ち七日前に、仮面舞踏会と微行《おしのび》の旅と卑俗な風習を愛する、そして単に大臣の精神的な仮面と微行とを嫌っている侯爵はヴィクトルと共に徒である男の後を付けて旅立った、この男は馬で仮面舞踏会の衣装と軽食を積んで先立っていた。イェンナーは手に刀を持していたが、これは鞘ではなく、散歩用の杖に収まっていた。宮廷の武器の象徴である。彼は市場村では新しい参事官のフラーミンと称した。はじめは遍歴の眼科医と刻印した私の主人公は、三番目の村で宗教局の使者へと改鋳した――単に本物の使者に二人は出会ったからである。宗教局のこの出納係は――侯爵が単に君主としての決議と温情を示せば済んだのであるが――医者に手数料帳と教会の職服とを縫いつけられたブリッキの記章と共にこの週だけゆずらなければならなかった。ブリッキの記章は使者に、銀の星形勲章は高貴な服に、巻板に巻く布地に鉛が使われるように固定され、どんな乞食であるかが分かる。

ビュシングにとってはこのようなレカーン[1]への紀行は掘り出し物であろう——私にとってはまことの難儀である、原稿はそうでなくとももう大部で、私の妹[2]はピアノを弾くときその上に座っている、椅子が犬の郵便日の土台がなければ十分に高くないからである。

イェンナーは何を見たか——ヴィクトルは——

参事官のイェンナーは役人達の許でただ曲がった背中——曲がった道——曲がった指——曲がった魂だけを見た。——「でも曲がっているというのは弧で、弧は円の、つまりあらゆる完成の象徴の一部です」と宗教局の使者のヴィクトルは言った。しかしイェンナーを最も腹立たせたのは、彼が単に参事官と称して君主とは称していないのに、役人達が彼をはなはだ敬うことであった。——ヴィクトルは答えた。「人間は二人の隣人を知っているに過ぎません。自分の頭の隣人は主人で、自分の足許の隣人は奴隷です——両者を越えるのは神かあるいは家畜です」。

更にイェンナーは何を見たか。

税を納める貧民達を基に潤っている免税の悪漢達を彼は見た——彼の廷臣達やイギリスの盗賊達のように有徳な仮面を付けて盗むのではなくて、仮面を付けずに盗む実直な弁護士達のことを彼は耳にした、彼らは啓蒙や哲学、趣味からいわば乖離しているのだが、それが死後困ったことになる気遣いは全くなかった、死後は自らを弁護して神に自分達の無知の抗弁を行い、神を難ずるであろうからである、「領主の法とローマ法以外に関係はない、神はユスティニアヌスでもなければ、カントもトリボニアヌス[3]ではない」と。——彼は彼の地方裁判所判事の頭にパン籠が、その部下の頭には口籠が掛かっているのを見た。彼は、（ハウアド[4]によれば）一人の囚人を養う為に二人の人間が必要ならば、ここでは一人の町の代官の為に二十人の囚人が必要なことが分かった。

彼はいまいましい者を見た。その代わり一方では快適な夜家畜がきれいに群れて野原で草を食んでいるのを見た、つまり共和主義者の家畜で、牡鹿と猪である。宗教局使者のヴィクトルは彼に言った、このロマンチックな光景は狩猟監視人達のお蔭であり、彼らの優しい心が野獣を撃てという侯爵の命令を、エジプトの産婆達がユダヤの少年達を殺すようにという命令を遂行できなかったように、実行できなかったのである、と。いや手数料の使者は居酒屋で黄色のインクと黒い紙を用意して貰って、屋根の上のスレート屋根葺き職人がスレートを渡して貰う為に太鼓を打ち、客が注いで貰う為にジョッキを叩き、給仕がビールのサイフォンを使って窓から中へラッパを吹く間に、このバビロン的喧噪の中で手数料の使者は、かつて高貴な猟師が侯爵に奏請した中で最良の請願書の一つを起草した。

上級狩猟監視人の請願書からの
劣悪な関係

「野獣は読み書きが出来ないので、これの出来る狩猟監視人が野獣の為に書き、良心に基づいて、すべてのフラクセンフィンゲンの野獣が、鹿も猪も、百姓の圧制に苦しんでいると報告するのは義務でありましょう。上級森林官にとっては、夜外に立って、農民が鹿を信じられぬほど虐待して一晩中厳寒の中を畑の側で騒ぎと火を起こし、口笛を吹き、歌い、射て、哀れな獣が何も食べられないようにするのを見るのは血の凍る思いです。このような薄情な者達は、自分達の馬鈴薯の食卓の周りに（馬鈴薯畑の周りにそうするように）馬鈴薯をことごとく口から射落とすような狩人や笛吹きを配置したら、自分達は痩せていかざるを得ないということに思い至らないのです。それ故まさに獣は痩せていて、まずはゆっくりと連隊の馬のように太鼓に合わせて燕麦を食むことに慣れなければなりません。鹿はしばしば数マイル出掛けて――パリで朝食を田舎の宿屋から取り寄せる者のように――このような沿岸監視人、野獣敵対者の取り締まらない菜園にたどり着いてからやっとたらふく食べなければなりません。犬番の少年達がそれ故、自分達は野獣が一週間かかって食べるよりももっと追い猟で穀物を踏み潰していると語っているのは正しいのです。――他ならぬこれらの理由から、上級狩猟監視人は陛下に臣下としての願いを奏す決意に至りました、

百姓は数千の良きキリスト教徒と野獣自らが日中そうしているように、夜は暖かいベッドの許に留まるように定めて頂きたい、と。

このことが行われますれば――上級狩猟監視人は敢えて約束申し上げますが――百姓と鹿の双方に救いとなりま

しょう——さすれば鹿は、家畜のように、落ち着いて畑で食むことが出来て、一番摘みで満足したら、百姓に落ち穂は残すことでありましょう。——農民は夜番から来る病気、風邪、疲労から幸いなことに解放されましょう。最大の利点はしかしこれまで百姓は狩りの賦役に不平をこぼし（それは全く不当とは言えない）その為に収穫の時期を失していたので、こうなれば鹿が百姓の代わりに夜取り入れをして、丁度スイスで若者が愛する娘の為に夜穀物刈りをしてそれで娘が朝仕事に来ても、仕事がないような具合になるということでありましょう——かくて収穫時の狩りはせいぜい——野獣の迷惑になるだけとなりましょう、云々」。

しかし宗教局手数料の使者ヴィクトルについて話すべきことは何か。——この教会の徴税人はあらゆる牧師をその冗談で、あらゆる牧師夫人をその機敏さでびっくりさせた、そして単にそのブリッキの記章と文書だけがかような使者のタイプが本物であると十分に保証していた。彼は宗教局書記官が請求していたものをすべて徴収した、そしてこの場合良心的であるのは自分にも書記官にもふさわしくないと言って弁解した。短い職務の間に恥ずかしげもなくわずかな額の未納の結婚担保をすべて詰め込んだ——我々の一団は、と彼は言った、半バッツェンの金に目をつけています——離婚となったときの金——婚姻が評議員によって結ばれたときの金、服喪期間の、血縁関係の、あるいは両親の同意の免除によるものであれ——はじめて（あるいは二回目に）払われるときの、しかしまだ二回目（あるいは三回目）ではないときの金、宗教局はこの余韻の金をいつも単に人々が領収書を無くした場合にのみ要求するのであるが——牧師が支払いを免除されるとき、牧師が単なるその決定に対して納めなければならない金に、目をつけています。

その後彼は袋を侯爵の前で空けて、お金の波を平らにして、始めた。

「陛下、

宗教局はとんまです。それはすべての戒律についてのルターの懺悔裁判所となり得るのに、現実には第六戒の裁判所にすぎません。——正直な宗教局の監督が——私のことですが——どれほどかき集められるかは、机上に明白です。この山は、宗教局に智恵があって、『万の事に対する新たな免罪符の購入希望者はいないか』と言えば、もう一度集められましょう。——宗教局は、幾つかの親等について免除の勅書を教皇のように書き得るということを証してきていません。何故もっと細かい等級を定めないのでしょう。その気になれば、大きな等級についても小さな等級同様に免除出来ましょうし、贖罪日の断食についても服喪期間と三回の説教壇の公告、この性愛の断食期間同様に免除出来ましょう。唯一人の人間が教皇のように全世界の精神的洗濯機械となり得、魂を記念の年に束ねて浄化できるのであれば、一団の私どもすべては一国の洗濯機械として利用できないでしょうか。そうは行かないのであれば——私どもも生活がありますので——見逃してもいいような些細なことの贖宥の金、手数料を受け取ることになります。少なくとも五つあるいは六つの大きな罪を、例えば殺人の罪を免除してやりさえすれば、私どもは離婚と結婚促進とを——この全く相反する操作を私どもは行いますが、カールスバートの温泉水が膀胱の石を砕くと同時に泉の中に落ちたものを石化するようなもので——半分の金で発布できることになります」。……長い中断の後に、「陛下、仕方ありません、いまいましいことに世俗の評議員が教会の評議員の中に混じっているのですから。半ば世俗の会議の机を聖なる椅子に挽き物加工することは出来ません。従って——食事の他に——協調性ほど必要なものはありません、そうして教会と世俗の評議員に、自分達の関わる当事者達をしっかりと召し上がって頂きます、書記とか使者の分の二、三の骨は除いて。それで私はしばしば死んだ馬の上に椋鳥と大鴉とが交互に並んで仲良くつつき食っているのを見たことがあります」。——

私の通信員は請け合った、この話しで宮廷医師は宮廷説教家がその演説で行うよりももっとイェンナーに効果があった、と。多くの当事者が金を得て、何人かの裁判官は不興の親書を得た。

仮装の馬車の旅が聖リューネに着く前に、若干のことを記しておきたい。イェンナーの魂にはピアノよりも多くの膝押しが付けられていて、それを寵臣の膝が跪くようにしながら自分の好きなように動かすのであった。彼はいつも現在の息子であり、隣人の反映であった。シュリー(5)を読んでいたときには、一週間秘密の閣議を欠かさず、会計局長官を呼び寄せた。フリードリヒ二世を読んだときには、帝国の分担兵力を定め、自ら指揮を取ろうとし、午前中は閲兵した。彼は印刷物の中であれ、演説の中であれ、喜んで立派な統治の理想に注目し、しばしばそれへの接近を、改善、調査、報酬を数週間ずっと試みた——禁欲は別で、これは侯爵が他人の助けなしで出来る唯一の功績であった。この十字軍の間彼は真のマルクス・アウレーリウスで、いつでも功に報い、罰し、指令する覚悟であった。——それに、もっと働いて禁欲するようにと命じられさえしなければ、それを実行できると感じていた。命じられたら駄目になってしまうのだった。

最初感傷旅行は彼の気に入った——過ぎてからはまた気に入った——しかしその最中では一番搾りの後搾られるものすべてがますます渋く思われて、田舎料理のメニューの代わりに自分の食料文字盤を欲した。それにこれまで勇敢さにも慣れていたので、勇敢さ——つまり彼の護衛兵が欠けると——いわば臆病になった。それであるとき暗闇の中で居酒屋の若い織工をベッドから杖の剣で刺し殺そうとした、織工が夜侯爵のベッドとより穏やかな内容物のベッドとを取り違えたからである。今や彼の好意の光線は身分のある唯一の人間、自分の有する唯一の親しい友、ヴィクトルの中で焦点を結んだ。私の主人公はしかしいつでも楽しむことがあった——少なくとも聖リューネへの思いが——いつでも食べるものが——少なくとも果樹の上には——いつでも読むものが——単に戸口の火事避けの呪文であれ、壁の古い暦であれ、慈善箱の上の善行の勧めであれ——いつでも考えることが——旅の道連れについて、自然の四季の、毎年繰り返される四つの業について、人間の、決して繰り返されない数千の業について——いつでも愛し、夢見ることがあった、まさにこの道はクロティルデがしばしばマイエンタールや聖リューネへの旅のときあとにしたのであって、豊かな彼女の心の友はこの古典的な道で大きな思い出と魔法の場、静かな長い秘かな至福だけを見いだしていた。

「聖リューネ」とイェンナーは叫んだ、ただまた紳士、ル・ボーに会えると喜んで。亡命者の仮装は彼自身が思いついたものであった、侍従の許でつまりは侯爵の不倶戴天の敵と称して侍従をもっと良く探る為であった。ル・ボーの魂が紋章学的貴族よりももっと高貴な貴族であったなら——あるいは侍従は侯爵を一目で分かるだろうとヴィクトルが思わなかったのであれば——本物の停職させられた宗教局の使者がもうフラクセンフィンゲンの町の人の耳に多分変装のすべてを知らせているであろうからには見抜けるであろうと思わなかったのであれば、彼は彼に高貴な仮面を勧めていたであろう。

ゼバスティアンは思いを巡らして離れて戸外にいた、多分に自分の役割を恥じて、明らかに、自分にとって長いこと昇らなかったクロティルデの太陽の顔を自分の心にもっと快適な位置から眺めようと憧れてであった。「両親は私との再会を喜ぶだろう」と彼は更に考えた、「私に恩義があるとすれば」――クロティルデの宮内官職のことであった。彼は暗闇にまぎれて立ち聞きしていると時々縮み上った、牧師館から彼の名前が、それも愛情の籠った、彼の返事を期待している調子で呼ばれるのを耳にして、ほとんど返事をしたくなったのである。しかし牧師館の人々はただ彼の名付け子と話ししていて、この子に言っていた。「可愛いゼバスティアン。御覧、私の手にしているのは何」。――今年の春の隠された楽園が如何に彼の周りの古い跡に見られることか。如何に彼は明かりの周りを動く館の中の頭部の影をうらやんだことか、彼を牧師館の中へ尾を振りながら招じようとし、中の、この優しい過去の舞台上で更に演じている馴染みの牧師のモプスを如何にうらやんだことか。しかし館の薊が館の内部の床のモザイクの薊を思い出させたとき、うらやむ者はうらやまれるに値した、そしてかつての暗い彼の人生の上に描かれたものの中で最も美しい夢を抱いて薬店主の許に戻った。

翌日イェンナーは帰ってきた、両親のことを喜び、娘に夢中になって、両親は上品で娘は美しかったからである。私の主人公は一言言うだけで、継父に、主人公と父親とが時々会いたがっている継娘の採用の依頼に心動かすことが出来た――継父も夫人に一言言うだけで、自分と他人の依頼を果たすことが出来た。……クロティルデは女官となった。

その後すぐにシュロイネス大臣は祝いの手紙の中で彼の家の四分の一の翼をクロティルデの両親に押し付けて、喜んで述べた、「より一層高いところからの依頼があって自分の依頼を首尾良く後押しされた」と。私はこの貴人をすべての紳士達の鑑に推す。もっとも今では皆が道徳的意味では、ウィーン人が紋章学的意味でそうするように、高貴(6)に書くけれども。

魂の目で一日中侍従の窓を覗いていたヴィクトルは、まず聖リューネのクロティルデに、次に宮廷のクロティルデに会うことが待ち遠しかった。彼は訪問を日々延期して――そして夜毎に夢の中で訪問した。決して名刺を――牧師宛の手紙を――彼は送らなかった。彼は自ら手紙を持参しようとしただけでなく、それを隠そうともした。しかしこの最後の考え――手紙を隠す考えは、クロティルデがこの宮廷の意地悪な考課表を手にしてそれで新たな職に対して嫌悪を抱くかもしれないと――隠す考えは、パウロが蛇をそうしたように、早速彼の魂から投げ飛ばした。率直な心に対して率直でない心、偉大な心に対して偉大でない心、暖かい心に対して暖かくない心に災いあれ、心は少しもそうでない心に対して夙にそうであらねばならないからである。

そもそも彼はこのような訪問とこのような答礼訪問とを日々一層必要としていた。彼は幸せでなかったからである。これに責任のあったのは彼の他に　一、侯爵、二、フラーミン、三、九〇三七人の人々であった。侯爵はそれ程責任はない。彼は彼の愛の［豊饒の］宝角《たからづの》をすべてドクトルに注ぎ、ドクトルの自由を、彼がはじめ神聖に守ろうとしていた自由をすべて奪った。ヴィクトルは日記あるいは人生の航海日誌を（父の言いつけで）書き続け、海図から、自分もしくは父が意図していたものより全く違った海と緯度、経度を通過していると気付く度に頭を振った。「でも正しく着岸するさ」と彼は言った。

しかし彼のフラーミンは、いつでも多すぎる愛を求め与える彼の魂にとってはもっと苦痛を与えた。彼は参事官にクロティルデの女官の知らせで彼自身の喜びに似た喜びをもたらそうとした。しかし彼は知らせとその伝達者を共に冷たく迎えた。書類の埃が厚く彼の心情のオルガンパイプに積もっていた。――会議と筆記の机に繋がれて、今では、繋がれた犬のように、以前の野放しのときよりも荒々しかった。――国家を一つのアナグラムに脱臼させようとする彼の同僚達の努力は、彼からは然るべき賛同を得られなかった。――それに彼の魂には嫉妬する友情の酵母が芽生えていて、これにはヴィクトルが彼とはめったにしか会わなくなり、他人とよく会うようになったことはまずかった。――彼が一緒に聖リューネに行こうと誘ったとき、ヴィクトルが断ったことは特に彼を立腹させた。……要するに彼は怒っていた。

九〇三七人とは、私の主人公にとっては九〇三七人の災厄の神々で、全フラクセンフィンゲン人の紳士達のことであり、とりわけその滑稽な性格の所為であったが、これについてはここでは描かずに、短い号外で述べることにする。

### フラクセンフィンゲン人の滑稽な性格が描かれる短い号外――あるいは都市小ウィーンの遠近図

多くの者が私のフラクセンフィンゲンを小ウィーンと呼ぶ、小ライプツィヒ、小パリ等々があるように。しかし風習の点で、生涯心底むさぼり食い酔っぱらうフラクセンフィンゲンと、スパルタ的消耗という逆の欠点を免れているとは言えないウィーンほど互いに対照的な二つの町はないかもしれない。小ウィーン人、あるいはフラクセンフィンゲン人は自然の享受に当たっては心よりは胃袋の口を開ける――沃野は家畜の料理画で、庭は所有者の料理画である――銀河は彼らの精神を（もっと長いけれども）ケーニヒスベルクの一五八三年の焼きソーセージの半分も惹き付けず満足させない、このソーセージは五百九十六エレの長さで、これを後世に伝えた学者、ヴァーゲンザイル氏[*1]の四倍の重さであった。――――これが御者達が小ウィーンと名付ける基となっている特徴であろうか。私はよく大ウィーンに行って、そこでよく見られる禁酒教団の大十字勲章佩用者、小十字勲章佩用者、上級帯勲騎士と昵懇である。それで有効な証人を立てることが出来、請け合って言えるが、――小ウィーンではがぶ飲みされるのに対し――大ウィーンでは、明らかにその修道院では、全く様子が違う。彼らは相変わらずこの上ない喉の渇きを覚えているばかりではなく――それは鎮めてしまえば消える筈のもので――酩酊に対してもプラトンの立派な手段を利用している。この古人は酔ったときには鏡を覗くよう助言していて、我々のはしたなさを思い出させる歪んだ姿を見て、きっぱりとそれを断つように仕向けている。それ故しばしば大聖堂参事会全員が、首席司祭、次席長老、修学修士達等々がワインやビールの入った容器を前に置いて、目前に持ち上げ、この(変質した)魔法の鏡を、歪んだ顔を更に歪める（これが揺れるので）鏡を、つとに長いこと哲学者の助言に従って覗いているのである。しかし絶えずグラスを覗き込む［飲酒を好む］人々は飲酒を愛せるものか私は疑問に思える。

それだからといって私は大ウィーン人からフラクセンフィンゲン人との尊敬できるような点における類似性をも奪うつもりはない。それで大ウィーンは後者に例えば次の点で似ているのであって、彼らは詩文、夢見心地、多感性に――これらは皆同じで――悩むことがない。ヴィクトルならこの賞賛を彼の言葉で以下のように述べることだろう。「ウィーンの作家は（最良の作家でさえ、デーニス[7]と三人に満たない者達だけを除いて）読者にあの魂の貴族を通じて、あの地球の蔑視を通じて、あの古来の美徳と自由、より高い愛に対する敬意を通じてすべての現在を越えていく翼をもたらさない、この点において他のドイツの天才達は聖なる光の中にあるように輝いている」[*2]と、そして『ウィーンのスケッチ』、『ファウスト夫人』[8]、ブルーマウアー、『ウィーンの年刊詩集』[9]を引き合いに出すであろう。非難をウィーン人自らが有益と思い、我々に尋ねることだろう、我々が（ウィーン人のように）「妓楼の承認の許に」と記すことの出来るような猥談の滓を有す年刊詩集を提示できるかと。この文学的差異の思いからニコライのような者まで――普段はウィーンの作家達の格別の賛美者ではないが――一般ドイツ文庫でこれらの作家の為に独自の側面桟敷を設けている、他のドイツの作家はすべて平土間に投げ込んでいるというのに。同様に私はバイエルンで、絞首台に三つの近い宗派のキリスト教徒の為の通常の梁の他に更に特別の分離派の横木が用意されていて、そこでは単にユダヤ人が縛られることになっていたのを見たことがある。

　フラクセンフィンゲン人は、詩人は詰まらないと知っていて、散文の中で詩の小川が流れている本では、小川を飛び越えている、ある種の人々が遅れて教会に行って、歌を避けるようなものである。彼は国家の忠実な僕であって、国家は詩的黄金の素質が監査制度、委員会、報告制度、新兵募集制度で何の役に立つかよく承知している。何の役にも立たないのである。しかし彼はそれでも、たとえクロプシュトックやゲーテは評価できなくても、暇なときにはクニッテル詩形や通俗即興詩を軽視したくないと思っている。このように無邪気に頑丈な魂は、ここでは自分の精神よりも賃貸料を上げようと思っているが、種痘が存在することを納得させるもので、このお蔭でフラクセンフィンゲン人だけが（ソクラテスのように）多感さというペストの中でも移らずに歩き回れたのである。満月は彼らの間では蟹の身を一杯にしたが、心を一杯にすることはなかった、そして成長を願って満月のとき植えるものは愛ではなく――スウェーデン蕪であった。生粋の小ウィーン人は上のこの白い標的よりも手近な多くの標的を狙う。前もって自らを射殺したり嘆息して死ぬこともなく、まことに喜んで婚姻が結ばれる――愛の障害には教会の障害しかなく――女性の貞潔はベルトの締め金で、娘の姓と同じくらいしか保たない――娘達の心は封筒のようなもので、――一度ある紳士宛に上書きされると、すぐに裏返されて、それに別な人間宛に記入される――少女達は媚態からではなく、素朴さからあらゆる悪魔を愛するが、哀れな奴だけは別で。……

要するに、私がすべてを負うている私の通信員はほとんど一方的に小ウィーンに肩入れしていて、それ故あるフランス人紀行家[10]の著者に猛烈に反論している、この著者はどこかで――家にそれがあれば、本当は小ウィーンは何というのか分かるのだが――フラクセンフィンゲン人は少なくとも盗賊となるだけの力が十分ではないと述べたそうである。クネフはしかし、彼らはもう盗んだと思いたいと述べていて、絞首刑にした者達のことを引き合いにだしている。

フラクセンフィンゲン人の滑稽な性格の描かれる短い号外、
あるいは都市小ウィーンの遠近図の終わり

しかしこのような人間の許では私の主人公はどんなに辛抱しても楽しい日々は得られなかった、すべての利己心を、殊に美食のそれを憎み、グレイアム医師が食事をしないで生きる術を教えている講義を聞きたがっていた彼、――心の中で喜んで詩によって翼を付けられた真理の種子を受け入れた彼、心にエマーヌエルのような人を抱き、詩的情緒の欠如を、倫理的人間がまだ青虫の皮を脱いでいない印とまで見ていた彼――人生のすべてと国家のすべてを、その中で第二の人生の核心が熟する莢と見なしていた彼は――――まさにこのように考える者は、別様に考える人々の許で余りに孤独である。

このような状況にいるとき、彼は善き牧師夫人から手紙を貰った。「こちらでは皆が貴方は亡くなられたとのうわさです。しかし私は人々に、ほとんど音沙汰がなく世間をすべて忘れておいでのようだから、きっとまだ御存命に違いないと申しております。私の言葉を証明して下さい。私どもは皆心から、おかしいほどに貴方に憧れています、二十一日には是非お越し下さい（町長老家の結婚でフラーミンのように都合が悪いというのでなければ）。クロティルデの誕生日の他には何もないのですけれども。立派な閣下、どうしてかくも長い間黙っておいでで、お姿をお見せにならなかったのですか。一人の忠実な友が、貴方の宮廷の貴婦人方とはまるで違って、移り気なことは全くなく、心から貴方を目の前にし直接話しを伺いたいと思っています――私のことです――貴方がお出でになれば、私は嬉しさの余り泣くことでしょう、気分次第では笑うかふくれるかもしれません。Ｅ・」

気持の籠ったこの手紙を彼はいつ受け取ったか。それに対してどのような返事を書いたか。

最も素晴らしい日曜の朝と魔術的な晩夏の到来を告げる最も素晴らしい夕方であった――彼は、マイエンタールの山々がその下にある夕［西］焼けの方を見た、そして彼の心は重苦しくなった――聖リューネの上に輝く満月の朝［東］焼けを見た、そちらへの憧れは言いようもなかった――　――彼は誕生日が明日というクロティルデのことを考えた、そして勿論今日は――ただベッドへ行った。

＊1　これはその『ある若い皇子の教育』（一七〇五年）の中の［爪を切らずに］長い靴を履く当人である。

＊2　こうウィーン人について語っているのは一七九五年の初版で、一八一九年の第三版の改訂版はウィーン人の改訂されていることも認めている、彼らは前時代の影を如実に保っているけれども。

# 第十九の犬の郵便日

肺病ではなく歌中毒の理髪師――ヴィクトルの夢の中のクロティルデ――教会音楽についての付録――シュターミッツの庭園コンサート――ヴィクトルとフラーミンの諍い――慰めの得られない心――エマーヌエルへの手紙

この郵便日を私が一杯にする十月の日曜日、聖リューネはすでに朝の九時半には嬉しい輝かしい日で牧師館では皆が宮廷医師のことを考えていた。――「夕方のコンサートには来て欲しい」。名手シュターミッツ(1)がル・ボーの庭園で開くのだった。――「昼食にはもう」――「子供達の教義問答に来る気がないのであれば、私の早朝説教には」。アイマンは今日モイゼラー氏が頭に被せた新たな鬘をその際頭に載せるのだった。この巧みな鬘師はよく自分の髪を有しない教区司教（牧師）の許を訪れて、教区監督、信仰者の支配者、牧師の大方が閣下と呼びかける監督自らよりも牧師の頭に関して功績が大であった。余りに歌い、嘘を付き、酔っぱらうということがなければ、大方の聖職者は彼らの髢《かもじ》を――この技巧的な鶏冠を――彼に頼んでいたことだろう。しかしそうではなかった。

牧師は運命のジャムを――これには擬の髪も数えられたが――何物かですっぱくし、苦くすることを好んだので、当然今日の鬘を、この模造の業の代価に彼は一家の本物の髪を切って与えたのだが、ヴィクトルの長い不在についての疑念で台無しにした。彼は述べた、「彼を辱めたのに違いない――何も書いてこない――息子と喧嘩したのかもしれない――何かがあったのだ――老卿も憐れみをかけて下さらない――鼠でうんざりされたのだ」。

このような悲歌で彼ははじめは自分だけを仕舞には聞き手をも不安に陥れた。彼は自分を不安にする新たなことの出現によってしか論駁されなかった。彼の集雲の雷雨地区、あるいは補助簿、別控簿はこの度は本当の本で、ツァイツの人、テラーの『説教者の為の逸話』[2]で、これを彼は今日鬘師を通じて聖職者の読書会から受け取ったのであった。聖職者は、殊に田舎の聖職者はすべてを小心翼々と几帳面に行っていたが、これは一部は宗教局の彼らのおっかない上役、怪物の脅しの所為であった。さてこの読書会では法律が施行されていて——注釈者や編集者が守るのであるが——どの会員も脂やインクの染み、破損が本にあれば前もって汚染表、調査表に該当頁数と共に登録するようになっていた。勿論、ほどほどに正直なルター教徒にすぎない各人は誰もが本を汚れのない状態［無原罪の御宿り］で受け取ったことを否認した。それで雀斑はすべてきちんと記入されたけれども誰も罰せられなかった。ただ良心的な我々の牧師だけは贖罪の山羊[3]として他人の過ちの咎を引き受けて、本に罪の調査表にあるよりも多くの汚れを見つけるとその度に一晩中眠れなくなった、自分が無名の汚点の養父とされ、本を買わされるであろうことが明白であったからである。——テラーの黒衣のカトリック坊主の為の逸話は今や真っ黒の下着となった。耳折れは他の箇所に——染みの上には染みが——頁は普通の校正刷りであったのではなかったか。……それも文字通りに——アイマンは始めた、「金が窓から飛んで来たら、……」。

そのときヴィクトルの手紙が飛んで来て、その——著者がドアから飛んで来た。

勿論こうである。ヴィクトルは素晴らしい天候の前には美しい夢を見た、惨めな天候の前には悪魔がその一味と共に現れた。素晴らしい土曜の天候と、クロティルデの晩夏の誕生日の思いで彼は朝の夢を見たが、それは一つの芝居で、そこではただ彼女の優しい姿が演じていた。夢のヴェール越しに見た人物が彼にとって次の日ずっと魔法のように反映して現れた。彼の場合夢は——この精神の蛾は——本物の蛾のように夜と眠りを越えてさまよった。少なくとも午前中は彼は夢の中で愛し始めた人を誰でも目覚めてからも愛し続けた。この度は全く逆に目覚めている愛が夢の中の愛へ侵入して、現実のクロティルデが理想のクロティルデと共に輝かしい聖人像へと一体化して、それで彼の夢を知っている者なら容易にその像が描ける。それ故夢が読者に、とりわけ詩的読者に、描かれなければならない——それ以外の読者には夢のない犬の郵便日の版を出したい。自ら本を有しない非詩的な読者は本を読むこともないであろうからである。

しかし君達に、君達善良な、まれにしか報われない女性の魂に、純潔な習俗の為に第一の良心の傍らに自らの第二の良心を有し――その簡素な美徳は間近に見るとあらゆる美徳の一つの花冠へと花咲く――丁度核星が望遠鏡で見ると無数の星に砕けるような具合である――君達、決心するときには変わりやすいけれども、最も高貴な決心をしたときには不退転で――地上から、誤解された願い、忘れられた価値を抱いて、涙と愛で一杯の目をして、美徳と苦悩で一杯の心と共に、出ていく――君達尊い魂に私は喜んで小さな夢と私の大きな本を語ることにする。

「ホーリオンには見えない一つの手が彼を摑み、彼には見えない一つの唇が彼に語りかけた。あなたの心は今や神聖で純潔である、女性の徳の守護神がこの野には住んでいるのだから、と。御覧、このときホーリオンは勿忘草の咲き揃う広野にいて、その上では空が青い影のように沈み込んでいた。すべての星が消えていて、ただ宵の明星だけが上の太陽の位置にひっそりと輝いていたからである。白い氷のピラミッドが、落ちてくる夕焼けに条を入れられて、金と銀の段の防塁のように暗い周囲一帯を取り囲んでいた――――その中をクロティルデは、死者のように崇高に、別世界の人間のように快活に、あるときは翼のある子供達に、あるときはヴェールを付けた尼僧に、あるときは真面目な天使に導かれて歩いていたが、しかし永遠にホーリオンの前を通り過ぎていった――通り過ぎる度に彼女は彼にこの上なく幸せに愛しつつ微笑みかけたが、しかし去っていった。――花盛りの丘が、ほとんど墓に似て、上下に揺れた、それぞれの丘がその下でまどろんでいる胸の息によって動かされていたからである。下に隠されている心臓の上には一本の白い薔薇があって、頬の上には二本の赤い薔薇で、頬の優しい紅潮は地中に隠れて、上の暗い青空では下の心臓と頬の薔薇が丘と共に動くにつれ、丘の花の白と赤の反映が滑るように混じって揺れた――消えつつある木霊が、誰にも聞こえない声によって引き起こされながら、互いに山奥で答を交わした。木霊のたびに小さなまどろみの丘はせり上がった、あたかも深い溜め息あるいは歓喜の胸の為に高まるかのようで、そして一層幸せそうにクロティルデは微笑んだ、反響のたびに一層深く花の大地に沈みながら――響きには過度の歓喜が混じっていて、人間の解かれた心はその中で死のうとした。クロティルデは今や墓の心臓のところまで沈み、ただ静かな頭のみがまだ広野の上で微笑んでいた――やっと勿忘草が至福の涙で一杯の沈んだ目よりもぬきん出て、咲き誇った――そのとき突然優しい女性の上にまどろみの丘が這ってうずくまり、花の間から彼女の言葉が上がった。あなたもお休み、ホーリオン。――しかし遠くの声は消えつつ暗いグラスハーモニカの響きに変わった。……

御覧。音が消えるにつれエマーヌエルのような大きな影が近寄ってきて、彼の前に短い夜のように立って、見知らぬ時をより高い世界で覆った。しかし時と影とが散るとすべての丘が崩れ落ちた――そのとき花の反映は一緒に波立つ空を金色に染めた――そのとき氷山の深紅の峰には白い蝶、白い鳩、白い白鳥が羽を腕のように広げてすがりついた、そして山奥ではさながら並外れた恍惚によるものかのように花が、星が、花輪が投げ飛ばされた――そのとき最も高い、明るい光と深紅の炎の中に憩っている氷山にクロティルデが荘重に、神聖に、この世ならぬほどに陶然として立っていた、そして彼女の心臓では霧の球が震えていたが、それは溶けた小さな涙で出来ていて、そこにホーリオンの蒼い姿が映し出されていた、そしてクロティルデは両腕を広げた」。

しかし抱擁する為にか、飛び上がる為にかそれとも祈る為にか。……彼は余りに早く目覚めて、夢の霧状の涙よりも大粒の涙を流した、消えつつある声は絶えず彼の周りで叫んでいた、あなたもお休みと。

女性の魂よ、疲れて、報いられず、征服され、血を流しながら、しかし偉大に、汚れを知らずに人生の煙立つ戦場から出ていく魂よ、男性の、嵐で育てられ、仕事で汚れてしまう心が尊敬し、愛するけれども、報いることも到達することもかなわぬ天使よ、今私の魂は御身を前に何と低頭することか、御身に今何と天の静める香油と永遠の者の善意の報いを願うことか。フィリピーネ、良き魂よ、隠された小部屋に行って、涙ながらに、もう何度も流しているけれども、純潔の優しい心に手を置いて誓うがいい、「心は永遠に神と美徳のもの、安らぎは求めなくても」と。自分に誓うがいい、私には必要ない、誓わなくても信じているから。

何と星と夢に満ちた華麗な夜であったことか、何という自然の祝祭日がそれに続いたことか。ヴィクトルの頭には聖リューネしかなかった、青く覆われ、銀色の露に満ち、最も美しい天使で飾られていた、この天使は今日濡れた喜ばしげな目を晴れた空に向けて考えていた、「今日の誕生日になんと素晴らしい天気なのでしょう」。――町の長老とその娘までもが、両人は結婚式であったが――長老は夫人との二度目の結婚式、娘は孤児院の牧師との初めての結婚式――彼の嬉しい考えの行列の中に二組の新たなペアとして入って来た。

彼は聖リューネに行こうと思わずに、言った、「ちょっとした散歩の為に着替えるだけだ」。

「今日どこへ行くか全くどうでもいい」と外で言って、聖リューネへの道を行った。

「いつでも引き返せる」と途中で言った。

「同時に手紙の発信人と配達人とになって自分の手紙を手渡したらもっと面白いだろう」と言って手紙を取り出

「お母様の手紙にはこの折口頭で答えることにしよう」と半ば夢見心地で、誕生日のことを知らせて彼に優しい夜の夢を見させてくれた彼女により大きな愛を抱いて、続けた。――

――そのときリューネの教会の鐘の先触れを耳にして、彼は飛び上がって言った、「これからはもうあれこれ考えることはしない、断固決然と村に進軍するぞ」。

かくて幸運の女神の手に引かれて、後から微笑みかける全自然を追って、心に夢を抱きながら、新たに花咲く顔に無垢の希望を浮かべ、彼の魂の楽園に進んで行った。

フラーミンは連れていなかった、町の長老から結婚式の客を取り上げない為であり、自分でも聖リューネに向かうか知らなかったからであり、ことによると、ほのかに光る朝に対する自分の空想的視線を法律的な文書のニュースで妨げられたくなかったからかもしれない。そもそも彼は男性とよりも女性との散歩を好んだ。男性は一緒にいるとき感情を打ち明けることほど恥ずかしく思うものはない。しかし女性は恥じらった感情を好んで打ち明けるものである。女性はむき出しの心を母親の暖かさで覆って、心が晒されても冷やされないようにする。

下のヴィクトルが牧師館を通りかかると、彼は上の窓から下の自分を見下ろすことになった、友人達の為に作られた彼自身の第二版の姿をして。しかし蠟のヴィクトルは、肉体のヴィクトルをびっくりさせないよう、早速屏風の陰に追いやられた。ヴィクトルの歓迎と記念祝祭は次のように述べればこれに勝って躍如たるものはない。モプスはほとんど踏んづけられそうになり、鸚は飛び回って朝食にありつけず、牧師夫人は目にした喜びの余り客にも朝食を用意せず、教会は半時間の二重手形支払期間の後にやっと始まり、それでこの度はいつもより多くの編入教区民が酔っぱらって入って来た。

酔って、しかし喜びに酔って、ヴィクトルも入って来た。牧師夫人として夫に、聖職者の襟飾りを夫に掛けながら、こう述べることほど気持ちのいいものはない。「今日はいつもより長めに、そうでないと腿肉が焼き上がらないから」。家庭的些事にははなはだ私の主人公は喜んだが、宮廷的些事にははなはだ腹を立てた。

彼は牧師と牧師夫人と共に行ったが、夫人は台所と化粧の仕事をすべて大雑把に男性的に切り上げた。聖職者の欠点に対する彼の鷹揚さはかの教会録を得、王侯の食卓に列する貴人達のそれとは何の関係もなかった、これははなはだしい蔑視から生じているもので、キリスト教徒の司祭もエジプトの司祭同様に扱っていた。そうではなく彼の鷹揚さは、教会はまだ、国家の許で自分の倫理学講義を聴けない貧しい民の唯一の日曜学校、スパルタ的シュールプフォルタ[4]であるという意見から生じていた。それに彼は青年として子供時代好きであったものを愛していた。

多くの説教者が、演説の中で下手な理由を先に述べようとするクインティリアヌスとそれを後に置こうとするキケロとを統合してこれらの理由を両方の箇所で述べようとする。しかしアイマンは立派な感情を下手な理由よりもましと見なして、百姓達に連結推理ではなく、花の鎖を巻き付けた。

先の理髪師は、自分の身分以下なのではじめは教会に入ろうとしなかった、しかし後にはどうしようもなかった。宮廷からの客人の為に教会音楽がなされたからである。

余りに歌が好きで、自分の鬘地区でなされるすべての教会音楽に自分の喉を、殊に聖なる聖霊降臨祭に混ぜ入れるのが鬘師モイゼラーの唯一の欠点である。聖リューネの楽長にはこれは我慢ならなかった。しかし彼はどうして楽長を誑かし、数千の耳を楽しませるか。こうである。今日は調髪すべきものを片付けると、(今日だけではなく、いつもそうなのだが)、聖歌隊の段にまで滑って近付いた。ここで楽長が、音楽の橇に乗って、指を教会音楽の第一和音に打ち込むまで、寄り掛かって見守った。それから光線のようにすばやく聖歌隊に入り、少年のアルト歌手からその課題を盗み、教区民の耳に歌って聞かせたが、しかしこれははなはだ惨めな小突き合いの中で行われ、原稿を批判家の前で歌い上げるような案配であった。というのはとにかく世間に知らせなくてはならないが、喧嘩早いピアノ奏者が理容のアルト歌手に肘の鋭角のトライアングルで猛然とつつき回して、余所者の鳴禽を聖歌隊の小鳥小屋から突き出そうとした。しかし歌手は自分の右腕をテキストの堅固な譜面台にし、左腕を軍鎚《くんつい》とした、丁度エルサレムでは大工のユダヤ人が片手には建築用具を片手には武器を有するような具合で、それで鬘師は、ずっと戦いと演奏が行われるなかで、自分の最良のことをし、音楽という神の休戦の間に若干のことをやり遂げることが出来た。しかし音楽が息を引き取るや、この調和的漂鳥、突撃兵はすばしこく聖歌隊を抜けだし、その間数千の耳と唯一つの肘だけを考えていた。楽長は彼を捕らえることは出来なかったし、好きにもなれなかった。

これに対し幸い箱を持って、丁度牧師、教師、教育学的蛙の卵が蟇の死体を取り巻いてきしきしかあかあ鳴いている、つまりもっと手短には葬送の音楽と呼ばれるものがなされている村を通りかかったときには、この名手は、肘の妨害を受けずに、威勢良く二本足でモテットの中に飛び込み――相続人が死者に贈る葬送のセレナードを編曲し――葬列に若干のカデンツを無料で投げ込み、その上に村で官吏に真新しい袋締め鬘を売り出すことが出来た。

―

我々の主人公にとっては村の教会の音楽は最大の諷刺の楽しみを与えてくれた。しかし私が用心深く、教会音楽についての微々たる臨時シラブルの――ほとんど見えないくらいであるが――許しを乞うことを怠っていれば、それは目にし得ないままであろう。

## 教会音楽についての微々たる臨時シラブル

人々が教会音楽を聞いて座っているのを見るのは私にはいつも嬉しい、誰も毒蜘蛛にさされていない印[5]だからである。抜け出す人がいると、不協和音に我慢できず、そして噛まれたことが分かる。私は平凡な指揮者としてほんのわずかな教会で――つまり改修された教会や新たな教会で落成式の音を司るだけである――それ故実は通りすがりに触れる本件については何も分かってはいない。しかしルター教徒の教会音楽は何か役に立っている――ごくわずかな不協和音が正しく演奏されるかもしれぬ首都ではなくて、田舎ではそうであると主張することは許されよう。まことに、惨めな、飲んだくれの、二日酔いの楽長は、難しい華のアリアを歌って辟易させ、他人をさんざん殴るけれども――つまり二種の難しい華のアリアがあるわけで――日曜日にヴァイオリンを弾く数人の職人と共に、イェリコの壁を楽器がなくても吹いて崩せそうな一人のトランペット奏者と共に、ティンパニーを打ち鳴らして回る鍛冶屋と共に、まだ全く歌えないけれども、しかし美しい芸術のように単に耳と目の為に働くのではなく、（これは少年達よりは悪い意味で）第三の感覚[6]の為に働く歌姫に似ている少数の痙攣を起こしたような少年達と共に、そしてオルガンの肺葉と自分自身の肺葉から送り出すわずかな風と共に、このように激しく踏む男は、と申し上げるが、極めて少数の音楽的がらくたと一緒に、その佳調でしばしば神殿の落成を行う幾つかのはるかに良い支援を受けている劇団のオーケストラや楽隊よりももっと澄んだ雷鳴とバイオリンの松脂の稲光を説教壇のシナイ山の周りに、つまりもっと激しい不協和音の教会音楽をその聖歌隊から引き出すことができるのである。それ故このような大声の男にとっては自分の教会の引っかき音、爆音を誤解されたり、曲解されては無念である。我々の田舎の教会すべてに優しい物静かなヘルンフート派の響きが忍び込むべきであろうか。――しかし幸いなことにそれに反対する町の楽長達がいて、彼らはどの点で純粋な聖歌隊の響き、不協和音は標準律と異なるべきか承知している。

読者には期待しないが、しかしオルガン奏者には、何故ただの不協和音が――というのは和音が我慢できるのは楽器の音の場合に限られるので――聖歌隊に相応しいのか承知していると期待したい。不協和音というのはオイラー[7]とズルツァーによると大きな数字で表現される音声関係である。それは不均衡の所為で我々の気に入らないのではなく、我々がそれをすぐに均一化できない能力の無さに依るものである。より高い精霊達は我々の佳調の近い関係を余りに安易、単調と見なし、これに対して我々の調子外れのより大きな関係を魅力的なもの、自分達の理解を越えないものと見なすであろう。礼拝は人間の為よりもより高い者達の名誉の為に行われるので、教会のスタイルも、より高い者達に合う音楽、つまり調子外れの音楽が作られるよう、そしてまさに我々の耳に最も忌まわしいものを神殿に最も相応しいものとして選ぶよう努めなければならない。

一度ヘルンフート派の楽器音楽に教会の門戸を開くや、結局はその歌も伝染して、次第次第に、我々の教会をかくも陽気にしている鳴き声の歌すべて失われることになる、これは去勢された耳には不快な掟の槌音であろうが、我々には、我々が、ルイ十一世の命によりドゥ・ベニュ僧院長が音階に従ってハープシコードの目釘に刺して鳴かせた豚に似ているという立派な証拠となるものである。このように私は教会の歌、あるいは新しいドイツの屠殺の歌について考える。

教会音楽についての臨時シラブルの終わり

私は私の主人公が日曜日の間端役以外のことを為しておれば、理髪師をかくも長く歌わせ、演じさせはしなかったであろう。しかし一日中で彼がした重要なことと言えば、人間愛からか馴染みのアペルに――彼女の箪笥と箱を開けて――自分よりもハムを飾ることを好む彼女の体から通常の、活版印刷の安息日豪華版を午後の三時にはもう作り上げたことぐらいであった。いつもは彼女は夕食の後ようやくそうするのであった。ユダヤ人達は安息日には新たな安息日の魂を得ると信じている。少女達には少なくとも一つの魂が入るが、アペル達には二、三の魂が入る。

しかし私は何故今日はもっと行為するよう私の主人公に期待するのか――今日――夢の夜と近付く夕方の想いに耽って――親切な目と見果てた夢の春の名残に心動かされて――静かで暖かな夏に穏やかに休んでいる彼に――夏は山々の香壇に、白い紗で覆われた野原に、鳥達のおし黙った葬列に微笑みながら死にかかっていて、葉の上の最初の雲が昇ると息を引き取ったが――今日、全く優しい思い出によって気分が沈み、これまで陽気でありすぎたと感じているヴィクトルに。彼は周りの良き人々をただ愛のこもったほのかに光る目で見つめるだけで、更に光らせながら目をそらし、何も言えず、外に行けずにいた。彼の心の上には、彼の譜面にはすべてトレモロで書かれていた。余りにも微笑む者ほど悲しい者はいない。一度この微笑が止むと、何事にもこの砕けた心は動かされて、意味のない子守歌、フルート演奏会でも――その嬰ニ長調、嬰ヘ長調の吹奏法は牧童の口笛を吹くときの二つの唇にすぎないのだが――昔の涙が誘い出されるからである、わずかな物音で揺れる雪崩が引き起こされるように。今日の夢は彼がクロティルデに語りかけるのを許していないように思われた。彼女は余りに神聖に、相変わらず翼のある子供達に導かれ、氷の王座にいるように思われた。彼はそもそも今日はル・ボーの倫理的死者の国での会話の為の舌と耳とを有していなかったので、木陰の多い大庭園でこっそりとシュターミッツの演奏会を聴き、せいぜい偶然の出会いにまかせようと思った。第二の理由は彼の音楽に共鳴するよう造られている心の為で、これは素早い音を妨げられずに吸い上げることを好み、音楽の効果を世の紳士に見られることを欲しなかった、この紳士達はゲーテやラファエロやサッキーニ(8)の作品をレッシェンコールの画を欠かせないように（同じ理由で）欠かすわけにいかないのである。情緒は高めて、情緒を示すことを恥ずかしく思わなくする。しかし彼は情緒に浸っているときは、他人の注目に注目することをすべて嫌い、遠ざけた、しばしばどのようにしてなのかは分からないが悪魔が最良の感情の中にも虚栄心を密輸入するからである。夜とか影の隅では涙は一層美しく落ち一層遅く蒸発する。

牧師夫人はすべての面で彼の考えを支持した。彼女はこっそりと——町に連絡して、息子を招待し、庭での不意の出会いを計画したのだった。——

牧師一家はやっと木立の中のコンサート場に赴いて、自分達がル・ボー一家からどんなに軽蔑されているか考えもしなかった、ル・ボー家はただ貴金属類と高貴な生まれだけを入場券に値するとし、気高い行為は決してそうとは見なさず、牧師一家を卿とマチューの友人として高く、いや両者の愛玩犬として更に高く評価するような家であった。

ヴィクトルは牧師の庭に少しばかり残った、まだ明るすぎたからであり、アポローニアが気の毒だったからである。彼女は一人っきりでこっそりと盛装しながら東屋の窓から空を見ていて、代子を頭上に上げたり胃の下に下げたりして垂直にあやしていた。彼は小市民のように東屋では帽子を被らずに丁重に振る舞って彼女の勇気を高めた。襁褓の子はさながら子守の女性のプロンプター、オルガンのふいご踏みである。幼きゼバスティアンはアペルに年長のゼバスティアンに対する十分な援兵を送った、彼女は結局話し、注釈しはじめた。代子はいい子のかわいい「バステル」だ、と。「でも」（と彼女は付け加えた）「お嬢様は（クロティルデは）それがお気に召さない、お父様がバステルと言っているのをお聞きになると、ヴィクトルと呼ぶべきだとおっしゃる」。それからクロティルデがどんなに彼の代子を愛しているか、どんなにしばしば自分からこのおいたの子を取り上げ、微笑みかけ、接吻するか褒めたて、そして幼児に自分が讃えることすべてを繰り返した。大人のゼバスティアンもこれを真似たが、しかし彼が小さな唇に捜したものは彼女の接吻で、ひょっとしたらアペルもまた彼の接吻を捜したのかもしれない。より幸せな青年はより幸せな女性を後にした。いまやアモールが使者として彼の心に別な女性への飾られた希望を送ったからで、皆が言っていた、「騙しはしませんよ、私どもを信用して下さい」。

やっとシュターミッツは調律し始めた、クロティルデがこの庭でのコンサートを彼女の誕生の夜の唯一のお祝いとして頼んでいなかったら、今日は誰も客人はないので、けちな侍従はシュターミッツのことは歯牙にもかけなかったことだろう。シュターミッツとそのオーケストラは照明された木陰道を占め——貴族の聴講室は隣の最も明るい窪みにあって、もう終わればと願っていた――市民階級はもっと離れていて、牧師はカタル性の露の床を恐れて足を大腿の上に組んでいた――クロティルデとアガーテは最も暗い葉陰に休んでいた。ヴィクトルは前奏曲で一行の居場所が分からないうちは忍び込んで行かなかった。最も遠くの木陰道、まことに太陽から離れた所にこの彗星は席を取った。前奏曲はかの音楽的悪筆と唐草模様から――かの調和的な専門用語から――かの相対して響く花火の爆声から、これは他ならぬ前奏曲にあるときにのみ私の称賛するものであるが、成り立っていた。これの効用は、これは霧雨で、心をより単純な響きの大きな滴の為に柔和にするということである。世の感情はすべて序を必要としている。音楽は音楽に道を――あるいは涙の道を開く。

シュターミッツは――どの指揮者にも出来るというものではないドラマ的方法に従って――次第に耳から心に、アレグロ［快速調］からアダージョ［緩やかに］に移るように迫って来た。この偉大な作曲家はますます輪をせばめて心のある胸に侵入し、ついに胸をつかむとそれに陶然と巻き付いた。

ホーリオンは、恋人の姿を見ずに、暗い木陰道で一人震えていた、木陰道には一つの枯れた枝が月とそれを追う雲の明かりを通していた。音楽を聴きながら移り行く雲を見ることほど彼を感動させるものはなかった。この霧の奔流が我々の影の地球の回りを永遠に逃げて行くのを目と音楽とで追って、それにすべての彼の喜びと願いを託すとき、彼の歓喜と苦悩のときはいつもそうであるように、自分の頭上のそれとは違う別の雲、別の逃走、別の影のことを考え、そして彼の魂は渇望し、憧れた。しかし弦は渇望を静めた、冷たい鉛の弾を口に入れると渇きが消えるように、そして音色は絞られる涙を感無量の魂から解き放った。

ヴィクトルよ。人間には決して満たされることのない大いなる願望がある。それには名前はなく、それは対象を求めない。しかし君の名付けるものはすべて、喜びはすべて、それではない。しかしそれは、君が夏の夜北の方を見たり、遠くの山々を見たり、あるいは月の光が地上にあったり、空に星が輝くとき、あるいは君がとても幸せなとき、再び現れる。この偉大な途方もない願望が我々の精神を高めるが、しかし痛みを伴う。いや我々はこの地に横になっていながら癲癇病者のように高みに投げ出される。しかし我々の弦や音色は名付けようのないこの願望に人間の精神の為に名付けてくれる――憧れる精神はすると一層強く泣き、もはや自制出来なくなり、身も世もあらずに夢中になって音色に呼びかける、御身達の名付けるものすべてが自分にはない、と。……謎めいた死すべき者はまた、対象のない言いようのない不気味な恐怖を抱いていて、これは幽霊の話しを聞くと目覚め、ただそれについて話すときに時折感じられるものである。……

ホーリオンは誰にも見られない静かな涙を流しながら、自分の溶けた心を気高いアダージョに委ねた、これは暖かい毛綿鴨の翼で彼のすべての傷を覆ってくれた。彼の愛するものがすべて、今や彼の影の木陰道に、彼の最も昔の友が、彼の最も新しい友が足を踏み入れて来た――彼は人生の雷雨警鐘人が鐘を打つのを聞いた、しかし友情の両手は互いに伸ばされ、取り合った、そして第二の人生でもなお朽ちずに握られていた。

すべての音色は彼の夢のこの世ならぬ木霊に思えた、それは目に見えず耳に聞こえない者達の答える木霊であった。……

彼はもはや燃え上がる空想を抱いてこの暗い囲いの中に、ピアニシモから余りに遠い所に止まっていることが出来なかった。彼は――勇を鼓して間近に――木陰道を通って音色に近付き、顔を葉陰から押し出して、やっと遠くの緑の微行の中にクロティルデを見付けた。……

嗚呼、彼は彼女を見た。しかし余りに愛らしく余りに天上的であった。彼は思慮深い目、冷たい口、多くを禁じ、求めることが少ない静かな姿は見なかった、彼ははじめて彼女の口が甘美な調和的な痛みによって言いようもなく感動した微笑を浮かべているのを見た、――はじめて彼女の目が、勿忘草が雨の涙を受けてかがむように、涙を湛えて下を向くのを見た。この善き女性は自分の最も美しい感情を最も隠した。しかし愛する人の目の最初の涙は柔和すぎる心にとっては余りに強すぎた。……ヴィクトルは敬意と至福に圧倒されて、高貴な魂の前で跪き、黄昏の涕泣する姿、涕泣する音色に夢中になった。――緑の葉が明かりを死人のように蒼白に反映させて彼女の唇と頬を覆い、それでとうとう彼女の面影が蒼ざめたのを見たとき――そして彼の夢と、その中で花の丘に沈んでいったクロティルデとが再び現れたとき、そして彼の魂が、自分の誕生日を敬虔な涙で聖化している女性に対する夢と、苦痛、喜び、願望とに砕けたとき、そのとき彼が砕ける為に更に、バイオリンが鳴り止み、二番目のハーモニカ、七弦ヴィオルがその天体の諧音をむき出しの、燃え立たされた、おののく心に贈ることが必要であったろうか。

――歓喜の痛みで彼は満足した、そして彼はこの旋律のエデンの創造者に、人間の心を見知らぬ力と共に涙へと、高い音色がガラスを砕くように粉々にするそのハーモニカの至福の響きによって遂に彼の胸を、彼の溜め息を、そして彼の涙を汲み尽くしたことを感謝した。この響きの間と、この響きの後ではもはや言葉はなかった。充足した魂は葉と夜と涙とで隠された――無言の心は膨らみながら音色を吸い込み、外部の響きを内部の響きと思った――そして最後に音色はごく小さく西風のように有頂天の男の周りで戯れ、ただ今際の内部でのみまだ幸せ極まる願望が口ごもっていた。「クロティルデ、あなたに今日この無言の燃える心を捧げることが出来たら――この不滅の素晴らしい晩に、この震える魂と共に息絶えながらあなたの足許に跪き、愛していると言うことが出来たら」。――

――

そして彼女のお祝いの日を考え、彼のことをエマーヌエルの弟子たりうると非常な賞賛をしていたマイエンタールへの彼女の手紙を考え、彼に対する彼女の敬意のわずかな印と自分の心が彼女の心と似通っていることを考えると、この高貴な心を得るという天上的な希望がはじめて音楽の下彼に迫って来て、この希望がハーモニカの響きを遠ざかる木霊のように彼の生涯の全き未来の上に響かせた。……

「ヴィクトル」と誰かがゆっくりと間延びした調子で言った。彼は飛び上がって、その気高い面を彼のクロティルデの――兄に向けて、喜んで抱擁した。フラーミンは、音楽を聞くといつも戦火と一層の率直さに投げ込まれるのであったが、彼をびっくりして、訝しげに、こっそり頭を振って、嘲笑のように見えながらしかしいつも被った侮辱の単なる痛みにすぎないあの好意を浮かべて見つめていた。「どうして今日僕を連れて行かなかったのかい」と親しくフラーミンは言った。ヴィクトルは彼の手を握って黙っていた。

「いや話してくれ」とフラーミン。――「今日は駄目だ、いつか言うよ」とヴィクトルは答えた。

「僕が自分で言おう」（とフラーミンは一層早口で熱っぽく始めた）――「僕が嫉妬していると思っているかもしれない。君のことを知らなければ、嫉妬するさ。他の人だったら、君にここで会って、すべてを考え合わせたら、そうなるね。君が最近東屋から離れて木陰道へ行ったこと、明かりを求めず手紙を書いたこと、愛の君の歌」。――

「エマーヌエル宛だよ」と穏やかにヴィクトルは言った。

「その紙を彼女に渡して」——

「それは彼女の記念帳からの別な紙だよ」と彼は言った。

「なお悪いね、そんなことは知らなかった——聖リューネにぐずぐずしていたこと、それにすぐには思い浮かばない他の無数のこと、今日は一人で来て」——

「フラーミン、あんまりだ。友情とは別の目で見ているよ」。

何事も振りが出来ずにすぐに地を出してしまい、かつての怒りを覚えずには侮辱を語れないフラーミンはここで一層熱を帯び、一層無愛想に言った。「他の人々もそう見ているのだ、侍従や侍従夫人だって」。

この言葉でヴィクトルの心が裂けた。「友よ、それでは僕らは引き裂かれてしまう、もっと血を流すことになろう、マチューの思いのままに（君の所為ではなくすべてはこの男の所為だから）君は僕を、僕は君を苦しめることになる——いや、そうなってはならない——君を取られるものか、誓って」、（このときヴィクトルには自分の無垢の思いが崇高に昇ってきた）「何年も君に誤解されようと、君がびっくりして僕に言うときが来るはずだ、申し訳ないことをした、と——でも喜んで許すつもりだ」。

嫉妬していた男はこれに動かされた、彼は今日は（特別な理由から）いつもより落ち着いていた。「いつでも（彼は言った）「君の言うことは信じている、僕を苦しめないだろう」——「断じて」（とヴィクトルは答えた）。——「逆上せる僕を許してくれ」（とフラーミンは続けた）「かつて嫉妬してクロティルデ自身をマイエンタールで苦しめたことがある——でもマチューを不当に扱わないでくれ、彼のお蔭で僕はむしろ休まっているのだ、彼はクロティルデの両親が気付いたと思っていることを話してくれた、いやそれどころか、——打ち明けて言うが——君の恋着らしきものと君の目下の影響力の点から、それを侍従は自分の復活の為に利用したいとかで、娘と結ばせることもあり得ると両親は語っていたそうだが、娘に対しても尋ねたそうだ。でも（君にはどうでもいいだろうが）彼女は僕に忠実で、いやと言ったのだ」。

それで我々の友人の先程までの幸せな心は破れてしまった。この厳しいいやの言葉はこれまでまだ彼に発せられたことはなかった——言いがたい、抑えた、しかし静かな憂愁の念を持って彼は小声でフラーミンに言った。「君も僕に忠実でいてくれ給え――少ない友なのだから、今日のように苦しめないでおくれ」。彼はもはや話せなかった。塞がれた涙が心に押し寄せ、眼球の下に痛々しく溜まった――彼は今や泣きはらすことの出来る静かな暗い場所が必要となった、そして彼の引き裂かれた痛々しい内部はただ次のように考えて穏やかに鎮められた。「今この夜思いきり泣ける、誰も僕の裂かれた顔、裂かれた魂、裂かれた幸せを見ていない」。

そして「嗚呼エマーヌエル、今日の私を御覧になったら」――彼はもはや自制出来なかった。

彼は涙を押し止めて、誰が見ていようとかまわずに庭から逃げた、庭の上では陰鬱な天使が大きな弔旗と葬送曲を浮かばせていた。彼は雨に濡れた草の先と小花とを押しつぶす石の庭ならしにぶつかって傷ついた――彼はまだ泣かなかった、しかし望楼では思う存分十分な痛みと共に泣きぬれるつもりであった――彼は絶えず繰り返した「でも彼女は忠実で、いやと言った、いや、いや」――コンサートの音が呪文を唱えた炎のように彼を追って来た――彼は花を隠している濡れて眠り込んだ草原を徒渉して行った、彼よりも速く大地では上方の風に追われる雲の影絵が移って行った――望楼の下に立つと、まだ涙を押さえて、駆け登った――彼はベンチに身を投げた、そこからはじめて遠くの白い衣服のクロティルデを見たのだった――「あなたもお休み、ホーリオン」と彼女は彼の夢の中で花の丘の下から呼びかけていた。彼はそれを再び聞いた。――

ここで彼は喜んで彼の傷をすべて引き裂き、血の涙として流れるに任せた――悲しい奔流となって、顔を伝って行った、この顔はしばしば穏やかに微笑んでいたが、しかしいつも気だてよくそうしていたのであり、他人に涙を絞らせたことはなく、他人の涙を乾かしていたのだった。――流れる度に重荷が取り除かれたが、しかし心はその後再び重くなり、新たに流した。――やっとまた音色を聞くことが出来たが、大抵は塔に達する前に沈んで、小さな音色が絶え絶えに届いて、彼の暗い心の中に散った――音色のそれぞれが落下する涙で、彼の心を軽くし、彼の苦しみを語っていた――庭は穏やかに響く、砕けて、ほの白く輝く、暗緑色の影の波で出来ているように見えた――彼は、思い出に突き刺されて、目をそれから引き離した。「庭はもう何の関係があろう」と彼は考えた。しかし最後にこの影のエデン、七弦ヴィオルから「勿忘草」の歌が彼の疲れた心に昇って来て、彼にもっと穏やかな痛みと過ぎ去った恋を再び与えた。「否」と彼は言った、「愛されなくても、あなたのことは忘れない――あなたの姿は永遠に心に残り、夢を思い出させることと思う――今心苦しくない唯一のことと言えば、あなたのことを忘れないと考えることだ」。

すべてが黙し消え去った。彼は夜の傍ら一人っきりであった。やっと彼は長い静寂の後降りてきて、フラクセンフィンゲンへ向かった、泣き疲れ、哀れになって。途中急いで、さまよう雲が月の周りに鉱滓のように散っている黒青色の空を見上げて、すばやくまた半ば消えた影の一帯、影の山々、影の村々に目をやると、すべてが死して、空で、虚しく思われ、どこかのもっと明るい世界に幻燈があって、――上に大地や春、人々の集まりが描かれているガラスがランタンの前を移り――このガラスの跳ねながら飛び去る影絵が我々とか、現世とか、人生と呼ばれ――そしてすべて色鮮やかなものに大きな影が後を追っているかのように思われた。――

私は多くの胸の中につとに埋蔵されていた苦悩を再び揺り動かしているかもしれない、しかし――苦しみは我々の思い出の中で多くの席を占めているので――この苦い貯蔵果実が寝かしておくことによって熟すということ、過去の苦しみと現在の喜びとの間にはわずかな差異しかないということは結構なことである。

哀れなヴィクトルは真夜中過ぎに青白い顔と燃えるような目をして薬店主の家に帰ってきた。彼は打ちひしがれた声に気付かれないよう何も望まなかった。月の光の中に彼の平服のコートが掛かっているのを見、自分を、そのコートの持ち主の、朝には喜んでそれを脱ぎ、今は沈んでそれを着る他人のように考えてみると、自分自身に抱く憐れみの念が再び激しく彼の疲れた心を襲った。マリーが来た、しかし彼はこの憐れみの表情を彼女からそらそうとしなかった。彼女は当惑して立っていた――彼は彼女に極めて穏やかな、溜め息の混じった声で、何もいらないと言った――そしてこの善良な娘は慰める勇気も涙を出す勇気もなくてゆっくりと出て行った、しかし彼女は一晩中こっそりと他人の涙の為に、自分には告げられなかった苦しみの為に涙した。

何故運命は今日という日に限ってその心の血管をすべて開いたのか。何故この日に限って町の長老の銀婚式と彼の娘の孤児院説教師との最初の結婚式を挙げさせたのか。何故、この日に二つの結婚式が行われなければならなかったとしても、真夜中過ぎまで続かなければならなかったのか、そのとき哀れなヴィクトルは彼の希望の一切の火事場を見ることになって、自分の暗い部屋から光り輝く部屋での、両手を結び、唇を重ね合わせ、目と魂を混ぜ合わせる愛を眺めることになった。別の時であれば彼は孤児院説教師と二人の貧民教理教師とに微笑みかけたことであろう。しかし今日は溜め息をつくばかりであった、そして自分にはないものを貧しい者達に許すのは彼の内部の人間の優しい美質であった。「君達は幸せだ」と彼は言った、――「愛し合い給え、鼓動する移ろいやすい心を互いに熱く抱きしめ給え、時の翼に砕かれる前に、そして人生の短い束の間に燃え上がって、涙と接吻を交わし給え、目と唇が墓地で凍え死ぬ前に、――君達は私よりも幸せだ、私は愛の詰まった心を墓地の虫にしか与えられない、墓の棺には指物師が、私と同じく土を掛けられる上書きをこう染めることだろう、善き人々よ、御身達は私を愛さなかった、私はかくも愛したというのに」。――

幸せな微笑みのすべてが、フルートとヴァイオリンの音のすべてが、考えのすべてが今や彼の涙に包まれた優しい心にとっては固い鋭角となった、水の中に漬けられた手がすべてを固いと感ずるようなものである。

彼の果てしない率直さ、彼の果てしない柔和さに対しては、エマーヌエルに手紙を書くことでしか静められなかった、手紙に彼は自分の魂のすべてをさらした。

「大事な愛しい方。

痛みにあるいは愚かしいことに打ち負かされたとき、それをあなたに隠すべきでしょうか。あなたには後悔する過ちだけを見せて、現在の過ちは見せてはいけないのでしょうか。――否、私の傷ついた胸にお出で下さい、わたしはその中の心を打ち明けます、打ち明けたとき、どのように血を流そうとも、脈打とうとも――あなたは父親らしい愛情でそれを再び閉ざし仰有ることでしょう、いまだに愛している、と。

エマーヌエル、あなたは気高い孤独の中に、救われた魂のアラトの山［ノアの箱舟が漂着した］に、輝く魂のタボルの山に休らっています。穏やかに眩まされて神々しい太陽を眺め、静かに死の雲が太陽へ漂うのを御覧になっています――雲は太陽を隠し、雲の下であなたは盲い、雲は流れ、再びあなたは神の前に立たれます――あなたは人間を、侮れない子供として愛し――地上の楽しみを冷やす為にもぎ取る果実のように愛して、しかしそれを口にすることはありません――人生の嵐と地震は聞こえもせずにあなたの前を通り過ぎて行きます、響きと歌、沃野で一杯の人生の夢の中にいらっしゃるからで、死によって起こされても、快活な夢の間なお微笑んでおいでです。

しかし一つならぬ嵐が私ども他の者の人生の夢の中に轟いて、夢を不安なものにします。もしより高い者が観念の混乱の中に足を踏み入れるとしたら、この混乱が私どもの精神を取り巻いていて、そこから精神は息を継がなくてはならない、丁度私どもがあらゆる気体の混じった気体から息をしているような案配なのですが――もしより高い者が、必要な牛乳を得る為に我々の内部の人間はどのような栄養を取っているか知ることになったら、滑稽なオペラのこの混合――ベルの辞書――モーツァルトの演奏会――メシアーデ――軍事作戦――ゲーテの詩――カントの著作――卓話――月の観察――背徳と美徳――あらゆる種類の人間と病気と学問とを知ることになったら――もしこの者がこの人生の一切合切を調べたら、この者は、どのような馬鹿げた汁液がかくて哀れな魂の中で凝固することになるか知りたくなるのではないでしょうか、そしてまだ何か堅固なものの同形なものが人間の中にあるということを不思議に思うのではないでしょうか。エマーヌエル、あなたの友人があるときは上品な食堂に、あるときは庭に、あるときは桟敷席にいて、あるときは夜の大空を前に、あるときはコケットを前に、あるときはあなたを前にしていたら、情景のこの曖昧な転換でこの者は痛みを受け、ことによると汚れてしまうことでしょう。

いや私は私のエマーヌエルを騙すつもりはありません――――この人生の卑小なことや石ころに負けて、曲がりくねって歩く必要がありましょうか、青虫がその葉の小枝の為に曲がってしまうように。いや私の話したことはすべて真実です。しかし他の痛みの為に私も曲げられているのでなければ、話さなかったことでしょう。でもあなたには、子供のように無垢で崇高で人を疑わないあなたには、話しを信じていただけたと思います。私はあなたに買い被られているのです。……讃仰から模倣への一歩は遠くて辛い道程です。――でも今私は心を打ち明けます。

ここ私の子供らしい喜びの死体安置所で、私の子供時代が花咲き、枯れてしまった花壇で、多すぎるかもしれない程の過去の夢と共に徘徊して以来、――更には、あなたが私の心に生涯にわたる熱発作への刺激を与えられた日以来、人間が剥げ落ちてしまう人生を、苦しい目に会う薄い尖った瞬間を私にお示しになったときから、私の魂が大きく、私の涙が尽きないものとなったあの別れの夜のときから、私の永遠の傷口からは血が流れ、夢、涙、愛としか名付けようのない憧れの溜め息が、私の胸に止まった血管のように重苦しく憔悴しています――――私はまだいつものように笑っていて、まだいつものように哲学しています、しかし私の心のうちを御存知なのは、今打ち明けている愛しい方だけです。

運命よ、何故おまえは愛の火花を、自分の心の中で窒息しなければならないというのに人間に打ち込んだのか。我々の誰の心の中でも、それを前にしては泣き、それを求め、期待する恋しき女性、恋しき男性の優しい姿はいつも空しく宿っているのではないか。人間はある人間の胸の前に鏡の前の小雉鳩のように立っていて、この鳩のように自分の嘆く魂の姉妹と思う生命のない平板な像の前でかすれ声でくうくうと鳴いているのではないか。何故美しい春の宵の度に、蕩ける歌の度に、溢れる喜びの度に、おまえの歓喜を伝えられる愛しい人はどこにいるかと我々は尋ねられるのか。何故音楽は打たれた心に安らぎより騒ぐ波を与えるのか、鍠の音が嵐を遠ざけずに、近寄せるように。何故外では静かな明るい日に、おまえが一面に開示された風景の絵を、その上で揺れる花の海を、丘から丘へと移っていく投げかけられた雲の影を、岸辺か壁のように花園を囲む山々を眺めているとき、何故絶えずおまえの中で叫ぶ声がするのか、『煙る山の奥、飛び去る雲の奥に、もっと美しい国があって、おまえの求める人が住んでいる、そこでは空はもっと大地に近い』と。――でも山々の奥、群雲の奥にはそこにも誤解された心があって、おまえの地平線の方を眺めて思っている、『遠くのあちらではもっと幸福だろうに』と。

私どもは皆幸せではないのでしょうか――これを肯って、エマーヌエル、人生の冬には丁度これを遮るわずかな暖かい太陽光線が、より良い人間を出来物のように砕いて破滅させると仰有らないで下さい――年毎に私どもの心から何かが遠ざけられ、時の流れの中を遠くへ泳げば泳ぐほどそれは氷のようにますます小さくなると仰有らないで下さい――さまよう魂は、その牢獄で第二の自我を耳にすることはあっても、その腕に抱かれることは決してないなどとは仰有らないように――――でもいつかのお言葉によりますと、

『二つの肉体に別れて、丁度二つの丘に別れるように地上の愛し合う魂は立っている、その間には太陽系の間のように砂漠があって、互いに遠くからの合図で話しかけるのを見、やっと丘を越えて伝わる声を耳にする――しかし彼らが触れ合うことはない――考えを交わすだけだ。でもこの貧しい愛は古い死体のように、見せられると飛散してしまう。そしてその炎は、開けられると葬儀の明かりのように消えてしまう』。

私どもは皆幸せではないのでしょうか。

　これを肯わないで下さい。子供のときからすでに未知の魂を求めていた人間、自分の魂と同じ一つの心に育った魂を、——自分の歳月のすべての夢の中に登場し、その中で遠くにほの白く輝き、目覚めてからはその夢を呼び起こす魂を——春には小夜啼鳥を送り、自分のことを偲び、自分を憧れるようにさせる魂を——心が和やかなときにはいつも多くの美徳、多くの愛情をもって訪れ、それで心の中のすべての血を犠牲の血のように恋人に捧げたくなる魂を——しかしどこにも姿を見せずに、ただそのイメージを美しい形姿のそれぞれに送りながらその心は永遠に去っていく魂を——　——遂に、突然、嬉しいことにその心が自分の心の許でときめき、二つの魂が永遠に抱き合うとき——　——もはやその人間は口には出来ず、私どもが言えるだけです、この者は幸せで愛されていると。

　……エマーヌエル、自分は決してそうなれないかもという痛い恐れを許して下さい。——いえ、決して——しかしこの墓地で、細切れにされた地上で幸せにすぎることになるかもしれません、若い、些細な功績で認められている身空で大きすぎる楽園に住むことになるかもしれません、もし私の和やかにすぎる魂が、これは喜ばしい三分の間にもう沈み、どの人をも愛し、子供の腕ですべての被造物の心にすがり、愛のこの夢を見ただけでもう有頂天となり、書くにつれて圧倒されるのですが——いやこのような憂愁と人間愛とでつとに溶けた魂は至福にすぎることでしょう、もしいつかこのように死ぬ思いで憧れた後にとうとう、遂に——エマーヌエル、また嬉しさに震えます、でも決して、決してそんなことはありますまい——すべてのその願い、すべての天、すべての恋がただ一人の大事な、大事な魂に集約されたら、もし大いなる自然の前で、美徳の顔の前で、私とその魂に愛を与える神自身の前で、唯一の女性、敬虔な女性、恋人に——いや何と呼ぼうか——今狂おしい思いで呼ぼうと思う、片思いの女性に泣きながら言うことが許されたら、やっと私の心はあなたを得た、神のお導きだ、永遠にずっと一緒にいよう、と。いや私はそのことは言わずに、至福の余り、黙って死ぬことでしょう。

　今私には私の部屋である霊が動いて、ヴィクトルと叫んでいるように思えました。私は向き直って、空《から》の部屋と脱がれた晴れ着とを見て、自分が不幸で愛されていないことを思い出しました。

　でも得がたい友よ、誤解しないで下さい。私は誓ってこの手紙をそのまま送ります、たとえ明日、今晩のこの渦がもっと静まって、あらゆる手直しが必要と思っても。あなたの愚かしい友はあなたの永遠の友です。

S・V・H・」

# 第二十の犬の郵便日

エマーヌエルの手紙――フラーミンの肩の果物画――聖リューネ行き

「可哀想なゼバスティアン」、――と私は今日の旅嚢を開けるとき言った――「開ける前からもう分かっている、君が一日中このような夜の後は閉じこもって大出血した顔を悲しみの庭に向けたこと――今日は君には傷の香油よりもこの燃えるような毒の滴が好ましいこと、君が鏡を見て、鏡が象る静かな無垢の像を、他人の像の如く思って泣くことは、分かっている。人間はもはや愛するものがなくなると、自分の愛の墓標をつかんで、痛みが自分の恋人となる。互いにしばらくの狂気の嘆きを許し給え。人間のすべての弱さの中では、人間が渡り鳥のように冬を避けてより暖かい土地に飛び立たずに、他の鳥達と同じようにこの冬を前に倒れて冷たい苦悩の中でしめっぽく凍えるのは最も無垢な弱さであるからである」。

ヴィクトルはかの日はいわば自分の部屋に納棺されていて、開けたのは痛みのドアと壁の隣人マリーに対してだけで、その姿は彼には夕陽のように穏やかに見えた。路上の他の女性の顔はことごとく彼に痛みを与えた。……読者よ、窓から見え、今日抱擁したかった、失われたクロティルデの兄は、泣きぬれた思い出に新たな色を添えた。――女性読者は自ずとより公正であるから――私の善き主人公のことを笑わないで欲しい、魂の強さがまさに痛みの強さとなるところでそうでないからと、少なくとも私の耳には入れないで欲しい。人生の思いやりのある神経、愛情が禁じられたもの、切断されたものは、溜め息をついて言っていいものだ、地上では人間はすべてを失うのに耐えるが、人間は別だ、と。

しかし夕方偶然によって――つまり手紙によって――今一度苦しみがすべて彼の疲れた心の中をよぎった。エマーヌエルの短い手紙が――発信されたばかりの手紙に対する返事ではなかったが、――届いた。

「愛しき人よ。

君が新たな人生の雑踏の中に足を踏み入れた日のことを知った。私は言ったものだ。愛しい人が幸せでありますように、落ち着いた美徳が、胸郭のようにその心を新しい人生の霜と嵐から守りますように――その痛みとその喜びは声高とならずに――穏やかな白い服の侯爵夫人のように穏やかに静かに悲しみ、穏やかに静かに楽しみ、そして心の宮殿では喜びがただ音もなくさまよう教会の中の蝶のように戯れ――美徳がその前の我々の太陽よりも高い天に漂い、そして次第にその心を暖め、高め、引き上げますように、と。

君は、私の命の消耗を案じて、私がよく手紙を書くことのないよう願っている。私の願いとは別のものだ。私の機械の履き減らされる重みは次第に穏やかに墓場に落下していて――この地上の生活は私の魂の中でますます美しい装いをし、別れの為の化粧をし――周りのこの晩夏と、これは幻日のように八月の夏の隣にあって、将来の春とがおもねるように自然の両腕から私を奪ってくれる。

このように大慈悲の方は人生の墓地の壁に葉を茂らせ、花を咲きこぼらせる、私どもがイギリス庭園の壁に木蔦と常磐木を這わせ、庭の終わりを新たな灌木林に見せかけるようなものだ。――

このようにすでに暗い人生の中で精神は、曇天の日にもう気圧計が上昇するように上がり、雲の下にいながら既に好天の兆しを察知する。

――しかし私は君の愛情に従い、冬に一回手紙を差し上げるだけにしよう、その中で盲目のユーリウスにはじめて永遠の者がおわすことを語ったときの大いなる夜について話そう。――あの晩歓喜と敬虔の余り高く昇って、薄い命の糸は切れるところだった。長いこと吐血した。大地の華やかさの代わりに天上の華やかさの見える冬に[*1]、夏の絵を語ることを許して欲しい。

私の息子よ。――手紙を書かざるを得なかったのは、友人のクロティルデが新年に孤独の緑の木陰道から宮廷の人込みの市場に移ることになったと嘆いているからだ――彼女の魂は嘆きで暗澹としていて、両腕を自分から奪われる静かな生活に差し伸べている。私は宮廷の何たるかを知らない――君は知っていよう、どうか私の友人を救って、彼女を聖リューネから引き出そうとする手を退けて欲しい。それが出来ないのなら、宮廷でこの方を守って欲しい――この方の友となり――地上の時の蜂の針をこの方の優しい心から引き抜いて欲しい。――冷たい言葉がこの花に雪片を降らせたら、愛の息吹で流れる涙に溶かして欲しい。――彼女の人生の上に嵐が昇ったら、太陽にあって私どもの嵐の上に希望の虹を描く天使を見せて欲しい――私の愛する君を、私の友人も愛することだろう、そして私の友の君がその穏やかな心を、その優しい目を、その美徳を、その自然と永遠の者が憩う魂を打ち明ければ、私の友人のかの方が幸せになられるのを目撃することになり、自分の前で涙と微笑と愛とに崩れる崇高な顔がいつまでも心に残ることだろう。

エマーヌエル」

見よ、この燃え上がったとき昨日見た崇高な姿が再び彼の心の前に憂鬱そうに微笑む唇と涙を一杯湛えた目をもって浮かび上がった。そしてその姿が彼の前に漂い、ほの白く輝き、微笑むと、彼の魂は亡き人を前にしているように思われ、すべての傷がまた身を起こすと血を流し始め、彼は叫んだ。「高貴な姿よ、私の心から消えずに、いつまでもこの傷の上に留まっていて欲しい」。――絶望と疲れと眠りとに彼の精神は覆われ、近々聖リューネにまた出掛けて、彼女を宮廷に強いないよう彼女の両親を説得しようという最後の考えも同様に覆われた。

死の長い眠りは我々の傷跡を閉じ、人生の短い眠りは我々の傷を閉じる。眠りは我々を癒やす片方の時である。目覚めたヴィクトルは、彼の愛の熱は昨日不眠の為はなはだ募っていたが、今日は自分の望みが途方もなかった為に、痛みも法外であったことに気付いた。――はじめは願い――それから観察し――それから推測し――それから察し――それから解釈し――それから希望を抱き――それから誓った。どのような些細な事情も、クロティルデの女官への任命に対する自分の関与すらも、愛の優しい油をその熱い熾きに注いだ。「馬鹿だった」と額に誓いの三本の指を置いて言った、そしてすべての力強い人間がそうであるように、以前臆病であった分、それだけ勇気が湧いてきた。そう突然軽薄すぎるように感じた。――余りにも早い治癒は魂の場合も再発を告げるからである。新たな慰めとなったのは、クロティルデに一役買おう――つまり宮仕えを免れさせようという昨日の決意であった。彼女に再会しようという決意をなお考えていた。死のうと愛の為すべての業は再び蘇らんとする為の手段にすぎないということ、そのエピローグはすべて第二幕の為のプロローグにすぎないということを、ヴィクトルよ、君は感じたのではないか。――しかし市場の一個の林檎籠が彼の決心を再び確固なものとした。つまりフラーミンが入って来た。彼は早速日曜日に姿を消したことへの質問と大事な客が逃げて皆が騒いだことの知らせで始めた。ヴィクトルはすべてをまた思い出して興奮し、虚しい恋の聖像破壊論者と検事に対して少しばかり怒って、本当の返事をした。「一部は君の為に興がそがれたからで、それにあんなに遅くどうして舞台に上がれるかい」。フラーミンが牧師夫人とクロティルデの姿を見せない彼に対する愛の苦悶を強く描けば描くほど、一層彼の中で相争う感情の縺れは辛いものとなった。良心の呼びかけがなければ今や友人に望みのない愛について打ち明けることは、他に望みの愛について打ち明けることよりも容易であったことであろう。――たまたまフラーミンは下の市場で林檎が熟していることに驚き、いくつか所望した。このとき稲光のようにフラーミンの肩にある生来の果実絵がヴィクトルの目を過ぎった、これはいつも晩夏の林檎の熟する間に出現するもので、このことを彼はこれまでの酩酊で失念していた。読者自身、フラーミンがこの彼にとってソドムの林檎ともイヴの林檎ともなりうる貯蔵果実（彼の母斑）を背中に有することを忘れているかもしれない。これまでフラーミンの侯爵との血縁のこの印影を調べることのできなかったマチューは一度に、卿宛の手紙から盗み見して推測するしかなかったすべてのことについて納得がいったのではないか。――その後侯爵の許に行って我々の友人すべてにとって猛毒のスープを用意したのではないか。しかしこの判じ絵は普通一週間で消えるので、ヴィクトルはこの間だけはこの絵の所有者を人目から遠ざける必要があった。そこで彼は生来の入れ墨のある友人に、一昨日は互いに行き違いになったので一度一緒に聖リューネへ行こうと提案した。……

「それは駄目だ」とフラーミンは言った、彼は自分の非難の所為での同伴の申し出を利用しないというより料簡の狭い繊細さを有していたが、その余り、このような配慮をヴィクトルがする筈はないというより広い繊細さを忘れていた。

ヴィクトルは二つのこのような厄災（クロティルデの宮内職とマチューの視察）を避けようと焦って、青年貴族に旅の同伴を頼むという奇妙な手段を取った。彼らは毎日控えの間や広間で互いに会い話していた――まことに友好的に、ただどちらも相手が我慢ならなかった。――「喜んで」（と福音史家は言った）「今週は内閣の仕事があるけれども――来週は行ける」。

まさに今週ヴィクトルはその必要があった。――このように次々と失敗して、ヴィクトルは、彼の無頓着な暢気な心はいつも封をしてない開けた手紙であったが、今や善良な大事な友フラーミンにとぼけた振る舞いに出た――彼は少なくとも母斑とその明瞭さを自ら探ろうとした。そこで彼の許に行くと彼は屈んで書きながら仕事で顔を火照らせていた。彼は彼に、休養と休暇が彼には不可欠で、植字工のように立って仕事をするべきであると断言した。それから次第にフラーミンの多血質の胸に及び、尋ねた、穿開や圧迫を加えないで胸は緊張に耐えられるものであろうか、と。それから目標に達して、提案した、フラーミンはいずれにせよ肺の避雷針としてブルゴーニュのピッチ硬膏を肩胛骨に貼ったらいい、いや自分が自らして、どうすればいいか教えよう、と。こうしてその上林檎の絵に同時に覆いをかけようと思った。しかし彼のとぼけた振りは惨めなもので――少女に対する無邪気な策略とか、諷刺からの冗談の偽装はうまくいったけれども真面目なそれは失敗したからで――フラーミンでさえ聞き耳を立ててそっけなく答えた。「もうそのような硬膏は二日前から貼っていて――マチューが助言してマチューが自ら貼った」と。

そこで彼は座っていた。――ゼバスティアンはとても寒いとき、それには聖リューネへの途次彼の散った楽園の古い棘の多い遅咲きの樹の幾つかの刺痛が混じるだけであったが、同伴なしに侍従のル・ボーの許へ出掛け、言うべきことを言い、牧師館を覗き、唯一つの――希望もなく静かにまた歩き続ける他なかった。

運命の女神よ。頭皮を剥がれるよりも刎頚を、十の失敗よりも一つの不幸を、つまりその車輪で人間を下からよりも上から車裂きにして欲しい。

ヴィクトルは侯爵に対する偶像崇拝よりも、侯爵の大臣に対する聖人崇拝よりも、そして侯爵の娼－に対する超聖人崇拝よりも聖なることを知らないル・ボー夫妻のような二人の宮廷亡命者にクロティルデの昇格を不快なものに思わせるような言い回しをまだ一言も考えていなかったけれども、しかし考えた、「出来るだけのことをしよう」。

クロティルデの両親は彼をはなはだ愛想よく迎えた、つまり肉体のはなはだしい丁重さ、表情一つ一つのはなはだしい粉砂糖、言葉一つ一つのはなはだしい菫のシロップと共に迎えて――要するに、マチューがフラーミンに報じた彼に対する彼らの好意についての報告は間違いのないものであることを知り、それで娘の移植を警告するには、――彼らが感謝の言葉を述べ始めなければ、自分がこの移植者であったということほど良い機会はなかったであろう。彼らは万事を心得、あるいは推測し、彼の尽力に、それに娘よりも多分に利己的な意図を汲み取って、感謝した。クロティルデの目前で自らフラクセンフィンゲンを撤回して、自分が感謝されていることを諫めるのは、滑稽なことであったであろう。しかし彼はいささか試みた。彼は侍従に言った。「御令嬢は宮廷の飾りとなるよりも宮廷を開くに値します、この件では自分はせいぜい――詫びるしかありません、クロティルデは宮廷に強制されるよりは御両親と一緒の方を選ぶでしょうから、この場合、侯爵の許の指針をまた元に戻して、すべてを何の不都合もなく改めるとお約束します」と。父親はこの意見を奇妙な感謝の拒絶と取り、継母は何かの悪ふざけと取り、娘は――言葉と取った。彼女は少し簡潔に言った。「逆らうか居なくなるか選ぶのは易しいことでした」。彼女は継母に対しては妥協しなかったけれども、父親の示唆には喜んで従ったからである、父親を彼女はその弱点にもかかわらず唯一人の地上で彼に好意を寄せる人間として優しく愛していた。ヴィクトルはとうとう、強いられてではあったが、それでよしとした。しかし何故人間は過去よりも未来に従うことが難しいのであろう。――娘の冷たさは当然ながら両親の暖かさよりも小さくはなかったが（しかしもっと率直ではあった）。……そしてまさにこの冷たさが彼の火照る頭をさわやかにした。この冷たい無関心の姿は、いつも憂わしい眼差しで彼の前に漂い、彼をたまらなくさせる崇高な愛する姿の上にヴェールのように被さっていた。負い目を意識せずに、エマーヌエルの依頼に従ったことに満足して、品よく感情を抑えて、冷たい女性に一層冷たく別れた。――自分のしようとしたことを自覚していたら、彼は劣悪な恋人であったであろう。自覚していたら、彼女が彼に愛を抱いている場合でさえ、両親に強制し（これは醜男であるということよりも一層男性にはいただけない）、庭から誕生日の祝いの詩も為さずに無礼にも姿を消し、彼女が嫌がっていて、将来拘留熱が予想されるにもかかわらず宮仕えの七つの金箔の塔に押し込めた医師に対してクロティルデの格別の暖かさを期待することは出来なかったであろう。――しかし彼の心の空位の封土にとってはまさにこの立腹はいい薬であった。……

私の善良な読者がいつか得がたい恋人から永久に別れをしなければならなくなったときには、二回別れを取ることになる。一回目は自明のことだが、痛みに酩酊し、心と目とが大吐血して、恋しい姿が炎と共に優しい魂の中で燃え上がるときで、そうなるとしかし去った女性を二度と忘れることが出来なくなる。それ故二回目の別れをしなければならないが、しかし激しい感情は反復の印を嫌うものであり、その為それはもっと冷たい別れで、（最も智恵者ならば）最初の悲劇的別れの後公の席で（例えば戴冠式のとき）、彼女が冷たく現れざるを得ないときに、彼女と会うようにしなければならない。彼女の冷ややかな顔がそうなると頭の中の熱い顔を過ぎることになる、それで私の立派な読者は合点がいって、犬の郵便日で書かれていることを理解されることになる。

――まことにジャン・パウルが熱心に書かないと、誰も代わりはいない――もう一時を打ったが、彼はそれを十一時十五分と思った――私の妹はもう、永遠の蛇のように尾を食っていて燻っているかわかますを前に両手を組もうとし、絶えず言っている。「皆が冷たくなるわ」。――「こんなに熱い章の後ではそうなった方がいい」、（と私は言う）「読者と著者のことを言っているのであれば」。――郵便の犬は私がまだ二十章にかかっているときに、二十一章を持ってきて部屋で跳ねている――しかし私は食事の前に七人の賢人のように七つの黄金の格言を述べないうちは、餓死する覚悟である。

一　蜂や運命に刺されたとき静かにしていないと、棘が折れ、残ってしまう。

二　三、四人の偉大なあるいは大胆な人間が改善し、震撼することのできる哀れな地球よ。おまえは劇場に他ならない。前景には若干の戦う演者と亜麻布の若干の天幕があり、背景には描かれた兵士と天幕とがうごめいている。

三　国家[1]とダイヤモンドは今や、染みが付くと小さく砕ける――そして

四　大きな国の人間と大きな巣箱の蜂は勇気と暖かさを失ってしまうので、今や小さな国に他の小さな国を、蜂の巣箱にコロニーの巣箱を付けるようにくっつけてしまう。

五　人間は自分の生涯を人類の生涯と見なす、丁度蜂が養蜂舎の滴を、陽がまた照っていても、雨と見なして、飛び出さないようなものである。

六　しかし人間は日々より小さな過ちを犯している。はじめは永遠と（存在の演劇のこのアリストテレス的時の一致と）見なすのは自分の現在の時間であり――次に自分の青春であり――次に自分の生涯であり――次に自分の世紀であり――次に地球の存続であり――次に太陽の――次に天の存続であり――次に（これが最も些細な過ちであるが）時である。……

七　人間には前後に、本と同様に白い製本用の紙がある――子供時代と老年時代である。犬の郵便日も同じで、今日の終わりと次の日の冒頭を御覧頂きたい。

＊1　十二月は天文学者達の観察にとって最も都合がいい。

# 第五の閏日

番外枝葉の索引の続き

## K

冷淡さ［Kälte］。我々の時代においては禁欲主義の衰退と利己主義の増大は踵を接している。前者は自分の宝と芽とを氷で覆うが、後者は自らが氷である。かくて物体界では山が減じ、氷河が増えている。

L

批評家と少女の為の貸し出し文庫［Leihbibliothek］。私が文芸新聞の学術誌に載せたいと相変わらず思っていることは、私の宵の明星から徴収する代金を、ムゼーウス(1)が東屋の購入の為に浪費したようには消費せずに、資金をすべて、見本市の度に現れるすべてのドイツ語の序言と表題の完全な収集の為に使いたいということである。批評するとき自らは本を読もうとしない批評家に序言を毎週一ペニッヒの読書代で貸し出したら、私はやっていけるであろう。

上述の造幣費の儲けを家に死蔵しない為に、――私の気が変わらなければ、――より難しいドイツ語の傑作を――例えばフリードリヒ・ヤコービ(2)の、クリンガーの作品を、ゲーテのタッソーを――同様により良い諷刺的哲学的傑作を製本屋により易しい婦人用版として製作して貰うことになろう、これは中に本を有しない所謂マジック本である。かくて私は女性の読者の手に、書店版同様に製本され表題のある何か実質のあるものを握らせることが出来、その中に女性の読者は――硬い核果はすでにくりぬかれ中には何もないので――印刷本と同等ばかりでなく、六ロート以上の絹糸と絹の屑を納めることが出来よう。［ヤコービの作品の］アルヴィルの往復書簡は――著者の難しい二つの卵黄の駝鳥の卵であるが、大抵の女性の読者はそれを孵化するには余りに冷淡にすぎるので、このような方法で製本屋に吹いて除いて貰うと――今や全く軽い。しかしドイツの長編小説についてはミューズと太陽神の空な儀礼車のこのようなカヴァー版を作ることは決してしないつもりである、海賊版と怒鳴られることを恐れるからである。――私の貸し出しケース文庫の女性読者が二回だけ幾つかのイタリアとポルトガルの文庫を案内して貰うことがあれば、幸いである。しばしば作品の――それも最も愚劣な作品の――表題しか壁に書きなぐられていないこの文庫の中で、このような無益な文庫は、私が多くの分野から若干の頑固さをもって選んでいる図書館と比べると何と悪しき印象しか残さないことか驚かされることであろう。かくてドイツの女性ケース読者はポルトガルの女性に追い越されることはないのである。むしろそれどころかドイツの女性は、同じようなケースの雑誌を有し、最良のドイツのジャーナルのカバーを――これはしばしば珍品としてケースに添付され、この裏地をなしているが――一緒に読み、さらに回している男性達、弁護士や商人と肩を並べている。……これが私の計画、企画である。お人好しはしかし私が本当に実行しないと、単に冗談を言っていると思うことだろう。

M

少女達［Mädchen］。若い少女は若い七面鳥のようなもので、よく触られると、育ちが悪くなる。そこで母親はこの優しい、花粉の溶け合った生き物をパステル画のように、定着するまで長く――皆が我々王女略奪者、果実泥棒を恐れているので――窓ガラスの下に置く。しかし女性の心の本当の見張りは孤独でもなく――これは試練を経ない無垢に導くのみで、放蕩者には落ちなくても偽善者には落ちるもので、社交でもなく、勤労でもなく――さもなければ落ちる百姓娘はいないだろう、――上等の教えでもなく――これは誰もが口にし、どこの文庫でも手に入るのだから――このはじめから最後までの四つのことが一度にするのであって、これはすべて一人の有徳な賢い母親によって、償い、まとめ、置き換え出来るものである。

N

偉い人々の名前[*1]［Namen］。偉人達が婚外の大市の産物、時事小冊子、即興詩を、書評であるかのように匿名でばらまいているのを見ると、私は「ここに真の謙虚さがある」と言う。というのは私生児はまさに彼らの最良の自分自身の子供であって、その上侯爵から本物と認知され得るからである――しかるに合法的婚姻における不自然な子供は認知され得ないのである。――しかし彼らは世間に慈善家の名前を公表しようとはせず、こっそりとこの世から葬るのと同じ程度に（いやそれよりも多く）こっそりとこの世に運び込む。いつもは子供が最初に発音することになるもの――自分の名前をこのような両親は最後に言う。この点彼らはゲーテの上品な耳に従っているように見える。というのは彼らは、世間のオーケストラを子供の声や［ルイ十四世の］二十四人楽隊、目覚ましや時打ち式時計（何と様々な組み合わせか）で満たすとき、ゲーテ[(3)]が演奏する楽人に、耳の為に働くには目を労って姿を隠すように要求しているように、同様に自らを隠しているからである。同様に素敵なのは、彼らが三十回目の婚姻の子供を最後に（しばしば五年あるいは二十年の時効の後に）養子として受け入れ、世間に知らせ、かくて真鶸の真似をするときである、この鳥はその巣と巣の雛に対して雛が飛べるようになるまで所謂真鶸石を置いて姿を見せないそうである。

O

陶片追放［Ostrazismus］。これは周知のようにギリシア人の間では罰ではなかった。ただ非常な功績のある人々のみがこれを受けた、悪しき人間にこの国外追放を乱用するようになって、これは全く廃れた。帝国市民が嘆かなければならないのは、我々が似たような公的教育施設を、つまり国外追放を有しているので、これをしばしば最も駄目な悪漢に無駄遣いして、それで――ある圏ある国を他の圏あるいは国の痰壺、分泌管にしようとして、そこに留まるにほとんど値しないならず者を国から追放するということである。このことによって領土撤退には功績のある男に与えられるという名誉的なもの顕彰的なものが大方失われて――例えばバールト(4)はこのような名誉をただ与えられたことにほとんど恥じ入っている。それ故決定的価値を有する大臣や教授、将校達だけが、重要書類同様に送られ、追放されたら帝国政治的に有用であろう。似たような男達に絞首刑も限定したい。ローマ人の間ではまことに偉大な頭、明敏な者達だけが全国家の費用で道端に埋葬された。有能な国民はめったにそうされず、大抵は名うての悪漢が――絞首代金と呼ばれる公の金で埋葬され、その前に道端で絞首台に吊るされるドイツ人についてはどう考えたらいいのだろう。生前には決して、途方もないそしてしばしば奇矯な功績がなければ――奇矯な人間は真実に、彗星が太陽に落ちるように栄養素として落ちるけれども――、古人が自分達の偉人を彫像や肖像画に二重化したようには、肖像として厚い石の枠の間に吊るされるであろうことを当てには出来ないのである。……答があれば答えて頂きたい、考えて見よう。

P

哲学［Philosophie］。幾人かの批判哲学者は今や代数学から数学的方法を借りていて、その方法がなければ一分も哲学的に——考えるというよりは——書くことが出来ないでいる。代数学者は単なるアルファベットの移し換えで、連結推理の掘り出すことの出来ない真理を捉える。これを批判的哲学者も真似ているが、もっと利点は大きい。アルファベットではなくすべての専門語を巧みに混ぜ合わせるので、それの頭韻から自分の思ってもみなかったような真理が泡立ち溢れてくる。このような哲学者にはゴータの説教者と同じく（ゴータの国法、第三部一六頁）、アレゴリーとか何らかの詞華を使用するのが禁じられるのは捜索犬が花で追えなくなるように、もっともである。——本来はしかし比喩の文体は専門語の文体よりも明確である、専門語の文体というものは結局、すべての抽象語は比喩なので、比喩の文体なのであって、ただぼやけて色褪せた比喩で一杯の文体なのである。ヤコービはその比喩で難解なのではなく、その比喩で我々に告げる新しい見方の為にそうなのである。

私は最近学者教師の共和国の生誕リストを広げ、老カントが、かつては従兄弟のニュートン同様に未婚であったが、十の見本市以来こしらえた若いカント君達を数えてみた。同名の著者達についての本を書こうとしたデメートリウス・マグヌスは、我々の時代にも書こうとして、かつては十六人のプラトン、二十人のソクラテス、二十八人のピタゴラス、三十二人のアリストテレスがいたと記していながら、現在では、これらの総計と同数の哲学者、哲人がいるということ、つまりその気になればカントの名前を使用して良いものが九十六人いるということを全く間違って削除しようとしたならば、はなはだ愚かしいことであったであろう。このような職人は——こうマギスターを呼ぶことが出来よう、かつては逆に職人はマギスターと呼ばれ、親方は上級マギスターと呼ばれていたのだから——厚い本を書く最良の伝道と考えるべきである。彼らは体系を広めるのに最も有能である。彼らは捉えがたいもの、精神的なものをそれから切り放して、民衆的なもの、肉体的なもの、つまり言葉を、読者の為に、いつもは単純であるが、批判哲学なしには死のうとは思わない読者の為に抜粋するすべを心得ているからである。今や単語からなるカント的台はもっとも惨めな神学的美学的宝石をはめている。それぞれの新しい偉大な体系からはある種の視線の一面性がすべての頭脳に生ずるけれども——殊に冷静な哲学者は誰でも、洞察力が深いほどまさに一面的であるが——しかしこれは何の役にも立たない。というのは偉大な真理の延べ棒はすべての思想家の組合が共同で掘り返すことによってのみ生ずるからである。[*2] カントが学者の協力者の間でその山に立っているのを見るものは、ビュフォンが伝えているペルーの同様の話しを楽しく思い出すことであろう。そこでコンダミーヌとブグーエル(5)とが地球の赤道の度数を（カントが知的世界の度数をそうしたように）計っていると、猿の群がすべて協力者として加わり、眼鏡をつけて、星を見、下の時計を見、あれこれ紙に書き付けたけれども、報酬は貰わなかったそうで、これが代理のカント達との唯一の相違であった。

天才を有する男は皆哲学者であるけれども、逆はそうではない――空想のない、歴史のない、重要な事についての博識のない哲学者は政治家よりも一面的である――何らかの体系を考案するよりも受け入れた者、前もってそれへの暗い予感を抱かなかった者、前もって少なくともそれに憧れなかった者、要するに、自分の魂を、夏を待っているだけの一杯の暖かい、芽の密生している土壌として有しない者は、パンの為の学問に成り下がった哲学の師とは言えても、弟子とはいえないであろう――そして要するにどの地を哲学的天文台とするかは、王座をか、ペガサスをか、アルプスをか、カエサルの野営をか、棺台をかはどうでもよいのである、これらはほとんどすべて聴講室、論争室の演壇よりも高い。

Q、Kを参照

R

批評家［Rezensenten］。編集者は六つのテーブルを有するべきであろう。最初のテーブルには本の存在の広告人が座って、食べ――二番目の卓にはその価値の十把ひとからげの広告人――三番目の卓にはその本の抜粋者――四番目の卓には読者に他人の誤用の明確な一覧を供する語学者、言語研究者――五番目の卓には新本に対して新本ではなく一枚の紙で論駁する論争者がそうしたらよく――六番目の卓には批判的侯爵のベンチがあって、そこにヘルダー、ゲーテ、ヴィーラントとかが腰を下ろしたらよかろう、彼らは本を人間生活同様に見通せて、その中の個人を理解し、文学的被造物と創造者の精神を同時に描いて、個々人の姿を取る神的美のあの人間化、具体化を美と分かち、それから明らかにし、許すのである。

これらの六つの批判的ベンチは六つの様々な文芸新聞を発行出来ようが、今では上下に混じり一つの新聞を形成している。――私は率直にこの学的な一、広告、二、書評、三、抜粋、四、言語批評、五、要点批評、それに六、芸術判断の混在に反対であるが、しかし喜んで告白するが、五つのテーブルのこの批評の動物誌、植物誌は自分の芽から自ら育つのと同じくらいの雑草の苗株を根こそぎにするのかもしれない、そこで私のプライベートな手紙を引き合いに出すと、これは追従の疑いはないのであって、その中で私はそれらを紅天狗茸と比較している、これは注入されると（ここではインクで）自らすべての昆虫の群を生み出すけれども、しかし蠅は根絶するのである。――しかし批評家の中には私のような著者もいて、ポルトガルの審問官の間に［迫害される］ユダヤ人がいるようなもので――そもそも閏年の間このことを書きたいと思っているのであって、閏日の間だけということはない。

S

殴打［Streiche］。「主の意志を知りながらそれを行わない者は、倍の殴打を受くべし」[6]。――一つの殴打を受けるのは誰か。意志を知らずに行わない者ではないであろう。したがって、認識が大きくなると、倫理的咎が重くなるのではなく、そのことではじめてそれが生み出されるのである。というのは私が倫理的義務を全く知らないかぎりは、それに対する私の違反は小さなものではなく、全くそうではないからである。

私は自らが学問のアカデミーとなって次の懸賞問題を出し、それに自ら受賞論文を記したい。「善への愛から生ずる行為だけが美徳であるので、単に悪への愛から生ずる行為だけが罪あるものとなろう、そして利己心を顧慮することは罪の程度並びに美徳の程度を減ずるに相違ない。しかし他面では我々の本性において利己心ほど我々を悪へと導くものがあろうか。悪が純粋に悪への嗜好から生じたらどんなにいいことか。そうなれば第二の、対極的ではあるが、意志の自立が存在することだろう」。

T

悲哀、悲しみ［Trübsal,Trauer］。今や、自然は単に茨の生け垣を作るが、人間は荊冠を作ると語るこの悲しい調べを書き付けることになるので、諷刺の茨で打ちまくる気が失せてしまう、私はむしろ君達の足や手から若干の茨を抜き取りたい。

＊1　Nの文字は全く改めた、初版には良い思いつきがあったのだが、最初に発表したときのことを思い出さないまま自らを剽窃して木版画集の注に再び公表してしまった。
＊2　一つの例は現在では倫理の第一原理と政体のそれである。

# 第二十一の犬の郵便日

ヴィクトルの往診――娘の多い家――二人の阿呆――回転木馬

以下の見解は犬の背嚢からではなく私の頭から来ている。現在作家や侯爵、女達、その他の者達は美徳のありそうもない偽りの仮面（例えば偽善、敬虔、儀礼的振る舞い）を大抵脱ぎ捨てて、代わりに美徳の真正な趣味のよい装いを完全に身に着けていると満足して述べるに当たって、我々の時代の賛美者である必要はない。我々の性格の仮面のこの高尚化は、これによって我々は美徳の外見を一層素敵に得ているが、劇場の同様な高尚化と軌を一にしていて、劇場ではもはや以前のように紙の衣装やまがいのモールではなく、本物のそれで振る舞い、悲劇を演じている。――

「昨日もう奥が会いたがっていた」と侯爵が宮廷医師に言った、泣き尽くした顔をして参上しなかったからである。アニョラの目の炎症は秋の天候と、夜の祝宴、クールペッパーの大胆な手、それに自分自身の手によって、――というのは美人の赤い表題活字、つまり化粧した頬は、いつも新たに塗られたからで――はなはだ募っていた。本来ヴィクトルは気位が高すぎて、自分の性格以外には（たとえ哲学であろうと美貌であろうと）自分には求めさせなかった。同じように自負心にこだわる父が教えていたからである。尊敬してくれない、あるいは自らが尊敬できない者に仕える必要はない、いや、単に外面的感謝を述べられるだけで、内面的感謝を述べることのできない者からの好意を受けるには及ばない、と。しかしこの繊細な名誉心も、これは利己心と齟齬をきたすことは決してなかったが、しかし隣人愛と齟齬をきたすことはあり得て、不幸な侯爵夫人に対して――彼同様に愛の欠乏によって不幸である夫人に対して――少なくとも目の痛みを取り除く為の手を縛っておくことは出来なかった。これには最近の痛みも加わっているかもしれなかった。彼の気だてのよさの為になべて和解が見られたからで、侯爵はル・ボーと、侯爵夫人と、大臣と和解していた。二人の人間を和解させることほど危険なものはない――自分が一方の当事者である場合を除いて。二人を仲違いさせることは、はるかに安全で容易である。

　アニョラは午後にまだ寝室にいた、そこの緑の壁紙が（視覚にではなくても）熱い目には気に入ったからである。顔の上の厚いヴェールが日光を遮っていた。彼女が、太陽のように、そのヴェールを上げると、彼は自分がトスタートの屋台でこのイタリア人の情熱とこの素早い宮廷の目から泣きぬれた金髪女性の顔を描いたことが理解できなかった。この情熱の一部は勿論病気の所為であった。彼女の最初の言葉は彼の最初の言葉に対する断固とした不服従であった。かくて彼女は彼同様にプリングルとシュムッカーの両氏[1]を辱めた。三位一体の医師団は彼女に――目に水蛭をと勧めたからである。しかしこれにはぞっとした。医師は後頭部に放血器をと遠慮なく言った。しかし彼女には髪の毛が目よりも大事であった。「すべてを血で購わなければならないの」とイタリア人らしい陽気さで彼女は言った。――「金持ちと宗教はその必要はありませんが、しかし健康はそうです」と彼はイギリス人らしく自由に言った。彼は今一度彼女の血を要求した――しかし彼女は、彼が祭刀［犠牲を刺す］を変えて目に瀉血を施すと提案したときはじめて受け入れた。身分のある人は学者同様よく最も卑近なことを知らない。彼女は医師が放血すると思っていた。彼女がそう思っていたので、彼は内障の穿開で熟練した手をもって放血した。

しかし――（プリニウスによれば）目への接吻が魂への接吻なのであれば――それに瀉血を施すことは冗談事ではなく、傷を付けることによって自らも傷を受け得る。哀れな宮廷医師は、数日前に愛の涙が涸れてしまった、潤んだ優しい目をして大胆に眼窩に閉じ込められた太陽を覗き込み、その上に穏やかに指を暖かい顔に置いて、涙の源泉から鮮やかな血を掻き傷をつけて出さなければならなかった。……このような手術をする前に既に自らに同じようなことを――冷静になる為に施しておくべきであったろう。実際運命は今週は彼にも他ならぬランセットの切り込みを彼の心臓の血管に入れていた。すべての女性が、かつて夢の中で間近にほの白く輝いた魔術的な、遠くに去った姿のように、明るい夜にかつて崇拝した、日中の色褪せた月のように彼には思われたと想像できる者は、彼の善良な無垢の心を開けて見たのであって、そこには大きな絶えず続く痛みの他に気の毒な侯爵夫人に対する同情の思いが覗かれるのである。気位と陽気さと上品さとが彼女には独特に混じっていたけれども、彼女には一つの変化が見受けられるように思われた、それは半ばは彼の今日の勤勉さからと、半ばは侯爵に対する彼の彼女に都合のいい影響力から来ていると解されたが、コンパス時計の最高軍司令官［インペラトル］の上の紙切れによって自分の勇気が特別に解される恐れがないと信じられたならば、彼はもっと大きな勇気を見せていたことであろう。以前はじめて訪問したときには彼の勇気は萎えていた、自分の影響力を庶子達の面倒を見ることによって確固たるものにしているように見える父親の息子として遠ざけられていると思ったからである。愛情豊かな人間は憎しみを抱く人間の横では愚かで黙っている。

今日彼を最も勇敢にしたのは負けた（例えば水蛭について等）口論の他に、更に勝った、最後の口論の所為である。気位の高い女性には追従したときより論駁したときが、更に勇気が湧き、幸せに感ずる。彼は仮面を見付けた。イタリアでは女性がベッドでこれを、ドイツ女性が手袋をするように顔袋として着用することを彼は知っていたので、彼女に仮面をまさしく目の炎症の火口として禁じた。彼女は仮面をつけると得るものより失うものが多いと言ったのは何ら追従ではなかった。要するに、彼は言い張った。

彼は、女性だけが抱くときに我慢できるもの、永続的なものとなる疑念、誰を前にしているか、宮廷医師であるか寵臣であるかという疑念に対して寛容すぎたかもしれない。というのは彼は彼女に――言い過ぎることを恐れていたけれども、これは彼のように熱っぽい人間には、もう起こってしまったという印であって――結局最初口にしなかったこと、侯爵の思いやり（熱意）で赴くことになったことを述べたからである。そして侯爵を自分を犠牲にして持ち上げた、彼を――赴かせたことの他には彼について述べることは格別なかったので、一層更にそうすることになった。

それから彼は出掛けた。侯爵の許で彼は彼女に多くの列福と列聖とを（この地上での二つの対立物）、品位と彼の諧謔（より大きな対立物）とが許すかぎりで寄せた。奇妙なことに、彼女は情熱にもかかわらず気まぐれを有しない、と。彼はイェンナーが中傷者ばかりでなく賞賛者の餌食となることを知っていた。地上の芝居の監督達の心には決心が、口には決議が吹き込まれる。彼らは自らの欲すること話すことをその王座のプロンプターより数日遅れで知る。寵臣とはシェークスピアとか詩人のことで、これは自分が行為させ話させようとする人物の背後から前もって覗き、咳をする人ではなくて、腹話術師なのであって、自分の声に他人の声の響きを与えるのである。

翌日また往診すると、眼窩は静まっていたけれども、目はそうではなかった。アニョラは聖画の多い小部屋に無事に座っていた。目が良くないので会話どころではなかった。それに彼女の気位が彼の感傷と気まぐれとを同時に遮った。彼は百度も心の中で彼女に、「気位の高い人よ、悩むことはありません、私は寵臣ではなく、何も奪うつもりはありません、あなたの気位や、他人の愛を奪うつもりは毛頭ありません、誰からも愛されないことの意味は私はよく承知しているのです」と言ったけれども、しかし（彼の意見では）冷静に彼女の前で振る舞って、立派に治療すると再訪できなくなるという面白くない見込みを得て去った。宮廷での訪問は往診のように勝手にいかないからである。致命的なコンパス時計に対しては、さらに上機嫌であるときを除いて、日々一層恐れなくなった。

――多くの人は農夫なしで暮らすよりは家なしで暮らすだろう。ヴィクトルは空中楼閣なしで暮らすよりは生命の大気なしで暮らすであろう。彼はいつも何らかの計画という富籤や株を将来に立てさせた、そして大抵女性がこの大きな冒険取り引きの商事会社員であった。この度はイェンナーとアニョラの和解を彼は目指していた。これはどちらの側でも容易であると彼は結論付けた――イェンナーは今やいつもアニョラの社交に顔を出すであろう、これは単に将来彼女の女官のクロティルデが出現したとき優雅に近付けるようにとの魂胆からであるが、彼女が独身であっても彼の誓いによれば支障なく愛せることになっていた――この為彼は、長い賞賛にも長い交際にも逆らうことが出来ずに、いつのまにかアニョラに慣れることだろう――アニョラの方は、今孤独にシュロイネス大臣の側にいるけれども、ヴィクトルとイェンナーの共同の敬意をはねつけることはないであろう云々。……筋立ての美しさのみに惹かれて彼がこの仲介の労をとったのか、侯爵夫人の美しさも一役買っていたのではないかということは第二十一章ではまだ分からない。どちらでもかまわない。彼の出血して冷たい心は、その心からはまだピアノやクロティルデの名前や朝の目覚めは血塗られてない短剣を引き出したけれども、世間の喧噪と傷を麻痺させるものをすべて必要としていた。

このような平和の予備交渉の意図をもって、シュロイネス家の訪問を禁じた彼の父に対する将来の不服従の弁解とした。侯爵夫人はいつもそこに赴いたからで、そこが平和会議の為の最も都合のいい中立の場であった。そこでただの半分の――――

娘の多い家についての号外

シュロイネス家は開放された書店で、そこの作品（娘達）はそこで読んでもよかったが、家へ持ち帰ることは出来なかった。五人の娘達が五つの個人図書館で妻として立ち、一人の娘がマイエンタールの地中に人生の子供時代を眠っていたが、この娘の大商店では他に三冊の献本が善良な友の為に売り出されていた。大臣は官職の籤引きの際大当たりの特別報酬として娘達を引き出すのを好んだ。官職に恵まれた者に、彼は智恵は授けなくても妻は授けた。娘の多い家では、聖ピエトロ大寺院のように、あらゆる民族、あらゆる性格、あらゆる過ちの為の告解の椅子があって、そこに娘達が聴罪師として座り、すべてを許さなければならない、ただ独身だけは除いて。私は自然科学者としてしばしば娘達や雑草を伝播させる為の自然の摂理に感嘆したことがある。「賢い摂理ではないか」と私は博物学者のゲーツェに言った、「自然が、生きる為に豊かな鉱泉を必要としている少女達に何か鉤で引っかけるものを与え、それで豊かな土地に運んでくれる哀れな夫の花鶏《あとり》にくっつくというのは。それでリンネは*1、御存知のように、豊かな大地でのみ栄える種子は小さな鉤を有し、それで、自分達を家畜小屋や肥料の所に運ぶ家畜に簡単に付着すると述べている。不思議に自然は風によって――父母はこれを起こさなければならない――娘達や唐桧の種子を開墾される森林にばらまいている。多くの娘が生来名数のある種の魅力を有するのは、どこかの聖堂参事会員や、ドイツ騎士修道会士、第一助祭、年金付き皇子あるいは単なる田舎貴族がやってきて、上述の魅力的娘を受け取り、花嫁の付き添いあるいはイギリス式花嫁の父として彼女達をどこかのやつに購入された妻として申し分なく引き渡す為であるという究極の意図に気付かない者がいるであろうか。苔桃では自然の配慮はそれより小さいであろうか。同じリンネが同じ論文の中で、これは栄養に富む果汁で覆われていて、それで狐の食欲をそそり、その後狐は――それを消化できずに――その種蒔き人となってしまうと気付いていないだろうか」と。

私の心は君達が考えるよりも真面目だ。魂の売人である両親には腹が立つ。黒人の奴隷女となってしまう娘達は気の毒だ――西インドの市場で踊り、笑い、話し、歌って、農園の殿方に娶って貰わなければならなかった娘達が、売られ買われたときと同様に奴隷的に扱われるのは不思議なことであろうか。哀れな子羊よ。――しかし君達の羊の母や父同様に悪い――君達に夢中になって何の益があろう、ドイツの町を旅したとき、金持ちや貴族の誰もが、よしんば悪魔の遠縁に当たる者であっても、三十軒の家を指さしてこう言えるのだ、「真珠色の家から、あるいは胡桃色の家から、それとも鋼緑色の家から嫁を取ろうと、すべての店が開いている」と。――何と、君達少女よ、君達の心はほとんど価値がなくて、心を古い服のようにどんなモードにも、どんな胸にも合わせて裁っているのか、その心は中国の球のように大きくも小さくもなって、男性の心の球形と結婚指輪のケースに合わせようとするのか。「行かず後家になりたくないのなら、聖母様のようにしなくちゃ」と答えるものがいるが、それには私は返事をしない、軽蔑して彼女から離れ、所謂聖なる乙女に向かって言う、「見捨てられながら耐えている女性よ、誤解され盛りの過ぎた女性よ。今よりももっと良いときを望んでいた頃を思い出すことはない、自分の心の気高い気位を決して悔いてはならない。結婚することは必ずしも義務ではない、しかし品位を損なわないこと、名誉を犠牲にして幸せをつかまないこと、独身を不名誉によって避けることのないようにすることは義務だ。讃えられない孤独なヒロインよ。君の最期のとき、全生涯と人生の以前の宝と足場とが砕け散り、前もって落下するとき、そのときに君は自分の空しい生涯を振り返るだろう、そこには子供達も、夫も、濡れた目もみえないであろう、しかし虚ろな黄昏にひっそりと大きな優しい天使的微笑を浮かべた、輝かしい、神々しい、神々の許に昇る姿が浮かんで来て、一緒に昇るようにと合図することだろう――一緒に昇るがいい、その姿が君の美徳だ」。

号外の終わり

数日後侯爵夫人は侯爵に円形浮き彫りの目を一つ美しい言葉と共に渡した。この絵馬を自分に奇跡を行う人を遣わした聖人（これは侯爵がヤヌアールと言っただけに一層適切であった）に贈る、これは治して下さったものだ、と。イェンナーはヴィクトルに目を見せて言った、「聖なるヤヌアリウスは貴方、聖なるオッティリアと取り違えられて居る」――これは周知のように目の守護聖徒である。

ヴィクトルは、マチューが彼の所に一緒に聖リューネに行こうと来たのを喜んだ。マチューが、これは一緒に行かずに済んだことなので、一緒に自分の母親の所に行こうと誘ったからである、「今日は侯爵夫人の許では大きな晩餐があるけれども、母親の許には誰もいない」つまりほとんど九人以上はいないということであった。ヴィクトルはそこで喜んで――今日は王妃の眼疾者がいないということは問題にならなかった――娘達によるシュロイネス家のニュルンベルク改宗者文庫へよく気のつくジョナサン・オレスト・マッツの後について行った、彼を今や彼は二人の共通の友フラーミンの為にもっと寛大に見ていた。人間は観念と同様に類似性に劣らず同時性に従って一緒になるものである。知人の選択から青年の性格をいくらか窺うのが難しいのは、夫の選択から夫人のそれを窺うのが難しいようなものである。マチューは彼を読書室の母親に、丁度英国作家のものが朗読されていたとき、次のように紹介した。「生きたイギリス人をお連れしましたよ」。ヨアヒメは目録を覗いていた――本の目録ではなく、撫子の図録で――それを植える為ではなく――絹の上に模倣する為に若干の撫子を捜していた。彼女は成育する花が嫌いであった。彼女の兄は皮肉に言っていた、「この娘は移ろうものは花でさえ嫌いだ」と。恋人達に対してでさえ移り気であったからである。そして我々の風土の女達同様に言われているほどにははるかに移りやすくない四月と全く異なっていた。小部屋にはなお二人の阿呆がいたが、私の通信員はこの一方を良い匂いの阿呆と呼び、もう一方を上品な阿呆と呼べば十分に特徴付けられ区別されると思っていて何ら名前を付けていない。

二人の阿呆は美人の周りをぶんぶん飛んでいた。大きな群の中の阿呆を研究したくなったら、そもそも私はまず大した美人を捜す。――阿呆どもは雀蜂が果物売りのおばさんの周りにいるように美人の周りにいる。最も美しい女性と結婚する理由が特別なくても――実はあるけれども――いつも女王蜂を手中にしていて、それを蜜蜂の群が追いかけるようにする為だけでもう私は結婚するだろう。私と私の妻はそうなったらリスボンのあの奴等に似てくるだろう、彼らは手には鸚鵡をつないだ棒を持ち、足には後を追いかけて跳ねる猿のベルトを持って路地を行き、この面白いものを売りに出すのである。

良い匂いの阿呆は、今日はヨアヒメの日当たりのいい側にいて、母親に本を朗読していた――上品な阿呆は風雨の側にいて、ヨアヒメの横に立っていたが、その風雨の冷淡さを少しも気にしていないように見えた。ヴィクトルは熱い地帯から冷たい地帯の通過点にあって中庸の地帯を現していた。良い匂いの阿呆は左手で銀の玩具の回転砲を放っていた。このぶら下がる馬鹿の印を彼はグリーンランド人が両足で――熱くなるようにと丸太を動かすように動かしていた――あるいは好んで誰かに死刑命令を出すことのないようサルタンがいつも彫刻刀で励まなければならないように、――あるいは鸛《こうのとり》がいつも石を爪の中に有するように、いつでもイクシオンの車輪(2)を手中に、踵の拍車のように、有することになるように――あるいは健康の為に、ヒステリー[*2]の球を外部の動きによって取り除こうとするように――あるいはロザリオの小球として、――あるいは何故か知らないが故に、そのように振る舞っていた。

誰もが自分に満足していた。母親が我々のイギリス人に自分のアクセントで朗読して欲しいと頼んだとき、上品な阿呆は言った。「英語はある種の信念同様に理解することの方が発音するより易しいものです」。この上品な羊はつまりいつでも隠喩を多用する習慣があった――少女が「今日は冷たさがこたえる」と言うと、これを心の冷たさと取った――「悲しい、暖かい、針が刺さった」と言ったら、これは心を胸の銃から引き出し提示する球抜き器と解された――彼の耳の前では洗練されないわけにいかなかった、そしてお早うと挨拶すると警句がひねられた――彼が旧約聖書を読んでいたら、その洗練された語句に賛嘆してあきなかったであろう。その代わり良い匂いの阿呆はそのすべての機知を威勢のいい顔つきにだけに限定していた――彼は数千の思いつきのこの運送状と保険証とを君達の前で開いて見せるけれども、しかし何も生じなかった——彼の燃える目つきの中の機知の予告状を見て、今にも洒落が出ると君達は信じ込んだことだろう、しかし金輪際なかった。彼は諷刺の武器を擲弾兵がもはや投げない手榴弾を扱うように扱っていて、ただその模写を帽子に描いているのである。

上品氏がエロチックな機知を述べたとき、ヨアヒメは我々の主人公を見て、皮肉な表情で上品氏に逆らって言った、「私ハ分別ノアル人ガトテモ好キ」。

今日の贔屓に対する良い匂いの阿呆の得意さと冷たいあしらいに対する上品な阿呆の見た目の無関心は、両者が今日のような場合に陥ることはめったにないことを——そしてヨアヒメが独自の仕方でコケットに振る舞っていることを示していた。彼女は、我々立派な男性をいつも、二人が一緒に側にいると笑い飛ばした——一人っきりのときはそれほどでもなかった——彼女の目はその目の輝きを機知よりも愛情の所為にすることを我々の自己愛に任せていた——彼女は思いつくものを何でもしゃべっているように見えたが、しかしかなり思いつかないように見えた——彼女は矛盾と愚行とに満ちていたが、しかし彼女の意図と好意は誰にも不明であった——彼女はすばやく答えたが、更にすばやく尋ねた。今日は三人の殿方の前で——他のときにはエスプリの部局の全員の前で——鏡の前に行き、化粧のコンパクトを取り出し、頬の多彩なコンパクト作品を修整した。彼女が当惑したり、恥じ入ったときにはどんな様子になるのか全く見当がつかなかった。

多くの婦人の貞潔は、愛の電気の火花が砕き、再びそれを新たな実験の為に組み立てる避雷針実演館である。高度な女性の完全さに慣れた我々の主人公にはヨアヒメは避雷針実演館の一つに思えた。コケットリーにはいつもコケットリーのお返しがある。この為か、あるいはヨアヒメを軽くみていた為か、ヴィクトルは二人の崇拝者を女神の目に滑稽に写るようにした。彼の勝利はたやすくかつ大きかった——彼は敵の側に陣取った。別の言葉で言えばヨアヒメはむしろ彼の方を取った。というのは女性は自分の目の前で同性の女性にではなく男性に屈する者を好きになれないからである。女性は自分の賛嘆するものをすべて愛する。肉体的勇敢さに対する女性の偏愛に対しては、女性はすべての傑出したもの、特別の金持ち、有名人、学者に対してこの偏愛を感ずるということを考えれば、諷刺的解釈をもっと控えたことであろう。痩せた皺の多いヴォルテールは多くの名声と機知とを有していて、彼の諷刺的心を追い出そうとするパリ人の心は少なかったことであろう。その上私の主人公は全女性に対する敬意を、個人がわがものとするような暖かさで表現した。――それに彼の好きな一緒の愛、更には失意の心の悲しみの為に潤んでいる目と最後に彼の暖かい人間愛とがヨアヒメの注意を引くことになって、それで彼はどういうことになっているか次回に調べて見ようという気になった。

次の機会は直に来た。侯爵夫人の到着が薬店主によって予告されると――薬店主は宮廷のささやかな将来に関して彼のエンドルとキュメの魔女[3]、彼のデルフォイの洞穴であったが――彼は出掛けた。彼は馬車ではなかった。「靴磨きと石の舗装がまだある限り」と彼は言った、「馬車では行かない。でももっと身分の高い人々がまだ歩いて宮殿の翼から次の翼へと旅行するのには驚かされる。町「ロンドン」の為のペニー郵便のように、宮殿の為の馬車を導入できないだろうか。貴婦人が部屋から次の部屋までのアルプス旅行をもっと厭わないようになれば、どの安楽椅子も駕籠として使えないだろうか。そして色々な世界周航女性が、大きな庭を閉ざされた駕籠で敢えて観光旅行をするようなことになろう。」ヴィクトルは丁度大きな、つまりシュロイネス家の庭を通って旅していた。まだ明るく晴れていて、針刺しのようにカルタ台に釘付けになることはなかった。小さな多彩な一行が見え、その中にヨアヒメがいた。彼はその方に向かった。ヨアヒメは雲の群に画家みたいな喜びを述べた、その方を見上げたとき、彼女の目は素敵だった。何も気の利いた話しはなかったので、回転木馬につくや何か気の利いたことをすることになった。その上に乗って回させた。多くの婦人はこの回転盤に乗る勇気がなかった――何人かは敢えて椅子に座った――ヨアヒメだけが、臆病であると共に大胆であって、木製の比武の馬に乗り込み、槍を手に取って、優美に、それはもっと立派な指輪にこそ相応しかったが、指輪を刺してのけた。しかし回転ロシナンテに飛ばされないように、ヨアヒメは私の主人公を階段の手摺のように引き寄せて、困ったとき頼ることにした。車軸の動きは一層速くなり、彼女の恐怖は一層大きくなった。彼女はますますしっかりと摑まった、彼女の緊張に先んじようとして彼は一層しっかりと摑んだ。女性の手品の術、手品の呪文をよく弁えていたヴィクトルは、簡単にヨアヒメのヴィークレープ[4]の自然の魔術と呪文『トルンクス・プレンプスム・シャラライ』を解した。その上交互の押しつけは急速に移動したので、どちらの方が、男がそれとも女が押しているのか分からなかった。

彼らは今や皆部屋にいて、私だけが庭で回転木馬の横にいるので、偉人は女達や、フランス人、ギリシア人に似て大きな――子供であるという点について上手く考察し述べてみたい。すべての偉大な哲学者はこうした者で、思考によって半死すると子供っぽいことで再び生き返る、例えば、マルブランシュ[5]がそうしたように。同じように偉い人はまことに子供っぽい遊びで彼らのより真面目な高貴な遊びに戻る。それ故棒馬騎士、ブランコ、カルタの家（ハミルトンの回想[6]）、絵姿の切り抜き、玩具がある。自ら楽しむ嗜好が移ったのは一部は上役達を楽しませる習慣の為である、彼らは昔の神々に似ていて、（モーリッツによれば）この神々は贖罪によってではなく喜ばしい祝典によって宥められたそうである。

彼は大臣のすべての劇の一座とは知り合いになっていて、第二に彼はもはや恋人ではなかったので――というのは恋人は一人の人物に千もの目を、他の人々には千もの瞼を持っているもので――それで大臣の許で当惑することはなく、全く満足していた。彼は実行する計画があって、計画は人生を、人生を読むにしろ、営むにしろ、楽しくするからである。

かなり長いこと侯爵夫人と話すことに今日は失敗しなかった、それも侯爵についてではなく――彼女は避けた――眼疾についてである。これがすべてであった。本当の敬意を表現するよりも、過度の敬意を見せかけるのが容易であると彼は感じた。間違って見えると心配すると、そう見えるようになる。それ故邪推深い人の許では率直な人は半ば見せかけの人に見える。しかし彼女の気性にもかかわらず内気であったアニョラの許では――独自の控え目な調子がそれ故シュロイネスに彼女が居合わせるときには支配的で――後戻らずに進んでいくと十分であった。

しかし意気のよいヨアヒメに対しては半歩先に進めた。彼女よりは一家がコケットであるように見えた。そしてそこの娘達は――一家がそうしていたが――ザクセンの昔の人々に似ていて、彼らは三分の一が自由で三分の二は農奴であって、したがって自分の領地の三分の一を抵当に入れることが出来た。それぞれの娘は更に三分の一、九分の一、心の球切片を自由に出来た。そもそも西真鱈釣り、棒鱈釣りをまだ見たことがないものは、それを比喩でここで学ぶことが出来よう――三人の娘は長い釣り竿を水上に保つ（父と母とが棒鱈をぴちゃぴちゃと叩いて寄せる）そして釣り針に公僕の制服あるいは彼女達自身の顔――心――男達のすべて（餌の恋敵として）――他の釣れた西真鱈の胃からすでに一度取り出された心を突き刺す――。海で他の西真鱈をどうやって摑まえるかということから大凡、陸の棒鱈をどうやるかがよく分かろう、つまり（また読み返すことになるが）同様に赤い襤褸切れ――ガラスの真珠――小鳥の心臓――塩漬け鰊と血を出している魚――小さな西真鱈そのもの――半分消化されて釣れた棒鱈から引き出した魚でもって。――

ヴィクトルは考えた。「ヨアヒメは威勢が良かったり、コケットであったりしても構わない、自分の鼻先に置かれている貂罠を楽に越して見せる」。逃げよ、ヴィクトル。見える罠から隠された罠に追われることになるぞ。ある人が誰にもコケットに振る舞っているのは気付くけれども、しかしそれが自分に向けられると見逃してしまう、他のすべての人に対する全くのおべんちゃら屋と思っていても、美人がその追従を信ずるようなものである。――彼はヨアヒメが新しい天井画を今晩よく見ているのに気付いた。そしてそれが何故気に入っているのか分からなかった。やっとただ自分に満足していること、見上げると見下ろすときよりも彼女の目をきれいに見せることが分かった。彼は大胆にそれを調べようと思って彼女に言った。「ヴァティカンの画家の描いたものでないのは残念です、もっと頻繁に目を向けられることでしょうに」。「おや」と彼女は軽はずみに言った、「他の絵だったら見上げないわ――賛美するのは嫌いなの」。後に彼女は言った、「男性は私どもより、その気になったら、偽装がうまい。でも言って貰えないのだったら私も同じように本当のことは言わない」。彼女はまさに、「コケットが愛に対する最良の薬」と告白して、「彼の率直さは気に入った、でも自分の率直さも気に入って貰えたろう」と述べて彼女は訪問と郵便日とを終わりにした。

＊1　その棲息地についての論文『アカデミーの楽しみ』参照。
＊2　ヒステリーの球とは、球が喉を昇ってくるかのようなヒステリックな病症のことである。

# 第二十二の犬の郵便日

愛の鋳造、例えばプリントされた手袋、口喧嘩、矮小な瓶、切り傷――愛の学説彙纂からの一節――マリー――接見日――ジューリアの遺書

読者はこの犬の郵便日に怒るだろう。私の方ももう怒っている。主人公はみるみるうちに二人の女性の曳き裾の網にかかって、それどころか侯爵の友情という絆にはまっている。……クロティルデまで大混乱に加わることになる。――――このようなことを鉱山局長、島の住人は大陸の人々に伝えなければならない。

年代記風にその上書かれることになる。十一月から十二月に及ぶこの犬の郵便日を週毎に分けることにしたい。かくてより整然としたものとなろう。私はドイツ人を知っているからである。彼らは形而上学者同様にすべてを最初から知ろうとする、全く正確に、大八つ折判で、過度に縮めず、若干の引用で。彼らは一つのエピグラムに一つの序言を付け、愛のマドリガールに事項索引を付ける――西からの微風を［羅針盤の］羅牌《らはい》に従って規定し――少女の心を円錐曲線に従って決め――すべてを商人のようにドイツ文字で表し、すべてを法律家のように証明する――彼らの脳の膜は生きた計算皮［書いては消せる皮］で、彼らの足は秘密の標尺、歩数計である――彼らは九人のミューズのヴェールを切り裂いて、これらの娘の心にノギスを置き、頭に検査棒を置く――哀れなクレイオー（歴史を司るミューズ）は長老のビュシング[1]のように見え、彼はゆっくりと背を曲げて測鎖、六十分の一秒単位時計、ハリソンの経度時計、間紙を綴じ込んだ書き込み用カレンダーの陸荷の下になってやって来て――それでビュシングが歩いてくるのを見さえすれば、とりわけ彼の為に泣けてくる、善良な地形測量の荷物運搬人、十字架背負人に全ドイツは（何か別のことを期待していたけれども）、どの役人も、どの愚かな村長も（ただ我々シェーラウ

人はこれを置かない）担保の彫像のように膝窩から鼻孔まで（善良な男はほとんど見えず、どのようにして立っているか不思議である）あらゆるつまらぬ悪魔の反古――村の財産目録――知識人新聞――紋章本――土地台帳それに豚小屋についての立面図をぶら下げ、差し込み、取り付けているからである。

彼らはジャン・パウルにさえ――自分でドイツ人の丁付けする鈍重さの例について話しながら、そのことによって一例を見せてしまい――移してしまった。彼が、恋人が覗いたものの中で最も美しい目の青をソシュールのシアンメーター[*1]でより正確に度合いを示し、測定する間に落ちた最も美しい滴を十分に正しく露測定器で調べたということは古いことではなかったか。女性の溜め息をシュテグマンの空気清浄測定器でとらえ調べるという彼の方法は、我々の間で多すぎる程の模倣者を見いだしていないか。

## 第二十二回目の後の聖三位一体の祝日の週あるいは十一月三日から十一日まで（十一日を除く）

今週は彼はほとんど大臣の許で過ごした。多くの人は、ある家に四回だけいくと、平熱のように毎日またやって来る、最初は春の太陽のように毎日より早く、それから秋の太陽のようにより遅くなって。彼はこの宮廷の一行、大臣の一行の許では何も打ち明けられない、秘密も、能力も、心も打ち明けられない、彼らが立派な裁判所に似ているからで、これは、僧侶が所有物を供託物と呼んで何も自分達のものではないと言うように――逆にすべての供託物を所有物に高めて、すべてが自分達のものであると言うのである。しかし彼は意に介しなかった。「戯れに来ているのだ」（と彼は考えた）「何の影響も受けはしない」。――ただ食事の間にのみ会う大臣は、極めて丁重に彼に接したが、これは皮肉な顔と世界をスパイと泥棒とに分割する身分と結びついたものであった。しかしゼバスティアンは、彼が自分を医学及び真面目な学問の――まるですべてが必ずしも真面目な学問ではないかのように――半可通と見なしていて、ただ機知と美的事柄に通じているに過ぎないと思っていることに気付いた。しかし彼は気位が高くて、空な新月の側とは別の側を見せようとはせず、彼を改心させることのできるものをすべて隠した。それ故、大臣が彼の兄、政府の首相と付帯条件、同盟、官房について興味深い会話をしているとき、注意しないか、逃げ去るか、あるいは女達を追いかけて、そうしてそれに気付いたかも知れぬ極めて愚かな首相の弟の敬意をすべて失うことになった。――それに彼は侯爵に対してはただその人間だけを愛していた。大臣はただ侯爵だけを愛していた。ヴィクトルはイェンナーの許では共和国の利点についてすら話すことが出来た、すると侯爵はしばしば夢中になって（帝国裁判所と彼の胃とが許せば）喜んでフラクセンフィンゲンを自由国家に、自らを議会の議長に昇格させるところであった。しかし大臣はこれを激しく憎んでいて、すべての政治的自由思想家――ルソー――すべてのジロンド派――すべてのフイヤン派――すべての共和主義者――そしてすべての哲学者にジャコバン派の名前を貼り付けた、トルコ人がすべての外国人、イギリス人、ドイツ人、フランス人等々をフランク人と呼ぶように。しかしこのことが、これについてもっと良く考えていたマッツを何故ヴィクトルは今もっと好きになったか、何故父親から娘の方へ逃げたのかの一つの理由であった。

ヨアヒメには今週彼の祈りが届いた。彼女は上品と良い匂いの二元論に、我々が美徳に対するように、ただ副賞を、私の主人公に、我々が愛情に対するように、賞のメダルを与えた。しかし彼はある種の感傷だけを最も友情と恋愛とでは崇めていたので、このいちゃつく女性と月を旅行しても、彼女について溜め息はついても彼女の為に溜め息をつくことはあるまい、と考えた――しかしバスティアンよ、こんな朗らかな娘達は悪魔を見ているのだ。娘達が何か他のものに変わったら、つられて自分もそうなるからである。彼女は彼に言った、自分はルター教徒の聖画像のように気に入られたい、しかしカトリック教徒の聖画像のように崇拝されたくはない、と。彼女は繊細な言い回しを理解するという女性に特有の才能で最も彼の心を捉えた、女性はいつも察して貰っているので、容易に察し、他の半分をいつも同様に上手く補いかつ隠す。――しかし彼女の魅力の一つに私は侯爵夫人を前にしてそして聞き手を前にしての――目による強制も数えたい。ちなみに今彼のクロティルデによって飛ばされた心は、手を打たれても涙を流さないと賭をしながら、涙がもう出ているのになお微笑み続ける子供達の状態にあった。

第二十三回目の後の聖三位一体の祝日の週あるいは一七九［二］年の第四十六回目の週

今や彼は午前中もそこにいる。聖マルティノの祝日［十一月十一日］に彼女のパウダーを付けた額をパウダーナイフで剃って、若干の化粧の宮仕えを彼女に対して行ったことが注目に値する。「私は貴女の化粧コンパクト捧呈人となりましょう、偉大なムガル朝の君主が煙草パイプとキンマの捧呈人を有していたように――あるいは貴女のお抱えネクタイ製造人、あるいは敷き布団（つまり祈祷クッション運搬人）に――貴女がクッションの上で跪くのでなければ、貴女の前で自らそれをしましょう。――私はハノーヴァーで立派なイギリス人を存じていますが、彼は左膝に裏を付けさせ、パッドを入れさせていました、今日は誰をどれ程長く崇拝することになるか分からなかったからです」。

　ヨナの日［十一月十二日］に、上に素朴な顔が描かれている一対の洒落た手袋を受け取るよう彼女に強いたことも重要である。――「これは自分の顔で」（彼は言った）「この顔を夜にだけはベッドで手の上に載せるか手に接するようにして、十一月の夜の間ずっと貴女の手に接吻しているかに見えるようにして欲しい」。

　この攻城日記からの実用的抜粋を続けるが、レーオポルトの日［十一月十五日］にヨアヒメが午前中にもう次のように言っていることに気付いた、自分の鸚鵡に言語教師を雇ったら、すべての辞書の中から、不実な、という言葉だけを教えて貰う、と。「言い寄る男は皆」彼女は言った、「絶えず不実なと声をかける鸚鵡を持っていたらいいわ」。――「女性達だけが」と私の主人公は言った「悪いのです。余りにも長く、しばしばどの週もどの月も愛されたいと思っています。このようなことは私どもの力に余ることです。イエズス会士でさえ神への愛を定期的なものにしなかったでしょうか[*2]。スコトゥスはそれを日曜日に限っています――他の者達は祝日に――コーニンヒは、神を四年毎に一回愛せば十分と言っています――エンリケスは更に一年を加えています――スアレスは、死の前でありさえすればとまで言っています――――これまで多くの婦人に合間がありました。朝晩か、四季か、祝日か、婚約日か、葬式日かは愛のイエズス会士の間でも同様に様々な宗派があるのです」。――ヨアヒメは怒った表情をし始めた。宮廷医師は美人とは諍いをことの他好んだので付け加えた。「憎マセルノハ、モット愛サレルヨウニスル為デ――ムクレルノハ愛デアル――切ニ怒ランコトヲ願ウ」。――彼の気まぐれは度を過ごした――ヨアヒメは怒るようにとの彼の依頼を果たして十分に良かった――彼は諍いを片付ける為に諍いを続けようとした――しかし侮辱を拡大しても侮辱を段階的に撤回しても同様に許しを得られない場合がある。それで彼は賢明に立ち去った。

彼は一日中彼女のことを考えているのを不思議に思った。彼女に悪いことをしたという思いが、彼女の顔を辛い表情にして彼の和らいだ魂の前に浮かべた。タキトゥスは人を侮辱したときその人を憎むと言っているが、善良な人間はしばしば単にその所為で愛するものである。

翌日オットマルの日に――オットマル、[2]偉大な名前で、これは突然暗闇の中の大いなる過去の長い葬列を眼前に過ぎらせるが――彼を求めもしないし彼から逃げもしない真面目な彼女を彼は見た。二人の阿呆は彼女の目には二人の阿呆と写っていて、何も成果を上げていなかった。ちょっとした不平というのではなく彼女のこれまでの率直な振る舞いを本当に悔いていて、この振る舞いを彼は余りにも勝手に利用し、余りにも利己的に解釈してきたように見えることに確かに彼は気付いたので、今まで冗談でしてきたことを真面目にすること、つまり彼女を訪ねて彼女と和解することが今や彼の義務となった。

しかし彼女はいつも侯爵夫人の側にいた、これはたいしたことではない。

私自身が言ったことではないが、読者は私が言わなくても察知すると思うからで、主人公は、ヨアヒメは自分のことを彼女の魅力の偶像崇拝者、彼女に引かれている月「世界の」男と見なしていると信じていた。それで主人公はこの迷妄を長いこと――放置することにしていた。このような迷妄を奪うほどに男や女で十分に強い者はいない――彼女に彼の愛を信じ込ませる（つまり自分にも彼女の愛を信じ込ませる）理由が他にもあった。第一に、何故来るのか彼は隠しておきたかった――第二に、貴族の世界やヨアヒメ達の間では恋人は単にゲームの為の第三者のように求められること、愛の為に死ぬことはなく、愛の為に生きることはまずないということを知っていた――第三に、瓢箪から駒という逃げ口上を彼はいつも用意していた、「窮地に追い込まれたら」と彼は考えた、「腰をすえて、彼女を心から愛すれば、それでいい」――第四に、コケットな女はコケットな男を作るからであった。……ここで私は早速周知のように第二十二の郵便日に腹を立て始めた、私も何故すべての人が、最も正直な人でさえ、男達でさえ、恋人に対して小さな策を弄しやすいのか承知しているけれども。つまりこれは単に些細な報われた愛であるからということばかりではなく、自分の策で盗むよりももっと贈っていると思うからである。最も気高く至高の愛のみが真の悪戯を免れている。

第二十四回目と第二十五回目の後の聖三位一体の祝日の週

日曜日は舞踏会であった。「全く当然ながら」（彼は言った）「彼女は私を見ない。舞踏会の衣装のときは美人達は朝の服のときよりもつんとしている」。──彼女は彼をほとんど見なかった、するとダイヤモンドの恒星と真珠の惑星を引き連れた動く天体のように彼に近付いて、このように輝きながら自分の気まぐれの許しを請うた。最初は怒ったふりをしていた、と彼女は言った、それからそうなってしまった、翌日になってやっと、怒っているように見せかけたのは間違いで、怒るのが正しいことが分かった、と。こう許しを請われて我々の医師は必要以上に謙虚になった。彼女は冗談で、許しを請うと請うて、怒りの爆発金盤を見せた。

二日間ヴェストファーレンの平和条約は守られた。

しかし娘との一つの諍いは、一人の阿呆のように、十の諍いを作る。不幸なことに怒る女は一層好きになって（少なくとも無関心な女性より好きになる）、民衆を最もののしるメソジスト派の説教者達の許に民衆が最も多く駆け寄るようなものとなる。ヨアヒメは日々もっと怒るようになったが──これを彼はますます募る愛の所為にした──しかし彼もそうなった。訪問の間中ずっと彼らは帝国と家内の平和の裡に過ごすことが出来た。別れのときにはすべてが戦争状態となって、詩的表現が許されるならば、公使達と帰休兵達が召還された。心に怒りの滓を抱いて彼は引き揚げ、そして再会の、──つまり彼あるいは彼女の正当化の──瞬間が待ち遠しかった。それで彼らは時間を平和の文書あるいはマニフェストを書くことで過ごした。争いの件は争い同様に奇妙であった。友情の要求に関していた。どちらも、他方に責任があって要求が多すぎると証した。我々の医師を最も立腹させたのは、彼女が上品と良い匂いの阿呆には彼女の手の接吻を許すのに、彼には禁じて、それも何も理由を言わないことであった。「嘘でもこれこれの理由からと言ってくれたら、いいのだが」、と彼は言った。しかし彼女は彼に親切ではなかった。男性にとっては理由のない、推察される理由さえない拒絶は硫黄池であって、三重の死である。ヨアヒメにとっては理由と小室の説教は同じようなものであった。

## これについての号外

私は、法律家的論証の責務を負って、若干の努力をすれば何の根拠もなしに行動しまた信ずることのできる女性達のことを数百度考えた。というのは結局誰もが（すべての哲学者によれば）根拠の欠けた行動と意見に甘んじなければならないからである。どの根拠も新たな根拠を引き合いに出し、これがまた一つの根拠を支えとし、これがまた己が根拠を有しなければならない根拠へと我々を送るので、（永遠に捜し求めるつもりでないのであれば）、結局我々は何の根拠もなしに受け入れる一つの根拠へと達しなければならない。ただ学者の間違っているのは、まさに最も重要な真理を――倫理、形而上学等の最上級の原理を――根拠もなしに信じて、不安の余り――そうして切り抜けようとして――これらを必然的真理と呼んでいる点である。これに対して女性はささやかな真理を――例えば明日は旅立たれ、招待され、洗濯されなければならない――根拠の保険、再保険なしに受け入れなければならない必然的真理として、かくてまさに女性には見せかけの徹底性が生じている。――――彼女達は容易に哲学者とは区別される、哲学者は考えて、真理の太陽が水平に目に輝いて、その為に道も一帯も見えない。哲学者は最も重要な行為、倫理的行為において、自らの良心がその根拠を述べないのに、自ら立法者でありその遵守者でなければならない。女性の場合それぞれの愛着が小さな良心であり、他律を嫌って、大きな良心同様何ら根拠を述べない。そして根拠よりも自らの絶対的権力に従って行為するこの才能の為にまさしく女性は男性に相応しいものとなる、男性は女性に三つの根拠よりも十の命令を与えたがるからである。

これについての号外の終わり

同様に遺憾であったのは、ヨアヒメが、不平、諸侯の苦情の山をただ片付ける為に、何の理由も述べずに彼に指を許したということである。それで資産の称号を何ら挙げることが出来ず、困ったときにこの資産を守ってくれるような人を見いだせそうになかった。

女性は信用されるとすべてが一層固く結ばれるということ、小さな盗まれた好意は、もっと大きな好意を得ると適法なものとなるということは根拠のある法、あるいは男性的なブルカルト法[3]である。少女達は我々に、取り引きの際のユダヤ人に対するように、いつも半分を除いて、我々が手を欲しているとき、二、三の指だけ与えるということに法は基づいている。指を得るとしかし、我々に手を認める新たな節が提要［ユスティニアヌス法典の第一部］から生ずる。手は腕に対する権利を認め、腕はそれに付随するものすべてに対して付属物として権利を与える。法が法であるべきであるかぎり、これらはこのようでなくてはならない。そもそも私あるいは他の立派な人間によって小さな読本が書かれるべきであり、その中で女性に、このようなことを学ぶ仕方を法学的松明で具申し、照らし出すべきである。さもなければ多くの仕方が廃れるであろう。それで例えば私は、市民法によれば三十年前に盗まれた動産の合法的所有者である（実際はそれ以前であるべきで、後に人が盗み始めても私は一向に構わない）――同様に三十分の時効によって（時間は相対的である）美人からその動くもので（彼女においてはすべてが動くもので）奪ったものはすべて合法的に私のものである、それ故どんなに早く盗み始めても構わない、さもないと盗みの前に時効が始まらないからである。

加工はよい仕方である。ただ私の如く一廉の法のプロクルス派[4]であって、他人の物はそれに別の形を与えた者の所有となる、例えば、圧力によって別の形になった手は私のものとなるということを信じなければならない。

亡きジークヴァルトは言った。涙の混合が私の仕方であると。しかし乾いたもの、例えば指や毛髪の混合が目下我々のすべての獲得の仕方である。

あるときこの件すべてを他者物件所有権の説に従って、これでは女性が数千のことに耐えなければならないが、取り扱おうとした、（これらすべての所有権は結婚生活の確立によってすべて消えるけれども）。しかし私自身もはやよく他者物件所有権の説については知らず、この点については試験されるよりはむしろ試験したい。

医師の許に戻る。彼は、接吻された手は頬の贈呈証であり、頬は唇の供犠の食卓で――唇は目の――目は首のそれであると知っていたので――それで自分の教科書通りに行おうとした。しかしヨアヒメは――コケットな者のすべての対蹠人同様に、一つの好意を見せたからと言って他の好意を見せるわけではなく、大きな好意が小さな好意に道を拓くことは決してなかった――控えの間から次の控えの間に移った――私の主人公はこれに対して何と言ったか。「見かけよりもいい女だ、我々の玩具のふりをして、我々を弄んでいる、コケットを美徳のヴェールにしている」とだけであった。

今や彼女の名前が呼ばれると、胸を穏やかな暖かさが吹き抜けるのを彼は感じた。

教会暦の終わり（十二月一日）から市民暦の終わり（十二月三十一日）まで

フラーミンは、自分の愛国的炎が会議室では何の空気にも触れず、自らをまず窒息させていたが、日々気が立って荒れてきた。一団と委員会の全員で、一人で済ませられることをしなければならないということ——国家の肢体が（体の肢体もそうであるように）梃子の短い腕で動かされて、より大きな力を余り使わなくしていること、とりわけ一団は体に似て、これはボレルスによると自分が持ち上げるべき負荷の二千九百倍以上の力を跳躍の際使うものである、ということは彼には何か新しいことであった。彼はすべてのお偉方を憎み誰も訪ねなかった。青年貴族マッツが彼の訪問を受けることは一度もなかった。私のゼバスティアンは彼の許に行くのは一層まれになった、彼の閑暇、気晴らしの凪は丁度フラーミンの仕事時間に当たったからである。このように遠のき、いつもシュロイネス家にいた為——このことをフラーミンはヨアヒメの影響を知らずに、すべてをクロティルデの影響と考え、彼女の許に再び行けるようヴィクトルは今訪問してその口実を作っていると思っていたが——それにヴィクトルに対する侯爵の好意の為、これすらフラーミンの目には彼の自由精神と率直さの結果ではなかったが——こうしたすべての為に両者の組み合わされた友情の手は、かつては四手の為の楽曲を両者は弾いていたのに、ますます離れ離れになってしまった。間違いや倫理的埃を以前ならヴィクトルは友人から拭い取ることが出来たのに、ほとんど吹き飛ばす勇気がなかった。二人は互いに一層優しく注意深く振る舞った。しかし私のヴィクトルは運命からその心に多くの吸血鬼を置かれ、胸には失恋の痛みと失われていく友情の嘆きとを抱き込まなければならなかったが、一連のことで——まことに陽気になった。疲れた魂を証する頑迷と心痛からくるある種の陽気さ、横隔膜の傷がもとで死ぬ人間の微笑のような、あるいはひからびて縮んだミイラの唇に見られる微笑のような微笑があるものである。ヴィクトルは陽気さの奔流に身を投じて、その流れの下で自分自身の溜め息を聞かないようにした。しかし勿論しばしば、彼が一日中引き倒された愚行に喜劇的塩を振りまいて、同じようにその塩で振りまく本人の手を噛まれて——一日中、涙を浮かべた自分を晒して自分を慰めてくれる目に出会えず——現在にくたくたになり、将来に対して無頓着になり、過去に傷ついて最後の阿呆、薬店主の横を通り過ぎ、自分の出窓から様々な世界を吊るした夜を、宥める月を、聖リューネの上空の東の雲を眺めるとき、いつも脹らんだ心と脹らんだ眼球は弾けて、闇に隠されていた涙は出窓から堅い石に落ちた。「一人だけでいい」と彼の内奥はあらゆる悲愁の音色で叫んだ、「一人だけ与えて欲しい、永遠の慈愛の創造的自然よ、この哀れな思いやつれた心に、この堅く見えながら優しい、楽しげに見えながら悲しい、冷たく見えながら暖かい心に」。

同様のこのような晩に、丁度哀れなマリーが——彼女には先の人生が押し潰す雪崩のように崩れ落ちていたが——彼の朝食の要望を聞きに来たとき、侍従とか世馴れた紳士が出窓にいなかったのは結構であった。彼は涙を拭わずに親しげに起き上がって、彼女を迎え、彼女の優しい、しかし仕事で赤くなった手を握った、彼女は恐れから手を抜かなかったが——恐れから希望に対して石化した顔をそむけた——そして彼は穏やかに彼女の眉毛を水平に撫でながら、極めて感動した心から昇ってくる声で言った。「マリーよ、話してごらん——楽しくないようだね——目には見たいものは映らず、涙が溢れてくる——何故私に近寄らないで、何故私に苦しみを語ってくれない——虐げられた心よ、君の為に話し、君の為に尽くすことにしよう——辛いものは何か言ってごらん、いつかある晩辛すぎて、下で泣くことが出来なかったら、上の私の許まで上っておいで。……私を遠慮なく見てごらん。……一緒に泣こう、何も構うものか」。彼女はこのような高貴な心の前で泣くのは不作法と思ったけれども、顔を無理にそらして、彼の愛情に満ちた舌が小川のように汲み出した涙のすべてを遠ざけることは出来なかった。……それから彼が彼の熱い口を彼女の冷たい軽視されたそして無抵抗に震える唇に押し付けて、彼女に、「心が余りに動かされているとき、何故我々人間はかくも不幸なのだろう」と言ったことを彼の沸き立つ心の所為と悪く取らないで欲しい。——彼の部屋では彼女はすべてを嘲笑と取ったように見えた——しかし一晩中彼女は友好的人間の木霊を耳にした——嘲笑としてすらこのような多くの愛情には彼女は気を良くしたことだろう——それから彼女の過去の花が今一度彼女の今の冬の窓の氷の中で結晶した——そして彼女は今日はじめて不幸であるかのような気がした。

――朝彼女は皆に黙っていた、ただゼバスティアンに対して一層熱心に仕えたが、しかしより臆していた。ただ時に下の方で雇われ薬剤師が彼を褒めると、更に説明は加えずに次のように言った。「自分の心を小さく刻んで、イギリス人のあの方に差し上げるべきだわ」。

哀れなマリー、と私の心もドクトルを真似て言う、更に付け加えると、今現にこのような不幸な女性、同様に不幸な男性が私を読んでいるかもしれない。そして、この人達の過去の悲しい時の弔鐘を鳴らしたからには、慰めの言葉も書かなくてはと思われる。絶えず人生の新たな口を開けた氷の割れ目を跨いでいかなくてはならない人に対してはしかし私は私の方法しか知らない。苦しいときにはすべての可能な希望をすぐに棄てること、そして諦めて自分の自我に戻り、たとえ最悪の事態になったとしても、それがどうしたと尋ねることである。自分の空想を次の不幸と馴染ませてはならない、最大の不幸と馴染ませることである。冷たい不安と交互に変わる暖かな希望ほど勇気を挫くものはない。この方法が余りに英雄的でありすぎるならば、自分の涙の為に、それを真似てくれる目と、何故そうなのかと尋ねてくれる声とを捜し給え。そして考えること。第二の世界の反響、我々の謙虚な、美しい、敬虔な魂の声は苦悩で覆い隠された胸の内でのみ声高になるのであって、籠を覆ったとき小夜啼鳥が囀るようなものであると。

しばしばゼバスティアンは、ここでは自分の崇高な力を人類の為につなげず、侯爵を通じて悪しきを防ぎ、善きことを確立するという自分の夢が熱病の夢に留まっていることに落胆した、例えば国家の櫂の最良の男達でさえ、官職を全くただ縁故と推薦とによって決め、他人と自己の官職を義務と思わず、鉱山株と見なしていたからである。彼は自分の無用さに落胆した。しかしそれもやむを得ないと慰めた。「一年経って父上が帰って来たら、関係を絶って、何かもっと良いことをしよう」、そして彼の良心は付け加えた、自分の個人的無用さは父の美徳に役立っていて、歯車仕掛けでは、振り子の能力がありながら、それがないと装置が止まってしまう歯車である方が、歯車のない歯車仕掛けの振り子であるよりも良い、と。

このような状況で彼は絶えず新たに自問した。「ヨアヒメは自分同様に、その見せかけよりもましで優しく、コケットと言えないのではないか。何故外見で弾劾しようとするのか、自分の外見もそうなのに」と。彼女の振る舞いはこの良い推測を肯わず、それどころかしばしばそれを覆した。それでも新たな反証を捜し、証明を求めようと続けた。愛しようと迫られると愛そのものよりも大きな愚行を引き起こす。ヴィクトルは毎週女性の理想について、これには未知の神に対するようにすでに数年前から頭の中に祭壇を完成させていたのであるが、完全性を値切って行った。値切りながら十二月は過ぎ去ったことだろう、最初のクリスマスの日がなければ。

この日、どの窓の奥にも笑った顔とヘスペルスの娘達の庭の見える日、彼も楽しもうと思って、教会の音楽を聞きながらヨアヒメの化粧室へ飛んで行き、自らクリスマスを祝おうとした。彼は彼女に、と彼は言った、リキュールの瓶入れ、果実酒の一樽を、女性の飲み方を知っているので贈る、と。ポケットからやっと瓶で一杯の樽台を出したとき、それは綿の詰まった小さな箱で、それに香水の可愛い小瓶が、ほとんど鷦鷯《みそさざい》の卵大のものが、置かれていた。可愛いものを、華美なもの同様に少女はいつも喜ぶ。ヨアヒメに彼は女性の節食について長い演説をした、女性は蜂鳥同様に少ししか食べず、鷲同様に少ししか飲まない――若干の見本料理と一つの香水瓶があれば五千人の女性に御馳走ができるし、その上残るかもしれない――空腹を最も長く耐えたのは女性であったと医師達は述べている――中産階級ですら、これらの優しき女性達が糧としている花はすべて、飾り帯や蝶結びに用いる色彩のリボンであって、栄養のカバー、固形スープではなく、せいぜい恋人の気を引こうとするだけである、と。ヨアヒメは称賛を聞きながら瓶を取り出した、蠟製と思ったからである。ヴィクトルは論駁する為に――あるいはその他の理由の為に、それを強く彼女の手に押して、幸い潰してしまった。私のように考えるタイプの鉱山局長ならば、アイマンの胡瓜を覆えないような瓶が割れても自分の犬の郵便日には取り入れないであろう――重要なことを述べたがるのであるから――瓶がまだ極めて堅い宝石が輝きを放っている極めて華奢な手を切って流血させたということで重要な意味を持つことにならないのであれば。ドクトルは驚愕し――流血の女性は微笑み――彼は傷に接吻した、そして三滴、イアソン［金毛羊皮を取りに行った英雄］の血のように、あるいは錬金術師によって精留された血のように三つの火花として彼の燃えやすい血の中に落ちた、そして愛の血の石炭は三つの燃え上がる点を得た――すんでのところで、彼女が戯れに（彼が必要以上に狼狽するのを防ぐ為に）女性に薔薇色のインクで書くというパリの昔の流行を再び蘇らせて、ここで即座に彼女の血で三行彼女宛に認めるようにと命じたとき、彼女の言いつけに従うところだった。少なくとも確実なことは彼が彼女に、悪魔ならいいのだがと言ったことである。周知のように悪魔には魂についての保証書、あるいはむしろ分割条約は動産抵当、経費抵当として本人の血で仕上げられるからである。——血は教会の種子とカトリック教会は言う。ここでは美人の為の神殿までが話題となる。

侯爵夫人の接見が今日と告げられたとき、そのような具合であった。これは彼にとって、今晩はぶちこわしであったので、まず不快なことであった——第二には好ましいことであった、ヨアヒメは今日、彼と彼女の愛好していた帽子を取らなければならなかったからである。いつものように女性達には、接見日、つまり羽を伸ばせる花の日曜日を祝うに当たって侯爵夫人から夜会服や髪型は定められていて、それで今日は彼女は紗の帽子を被ってはならなかった、彼女もヴィクトルもそれは好きであったが、彼女の場合には好きになれなかった。それはまさにクロティルデがコンサートのとき濡れた目を黒いレースの紗で隠したとき着用していたもので、それは後に絶えず彼の盲いた目の上にかかることになった。

接見日を描くことにしよう。

廷臣が夕方六時に乗りつけてきた主な理由は、十時に立腹してまた帰る為であった。十倍冗漫に描いてみよう。六時にヴィクトルは他の命じられた兄弟団、姉妹団と共にパウリヌムへ行った。彼は織物職人、靴磨き人、樵を羨ましく思い、むしろ祝福した、彼らは夕方一杯のビール、祈り、クリスマスのケーキ［シュトレン］、ラッパを吹く子供達に恵まれるのである。彼らの女房達に対しても同様だった、彼女達は今日にももう明日のもの、つまり二日目の祝日の為の大理石模様の、斑点の衣服皮を試着していた。多彩な勢力圏、十二宮では侯爵夫人は太陽として、彼女の不幸な者達同様に不幸に立っていた。ただ夢の中だけで（と彼は考えた）国王は幸福に、あるいは貧乏人は不幸になれる。皆が言葉のつましい雨天の蛙の後、気晴らし、つまり熱中と疲労の後次々に宮廷録、人名録に従ってカード台に張り付けられ——それぞれの台に馴染みの顔の多彩な対が出来るのを見たとき、彼はまず皆の辛抱に驚いた。宮廷という黄金海岸の黒人では、と彼は誓った、何を耳にし、耐えることになるか考えさえすれば、耳と皮膚とが、焼いた乳豚のように、最も立派な部分となる。ここではライオンは動物から皮膚を、いつもは自分の皮膚が借用されるのに、仮面服の為に借り出さなければならない。ここの卑小な魂によって腰の曲がった者達の許では（油虫のいる葉が曲がるように）偉大な、大胆な考えは浮かばず、倒伏した穀物のように、空の穂を付けることになる。

食事の前に、これに招待されなかった、イタリア人の太陽の周りを回る宮廷「暈」の一部、一弧は家に帰った、ゲームの退屈さにうんざりして、その上更に、退屈の張本人達が食事に呼ばれていることにうんざりして。

控え目なアニョラに余り気に入られていないヨアヒメは共に去った、しかし、ドクトルと彼女の兄マッツは違って、マッツは侯爵夫人と、その侍従、小姓、従僕の作る縦列の夫人の後の椅子にいて、丁度中心を形成する栄を得ていた。彼は早速侍従の後に立って、すべての者に対する読みやすい諷刺文と見える唯一の者であった。食卓については、ほとんど話されず、せいぜい小声で二人の隣人が話す程度で、ここでは触れるに及ばない。

食事の後侯爵がやって来て、硬直した儀式を毀した、これを彼は快適さの点から嫌っていた、ヴィクトルがこれを哲学から蔑んでいたように。「まことに」――とヴィクトルはよく言った、「人間の、些細な点まで遵守する美徳と英知とを会議席、祭壇、客間で気付いた大天使は、自分の天と翼とを賭けて、我々は――もっとより良いことに一文でもあるいは幾らかでも役立つとするに相違ない。我々はしかし皆、どこが悪いか知っている。まさにこの人間の硬直した小癪な上品な瑣末主義、機械化に対する反吐が諷刺家の気分の基となっている。倫理的悪化は徐々たることから生ずるけれども、改善はそれからは生じない。悪魔はブラインドと括約筋から我々の内に這い入るが、良き天使は中央門から入ってくる」。――アニョラは今日は我々の主人公に、彼のこれまでの忠実な勤勉さに対して一層暖かい注意を向けて報いた、彼女は彼の目にはその飾りと――先の侯爵夫人のものと自分のものと以前の母親のものとを付けていた――そしてきらびやかな服とで一層美しく見えた。彼は女性の飾りを愛し、男性のそれを憎んでいた。彼の敬意は、彼女がイェンナーの訪問の利己的な意図を（将来のクロティルデの所為）もっと素敵な意図と混同しているけれども、それを告げることができない痛みの為に同情した暖かみを帯びた。何故かそれからアニョラのことでヨアヒメを思い出し、ヨアヒメはアニョラに対する敬意の避雷針となって、侯爵夫人のもたらす愛の感情はすべて、ヨアヒメが彼女に値して彼女を迎えて欲しいという願いとなった。

憧れで一杯の心で彼は今日遠慮なくこのヨアヒメの許に赴いた、彼女の手に周知のように小さな傷を付けたのであった。彼は彼女の側で言った、「殺害者兼医師として今日も傷を見なければならない」。しかし陽光のようにヨアヒメの顔の美しく新たな心痛は暖かく彼の心に落ちた。それについて話す為に彼女と一緒にバルコニーに出るのが待ち遠しかった。外では数分後には切り傷と十二月の寒さを口実として、手と傷とを自分の手中にして、それを暖めた。「傷には寒さが悪い」と彼は言った。しかし上品な阿呆はここで彼のことを考えたことだろう。虚しい夕方、クリスマスの子供の喜びの思い出、下界を覗く星空、これが人間のすべての暗い願望を夜の花のように魔術的に照らし出していて、それに静寂が彼の見捨てられた魂を一杯にし、締め付けた、そして彼は今人間が自分に差し出してくれる唯一の手を握った。彼は彼女の心痛について尋ねた。ヨアヒメはいつもより穏やかに答えた。「同じ事を尋ねたいわ。でも私の場合は当然のことなの」。というのは、と彼女は語った、帰ってみるとクロティルデの荷物と到着の知らせと、——肝心な点であるけれど——妹のジューリアの衣服とに、これはクロティルデがこれまで自分の服と共に保管していたもので、出会ったからである、と。このジューリアは周知のようにクロティルデの胸許で身罷っていて、その一日後クロティルデはマイエンタールから聖リューネに帰ったのであった。

ある混沌に彼の心は襲われた。しかし混沌から姿を現したのはただ他界したジューリアであった——クロティルデは日々彼の魂のより薄暗い神聖な部分に後退して行ったからである。——彼女の蒼白い月の女神の像は別世界の輝きを帯びて彼の傷ついた神経を愛撫し、彼はヨアヒメが彼女の姿をしていると喜んで信じた。彼の詩人的な、女性にはめったに理解できない高揚の中で、亡き人はクロティルデから反射された光背を再び姉に投げ返していた。ヨアヒメは今日再び、ジューリアが自分宛に今際のときクロティルデに筆記させた手紙を読んでいて、それをまた保持していた。報われぬ恋の想いが美しい夢見るこの女性を黄泉の国に送ったもののようであった。ヴィクトルは目をほのかに光らせて手紙を請うた。月光の中で手紙を開けると、振られたクロティルデの愛する筆跡を見て、彼の心はすべて泣いた。

「お姉様。
いつまでも御機嫌よう。これをまず言わせて下さい、いつ語れなくなるのか分からないのですから。私の人生の嵐が近付いています。もう私の魂の周りは涼しくなっています。この別れと御多幸の祈念とを友人のクロティルデの筆を借りて申し上げます。この手紙を御両親にお渡しになって、亡くなったら私を美しいマイエンタールに埋葬するようにとの私の願いに口添えをして下さい。今窓から薔薇の灌木が見えます、これは寺男の小庭の横の墓地にあるものです――そこに私が生きていたことを傷跡のように示す一画と白い五文字のジューリアと書かれた黒い十字架とが私に与えられることになります――それ以上は必要ありません。お姉様、埃の私が先祖代々の墓に納まらないように願います――それは御免です、これまで私が水を注いできたマイエンタールの薔薇となって翻りたいのです――この心は、それが新たな永遠の心の花粉へと砕けたら、月光の中を、生涯しばしば私の心を重苦しく優しくしてくれた光りの中を戯れたいのです。いつかマイエンタールの地を通り過ぎることがありましたら、通りまで薔薇越しに十字架が見えます、悲しすぎるというのでなかったら、私を眺めてやって下さい。

　今数分、天空《エーテル》の中で――絶え絶えと――息をしているような気分です――直に終わりでしょう。しかしお友達が私のことを尋ねたら、喜んで去った、若かったけれどもとお伝え下さい。本当に喜んでです。私どもの先生は、死に行く者は流れる雲で、生きている者は動かない雲で、その下を先の雲は移って行くけれども、しかし夕方には両者とも消えていると言っています。もっと長く、次々に悲しみの年を経て、死を憧れなければならないだろう、この蒼褪めた頬、この泣きぬれた目は死の許しが得られずに、死は私を長生きさせて、枯れた心が疲れはてたときに、ようやく受け入れるだろうと、私は思っていました――でも御覧なさい、死はもっと早く訪れます――数日後には、ことによると数時間後には一人の天使が私の前に立って微笑むことでしょう、そして私はそれが死と分かって同じく微笑んで心から喜んで言うことでしょう。永遠の使者よ、ずっと私の脈打つ心を手に取って、私の魂を世話して下さい、と。

　『若くはないかね』（と天使は言うでしょう）『この地上に降り立ったばかりではないか。春を迎える前にもう連れ戻していいものか』。

　しかし私は答えるでしょう。この衰えた頬、この疲れた目を御覧なさい、この目を閉ざして下さい――私の胸に墓石[*3]を置いて、すべての傷を吸い出し、傷が癒えてから死ぬようにして下さい――私はこの世で何も善いことはしなかった、悪いこともしなかったけれども。

　すると天使が言います、『私が触れたら、硬直してしまう――春や人間、すべての大地が消え失せる、そして私だけが側に立つ――若い身空でもうかくも疲れ傷ついているのか。何という悩みをもう胸にかかえているのか』。

　天使よ、私に触れて。今度は彼が言います、『私が触れたら、砕けてしまう、愛する者達は皆――影もあなたを見ることがなくなろう――』

　私に触れて下さい。……」


　死が血まみれの心に触れて、一人の人間が立ち去った。……

　ヴィクトルが今際の手紙を読む間に、姉は数回死者の為に、彼の読んでいるものを考えて、涙を拭った、彼が彼女を見ると、そこには優しい魂の微小な真珠がほの白く輝いていた。しかし今彼は顔を見られたくなく、自分の部屋の出窓を欲し、こっそりとすべての溜め息、感情に浸りたかった。市民階級の家であれば、このとき笑われずに荷解きされた衣装の所、将来のクロティルデの部屋に行けたであろう――ジューリアが着こなしていたロマンチックな服が姉の接吻の下大事に仕舞われるのを見たら、さながらマイエンタールの緑の野を再び目にする思いがしたであろう――――しかしこのような家ではそれは不可能であった。

　彼は他人の感傷を味わうことはめったになかったので、今は誇張された感傷すら容易に許した。それが肉体を損なうということは彼には取るに足りない反論であった、すべてのより高貴なもの、努力のすべて、あらゆる思考が消耗させるのだから。肉体や生命は手段にすぎないだろう、目的ではない。「ジューリアの体の中のジューリアの心は」と彼は言った、「柔らかな蕚の純粋な露で、それをすべて押しつぶし、こぼし、吸い出して、まだ昼の太陽とならないうちにそれは消えてしまった。嵐の世界に生きるには余りに撓みやすい心で、余りに神経が多く、余りに筋肉が少ない、これはその感受性の為に諷刺の腐食する塩、蝸牛のようにかみ砕く塩には馴染まない――大地と我々はこのような魂には余り喜びを与えられない、どうして他の喜びを奪おうとするのか」。

　しかし今この同情の為にヨアヒメが微笑んで浮かべた悲しみの面影ははっきりとヴィクトルの心に刻まれた、そして彼女がここで隠そうとしたことが、彼女がいつも見せたがっているすべてのことよりも彼女を一層魅力的にした。

何よりも危険なのは――彼が数週間前にしたように――恋をしていると装うことである。その後すぐにそうなってしまう。それで弱虫のバロン[5]は、コルネイユの英雄を演じて数日すると、自らそうなった。それでモリエールは想像の病気で、カール五世は模擬の葬式で亡くなった。それでクロムウエルは学校劇で紙の王冠を被ったところ、もっと堅い王冠を欲しがるようになった。――それから学ぶべき第二の教えは（これは勿論ヨアヒメはコケットであったということを前提としているが）、主人公は媚態を知覚しながらそれにはまりうるということである。詩人は小夜啼鳥のように（これに詩人は羽、喉、単純さの点で似ている）樹の上に止まっていて、罠が置かれるのを見て、下に跳ねて行き――中に入る。

数日して――ヴィクトルの中でヨアヒメの価値や自分の恋についての疑問が波のように揺れ、フラーミンとは悪く、侯爵夫人とは良く、毎日クロティルデの到着について尋ねる侯爵とはもっと良くいっているとき、彼女が着いた。

＊1　空の青を決める装置。
＊2　この不合理は実際パスカルの手紙に見られる、第十の手紙参照。
＊3　蛇紋石は傷の毒を吸い取るまで、傷口で吸い続ける。

# 第二十三の犬の郵便日

クロティルデへの最初の訪問——蒼白さ——赤み——陶酔期

「白状するが」——と翌日クロティルデの到着の後部屋を歩き回っていたヴィクトルは言った——

「雷雨とか嵐の海なら、小さな顔、つまり三つの鼻の長さの快活な空よりも喜んで見るのだが」。しかし脈絡のないフォルティシモの和音をピアノに叩いて立ち直った。それからクロティルデの許へ行った。ただ途中で言った、「人間の中でほど多くの諍いのあるところはない——一つの草案から法が出来るまでごくつまらないことについて五シューの長さのこの論争者の中では何という喧噪が見られることか——人間はポータブルの国民公会の芽で、まず左右の側がそれについて長話ししなければ、過激派のアンラジェ、ノワール、オルレアン公、マラーがそうしなければ、私は一歩も進めない。最もおぞましいのは人間の内部のレーゲンスブルクの帝国議会で、ここでは美徳は十の席と一票を有しており、悪魔は一つの尻と七つの票を有している」。——

このような陽気な自己問答を行って、自分の混乱し、朽ちた、冷たく傷ついた、絶えずヨアヒメからクロティルデへと上昇していく魂を覗き込まないようにした。彼はやっと、ヨアヒメへの愛を隠さないという有徳な決心によって心がまた落ち着いた——「彼女のことを恥じないこと」と彼は直に考えたと思われる、「実際よりもヨアヒメに対して暖かく、別の女性に冷たく装ったら、自分が悪魔とならないまでも、悪魔のゲームとなってしまうだろう」。

しかしまさに悪魔のゲームで、それも休み（死）のある四人[*1]での本当のロンバーゲームであった。この賭博台の係りは唯一のいかさま切りをして、それで彼はクロティルデの顔を、ル・ボーの館でしたときよりも全く別な顔色にさせてしまった。ヴィクトルは別れたときよりも、シュロイネス家での方がはるかに美しい——つまりもっと蒼白いと思った。彼女は神経症患者ではなく、寒さも避けげず、十二月の夕方でさえ一人で村を散歩したので、いつもは彼女の頬は咲いて褪せた薔薇の花というより濃い薔薇の蕾であった。しかし今や太陽は月となった──彼女は何かの心痛でも、火の中のサファイアのように、色しか失わず、血の代わりにこのより静かな、より優しい魂は白い紗のヴェール越しに自らもっと間近に眺めているように見えた。彼女の頬から引いたすべての血は、彼の頬に注がれ、媚薬のように彼の頭に昇った。しかし彼はこのように考えようとした。「おそらくこちらへ強いられたという心痛よりも、両親との諍いで病んでいるのであろう」。──

冷たく装うことを一度決めると、装う必要のないときにはもっとそうなるものである。ヴィクトルはクロティルデの両親によって一層冷たくなった、彼らは一緒に来ていて、彼らの間違いで一度に彼の仮装が剥がれそうに見えた。第三者の所為で余りに敬意を表してきた人々に対しては、その第三者からの必要がなくなると、その人々を一層ひどく貶めて復讐する。それに彼は一人ごちた、「彼女は兄のフラーミンに今ではめったに会わないから、血縁を知っていると話して当惑させるのは簡単だろう」。──哀れなヴィクトル。──しかし自分の心を電気的暖かさで充電して──彼は猫の皮で擦り、狐の尾で叩いた──自分の脈が少なくともヨアヒメの為に一杯になるよう、いわんや熱に浮かされることはないけれども、そうなるに十分なだけ満つようにするのは不可能であった。しかしまさにこの為に心と脈が一杯であるかのように振る舞えた。「善良なヨアヒメが」と彼は考えた、「自分が最近のものよりもかつて別の希望と願いに燃えたことがあることの償いをさせられたら可哀想だろう」。この犠牲的恋の振りは自らへの敬意となって彼を暖めた。この敬意は、自分の愛と自分の選択とですべての四大陸に逆らう男性的自信を彼に与えた。この自信は彼に再び自由と喜びを与えた──そして今や彼はクロティルデと分別のある人間のように話すことが出来た。

この全く内的物語は勿論マホメットがすべての空を駆けた旅よりも十二倍長い時間──およそ優に一時間を要した。こうしたことを考えている時にしかしある偶然が生じた。大臣夫人は真の学者で──二、三の石英晶洞や、二、三の標本、漬けられた胎児ではまだ学者は出来ず、博物標本の一杯ある講義室、読書室があって始めてそうなると知っており──それに侍従のル・ボーは学者であり──彼の研究室も同様な大きさであったから──それで侍従には自分自身が集めるのに協力した収集物が見せられた。彼らはお互いを笑い飛ばして阿呆と見なしたと考えるかもしれない、しかし彼らは自分を本当に学者と考えていた。認識の樹の果実は偉い人の窓際や口許で育つのであって――彼らは簡単に知識を得（それ故次には簡単にそれを見せることが出来る）――真理の泉では自分自身の水彩絵の具で描かれた「膝から上の」半身像の他の何かを求めるのはまれで、この泉の深みで徒渉しては彼らは風邪を引いてしまおう――が他方では彼らはあらゆる分野の多くの専門家と付き合っていて――何事も食卓で経験していて、耳や口を通じて、古代の弟子達のように、博識家となっていた。彼らが後に今まで耳にしなかったことを全く知るに値しないとしても、彼らと哀れな学者との間には意識の中での違いの他に一体どんな違いがあろう。

標本室、読書室には翼のない金の鞘翅をもったぶんぶんと飛ぶ甲虫の新年のすべての積み荷――つまり金箔の年刊詩集があった。マチュー、この小夜啼鳥の模倣者は、人間の小夜啼鳥、つまり詩人達の不倶戴天の敵であった。彼は言った――書評ならもっと相応しい言説であるが――「自分は詩の大いなる友であるが、冬の時にである――年刊詩集の花壇を歩むと、豆畑を行く者同様に眠くなって、眠り込める。――丁度夜が長くなっていて、長めの眠りが必要なので、年刊詩集が冬の始まりと共に発行されること、これらの花が苔と共に一定の季節に花咲くことは結構なことだ――それでせせらぎや眠りが凍結した野原ではもはや出来ないときに、詩文の中のせせらぐ小川のほとりで眠り込むことが出来る」と。

我々のヴィクトルは福音史家同様に諷刺的であった。彼はハノーヴァー訛りで後者同様にここで笑った――例えば、大抵の年刊詩集の歌い手は愚かな読者の為よりも専門家の為に仕事をしていて、ただ専門家だけを眠らせたら、それで満足していること――散文を書けない人間は、民謡歌人になれないか試してみるべきであること、丁度話せない鳥だけが歌えるように――ただ韻だけを読んでいくと、立派な年刊詩集は最も早く、最も快適に読み通せること――そして平板な頭は、切り子面の出来ない平板なダイヤモンド同様に、心に迫って、思考の代わりに涙を与え、この涙には思考の滴虫類は決して見られないことと苦情を述べた。……

しかし彼はマチューよりももっと一面を、つまり気高い一面を見ていた。――他人がただ劣悪な面を指摘すると、まさにこれをひっくり返し、そしてまたその逆を行うのが彼の流儀であった。彼の意見はこうであった。「詩人は酔っぱらった哲学者でしかないであろう――詩人から哲学を学べないものは、体系家からも同様に学べない――哲学は概念の間で銀婚式を行うだけであるが、詩文は最初の結婚式を行う――虚ろな言葉はある、しかし虚ろな情感はない――詩人は我々を動かす為に地上にあるすべて高貴なものだけを、自然、自由、美徳、神を梃子としなければならない。詩人が我々に及ぼす魔法の杖、魔法の指輪、幻灯はまさに最後には詩人自身にも作用するのだ」。

　彼はこの意見を――マチューが自分の意見を、そしてヨアヒメが自分自身の意見、つまり自分には年刊詩集では少なくとも二、三頁がつまり滑らかな羊皮紙が気に入っているということを述べたとき――はるかに手短に述べた。――大臣夫人は彼の意見で（自らへぼ詩人であったから）――侍従は言った、「どの町であれ、どの侯爵であれ、自らの神殿で――つまり劇場で詩人を崇拝している」と。――クロティルデは今や勝利者達に加わった。「一月に詩人を読むと、六月に散歩している気分になります。――私は哲学者も学者も読めません。私には」（女性にはと彼女は言いたかった）「それで好きな詩人を奪われたらほとんど読む人はいません」。――「せいぜい見つかるのは」（とうとう大臣が言った）「あなた方の弟子程度のものですよ。詩人は、聖人同様に、世間やそこでの知識に注意を払いません。詩人は国を歌い上げますが、教えてはくれません」。――――にやりと笑うミイラめ、とヴィクトルは考えた、国の建築用資材として使えない宝石なら、砂袋に劣るというわけだな。燃え上がる、古代共和国の補足として立っている魂を署名者に、関税委員に、あるいは国庫出納官に任命して貰えたらいいのだが（カイロの人々が廃墟を家畜小屋、馬の水飼い場へと変えるように）。――高貴なマッツはただ付け加えた。「ローマにはただ歌いながら誰とでも話す画家がいました。卑俗な生活では決して散文の出来ない偉大な詩人を存じております。それ以上には出来ず、世間が狭いのですが、頭には多くの世界を持っています――印刷して貰ったら、彼が読者に示せるものは、その気のある者に乗せられた錯覚以上のものはないことでしょう」。――――ヴィクトルはクロティルデの伏せた目から、悪魔が自分達のダホールのことを言っていることに自分同様気付いていることを察した。しかし彼は黙っていた。彼の魂は悲しく、怒っていた。しかし宮廷のお蔭で彼はつとに自分の憎むべきことに耐えることに慣れていた。

　この議論の間に高貴なマッツは一行をすべていつの間にか黒い絵で切り取っていた。「あら」とヨアヒメが言った、「一同を黒く写し取るのはこれが初めてではないわ」。——しかしヴィクトルは我々消えて行く影の人間、この枯れていく小人の人生、生命に描かれている夜景と、民衆と呼ばれる影の一群のことを考えずには影絵の一行を眺めることが出来ず——そのことを自分の悲哀の他に、そして標本室に立っているビロン夫人[1]の蠟の骸骨の他に一層クロティルデの蒼白い姿が彼に思い出させ、そしてクロティルデが骸骨と影絵とを比較する目で小声でヴィクトルに、「他のときだったらこんなに多くの類似点を見せられたら悲しくなります」と言ったので——自分の永遠の貧しさと、「この美しい心は自分の為に動くことは決してない、彼女の友のエマーヌエルが死んだら、自分は一人っきりだ」という確信についての鋭い痛みが彼の満ちた心を過ぎった——そして彼は窓際へ行き、荒々しく開け、北風を吸い込み、拳で両の眼球を押しつぶして再び——先の表情をして他の人々の許へ行った。

　しかし今日はこのような感動は余りに深く彼の心に分け入って裂いた。そしてクロティルデが彼に二人っきりのとき、牧師夫人とアガーテは彼が遠ざかっていることに怒っていると告げたとき、この名前を聞いて曇りの過去がすべて青空のように広がった彼は何も返事出来ずにいた。

　彼が家に帰ると、クロティルデの声が、この声は彼女のすべての魅力の中で最も忘れがたいもので、絶えず話しかけ、彼の魂の中で哀悼歌の木霊のようであった。……読者よ、君の愛している者がこの世から、あるいは君の空想から去ったときにも、悲しいときには愛する声が再び聞こえ、君の昔の涙のすべてと、その涙を流した絶望した心とを蘇らすものだ。……しかし彼女の声だけではなく、すべてが暗闇の中で彼の空想に迫ってきた、宮廷人の他人の目のように輝き、争い、求めるのではない彼女の謙虚な目が、彼が宮廷生活をして以来彼女の場合にも彼の父の場合にも過ぎたるものには思えないこの慎重な上品さが——その上にヨアヒメの姿や混沌とした矛盾、それに愛されていないというどんなに確実な証拠に接しても落ち着いてきた人間であれ、新たな証拠に接しては再び苦しむという見解が押し寄せてきた。これらが眠りが、人生の海の凪が彼に対して静めなければならなかった動揺である。

「最後の悪寒だった」と翌日彼は言って、自分の現在の心を信頼した、その発火は火山のように日々その釜を燃やさないようになっていた。しかし毎週大事すぎる人から離れることに決めた、彼の恋の新たな余韻が心の中で静まり、すべてがまた平穏になるようにと考えてのことであった。

しかし一週間後彼は再び彼女に会った。まことにまた悪魔がゲーム台に座っていて、彼に対して別の色——赤を打ち出した。クロティルデは蒼白くは見えず、ほんの少し赤く見えた。この赤は彼の内部の人間に大きな染みを与え、彼の内部の彩色を、黒色がすべての絵の具に対してそうするように汚した。彼女が回復しているのを見たとき、彼は快適ではなく——というのは自分が彼女の平静さにどれほど関係ないか、この人間反古の倉庫においていかに彼女は自分を選び出していないことか、自分がこっそりと、全くこっそりと「先の彼女の蒼白さは自分への憧れが虚しいことから来ている」と思い込んだことはどんなに愚かなことであったかが分かったからで、——このようなことは不快なことでもなかった——自分の心臓のありったけの血を注いで、彼女の動脈が一つでも再び脈打つようにしたであろうから——つまり彼にとって快適とか不快というのではなく、この両者、思いがけないこと、——頭にくる合図であった。彼の心とその中に余りに長くあったイメージは全く裂けてしまった。「ままよ」と彼は言って、そう言ったときの痙攣する唇をかんだ。——しばらく彼はヨアヒメに会うことすらしたくなかった。「彼女は自然に対する目、永遠に対する心を持っていようか」と彼は尋ね、その答を承知していた。

今や彼にとってまさに安息日の週の反対の時期が始まった——陶酔期あるいは訪問の毒蜘蛛舞踏の週と呼んでよかろうか。自分がどこにいるのか分からないいまいましい時期である。それはヴィクトルの場合丁度冬の月になった、ただでさえうるさい町と宮廷の四旬節前の週である。きちんと描くことにしよう。

ヴィクトルはつまり自分の不一致の不幸な心を聾し、麻痺させようとした——娯楽の太鼓の渦によってではなく、この下では太鼓が響くとき傷から一層流血するように、むしろ失血死するもので、そうではなく——人間でそうした。これが彼の魂に差し込んだ止血の螺子であった。彼の体は今や至る所にある使徒のカトリック教会の聖遺物の肉体であった。あるときは侯爵と一緒に、あるときは侯爵なしで一日を費やした。

フラクセンフィンゲンでは彼が手に接吻していない女性は結局いなくなった——それでお仕舞いにしようと思う夜の席もなかった。

彼はこの陶酔期に二重の蝶結びを——フランス風のステップを——軽い治療を——小さな喜劇を——綴字の謎遊びを——カナリアへの処方箋書きを——扇への詩文書きを——数千の訪問を——それ以上に多くの朝の走り書きを

した。

彼が得、送った朝の走り書きはフランス語で書かれ、フランス風に折られた――つまり髪巻き紙に押しつぶされた。「これは」と彼は言った、「女性の脳の繊維の髪巻き紙で――アモールの火薬で一杯の薬包で――愛する蝶の繭[2]だ」。――彼はこれらの女性の紙の上昇と下落について語り、更に女性の心の見本刷り、コケットなナントの勅令の前扉の紙と呼んだ。「私がこう主張するのは」――と彼は付け加えた――「青年貴族のマチューと自分を区別する為で、彼はこれを認めていない、彼は、最初は美人には手紙を押しつけ、それからはもっと立体的なもの、例えば扇、宝石、手を、そして最後には自らを押しつける、郵便が最初は手紙だけを受け入れ、次には小包、最後には乗客を受け入れたように、と主張しているのだから」。――

彼は我々分別の人々の胸から心を、頭から脳を奪うような女性を日々興味深いと思った、それも（かの貴族が別の物をそうするように）盗まれた品に対する愛着からではなく、盗むことの愛着からそうするのであって――彼女達は貴族のように翌日には品物を所有者に実直に返す。彼女達の繊細さ――彼の繊細さ――彼女達の言い回しを避ける彼の言い回し――自分に向けなければならない注意力――すべての情感をごく繊細な縫い目解きのナイフの下に、あるいは太陽と月の顕微鏡下に委ねる機会――最も率直な真実からすっぱい味を最も快適な真実から甘ったるい味を奪い取る容易さ――――こうしたことが女性の、殊にコケットな女性の夜の席をローマの守護神礼拝、神々の宴とした。「誓って」とこの夜会席常習者、化粧室聖職禄受領者は言った、「男というものはただのオランダ人、あるいはせいぜいドイツ人であるが、女性は生まれながらのフランス人あるいはパリ女性であるとさえ言える。――男性は倫理的胸を身体の胸同様に隠している――四つの学部の櫛でも落ちない考えや花、文書や医師のカルテに書けないような情感は実際女性にだけ話せばよく、男性にはそれに及ばない、殊にフラクセンフィンゲンの男には」。……あるいはシェーラウの男には。――

一緒の愛愛好者の足どりでコケットな女性達と付き合っていることの弁解を、――単に知り合いになりたいだけである――という自分の意図と、祭壇画の天に昇るアントワープのルーベンスのマリア像を、単にもっと間近に眺める為に生来のカトリック教徒のように跪いた立派なフォルスター[3]を引き合いに出した。

彼には更にもっと危険な弁解があった。「人間は」と彼は言った、「すべてであり、すべてを学び、すべてを試みるべきであろう――両教会の統合を自分の魂の中で果たすべきで――ほんの数カ月間であっても、町の楽隊員、墓掘り人、死刑囚の為の神父、技師、悲劇役者、式部官長、帝国の助任司祭、副地方裁判所判事、批評家、女性、要するに何でも人間は数日間経験するべきで、そうして多彩なプリズムから結局白い完全な色が流れ出るようにしたらいい」。――

この原理は彼のような人間の場合には一層危険であった、彼は、極めて類似しない諸力の弦をぴんと張って、容易に他のどの人の調べも出せた、偽装からではなくて、彼の交際の詩的力は深く他人の魂に移り住むことが出来たからで――それ故、彼は正直であったけれども極めて懸け離れた人間の心をつかみ、その人を我慢し、真似た。気の毒なのは、彼はどこでも隠すべきことが多かったことである、侯爵に対する推察、クロティルデに対する自分の心、アニョラに対する和解の策、フラーミンの関係についての自分の知識等。それに沈黙と偽装は容易に合流するもので、いつもその滴にうたれていると滴はどんなに固い性格の者にも遂には痕跡を刻まないだろうか。

何の関心も持ち得ない人間との交際ほど内的人間の最も高貴な部分を冷やすものはない。決して私とは言わない人々、必要がなければその関係や才能を無関心に知らないで済ませられる人々に日々会うという宮廷でのこのホストの生活――ただ次の瞬間のこの摑み取り――三日経てば忘れるごく繊細な洒落た他人や訪問蟻のこの通過――こうしたことすべては、宮殿をロシアの氷の宮殿[4]に変えるもので、そこではナフサの炎の見られる暖炉さえもが流氷で、そこには喜劇的塩を加える必要はない、これはいずれにせよすべての暖かい血を、グラウバー塩が熱水をそうするように、冷やすからで、こうしたことすべてが彼の心を荒涼とし、彼の日々を不毛の煩わしいものとし、彼の夜を憂鬱なものとし、彼の振る舞いを善人に対して余りに冷たく、悪人に対して余りに寛容なものとした。

その上に彼のエマーヌエルは黙っていて、自然のように彼の花を自らの中に閉じ込めていた。――自然が養い高める者は、冬には夏同様に調子が悪い。大地は雪の髪粉用の化粧着をまとい、――日中寝間着を着、樹々は蕾を一片の髪巻き紙に巻いていて、枝は髪針に見えた――ヴィクトルの魂は自然のようであった。天よ早く両者に春の花を暖めて欲しい。

私のヴィクトルの病歴は余りに痛々しく人間の体の隠された毒を思い出させるので、直に終わりとしよう。あちこち飛び回ってすべての女性に対してますます優雅に冷淡になっていくことが彼の気に入った――愛の綱は、糸と毛屑にほぐされてすべての女性の周りを飛び回ると胸に食い込むことは一層少なくなる。同名の聖セバスティアンのように、全く（愛の）矢を一杯に突き立てられているように見えた彼は、別種の矢を全女性に、個々人に対してでは決してないが、飛ばしていた。この最後の点に関しては彼の辛辣さはマチューとは異なっていて、マチューは例えば後に疱瘡で美貌を失った自分の従姉妹についてこう言っていた、「彼女の美貌は勇敢に疱瘡と戦って、この勝利から素晴らしい傷跡を得たが、それも皆、ポンペイウスの騎士[5]のように顔の前面に得たのだ」と。

阿魏がピリッとした味の為に使われるように、ごく洗練された社交術にも若干の大胆な不作法によって味付けがなされる。バスティアンは毒蜘蛛の時期には何事によっても動揺することはなかった――彼は遠慮なくパリ人のように来て去った――しばしば自分の体の大胆な、しかし有利な位置を求めた――芝居の間に、侯爵が書き割りを通るように、桟敷席を回って旅した――彼は五回も（苦労の末に、そして宮廷人達の模範を絶えず念頭に浮かべてであったけれども）、他人が話すとき無関心に耳を傾けるか、目をそらすことさえした。これらすべては、真の丁重さの本質的とは言えないまでも副次的作品であった。

しかし彼の名誉の為に言い忘れたくないが、彼は幾人かの女性に対してはガリア教会[6]の正式な性愛的諷刺的自由を同時に保持していた。一人っきりの女性に対しては高貴な心の昔ながらの崇拝を保っていたからである。前者の例について一つ述べる。あるとき彼は五人の中傷家の女性の許にいた（一行は六人の女性と一人の男性であった）。最も下劣な女性はすべてを、印刷上の娘すら誹謗して、例えば故クラリサに、彼女はラブレイスに対して貞節のうわべを繕うすべを十分に知らないと非難した。彼が中傷家の前に跪いて、若干真面目に「クラリサよ、ここにラブレイスはいます、最初の四巻[7]は飛び越して叙事詩人のように残りから始めようではありませんか」と言ったということをケーニッヒスベルク派が書評でどう取り上げるか覚悟する必要があろう。

勿論彼は毒蜘蛛の時期にしばしばこの時期のことを非難した。彼の心の異教の心房には多くの女性がいて、その最も神聖な所には黙した暗黒しかなく、彼の頭は些細な宮廷事の昆虫のキャビネットであったので、彼はよく出窓で溜め息をついた。「父上よ、早くお出で下さい。沈んでいく息子がこの汚れた三月の霧からもっと明るい人生に昇っていくように、全く汚れてしまって、この願いすら抱かなくなる前に」――そしてヨアヒメの部屋でマイエンタールの全景を――これはジューリアがクロティルデの肖像画家に描かせたものだが――目にすると、冗談を言いながら溜め息と共にそれから目をそらした――――しかし運命が今ぞと言うときまで彼が癒されることはなかった。このときには人々に人生の役者の下稽古に――劇自体は第二の人生ではじめて行われる――来て振る舞うよう命ずる劇の鍵が一度に現れた。早速次の章で報告することになることが生じたのであるが、その前にこの章でヴィクトルは周囲の皆と如何なる具合であったか語っておく。

多くの者と元来うまく――まずはクロティルデと行っていなかった。彼女は大臣の許にいたが――宮内女官としてパウリヌムに居るべきであったろうが、しかし侯爵が楽に彼女に会えるようそう画策していた――しかし彼女はいつも侯爵夫人の許にいて、直に夫人と同様に真面目に控え目に振る舞った。自分と同じ親友と師とを有する者に対する彼女の無関心な様はこの者ヴィクトルに一層無関心な様を与えることになったが、この冷たい山上の宮廷の空気の中では彼女の美しい魂の淡黄色であるが唯一の丁子の若枝だけが、つまり彼自身が花咲くことを彼女は感ずるに相違ないと思っていただけにそうであった。それに彼女を冷たく見つめなければならないという儀礼も習慣とならざるを得なかった。彼女が何の情感も抱かずに無関心で、彼に敬意を抱きながら冷たいということが彼には最も応えた。他の人々は「このピグマリオンの彫像の貞淑な冷淡さ」に全く夢中になっていた。高貴なマッツは彼女をしばしば聖乙女、聖母令嬢と呼んだ。私の前に広げられている犬の反古からはっきりと明らかになることであるが、宮廷の何人かの紳士はかくも美貌とは一致しない貞淑さを説明しようと様々なつまらぬ試みをした後、つまり気質の所為とか、秘かな恋の所為、聖クレルモン(8)の水のように遂には自らの上の橋へと石化するコケットなつれなさの所為とした後、これらの狡猾な紳士達はまことに幸いに、クロティルデは侯爵夫人の寵を失わないようこの仮面を夫人の顔のコピーとして素顔の前に置いているという推測に陥った。それ故クロティルデの端正な貞淑さは大抵の者から比較的大目に見られ、廷臣達はしばしば君主の最大の外的な生来の過ちを、いや美徳さえも真似するという同様な模倣の例を挙げて、侯爵夫人の同様な過ちの意図的模倣として弁解がなされた。――少なくとも宮廷のより公正な部分はそう考えた。

アニョラは我々の主人公にイェンナーの訪問に対するかなりの感謝を示そうといつも熱心であった、クロティルデのいるところでの侯爵の不実な意図を見いだせたし、同様に時にヴィクトルの魂にもヨアヒメのいるところでそれを見いだせるように思えたけれど。……そもそも読者にはつとに注意するよう頼んでおくべきであったが、私は忠実に述べているけれども、愚かな点が生ずることは許されている。ここに上品な、悪戯っぽい、重要な、策略的な特色やほのめかしがあるとしたら、それは私の関知しないことで、私は読者に日時計の針でそれを指し示したり、火事太鼓で告げたりは出来ない、読者自身が――宮廷のことには詳しいのだから――このほのめかしはどういうことなのか、知らなければならない、私には必要ない。

ヨアヒメとはヴィクトルは全くうまくいったであろう――彼女にはなくて他の女性達に見られる過ちをすべて彼女に美徳として負担させて彼女の自我と一層編み合わさったからである。少女達の過ちは、後に味が良ければ良いほど、チョコレートや煙草と同じく口蓋にはじめは一層素晴らしく思われるからである――彼はうまくいったであろう、二つの隅石がなければ。しかしそれがあった。一つは――彼女の美しいクリスマスの感傷の短さに対する彼の些細な不快の念は差し置くけれども――彼女がいつもクロティルデを、特に彼女の「気取った」貞淑さを非難することであった。二つめは、クロティルデと彼女が互いに同様に訪問しないことであった。ヴィクトルはクロティルデの愛しない者は愛せなかった。――今や一人の人間の陶酔の週、訪問の毒蜘蛛踊りの時は終わる。しかし後世はすべて愚行と青春の同じ熱い赤道を通過しなければならない。

＊1　ヨアヒメ、クロティルデ、ヴィクトルと悪魔

# 第二十四の犬の郵便日

脂粉――クロティルデの病――イフィゲーニエの劇――市民階級の恋と聖禄受給者の恋の違い

二月二十六日の朝ヴィクトルはヨアヒメの所で――気位の高いクロティルデに会った。これは偶然か、丁重さの為か、それともヴィクトルが若干興味を示している人物と一層親しくする為か分からない。しかし何たることか、このクロティルデの頰は蒼白く、目は永遠の涙に吹きかけられ、声は動揺して、さながらとぎれとぎれで、青ざめた大理石の体は他界した魂の墓標にある像でしかないように見えた。ヴィクトルは過去のすべてを忘れた、そして彼の心は彼女を救いたい、彼女の人生からすべての陰鬱な冬景色を吹き消したいと憧れて泣いた。「いつもと変りません」と彼女は彼の宮廷医としての問いに答えた、そしてこの突然の蒼白さをどうしたらいいか分からなかった――彼は今日はそもそも何も出来なかった、冗談とかお世辞すら言えず――彼の同情に砕けた魂は何の形も取り得ずに――彼も混乱していた。クロティルデは直に去った。――彼にとっては今日はすべての大ポーランド人達（この民族と王冠の移動の氷上の旅で美しく研かれている流氷）の為に、彼女の後なお半時間残ることは不可能であったろう。

いずれにせよ去らなければならなかった。青年貴族のマチューが彼を侯爵夫人の許に呼んだからである。時間が常ではなかった。何のことか待てず、推測できなかった。福音史家は微笑んで（そもそも彼はよく侯爵夫人については微笑むようになっていた）言った。「侯爵と侯爵夫人にとっては単に重要なことが些細なことにすぎず、些細なことが重要なのだ、ライプニッツが自分自身のことについて言ったように。[*1] 王冠と髪針が共に頭から落ちたら、彼らはとりわけ髪針を捜す」。

ついでに言うと。彼がしばらく前から私の主人公に対してはるかに穏やかに熱心になっているということをもっと長く隠していたら、高貴なマチューに対して公正さを欠くであろう——これは単に彼とは別な人間の場合、つまり彼に劣る悪漢の場合、カインの印であって、猫が尾を振っているようなものであったろう。

ヴィクトルは——クロティルデを治すようにとの侯爵夫人の依頼に驚いた。即ち、依頼に驚いたのではなく——彼女は彼によくその相談をしていた——クロティルデが、その頬にはこれまで陶酔期には彼の魂を失望させる健康な林檎の花が浮かんでいると見えたのに、単なるあだ花を、つまり侯爵夫人が宮廷の他の赤い化粧花と同じくするようにと命じた単なる脂粉をつけているとの知らせに驚いた。身分通りに事が早いアニョラは、彼が医学上の上級試験委員に任命されると、その職を今すぐにも、早速今日の芝居のときに、受験者と出会えるであろうから果たすように要請した。

そして彼は彼女に会った。芝居はゲーテの『イフィゲーニエ』で、エルドラドからの至宝であった。彼は病人がまた、命令通りに黄昏のときにも輝くようにと化粧の夕焼けを輝かせているのを見——この物静かな、祭壇にさながら赤く描かれた犠牲者が、これは彼とか他の者達がその野原、ひっそりとした花畑から宮廷の祭刀の下に追い込んだのであるが、その願いの没落に黙って耐えているのを見、女性の沈黙と男性の憤激とを比べ、——クロティルデが自分の痛みを次のように願いながらイフィゲーニエに仮託しているように見え、「私の心と私の声を奪うがいい、そうして青春の野からの別離、愛する弟からの別離を嘆くがいい」——そして彼女が目を固くイフィゲーニエに、イフィゲーニエが亡き弟を偲ぶとき、溜めて、目から溢れ出て、逸れる（平土間席の自分の兄、フラーミンの方に）ことのないようにしているのを見ると、そのとき大きな痛みと彼女の身振りの為に彼の目と表情は、天才の力が如何に絶大なものであるかという口実が必要となって、詩的錯覚による痛みと混同されることになった。

彼がクロティルデに次の幕間のときにしたときのように医者が患者にもっと大きな関心と思いやりとをもって尋ねたことはなかった。彼は自分の押しつけがましいことを侯爵夫人の命によると弁解した。前もって報告しておかなければならないが、この患者は、彼がこれまで、幾多の雄鶏の鳴き声によって改善されるよりも泣き出してしまった堕落したペトロであったけれども、彼の決して否定することのない、つまり、目下の軽薄な、気まぐれな、大胆な、引っかける言い回しで話しかけることのない二番目の人物であった。彼が余りにも高く敬っていて、現在の心では手紙を書けない第一の人物は――彼のエマーヌエルであった。

クロティルデは彼に答えた。「いつものように元気です。病気の唯一の箇所、つまり顔色は、もう女性外科医の手にかかっていて、自分の好みではないけれども単に外側から治して貰っています」。侯爵夫人に指示された化粧についてのこの戯れの言及は、自分の化粧を弁解することと、心優しい真面目さから医師を連れ出す二重の意図があった。しかし最初の方は必要なかった――決して朱を塗らない婦人達でさえ劇場では桟敷に入るときには用い、出るときには消して、輝くシュテティーンの林檎の樹に唯一のマルメロとしてぶら下がることのないようにしていて、そもそも女性の宮廷界全体で鉱物を含む頬は宮廷の顔の制服として要求されていたからである。二つ目の方は無駄なことであった。むしろ彼の心の傷は二つのことで大きく膨らんだ。衰えへのかの冷たい、ほとんど夢見心地の没頭と――何か言いがたい優しさ柔らかさとであって、これはしばしば女性の顔の場合破れる心、落ちていく命を表していて、果実が押したとき柔らかにへこむのは熟れているのを示しているようなものである。

君達善良な女性よ、喜びがすでに君達を美しくするのであれば、苦悩は更に一層美しく感動的にするではないか、苦悩によく出会っているのだから、あるいは苦悩は喜びの姿を取るのだから。何故私はここで君達が痛みに耐えそれを隠すことの喜びをかくも短く触れる必要があろう、今私の空想の前を涙に満ちた多くの心が微笑みを湛えた率直な顔で通り過ぎて行き、女性が苦悩に喜び同様に心を開くこと、それは花が太陽の前でのみ開くけれども、雲が覆っても散って行くようなものであるという称賛を女性に与えているのだから。

彼女の返事でまごつくことなく、ヴィクトルは続けた。「美しい自然と運動が忘れられないのでしょう――私自身感じている夜の席は」――彼女は最後まで彼に話させず、今の顔色のまま家から宮廷に来たと主張した。しかしこの主張には真実よりも思いやりが見えた。彼女が宮廷の職に就くのを援助した人の前でその職の苦情を言いたくなかったからである。――彼女が病気であることは確かと知っていて、それでももう問いただすすべのなかったヴィクトルは黙って困惑して立っていた。自ら黙っていると遠慮している者達が話し出す。クロティルデは自ら始めた。「ここで私を害しているものは化粧に他ならないと分かっていますので、この養生の間違いを止めるようお医者様にお願いします」――つまり侯爵夫人に化粧勅令の撤回を許することであった――「二人の親しい友達」と彼女は続けた、「ジューリアとエマーヌエルに若干似ていることは嬉しいことです」――つまり蒼白さ、あるいは間もない死のことでもあった。――ヴィクトルはすばやくはいと発して、痛む目を開く幕の方に向けた。

役者の観客の場面がこれほど似通っていることはなかった。イフィゲーニエはクロティルデで――荒々しいオレステス、彼女の弟は、彼女の兄フラーミンであった――穏やかな明るいピューラデスは彼の友ヴィクトルであった。フラーミンは下の平土間席に曇った顔をして立っていた――（彼はただ、彼の妹をもっと快適に見ようとやって来ただけであった）――それで我々の友人にして彼の友人には、オレステスがピューラデスに語ったとき、彼から話しかけられているようであった。[1]

かの美しい日々を思い出させないでくれ、
君の家が私を自由に迎え
君の気高い父親が賢く愛想良く
半ば強張った若い花を育てたときを、
いつも威勢のいい若者の君が
軽やかな多彩な蝶のように
私という暗い花の周りを毎日
新しい命をもって舞い
私の心に君の喜びを演じたときを。

クロティルデも舞台で自分の人生が演じられることに痛みを感じていて、自分の目に対して戦った。……しかしイフィゲーニエが弟のオレステスに言ったとき、

お聞きなさい、ご覧なさい、
長い時を経て如何に心が開き
幸せな者の、この世でなお見いだせる
最愛の者の頭に接吻できることか――
御免なさい、パルナッソスからの永遠の泉が
岩から岩に黄金の谷へと溢れるといっても
喜びが私の心から沸き立って流れるほどに
至福の海が私を取り囲むほどに
明るく湧き出ることはないのだから――

――そしてクロティルデが悲しげに自分と自分の兄との間の痛みと日々のかなり大きな間隔を見積もったとき、彼女の大きな、しばしば天を見つめている目は一杯に溢れ、急いでかがんで妹としての涙をすべての無感動な目から隠した。しかし、彼女の間近な友人が彼女に倣って感動している目からは逃れることは出来なかった。……このときヴィクトルの中で有徳な声が言った。「彼女の縁戚の秘密を知っていることを打ち明けるがいい――この傷ついた心から沈黙の重荷を取り除くことだ――苦悩でやつれているのかもしれない、これは親しくなった者が冷やして除くことが出来よう」――この声に従うことが自分の無限の同情を満たすことのできる最も慎ましいことであった。――彼は極端に小さい声で、動揺してほとんど分かりにくい声で彼女に言った。「私の父がとうに、イフィゲーニエは自分の兄弟、私の友人がいることを承知していると打ち明けています」。――クロティルデは素早く、赤くなって彼の方を向いた――彼はもっと詳しく説明しようと目を下のフラーミンに滑らせた――青くなって彼女は目をそらし何も言わなかった――しかし芝居の間に彼女の心ははるかにもっと締め付けられたように見え、今や以前よりももっと涙と溜め息とを押し潰さなければならなかった。最後に彼女は悲哀の中で感謝の念を正当と見なし、

彼の関与と信頼とに対し、さながら臨終のときのように微笑んで感謝を述べた。彼は会話の糸巻き棒に全く新たな別の素材を置いた、紡ぎ出しながら、彼の告白がもたらしたように思われる悲しい印象についてもっと確かに知りたいと思ったからである。彼はエマーヌエルの最新の手紙について尋ねた。彼女は答えた。「昨日やっと月蝕の間ずっと彼宛に書いていました。返事はしょっちゅうは書いて貰えません、書くと胸が痛むからです」。二月二十五日の月蝕は夜の十時二十分にはもう始まり、十一時四十一分が最大で、一時二分にようやく終わっていた。それでヴィクトルは医師として法の説教と法の槌を持って医学上の罪人に襲いかかり、それではこうなるのもやむを得ないと証することになった。仕方がない、ドクトルよ。女性ときたら、養生家よりも男性に——十戒に——本に——美徳に——悪魔にすら従うのが易しい。クロティルデは言った。「真夜中だけが私の唯一の自由時間です。——それにマイエンタールは忘れられません」。「実際忘れられません」と彼は言った。最後の幕の音楽、悲劇的気分、それに痛みが彼女を夢中にした、彼女は続けた。「極楽［エリュシオン］に入ったとき、そしてそこを去ったときには忘却［レテ］の水を飲んだのではないでしょうか」。……（彼女は中断した）。「私ならレテの水は飲みません、はじめのときにも、ましてや後のときにも——決して」。「決して」がかくも小声で穏やかにゆっくりと言われたことはなかった。ヴィクトルの心は三方に裁断された同情で痛々しく揺れた、真夜中地球の影で壊され覆われた月の下、筆を取り、涙を流し、運命によって嘲笑されているクロティルデを思い浮かべたからである。彼は何も言わず、舞台の悲しい情景をじっと眺め、舞台ではもう楽しい情景になっているときにも、泣き続けた。

家で彼は自分の脳の繊維をアリアドネの糸として、彼女の悲哀の、とりわけ彼が打ち明けたときに彼女の陥ったように見えた新たな悲哀の理由の迷宮から抜け出ようとした。しかし彼は迷宮に留まった。勿論心痛が病を生んでいた、しかし誰が心痛を生んだのか。——こうした哀れな繊細な蝶達にとっては一つ以上の致命的心痛があれば遺憾であろう。どの路地でも、どの家でも、溜め息をつく為に教会とか悲劇芝居に行かなければならない、そして泣くために上の階に登らなければならない夫人や娘がいる。しかしこの積み上げられた心痛は微笑みながら忘れられ、歳月が涙の横で長く重なって行く。これに対して破滅させてしまう心痛がある——このことをヴィクトルよ、おまえの多量の愛の喜びのときに考えて欲しい、そして君達皆も考えて欲しい、君達はこのような優しい者の鼓動する心臓を胸から暖かい愛の手で取り出して、それを自分自身の心臓の横で手にして永遠に暖めるけれども。――君達がそれからこの熱い心を、蝶の蜜の吻口のように、投げ捨ててしまえば、これと同じくまだ痙攣はするだろうが、しばらくすると冷たくなって、もはや脈打たなくなる。

不幸な恋がそれではこの花の上のさいなむ糖液だとゼバスティアンは結論付けた。勿論自分のことを最初に考えた。しかしつとにすべての彼のごく繊細な観察、今では更に巧みな目尻からの跳ね返りの視線によって、彼女が彼に対して拒んでいない特別待遇は彼女の好意よりも公平さに依っていると明らかになっていた。他に宮廷では誰なのか――これを探ろうと次々に検電器を置いたが無駄であった。それにこれは無駄であろうと先に分かっていた、片思いであるならば、クロティルデは心が一切探られないようにするであろうからである。理性は彼女にあっては磁針の一方の端に塗る蠟であって、他の端の沈み（傾き）を相殺する、あるいは隠すものであった。それでも彼は次の機会には彼女に若干の占い棒を置こうと決めた。

ここで若干の分別を示すある考え、私の計算を披露しなければならない。私の犬の郵便局長のクネフは私がこの話し全体の年と長さとを彼の言及している二月二十五日の月蝕からだけで割り出せるであろうと多分に気付いていない、そもそも偉大な天文学者が月相から地球の地理学的長さにたどり着くようなものである。一七九三年にこの章で語られたことは起きた。私はそれを保証する。そもそもこの話し全体は、周知のように、十八世紀の九十年代に生じており、そこでの二月二十五日の月蝕と言えば一七九三年、つまり今年しかない。それで私の言い分は正しい。念の為にこの本の中のすべての月と天候の変化を一七九二年と一七九三年のそれと比較した。すべてはきれいに合った――読者も確認されるがよかろう。私にとってとても嬉しいことは、それ故、私は七月に書いているので、話しが半年すると私の記述に追いつくということである。――

ヴィクトルは躊躇わずに侯爵夫人の許に出掛けて、黙っているクロティルデを全くの神経病患者と説明した。彼は自ら心の中でこの表現のことを――医者達のことを――そして彼らの神経病治療のことを笑い――そして言った。かつてフランスの国王達が甲状腺腫に対する療養所で「王が汝に触れるけれども神が汝を治す」と言わざるを得なかったように、医者達は「町と地方の医師が脈を見るけれども神が治す」と言うべきであろう、と。――しかしここで彼は彼女を三つの良き意図から神経疾患者と言った。一つは彼女の為に宮廷の労役を止めさせる為、少なくとも厳密な宮内女官の職から解放する為であった、彼の心の中ではいつも「彼女がここにいなければならないのはおまえの所為だ」という非難の突き刺すかけらがうずいたからである――更には彼女がいつか願い出たら、前もって田舎と春の空気に触れる許しを請うておく為であった――最後に鉛色の顔に、子供の鉛の兵士のように、日々赤く塗っては日々赤が褪めている女官達と同じことをしなくて済むようにする為であった。アニョラ自身が化粧するので、礼儀上それを両者に一度に医師として禁じなければならなかった。侯爵夫人は彼の願いのすべてをまことに寛大に許した。ただ化粧の項に関しては自分自身には決定を下さず、クロティルデに関してはこう下した、接見の日と芝居のときを除いて、朱を差さずに現れても構わない、そして再び快癒するまでは、この二つに欠席してもよろしい、と。

彼はこの帝国議会決議あるいは決定を愛する病人に知らせたく、別れがもどかしかった。彼自身には侯爵夫人のこの聴許は不思議議であった、いつもは願い出ることは罪であり、頼まれたことは決まって彼女は許さなかったからである。彼の当惑していることはただ、クロティルデに侯爵夫人の許可を得るのに病を口実にしたと告げて傷つけることのないよう伝えることだけであった。しかしこの小さな悪から大きな悪が生まれていた。彼女の許に行くと、彼女は一昨日彼女の縁戚について打ち明けたときより十倍も悪く見えた。彼女の花は押しつけられ、冷たく露に濡れて大地に垂れ下がっていた。

歩きぶり姿勢はいつものままで、外見の陽気さも同じであった。しかし視線はしばしば余りに落ち着かず、しばしば余りに止まっていた。百合の頬からは熱っぽい赤みが浮かび、下唇からは一度押し潰された痙攣がもれた。……ここでびっくりした友人は同情の余り礼儀を構っておれず、直ちに侯爵夫人の許可を伝えた。彼はこれまでの宮廷での大胆さを重苦しい自分の心の助けとして、間近の春を薬局にして、花々を薬草とし、――空想を薬とするように彼女に命じた。「私を」（と彼女は微笑みながら言った）「鳥かごにいつも緑の芝生を入れておかねばならない雲雀とお考えですね。侯爵夫人とあなたの好意を無にしない為に、いつかはそうしましょう。――白状しますと、私は少なくとも思いの上では――健康人です。気分はいいのです」。……彼女は話しを打ち切って、率直に、そして妹らしい愛を目に浮かべて自分の兄のことを尋ねた。彼は幸せで、満足しているかどうか、どのように働き、どのように職に適応しているか、と。どんなにこれまで心の奥深くに仕舞っていたこれらの問いに苦しめられていたか彼女は語った。そして打ち明けてくれたことに暖かく感謝したが、これにはこれまで彼が黙していたことに対する上品な非難が感じられた。――彼女は以前から子供達の花輪が好きであった。しかしフラクセンフィンゲンではもっと多くのこの星雲を、それもある特別な理由から自分の周りに集めていたが、それはつまり、彼女の兄が住んでいる町長老の小さな五歳の孫娘ユーリアを兄の無邪気な自伝作家、新聞配達人として引き寄せているということを隠すためであった。

三度ならず彼は、その白い雲がますます高みへ運ぶこの白百合の天使の足許に伏して、両手を広げて言わざるを得ないような気がした。「クロティルデよ、亡くなる前に、私の友人になって欲しい――昔のあなたに対する恋の気持ちはとうに潰れている、私と私ども皆とにあなたは親切すぎるから――でもあなたの友人にはなりたい、あなたの為に私の心は克服しよう、あなたの為に私の天を捧げよう――いずれにせよあなたは老年の夕方の露を経験することはないだろう、直に目を閉ざすことだろう、まだ朝の露が懸かっているというのに」。というのは彼は彼女の魂を真珠が早く出るようにと体の貝殻が溶かし出す太陽の前に開けて置かれている真珠のようなものと見なしていたからである。――別れの際彼は、恋人の控え目の代わりに出現した友人としての率直さのお蔭で繰り返し訪問することを申し出ることが出来た。そもそも彼は今や彼女をもっと暖かくもっと自由に扱えた、第一に、彼女の高貴な心を全く諦めて、以前大胆にもその思いを抱いていたことが不思議なほどであったからであり、第二に、彼女に対する自分の無私の犠牲的誠実さの気持ちはこれまでの良心の呵責への香油となったからである。

この病に続いて、ある晩があるいはある事件が生じたが、それについては読者は承知されていないであろう。――ヴィクトルは夕方ヨアヒメを芝居に連れて行くことになっていた、そして彼女の兄は前もって彼を呼ばなければならなかった。すでに二回書いたことだが、数週間前からマチューは彼にとって象にとって鼠がそうであるようにもはや気にならなくなっていた。彼は彼の唯一の善良な面、若干の倫理的金雲母を発掘していた、つまり妹ヨアヒメへの最も大きな愛着で、彼女だけが、彼のすべての、両親の知らない心、彼の秘密、彼の仕事に通じていた

──第二に彼はマチューの、大臣の忌むことであったが、自由な塩の精神を愛していた──第三に我々皆がそうであるが、我々が我々の心をある家族のある女性に燃やすと、我々火夫はその後暖炉の熱をすべての親戚縁者に広げるのである、兄弟に、従兄弟に、父親に──第四にマチューはいつも彼の妹から称賛され、弁解されていた。──ヴィクトルがヨアヒメの所に来たとき、彼女は手許に頭痛と化粧係の侍女を有していた──化粧と頭痛とが募った──最後に生きた仕上げ機を送り出すと、腰を下ろして、パウダーとアクセサリーの箱の、脂粉の布切れの、ヴィーナスのハンカチーフの、香り白粉の、リップ・ポマードの泡から一人のヴィーナスへと固められると、座って言った、頭痛なので家に居る、と。ヴィクトルも残って、それを喜んだ。人間の心臓の垂木と巣房とを知らない者は、ヴィクトルのクロティルデに対する友情がヨアヒメへの全き愛の蜜の巣となって彼の巣房に侵入したことを不思議に思うだろう。彼女達が互いに訪問したり、抱擁したりすると彼は嬉しかった、彼は教皇の恵みの指にもクロティルデのその指ほどには多くの治癒力を求めなかった。クロティルデの友情は彼の友情への弁解に見え、ヨアヒメを、今までどんな巻き上げ機でも持ち上げることの出来なかった価値の礎盤へ高めているように見えた。自分の価値が高まるという気持すら彼に愛する新たな権利を与えた。今日はクロティルデの紗の帽子、王侯の冠さえもがその兜飾りをヨアヒメの病んだ、かなり辛抱強い頭に置くことになるはずであった。二人の阿呆に対して彼女はずっとコケットに振る舞っていたが彼はつとにそれに慣れていた、東方からの三人の賢人のうち彼女は誰を虚仮にせず、崇拝しているかよく分かっていたからである。しかし元に戻る。

マチューは妹の為にやはり家に残ったが、彼とヴィクトルと彼女とがこの聖職者コンサートのすべての楽隊となった。ヨアヒメはソファーの上でより穏やかな病んだ顔を壁にもたせ掛けて、床の羽目板を見ていて、瞼が上に反って一層美しく見えた──福音史家はあちこち歩き──ヴィクトルは、いつものように、部屋を囲んで座っていた──まことに良い晩で、私の晩も今日はそうであって欲しいと願っている。会話は愛のことに移った。ヴィクトルは二つの、市民階級と聖禄受給者あるいはフランスの愛の存在について主張した。彼は本の中と集合的愛としてはフランスの愛を好んでいたが、しかしそれが唯一のものとなるのであれば、憎んでいた。今日はそれを次のように描いた。「ほんの少しの氷と──ほんの少しの心と──ほんの少しの機知と──ほんの少しの紙と──ほんの少しの時間と――ほんの少しの香煙とを取って――それを一緒に注いで、二人の身分のある人物に加えるといい。するとまことに立派なフランスのフォントネル風愛が出来上がります」。――「お忘れなのは」とマッツが付け加えた、「更にほんの少しの官能、少なくとも五分の一、六分の一がアトュヴァンスあるいはコンスティトゥエンス[*2]として薬に加わっていなければなりません。――しかしそれは短いという功績があります。愛は、悲劇と同じく、時の一致、つまり一日の時間に限定されるべきです、さもないともっと悲劇と似ることになりましょう。では市民階級の愛はどうです」――ヴィクトル、「こちらが好きです」――マチュー「私は違います。これは怒りよりも長い単なる狂気にすぎません。嘆イタリ、叫ンダリ、溜メ息ヲツイタリ、嘘ヲ言ッタリ、耐エキレナクナッタリ、殺シタリ、死ンダリシマス――仕舞ニハ天使ヲ得ル為ニ悪魔ニ身ヲ捧ゲマス。今日の会話は全くアラベスク風で、風変わりです。立派な市民階級の愛の為の調理法を述べましょう。二箇の若い大きな心臓を取って――洗礼水もしくはドイツの長編小説の印刷用黒インクで綺麗に洗い――その上に熱い血と涙を注ぎ――火と満月とに掛けて沸騰させ――熱心に短刀でかき混ぜ――それらを取り出して、ざりがにのように勿忘草もしくは他の野の花で飾り、暖かく並べます。おいしい市民風心臓料理[*3]の出来上がりです」

　マチューは更に付け加えた、「熱い市民階級の愛には楽しみよりももっと苦しみがあります。ダンテの地獄の詩と同じく、地獄が最も良く練られ、天国が最も拙劣です。少女あるいは塩漬け鰊は古くなるほど、一層愛によってそうなる目の輝きは両者とも暗くなります――高い身分の夫人は誰でも、自分がつながれる夫のものでは指輪の肖像の他は何も所持しなくて良いことを喜ぶに相違ありません、ジュピターがかつて三万年カフカズに鑞付けにさせると誓ったのでその間わずかにこのバスティーユ監獄から指輪となって手で運ばれたプロメテウスのように」。――それからマチューは急いで出て行った、彼は機知的に燃えた後ではいつもそうした。ヴィクトルは他人の口による極めて辛辣な不当な諷刺を芸術品として愛していた。彼はすべてを許し、快活であった。

　ヨアヒメはそれから戯れに言った。「お二人が証明なさったように、恋の流儀が何の役にも立たないのであれば、憎むことしか残っていませんね」。――「そうではありません」（と彼は言った）「お兄様は本当のことは話していません。私が貧民教理教師であり、主任牧師の次女に恋していると思し召し下さい――彼女の役は聴罪修道女というところです。市民の娘は話すすべを知りませんから、少なくとも恋するときよりは憎むときにもっと話します――貧民教理教師は機知に恵まれていませんが、大いに敬虔で、大いに正直、大いに忠実で、余りに心優しく、無限の愛を抱いています――教理教師は数週間、数カ月しても粋な策を立てられず、ましてや道楽者のように次女の牧師の娘を恋に口説くことは出来ません――彼は黙って希望を抱きます。しかし永遠の愛、犠牲的願いで一杯の心を持っておずおずと静かに愛された人――愛してくれる人の行くところすべてに付いて行きます――しかし彼女は彼を察知せず、彼は彼女を察知しません。それから彼女は死にます。……しかしその前、彼女が死ぬ前に青白い教理教師は絶望して死の床に歩み寄り、震える手を、それがぐったりなる前に、握りしめ、冷たい目に、それが硬直しないうちになお喜びの涙を浮かべさせ、魂が戦って痛みを感じているときになお穏やかな春の声で君を愛していると発します。彼がそれを言うと、彼女は最後の喜びを感じて死に、彼はそれからこの世ではもはや誰も愛しません」。……過去が彼の魂を襲った――涙が彼の目に懸かり、クロティルデの病んだ姿が奇妙にぼんやりとしてヨアヒメの病んだ姿と混じり合った――彼はここに居ない人の姿を見、考えた――彼は自分を見つめている人の手を握って、彼女がすべてを自分に引き寄せていることに思い至らなかった。

突然にこやかにマチューーが入ってきた、妹はつられて微笑み、すべてを説明して言った。「宮廷医師殿はこれまで骨折って、あなたの論駁をなさっていました」。ヴィクトルはすぐに冷めて、曖昧に、辛辣に答えた。「シュロイネス殿には、貴方が戦場にお出でにならなければ、貴方を敗走せしめるのは私にはごく簡単なことだとお分かり頂けましょう」。――マッツは彼を凝視した。しかしヴィクトルは穏やかに目を伏せ、辛辣さを後悔した。妹は無頓着に続けた、「私の兄はよく流儀を変えます」――彼は陽気に笑ってそれを受け止め、ヴィクトル同様に、それが彼の粋なアバンチュール、領邦議会に席を置くあらゆる身分の女房達との逢い引きを指していると考えた。――しかし今晩会には誰が来るのか母親に尋ねる為に彼を送り出すと、彼女は医師に言った。「どういう意味か御存知ないですね。宮廷には病気の女性がいて、その方があなたの実の牧師の娘です――私の兄は貧民教理教師をどうやっていいのかさっぱり分かっていないのです」。ヴィクトルは後へ飛び退き、話しを打ち切り、退場した。

何故、どうして、何の為に。――しかし病気の女性とは、心の射程、鼓動へのマッツの上品な接近を避けようとしているクロティルデの筈とは分かりそうなものだ。そもそもヴィクトルは、福音史家がクロティルデに対してこれまで、彼女が彼のエスコリアルの宮殿、盗賊の館に引っ越してくる前よりももっと親切な役を果たしているのによく気付いていた。しかしヴィクトルはこの丁重さをこの引っ越しの所為と思っていた。今やこの者の計画の図が広げられた。この者は自分に対して無関心な人物にそれ故軽視を装って（彼はしかし上品に彼女の魅力よりも将来のささやかな現金在り高を軽視していた）意図的に近付き、そうして彼女の注目を――恋人のこの隣人を――後には好意とすばやく取り替えられてこの注目以上のものを得ようとしていた。そんなことをさせるものかとヴィクトルは溜め息をつく度に叫んだ。しかしこの高貴な女性、この天使がその翼でこのような敵をたたかねばならぬとは彼には心労であった。――そこで彼には三十もの事が同時にいかがわしく思えてきた。ヨアヒメの打ち明け話しと冷たさ、マチューの微笑そして一切のことが。

この章はあとわずかに若干の熟した考えを述べるだけである。明らかに見て取れることだが、哀れなヴィクトルは自分の魂をそれぞれの女性の魂に合わせて、かの暴君［プロクルステス］が泊まり客をベッドに合わせたように、一層小さく切断した。勿論敬意は愛の母である。しかし娘はしばしば母よりも数年年上である。彼は女性の価値への希望を次々に取り消した。一番後には永遠に対するかの崇高なインド的感情への要求あるいは期待を諦めた、これは我々、この人生の魔法の煙に巻かれている影絵の人々に、自我への消しがたい光明を与え、我々を一つよりも多くの地球の上に押し上げる感情なのであるが、しかし女性達はクロティルデとどんなに似ていてもこれに似るのは最後であると彼は気付き、世俗の生活は人間のすべて偉大なものを削り取る、丁度雷雨が彫像や墓石では最も崇高な部分をかじり取るようなものだと考えたので、それでヨアヒメにすでに長いこと清書されていた恋文を渡すには、彼女の側でのある不幸――濡れた目――魂の嵐――悲劇役者の舞台靴を待つばかりであった。もっとはっきりした言葉で言うと、彼は自分に言った。「彼女が感傷的ないかれた女性で冷然と構えられないのであればいいのだが。一度目を一杯に潤ませた、それに心も一杯で、私が感動の余り、分別がなくなってしまったら、そうしたら私は接近し、自分の心を取り出して、彼女に差し出し、これが哀れなバスティアンの心です、お受け下さいと言うことだろう」。更に小声で考えているように、私には思えた。「更にこれを誰に渡そうか」。

彼がはじめの事を本当に考えていたことは、彼が日記に記入したことから分かる、日記から私の通信員はすべてを引いていたが、日記を彼は極めて自由な率直な心で父の為に書いていて、文書化することで自分の過ちと折り合いをつけようとしていた。彼のイタリア人の従僕は、清書することしかしなかった。――――私が犬とその新聞のカプセルに依存しているのでなければ、彼の恋の告白は今日にも行われていることだろう。私は例えばヨアヒメの腕を折ったり――あるいは病床に就かせたり――大臣の生命の火を吹き消したり――あるいは彼女の家に何らかの不幸を作り出すだろう――――そして私の主人公を悩んでいるヒロインの許に連れて行って言うことだろう。「私が去ったら、跪いて、彼女に心を渡しなさい」。しかし彼の恋の糜汁の課程は裁判と同じくらい長くかかるだろう、私は三つの二十三全紙［アルファベット］を覚悟している。

ここで私は、読者がその高慢さから隠していることを告白したい。私と読者とはこの郵便日に女性が現れる度に誤射を祝砲としてきたということである――我々はどの女性も主人公のヒロインと見なしてきた――最初はアガーテを――次にクロティルデを――それから彼が侯爵夫人の時計に恋文を入れたときには、私は「もう筋はすべて分かっている」と言い、それから我々二人は「クロティルデならいい」と言い――それからやむを得ずマリーをつかんで私は言った「これからは何一つ素振りに出さないぞ」――最後に、我々の誰もが（少なくとも私は）思いもしなかった女性が、ヨアヒメがそうである。――私が結婚するときもこのような具合であろう。……

郵便日から閏日に移る前に、しばらく触れておきたい。クロティルデは内縁の類、パリの類、化粧を落として、今やしぼんでいく心を宮廷のナプキンプレスの圧力に晒すことはまれになった。彼女の所為で夫人の講義室に聴講に来ていた侯爵は、姿を見せなくなって、シュロイネス家に立ち寄るようになった。それでも侯爵夫人は心が広くて、イェンナーの寵愛の撤回を感謝の撤回で我々のヴィクトルに報いることはしなかった。――ヴィクトルは長いこと、クロティルデの兄に妹の愛の新たな印を伝えたものか迷った。――最後に――フラーミンの悩んで、落ち込んだ、関係や悪漢、邪推で傷ついた心に動かされ、これまでこの正直な友にほとんど喜びを与えることが出来なかったので――彼は彼に（縁戚のことを除いて）ほとんどすべてを語った。

追伸。署名者はここに要求に基づき、署名者がその第二十四回の郵便日を正式に七月あるいは共和暦十月の最後の日に仕上げたことを証言する。聖ヨハネ島にて、一七九三年。

ジャン・パウル
シェーラウの鉱山局長

＊1　彼は間違っている、ライプニッツは単に言っただけである、すべて難しいことが自分には易しく、すべて易しいことが難しい、と。
＊2　アトゥヴァンスというのは主成分の力を強める成分。コンスティトゥエンスというのは薬に錠剤とか舐剤、水剤の形を与えるもの。
＊3　豌豆料理とかヌードル料理と言うように。

# 第六の閏日

人類の砂漠と約束の地

植物の人間と動物の人間、そして神の人間とがいる。――我々が夢見られることになったとき、一人の天使が陰鬱になり、眠り込み、夢見た。ファンタソス[*1]が来て、変化する気象、夜とか混沌、投げ集められた植物といった物を天使の前で動かし、それらと共に消えた。
フォベートールが来て、歩きながらむかつき草を食んでいる動物の群を天使の前で追い立て、それらと共に消えた。

モルフェウスが来て、至福の子供達、花冠で飾られた母親達、接吻している者達、空飛ぶ人間達と天使の前で戯れ、恍惚となって天使が目覚めると、モルフェウスと人類と世界史は消え失せた。……

——今なお天使は眠り、夢見ている——我々は今なお彼の夢の中にある——まずフォベートールが天使の側にいて、フォベートールが動物達と消えるのをモルフェウスが待っている。……

しかし夢見る代わりに、考え、希望を抱くことにしよう。そして尋ねてみよう。植物の人間、動物の人間の後に神の人間が遂に現れるのであろうか。世界時計の歩みはその構造同様に多くの目的を明らかにし、その時計は文字盤用の歯車と指針とを有しているのだろうか、と。

(著名な哲学者［ヘルダー］のようには) 物理学の究極の目的から歴史の究極の目的を推し量ることは出来ない——私が、個別に、人間の目的論的 (意図的) 構造から人間の目的論的履歴を推定出来ないようなもの、あるいは動物の賢明な構造からそれの世界史における連続する計画を推定出来ないようなものである。自然は不動で、いつも変わらず、その構造の英知は曇りが見られない。人類は自由で、滴虫類のように、多用な繊毛虫類のように、あるときは規則的な形を、あるときは不規則な形を取ったりする。物理的無秩序はどれもある秩序を隠しているにすぎず、陰気な春はどれも陽気な秋を隠しているにすぎない。しかし我々の悪徳は我々の美徳の花の芽であろうか、絶えず落下する悪漢の地球への墜落はその隠された昇天に他ならないであろうか。——ネロの人生に一つの目的があろうか。そうであるならば同様にすべてを裏返して、美徳を隠れた悪徳の双葉とすることが出来よう。しかし多くの者のように、言葉の誤用が過ぎて、倫理的高さと低さとを幾何学のそれのように、位置に従って、積極的な偉大さと消極的な偉大さとに変えると、つまり人類のすべての痛風結節、発疹チフス、鉛毒疝痛、銀毒疝痛が別種の健康ということになれば、人類がいつか癒えるであろうと問う必要はなくなるであろう——そうなればどのような病気に罹ろうとも健康に他ならなくなるであろう。

十世紀のある僧侶が憂鬱に閉じこもって、地球について、その終わりではなく、その将来について考えた場合、その夢の中では十三世紀はすでにもっと明るい世紀と思われ、十八世紀はただもう神々しいばかりの十世紀と思われないだろうか。

現在の気温を基にした我々の天気予報は論理的には正しいけれども歴史的には間違っている、新しい出来事、地震、彗星がすべての勢力圏《たいき》の奔流を変えるからである。上述の僧侶は、アメリカとか発射火薬、印刷用黒インクといった将来の偉大なことを加えなかったら、正しく計算できようか。——新しい宗教——新しいアレクサンダー——新しい病気——新しいフランクリンが新しいその道と内容とを我々の計算皮［書かれたものを消して使える皮］に描こうと思っている森の流れを破り、飲み込み、せき止め、方向を変えるのである。——まだ四大陸には多くの鎖につながれた未開人がいる——その鎖は日々細くなっていて——時代は鎖をはずす——何という荒廃を、少なくとも変化をこれらの民は我々の洗練された国々の小さな芝地にもたらすことであろう。——しかし地上のすべての民はいつかは一緒に注がれ、一緒に発酵して澄む必要があろう、この人生の勢力圏《たいき》が快活なものとなるべきであるのであれば。

我々は若干の鑢や硝酸（ここでは活字や印刷用黒インク）を用いて自ら仕掛けたミニチュアの地震や火山からエトナの爆発を、つまり数少ない教養ある民族の変革から未開の民族の変革を推定出来ようか。人類は人間が歳月を重ねるように数千年を閲していると仮定できるので、六歳のときに青年時や盛年時の星占いが出来るであろうか。更に言えるのは、この子供のときの人生の出来事は最も貧弱であって、目覚めた民族は——ほとんどすべての大陸には眠れる民が多い——一年のうちに眠り込んだアフリカが一世紀に生むよりも多くの歴史的素材を生み出すということである。従って我々が普遍的な世界史から最も良く予測できるのは、目覚めつつある民族がその数百万巻の補遺をそれに添えることになってからであろう。——すべての未開の民はただ一つの貨幣鋳造機の下にいたように見える。これに対して文化の縁飾り機はそれぞれの民族を別々に鋳造する。北アメリカ人と古代ドイツ人は近い世紀の間のそれぞれのドイツ人よりも一層互いに似ている。金印勅書も、マグナ・カルタも、黒人法典(1)もアリストテレスはその統治作法、服務作法に加えることは出来なかった。さもなければ更にこれらを加えていたであろう。しかし我々は、将来の国民公会をモンゴルに、あるいは啓蒙化されたダライ・ラマの教皇法令を、あるいはアラブの帝国騎士団の協定をもっと良く予言することが出来ようか。自然は決して一民族を一つの貨幣の極印、一つの筆跡だけで特徴付けず、一度に千もの極印を押しているので——それ故ドイツ人にはアキレスの楯(2)よりも多くの刻印がなされている。我々は地球の過去の、しかしより簡単な変革すら検算できないのであれば、どうしてその住民の倫理的変革を覗いたらよかろう。

これらの前提から導かれるものはすべて、思うに——その逆である、予告することへの謙虚さが必要であるということは除いて。我々を頑固に信じ込ませることはせずに不信心にし、目ではなく光を浄化しようとする懐疑主義はナンセンスなものとなり、哲学的力と表情の恐ろしい喪失となる。

人間は自分の世紀あるいは半世紀を光の頂点、祝日と見なし、その祝日に他のすべての世紀は単に平日として通じていると思う。人間は単に二つの黄金時代を知っているだけで、一つは地球の最初で、一つは地球の終わりで、これは単に自分の黄金時代のことである。歴史は大きな森に似ていると思う、その森の中心には沈黙、夜、猛禽類が見られ、その端だけに光と歌声が満ちているのである。——勿論すべてが私に仕えている。しかし私もすべてに仕えている。自然にとっては、自然はその永遠故に時間の損失を知らず、無尽蔵故に力の損失を知らず、浪費の掟の他に倹約の掟はなく、——自然は卵と種子と共に栄養にも繁殖にも役立ち、発育していない芽の世界と共に半ば発育した世界を保ち——自然の道は滑らかな九柱戯場ではなく、アルプスや海を越えていくので、それで我々の小さな心は、望みを抱こうと恐れを抱こうと、自然を誤解せざるを得ない。心は啓蒙において朝焼けと夕焼けとを互いに取り違えざるを得ない。享楽においてあるときは小春日和を春に、あるときは余寒を秋に取らざるを得ない。倫理的革命は物質的革命よりも我々をもっと混乱させる、倫理的革命はその性質上物質的革命よりも大きな空間、時間を取るからである——しかし暗黒な世紀も土星の影に入ったか、しばらくの日蝕に過ぎない。六千年を経た人間ならば、世界史の六日の創世日に対して、これらは善きものであると言うだろう。

しかし倫理的革命、発達と物質的革命、発達とを余りに密接に考えてはならないだろう。すべての自然は以前の運動の他には運動を知らず、循環がその軌道である、自然の年月はプラトン的な［二万五千八百の太陽年］それに他ならない——しかし人間だけが変わる、真っ直ぐに進んだり、ジグザグに進んだりする。太陽は月同様に蝕を持っている、花に開花と落花があるようなものである、しかしまたその再生、復活もある。人類だけが永遠に変わるという必然性の下にある。しかしこれは単に上昇と下降の印があるだけで、頂点はない。この印は物質界のように必ずしも互いに関連していず、究極の段階というものはない。どの民族もどの時代も二度とやって来ない。物質界ではすべてが反復されなければならない。民族がある段階、ある脆弱な梯子の段で再び落ちてしまうというのは単に偶然であり、必然ではない――民族が落ちる最後の段を、最高の段と取り違えているにすぎない。ローマ人は、彼らの場合段ではなく、梯子全体が折れたのであるが、必ずしも、我々の文化にすら達しないある文化の所為で沈んだのではない。[*2]民族に年齢はなく、しばしば青年期の前に老年期がある。すでに個々人においても高齢時の精神の後退は、偶発事に過ぎず、ましてやその時の美徳が夏至ということはない。――人間は従って永遠に改善される能力を有する。がしかし希望も有するだろうか。

　自らの諸力の均衡が乱されると、個々人は惨めになる、市民の不平等、民族の不平等は地球を惨めにする。すべて稲妻がエーテルの干満の隣り合わせから生ずるようなもの、すべて嵐が大気の配分の不平等から生ずるようなものである。しかし幸いなことに、谷を埋めることは山の本性である。

　財宝の不平等が専らなのではなくて――というのは金持に対しては貧民の多数の声、拳が均衡を保っているからで、――文化の不平等が政治的圧力機関、圧縮ポンプとなり、それらを分与している。学問の分野における土地配分法が結局物質的分野にも波及する。認識の樹がその枝を哲学的教室の窓、司祭的教室の窓から一般の庭に伸ばしていくとすべての民族は強化される。――不平等な教育の為西インドはヨーロッパの足許に、ヘロットはスパルタ人に繋がれ、黒人の舌を押し付ける鉄製の空頭[*3]は別種の空の頭を前提としている。

　権力、富、文化における諸民族の恐ろしい不平等は、あらゆる羅針儀の角からの一般的な嵐によってのみ永続的な凪が得られる。ヨーロッパの永遠の均衡は他の四大陸の均衡を前提としている、これは、わずかな秤動《ひょうどう》を除いて、我々の地球に約束し得るものである。将来は一人の未開人も一つの島も発見できないだろう。ある民族は他の民族をその生意気盛りから引き上げなければならない。より等しい文化は商業協定をより等しい条件で結ぶだろう。人類の最も長い雨期は――この時期にいつも民族の移植は行われたが、花をいつも曇天のときに移すように――晴れ上がった。まだ真夜中の幽霊が、はるか光の時代にまで残っているが――これは戦争である。しかし紋章の鷲達は爪と嘴を長く伸ばしていて、遂にそれらは、猪の耳のように、曲がって役立たなくなっている。ヴェスヴィオ火山では四十三回爆発しさえすれば休止すると計算出来るように、将来の戦争も数えることが出来よう。すでに六千年前から我々の地球にあるこの長い雷雨は、雲と地球とが互いに同じ程度の閃光物質でやり合ってしまうまで続くことだろう。

すべての民族はただ一緒に沸騰して明るくなる。沈殿は血であり、死者の骨である。地球が半分に狭まれば、その倫理的――物質的――発達の時間も縮小されるだろう。

戦争の所為で学問の最も強力な輪止め鎖は断ち切られている。かつては戦争機械は新しい知識の播種機で、古い収穫物を抑圧してきた。今は花粉をより遠くにより穏やかに投げるのは印刷機である。アレクサンダーの代わりにギリシアは今やアジアには――植字工を送るだけでいい。征服者は接ぎ木をし、作家は種を蒔く。

啓蒙主義は、個々人にはなお悪徳の欺瞞や弱さを可能としているけれども、民族を商会の悪徳や国民的欺瞞から――例えば浜辺権や海賊から――解放したというのは啓蒙主義の功績である。我々は社会の中で最良の行為、最悪の行為を行う。例えば戦争である。臣下の売買が始まっていることを別として、黒人の取り引きは我々の時代には終わらなければならない。[*4]

最も高く急な王座は最も高い山々と同じく最も暖かい国々にある。政治的山々は自然界の山々同様に日々低くなって（ことに噴火した場合）遂には谷と一つの平面にならなければならない。

こうしたことすべてから次のことが言える。

いつか、今まですべての賢人、有徳者が享受している黄金時代が来るだろう、そのときにはそもそも生きることがより簡単なことなので、人々は善良に生きることがより簡単となろう――個々人は罪を犯しても民族は犯さないだろう――人々はもはや喜びは感じず（この蜜はどんな花からも油虫からも吸い出せるので）、もっと美徳を持つだろう――民衆が思索に関与し、思索者は仕事に関与して、[*5]ヘロットがいなくて済むようにするだろう。――戦争上の、刑法上の殺人は非難され、単に鋤で砲弾が鋤き返されるだけであろう。――――こうした時が来たら、善の過重の為に機械はもはや摩擦で止まることはないだろう――その時が来たら、人間の本性がまた退化し、再び雷雨を呼ぶということはないだろう（というのはこれまで高貴なものは単に圧倒的な悪との敗走する戦いにのみあったからである）、丁度、フォルスターによれば、熱い聖ヘレナ島[*6]にも雷雨がないようなものである。

この祝祭の時が来たら、我々の孫は——もはやいない。我々は今夕方我々の暗い一日の後太陽が輝きながら沈み、我々に人類の快活な静かな安息の日を最後の雲の背後に約束するのを見る。しかし我々の子孫は更に風の強い一晩、毒の詰まった霧を経験する。そしてやっとより幸せな地球の上に、花の精で一杯の朝の風が、太陽の前をよぎりながら、すべての雲を押しやりながら、人々に溜め息をつかずに吹き寄せることになる。天文学は地球に永遠の春分の日[*7]を約束している。そして歴史はもっと高い春分の日を約束している。ことによると二つの永遠の春が一緒に来るかもしれない。

人間は人間達の下に消えるので、我々下に沈められた者は、人類の前で立ち上がらなくてはならない。ギリシア人のことを考えると、我々の希望は運命よりも速いことが分かる。——明かりを持って夜氷のアルプスを旅し、奈落や長い道程に驚くことのないようにするが、そのように運命は夜を我々の周りに置き、単に次の道の為の松明を渡す、我々が将来の裂け目と目標の遠さに悲しむことのないようにとの配慮からである。——人類が目隠しをされたまま——一つの牢獄から次の牢獄へと——導かれた世紀があった。幽霊が一晩中騒ぎ、倒して、朝には何一つ動いてない別の世紀があった。あり得るのは次のような世紀である、民族が興ると個人が死に、人類が栄えると、民族が滅びる世紀である。人類自身が沈み、倒れ、飛散する地球と共に終わったら。……何の慰めがあろう。

時代の背後のヴェールで隠された目、世紀の向こう側の果てしない心である。我々の証明し得るものよりも一段と高い事物の秩序がある——世界史と各人の人生にはある神慮があって、これは理性が大胆に否認するものであるが、心が大胆に信ずるものである——我々がこれまで根拠としてきたものとは別の規則でこの混乱した地球を神のより高い町と娘の国［植民地］として結ぶある神慮があるに違いない——ある神、ある美徳、ある永遠が存在するに違いない。

＊1　眠りの神は三人の者に囲まれていた、無機物にのみ変身できるファンタソスと、すべての動物の姿を取り、そう見せることの

出来るフォベートールとすべての人間の姿をそう出来るモルフェウスとであった。『変身物語』［第十一の書、六三三行以下］。

＊2　贅沢の所為でもない、その大きさは――彼らの支出が我々の収入と比較されて――誇張されていて、彼らが諸民族の財産をさながら東インドの友人達の財産のように相続したという点においてのみ害となった。それは大きな鑵に当たった靴屋の贅沢、略奪後の兵士の浪費であった。それ故彼らの贅沢には洗練がなかった。彼らの偉大さは単に拡大によって維持された。金の棒と共に彼らにアメリカを投げ与えていたら、かなり贅沢してなお数世紀この松葉杖で彼らは歩くことが出来たであろう。

＊3　周知のように哀れな黒人の頭は鉄製の空の頭に収められて、それが舌を圧迫する。

＊4　一七九二年に書かれた。

＊5　百万長者は乞食を、学者はヘロットを前提としている。個々人のより高い教養は多数の者達の荒廃で購われている。

＊6　一七九二年に書かれた。今では、いつもは全ヨーロッパの空にあった雷雨さえもがそこの低い土地の上にある。

＊7　四十万年後には地軸は、現在の木星のように、その軌道面に対して垂直になるからである。

# 第二十五の犬の郵便日

クロティルデの偽りの失神と真の失神――ユーリウス――神についてのエマーヌエルの手紙

善良な女性よ。君の暖かい心臓の上にダイヤモンドの心臓が掛かっているのをみると、模写された心臓を胸に付けているのは、哀れな兵士が跪いて射殺されるとき、紙が切り取られた心臓で仲間の弾に鼓動する心の位置を知らせるように、アモールや運命や中傷の様々な矢に同じく標的となるようにする為であろうかと尋ねたくなる。――――この章が終わったら、読者は何故私がこのように書き出したのか、お尋ねになることはあるまい。

あるときヴィクトルが長い散歩から戻ってみると、マリーがマチューのメモをもって息せき切って走ってきた。今日自分と自分の妹の伴をして聖リューネ経由でクセヴィッツまで行く気はないかと問うものであった。マリーが走って来たのは単にマッツが沢山駄賃と謝金をくれたからであるが、マッツは自分の妹を愛らしいものと思いながら同時に滑稽な者と思っていたように、しばしば貧しい人々に施しながら同時にその人々を揶揄していた。彼を知っている人々には、それ故彼は、彼が真面目でいなければならないときには滑稽に思われた。しかしヴィクトルは同行を拒否した。これは正解で、両者はいずれにせよもう出発していたからである。二日後か三日後かに二人は帰ってきた、妹は彼に対して極めて冷たい顔をして、兄は極めて暖かい顔をして。彼はこの二重の気温を判然とは説明できなかった、二人がトスタートとオー伯爵の許で彼の変装と彼の屋台でのドラマを知った所為かもしれないと半ば推測しただけであった。これまではヨアヒメの怒りはいつもまず彼の怒りの結果としてであった。今回は逆で、これははなはだ不愉快であった。

その後数日して彼は侯爵夫人とヨアヒメと共に大臣のルーブル宮の窓際に立っていた。談話は活発であった。侯爵夫人は市場の屋台を数えた、ヨアヒメは燕の急旋回を追っていた、ヴィクトルはこっそりと片足で立って、（他方の足は見せかけに置いていて、床に触れていなかった）どれくらい保つか試していた。突然侯爵夫人が言った。「おやまあ、子供を可哀想に箱に閉じ込めて持ち運んでいる」。皆通りを覗いた。ヴィクトルは、その哀れな子供は――蠟製であると遠慮なく述べた。一人の婦人が小さなガラスの箱を自分の前に下げていたが、その中には蠟製のお襁褓をした天使が眠っていた。彼女は、他の者達同様に、さながらこの子供をだしに乞食をしていた、そしてこの子供は生きていた場合よりも良く彼女を養っていた。侯爵夫人はこの新しい出し物を上に運ぶよう要求した。婦人は震えながらそのミイラの箱を持って入って来て、小さなカーテンを引き開けた。侯爵夫人は芸術家的酔った目を眠る優しい形姿に注いだ、これは（素材の蠟同様に）花から生まれ春に育てられたものに見えた。すべて美しいものは彼女の心に深く迫った。それ故彼女はクロティルデを大いに愛し、多くのドイツ女性に対してはそうではなかった。ヨアヒメは単に一人の子供と一人の美人を愛していたが――これは両者とも自分自身であった。ヴィクトルは言った、こうした生命の蠟製の物まね、コピーには以前から憂鬱にさせられる、聖リューネの自分自身の蠟の模刻は戦慄しないでは決して見られない、と。「牧師館の窓際に外套を着て立っているのでは」とヨアヒメがはるかに陽気になって尋ねた。「でしょう」と彼がまた尋ねた、「数日前は私自身だと思われたのでは」。——彼女の表情からこれまでの錯覚を察知した、この為彼に腹を立てていたのかもしれなかった。侯爵夫人の神父が来て——敬意を表する自分の習慣に従って——付け加えた、座っていなくても済むように次には単に蠟像を見て彼を描くことにしましょう、と。神父は知られているようにスケッチの名手であった。

さほど重要でない出来事はそのままにして置き、更に楽しく進むことにする。

すでに三月で、この時にはより高い身分の者達は座っている冬眠の為に冷血になるというよりは血気盛んになる——これが分からない者は、彼らが血気盛んになるのは他人の血を吸う所為と思うものである。——この時には病気は処方箋の形で宮廷中に名刺を渡すもので、この時には侯爵夫人の目、侯爵のエーテルの肥満、宮廷薬剤師の痛風の手は冬の嵐を継承していて、既に、述べたように、クロティルデも冬の影響、気晴らしからの二重の隔離と空想との交際の影響をその空想と共に日毎に激しく感じていた。……率直に言えば、すべてはその隔離の所為というよりは、礼儀上課された高貴なマッツとの、シュロイネス家の人々との、他の冷血な両生類との交際の所為であった。無垢な心は倫理的寒空の下では、自然界の寒空の下での雪花石膏の庭の彫像同様に、心とその石膏に柔らかな吸収する血管、条紋があれば、裂け目が生じて破れるものである。

ある重要な日、彼女の許に小さなユーリアを彼が見いだした時の彼女はこのような具合であった。この名前をフラーミンの家主である長老の子供に彼女が付けたのは、亡きジューリアへの悲しい憧れを同じような響き、木霊の名残で育んでいく為であった。「この悲しい響きは」（ヴィクトルはつぶやいた）「彼女にとっては自分を青春の友の許に連れていく霊柩車の遠くからの喜ばしい回転の音だ。同じような運命を願っていることは同じような苦悩を抱いていることの最も悲しい証拠だ」。彼の友情をあらゆる愛から浄化する必要がなおあったとすれば、かくも美しい受難の花［時計草］の急速な凋落であった。受難者に対してはごく些細な利己心ですら恥じるものである。

——話していると、嫉妬深いユーリアは会話が分からず締め出されていると感じて、うんざりして従者の呼び鈴を引っ張った。少女は既に八歳のときに少年よりも機嫌をとって貰いたがるからである。クロティルデはこの鈴の音を禁じたが禁令が遅すぎた。少女は、侍女が急いで現れたことに喜んで、また総を引っ張ろうとした。クロティルデはフランス語でドクトルに言った。「頭ごなしに命じてはなりません。私が最後の手段に訴えるまで止めないことでしょう――ユーリア」と今一度大きな、愛の溢れる目をして言った。しかし無駄であった。「では死んでしまう」と、すでに死にかかって、言い、美しい、他界する精霊の住む頭を椅子に持たせ掛けて、敬虔な目を閉じた、それはただ天国でのみ再び開けられるに値するものであった。ヴィクトルが感動して黙って静かな仮死者の前に立ち、こう考えていると、「彼女がもはや目覚めず、硬直した手を引っ張っても虚しく、この荒涼たる地上での最後の言葉が、では死んでしまうであるのだとしたら、そうしたら絶望した彼女の友には刀を取って最後の傷を受けることの他に救いがあるだろうか。冷たい手で彼女の手を握って、自分も一緒に行くと言うだろう」――このように考えていて、娘が泣きながら落ちていく右手を引くと、彼女の顔は本当にもっと青白くなり、左手が膝からすべり落ちた――このときかの刀が鋭く彼の心の上を過ぎった――しかし直に彼女はまた混乱した目を開けた――死ぬほど気を失っていたと悟り、恥じながら。一瞬の失神を次のように述べて取り繕った。「子供の骨壺を抱いたあの俳優のようにしたのです、代わりに臨終のときのジューリアを考えていました、でも少しばかり上手く行きすぎました」。

彼はこのかみ破る熱狂に対して医学上の司教牧書を書こうと思った――かくも不幸な愛は女性の心を、クロティルデの心さえも、彼女の額は男性的で、その顎は美の為よりはほとんど勇気の為に隆起しているというのに、長調から短調へと変えるものである、――そのとき全く別の司教牧書が着いた。それらを運んで来たのはヴィクトルのより幸せな友人――アガーテであった。屈託のない女性よ、死がその飛び去る雲の影を投げかけた二人の心に再び生命を刻みつけておくれ。彼女は親しい両腕には打ち解けて抱かれた。しかし長いこと胴体全体の代わりに自分の手だけを、つまり手紙だけを聖リューネに行かせていた自分の兄のドクトルには、まだよそよそしかった。三カ月間は理由があって、その後の三カ月間は理由もなしにある家を避けるという彼の欠点を、私はこの欠点を一概に弾劾することは出来ない、私自身――この欠点を有するからである――彼女は彼を見飽きることがなかった。彼女の花と咲く田舎の顔は苦悩の現在の復活祭前週の代わりに牧師館の庭での彼と彼女の過ぎ去った歓喜の日々の赤チョークのスケッチを示していた。彼は厳かに、彼女の兄と共に復活祭の客となること、互いに頭や窓を打ちこわす代わりに卵を割ることの他のことはしないと約束した。彼は自分が昔ながらの自分、彼女が昔ながらの彼女となるまでは休まなかった。彼女は村と父親の長い四六判の話しを二人のただ愛情から微笑んでいる宮廷人に全く抜粋者としてとか短縮判としてではなく、本の背の長さすべてにわたって伝えたので、クロティルデとヴィクトルは、色々に尖った宮廷の氷河から中産階級の柔らかな谷にこうして降りて行くことがどれほどなごむことか感じた、そして二人とも滑らかな心から離れ暖かな心の許へ行くことに憧れた。人間とボルスドルフの林檎では滑らかなのが最良ではなくて、若干の突起のあるざらざらしたものが最良である。こうしたより率直な人々への憧れの為にクロティルデの次の主張が生じたものと思われる、不似合いな結婚というものは単に人々の違いにあるのであって、身分の違いにあるのではない。それ故彼女は、系譜の植木鉢の他の単なる共同牧場で青々となって行くアガーテをますます愛していた――この愛をかつて私と読者は第一巻で炯眼にフラーミンに対する別な愛を隠す為と説明したことがあるが、これはいつも後になって反証の出てくるヒロインに対して非難することを止めるよう我々両人に勧告するものであろう。

アガーテの持ってきた厚い紙入れには――エマーヌエルが宛名を書いた手紙があった、クロティルデはすべて牧師夫人宛に書くよう彼に言っていた、継母が彼女の手紙を――閉封することのないようにする為である。ル・ボー夫人はこの文書の閲覧、内閣におけるこのソクラテスの産婆術を心得ていた、内閣はすべての臣下の手紙の家宅捜査の権利を有していて、その気になれば臣下をペスト患者とか罪人とかに見なすことが出来るのである。継娘が隣室で、その厚さからドクトル宛の分も含まれていると察知して、外の包みを破っている間に――ドクトルはたまたま――あるいは意図的に息を吹きかけた。しばらく前から彼は至る所で、ごく狭い片隅で、ドレスの皺を見る度に、読んだ本の形跡に、女性達に対する暗号解読局を設けたからで――述べたように、偶然窓ガラスに息を吹きかけた、そこで暖かい指がそこに書いていたものを読むことが出来た。思わず息を吐いた後にはただのフランス語の、指の爪で描かれた大文字のSが出現した。「S」――と彼は考えた――「奇妙なことだ、私自身これで始まる」。

彼の推定は晴々した顔で戻って来たクロティルデによって中断された、彼女は思索している医師にエマーヌエルの厚い手紙を渡した。この二番目の喜びの後三番目の代わりにニュースが伝わった。彼女がこのとき、「やっとエマーヌエルが、信じてはいないけれども従順な患者として振る舞うことを許して下さった」と彼に打ち明けた。彼女はつまり従順に春の治療に従う計画を、マイエンタールの彼女の友が病室を――丁度ジューリアの部屋を――春の数カ月だけと尼僧院長に掛け合って、春の息吹が彼女の沈んだ振動を高め、春の香りが砕けた心を癒し、大いなる友が大いなる女性の友を元気づけるように手配するまで黙っていたのであった。

ヴィクトルは急いで去った、単に彼の筆の内容に飢えていたからばかりではなく、新しい考えの流れが古い考えの並びを破ったからである。――「バスティアン」（と途中でバスティアンは自分に言った）「おまえをしばしば馬鹿と思っていたけれどもこんなに馬鹿とは思わなかった――一人の男、宮廷医師、思索家たる者が数カ月も考え込み、しばしば夕方の半ばを費やしながら、それでも彼女から聞くまでは分からないとは情けない、やっと今――まことに窓のSまで合致する」。――私と読者とは彼がここで我々の前で自分に投げた石を彼の手から取り上げてみたい、我々も彼同様に何も分かっていなかったからと言って我々両者にも同様に彼は投げつけるからである。要するに美しいクロティルデを不幸な者にし、彼女が黙した内気な魂の溜め息をついていた相手、彼女の大抵の魅力に何の目も持っていない隠れた幸せ者とは盲目の――マイエンタールのユーリウスであった。それ故彼女は行きたいのだ。

私は大型の二つ折り判をもこの証明で一杯にしてみたい。ヴィクトルはこれらを彼の五本の指で数えてみた。親指では彼は言った、「ユーリウスの所為で小さなユーリアを求めている、ジューリアも同様」――人差し指で彼は言った、「フランス語の大文字のJは斜線のないSに見える」――中指では、「ミネルヴァは彼にフルートばかりでなく、ミネルヴァの美しい顔も贈っている、この盲目のアモールの顔にはクロティルデは赤面せずに見ほれることが出来た。彼の友エマーヌエルに対する愛情からきっと彼を愛するようになったのだ」――薬指では、「それ故不似合いな結婚を擁護しているのだ、彼の市民階級の薬指が彼女の貴族の薬指と結ばれることになる」――小指では、「いやはや、これらはすべて何の証明でもない」。

このときやっとすべての証拠が流れ込んできたからである。この本の第一巻ではしばしば未知の天使がユーリウスの許に現れ、言った。「敬虔であれ、私は君の周りに漂い、君の覆われた魂を守ることにする――私は天国に戻るのだ」。――

第二に、この天使はあるときユーリウスに紙片を渡して、言った。「それを隠して、一年後、神殿の白樺が青々となったら、クロティルデに読んで貰いなさい。私は去る、一年経たないと私の声を耳にすることはないだろう」。――すべてはクロティルデにぴったりと合う。彼女は盲人に自分の切ない心を打ち明けることが出来なかった――丁度今頃になって（聖霊降臨祭まであと幾日か）彼女はマイエンタールに行き、天使の仮面で彼に渡した紙片を自ら読むのだ――最後に、その頃丁度彼女は聖リューネへ出掛けた――――要するにすべて符号が合う。

伝記作者が一言口を挿むことが許されれば言いたいことはこうである。鉱山局長、伝記作者は自分としてはすべてを喜んで信じたい。しかしこれまでどのように汚れた霧からも燦然と輝いて出てきたクロティルデ、太陽に対する場合と同じくしばしば雲と黒点とが混同されてきた彼女に対しては、彼女が自ら以前にそのことを為していないかぎり非難出来ないということである。ヴィクトルはその上、初版の私のように、ユーリウスに対するクロティルデの愛を物語る幾つかの証拠を忘れていた。例えば彼の盲目に対する同情とその治癒の願い（エマーヌエル宛の手紙）、マイエンタールでのフラーミンの以前の嫉妬、彼女が劇場で谷［タール］を楽園と呼び、忘却［レテ］の水を断ったときの至福すらも忘れていた。

ヴィクトルが小包を開けると大きな手紙から二枚の小紙片が落ちた。一枚の小紙片と大きな手紙はエマーヌエルからで、もう一つの小紙片は卿からのものであった。彼は後の、二重の暗号で書かれた小紙片をまず調べた。以下のものである。

「秋に林檎が熟したら私は着く。――三位一体は」（卿は侯爵の三人の子息を指している）「見つかった。しかし神聖な四番目の人物は」（四番目の陽気な子息）「いない。――あらゆるロシア人の皇后の宮殿から逃げよ」（この暗号で両者はシュロイネス大臣を表す約束をしていた――）「しかし大公妃（ヨアヒメ）をもっと避けよ。彼女は愛せず、支配しようとし、心を持たずに、侯爵の冠を欲している。――ローマでは」（アニョラのことである）「短剣の飛び出る十字架像に用心すること。失敗しないよう島のことを忘れるな」。

ヴィクトルはこの禁止がたまたま適切なのに最初驚いた。しかしこれが最近の出来事に関係なければ、島ですでに与えられていた筈のものであると考えると、彼の父に彼の目下の状況についてのスパイの急報が届けられているであろうルートにもっと驚いた（——私の通信員とスパイは父親のそれではあるまいか——）そしてヨアヒメに対する警告に最も驚いた。「この指示が間違いであればいいのだが」と彼は溜め息をつきながら言って、悲しい姿と溜め息を止めようとしなかった。——この二つを止めたのは次のようなエマーヌエルの小紙片を読んでからである。

「息子よ。

私が手紙を置いたとき、」（エマーヌエルの次のすぐに続く手紙）「新年の朝焼けが雪の上を越えて私の顔に輝いた、私はこれを最後にとこの手紙にこの地球を抜け出そうとする私の魂のすべての姿を描こうとした。しかし私の魂の炎は肉体にまで達して脆い生命の糸を焼いてしまう。しばしばすぐに血を吐く胸を手紙と歓喜から逸らさなければならなかった。

息子よ、私は私の血で君宛に書いている。——ユーリウスは今神のことを考えている。——春は雪の下で燃え、直に緑野から身を起こし、雲にまで花咲く。——私の娘（クロティルデ）は春を手で導いて、私の所にやって来る——彼女はもう一方の手で私の息子を連れて、息絶え絶えになっていて永遠の心の宿る私の胸許に案内するといいのだが。……人生の晩鐘がなんと旋律的に周りに響くことか。——そう君と君のクロティルデと我々のユーリウスが、互いに愛し合っている我々皆が一緒になったら、私が君達の声を耳にしたら、私は天を見上げ言うことだろう。人生の晩鐘が余りに痛切に響きわたる、嬉しさの余り夏至の日よりも前に、私の永遠の父が私に現れる前にもう身罷りたい、と。

エマーヌエル」。

エマーヌエルよ、これは君の性分だ。歓喜の天が君の口許に迫ってくる、吹き渡りながら、響きながら、接吻しながら天は君の震える息を吸い尽くしてしまう。ただ草を食むだけで摘み取ろうとはしない地上の体は、単に低級な喜びを消化するだけで、より高次の太陽光線の下では冷えてしまうからである。

感動して私はヴィクトルの潰されて見分けのつかなくなった顔から彼の痛みを覆っているヴェールを剥いだ。自分の心がすべてを失うことになる春を迎えようとしている絶望した男よ、エマーヌエルを死によって、クロティルデを愛によって、フラーミンを嫉妬によって、ヨアヒメさえ邪推によって失おうとしている男よ、顔を見せるがいい。哀れな男よ、何故おまえの目はまだ乾き、何故途切れ途切れに頭を振りながら、「いやエマーヌエルよ、私は行かない、行けないのだから」と言うのか私には分かっている、顔を見せるがいい。――大事なエマーヌエルがまだ自分が彼の女性の友に愛されていると信じているのが、おまえの心を最も深く腐食したのだ。――未発達の痛みは涙もなければ印もない。しかし人間が流血する傷に満ちた心を空想によって自らの胸から引き出し、刺し傷を数え、それからそれが自分の心であることを忘れたら、かくも痛々しく自分の両手の中で鼓動するものに同情して泣き、それから熟慮して更にもっと泣く。――ヴィクトルはさながら硬直した魂を凍えた涙から暖かく溶かして、出窓に行き、三月の控え目な夕焼けが雲間からマイエンタールの山々の上で燃える間に、クロティルデのユーリウスとの結婚を思い描いた――心から悲しむ為に彼は谷の上に春の日を呼び寄せ、愛の守護神が婚礼の祭壇の上に青い空を広げ、太陽を婚礼の松明として雲一つない無窮の空に浮かばせた。――その日をエマーヌエルは神々しく、ユーリウスは盲いて、しかし幸せに、クロティルデは紅潮して、とうに癒えて迎え、誰もが幸せであった――そのとき花の間に一人だけ不幸な男が見いだされたが、つまりは自分であった。そのとき、この悲しい男が苦痛の余り言葉数も少なく、美徳から陽気に、冷淡さから花嫁と一層親しく、知られずに、本来はいなくても構わない存在として歩き回る様、無邪気なカップルが愛の仕草と共に彼の失ったものすべてを計算してみせたり、あるいは思いやりから、彼の悲痛を察してこうした仕草を全く隠す様が見えた――この考えは烈火のように彼に向かって来た――そして遂に、重荷の過去が彼のすべての潰えた希望、色褪せた願いを彼の目の前に運ぶので、彼の愛するカップルが祭壇へ、永遠の絆へと進むと、向きを変える様、絶望して静かな空の沃野に向き直って、果てしなく泣く様、そして一人っきりで暗く美しい一帯に残り、自らに向かって、「今日おまえを引き受ける者は誰もいない――誰も今日はおまえの手を握らない、誰も、ヴィクトルよ何故そう泣いているのか尋ねない――この心は皆と同じく言い知れぬ愛で一杯だ、しかし愛されず、知られないまま朽ちて行く、誰も自分の死、自分の涕泣を止めてくれない――でも、それでもユーリウスよ、クロティルデよ、君達の永遠の幸せと、全く満足した日々を願っている」と言う様が見えた。……すると彼は自制出来ず、目と手を窓枠とに当てて、流れるままにし、何ももはや考えなかった。ががらへびのように喉を大きく開けて、彼と彼のよろめきを眺めていた痛みは今や彼を捉え、飲み込み、ばらばらにした。

柔らかな心よ、君達はこの岩だらけの地上で硬い心が他人を苦しめるように自らを苦しめている――火傷を残すだけの火花を花火の火の輪に変え、花の下では君達にとって尖った葉は茨である。……しかし何故、と私は自分に言う、君は君の友人の心を見せ、治っている人々の遠くの同じような傷を開けるのか。彼に似ている君達よ、答え給え。一人の涙では寂しいのか。空想による苦しみは空想による喜びの一つなので、濡れた目、重苦しい息は素晴らしい時を買える最も簡単なものである。

――気位――優しい涙に対する最良の支柱は――私の主人公の涙を拭き取り、彼に告げた。「君はより幸せな者達に劣ることはない。報われぬ愛でこれまで苦しかったのであれば、幸せな愛は幸せにしてくれよう」。――彼の内と外とは静かで、空は夜であった。彼はエマーヌエルの手紙を読んだ。

「私のホーリオン。

数時間前に時は砂時計をひっくり返して、今や新年の塵がさらさらと落ちている。――ウラノスは我々の小さな地球に世紀を、太陽は年を、月は月を刻む。この諸世界から合成されたコンサート時計から人間は像として、時が告げられると喜んで叫び音を立てて飛び出してくる。

私もあらゆる雲を通じて輝き、高い空の半ばまで燃え上がっている美しい新年の朝焼けの下に喜んで飛び出す。一年経ったら私は別の世界から太陽を見ることだろう。この最後のとき私の心は愛の地上の雲の下で何と沸き立つことか、この美しい地球の父に対して、その子供達と私の同胞に対して、この花の揺り籠に対して、ここで私どもは唯一度目覚め、太陽の許で揺られながら唯一度眠り込むけれども。

私はもはや夏の日を経験することはない、それ故、君のユーリウス[*1]と共にはじめて祈りながら光の雲、調和の中を通り抜け、彼と共に轟く王座の前に平伏して、彼に『永遠と呼ばれる上の果てしない雲には、私どもを創造し、愛し給う者が住んでいる』と言った素晴らしい日——この日を今日私の魂の中で繰り返したい。その日が私のユーリウスとホーリオンの中で消えることがないよう願いたい。

しばしば私はユーリウスに言った、『人間の魂を屈服させるけれどもまた永遠に真っ直ぐに立てる人間の最も偉大な考えをまだ君に与えていない。しかし君と私の精神が最も純粋な日、あるいは私が死ぬ日に、告げよう』と。それ故彼の天使が彼の側に来たときとか、フルートとか戦慄する夜とか嵐が彼を昂揚させると、『エマーヌエルよ、人間の最も偉大な考えを教えて下さい』としばしば彼は私に頼んだものである。

それはある穏やかな七月の夕方だった、私の愛しい友は山の枝垂白樺の下で私の胸に横たわっていて、泣きながら私に尋ねた。『何故今宵はかくも涙が出るのでしょう——エマーヌエル、そうではありませんか。雲から暖かい滴も私の頬に落ちてきます』。——私は答えた。『空では小さな暖かい霧が移動していて、若干の滴を注いでいる。君の魂の中の天使も行ったり来たりしていないか。君は天使を触ろうと手を広げているから』。——ユーリウスは言った、『そう、私の考えの前に立っています。でもただあなたに触れようと思っているのです。天使は地上から去ってしまいました。あの声に憧れています。私の中では夢の形姿が様々に沸き立っています、が眠っているときほど明るい色になることはありません——微笑む顔が私を見つめ、影の腕を広げて私の方にやってきて、私の魂に合図をしますが、それらを心に抱く前に崩れてしまいます——エマーヌエル、あなたの顔もこの私の影の形姿の中にあるのでは』。ここで彼は濡れた顔を熱く燃えて私の顔に寄せてきた、私の顔は影を投げかけて漂っているように彼には思えたのである。一つの雲が天の聖水を私どもの抱擁の上に降り注いだ、私は言った。『今日は取り巻いているもの、今目にしているものによって心優しくなっているにすぎない』。——彼は答えた。『目にしているものを語って下さい、太陽が沈むまで止めないで下さい』。

私の心は愛で溢れ、話しながら歓喜で震えた。『愛しい者よ、地球は今日とても綺麗だ、それで人は心優しくなる——天は接吻しながら愛しながら、父が母の許に安らうように、地に安らっている、そして子供達、花々、動揺する心は、一緒に抱擁して、母親に寄り添っている。——小枝にはこっそりとその歌い手が飛び移り、花には蜂が、葉には蚊と蜜の滴が止まり——開いた萼には、雲から散った暖かい涙が、さながら目の中のように掛かっていて、そして私の花壇には構成された虹が描かれていて、沈まない、——雲に酔ってすべての峰が静かに喜んで立ち尽くしている。——ある西風が、愛の暖かい溜め息よりも強くはないが、私どもの頬の前をささやいて煙る穀物の花の下に吹き過ぎ、種子の砂塵を吹き上げ、次々に微風が舞い、国々の舞い上がる収穫と戯れる、しかし戯れた後はそれらを収める。——愛しい者よ、すべてが愛、すべてが調和、すべてが愛していて愛されているならば、すべての平野が歓喜の一つの萼ならば、人間の中でも気高い精神が両腕を広げて、ある精神を抱き寄せようとするであろう、そして、腕に抱くのが影ばかりであるならば、愛への無限の、言い表し得ない憧れでとても悲しくなるだろう』。——

『エマーヌエル、私も悲しい』と私のユーリウスが言った。

『御覧、太陽が沈んで行く、地球が覆われる——すべてを見て、君に語ることにしよう。……今白い鳩が、大きな雪片のように、輝きながら深い青の上を飛んで行く。……今それは避雷針の金の火花の周りを、昼の空に懸かっている輝く星の周りを行くように旋回している——そして波打ち、沈み、神の墓地の高い花の中に消えて行く。……ユーリウスよ、私の話していることが感じとれたかい。白い鳩は君の天使だったかもしれない、だから今日それが近付くと君の心は溶けたのだ——鳩は飛び上がらない、しかし露の雲は、切れ切れの夏の夜のように、緑を銀色にして墓地の上を移り、花咲く墓に影を投げかけている。……今このような天から落ちる影が私どもの上に漂って、私どもの山を洗っている——短い夜よ、人生の喩よ、走り去って、沈んで行く太陽を長く隠さないでおくれ。……私どもの小さな雲は太陽の炎を受けている。……優しく、穏やかに地球の岸辺の背後から振り返っている太陽よ、世界の母親の目よ、御身は夕方の光を暖かくゆっくりと流れ出る血のように、蒼褪めて沈みながら注いでいる、しかし地球は、花綵に懸けられ、御身に接して、新たに創造されて、盛り上がる力を前に赤みを帯びている。……ユーリウスよ、聞くがいい、今庭は響いている——大気はうなり——小鳥達は叫びながら交錯し——突風は大きな翼を広げて、森に打ちかかっている、聞くがいい、私どもの太陽が別れて行くという合図だ。……ユーリウスよ、ユーリウスよ』（と私は言って彼の胸を抱いた）『地球は大きい――しかしその上に安らう心は地球よりも更に大きく、太陽よりも大きい。……心だけが最も偉大な考えを考えるのだから』。

突然太陽の死の床は墓地のようにひんやりとなった。高い大気の海は揺れ、広い奔流が、その床に森は押しつけられていたが、空の太陽の軌道を逆にうなって行った。自然の祭壇の山は、大きな喪のときのように黒く包まれていた。人間は霧の穹窿によって地球に閉じ込められ、天と別れていた。穹窿の足許には透明な稲妻が走り、雷が三回黒い穹窿に轟いた。しかし嵐が起こり、それを引き裂いた。嵐は砕けた牢獄の破片を青い空に飛ばして、細かな水蒸気を空から投げ下ろした――しばらく嵐だけが空の地球の上を、まばらな浄化された平野を通ってざわめいていた。……しかしその上では、引きちぎられた帳の奥では最も神聖なもの、星空が輝いていた。――太陽のように人間の最も偉大な考えは空に昇った――私の魂は空を見ると押し付けられ――地球を見下ろすと高められた――

無限な者は空ではその名前を輝く星に蒔かれたからであり、地上ではその名前を穏やかな花に蒔かれたからである。

『ユーリウスよ』と私は言った、『今日は幸せであったかい』――彼は答えた。『泣くことより他には何もいたしませんでした』。

『ユーリウスよ、跪きなさい、そして邪悪な考えを遠ざけなさい――私の声が震えるのを聞き、私の手がおののくのを感じなさい――私は君の横に跪く。

私どもはここの小さな地球の上で無限を前に、測りがたい私どもの上に浮かぶ世界を前に、輝く空間を前に跪く。君の精神を高め、私の見ているものを考えるがいい。君は、雲を地球の回りに追い立てている突風の音は耳にする――しかし地球を太陽の回りに追い立てている突風の音、それに太陽の背後にあって、太陽の炎と共に奈落にある隠れた万有の回りに太陽を導いている最大の突風の音を耳にすることはない。地球から空《から》のエーテルに歩み出るがいい。ここに漂って、地球が空飛ぶ山へと小さくなり、六つの他の塵埃と共に太陽の回りを戯れているのを見るがいい――飛び去る山は、それには丘[*2]が後を追っているけれども、君の前を通り過ぎ、陽光を受けて上昇したり下降したりする――それから、丸い、輝く、高い、結晶した諸太陽で出来た穹窿を見渡すがいい――その穹窿の裂け目からは測りがたい夜が覗いていて、そこには輝く穹窿が懸かっている――君が数千年飛んだとしても、最後の太陽に達しない、そして偉大な夜の外に出ることはない――君は目を閉じて、ある考えと共に奈落の上、視界全体の上に身を投ずる、そして再び目を開けると、魂の周りを考えが回るように、新たな、上がったり下がったりする諸太陽の明るい波の奔流や、諸地球の暗い滴の奔流が君の周りを回り、新たな太陽の列が再び東からと西からと並び、新たな銀河の火の輪が時の流れと共に回転して行く――そう君を無限の手が空全体から押し出すといい、君は振り返って、目を色褪せて乾いて行く太陽の海に釘付けにし、最後に遠くの被造物はわずかに青白い静かな小雲として深く夜の中に漂い、君は自分一人だと感じて周りを見渡す――――同様に多くの太陽と銀河とがあちこち揺れていて、青白い小雲はまだその間にもっと青白くなって懸かっていて、輝く奈落全体の外ではただ青白い静かな小雲の群だけが移って行く。――――

　ユーリウスよ、ユーリウスよ、回転していく火の山の間には、奈落から別の奈落へと投げ出される銀河の間には、一つの花粉が揺れているが、それは六千年経ていて人類から出来ている――ユーリウスよ、私ども皆の心から出来ているこの揺れる花粉を誰が見ていて、誰が案じているだろうか。――

　一つの星が今落下した。星よ、地球の大気に引き付けられて、喜んで落ちるがいい、地球の上の星々もおまえのように遠くの墓地によろめいて落ちていく――岸辺がなく底がない宇宙の海がここでは流れ出し、かしこでは干上がっていく。蚊の地球は陽光の周りを飛んで光に落ち砕かれる。ユーリウスよ、蚊の上のひらひらと飛ぶ埃を、発酵し、緑に茂り、荒廃する混沌の最中で誰が見ていて維持してくれるだろうか。ユーリウスよ、いかなる瞬間にも一人の人間と一つの世界が壊れていったら――時が彗星に移って、火花のように消滅し、炭化した太陽を砕いたら――銀河がただ逆行する稲妻のように大きな暗闇から出て行ったら――ある宇宙が次々に奈落に引きずり込まれたら、永遠の墓が決して一杯にならず、永遠の星空が決して空にならなかったら、愛しい者よ、私ども埃からなる小さな人間を誰が見ていて維持してくれるだろうか。御身善き者よ、私どもを保ち、御身、無限の者、神よ、私どもを、創り、見つめ、愛し給え。――ユーリウスよ、精神を高め、人間の最も偉大な考えをつかむがいい。永遠が存在し、測りがたいものが存在し、夜が始まる所、そこでは無限の精神がその腕を広げ、それを大いなる落下する万有の周りに置き、万有を運び暖める。私と君とすべての人間、すべての天使、すべての虫はその胸に安らう、そしてざわめき鼓動する諸世界の海、諸太陽の海はその腕の中の唯一人の子供となる。この精神は海を通して見つめ、その中には地球で一杯の珊瑚の樹が揺れていて、最も小さい珊瑚に虫が付いているのを御覧になる、それが私である、精神はこの虫に次の滴と至福の心と未来と彼にまで至る目とを授け給う――そう神よ、御身にまで、御身の心に至るまでの』。

言いようもなく感動して泣きながらユーリウスは言った。『愛の精神よ、御身は私哀れな盲人も御覧になる――私の魂が一人っきりのとき、お出で下さい、暖かく静かに私の頬に雨の降るときに、そしてその上私が泣き、言いようもない愛を感ずるときに。御身偉大な精神よ、今まで思い愛してきたのも御身のことでした。――エマーヌエルよ、もっと多くを、その考えとその始原とを話して下さい』。

『神は永遠で、神は真理で、神は神聖である――神は何も有せず、一切である――心全体で捉えることが出来るが、考えで捉えることは出来ない。神は私どもが神のことを考えるときにのみ私どものことをお考えになるのだ。――人間の中のすべて無限なもの、捉えがたいものはその反映である。しかし戦慄してもそれ以上考えてはならない。被造物は太陽と精霊から織られているヴェールとして無限な者の上に掛かっている、そして永遠はこのヴェールの前を通り過ぎ、それが覆っている光輝からそれを引き離すことはない』。

黙って私どもは手に手を取って山から降り、私どもの考えの声に聞き入って突風の音を耳にしなかった。私どもの小屋に着いたとき、ユーリウスが言った。『人間の最も偉大な考えをいつも考えることにしよう、フルートを吹きながらも、嵐のざわめきの中でも、暖かい雨が落ちてくるときにも、そして涙を流すとき、あなたを抱擁するとき、死の床にあるときにも』。そして愛しい私のホーリオンよ、君もそうし給え。

エマーヌエル」。

卑小な地上の悲しみ、卑小な地上の考えは今やホーリオンの魂からは消えていた、そして彼は、満天の星空に祈りの眼差しを向けた後、眠りの手に引かれて夢の国に入っていった。――我々も彼を真似て、今日は何もないことにしよう。――

＊1　ユーリウスは十二歳のときはじめて盲目になった、それ故視覚のイメージはある。
＊2　月を従えている惑星。

第二小冊子の終わり

# 第三小冊子

# 第二十六の犬の郵便日

三つ子——ツォイゼルと彼の双子の兄——上昇する髪——悪事の打ち明け話し

コヴェントガーデンで悲劇の為に泣いたら、その後に演じられるエピローグに残ることだろう、これには笑わざるを得ないけれども。ただ悲劇の場合にのみ喜劇への小道は通じていて、英雄歌謡の場合はそうではない。要するに人間は軟化した後笑えるのであって、高揚の後ではない。それ故多読家が第二十五章の後すぐにこの章にとりかかるのを私は許すことは出来ない。読者がどんな読み方をするか見てみれば——つまり書くときの五倍も惨めに、とりとめもなく、脈絡もなく読まれるか——（単に熱意のことを言っているのであって、知識は読みながらおのずと消えてしまう、著者の筆は読者の生気を、ポンプ胴が水をそうするように、ある程度の高さにだけ引き上げられるだけである）——最良の箇所で二頁を一度にめくられ、あるときは二つの別様な章が片付けられ、あるときは一回座れば済むはずの一章が四週間経ってやっと読み終わることになること——このような古典的読者はしばしば訪問の直前や、髪のカーラーを巻きながら、あるいはそれどころか焦がしながら、あるいは髪を梳きながら（髪は最も崇高な章に髪粉をかけることまでして）この章を読むこと、あるいは感動的章を部屋中がみがみ言いながら読むことを自ら見てみれば——そして大抵のシェーラウ人、フラクセンフィンゲン人はこのような読者であって、ただ、すべての本と男性に命中する術を心得、自分が読むものとは結婚するものとは同じことである女性の読者だけがそうではないことを考えてみれば、——またこのような読者に対しては本の為に支払わなければならない数文の金すら感動的で崇高な章を享受させる力はなくて、ましてやこの長い複合文がそれを強いることは出来ないという悲しい考察までしてみれば、ドイツの読者は幸せと讃えざるを得ない、ドイツの読者を育てているのは、七面鳥と同様に白いのが最良であるようなそのような作品であるからである。

ウィーン雑誌もこのような七面鳥であって、私は先週夢の中で、私の犬がそれに寄稿していると考えたので、それで私の迷妄を取り消すことがここで必要であろう。私は――（通信の犬も同じようにホーフマンと言うので）[*1]――この犬が全く犬の皮にくるまった変装した教授であるという夢に気付かなかった。「実践的雄弁」の教授が犬の形で世間に印刷物を運んで来るということには、かつてパリである男が密輸の品と共にプードルの皮の中に自らを縫い込ませ、偽装して門を通り抜けようとしたことがなければ、思い付かなかったことだろう。両者の不似合いな大きさからだけでも、どんな時か知り得たことであろう。しかし私は馬鹿げた夢を見続けて、犬を本当に試しながらつねり、触っていると、この変装の下に私の捜していた教授が自らドアの所から現れた。彼は早速すべての誤解を解いたが、しかし私は、さながら彼に償いをしようと、このことをすべて明るみに出して、その上になお彼の協力者、つまり毎月卵を孵す鳩となる罰を自分に課した。……それで多くの人が本当にウィーン雑誌に（初版ではただ夢を見ただけであると言うのを忘れていたので）私の論文を捜したそうである。そんなこと考えられるであろうか。

我々は我々のヴィクトルに全くの悲しい推測をさせたままにしていた。今や彼はまたこうしたことすべてを証明するある出来事を前にしている。

事件の中心にいる薬店主のツォイゼルを伝聞だけで知っている人は、彼が兎の足［小心者］であることを知っている。この足は――兎と悪魔とは皮をすべて剥がれても、まだ足を持っているもので――宮廷の紳士に食べられてしまうこと――笑い者になることが、好きであった。身分の高い者が彼を虚仮にすると、慎ましくしておれなかった。高貴なマッツはそれ故しばしば彼の慎ましさを奪った。マッツに対しては彼はフラクセンフィンゲン人のようにすべて我慢できた、ヴィクトルに対しては何も我慢できなかった。それはただ、ヴィクトルの諷刺が一般的で、適切で、改善の為であったからと説明できる。人間はしかし諷刺よりも誹謗を、警告よりも中傷を、正統派や貴族に対する詭弁よりも嘲笑を大目に見るものである。[*2]――にもかかわらず、ツォイゼルは今回もまたマチューから愚弄され、狐胴上げをされたけれども、彼はそれを大目に見ようとはせず、そのことで手痛風を得た。

つまり四月一日の直前のことで――多くの者が年に三百六十五日の四月一日を得ているが――青年貴族が薬店主をかの四月の日に送り込んだ。聖リューネではすでに三人の湯治客、飲酒客が着いていた、三人の若い荒々しいイギリス人で、三つ子と称していたが、しかし一緒にではなく、単に順を追って生まれた兄弟と思われた。ただ魂だけは公共心と自由の精神の三つ子と見えた。彼らははなはだ共和主義的で決して宮廷には現れず、どのイギリス人もそうであるように我々皆を（私と読者と雄弁の教授とを）キリスト教徒の奴隷と、解放奴隷を憲兵の手下と見なしていた。類似する心の魔力でやがて参事官のフラーミンは彼らのデカルト的［太陽の周りの］渦に巻き込まれた。一週間もしないうちに、彼と共に彼らは牧師館にクラブを作った。彼は復活祭には彼らの同郷人ゼバスティアンを連れてくると約束した。そして高貴なマチューを最初に早速同道していた。マッツの自由の樹は単に諷刺の茨の茂みであった。彼の諷刺は原理の代わりとなった。自ら角と牡山羊の足を持つ悪人、つまりサチュロスに乗られている一人の三つ子だけが、噛みつく福音史家、偽りの自由の使徒を我慢することが出来た。快活な明るい頭の中では他人の機知、電光石火の言葉はどれも一層輝くからであり、螢が酸素の中では一層明るく光るようなものである。

マチューが牧師の御者、イギリス人達の雇われ従僕、ふいご踏みのツォイゼルを――薬店主の双子の兄弟を――見たとき、彼は私が語ろうとしていることを思い付いた。薬店主は周知のように実の兄のことを恥じていた、彼が単なるふいご踏みであって、音楽の風の他には何の風も起こさなかったからであり――更に内の耳が悪く外の耳は全く聞こえなかったからである。しかし彼は後の事に関しては裁判上の証言があって保証されていた、それによると彼は彼の難聴を助けてやろうと思っていたある湯治客によって耳介を失い、これは恥じるに及ばないとされていた。しかし彼の頭が彼の耳であった。棒を話者かその椅子に当てると、あるいは自分の丁度頭上で説教されると、彼は十分に良く聞いた。ハラーは同様な例を述べていて、例えば、いつも長い杖を演壇に敬虔さの梯子、小橋として当てていたある聾者について述べている。彼を封土の従者としてよりも最高の国家の従者に就けることになる聾はまさしく他の候補者達に対する勝利を彼にもたらした、兄カトーにとって――そう陽気なイギリス人は自分を称していたが――彼のおかしな姿勢が気に入ったからである。

高貴なマッツは、彼の心は彼の髪や目と同様に暗い色をしていたが、三つ子を釣竿に餌として掛けて、薬店主を自分とフラーミンの腕の中に入れて聖リューネに連れて来た。ツォイゼルは喜んで出掛けて、自分を待ち受けている不幸、つまり兄のことは予想していなかった、兄とはすでに何年も前からある確かなものと引き換えに人前では知り合いの振りはしないと取り決めていた。ふいご踏みはいずれにせよ素朴に、ツォイゼルのような高貴な男が自分の弟とは思わずに、遠くから静かに彼を敬っていた。ただ、愚直な辛抱にもかかわらず、一つの件だけは我慢ならなかった、それは薬店主が長男と称することである。「わしが」と彼は言った「四分の一エレだけ高く、四分の一時間だけ年上ではないか」。彼は長子相続権を売ることは聖書で禁じられていると誓った――そうなると、愚かに我慢していることが出来なくなった者すべてがそうであるように、もはや始末に終えなかった。

　薬店主は兄がいることに最初驚いた後、誰も兄弟関係について知らないことに気付き満足した。彼はそれ故それに倣って、他人同様に冷たく兄の給仕に飲み物を頼んだ。ふいご踏みは、弟が上から命令を下すよう頭を下に曲げて、驚きながらかつ真の敬意を抱いて自分の縁者の足の上の銀の格子門と足枷、それに時計の鋼の花綵のその腰の剣帯とを眺めていた。ツォイゼルは――青年貴族が信用の置ける者であれば――イギリス人達に対して、あくまでしらを切って尊者がかがんでいるのを宮廷人に対する過度のへつらいと見なしている振りをしたかったであろう。そうしたら付け加えていたことだろう、身分の低い者達に対するオピストトヌスは身分の高い者達に対するエムプロストトヌス[*3]と同じ痙攣である、と――しかし、すでに述べたように、青年貴族は信用ならなかった。

　イギリス人達はしかし尻の彼の財布を含めこの阿呆にはほとんど気付かず、単に何を欲しているのか不思議に思った。彼らの共和主義的炎はフラーミンの炎と共鳴していて、青年貴族は彼らをフランス人、フランスの宣伝の為の旅の従者、回状の使者と見なしかねないところであった、馬鹿者だけがこれを試み、信ずると思っていたのでなければ。マチューは洞察力はあったが、原理はなく――真理はあったが、真理への愛はなく――感情を伴わない洞察力――目的のない機知を有していた。彼は今日はただ、擦過弾を放って、薬店主が絶えず、何らかの観念連合で自分の注意がそこの兄に及ぶのではないかと不安を抱くよう目指していた。それで幸いなことにたまたま皮肉に親族推挽主義を擁護して哀れな小心者を「ラルデされた兎」の拷問にかけることになった。「教皇や、大臣達は」（と彼は言った）「重要なポストを誰彼にやるのではなく、ほとんど一緒に育っているので十分に吟味してある男性、つまり血縁の者に与えます。彼らは余りに倫理的に考え、昇進の後自分の親族を見捨てることはありません、宮廷を、地獄に堕ちた縁者を尋ねることのない天国とも思いません。大臣は駝鳥同様に多くを消化できますので、駝鳥同様に縁者で一杯の卵を太陽の前の砂に置いて、その栄達を偶然に任せるようにしないと不思議に思われます。しかしこれほど真の親族推挽主義と相容れないものはありません。いや駝鳥自身夜とか比較的寒い土地では自ら抱卵し、太陽の方が一層良く孵化する場合にのみこれを止めます、それで影響力のある男も、功労が大いに欠けて必要という場合にのみ自分の従兄弟達の為に配慮します。倫理で親族推挽主義や友情を縛ってはなりません。しかし何の倫理的束縛もなしに自分の系図で王座の段の大半を占めることになったら、その功績は一層偉大なものとなります」。この諷刺的鉱毒煙と湯気の所為でイギリス人達は彼に好意を抱いた、殊に煙は貴金属を、つまり父を大臣に持つ息子における至高の公平さを前提としていたからである。

　薬店主は晩餐を切り刻んでいた――マッツは肉切りボーイの旗手となるよう彼に頼んでいた――それで彼の友人は彼が大きな七面鳥をフォークに刺して、空中に上げて、蒼鷺が魚をそうするように、かつまたイタリア風に砕くのを待っていた。それから高貴なこの男は分割された七面鳥を経、ポーランドを経、選立君主国［ボヘミア、ハンガリー］を通り、相続君主国［オーストリア］に達し、そこで静かにしていて、全く当然ながら最初の偉大な独裁者が自分の息子を王座の後継者としたものであろうと意見を述べた。「それで自分はしばしばフラクセンフィングンの射的会では、父親が射落とした王冠や王笏をもって飛び回り、それを投げて遊ぶ子供達を見て喜んだものです」と。――聾者はテーブルに止めた彼の計算竿と点火杖とでクラブの全員と最も自由に関係し、彼の弟が引き切り、摑んで働いている様を見守っていた。肉切り人を愛していたが、しかし真理をもっと愛していたマチューは王座の長子達についての思弁を止めることが出来ず、少なくとも君主の家では、民衆の間ではそうはいかなくても、選択は自由であるべきだと勝手に述べた。「今では私どもはユダヤ人のようにすら考えていません、彼らは半獣の奇形児にはまだ長子の権利を認めていますが、全くの獣の奇形児には認めていません」[*4]。――ふいご踏みは棒のファロピオの卵管[(2)]によって長子についての新たな考えをはらまされた――彼の弟は不安で空中のインドの雄鶏よりも一層砕かれた。――福音史家は更に続けた。「ユダヤ人の間でも最初に生まれた家畜だけは、犠牲にすることが許されないので、最良の餌を貰い、神聖なものとして傷つけられません――残りの家畜は下の息子達という訳です」。……――突然彼は微笑みながらお世辞を言った。「ここで七面鳥と格闘されている私の友人だけは私の主張の最も幸せな例外で、そこの棒を持つ彼の兄弟殿は最も悲しい例外であります。しかし双子であって、彼は単に聾者よりも十五分年長にすぎません」。彼は遠慮なく棒を当てている者に、その顔はすでに戦闘への動員がなされていたが、向き直って言った。「十五分年長なんだろう」――「何と言われようと」（と彼は言った）「それはわしのことだ、弟は何と言っているかな」。――薬店主は、フォークの被除数を、それはすでに切り落とされた商によって軽くなっていたけれども、力なく垂らさざるを得なかった。ふいご踏みはちらとすべての顔を眺めて、皆が黙って信じられないという顔をしているのを悟った、青年貴族が冷たく請け合うので一層はっきりとそのように窺われた。「ご冗談は」――ツォイゼルは小声で言った――「誰にも面白くないでしょう」。ふいご踏みは小声の抗弁をその長い耳骨で聞き取ることが出来ず――自分の裁判と長子権をどのように主張していいか分からず――それで彼は自分の証明を始め、四つの長い呪いと同数の論理学の推論を引き出して、頭を弟の下にかがめた、弟がその上に自らの弁護文を載せるようにする為であった。長子のことではなく、彼が兄弟であることをただ不確かなものとしておきたかった薬店主は、それに彼の称号に対する疑念の所為で話しかけたくなくて、マチューに頼んで言った。「その通りと言って下さい、今まで何の話しをしていたか知らないようですから」。――すばやく、脈絡もなく、しかし信じがたい表情で青年貴族は言った。「その通りだそうですよ」、そして注意をそらそうと見せかけて、付け加えた、「いやまことにお若く見える」。――「何だって」（と彼は激して答えた）「ここのがもっと若いのだ。わしの後にこれは煙草入れの姿をして縮み上がって生まれたのさ――わしから落ちた乞食屑[*5]で、撚り合わせられ、綯い合わせられてな」。ふいご踏みは頭の塁壁で今やすべての大砲を発射させた、彼の血縁の者の渋い顔、毒のある眼差し、聞き入れない態度に立腹して。彼はそこで親指と小指とを広げて、それをコンパスの脚のように自分自身の顔に当てて測った。それからこの二つを血縁の者の顔に尺度として置いて――人間は顔の長さの十倍なので、相手と自分の顔とを比較してその違いから簡単に身長を割り出そうとした――しかし薬店主はよろめいた、そこでふいご踏みは親指を全く間違って頬に当てた。このとき柔らかい頬に入り込もうとしていた親指を何か硬い丸いものが押し上げて、指が頬を下に滑っていくと蠟の球が口から飛び出た、これは薬店主がしわくちゃの頬にパッドのように裏地としたものので、顔の象眼細工を浮き彫り細工に変えるものであった。飛び出した球は九柱戯の球のように薬店主を投げ飛ばした、つまり彼の平静さを奪い、今や彼の禿頭の話しに移ろうとしていた聾者に向かって目を光らせて彼は言った。「何たる無調法、この兄がまず仕付けてやろう」。しかし送風器踏みがすでに禿頭の博物学に及んでいたので、急いでツォイゼルは、宮廷医師のホーリオンが彼を待っていると弁解を述べた。イギリス人達の中の最も真面目な男が彼に近寄って言った。「ドクトルによろしく、医師は名医なので、私の名において、自分は大変な――阿呆だとお伝え下さい」。

彼が村から出ると、送風器踏みには亡命者が気の毒に思われ、禿頭の話しをやめようと思った。福音史家はそこで彼を、怒った双子の弟をつかまえるよう送り出して、代わりに自らその話しの糸を引き継いだ。即ち宮廷が芝居に出掛けていないある晩のこと宮廷薬剤師は（何故かは分からないが）第一等の桟敷の一つからそのおかしな顔を覗かせていた。マチューは、当時はまだ小姓であったが、ふいご踏みを彼の鬘の頂点に、つまり丁度彼の上の天上桟敷に連れて行った。送風器踏みは上から目に見えない馬の毛に小さな鉤をつけて垂らした、鉤は私が理想の髪と思う豊かな鬘の上に猛禽類のように引っかかった。鬘は、巻き毛と前髪のとうに抜け落ちていた頭から、本物の苗株として生育しているように見え、誰もそれを養子の毛皮とは思っていなかった。ふいご踏みは鉤を鬘の上で、それが前髪にくい込んでいると確信が持てるまで振り子のように揺すった。早速彼は自分の両手を車力のウィンチのように使って、（霜が他の作物をそうするように）髪全体を根こそぎ持ち上げ、ゆっくりと弁髪の鬘を上昇する髪のモンゴルフィエー氏軽気球のようにつり上げた。一階観客席と主役の色男、燭剪係はびっくりして氷塊となった、尾の付いた彗星がまっすぐに天井桟敷に昇っていくのが見えたからである。自分の頭が軽くなって冷たい風が吹き付けるのを感じた薬店主のわずかな生来の髪も驚愕の余り、人工の髪のように逆立った。彼が禿げた頭頂部と共に向き直って、彼の髪の聖十字架称賛式を眺めたとき、彼の双子の兄は（発見されないよう）、天のベレニーツェの髪［エジプトの女王がアフロディテに捧げた髪、神殿から抜けて星となった］に倣おうとしていた毛製の隕石を彼の鼻先をかすめて人々の間に落としてしまい、平然と、天井桟敷の全員同様に天底の南中を見下ろした。――――

我々の話しの間双子は互いに殴り合っていた。長子の二等賞は外の、夜に覆われたフラクセンフィンゲンの道で絶えず叫んでいた。「薬店主殿」。返事が聞こえなかったので、何か話していないか何にでも聴診器を当ててついてみなければならなかった。やっとその捜査の旅は長子にぶつかり、許しと返礼を請おうとした。しかし薬店主は沸き返っていて、ふいご踏みがその返事を聞こうと頭を下げると、手を試射して、それを撞木のように下に置かれた頭の矢状縫合に当てた、それで鐘形潜水器は立派な音を出した。薬店主は自分が十分に理解され、時間が与えられていたら、この石切りハンマーで聾者の頭の縫合を大いにずらしたことであろう。しかし自分の兄が邪魔した、彼は彼の頭を——鬘が頭に固定されていたときには、ふいご踏みは自分の指を飾りピンとして人工の髪に突っ込み、そうして彼を操ったであろうからで——灌木のように押さえ込み、聴診器を第二の背骨として双子の弟の第一の背骨の上に強くかつ慎重に当てたので、聴診棒の他に複雑な骨折を蒙ったものはなかった。——それから彼はおやすみと言って、間違わないよう左へ左へと行くように命じた。

この話しがかくも多くの枚数になると分かっていたら、うっちゃっていたことだろう。翌朝ずうずうしいマチューは受難者の許に訪れた、この者の手は今や怒りで熱くなった手痛風に罹っていた。彼は——ずうずうしいとの非難に対してはいずれももっと大きなずうずうしさで応えていたので——手痛風の手を新たなだしに使われる手先として、火中の新鮮な冗談の栗を拾おうとした。しかし薬店主は、その心は小さいだけで決して黒くはなく、はなはだ侮辱を感じた、そしてマチューが、彼の嘆きを笑いながら、そしてそれについて黙しながら、彼の許を、何の弁解もしないで去ると、手痛風者は、彼を——再び我々は阿呆を得ることになるが——倒そうと誓った。

ヴィクトルよ登場願いたい、このような阿呆の兄弟よりも、もっと美しい魂に憧れる。——我々の誰一人として、何の伝記上の日か分からないほどに漫然と暮らし、読んでいる者はいない。すなわち復活祭の一週間前で、ツォイゼルは病床にあり、クロティルデは聖リューネへの途上にあった。——フラーミンは我々のヴィクトルに病のツォイゼルとの冗談をそっと伝えた。これは全く彼の気に入らなかった、反気鬱法とか笑っていいとも文庫あるいは印刷された冗談の口頭の語り手——すべての社交家の中で最も気の抜けた連中——これらには反吐を催した。彼は二人の阿呆の間で追猟をすることは出来なかった。ただこのような戦争画の草案だけは彼の気まぐれ心をくすぐったが、しかしその実行はそうではなかった、スモレット（この名手）の喧嘩の場面を読むのは好んだが、実際に見たいとは思わなかったようなものである。他人の体は肉体の洒落、手の落ちですら彼は取るに足りぬと見なしていて、これは私が無言の機知（無言の罪とあるように）と命名したく思っているもので、諸小都市のアテネの塩［洗練された洒落］なのである。というのは、真の機知は、キリスト教同様に言葉ではなく作品の中に表れなければならないと愚考するからである。彼は我々の愚行を寛容な目、諧謔的空想、一般的人間の道化に対する永遠の思考、それに憂鬱な結論をもって眺めていた。ツォイゼルが自らをどの貴族にも貸し動物として、貴族に殴られて返されるまで、長く提供する、これはパリで抱き犬を散歩の為に借り出せるようなものであるという悪しき点を例外とすると、彼の虚栄心には、殊に他の場合は善良で、気前が良くて、しばしば機知的ですらあって、反対すべきことは少なかった。ヴィクトルほど虚栄心や気位を好んで耐える者はいなかった。「人間は阿呆でなかったら」（と彼は威勢良く言った）「何の得るところがあろう、あるいは卑下する心をいつやめたら良かろう。自分達のことは余りに良き者かあるいは何にも値しない者と考えなければならない」。

ヴィクトルはそれで家主に友情の訪問と医師としての訪問とを同情しながら行った。この思いにほだされ薬店主は医師を得てマッツに敵対させようという名案に取り憑かれた。「この為には」（とツォイゼルはツォイゼルに言った）「シュロイネス家が彼に対して為している策謀を教えさえすればいい、私がいなければ彼は十分に企むことが出来ないのだから」。というのは彼はそもそも犬の郵便日の主人公を――喜んでこの主人公は甘受するだろうが――少しばかり愚かであると思っていた、それは単に彼が善良で、諧謔的で、すべての人に打ち解けていたからであるが。実際大きな世界の生活は彼に精神的肉体的敏捷さと自由とを、少なくとも以前よりは大きなそれを与えていたが、しかし自分の父や、大臣、それにしばしばマチューにすら感じていたある種の外的威厳を、決して良くは、もしくは長くは真似ることが出来なかった。自分の内部により高い威厳を持っていることで満足していた、そして地上で真面目であることをほとんど滑稽に、気位高く見えることをくだらないことと観じていた。まさにそれ故にヴィクトルとシュロイネスとは互いに我慢ならなかったのかもしれない。才能のある一人の人間と才能のある一人の市民とはお互いに憎み合うものである。

薬店主に、シュロイネス家の盲蜘蛛の網のすべての糸を描かせる前に、何故ツォイゼルはこの点についてすべて承知していて、ヴィクトルはかくも盲なのかただ説明したい。ヴィクトルがそうなのは、喜んでいるときどうでも良い劣悪な人間のことを推し量ることは全くなかったからである。彼はそもそも極楽鳥のようにいつも天上を、汚れた大地から離れて漂い、そしてすべての極楽鳥がそうであるように羽が薄くていつも風に逆らって飛んだ。それ故彼は、コネがなくて、口伝えの宮廷新聞を、すべての護衛兵、小姓の従僕、火夫がすでに盗み読みした後にはじめて得たり、――しばしば全く得ることがなかった。――薬店主はその逆であった、目は悪かったがもぐらの良い耳を持っていたからで、彼の同じような心の針穴写真機には同類の策略の図がより簡単に写ったからである。その上彼は長い聴診器を――二人の娘を――会議室に、あるいはむしろそこから出て来る彼女達の恋人に当てて、その管から、私がこの伝記の第三小冊でまことに都合良く利用できる多くのことを聞き取っていた。――この男はそうであったが――内容への関心なしに情報だけを、実物なしに身上書だけを追い求めようとする者、学識ではなくて、すべての偉大な学者と――政治ではなくてすべての偉大な政治家と――戦争への愛を持たずにすべての将軍と個人的にまた書面で知り合いになろうとする人々がいる。

多くの洗練された読者はすでに先に述べたことからツォイゼルが今打ち明けようとしていることについて見当が付くかもしれない。私は薬店主の叙述を次のように縮める。

「大臣は以前決して侯爵の気を引くことが出来ず、めったに家に招ずることはなかった。時折彼の気に入りそうな娘との結婚を進めようと諦めたわけではなかった。しかし婿殿の様々な関心の為いつも彼にとって不都合なこととなり、あるいは閣下の（卿の）影響もあった。それ故、彼がより弱い側に、つまり見捨てられた侯爵夫人の側に付いたということは、彼女はいつでも何程かの人物であり、イタリア式手管を単に隠しているにすぎないのかもしれず、非難されるべきことというより弁護されてしかるべきことである。情熱的な侯爵夫人を、マチューを通じてシュロイネス家につなぎ留めようとするのは全体としては間違っていない、その家では彼女の外的美徳の荘重さに従って遠慮しているが、一方では青年貴族を通じて夫の冷淡さを慰めて居る」。……

読者が最悪のことを思い浮かべたら、ヴィクトルの信じようとしない硬直と呪詛を理解出来よう。しかしツォイゼルにまずは最後まで話させた。

「幸い宮廷医師殿のしばしばの御来駕の栄を賜ることになった。そこでシュロイネス家は万策を尽くして度々来訪されるよう働きかけることになった、殊に侯爵も同伴されるからである。これについては良き手のあらゆる導きを御存知であろう」。……

ヴィクトルは、ツォイゼルが礼儀上黙っていること——ヨアヒメに対するほのめかしを察した。「奇妙なことだ」と彼は考えた、「父上もほとんど同じことを書いている。——しかし何という意図のもつれか。自分が侯爵夫人のことを考えて大臣を口実にしていると、大臣は侯爵のことを考えてこの自分を口実としている」。——私が口を挿まなくても、悪しき人間は善き人間を愛情から求めることは決してないこと、ヨアヒメの心は大臣の手の中の餌でしかないことは彼は知ることになっただろう。しかしいつも空想の翼を広げている詩的な人間は雲雀のようにその広げられた翼の為に、そうでなければ容易に滑らかな鳥の体が滑っていくと思われる極めて大きな目の網にすら引っかかってしまうのである。——なお一言述べると、何故ヴィクトルは最良の人間、クロティルデや彼の父親等に対しては最良の社交家よりももっと洗練された、礼儀正しい、美しい振る舞いをしたのか。そして平凡な劣悪な人間に対してはいかがわしい態度をとったのか。何故か。——彼は万事愛着と敬意から為し、利己心と模倣とからは何も為さなかったからである。社交家はこれに対しいつも同じ振る舞いをする、他人の功績に従ってではなく、自分の意図に従って象るからである。それ故彼の父は島での処世訓の中で——これらはそもそも彼の失敗や事件についての繊細な秘かな予言であったが、次のことを加えたのである。大抵愚行を犯すのは自分の尊敬していない人々の許にいるときである、と。

「クロティルデは侯爵の気に入っているので、このマチューは、すでに数年前に求婚したことがあるが、彼女をものにして、そうして更に重要なものを手にしようとすることだろう」。

何てことだ、とヴィクトルは全身で叫んだ、今やっと、クロティルデよあなたの心を苦しめている荊冠のすべての棘が分かった。

「マチューは、現在の見込み（不義の見込み）をもっと早く手に入れていたら、つとに結婚申し込みを進めていたことだろう。ひょっとしたらマチューも彼女の兄の帰還を（フラーミンのこと、彼女の遺産が減少する）案じているのかもしれない、彼の妹（埋葬されたジューリア）の死で少しばかり彼の分は増えているけれども。侯爵夫人がクロティルデを愛しているのは、マチューとの彼女の結婚に関心があるからである。しかし本当に結婚ということになったら、これは有りそうだが、マチューは乱暴に侍従を脅しかねないからで」……（弱者に対して乱暴で、しばしば同一人に対して手荒かったりまた上品であったりするのが福音史家の特徴であった）——「そうなったらマチューとイェンナーはお互いに赦し合うようになるだろう。友情の絆は一度に四人の間で様々な蝶結びをすることになるだろう。この四重の鎖はもう誰もちぎれずに、すべてはとんでもないことになるだろう。この結節が結ばれるのを妨げることのできる唯一の機械仕掛けの神は——宮廷医師殿である。彼にはル・ボー殿は娘をいやとは申されまい、彼女を宮内女官の職に推挙なされたのだから——『このことが当時の、そのころはまだはっきりとご説明出来かねなかったのですが、まさに私の本心でありまして、これを貴方は推察なさると共に実行なさいました』——それに御子息の運命は（フラーミンのことで、一般にはまだ行方不明と思われていた）父上閣下の手にあるのだから。更に彼は（ドクトルは）これまで侯爵夫人の寵愛を得ていて、クールペッパー医師より優遇されているから、夫人を得ることも疑いない。クロティルデとアニョラを失ってシュロイネス家は羽がもぎ取られることだろう」。

ならず者めとここでフラーミンなら呪ったことだろう。しかしヴィクトルは、この倫理的羽箒に値するのはただ人生全体だけで、決して一つの行為ではないと信じ、悪人にははなはだ寛大であったけれども、悪徳には少しも我慢出来なかった彼はしかしここで予想されるよりも激して言った。「善良な侯爵夫人よ、ドイツの蠍達があなたの心の周りに巣くっていて、刺して傷つけ、香油として毒を傷に注いで、決して癒えることのないようにしています。——悪質な、悪質な中傷だ」。ヴィクトルは自分の友人達を余りに威勢良く称え、擁護した——それもその逆の傾向からであった。というのは自分の名誉の場合、自分の良心の表彰状を世の諷刺画に対して平然と黙って対置していて、それで友人達の名誉も自分の名誉同様に冷たく擁護するのが彼の性向であったけれども、しかし（しなくても良いと思いながらも）極めて熱くなってそうすることが良心に対する務めであった。

ツォイゼルの宮廷風の勝ち誇った微笑は第二の中傷であった。この間抜けはヴィクトルを本件の文字盤のあるいは時計の歯車と見なし、自らを振り子と見なしていた。それ故ヴィクトルは憂愁と気位の混じった不快の念で言った。「私の魂は君達の宮廷の些事、宮廷の悪事のはるか彼方にある。君達の事には言いようもなく吐き気がする。——嗚呼、マイエンタールの高貴な精神よ」。

彼は心を切り刻まれて去った——夜警は、彼はいつも彼により高い意味で時と永遠とを思い出させたけれども、彼の師の姿を彼の泣いている魂の前に呼び出した、そして——クロティルデが蒼白い表情で現れ、言った、「何故私が蒼白い頬をしていて、かくも急いでエマーヌエルの敬虔な谷に行くのかまだお分かりにならないの」。——そしてヨアヒメが踊って通り過ぎ言った、「あなたおかしいわよ」——そして侯爵夫人は無垢の顔を隠して、気位高く言った、「私のことを擁護なさらないで」。——

読者は容易に察するであろうが、ヴィクトルはクロティルデの名前をこのような近くで唇にするのは余りに畏れ多いと思っていた——ユダヤ人がエホヴァの名前をただ聖なる町だけで舌に載せて、田舎ではそうしなかったようなものである。彼の魂は彼の愛の遅れ咲き、ツォイゼルによって汚されたアニョラに定まった。丁度今商人のトスタートがクセヴィッツからやって来て、カトリック教徒としての復活祭の告解を町でしなければならないというのは彼にとって好都合であった。屋台での商社員の仕事について黙っているよう迫ることが出来たからである、そうして、不当に扱われている侯爵夫人に対して好意からの侮辱、時計に貼られた愛の告白についての痛みを少なくとも除こうとした。

＊1　ホフマン教授(1)と彼の雑誌は、その中で彼は革命の当初自由な精神の持ち主をことごとく王位打倒者として捕らえたが、勿論とうに忘れられている。しかし最近のドイツの極論家なら誰でも彼の代わりに置き換えることが出来る。
＊2　それ故アテネでは神々を嘲弄することは許されていたが、否認することは許されていなかった。
＊3　エムプロストトヌスは人間を前方にかがませる痙攣であり、オピストトヌスは後方に曲げる。
＊4　週刊誌『ユダヤ人』三八〇頁参照。例えばレブシュ・アテレト・ザハフの書によれば動物の頭をした人間は人間の長子であるが、昆虫、全くの動物はそうではない。
＊5　紡ぐ人達は綿花の屑をこう呼んでいる。

# 第二十七の犬の郵便日

目の包帯――ベッドのカーテンの奥の絵――二人の有徳者の危機

クロティルデは受難週［復活祭前の一週間］に侯爵夫人の抱擁を受けて別れ、聖リューネに向かった。復活祭週に彼女はその悩みを一杯隠した心をマイエンタールの同じような人々の許に運ぶことになる、煉獄、つまり侯爵が彼女に――あるいはもっと丁重に言って、侯爵夫人に――与える三日目の復活祭の日のきらきら輝く舞踏会を経験した後に。……この花が死と運命のメロン脱根機によって私の伝記の苗床から取り出され、移し換えられたら、私は筆を放り投げて、スピッツを殴って帰すことだろう――私は婚約者のように彼女にははなはだ慣れてしまっている。宮廷のどこに、彼女のように神聖な風習と上品な風習とを結び付け、天と世俗、徳と作法とを結び合わせている女性を、（仮に何か小さなものとの比較が許されるならば）我々の主人公を不安がらせ、ハート形をしている調整器付き時計に似ている心を、この時計は宮廷時の指針と共に太陽時の指針と愛する磁石とを兼ねているが、捜し出せるであろうか。

今や我々は復活祭の日々はずっと一緒である。ゼバスティアンは牧師アイマンの許に行って、彼とイギリス人の三つ子と愛しい牧師夫人と更に愛らしい者とに会わなければならなかったからである。復活祭前夜に参事官と共に出掛けたかったところであるが（これは伝記作者にとって復活祭の菓子同様に好ましいことであろう、紙上の都市や宮廷にうんざりしているのだから）、しかし極めて心優しい友情の守護神が、少なくとも最初の復活祭の日まではフラーミンとクロティルデの為に、二人は互いにかくも長く会えずに憧れており、共に新たな傷をかかえているのだから、残るようにと彼に合図した、あたかも、「かくも長く別々にされていた兄妹の最初の喜びの眼差しをわが不幸なゼバスティアンは邪魔するつもりではあるまいな」と尋ねているような案配であった。——まことに、否と彼の涙は答えた。

彼の愛する者達は町から去った——受難週は彼にとってまことのものとなった——侯爵夫人さえ、彼の自分の心に吹き返す愛の炎の搬送波のように、長く彼の前に現れなかった——こうした気分ではヨアヒメの許に行くことは出来なかったからである——　——　——このとき侯爵夫人の神父が、夫人は今日（復活祭前の聖夜に）告解したのであったが、彼を訪ねて来て、彼の前に彼女の目の傷の手紙を広げ、宮廷聴罪師は宮廷医師に、罪を許す代わりに非難しなければならないと親切に叱った。「明日は旅立とうと思っています」とヴィクトルは言った——「結構」と神父は言った「侯爵夫人は今日にも貴方の助けを望んでおられます」。

彼女の許へ赴く途中彼は自分に呟いた、「トスタートが今晩になっても現れないというのは復活祭の告解を誓ってやめたのかな、明日は一体どこで会えるのだろう」。——「ここさ」と——トスタートが彼の後で答えた。——このように陽気な懺悔者にはまだどんな香部屋もお目にかかったことがなかった。この喜びの、悪魔の、告解の子は自分が嬉しがっている理由を述べた。「侯爵夫人が今日同郷のよしみで穴蔵の半分をお買い上げになった」。——ヴィクトルが顔に真面目な表情の隊伍を組んで、その表情で彼の商人としての代行について、つまり屋台の管理について黙っているよう頼もうとした矢先に、飛び回る告解者は、侯爵夫人は自分と彼女の同郷人のこと、自分の出資者についてお尋ねになり、自分は隠さずに、これは誰あろう他ならぬ宮廷医師であったと述べたと言って彼を喜ばせた。——「やんぬるかな」と彼は言った。……

阿呆の商人は好意で言っていて、他には、アニョラの質問は偶然ではなかったか——彼女はまだ時計を持っているか、あるいは開けたことがあるか、愛の告白が風評として広まっていないか尋ねる他なかった。

丁度神父と商人が、丁度悪い目と良い知らせとが一日のうちに出来したことはいかがわしいことであった。この三月三十日に、復活祭前日に。この訪問は私の主人公にとってとても珍しいことであるので、どなたにも快適に腰を下ろして、この物語の、製本用金箔の塗られた頁をまず分割して、スパイのように注意するようお願いしたい。

——

館にヴィクトルが行くと、神父と出会って、神父がお供をすると言った。これは都合良かった。この道案内がなければ部屋の迷宮を通って変わった病室までの径を見付けることはほとんど出来なかったであろう。すべての部屋を通って行くとき、侯爵夫人の顔に差し込まれた恋文に対する訴状が見られはしないかという不安が田晃《たげり》のようにつきまとった。しかし彼女の顔には判決の最初の文字も赤の題辞も、彼が彼女の前に出たとき、見えなかった、そして彼の雷雲は彼方に去った。少なくとも侯爵夫人自身の上に懸かっていた雷雲が彼のを追い払った。彼女はつまり病気で、単に目ばかりではなく、彼を呼びに行った二番目の使者は、単に行き違いとなったのであった。彼女は彼をベッドで迎えた――病気の所為ではなく身分の所為であった。若干の位階の貴婦人にとってはベッドは仮の御殿――苔の生えたベンチ――中央祭壇――王城――要するに侯爵の椅子、安楽椅子である。哲学者のデカルト、ガリアーニ師、(1)老シャンディーのように、彼女達はこの温室で最も良く考えることが出来、働くことが出来る。彼女はベッドにいたけれども、述べたように元気ではなく、頭痛と眼疾に見舞われていた。それ故彼女は送られた従者のうち今日は、彼女をとても愛している侍女と、彼女を惑わす壁の蚊と、二つのうちの一つをやめる我々のヴィクトルの他には残していなかった。私としては開放されている絵画陳列室に座っている女官も数えたいところであった。しかし彼女は黙って動かずに座っていて、ヴィクトルは、彼女は膝までの七分像か――あるいはドイツ女性か――あるいはその両方であると誓った。病室の緑色の明かりの笠、緑色の繻子の壁布、緑色の繻子の帳は波打つ青色の薄明かりを形成していて、侯爵夫人の火傷した目の痛みを和らげると共に健康な目にも保養となっていた。四季を通じてはめ込まれている燭台には唯一の蠟燭が、つまり模写されたものが立っていた――自然をいつも単に数取りの札で、肖像で、模写紙を通じて、決して実物そのものではなく享受するというこの偉い人々の習慣に関しては、ここでは私見も理由も述べることが出来ない、というのは

号　外

全体が必要となろうからで、せめて、何故彼らはいつも壁紙に――戸や――窓間壁の――暖炉の覆いに――花瓶に――燭台に――家事の皿に――燭剪の敷物に――彼らの庭に――どんなにくだらぬ物にも自分達の足を踏み入れ

たことのない風景が、登ったことのない、サルヴァトーレ・ローザ[2]の岩が描かれているのを見るのかという多くの理由の中から、……つまり、何故彼らはこのようにし、古い自然にこの肖像権を譲与するのかという多くの理由の中からは、真の理由はただ号外によってのみ取り出され得るであろうからで、ただこのような号外のみが長ったらしく決定できるものと思われる、すなわち、彼らに自然が、女性の恋人が愛人にそうするように、永遠の別れに当たって自らの肖像を与えたということに依るものか、——あるいは芸術家は彼らに、古代の神々に対してそうしたように、彼らが憎むものをまさに最も好んでもたらし、犠牲にすることに依るものか——あるいは彼らはコンスタンチヌス皇帝、かの御代に真の十字架を廃し、その模写を増やし、聖なるものとした帝に似ていることに依るものか——あるいは彼らはそのより繊細な感情故に、山の尾根全体がモザイクの小石である自然の永続的ではあるがモザイク状である絵を芸術家のより細やかな、しかしより小さい判じ絵より後に置かなければならないことに依るものか——それとも彼らは（もしそのような人々がいるとして）、舞台の幕にオペラの全体を飾りたてて描かせ、幕を開けて上演を見ないで済むようにさせた人々に似ていることに依るものか——————しかし号外がその決定を下そうとする間に、誰しもただ出来事だけを求めて一目散に逃げ出し、ただ欲するのは事件の継続と次のことであろう、

号外の終わり

侯爵夫人は二つの覆いを持っていた、その内の一つは彼は好いていたがもう一方は嫌っていた。好きなのはヴェールで、それは彼女の病んだ目には治療の包帯となっていた。彼にとってはヴェールは女性の顔の引き立て役、枠であった、そして美徳はベザンソン近くの聖フェリューにおけるほど美の報酬を受けることはないという命題を答弁者兼座長として弁護すると引き受けた。というのは作法コンテストでそこの最良の娘は六リーブルのヴェールを貰うからである。——嫌いな覆いは手袋で、これに対してはいつでも彼は籠手を投げた［挑戦した］。「女性が一度——ハノーヴァー訛で彼は言った、「敢然と私に対して鞘から——手を抜いて、エサウの手の助け［羊の皮で毛深いエサウの手と称したヤコブの家督をめぐる瞞着、モーゼ二十七章］を借りずにエサウの手を擁護して、ベッドの

中でしか抜くに及ばないというがいい。しかし私の問いたいのは、美しい手は一体何の役に立とうか、私ども男性がペルシアの王であるかのように、それらがいつも鞘翅の下にあったら。このような革あるいは絹の模造の手をしている人に面と向かって、彼女達はメディチ家のヴィーナス[*1]に手に至るまでもが似ていると言ったら、言い過ぎであろうか。答えて貰いたい」。——

そもそもこの暗い緑の小部屋ではほとんどすべてのものが——アニョラの美しいローマ風の肩を除いて——覆われていた。二つの聖者の絵までがそうであった。というのは本物の金属の王冠を持つマリア像の絵は——本物の王冠の下のトリックの頭を持つ君主達の象徴というわけではなかったろうが——ベッドの羽根飾りのヒマラヤ杉が覆っていたからで、そしてティツィアーノの非常に愛らしい聖なるセバスティアン(3)の上には——ヴェニスのバルバリーゴ宮殿のもののコピーであったが——（この男はその矢と共に山荒に見え、彼女の枕の横に掛かっていた）この同名の男が、崇拝されるよりも崇拝する方の彼が矢も受けずにやって来たとき、彼女がベッドのカーテンを引いたからである。多くの者がそれ以来私に、それはデュッセルドルフの画廊からのヴァン・ダイクのセバスティアン(4)であったと請け合って来た。しかし後に何故そうではないか述べることにしよう。

ヴェールの背後の女性の目の他に、もっと美しいものと言えば、丁度ヴェールをはずしたときのものの他にはもうない（ここではモをいまいましくも四回使った）。哀れなドクトルにかくも美しい輝きが見開かれ——彼が眼科医として振る舞おうとしていたときのこと——そこで彼は早速彼女の頭の専門医として振る舞い、彼女の手を取って、自らを救った。というのは彼女が手から手袋の外皮を——それは裸の指の半端な手袋あるいは半端な鞘翅、つまり半翅類にすぎなかったが——抜き取る間、彼女はそれに視線を向けていなければならず、それでドクトルは世にも安全で、かくてギリシアの火の玉［海戦時に使われた］は全く彼の横をかすめて行ったからである。それ故倫理の消防規則としてちょっと長すぎる条項が考慮の末記されているのであって、これは若い娘達に目をむき出しの明かりのように客間で気ままに動かすことを禁じていて、なんとなればここには燃えやすいもの——我々男性すべてが——いるからで、彼女達は目を丁度ランタンの中に置くように手編靴下か刺繍枠あるいは厚い本——例えば犬の郵便日に注がなければならない。

まことに嘆かわしいことであるが、私と読者とが君侯の部屋に入るや、脱線が、――スターン風脱線が次々と生じている。

侯爵夫人の動悸はこれをここに記している者のそれよりいくらか高まっていた。彼女は彼が着くちょっと前に、焼いて砕いた林檎の暖かい包帯を目から外していた。彼女はドクトルの処方するものが出来るまでの間に合わせの包帯を欲しがった。彼はしかしこの夜、薄明かりの混乱の中で、彼の脳の四室すべてと、第四脳室の八つのより小さな脳を働かせても、フォン・ローゼンシュタイン博士[5]しか眼科医としては思い浮かべることが出来なかった、博士はこの中に生じて、サフランの粉、五分の一の樟脳、溶かした冬の林檎をほぐした上品な亜麻布に塗るよう勧めるようにと彼に勧めた。侍女はこの処方の準備をするよう、あるいは手配するよう遣わされたが、その前に林檎を塗った黒い薄琥珀の包帯を、もっと快適な眼帯が似つかわしい極めて美しい両の目に結んだ。罨法は美の林檎から――黒い包帯は互いにぶつかる付け黒子から出来ているように見えたと書くと私は元気になる。神父も、直に治癒するという希望をドクトルから得ると退出した。医師にとってはしかし今や、イタリアの薔薇の顔、聖母の顔に向かい合って座ることは冗談事ではなかった――その上間近で、息が荒くなるのを見てから、その音を耳に出来る程で――薔薇が百合に、夕焼けが明るい月の雲に続くように接ぎ木されている顔、絵画的影が、つまり黒い勲章の綬が、祭司の鉢巻きが、まことの恋文の使者がかくも美しく分割し、目立たせている顔――思う存分彼が見続けることの出来る包帯された顔、（絵画的な中途半端な姿勢で）枕とその為に用意されている手とに支えられている顔に向かい合っていることは（つまり冗談事ではなかった）。……

競売をして、ゼバスティアンの魂で始めたら面白かったろう、この魂は今日はその憂愁の念から、その不安から、ツォイゼルの中傷で脹らんだアニョラへの愛情からひたすら美曲線と液体の墨となって、そうして自分自身の視野に、かつて美しい魂がカンバスに、あるいは自分の頭に、あるいは他人の頭に描いたことのないほどの美しい、新たな顔を描き込んだ。

アニョラは私より先にこのことに気付いたことだろう。

勿論二人にとって、二人っきり［四つの目の下］ではなく、一人っきり［二つの目の下］であったのは良い幇助とならなかった。小部屋の女官の別の両の目は、侯爵夫人の目が閉ざされ、視線や微笑によって問いかけずとも小部屋の中の椅子の上の不動のものを調べることが出来る今をおいてそのことを知るチャンスはなかったが、実際描かれたもので、胴体もそうであった。

今やあらゆる宮廷規則に反して侯爵夫人と二人っきりであるということに彼は驚いた。しかし彼は自らに言った、彼女はイタリア女性で――患者で――小さな美しい空想家だ、と――（最後のことは尋常ではない冬のネグリジェとシチリアの炎からさえも察せられた）。――彼はこれまで（今日も目に包帯をする前までは）彼女とさっぱり調子を合わせることが出来なかった。彼女はドイツ女性にしては余りに洗練され、イギリス女性にしては余りに感傷的ではなく、スペイン女性にしては余りに活発であったからである。それで彼女宛に彼はp.p.p.と記したことだろう（パリ経由のことで、パリを経由する手紙に記される）、彼はそうしたかもしれない、というのも、彼女がまたパリ女性にしては余りに親密で情熱的でなかったならばの話しである。それに反発した。――しかし二人の人間は、一人か両方が暗闇の中にいたら、ここではアニョラがそうだった――より元気良く自由に話すものである。それでヴィクトルは今日は羊のように全く単純ということにはならなかった。その上宝石棚を見て喜んだ、そこにはこれでヴィクトルは――彼女は彼が無作法に見渡していることには気付かなかった――嬉しいことに二十個の時計のうち調整器付時計はなかった。彼女は彼に、祭日の三日目までに元気になって、舞踏会で侯爵に慰みに何か出来るようになるだろうか尋ねた。彼は肯った、彼女がいなかったらもっと役に立つと知っていて、彼女も同じ事を知っていたけれども。――ここで彼女が気の毒になって、彼女にすべてを打ち明けようという気になった。野暮な言い方はしたくなかった、「グロスクセヴィッツでは悪魔にそそのかされて、陛下の時計に恋文を紛れ込ませてしまいました」と。そうではなく流麗に胸を高鳴らせて跪き、言いたかった、「罰を恐れてではなく、自分の過ちの告白が過ちを繰り返すことに若干類するのではないかと恐れてこれまで、かつて敬意を、それは陛下の宮廷にのみ倣って良く、宮廷の支配者に倣うことは許されないのに、余りにも強くというよりは余りにも大胆に表現してしまったということを隠していました。しかし感情の強さは容易にその正当性と混同されるものです」。

彼はまだ跪かないでいた、カーテンの背後に金の縞に気付いたからで、それは絵の額縁の発端に見えた。この額縁は何かを、ある絵を取り巻いているに相違なく——彼はそれを知ろうと思った。

彼がこの気になったのはいまいましい薬店主とその中傷の所為であった。マッツの顔が金縁の中、ベッドの背後に掛かっていると思ったわけではなく、今日はあらゆるものが目に入ったからである。彼女の目という壁紙を貼ったドア、面会格子が黒く覆われていたので、彼は容易に見ることが出来た。左手をこっそりとベッドの角について、そして身を乗り出して、息をこらして彼女の上をかすめ、右手をベッドの向こうへ（それは狭く、彼は長身だった）伸ばして、カーテンを少し引っ張るだけで良かった——そうすると何が隠されているか分かるはずだった。もう一度言うが、薬店主がいなければ全くこれは思い付かなかったことだろう。中傷者は、少なくともどのような行為にもパスポートを有するか尋ねることになるようにする——人は単に、中傷者に明白に反駁しようとして、そうする——そしてしばしばどんなに無邪気な行為にも健康証明のパスポートは有しないので、それで人は頭を振って言う。これは真の中傷だ、しかし注意することにしよう。

彼は何度か手を伸ばそうとした。しかし彼女はいつも語っていて、彼はいつも答えていたので、自分の接近を彼女の耳許で気付かれたくなくて、上手くいかなかった。会話は舞踏会のこと——彼女の女官クロティルデの現状と病気のこと——その代理のヨアヒメにわたった、ヨアヒメの任用にはヴィクトルは心から冷淡に述べた。アニョラが宮廷のニュースばかり話すのを止めさせることは出来なかった。彼女はすべて抽象的なこと、形而上学的なことは嫌っているか、あるいは知らないように見えた。全く感情について彼女と話すことは——彼はいつもはどの女性ともこれを最も好んだし、夫人もそのきっかけと材料とを十分に提供していたけれども——感情に浸っていることよりもさほど楽しくなかった。

ヨアヒメの昇進に冷たい返事をしたとき——この冷たさは、侯爵夫人に対する彼の今日の夢中になった情緒的熱い思いとは媚びるような対照をなしていたが——その後のアニョラが考え込んでいる全休止の半分の間にカーテンを開けて見ようとした。彼は手をついて、息を凝らして、カーテンを開けた——しかし私がすでに先に述べた聖セバスティアンが現れた、[*2]それは確かにティツィアーノのもので、ヴァン・ダイクのものではなかった、それは我々のヴィクトルに似ていたからで、彼自身、神父が聖リューネの蠟人形を模写したものであると信じられるほどであっ

ティツィアーノの『聖セバスティアン』〈エルミタージュ美術館所蔵〉

ヴァン・ダイクの『聖セバスティアン』〈アルテ・ピナコテーク（ミュンヘン）所蔵〉

た。聖人は福音史家よりも一層悪いように思われた──肖像画は自分と名が同じだと考えたからではなく、何故女性はイタリアでは時に聖人画を掛けるのか［聖人に罪を犯すのを見られないように掛ける］思い至ったからである。この理由の為周知のように十戒に関する木版画が──ゲッシェンとウンガーには昔のものよりも趣味のよい、禁令に関する版画の付いた教理問答書を出版して貰いたい──一枚出来ることになろう。ベッドの上のマリアも羽根飾りその他で覆われていた。……ツォイゼルよ、ツォイゼルよ、おまえが中傷していなかったら、この伝記のすべてが（私の予想するかぎり）別に進んでいることだろう。

彼は右手を壁に当てて美しい盲人の上を漂いながら止まってしまった、小さな球が求心力で彼を摑み、戻るのを止めてしまったからである。病人は右側に休んでいて、それでカールされた髪は雲を連ねて心臓と、溜め息の宿る百合の丘の上にこぼれかかり、別の丘に沈む巻き毛は、こちらでも肌をさらしたままにしていたように、そちらでも格別覆っていなかった。巻き毛にはゆっくりとレースの織物が従って垂れ、子葉と盛りの花は盛り上がる林檎から散っていた。この郵便日の愛しい美的な主人公よ、倫理的主人公であり続けられるかな、今見られないままこのまことのベリドールの圧搾機雷の上に──この上弦の月の上に、その別の側は見えないのだが、いて──他の丘同様に砦を作ることは許されないこの丘の横に──その上にいつもはすべて高いものを衣服規定によって押さえつける一つの宮廷にいて。

彼がベッドとパウリヌムから退出するや、私は読者と委曲を尽くして出来事全体につき喧嘩したい──今はまず続けて、熱っぽく語られなければならない。

彼はさながら宙吊りになっていた──しかしあらゆる感情のこの熱い地帯と姿勢とを解く時にとうとうなった。その上新しい状況が危機と魅力とを同時に高めた。──長い溜め息が彼女の胸全体の重荷となって胸を高め、西風のように百合の花を波打たせるように見え、そして盛り上がる雪の丘は、その下で燃える、膨らんだ心臓と膨らんだ溜め息とによって震えるように見えた。──覆われた女神の手は機械的に幽閉された目の方に動いた、包帯の背後の涙を拭い取ろうとするかのように。ヴィクトルは、彼女が包帯をずらすかもしれないと案じて、右手を壁から離し、左手をベッドから離して、爪立ちして、何にも触れずにこの魔法の天蓋から身をかがめながら出ようとした。

——

遅すぎた。——包帯は彼女の目からずれた——彼の溜め息が間近にすぎた、あるいは彼の沈黙が長すぎたのかもしれない。——

そして覆いを除かれた目は自分の上に夢中になった、愛に溶けた、抱擁にとりかかろうとしている青年を見付けた。……石化した姿勢で彼は硬直していた——彼女の痛みで焼ける目からはすぐに愛のやさしい明かりがこぼれた——彼女は熱く小声で言った、「どうなさったの」。そして弁解を言えずに、震えながら、沈みながら、燃えながら、死にながら彼は熱い唇に、そして脈打つ胸に落ちていった。——彼は歓喜の余り、驚きの余り目を閉じて、盲目に、愛に酔って、大胆に、不安に、彼の楽しむ唇を彼女の唇に固着させた。……そのとき突然どんな物音にも構えていた彼の耳に十二時を告げる夜警の叫び声が聞こえた——そしてアニョラの手が他人の手のように彼の間に割り込んで来て、血の付いたシャツの飾りピンを投げ捨てた——

夜の雲の最後の審判のように、夜警の単純な警告は、死とこの真夜中の人生における十二時の霊の時を思い出させて、彼の耳に轟いた、耳には心臓の血流がざわめいていた——露地の叫び声はエマーヌエルからのものに聞こえた、「ホーリオンよ、君の魂を汚してはいけない、君のエマーヌエルと君から離れ落ちてはいけない。彼女の病いの目の上の亜麻布を見るがいい、死が覆っているようではないか——身を沈めてはいけない」。

「身を沈めることはしない」と彼の心のすべてが言った。彼は脈打つ腕から敬していたわりつつ身を振り解き、そして自分の軽蔑している惨めなマチューを真似ることになりうると愕然としながら、ベッドの外に彼女の手を引いて涙ながらに跪き、言った。

「若者をお許し下さい——その圧倒された心を——その眩惑された目を——どのような罰をも受けます、どのような罰も私には許しです——私は我を忘れていました」。——「デモ許シタラ、私ハ我ヲ忘レテシマウ」と彼女は曖昧な目で言った、彼は立ち上がって、彼女の返事は最も快適な解釈と最も屈辱的な解釈の選択を迫っていたので、喜んで自らに後の解釈の罰を課した——アニョラの目は愛に輝き——それから怒りに——それから愛に輝き——それから彼女は目を閉じ——彼は恭しく遠くへ離れ——彼女はまた目を開けて、顔を冷たく壁に向けて、壁をこっそりと押した、それは、思うに、命令を急がせるときの侍女の部屋の独自の呼び鈴となっていて――数分後に侍女は眼帯を持って来た。勿論第五幕は（人間の生活がそうであるように）、第三幕や四幕は全くなかったかのように演じられた。――それから彼は丁重に辞去した。

さて――私と読者とはこの件につき戦いを始め、ヴィクトルはこの件につき考えはじめることになる。彼の抱擁は正しいことではなかった――壁への発見の旅、絵画展覧会も正しくはなかった――しかし賢いことではあった。実際後へ宙返りして、「マッツがベッドの背後に掛かっていると考えた」とは言えなかったのだから。――これに対して無論経験を積んだ人々が答えることだろう。「この件に関して我々が不満なのは、彼が美徳よりも賢明さを優先させたことではなく、むしろ接吻の後でもまたそうしなかった点だ――この接吻の過ちは小さすぎて、アニョラは大目に見ることが出来ないだろう」。私が思うにこうした経験を積んだ人々は、私の本の中で侯爵夫人を多くのいかがわしい証拠の故に、心からの愛の為には余りに気位が高く硬くて、官能の愛をほんのしばらくすると支配への愛と取り替えさせるような女性達の一人、アモールの目隠しを手綱、その矢を拍車、鐙とする為にのみそうする女性達の一人と考える一派の信奉者である。私にもこの一派と一致するいかがわしい証拠はよく分かっている――侯爵夫人の信心ぶった態度――彼女の告解の晩――彼女のこれまでの私の主人公に対する注目――描かれた聖母を隠して、生きた聖母をさらしていたこと――それに私の物語のすべての事情である。しかしクロティルデの女性の友人に関しては（クロティルデはまさにこの故に彼女と別れたかあるいは人が良くてこの男性にのみよく見られがちな気性の激しさを全く解しなかったかに相違ないであろう）このように考えることは、続いて、名誉を傷つけられた女性というよりは怒ってしまった女性という明白な証拠を突きつけられるまでは、私には出来ない。

私の主人公が接吻の後いわばまた身持ちが良くなって、生きた悪魔にさらわれてしまわなかったことについて、きっと公正な方々に彼を正当化することにはならなくても弁解することになると思われる若干のことに触れるという約束から全くはずれてしまった。私は大胆に情状酌量の理由の一つに彼が、スパルタ人に似て、勇敢に自分達の貞節の敵の数ではなく、敵の居場所を尋ねるような女性については知らなかったということを挙げる。彼はしばしば彼女達の許に、彼女達の寝床にいたことだろう、しかし彼の美徳は、彼女達が彼に彼女達の美徳を見せるのを妨げた。――このこと同様にまた夜警の影響も、死の想起もたいした弁解とはならない。これ自身弁護されなければならないからである。――しかし全くもって確かなことであるが、哲学者や詩人に生まれついているある種の人間は、他の者ならば決して出来ず、彼らが自己以外の何物でもないとき、つまりこの上ない危機、この上ない受難、この上ない歓喜のときに、まさにそのときに、それもいつでも、自分達の状態の代わりに一般的理念を観ずるのである。――

公正な人はすべてを薬店主に、このヴィクトルの倫理的、機械的なベッドの総、ベッドの縋り綱であった者に押し付けるであろう。というのは、彼が同じような状況にある高貴なマッツを（しかしベッドの総なしに）彼に描いて見せたので、それで数日前福音史家の振る舞いに感じた嫌悪の念の為にヴィクトルはその後数日少しもそれを真似する気にならなくなっていたからである。――我々とか他の者が我々を試す罪のすべてが、数日前に我々の軽蔑する真の悪漢によってなされるのを見たら――その悪漢を真似することが出来ようか。

やっと今奇妙な気圧計の示度の中にいる出窓の所のヴィクトルを覗きさえすれば、先の示度を許れよう。彼の今の示度はすなわち、虚しさと不満足（自分とすべての人に対して）とアニョラに対するかなりの愛と、このアニョラの擁護と、それにもかかわらず彼女をクロティルデの親しい友人とは考えることのできない気持との混じったものであった。

私はここで急いでまとめたわずかばかりのことを後悔することはあるまい、どんなに良く私の主人公は、世の厳しい人々の目に止まるに相違ない接吻後の振る舞いに関して倫理的諸強制手段の不快な一致を口実とすることが出来るかと幸いほのめかすことになったであろうからで、また彼の指には大きすぎる侯爵の指輪を長い愛の絹糸を巻き付けて合わせることをしなかったので、彼の喪失した彼への敬意を、第二十七章の最後で再び回復させることになったであろうからである。……

＊1　メディチ家のヴィーナスの手は新しくて補完されている。
＊2　ヴァン・ダイクのセバスティアンはこの画家本人に似ているそうだからである。

# 第二十八の犬の郵便日

復活祭

第二十八のように長くて大事な犬の郵便日は三日の祭日に分けて良いであろう。

## 一日目の復活祭

牧師館への到着——三つ子のクラブ——鯉

最初の復活祭の日にゼバスティアンは、彼の上の空のように一杯雪雲を抱えて、美徳の死体安置所、情熱の厨房付城館から、つまり首都から——しかし夕方頃になってようやく抜け出して、半年の雷雨によって底なしとなった彼の心の為に長く彼の友人を煩わすことのないようにした。フラクセンフィンゲンが陥没地のように沈んで見える山の上に立って、暗い町を向いて、彼の心に夕方の霧のように思い出を蘇らせた、九カ月前には夏と希望の残照の中でどんなに楽しげにこれらの家々を眺めたことかと——これはつとに描いたことである——そして当時の期待と今日の砂漠とを比較した。最後に彼は言った。「何を有し、何をしたか言うがいい——何も有しないではないか、町中に一人の愛してくれる心も自分の愛する心もない——しかし今一度聖リューネに出掛けて、全く淋しく、自分の奪われた心の忘れることの出来ない蒼白い天使から二度目の別れをしようとしている、あたかも太陽の後をつけていき、谷でその落日を見ながら、山の上で今一度その沈むさまを見るようなものだ」。……

村から安息日行程［千歩］の二倍半のところで彼は牧師が一人の教理受講者（仕立屋の仕事とキリスト教に関しての）に追いかけられているのを見た。彼と若い仕立屋は追い立てられている魂の牧者に追いつこうとしたが駄目であった。若者がその家に入るまでは牧者は立ち止まらなかった。百二十ポンドの男は（これは私の体重である）、この無意味な疾走の無意味な理由を手許に取っておいて、今述べないとすれば、もはや美的なものを得られない、つまり牧師が自分の背後の足音を聞いておれなかったのは、後から叩かれるのではないかと案じたからである。その徒弟はその精神上の師の後をついて行き、追いつこうとした——彼を引き離そうと師があせればあせるほど、弟子は摑もうと更に大きく飛んだ——これが些事のすべてである。しかしこのように人間は人間を追うものである。
ヴィクトルは腕を上げて、不安で上げることの出来ない下げた腕の持ち主に走っていった。しかし牧師館では暖かい牧師夫人の両腕が彼の凍り付いた胸を抱いた。牧師夫人は彼と彼女の再生の喜びに彼のこれまでの無沙汰を嘆いて水を差すことはしなかった。——他人に無用な弁解を免ずるこの洗練された好意に対して、彼は倍する熱意、自分の愚行に対する分厚い訴状によって答えた。彼女は彼を、喜ばしい、今日はただ照明の輝く階となっている牧師館の階段を上に、愛する息子の胸元と一つの祖国からの三人の近い息子達の目の前に、三つ子の前に案内した。……

君達一つ心の四人の者達よ、私の見捨てられたヴィクトルの心を君達の心に暖かく抱いて、せめて一晩楽しい思いをさせ給え。……私自身、フラクセンフィンゲンというエジプトからのパシャの外出以来そうである。それ故この湯治村そのものがそうであるように、第二十八章を長くしよう。私の作品はそれによって真の批評家の間で重みを得るだろう——それに郵便局長の間でもそうだろう、彼らは私が出版社に送るとき、私から重さの所為でかなりの額を引き出すのだから。……しかし著者たる者けちくさくて、自分の感情を、単に郵便局員が郵便の公定価格によるよりも自ら査定して決めるからといって、郵便料の所為で短縮していいものだろうか。そしてレーゲンスブルクの選帝侯の、侯爵の、都市の議席は逆に長い感情への励ましとなっていないだろうか、これらの議席は帝国議会条例によって印刷物には三分の二の郵便料を、学術とそれに感情を流通させようと期待して免除しているのである。

高貴な福音史家も一緒に来ていた——彼とヨアヒメは宮内女官を丁重に両親の許まで送っていった——しかしここ田舎では、町よりも倫理的雑草は少なくて（庭よりも畑には植物の雑草が少ないようなもので）喜びを不満の巨匠なしに享受し、ここではヴィクトルの心は祖国への愛で他のどのような愛への憧れも静められて、誰も、不幸に値するものを除いて不幸ではなかった。マッツはチューリップの下にひきがえるが隠れるように消えた。ヴィクトルは祖国との血のつながりがなくてもイギリス人を愛したことだろう――そしてそれがあってもオランダ人を嫌ったことだろう。それ故彼は気ままに語っている、オランダ人は煙草のパイプに自らを描く、然るにイギリス人の火皿は立っていて、ベルギー人の火皿は垂れている、と。

三人は皆野党の側でピットの冷淡さには冷静でおれなかった。犬の郵便日の通信員は、何故なのか――大臣に侮辱されたからなのか――それとも太陽が不死鳥の灰と鰐の卵とを同時に孵化しているフランスの恐ろしい最後の審判と死者の蘇りにより関心を抱いている為か――あるいは他の所為なのか記していない。彼がそもそも彼らについて記しているのは名前だけで、つまりカスパル、メルヒオル、バルタザルで、これらは東方からの聖なる三人の王の名前である[*1]。

気まぐれからメルヒオルと称する男は粘液質の氷の外皮の下に赤道の灼熱を隠していて、炎を爆発させる前にはまず氷の山を割るヘクラの山であった。冷たい目とけだるい声としなびた額をもって彼は語った、寡黙に、多義的に、押し殺して――彼は真理をただ凹面鏡の中で見ていて、彼のインクは奪い去る竜巻であった。――二人目のイギリス人は哲学者にして同時にドイツ人であった。大カトーは同時にモール人の王を演じていたが、彼については誰もが知っている。私の主人公がまさに自由な思考のより大きな快活な思慮深さの為彼らすべてと異なっていたと言うことは我が事のように私には嬉しい――これはかのソクラテス風な聡明な目のことで、これは自由に認識の樹の庭を眺め渡して、一人の人間として選ぶ目であって、他の者達のように本能からこれらの樹のある命題に、ある林檎に昆虫のそれぞれが自分の果実に駆られるように、専ら駆り立てられるのではない。倫理的自由は我々の意見同様に我々の行為にも影響を及ぼす。悟性の決定的理由にもかかわらず、意志の動機にもかかわらず、人間は自分の体系同様に自分の行為を選んでいるのである。

それ故三つ子は夕食前にはゼバスティアンに対して愛情が冷たくなっていたことだろう、彼の判断が冷たかったそれだけのことで。彼は今日、フラーミンとなら毎日三回は陥る状態にはじめて彼らと陥っていた。ある種の人間は限定付きの拍手よりむしろ無限定の矛盾に堪えるものである。その件というのはこうであった。

マチューはその諷刺的誇張によってヴィクトルと彼らの小さな不一致をますます大きく見せかけた。彼は言った（あてこする為ではなく、単に見せかける為に）、臣下によって中国の王のように国の天候を請い求められる侯爵達は、カレンダーを自ら作製して自分の弟子達に（ここでは侯爵の寵臣達に）天候を決めさせるかの学長のようなものだ、と。更に言った、詩人達は自由の為に歌うことは出来ようが、話すことは出来ない、彼らは臆病に悲劇の主人公の仮面を付けて主人公の声を真似る、丁度同じような冗談をしばしば焼いた子牛の頭で見たことがあるが、これはテーブル全体に生きている子牛の如く吠えるように見えて、その実その中には生きた雨蛙が隠れているだけであって、これが単にぐわっぐわっと鳴いたのである、と。「しかしもっと大きな臆病というのは」とヴィクトルは言った、「一度も歌わないことでしょう。しかし現在の人間は詩人を享受し、詩人に従うにはまだ十分に野蛮でも洗練されてもいません。詩人、宗教、情熱それに女性は三つの時代を経験する四つの物で、そのうち我々は、これらを軽蔑するという中間の時代にいます。先の時代というのはこれらを神のように崇める時代で、将来の時代というのはこれらを尊重する時代です」。三つ子は怒って特に、宗教と女性は単に国家の為のものであると信じていた。さてヴィクトルの共和主義的志操はいずれにせよ彼の貴族的関係の為にすでに彼らにとって両義的なものであった。さて彼は付け加えたので、国家の自由は税金をより少なくすること、所有権の安全性をもっと高めること、よりよい享楽生活、要するに感覚的幸福の増大とは何の関係もなく、こうしたことすべては王制の下でしばしばもっと豊かに見られ、自分がその為に所有権や生活を犠牲にするところのものは、所有権や生活よりも何かもっと高いものに相違ない、と――更に彼は述べたので、教養と美徳を有する人間は誰でもその体の関係にもかかわらず共和主義的政体に暮らしていて、丁度民主政体の囚人でも自由の権利を享受するようなものであり――そして自分は大臣や貴族院の為にではなくイギリスの人民の為に武装者、対抗者となったが、先の二つの原理は以前から後の者の原理と戦いながらそれを決定していなかったからであり、現在の不平は（イギリスの）革命同様に古いからであり、この革命の平面図は単に合法的な反革命によってのみ裂かれうるものであろうからであり、すべての不正は法の見せかけに従って為されるであろうし、これは法の見せかけに反する正義よりもましであろうからであり、現在イギリスの出版の自由に対して[*2]為されている面会格子は哲学することに対するアテネの禁止よりも悪くなく、自らを誹謗することへのローマの皇帝達の許しよりもましであるからである、と。

……イギリス人達は長いスカートと演説を愛する。「――なので」と始まったので、それで私と彼の綜合文では次ぎに「それで」が来なければならない。……

それで不満を感ずる者はいなく、大カトーは言った。「彼がこの原理を貴族院で述べたら、騒然となることだろう、喝采の余りで、それにどの聴衆も叫ぶことだろう、彼の言うことを聞け、と」。ヴィクトルは紳士の謙虚さで言った、「自分は皆様方同様に熱い共和主義者、古代イギリス人であるが、ただ今日だけは、この原則から自分は近しいと証明することは出来ない。――次のクラブのときには出来るかもしれないが」。――「それは」（と牧師は言った）「私の誕生日にして貰おう、数週間後に」。――私どもが、私と読者がその日を迎えたら、昔からの馴染みとしてそれに招待されることだろう。周知のように私どもは最初（第六の犬の郵便日に）居合わせたことがある。

私の主人公は人々に（殊にその努力をしないので）敬意を求めることが余りに少ない。彼は確かにこの報酬を求めて働いた。しかし何も与えられないと、数千の弁解を人々の為に考えて、自分の貨幣の極印具を取り出し、自ら記念メダルを押して、誓った、「次回にもっと気位高く、もっと厳格に、もっと真面目に振る舞って、ある種の尊敬を得なければ、感心できない」。乞う次回。彼はそれ故三つ子を立派に許して、それで彼らは遂にこの好青年を情熱的に永遠にと自分達の心に抱き締めた。

このような博士号口頭試験の後彼は何か真に馬鹿げたこと、粋なこと、子供っぽいことを最も好んだ――それはこのときは台所へ行くことだった。カティナ[2]は言った、勝ツカ負ケルカノ戦闘ノ後デ九柱戯ヲ遊ブ者ダケガ英雄デアルと、――あるいは議論に勝った後で台所に行く者だけがそうであろう。この錯誤の人生においては何事も重要でないか、すべて重要であるかであると彼は言った。フランスの寝室ほどには汚れていず、ベルギーの家畜小屋のように清潔な台所には、すでに別の祝祭の兎、特別大使が、牧師が、入っていて、仕事に専念していた。彼は四ポンドの彼の鯉が――牧師の池から捕れて、養子のバスティアンの為に明白に越冬したもので――よく鱗が取れているかというよりも（これについては深く哲学せずに無視した）よく尾が付いているか見なければならなかった。人間の脳ほどもあるポンドの鯉が惨めに腹を裂かれて一方の尾部のわりあいが髪袋よりも小さくなく、他方の割合が鰭よりも大きくないときには、これは彼にとってどうでも良いことではなく、人間として痛みを感じかつ痛みと戦わないわけにいかなかった。――しかしこうした口頭での拷問脅迫はすべて全く別の実際の拷問脅迫に比べると何でもなかった（このようにより大きな苦悩を前にするとかなりの苦悩も消えてしまう）、これは四ポンドの鯉の胆嚢をつぶしかねないと牧師を脅すものであった。彼の胆嚢がそれに続いていたことであろう。――「どうかもっと慎重に、アペル。最初の復活祭の日を苦いものにしてくれるなよ」と彼はいった。胆汁はブールハーヴェ[3]によると本当の石鹸である。それ故諷刺の胆汁は読書界の半ばを輝く清潔なものとする、そしてこのような人間の肝は大陸とその植民地の石鹸玉なのである。

しかし上手くいった。――しかし誓って。この本の印刷された後には世間は知って欲しいものだ、四ポンドの鯉は――かくも長く生け簀で飼われかくも巧みに内臓を出されて――満足という魚の秤ではヴィディッシュグレーツ伯爵の紋章の赤地の中の金の鯁《こう》よりも重いものだということを。

彼は長いこと台所で――この彼の古い別れた青春の未亡人席で――彼に皆クロティルデの沈下と辞去とを（二重の意味で）非難する彼女の多くの女性の友の間にいて、取り戻したかった喜びの蜜酢が口を通らずに、同情の痙攣が心を走らずに立っていることが出来たであろうか。彼は今日は三階で自由についての議論を、真に散らす薬、外傷用蒸留液、少なくとも彼の開いた血管の上への瀉血止包帯として利用していたけれども。良き人のことを長く考えないでおれたかということである。――しかしそれには答えないで、無邪気なヴィクトルに対する同情の念から――空の胸腔の中で愛の詩的歓喜は是認するけれども、その詩的苦悩は認めない硬い樹皮をまとった人々に対しては――幾度彼が運命の乳糖をことごとく思い出の有毒な鉛糖と取り替えたことか黙していることであろうが、しかし次の所為でこれはかなわない、……

――館から再び小さなユーリアが戻って来て、明日おばさんは（クロティルデ）きっと伺うという約束を携えてきた。これは大臣の娘が明日出発するということであった。――牧師館の人々がクロティルデにしつこく尋ねたことを悪くとらないで欲しい。三日目の祭日には彼女は舞踏会に行くし、その翌日はマイエンタールに行く――明日と今日しかなかったのだ。……　小さなユーリアはフラーミンが、彼女のペニー通貨の郵便局が気に入って、連れて来ていた。――私は倫理的に確信しているが、牧師夫人は私が記している程度のことは私の主人公に対して察していて、それに彼をいたく愛していたので、自分が運命に代わって指令しなければならなくなったとき、友人を犠牲にして息子を喜ばせるようなことを認めていたら、苦痛の余り死んでいたことだろう。彼は洗練、情緒、空想の素晴らしい一致によって最も美しく最も柔らかな心、つまり女性達の心をそれ程までに得ていた。

この小さなユーリアは、亡きジューリアの遅れ咲きで、ヴィクトルの心の中で薔薇と刺草とを結び合わせた。彼の今日の喜びの花はすべてその根を彼の胸が隠している深い涙の中に有していた。彼はクロティルデの友人、アガーテの接吻にすら心動かされた。彼はシュターミッツのコンサート、並んで座っている彼女達、愛する両眼の痛みを隠している紗の帽子を思い出した。彼はアガーテに、クロティルデからこの帽子を借りて来て、全く同じものを作って欲しい、贈りたいからと頼んだ。――「彼女が去ったら」（と彼は自分に言った）――「いや彼女が死んだら、おおっぴらに泣いて、自分が彼女を愛していたとすべての人に自由に語ろう」。晩餐の間、――牧師ともなるとこれが出せるのだ――君の目の輝きは抑えた涙の所為よりも迸る機知の所為にされるであろうし、私は同席していたら、感動の余り君を見ておれないことだろう、君が角の付いた赤い卵で打ち合い硬さを競う遊びのとき君の溢れる目を半ば閉じてまじまじと赤い卵の先端に据えようとし、黙って君の卵の頭をアイマンの卵の杭打ち機の下にもっていき、声と眼窩とを制御する為の時間を得ようとしたら。――やはり私は君がこの仮面からどんな利点を引き出せると考えているのか合点がいかないことだろう、馴染みのアペルが小さなイリス、急使のユーリアを通じて――彼女自身ではそうは出来ないので――斑点を付けられ、入れ墨をされた卵を、真の茹でられた寓意の絵を、送って来たとき、そして君が硝酸でその上に食刻された花の絵と君の名とを、勿忘草で囲まれて、壊れやすい殻の上に認めたときに、つまり君の先の偽装が何の役に立っただろうか、君が今や「勿忘草」の考えを更に進めないように、急いで出て、アポローニアに感謝を言わなければならないというのと疲れたのでもう休まなければという二重の口実を述べたときに。感謝は述べるだろうけれども、休めはしないことだろう。……

＊1　通念による。私は別の見解に与しており、それによると彼らはアトル、サトル、ペラトラスである。――この名前は王達を全く牧人達と区別するもので、[1]牧人達はミサエル、アヘール、キリアクス、ステファヌスといい、それにもっと早くやって来た。これはすべて、カサウボヌスのバロニウスの年代記に関する『演習』の第二の十から写している、何か無益なことを知っていることを私は恥ずかしく思わない、カサウボヌスでさえそれを恥ずかしく思っていないし、それに学的な瑣事である。

＊2　すべて一七九二年、一七九三年の話である。

## 二日目の復活祭

### 自らに対する弔辞――蠟人形の二つの対照的運命

一帯には雪が積もっていた。雪は悲しい気分にし、自然の冬の腰紐結び［避妊のまじない］を思い出させた。自然がいわば季節そのものを四月に送っている四月の初日であった。――ヴィクトルはつとに作法を弁えていて、牧師の家にいるときには一緒に説教に行かなければならないと知っていた。祭具室に行ったのも、好んで羊飼いの、猟師の、鳥刺しの小屋へ忍んだのと同じ理由であった。彼は、牧師が（結局は彼自身が）説教段に登ることを――それには多量の準備が必要ということだけで――その重要性に関して堡壁に登ることと比肩させるのを極端なことと思わなかった。いや彼は主な議論の中で死産の胎児の付帯手数料について論じて、簡単に、牧師はどの胎児からも――五夜経った者であれ――然るべき埋葬手数料を、けちな両親がたとえその子の為に葬儀の説教を望まなくても、要求出来ると立証した。牧師は重要な異議を唱えた。しかしヴィクトルは、聖職者は（さもないと立派な胎児達が始末されてしまうので）洗礼料と同じく埋葬料をどの夫婦からも払って貰ったらいいという重要な提案をして論駁した。牧師は答えた、「どんな立派な司教神学[4]もこの点に関しては嗅ぎ煙草のように素早く夢中になっているのは遺憾だ」。

　このような私の主人公の気まぐれ、私の牧師の陽気さを目にすると——牧師は聖夜にはいつもののしり、革命裁判所のように判決を下し、祭日の初日にはいつでも和らぎ、三日目には天使にまでなるのであったが——世間の人は実際よりも別のことを期待したかもしれない。実際はヴィクトルは、クロティルデと会うのが最後から二回目となるこの日の晩の刻々、自分の傷ついた胸を切る為の祭刀が高く輝くのが見えた。彼女は今日さながら別れの晩餐に招待されていた——どっちみち三つ子も。

　とうとう彼女は夕方誤解されたマチューの腕に従ってやって来た。グリエルムス・パリシエンシスの主張によれば瀕死の尼僧院長を包囲していた四千四百四十三万五千五百五十六人の悪魔の数はその数が余りに少ないとルスカが主張するとき、[*1]いかばかりの悪魔が生きていて、盛りの女性の周りにはぶらついていることか、容易にわかろう。私としては美人の周りには男性の数だけの悪魔を考える。

　クロティルデが凋落へ微笑みながら向かっている顔をして、苦痛がノブによる自らのフォルテピアノの変化として我々から取り出す疲れたリュートの声をして——しかし人間はオルガンと同じで、人間の声はその顫音装置と最も美しく調和するのではないか——そのように彼女が現れたとき、彼女の最も素晴らしい友人は、彼女の前に「先に私が死にます」と言って跪くか、あるいは今日はまことに陽気に振る舞うかしかなかった。

　後の方を彼は選んで（彼女に対しては別で）、自分の夢を麻痺させた。それ故彼は話しや健全な意見をばらまいた——それで感傷性に対する帝国取引所に、これは人間の耕地における湿地、つまりいつも湧き水のある土地で、ここではすべてが腐るという諷刺をも含めた。——これが受けないと見るとすべての国家と同盟を結び、国家について、諸国家の頂上は森の樹のように絡み合っていて、一つの国家を切り倒しても何の効果もないということ——これまで諸権力の接合薬であった火薬は人類の恐富の平等は身分の平等を補って、その用意をするということ——これまで諸権力の接合薬であった火薬は人類の恐水症の傷を遂には焼いて癒すであろうということを述べたらどうにかなろうと期待した。最後に、ヨーロッパはいつか北インドとなろう、この北国は、かつては地球のこじ開け道具、建設機であったけれども、いつかまたそうなることだろう、しかし別半球の北国となろうと推定しても芳しくないことに明らかに気付くと、彼の糜汁の過程で液状のものを入れて、そして（公使館書記官のように）政治の代わりに——ポンスを取った。

しかし飲まれるのは不安ばかりで、憂愁や愛はそうではない。神経の精神に溶けた他の酒精は観念や情緒のそれぞれの周りを魔術的に輝きながら回るもので、醸造所で光が蒸気の所為で多彩に輪を描いて輝くようなものである。熱い霧のグラスはどんなに密な心臓さえ砕くパパンの鍋［骨をゼリー状にする］で、すべての魂を分解する。酩酊すると誰もがより柔和により大胆になる。柔らかな心は先から勇敢な鍛錬された拳の横にあった。雪が降り続いていたので、彼はクロティルデに明日は自分の貝殻の橇に乗ること、（いずれにせよ彼は舞踏会に招待されているので）自分は同乗の騎士となることを申し出た——その際福音史家は継母の橇のゴンドラの船頭として名乗り出るよう強いた。

クロティルデは男性達の陽気な社交から隣室へ、彼女のアガーテと皆のいる所へ離れて行った——礼儀にかなった男性の楽しみを嫌ったからではなく——ましてや当惑してではなく、そもそも女性は二人っきりのときよりも二十人の間で遠慮なく振る舞うことが容易で、容易に思われるよう出来ているのであって、——ましてフラーミンに対して自分の妹としての愛を偽装することが出来ないからではなかった。というのは彼女の飛翔する魂はつとに翼をたたみ、涙と願いを隠す術を学んでいて、他人の許で生育し、困難な状況と意見の一致しない両親の間で育ったからである——彼女は単に牧師夫人と同様に、女性は男性のポンスの聖水盤からは遠ざかるというイギリス人の風習に従っただけであった。

彼女がヴィクトルの視野から消えて——彼女の現在のもっと青ざめた外見から、エマーヌエルの谷が彼女に春の色を蘇らすことは難しいだろう、出発するという希望でも何ら治っていないのだからと彼は結論付けたし、この小さな不在が彼にはさながら懐中鏡に永遠の不在の死者の姿を写しているように思えたので——そして溢れる心はついに偽装の堤防を越えたので——それで彼は外の冬へと急いで——燃える胸を冷たい雪片にさらして——運命がその痛みを植え付けた割れ目を更に裂き——白い雪の中を望楼へと走った。——そしてここで、静かに空から崩れる雪崩を浴びて、彼は灰色の、蠢き、震え、ひらひら舞う風景を、遠くの雪で透かし彫りにされた夜を見やった——すると彼の心のすべての涙は落ち、彼の魂のすべての考えは叫んだ。「未来もこうだ。このようにほのかに光りながら人間の喜びは天から落ち、落ちながらもう溶けている。すべてはこのように消え去る。この高みから何という幻影が自分の周りに輝いているのを見たことか、そこには夕焼けが輝いていた。すべてが雪の下に、夜の下に埋められている」。彼はクロティルデの庭を見下ろした、そこの暗い、雪の降りしきる木陰道で彼は心のエデンを見いだし、そしてまた失ったのであった。「この庭に流れた調べは涸れてしまった、しかしその為に流された涙はそうではない」、と彼は考えた。彼は彼女の兄の庭を見下ろした、そこではチューリップのＫは散って、緑色の名前は枯れ、覆われていた。

一帯を消滅した日々の死体安置所のように眺めてきたこの魂をもって彼は楽しげなクラブに戻って来た。冷たさと暖かさの転換の為彼はその間飲み続けていたポンスの一味と引き続き似ていた。皆と彼は同時に笑い泣くという酩酊の領域に足を踏み入れていた。しかし私には、人間が精神と心の真の養分を（修道院の台所とか修道院の図書館からではないけれども）――修道院の地下貯蔵庫から引き出せるというのは――人間がその――機知の健康の為に飲むというのは――どの杯も（祭壇でばかりでなく）人間を精神的に強めるというのは、そして、蛇は飲むと王冠をはずすというのに人間は飲むと王冠を戴く［酔う］というのは――葡萄は涙を単に自ら流すとかカトリック教徒の聖母マリア像の目から流すばかりでなく、それを飲んだ男性の目からも流すというのは、嬉しいことである。クラブは議会演説をすることを思いついた。――牧師は即興演説を提案した。――ヴィクトルは椅子に飛び乗って言った。「私自身への弔辞を述べます――子供時分説教したことがあるのです」。

皆もう一度飲んだ、死者自身も飲み、死者は次のように熱弁を振るった。

「最愛の最も悲しい思いに沈む聴衆の皆様、

深く低頭の方々、人間は哀悼馬が後に続かなくても第二の世界へは沈んで行けます、慶祝馬が先駆けなくてもこの世界に入るようなものです。――私どもといたしましては皆先に葬儀の酒を頂いて、すべてに耐えようとしました。濡れると人間は膨張します、乾くと、つまり固い料理ではひからびます、水蛭のようなもので、これは水の外では四インチ縮みます。私と深く低頭の参列者の方々は故人の為に十分に乾杯したと信じます。私の前には」、……――ここで彼は牧師に、彼のナイトキャップを投げるよう合図した、自分の感動をぶつけられる何か死者を想定出来るようにする為である。

「前には忘れがたい宮廷医師のゼバスティアン・フォン・ホーリオン殿が横たわっておられます、亡くなられて、大地の覆いの下に、長い休息の地に行こうとされています。私どもの前で休んでおられるのは、覆われた魂がこの靄の人生へ下ってきたときの鐘形潜水器、はじめて第二の惑星に播種されるある種の乾いた殻——その外皮、いわば、目覚めた精神の投げ捨てたナイトキャップに他なりません。

泣いている方々、この喩えの色褪せた帽子を御覧下さい。ここにありますが、この中で考えていた頭は消えました——私どものヴィクトルは去って、黙しています、しばしば数学、臨床、紋章学、予防法学、法医学と印章学、それらの補助学科について話していた彼は。——得がたい人を失いました——フォン・シュロイネス殿、それに他の方々も、この損失を慰めてくれる人がありましょうか。——しかし一種の死の予備といえるこの愚かな人生においては、きちんと慰める十分な時間はありません。単に教会の椅子だけがしばしば墓石の上に作られているのではありません、侯爵の椅子も——これは全くその上であり——説教壇そのものもそうです。

亡きゼバスティアンよ、あなたの御霊は、死後の中間状態の中で、自分が帽子の鞘からのように取り出された自分の肉体について、また私どもがそのケースに対して行っている最後の栄誉について何か御存知でしょうか。御霊がまだ意識があって、自分がよく行った部屋をまだ見ているならば、聖なる三人の国王が、そのうちのモール人は大カトーですが、その脱ぎ捨てられた肉体の周りに立っていて、躯を離そうとしないのを目にするのは嬉しいことでしょう。私ども皆が嘆いていることには満足することでしょう。卑俗な化学——観相学と人相——最近の言語——靭帯学において、これから彼はあらゆる種類のリボンに対する嗜好を得ていますが、彼に匹敵する者がありましょうか。——彼ほど思考の緊密な連関を求めなかった人はいません、これはドイツ人に良き考えを悪しき考えのパテでふさぎ、角石よりもモルタルをもっと使うようにそのかすものです。決して宮廷の所為で——それでそこで楽しみ事が行われるときには出掛けることを好まなかったのですが——彼の一種真面目なしっかりとした性格が損なわれることはなく、この性格を滑稽なものにまで推し進めていて、これをいつも目指していました。——誓って。死の砂時計を通すと、彼はそれを小型望遠鏡のように覗いていましたが、すべてが卑小に思われ、何故真面目でなければならないのか、分からないのでした――このグラスでは王座へのすべての段が貯蔵用瓶の雨蛙の親指大の木の梯子同様に小さく映じなかった筈はありません。

彼はまことに上手な説教者、殊に追悼演説家でした、それ故また一人の名説教家も彼を代父に頼んでいて、その代子も列席し、これは腹痛で泣いております。……中央教会で侯爵の弔辞を読むような偉大な宮廷説教師のみが、彼を称えることが出来るのでありまして、葬儀の参列者が笑って下さるのは今の私のこの上ない満足で、これが私には慰めとなります。……

しかし死の床にいる者はその横に立っている者より多くの慰めを得ています。大地の地下室にはただ静かに休む人間がいて、互いに接近しています。しかし地下室の上では彼らの落ち着かない友人が立っていて、下の愛する塵埃の腕の中に飛び込もうとしています。死者の目の上の亜麻布は冷たくなった額の安全帽であり、棺桶は不幸な者の落下傘、経帷子は最も大きな傷の包帯だからです――何故疲れた人間は長く、妨げられることのない確実な眠りよりも短い眠りを好むのでしょうか。それ故、善良なゼバスティアンよ、死亡証明を穏やかな自然の手から永遠の平和な証書として受け取るがいい。

しかしながら死者は一体どこにいるのです。白い帽子の下にあるものは何です。――死体が向こうの鏡にみえます――どこかにいます――連れて来なければ」。――

――彼の自我の戦慄と共に彼は飛び降りた――崇高な狂気が憂愁や微笑、硬直の段を踏みながら彼の顔を上下した。彼は屏風の奥に駆けて行った、そこには彼の蠟の像があった――そして蠟の人間を運び出して――死体のように投げ出した――死者のヴェールが巻かれ、彼は顔をしかめて椅子に昇り、続けた。

「これは夜の死体です――鉱滓にされ、炭化された人間――このように硬直した塊の中に自我は貼り付けられていて、これらを転がさなければなりません――皆様、私が震えているからと言って、何故この倒された人間像を凝視している私に震えるのです。――私にはこの死体の周りに自我という幽霊が見えます。……自我、自我。考えの鏡の中で深く暗闇の中に逆行する深淵よ――自我、鏡の中の鏡よ、戦慄の中の戦慄よ。――死体のヴェールを除き給え。自分が壊されるまで死者を凝視する事にしよう」。……

――誰もがぞっとした。しかし一人のイギリス人が死者のヴェールを剥いだ。……凝然と、無言で、感動して、震えながらヴィクトルは剥き出しになった顔を見た、それは生きて彼の魂の周りにあるものでもあった。しかし遂に彼の冷たい頬を涙が伝って、彼の心が溶け去るかのように小声で言った。

「御覧下さい、死体が微笑んでいます、何故微笑んでいるのかい、ゼバスティアン。口が歓喜で凝固するほどこの世で幸せだったのかい。……いや多分に幸せではなかった――喜びすらしばしばあなたには痛みの果皮であった――あなた自身よく言っていたのももっともだ。私はもういい、自分の希望や願望にはほとんど値しない、いわんやこれらの実現には。――

フラーミン、ここの横になった顔を見給え――微笑んでいるのは友情からで、喜びからではない――フラーミンよ、この絶えた胸はある心を覆っていたけれども、この心は君を死ぬまで果てしなく愛したのだ。

そしてこれが全体にこの哀れな故人の唯一の不幸でした。善良なバスティアンは元来、それに独特の状況と気分から見て、十分に上手くやっていけたことでしょう。しかし喜ぶには余りに柔和で――余りに無分別――余りに熱く――ほとんど余りに空想的に過ぎました。（生前）彼は愛そうともしました、しかしそれは出来なかった。愛の花の女神は彼の側を通り過ぎていきました、人間を神々しくすること、心のメロドラマ、人生の黄金時代を許さなかったのです。……冷たい像よ、起き上がって、柔らかな心、愛に破れ、愛を見いだせない心から流れる涙を人々に見せるがいい。……

私どものホーリオンが幸福でなかったのであれば、すでに人生の正午に正午の休みを取ること、死ぬこと、熱く鼓動する心から放たれて、死の天使から静められ、長い経帷子の下に横たわることを許されるのは彼には結構なことでしょう、この経帷子は人類の守護神がすべての民族の上に、庭師が花壇に覆いを置くように、雨や太陽に対して――私どもの喜びの火に対して、私どもの悲しみの雨に対して置かれるものです。……あなたもお休み、ホーリオン」。……

――昔の夢からのこれらの言葉による彼の憂愁の念は押さえがたく、彼はそれから――弁解の為か息抜きの為か――ほとんど狂的な気分に移っていった。

「さりながらすべてのこの冗談は、私が宮廷で育てようと思っていた私の趣味に半ば反するものです。人生はその為に良い死を罵ったり、燻したり、称えたりするに値しません。死ぬことへの恐れを除いて、生きることへの恐れほど嘆かわしいものはありません。真の才能を有する人々は酩酊して、人生に正しい明かりを当てて見て、後にそれを教えるべきです。――最も惨めなのはしかし（これに対すると人間の人生はまだ我慢できるものとなります）市民階級の人生で、これには数年にわたって悪口が言えます、これは胃の為の長い飼料槽に他なりませんし、その槽からは空想の為の鎖が垂れ下がっています――人間を小都市民に変えるものですし――私どもの移ろう存在を果実畑から播種機にするもの、致命的靄を発するもので、これは厚く墓の前、空の上に広がって、この中では人間の哀れな遠征隊長は汗をかき、苦労し、肥満し、汚れながら、心に暖かい陽光を受けずに、目に閃光を浴びずに動き回り、ついに舗装工[*2]の杭打ちハンマーが彼をぬかるんだ広場に打ち込んでしまいます。立像の代わりに舗装が出来る哀れな大理石の唯一の利点はこれが人間生活をなかなかのものと見て、どんなに称えても十分ではないと思うことです。――しかしながら私ども愚か者にも外部がかくも卑小に見えることはありますまい、私どもの中にそれをまとめる為の何か永遠に偉大なものがなければ――ドアが開けられたとき日光が時に夜光の舞台を照らすように、このオペラ劇場に侵入してくる陽光が私どもの中になければ――私どもが、昔の復活の絵の中の人間のように、半ば大地に踏み入れており、半ばその外にいるのでなければ――そしてこの氷の生活には穴アキ尖峰[*3]がない、永遠の青空への開口部がないというのであれば。……アーメン。

　私はしかし悲しみの御一同にまだ申し上げることがございます、私は弔辞を――四月の初日に行ったということです、弔辞を私が申し上げた死者は、私自身でありますから」。……

　しかしこのとき彼の友人が皆彼を抱いて、彼の機知的狂気を自制させ、激しい、真にイギリス的な心を自分達の心に押し付けようとした。抱擁は彼の冷たい傷をすべて穏やかに暖めた、彼は疲れたけれども癒えていた。他人の生命が自分の生命の中へ加わり、愛が死を克服した。目に二重の酩酊の涙を浮かべていたイギリス人達は諧謔家の友人からほとんど離れることが出来なかった。

　女性の友と共に隣室で弔辞を聞いていたクロティルデは、はじめはこの部屋を開けるのを頼んで遠慮していた。

しかしヴィクトルが「冷たい像よ、起き上がって、柔らかな心、愛に破れている心から流れる涙を人々に見せるがいい」と言うと、――急いでお休みなさいと言った、全身を揺さぶる感動を押さえることが出来なくなったからである。彼女の去った時を告げられると、彼は今やすでに疲れ、柔和に、優しくなっていたが、言い表しがたいほどにそうなって――彼の顔に緊張によって高められた明かりはすべて愛に、月光が露の滴に溶けるように溶けていくように見えた――彼は部屋が空になるまで待てずに、クロティルデが自分の部屋で隠そうと思っていたものを見せた――その上剥き出しになった蠟人形を穏やかな精神で眺めて微笑みながら言った、「私が蠟で模写して貰ったのは、カトリック教徒が個々の肢体をそうして、それを聖人に掛け、そのようにして快癒を感謝したり祈願したりするのと全く同じだ、あるいはその蠟人形を医師達が本人の死後往診したローマの皇帝達のようなものだと思う」。

一行は去った、そして彼はやっと一人っきりになった。月は十一時五十七分に昇って、その窪んで欠けていく光をやっとクロティルデの居間の窓の上に投げかけていた。ヴィクトルは夜の明かりを消して、まだ波打ち夢見る心と共に眠りの夢の中に入ることのないよう、窓際に腰掛けた、ほとんど自分の蠟のコピーのいつもの場所で、同じような姿勢であった――――その時偶然、今日蠟のミイラを自分と称した彼が、今度は逆に像と見なされることになった――――

――クロティルデによって。彼女は自分の窓から若干離れて立っていた、そこには空からの光の他にはなかった。ヴィクトルは空の光はまだ自分の所に射し込んでいず、全く影の中にいて、彼のプロフィールの五分の四は彼女には隠れていた。彼女が目を据えて食い込むようなさながら打ち込むような視線を彼に向けているのに気付くと、彼は彼女が自分を蠟人形と混同していると察した。更に目の隅から、何か白いものが彼女の周りを舞っていること、つまり彼女が目をしばしば拭いていることにも気付いた。しかし彼の繊細な感情にとって、少しでも動いてその錯覚を知らしめること、無邪気に眺めていることに対して当惑し、赤面させるようなことができたであろうか。別の、例えば真価の認められないマッツならばこのような場合落ち着いて起き上がり、無関心に窓から外を見たであろう。しかし彼はさながら不動のその姿勢に骨化した。ただ夜と遠さの為に彼の震えは彼女には見えなかった、彼の死体の為に流す彼女の涙は熱い奔流のように彼の砕けた心を捉え、今晩まだ彼の心に残されていたわずかなものを和らげ、愛の燃える波に溶かしたからである。子供達は同情を示されると一層強く涙を流す。そしてこの疲労困憊の時に、いつもは他人の同情では一層硬くなるヴィクトルは一層柔らかくなった、そしてクロティルデが窓際に腰掛けて、疲れた顔をもたせかけると、今像に言ったことを今実現するよう何物かに言われているような気がした、「冷たい像よ、起き上がって、柔らかな心から流れる涙を人々に見せるがいい云々」と。

クロティルデはやっとカーテンを引いて消えた。しかし彼は注意深く長く彼の像の役を続けた、像の役を演ずるのに努力を要しなくなって、それは一層上手くいった。彼の考えはすべて香油のように傷と彼の内部の引き裂かれた箇所に流れた、そして彼は言った。「あなたが単に友人に留まるとしても、私には十分だ、この憧れで膨らんだ胸を静められるのはあなただ。この一杯の胸は愛されていると考えるだけでとりとめもなくなってしまう」。——ちなみに今日はじめて、彼女のように慎み深い人間が盲目のユーリウスに対して遠慮なく振る舞えたであろうかと、最近の推測に対してそれがありえないことに思われた。彼は自問した。「彼女が宮廷から離れる説明としてはイェンナーとマチューの神聖ならざる愛とエマーヌエルの神聖な愛とで十分ではないか」。——彼女が朝自分の間違いに気付かないよう、彼は蠟人形を自分のいた窓際に正確に置いた。

＊1　ウォエティウス『神学論議選集』第一巻九一八頁。
＊2　彼は死と国家を舗装工と呼んでいる、様々な意味でではあるが。
＊3　モンブランの横の高い岩のピラミッドは、穴があって、そこから空が見えるのでそう呼ばれる。天と共に地をも占める最も高い山の横により小さな山を考えることは私にとっては楽しい空想である、この山が小さな展望をもたらして、我々の目に青い眺望を許し、そこから我々の希望は天のアーチを描くのである。

# 三日目の復活祭

F・コッホの二重のハーモニカ［口琴］――橇の遠乗り――舞踏会――そして……

読者は、三日目の復活祭は長い第二十八の犬の郵便日よりも何か悪いものを終えて欲しいと私と共に願っていることだろう。

橇は――予想される限り、まあまあ上手くいった。――――私はしかし何か別なことを予想している、私の読者の五十万人は（私は別な五十万人の立場であるが）私の主人公のことを理解していないのではないか、と。それ故前もって言っておくことは私の職責である。ヴィクトルは決して小心ではなかった、彼は運の下に人間が支配されていることに我慢ならなかった。死は毎日一度彼を高みに連れていって、そこからすべての山や丘が、墓も含めてどんなに小さなものか眺めさせた。どの不運も彼を鍛えた、死者の頭のメドゥーサの顔は彼を石化させた、そして後に喜ばしい感動の溶けるような太陽の視線には腹を立てた。彼の陽気な気分、女性的完全性の彼の理想、機会の欠如とミネルヴァの盾は感情の風の月日の間の彼の救いとなった、そして彼はこれまで二千百万マイル離れた所の太陽しか崇拝してこなかったが――天か悪魔かがもっと近い太陽を、丁度一七九二年に連れて来た。――まだ結構上手くいって、不幸に耐えられる筈であったのであるが、彼が如才なく、あるいは冷静であったのであれば、つまり、彼が自らに対して次のように言わなかったのであれば、「自分のことには決して泣かないが、しかし他人のことには泣くのはいいことだ、どのような損失もこらえるけれども、心の損失には耐えられないことはいいことだ、去った友は高みからどちらを偉大と思うだろうか、その死去の弔辞にしっかりと覚悟して対処するのと、思いのままに苦痛に圧倒されて友人の為に崩れるのと」と。――このようにして――また高貴な、しかし制御されない感情の強大さを知らずに――そしてこれまでのたまたまの心の平静さを自らの意志によるものと錯覚して――そして過剰な人間愛から意図的にこれまでのところ彼の内部の人間の触角を異常に成長させて――それで彼はこれまでの影響の、これまでの略奪の、これまでの感動の、この復活祭の、この美しい青春の村の渦に巻き込まれてしまって、彼の思慮、彼の宮廷生活、彼の気分にもかかわらず、蟹のように、男にはほとんどない触角を立てているかの天才達とは以前は似ていなかったのに（少なくとも復活祭の間は）彼らに若干似ることになった。……

クロティルデのかの思いのこもった眼差しは、昨日はその前の熱気を冷ます香油となったけれども、今日はとても熱い香油となった。彼の為の涙で一杯の目は彼女に対する彼の愛の日々と彼女の姿とを彼の心の中に呼び起こした。私は確信しているが、参事官ですら、彼はちなみに昨日の弔辞で彼の邪推を、共和主義的催しでクロティルデに対する彼の愛をいくらか失ったと思われるが、彼の目の中の酩酊したもの、夢想的なものを見逃さなかった。牧師館自体は今日は幸い取引所、聖職者の知的帳場、募兵事務局であった。牧師は――フランス風公文書のカヨウナコトハ我々ノ喜ビトスルトコロデではなく――聖霊降臨祭に告白しようと思う教理受講者を記入していた。

彼は自分の橇が町から来るまでは、館に行きたくなかった――真価の認められない彼の友マッツはすでに十時に窓から朝の挨拶と雪の天候への祈念を呼びかけていた――自分の滑稽な感動を向こうで見せたくなかったので橇に乗ってすぐ出発するつもりであった。大きな世界が日常茶飯となって以来、その世界に対する偽装が難しくなっていた。自分の尊敬する人々の前で最も容易に身を隠せるものである。

しかし三つ子とフランツ・コッホ(5)が、すでに夕方の五時半には彼を向こうへ追いやった。

私は犬の郵便のフランツ・コッホという名前を聞いて飛び上がった。私の読者の一人がカールスバートの湯治客であったり、プロイセンの国王陛下ヴィルヘルム二世、あるいはその宮廷出身、あるいはザクセンの選帝侯、あるいはブラウンシュヴァイクの公爵、あるいは別の侯爵であらせられたら、この良きコッホのことをお聞きであろう、彼は謙虚な退役軍人で至る所その楽器をもって旅して回り、演奏している。この楽器は彼が二重のハーモニカと呼ぶもので、同時に演奏される――口琴あるいはビヤボンの改良されたペアから成り、これらはいつも演目に応じて取り替えられている。彼の口琴の操作は昔のそれと比べると従者の呼び鈴に対するグラスハーモニカの関係である。空想が鷦鷯《みそさざい》の翼を有する、あるいは少なくとも心臓から石の胎児である、あるいは鼓膜をその上で太鼓をたたく為にしか用いないこのような私の読者に、礼拝室を余り有しないこのような私の読者に、上述のフランツがやって来て彼らの前でハミングしようとしたとき、彼を家から投げ出すようにさせてしまうのは私が悪いのである。誰が悪いのでもないからである。どんな惨めなヴィオラでも木琴でも思うにもっと音が大きい、そう、彼の音はとても小さくて、カールスバートでは一度に十二人以上では演奏しなかった、それ以上では十分に近寄って座ることが出来ないからで、その上メインの歌のときには目や耳が空想の邪魔にならないよう明かりを遠ざけさせている。——しかし勿論読者が別で——例えば詩人で——あるいは恋する者で——あるいはとても繊細で——あるいはヴィクトルのようで——あるいは私のようであれば、ためらいもなく静かな溶けていく魂をもってフランツ・コッホに聞き入るがいい——あるいは丁度今日は彼は得られないであろうから——私に聞き入るがいい。

陽気なイギリス人がヴィクトルにこのハーモニカ演奏家をカードと共に送って来た。「これの伝達者はポケットに所有するエコーの伝達者です」。——ヴィクトルはそこであらゆる美しい音色を愛する女性の許に連れていった、出発してこの旋律の時を聞き逃すことのないようにする為である。クロティルデのロレートの家「イタリアのロレートに移されたという聖母マリアの生家」に入ったとき、彼には長い教会を通って行くように思われた。彼女の簡素な部屋は聖母マリアの居間のように神殿で縁取られていた。彼女はすでに黒のドレスを着ていた。黒い服は美しい日蝕で、目をそらすことが出来ない。ヴィクトルは、この色に中国人風な敬意を抱きながらこの黒魔術に無防備の魂、赤く腫れた目を持参していたが、クロティルデの明るい顔には当惑し、青白くなった、彼女の顔には洗い流された苦悩の表情が明るい青空の上の虹のように漂っていた。それは少女なら誰でもドレスを身に着けるときに感ずる——気晴らしの快活さではなく——忍耐と愛とで一杯の敬虔な魂の快活さであった。彼は二種類の薊に注意を払っていた、一つは床の描かれた薊で、これはいつも踏まないようにした、一つは周りの上品な観察者に対する諷刺の薊で、これにはいつもぶつかっていた。彼女の継母は肉体の化粧漆喰細工、織物光沢仕上げにかかっていて、福音史家は彼女の更衣室で化粧の大市助手、協力者として働いていた。それ故クロティルデはハーモニカを聞く時間があった。侍従は娘と私の主人公に対して——彼は娘には礼儀作法の父親であったので——聞き手となることを申し出た、音楽は、食事のときと舞踏会のときの音楽を除いてほとんど解しなかったけれども。

ヴィクトルは今はじめて、連れてきた音楽家に対するクロティルデの喜びから、彼女の調和的心は弦と共に震えることを好むことに気付いた。そもそも彼はよく彼女には勘違いさせられた、彼女が——君［クリスティアン・オットー］のように——最高の賞賛も最高の非難同様に沈黙で語ったからである。彼女は、ハーモニカをすでにカールスバートで聞いていた父親に、自分とヴィクトルにそれがどんなものか説明して欲しいと頼んだ——彼はそうした。「それは極メテ強クよりも弱ク柔ラカクを巧みに表現する、一つのハーモニカ同様にアダージョに最も適しているものだ」。彼女はそれに対して答えた——その為に暗くされた静かな部屋に案内するヴィクトルの腕に組って——「この音楽は酒席での歌や陽気な気分のときに演じては良すぎるのかもしれません。痛みは人間を高め、その痛みの与える小さな切り傷によって規則正しく育てていきますが、それは撫子の蕾にナイフで傷をつけて、はちきれずに咲くようにするようなもので、そのように音楽は人為の痛みとして真の痛みの代わりをなすものです」。——「真の痛みはそのようにまれなものでしょうか」とヴィクトルは暗い、一本の蠟の明かりで照らされている部屋で言った。——彼はクロティルデの横に、彼女の父は彼に向かい合って座っていた。

至福の時よ、かつてこのハーモニカのエコーと共に私の魂を過ぎていった時よ、——もう一度通り過ぎて、かのエコーの余韻が再び響いて欲しいものだ。——

しかし謙虚な静かな名手が歓喜の楽器を唇に付けようとしたとき、ヴィクトルは、今は（明かりが外に出されないうちは）いつものようなことをしてはならない、アダージョの度に若干の情景を描いて、それぞれの作品にテキストの特別な夢想三昧を忍び込ませてはならないと感じた。音色を我々の気分の合唱歌手の声とし、かくて楽器の音楽をさながら声楽に、調音［アーティキュレーション］されてない音色を調音された音色とするならば、そして極めて美しい音色の列を、それはある特定の対象によって文字、言語となることなく、和らいだ心ではないが、洗われた心から生じていると思わないならば、音色に全能な力を与える確実な手段となってしまうからである。それ故、かつて人間の唇を伝って魂の子音として流れた音の中で最も優しい音が、震えるハーモニカから流れ始めると、そしてこの小さな鋼鉄の輪はさながら彼の心の枠、指板としてその震えを自分の震えとするであろうと感ずると、いずれにせよ今日はすべての傷が開いている自分の熱っぽい心に、音色に対して身構え、どんな情景も描かないように強いた——単に——明かりが持ち去られる前に、泣き出すことのないようにする為であった。

ますます高く高まる音色の引き網は彼の感動した心と共に昇っていった。憂愁の思い出が次々に過去のこの丑三つ時に彼に語った。「私を押しつぶさないで、私に涙を下さい」――彼の捕らえられていた涙は彼の心の周りに集められ、彼の内部はすべて、床から高められ、穏やかにその中を漂った。――しかし彼は気を取り直した。「おまえは出来ないのか」（と自分に言った）「濡れた目をなくしてしまうことは。いや乾いた目で自分のすべての胸のこの苦悩のエコーを、アルカディアからのこの残響を、この涙の音をすべて、砕けた魂に取り入れるがいい」――自分がしばしば落ち着きと見なしたこのような隠された融解の間、いつも遠くから声がして話しかけられているように思われた、その言葉は詩の抑揚を持っていた。これらの音は、ホーリオンよ、人間の日々のように滴り落ちるのでは来ているのではないか。この声は再び彼に話しかけた。「これらの音は消えた希望から出はいけない。塵の心には霧の中のように以前のほのかに光る時代が描き込まれる」――それでも彼はなお静かに答えた。「人生は二つの涙を流すには短すぎる、苦悩の涙と別な涙との為には」。……しかしこのとき、エマーヌエルが墓地に舞い落ちるのを見た白い鳩が彼のイメージの中を飛び、彼が「この鳩は実際すでにクロティルデの夢を見たときに舞って、氷の山に止まったものだ、これは私の横のしぼんでいく天使の比喩だ」と考え――そして音色がますます小さく羽ばたき、ついに葬式の花輪のささやく葉陰で舞うと――そして再び声が興って、「古い調べを忘れたの――御覧、これは彼女の誕生日の前の夢にもう現れていたもので、病んだ魂を墓地で心臓のところまで沈めた調べ。彼女が残したものは涙に満ちた目と痛みに満ちた魂だけ」と言うと――――――「そう、それだけだった」と彼の疲れた心は声詰まらせて言い、留められていた涙はすべて奔流となって目から流れ出た。……

しかし明かりは丁度部屋から運ばれ、最初の奔流は気付かれることなく夜の膝に落ちた。

ハーモニカは死者達のメロディーを始めた。「何故にかくも穏やかに安らう」等。――このような調べでも永遠の海の砕ける波は、岸辺に立って向こうを憧れている暗い人間達の心を打つ。――今や君はホーリオンよ、響く風によって人生の雨の靄から明るい永遠性へと高められる。――聞き給え、どのような調べがエデンの広野を巡るか。音色は、息吹へと揮発して、遠くの花々で跳ね返り、エコーで膨らみ、うっとりと翼で泳いでいる白鳥の胸元を回って流れ、旋律の潮の中で潮に白鳥をさらい、それと共に香りの霧に包まれている遠くの花々の中に沈み、そして暗い香りの中で魂は再び夕陽のように、至福の没落の前に輝くのではないか。……

　ホーリオンよ、死の丘を広い人生の周りに運んでいる地球はまだ我々の下で休んでいるのか。この調べは現世の中で震えているのか。過去と未来とをその翔る炎と共に我々の傷の間近にもたらす音楽よ、御身はこの世からの夕方の風なのかそれともあの世からの朝の風なのか。然り、御身はエコーで、天使が第二世界の歓喜の調べから奪ってきたもので、我らの黙した心、我らの荒涼たる夜に我らから遠く離れて飛ぶ天国の春の風の音を響かせる為のものだ。そして御身、消えゆくハーモニカの音よ。御身は歓呼の声からのものだ、それは天国と天国とに塞がれて、遂に最も遠くの沈黙の天国で死に絶えるもので、この天国は深く、広い、永遠に静かな歓喜に他ならない。……

　「永遠に静かな歓喜」（とホーリオンの溶けた魂は繰り返した、その恍惚をこれまで私は自分の恍惚としていた）、「そう、そこには、私が私の目を大慈悲の者に開け、私の腕を彼女に、この疲れた魂に、この大きな心に広げるそういう所があろう。――そうなったらクロティルデよ、あなたの心に倒れ、永遠にあなたを抱こう、すると永遠に静かな歓喜が私どもを包むだろう――地上の調べよ、また生命の方に吹くがいい、私と彼女の胸の間で、そして小さな夜、波立つ影絵はその明るい波の上に漂うがいい、私は覗き込んで言うだろう、これが私の人生だったと――それから私はもっと穏やかに言い、もっと激しく泣くだろう。然り、人間は不幸だ、でもこの世だけのことだ、と」。

　この最後の言葉を聞いて思い出が大きな雨雲を引き連れてくる人がいたら、私は言うことだろう。愛する兄弟よ、愛する姉妹よ、私は今日は君同様に感動している、私は君の隠している痛みに敬意を払っている――私を許し給え、私も君を許す。……

　歌は止んで鳴り終わった。――今は暗闇の中の何という静寂か。溜め息はすべてためらいがちの息と変わった。感情の核星だけが闇の中で明るく煌めいた。誰の目が濡れたのか誰も見えなかった。ヴィクトルは目の前の静かな黒い空気を見ていた、それは数分前までは調べの吊り庭、人間の耳の溶ける空中楼閣、縮小化された天国で満たされていたもので、今や剥きだしの黒い花火装置しか残っていなかった。

　しかしハーモニカがこの闇をじきにまた諸世界の幻影で埋めた。しかし何故他ならぬ勿忘草というヴィクトルをさいなむメロディーが選ばれたのか、これは彼がクロティルデに告げているかのように、詩に調べを付けたものであった。「私を忘れないで、今厳しい運命であなたと別れるときに——私を忘れないで、あなたの為に優しく脈打つこの心がいつか粗く涼しい大地に眠るときに——あなたの心の中で穏やかに私を忘れないでと語る声がするとき、それは私なのだと思い出して欲しい」。……その上これらの調べが波打つ花と絡み合って、過去から過去へと遡って、過ぎ去った、人間の奥に安らう歳月から一層ひっそりと滴って——遂に生命の曙光の許でただつぶやいて——人間の揺り籠の許でただ音もなく沸き立って——我々の冷たい薄明の中で強張り、我々の誰もいない真夜中のときに涸れると、感動した人間は、自分の溜め息や無限の痛みを隠しておくことは出来なかった。

ヴィクトルの横の天使はもはや隠しきれず、ヴィクトルはクロティルデの最初の溜め息を聞いた。——それから彼女の手を取った、空いた墓地の上にそれをかざしたいかのように。

彼女は手を彼にゆだねた、彼女の脈は震えながら彼の脈と重なった。

仕舞に歌の最後の調べはわずかにその旋律の輪をエーテルに描くとすべての過去の上に散った——すると遠くのエコーがひらひら舞う空気の中に調べを包み、深いエコーの中を吹き飛ばし、遂に空の周りの最後の大気へと送った——そこで調べは別れ、一つの魂としてクロティルデの溜め息の中に飛んできた。

そのとき彼女の最初の涙が、熱い心のように、ヴィクトルの手に落ちた。

彼女の友人は圧倒されていた——彼女は茫然としていた——彼は穏やかな手を押した——彼女は彼の手から自分の手を引き抜いた——そしてゆっくりと部屋から出て、その優しい印に夜がヴェールを被せていた柔らかすぎる心をまた立て直そうとした。

明かりがもたらされこの夢の世界は消えた。マチューと侍従夫人も現れた。我々はしかし丁度悪人に対して最も過酷であるこの柔らかな気分のときには、我々の軟化と対照的であることにどうすることも出来ないこの新たな二人に対して何も言わないし何も考えないことにしよう。ヴィクトルも一度ならずこのことを自分に言った。薬店主の虚言によるクロティルデとマチューとの結婚があざとく迫って来たからである、純粋な精神がそのエーテルから追いやられ、ねじ曲げられた翼と共に汚れた肉体の中に押し込められるというかのプラトン的な結合に似て。クロティルデが戻ってきた。彼女はヴィクトルに当惑していた、ただ彼が中にいたからであり、あるいは橇で彼女の横に居ることになっていたからである。――腫れた眼球を彼女は明かりから遠ざけた。――涙は塞がれると、授乳を塞がれたときと同じく圧力を増し、破壊するので、彼の内部に押し止められた憂愁は、激しく途切れた声による、すばやい動きによる、それどころか活発な表現による出口を求めた――要するに彼らが出発したのは結構であった。

彼は彼女の後で橇に立っていたとき、また逆のことを考えていた。夜は雲の背後に移ったように見えた、雲の広い穹窿が空を占めていた。彼は何の話題も見いだせず、好きなように考えようと思った――彼はクロティルデの、ヴィクトルの、すべての知人の人生を振り返った――何も浮かんで来なかった。理由は、彼の送り出した考えは知らぬ間にいつも後戻ってきて、蜂のようにクロティルデの高貴な横顔に、彼女の柔らかな目に止まったり、彼の手に落ちた涙や、今日の調べのエーテルの海全体に沈んだからである。彼の上の暗い空が遂にエマーヌエルの最近の手紙を思い出させ、彼はそこから人間の最高の知に対する盲人の精通について語った。クロティルデは喜んで耳を傾け、最後に言った。「このような師の弟子の他に幸せな者はいません。でも世間に出てはいけません――そうはしないでしょうが。師が余りに柔らかな心を授けたのです。柔らかな心は、仰有るように、柔らかな果実同様低く垂れ下がるもので、誰もがこれには手を出し、傷つけてしまいます。硬い果実はもっと高く掛かっているものです」。

彼らは今や硬い首都の果実に着いた、そして彼女の意見は自らの歴史であった。しかし新たな登場――ざわめく馬車や衣装――空騒ぎ――恒星の組織のような広間のシャンデリア――二重の合わないハーモニカ――男性の宮廷の動物誌――女性の宮廷の植物誌――すべての動員された遊山のキャンプ、この市の雑踏は二人の調和的魂の間を往来している物静かなエコーを打ち砕いた。

我らの主人公は侯爵よりも侯爵夫人に一層好意的に叱られた。クロティルデの職の代理人のヨアヒメは冷たく怒る好意の他に宝石の多い調整器付時計を有していた。公の場所では小部屋の中でよりも外部の人間を性格の仮面のように内部の人間の上に被せるのは簡単である。いずれにせよどのような苦痛でも酩酊という機知的作用を受けていたヴィクトルは、せいぜい過度の活発さによってその痛みを晒していた。

女性はこの逆のことで晒すもので――クロティルデは何によっても晒すことはなかった。外部の喜びの調べと内部の空想とが二つの奔流のように互いに合流したときに陥る奇妙な麻痺状態の中で、次のような考えを彼女に述べた。「私が歓喜の女神ならば（そのようなものがあるとして）、三時を打たせましょう——壁の燭台にプリズムを置くか、それとも小部屋に掛けて、そして舞踏室を香煙で魔法の薄明かりとすることでしょう——それからオーケストラの音を多くの部屋に退かせて、柔らかなエコーしか聞こえないようにします——そしてこの薄明の、メロディーの響く混沌の中で人々が若干の静かな動揺の後恍惚として死にたいと思わないならば、そのときには」……「もっと仮定して」（と彼女は言った）「私どもにそれが恵まれて、ここにいながらその死が見られるようになさって下さい」。——

しかし彼の落ち着きはどの舞踏会でもほとんどメヌエットを越えることはなかった。最初の物音の後、少なくとも丑三つ時には、いつも彼の魂全体は自らの詩的な、ほとんど目を自制できない憂愁に陥った。調べの他に更に動きをこの現象の説明に利用したい。動きはすべてまず崇高である——つまり大きな塊の動きとか、むしろすばやい動きはどれも対象に通って来た空間の偉大さを示す、それ故対照的に見て、意図的に動かされた物は静かな物よりも滑稽である。——第二に人間の動きは彼には墓地に向かってひらひらと舞い、逃げていくように思われた。彼はしばしば夜鬱然として家々の下に立ち、その三階で人々が踊っているのを見上げた、喜んだ頭の揺れる様は墓地での鬼火の舞いに見えた。

今日彼は溶けて溢れる魂の状態でいつもより先にこのことを感じた。縦列からペアが次々に消える英国風ダンスは、我々の影の多い人生の喩で、人生には我々皆が太鼓と共に、数千人の遊び仲間と一緒に出発し、毎年貧しくなりながら、毎時間孤独になりながら、進んで行き、仕舞には皆から見捨てられて、ただ雇った男から目的地の奥に埋葬して貰うだけである。——しかし死はさながら我らの腕を広げ、それを愛する兄弟姉妹に巻き付ける。人間は未知の者達の国と接する墓穴の縁ではじめて、自分を愛してくれて、自分と同様に悩み、自分と同様に死ぬ知人達をどんなに愛しているか気付く。

女性は、瞼を開けてそのほのかに光る目を見せるときほど、すべての至福の過去を感動的に打ち明けるときはないので、彼は踊りながら、沈んでしまった空のみを映している目を少なくとも覗かないわけにいかなかった——今日は彼にはすべてが、目でさえ、沈んでいた。クロティルデは踊るといつも青ざめるので、彼は彼女の目を通して彼女の心を察し、その静かな魂の許でじっと留まっている涙の滴を――新しい美徳の為の運命の多くの接種の傷を――運命がこの花に別の大地への移植の前に、粗末な植物に対して行うように短く切って断たれた根を――そして美しい考えの数千の蜜の壺を数えた。彼は一度に彼女の隠された美徳のすべてを、彼女の感傷に対する女性的理性の支配のことを、今侯爵が強いた舞踏会への承諾のことを、同様にかつて侯爵夫人が強いていた化粧への承諾のことを、それに自分を犠牲にすれば済むとする彼女の親切を思い出し、そして彼女が、宮廷の女性や町の女性のようにではなく、これらは植物のように温室の窓際では光を求めて自らを広げるものであるが、春の花に似て影で咲くことを好むということ、しかし田舎での生活への愛着を自らの謙虚さ同様に表に出しはしないということを考えると、死が墓石を投げ下ろしている華奢な毅然たる花から、自らの価値に匹敵する女性をまだ鏡の中で見たことのない最も美しい魂から、まだ幸せではない瀕死の心から目をそらさないわけにいかなかった。

その時勿論考えが嵐のように浮かんで来て、彼は身をすくめた。「今日は、彼女がどんなに良い人か言おう、もう二度と会えないだろう、さもないと自分のことを知らずに彼女は死んでしまう――足許に跪いて言いようもない自分の愛を打ち明けよう――怒られる筈はない、誰にも畏れおおい彼女の神聖な心を望んでいるのではないのだ、ただ言うことにしよう、私の心は決してあなたを忘れません、でもあなたの心を望んではいません、あなたの前で震え、血を流し、泣き、話したら、ただ穏やかに破れようと思っているのです」。……

こう考えているとすぐにクロティルデ自身が継母に手を引かれてやって来た、そして日光で薔薇が褪せるように熱気で褪せた顔が、病んで疲れた表情が、新鮮な空気を吸って家に帰りたいと静かに頼んだ。

彼女は乗った。継母は彼女の後を離れて向かった。――何という舞台の転換か。――天の東の門に月が懸かっていた、月は銀河とすべての青い淵から雲のヴェールを取り除いていた。月は次第に銀色の地を塗り付け、影と光とで刻々と移る夜景画を描き込んだ。寒気は物体の中で、白い沃野で、よろめく奔流で、漂う雪片でその光を密にしているように見えた、光は輝きながら白い花として灌木に懸かり、太陽が氷の鏡とした東側の山々を上ってほのかに光った。――人間の上のもの、人間の周りのものすべてが崇高に静かであった――眠りは死と戯れていた――どの心も己れ自身の夜に安らっていた。――

そしてここでさながら地上の雑踏から静かなはなはだ白む下界へ足を踏み入れたとき冷たい戦慄が、その後に熱い戦慄がヴィクトルの神経を襲った。――これは、人間の魂が余りに一杯になり、余りに震撼されたとき、生ずるものである、そして震える肉体組織のすべての繊維が魂と共に揺れる。――彼の橇は今や翔るゴンドラとなった。強く当たる夜気が彼の炎のすべてを焚付けた。氷の先端ばかりの流れよ、それが彼の上を覆い、雪の冷たい毛布よ、それが彼の上に置かれていたならば。――絶えず彼の中で声がした。「おまえは静かなこの辛抱強い女性を黒いヴェールと共に死に連れていくのだ――これは彼女の葬儀の車――高貴な真珠取りのこの女性はこの下界で痛みと徳とを十分に集めたからまた引き上げて貰いたいと天に合図を送ったのだ」。――移りすぎていく山々、倒れすぎていく樹々、飛び去る畑、自然のこの逃亡は一つの大きな滝に合流するかに見えた、滝はすべてを駆逐し、人間を真っ先にそうして、時の他は何も止まらせなかった。――そして彼が町の消えた谷に、一年前は見送る彼の女性の友人達の消えた谷に滑り降りて、月が見たところ空から樹の背後へ飛び始めたときに、彼は目を星に向けて、反り返り、凝視し、呆然として空に大声で呼びかけた。「人間の上の深く蒼い墓よ、御身は沈んだ太陽の背後に広い夜を隠している。御身は我々と我々の涙を霞のように引き上げる。――哀れな、しばらくしか会えない人間どもをこれほど広く、これほど無限に広く引き離し給うな。――何故人間は御身を見上げたら思わずにはおれないのか、一年後にはどの愛する心を向こうで捜さなければならないことだろう、と」。

彼の曇った目は痛々しく空から――見上げて彼の目に向かい合っているクロティルデの目に落ちた。彼女は、目からはじめて頬に落ちた涙をヴェールで隠すことも、顔で溶けた雪片と言い訳することも出来ないでいた、ヴェールは雪片を除けたからである。しかしこのような涙はヴェールは必要なかった。クロティルデは、彼は単にエマーヌエルのことを言っていると思っていた、それ故彼女はほろりとした。……二人の別れる天使のように泣きながら両者は見つめ合った。しかしクロティルデは目をそらした、そして頭を前に屈した。しかしまた向き直って、天国の顔、天国の声をして彼に頼んだ。「この暖かい友情を私の兄にも分かって下さい。今日は妹の頼みを大目に見て下さるように、新たにお願いすることは長いことないかもしれませんので」。彼は深く身をかがめて、答えることが出来なかった。

しかし彼女の住まいがほのかに見えて来て、彼女の館からは月の銀色の雨が滴っており――別れが（ことによると死の仮面が）この静かな天使を連れ去る瞬間がますます大きく、暗く迫って来――彼の思い付くどのようなありきたりの別れの言葉も彼の病んだ心を苛み――彼女が頭を手とヴェールとで支えて、別れの最初の印をこっそりと取り除き、止めようとしているのを見ると、長いこと一つずつ目に滴を垂らしていた雲全体が裂かれて彼の上に落下し、彼の心に溢れた。……彼は突然静かになった。……彼は涸れることのない目で聖リューネの方を見た。……クロティルデは振り返って、色褪せた顔、苦痛に満ちた額、震える口を見て、内気に言った。「あなたは優しすぎるのです」。――そのとき彼の満ち溢れていた心は二つに裂けた。――それから先の涙で満杯になっていた彼の魂の深みからすべてこみ上げてきて、根元から彼の心を浮き上がらせ、彼はクロティルデの前に跪き、天上的な愛と滴る痛みとで輝きながら――美徳に燃え上がり――月の光で浄化されて――誠実な屈する胸と覆いを掛けられた目をもって、とぎれとぎれの声をしてただ言った、「天国の天使よ、ようやくあなたを言いようもなく愛している心が告白いたします――私は長いこと黙していました。――高貴な御姿よ、私の心から消えないで下さい――神々しい方よ、何故あなたの苦しみ、あなたの優しさ、そしてすべてのあなたの人となりは、私に永遠の愛を与えながら、望みを抱かせず、永遠の痛みを与えるのでしょう」。――彼から離れて彼女の吃驚した顔は彼女の右手の中にあって、左手は目だけを覆っていたが、涙は隠していなかった。絶え絶えの声で彼に起き上がるよう懇請していた。遠くで二つ目の橇の音がした。――「忘れがたい人よ、私はあなたを苦しめています、でもお許しの印が頂けるまではこうしています」。――彼女は左手を差し出した、そして感動した聖なる顔が覗かれた。彼は暖かい手を燃える顔に、熱く涙の出る顔に押し当てた。彼は震えながらまた尋ねた。「私の過ちはますます大きくなります、すべて許して頂けますか」。……

するとと彼女は赤面した顔を二重のヴェールに隠して、脇を向いてつかえながら言った。「私の所為でもありますから、私の師の友人の方」。――――

幸福この上ない人間よ。この言葉の後では地上の全生涯はこれ以上の至福を与えることはない。天使の手の上で茫然とした顔のまま静かに恍惚と休むがいい、この手には最も高貴な心が美徳の為に沸き立つ血を送り出しているのだ。彼女の差し出した良き手に喜びの涙をすべて注ぐがいい。そして歓喜の余り、あるいは畏敬の余り、そうすることが出来たら、純粋な輝く目を開けて、崇高な愛の視線を、永遠の愛の、黙した、至福の、言いようもない愛の視線を彼女に見せるがいい。

かつてクロティルデのような女性が愛したであろう者も、今は歓喜の余り読み続けることが出来ないし――書き続けることが出来ないであろう。……あるいはまた苦痛の余りに。――

今や彼はより美しい道を黙って浄められて進んだ――月は露を帯びた、白い花で覆われた朝のように空に懸かっていた――春は雪のヴェールの下で沃野と花とを動かせていた――歓喜がヴィクトルの胸の中で鼓動し、胸の中で膨れ、目の中で輝いた――しかし畏敬の念の無言が歓喜に勝っていた。……彼らは着いた。両者がハーモニカの部屋で、彼が夕方痛みの余り彼女の手を握った部屋で、互いに二人っきりで向かい合ったとき、はじめて二人のこのような心はかくも変化して至福であった、彼女は天国から落ちてきた天使のようで、彼は大地から蘇った亡き人のようで、内気な天使の心に跪き、一緒に無言で天国に戻っていくかのようであった。……何という時か。君達、このような時を経験したことはないけれどもそれに値する、美しい魂の為にだけ、私はこの時を書き続けている。……神の前の二人の浄福者のように彼らは互いに目と魂を覗き込んだ――二本の揺れる薔薇の起こす西風のように、震える唇の間で無言の歓喜の溜め息が、胸で素早く吸い込まれ、喜びにおののきながらゆっくりと吐き出されて、洩れた――彼らは黙って見つめ合い、目を開けて、喜びの滴越しに覗き込み、目を伏せて瞼で滴を乾かした。……いや、十分である――それは別な涙で、美しい心の中に今や押し込まれていて、心は黙しながらこのように言おうとしていた、私は幸福であったことはなかった、これからもそうであろう、と。

ヴィクトルは言うべきことは沢山あったがもはやその時間がなかった。しかし喜びの為というよりは畏れの為に彼は黙していた――というのは愛する心にとっては自分はあなたのものと言った姿は聖なるものであるからである。――しかし自分のものでいてくれという厚かましい頼みを彼がしようとしていたとは思わないで欲しい。マイエンタールに彼女を訪ねていいかという質問と、体を大事にして欲しいという願いだけを彼は敢えて述べることが出来た。クロティルデはただ一つ願いがあって、十分にそれを隠しておけなかった。つまり嫉妬深い兄の為にマイエンタールでは彼女と会わないで欲しいというものであった。

歓喜のためらいの間に第二の橇が呼び鈴を鳴らした。急がされて二人は大胆になった——ヴィクトルは願いを希望に変えて、春が彼女の旅の意図（快癒）にとって恵みとなって欲しい、と、そして質問を喜びに変えて、マイエンタールのダホールの側で彼女はどんなに幸せであろうか、自分がかつてそこでどんなに幸せであったことか、それ以上の幸せはあるまいとどんなに思っていたことか述べた。クロティルデは（多分に後から旅したいという彼の希望に対して）答えた。「あなたに私の兄、あなたの友人を残していきます。先の私の願いを忘れないで下さい」。

両親が近付いてきてクロティルデはヴェールをはねのけることを思い出し、彼女の恋人は勝ち得た心からはじめての別れをしなければならないと気付いた。二人は二人の人生の周りに広がった大きなエデンを遠くまで覗いた——そして今時の流れの中で過ぎ去っていく明るい瞬間が永遠の中に二人の天上的姿を映し出した、ヴェールを脱いだ、淡い赤色の、涙で神々しくなった姿と、愛によって称えられた、希望によって反射する姿とを——もはや、愛の輝く大きな目すら写さない手には魂を描かせるには及ばない。

両親が来たとき、彼はあらゆるコントラストが可能であると感じた、しかしそれらすべてを許した。彼は直に別れて、家で夜の静けさの中で最初の祈りの視線を自分の将来の人生の河に注いだ、河は今や美曲線を描いて墓にまで延びており、そこには金魚のように多彩な瞬間が戯れていた。

夜の静寂の中で、自分の蠟のミイラからさほど離れていない所で、この幸福な男は無限の守護神を前に跪き、新たな涙と共に今晩のことを、自分が初恋の相手であるこの恋人のことを感謝しようと思った。しかしそうしようという思いは実行となった。我々の感動した心は、すでに人間を相手にしても黙するものだが、無限な者を前にして涙と想いの他に何か言葉を見いだせるものであろうか。

深い憩いのこの恭しい気分の中で、私は筆を擱くが、読者もこの気分の中でこの本を置いて、私同様に言って欲しい。もっと陰鬱な日々も第二十八の犬の郵便日のように終わらんことを、と。

# 第三小冊子への序言

（初版では十二全紙分早く始まったものである）

今や閏日が序言［Vorrede］に加わり、閏日はその上最初の文字がＶで始まるので、両者はとても都合良く片付けられよう。

# 第七の閏日

番外枝葉の索引の終わり

ＵＶ

読者の鈍感さ［Unempfindlichkeit］――序言［Vorrede］。隣の野蛮人や隣人から殴り殺されることの他は案じなくても良い――雹だけが皮膚の鞭の親方であって、今のように訪問客の扇の貿易風が我々にとって旋風《つむじかぜ》となり、紅茶を冷やす息が海風となるようなことのない――他人の苦悶よりは自分の食い扶持を気に懸ける――婦人方が熊皮の殿方を棍棒でしか、（視線や、魅力や巻き毛ではとんでもないことである）傷つけない、御婦人方が今日や将来と同様に立派な男性の心を我が物とするけれども、その心の所有者を前もって祭壇で打ち殺しきちんと屠殺してから、その胸郭から天球を切り出すという幸福な時代があった。――

これらの時代を今や我々は皆奪われている。現在の時代は劣悪に見える。誓って、幸福になるにはほとんどすべてが必要であり、不幸になるにはほとんど何も必要としない――前者の為には太陽が、後者の為には塵埃が必要である。――運命によって、およそ法律学者の言うような拷問を、つまり三つだけ――エジプト人より多くない苦しみを、つまり七つだけ――最初のキリスト教徒の耐えたよりも多くない迫害を、つまり十だけ恵まれるならば、我々はそれを良しとして、あらゆる別荘に大きな部屋を持つ気分であろう。しかしこのような幸運には分別ある男は全く当たらない。少なくとも私のように腰掛けて、我々の蜂鳥の胃、――我々の柔らかな青虫の皮膚――我々の自ら鳴る耳――我々の目の自己点火器――裏返しの薔薇の葉によってではなく、すでに茨の影で刺されてしまう我々のパリの尻――月光避けの庇なしに月光で黒くなってしまう我々の繊細な肌の色を考慮に入れる者にはこのような幸運はない。……しかし私は我々の苦しみの一覧に――私は熱心に、これらをより小さなものにしようとしているので――全く別種の、全く忌々しい消息は入れていない、そうではなく例えばこの富を完全に、胸のかくも多くの千もの掻き傷や粉砕に対する慰謝料を、そもそも数百万もの魂の傷を除外している。この傷は我々の穴だらけにされた自我を、これがもし幸いに頭から足まで絹絆創膏を貼られていなければ、全く透明なものにしてしまうことだろう。……しかし私はこうしたことをすべて無視した、主に我々男性が投げ入れられる全く別の煉獄や嵐に対処しなければ、何にもならないであろうと知っていたからである、これは我々が不幸にして自らに船底をくぐらせる刑を課すとき、つまり恋に陥ったときのことで、これは管見によれば地獄、並びに天国をわずかであるが前もって味わうことである。この分野における最良の貴族夫人ならば私宛に書いて、郵便料金前納でベルリンの出版社へ封筒に入れて送り、私に名乗られるがよかろう、もし自分の哀れな忠義の牧師を虐待せず、突き刺すことをしない、変人と決めつけることをしない、手の捺染機によって彼の心を打撲傷で一杯に、扇の棒打ちの刑によって頭を骨亀裂で一杯に、目によって胸を火脹れで一杯にすることをしない、煙草のように涙によって処理液を与えることをしないと約束できるならば。……少なくとも私自身は丁度このような刑務所、狩場から現在出てきたばかりで、私の姿は惨めなもので、自ら頭皮を剥がれて立っている案配である。

　これについてはこれ以上話さないことにしよう。これらすべてに関しての私の意図は読者をタフにすることである、今まで名付けることすらしなかった全く新たな雨の星座が登場し、読者を雪で覆うことになる。これは以前のすべてのものよりひどく荒れるものである。思うに、帝国市民がすべて片付いているとする、自分の敵は倒され、自分の現金の現在高は調べられ、自分の仕事は公衆と全職員によって好意的に受け入れられ――自分の猶予願いは承認され、自分の負債者の五年猶予状は拒絶され――自分の末の娘は、フランス国王の兄弟の長女のようにマドマーゼルと呼ばれ、すでに疱瘡を克服し、後に婚約を切り抜けたとする、しかし何にもならない、ひどいもの、地獄の沼が――書架で待っている。そこでは美しい霊達が、彼がすでに運命の苦い塩をすべて呑み込んでいようとも、長編の神与の食物《マナ》という名の下に、私自身焼こうとも噛もうとも思わない固い涙のパンを彼の為に切っているかもしれないのである――まことに霊達は（別の比喩では）彼の為に葬列と葬儀のカンタータを用意しているかもしれない、これらが彼を全く打ちのめして、熱くさせ、目から溢れるようにするのである。

　不幸なことにまさしく心の暖かい優しい立派な男達は、書き手の送りつける詩的苦難をタフに程良く耐えることが最も下手であるという特徴がある。私はそれ故この第三冊子に、これは容易に感動させるものなので、無垢の人々がこの冊子の最良の場面で泣き、同情するという原因そのものに私がなりたくない以上、序言をすべてその後盾として付けないわけにいかない。生来悲劇や長編小説の大きな受難に対して美的無感動を有しないこのような優しすぎる人々は――肥えた人を除くが、肥満は苦しみに対して断食療法や地獄石同様に効くからで――このような人々は哲学によって悲劇詩人に対して冷淡に武装しなければならない。彼らは大きな悩みを読みながら自ら慰めて言うべきであろう。「この印刷された不幸はどれくらい続くのか――本と人生はどれくらいしたら終わりになるのか――明日の考えは違うさ――シェークスピアによってここにもたらされている不幸な状態は、自分の表象の中に存在するにすぎない、それに対する苦痛は、ストア派によれば、錯覚にすぎない――エピクテトスはその語録の中で、自分の意志の中にないものを嘆く必要はないと言っている、ここのクロプシュトックの悲しい場面は自分で変えることの出来ない外的な事物だ――ゲーテのタッソーのこの場面全体を目を濡らさずに静かに悠然と耐えるような北アメリカ人、ハレの製塩者、下層民、ジェクス出身のクレチン病患者に顔色なからしめられたいのか」と。

私はここで読者に誓うが、私がここで出征中なのはその女性や姉妹に対してに過ぎない。読者の間では美的苦難のタフな観客が全く欠けるということはなく、下層民に対してさえ数が少ないということはない、私は、商人や批評家、刑法学者、オランダ人の大部分に対して、私や他の者が印刷に付する薄物で覆われた悲しみの情景を読みながら大いなる平静さを失うことがあると論じているような印象を持たれたくない。私はむしろ思いたい、——かつてその希望があったのであれば——それは今に他ならず、ドイツ人はかのベルギー人の禁欲主義、かの高貴な鈍感さを名乗って良い、これはドイツ人の誉れとなるもので、これで悲劇の女神［メルポメネ］の剣に対して防弾、防剣の用意が出来、ダンテの地獄でも、本当の地獄でキリスト教徒がそうであるように苦しむことがない、と。確かに我々はフランス人の感受性を有したことはなかった、彼らのラシーヌは我々にはいつも宮廷道化師であったであろう。しかし今や我々は、著者が余りに乱雑に書いて、多くの戦場や猫入らずの杯や絞首台を描いているのでなければ——これらは疲れさすから——そして半分は整理して——きちんと馬に乗って——哀悼馬で近寄って、一方の手では葬式の鐘を振って、他方の手では葬儀の元帥の災いの杖(1)を振るとき、あるいは著者がより繊細な上品な魂の目に見えない流れ出す刺し傷のみを描くとき、今や我々は、我々の陽気な気分を主張して、如何にドイツ人が耐えられるか見せることが出来るのである。より弱い力の者達は少なくとも眠る、かくてゲーテのイフィゲーニエのとき苦しむことがない、眠りは悩む者達を慰めるからである。あるいは我々はこのような悲歌を全く忘れてしまう、我々はプラトナー(2)によれば痛みに対する記憶を持っていないからであり——そして忘却は——ある侯爵が書いていたように——痛みに対する唯一の薬であるからである、あるいは天は我々に、苦痛の後歓喜を与えるように、メシアーデの後に（これには上手な戯文が望ましいだろう）ブルーマウアーのパロディを贈っていて、この為に先の叙事詩を容易に忘れることが出来る。

W

女達［Weiber］。君達、我々、固い甘藍の茎の隣の優しく柔らかな春の花、天使の子孫よ、私は先の文字の所で君達と君達の柔和さをドイツ人の溶解しにくさと対比して考えた。私の言いたいことはただ、君達は、善良な場合、極度にそうであって、君達とイギリスの錫は同じ極印を持っている――つまり天使の像を持っているということだけである。

X、IKSを参照――Y、Iを参照――Z、TSを参照

Tz

スピッツ［Spitz］。哀れなスピッツは彼の主人同様番外枝葉の序言に出たがって、丁度都合良く第二十九章を持って来たところである。私はヨリックが驢馬と話したように、(3) 数時間スピッツと話すことが出来る。私は今神々の使者を後足で立たせ、前足を持って、直立して私の話しを聞くようにする。――――「立ちなさい、君と何か話しをして、君を第三の序言に入れることにしよう。スピッツよ、君が人間同様悪党であって、人間同様に真っ直ぐにしてではなく、背中をかがめ、平伏して、ただ餌にありつこうとするということは注目されて然るべきことだ。君と人間達は賭博カルタのように曲げて、ねじって勝とうとする、卑俗なイギリス人達が劣悪な銀貨をねじって、より少なく見られないよう、つまり二個が一個と見られないようにするようなものである。――君は義眼だが、君は立派に振る舞っている。――批評家達は言うことだろう、自分達が君の立場であれば、伝記上の建築道具をもっと熱心に運んで、伝記が雪の降る前に終わるようにするだろう、と――彼らに反論して、年代記を髭のないときに始めて、灰色の髭のときに終えたバロニウス(4)のように私も出来る筈だと言わないでおくれ――彼の模倣が出来るのは批評家だけで（私は違う）、彼らは推敲の時間があって、作品を髭剃り日の髭のないときに始めて、やっと三日後の石鹸を顔に塗ったときに終えるのである。――――ホーフマン、跪き、食べるがいい。君は少なくとも全く分別に欠けるというわけではなく、皇太子の胎児よりも演説に耳を傾けるし、尾を振る、が胎児はそうしない――私は今や全く別な人々と話さなければならない、この人々は、スピッツよ、決して尾を振らないのだ」。

ジャン・パウル

# 第二十九の犬の郵便日

改宗——時計の恋文——紗の帽子

朝クロティルデは彼女のポプラの島へ出発した、昼ヴィクトルは彼のポンティナ沼沢地［ローマの東南方にかつてあった］へ出発した——両者とも離れることに満足していて、離れていた為に和合を享受し得た。

宮廷医師がフラクセンフィンゲンで為した最初のことは——追想することあるいはむしろ追感することであった。人間は、すべての場面を二回並べて見せる、時の二重の方解石である。思い出はその鏡に今一度昨夜の月光とその中に漂う天使達とを取り上げ、この微光とこの眺望を伴って鏡を私のヴィクトルに向けた。彼はクロティルデのこれまでの振る舞いを考えた、これから彼は——私の読者も期待するが——ただヴェール越しの目で覗く至純の愛という特徴を、女性の願望に対する女性の感情の確かな支配という特徴と共に発見した。彼女は五月一日マイエンタールから涙を流す心と共にやって来た、この心は一人の死者から引き裂かれ、まだ明らかに血を流していた。エマーヌエルの弟子の彼は彼女に会った、彼女は急いで墓に戻り、そこで喪の涙と共に初恋も拭い消そうとした。——しかしエマーヌエルはこの愛に彼の神聖な炎を自らの愛によって、恋人を称えることによって、恋人が五月四日の誕生祝いの日に彼に送った萌芽の愛に満ちた率直な手紙によって知らせた。——彼女は癒されずに彼が旅立つ間近な時に戻って来た。——しかし善良なエマーヌエルは、彼女にヴィクトルのマイエンタールでの生活と彼が彼女を愛しているとの彼の告白を知らせて、彼女の心を狭すぎるものにしている姿を親切にかつ残酷に一層深く彼女の心の傷に押し付けた。——ヴィクトルは彼女の前では黙っていた、しかし彼女は、彼が彼女とフラーミンの血縁について話す許しを父から得ていないので彼はそうしていると思っていた。——彼は宮廷へ行って彼女のことを忘れたように見えた、否、彼は彼女に宮内職という鎖を巻き付けた、それは、彼が承知しているように彼女の魂を血が出るほどに縛るものであった。――彼女の両親は、彼女の心を聞き出そうとし、あるいは内緒の求婚者マチューに対して、女性らしい包み隠しを利用して、機嫌を取ろうとして、無理強いして不幸な拒絶の返事を引き出して、この拒絶に彼女の兄は惑わされ、彼女の友は遠ざかった。――ヴィクトルは彼女の祝いの宵、彼女に話しかけずに去り、その後両親を訪ね、その時には全く冷淡であった。――そこで彼女が耳にしたものはせいぜい彼の宮廷での歓楽とヨアヒメ訪問の知らせだけであった。――――そう、善き女性よ、願望と不安の戦いの中で、愛する魂を病んで渇望しているうちに君の喜びはすべて眠り込み、君の希望は死に絶え、君の無垢の頰は色褪せなければならなかった。――――さてヴィクトルがこの悲しい過去をじっくり考え、彼が彼女に彼女の血縁関係を知っていることを告げた劇場で、彼女の頰の最後の花、希望の最後の枝が折れたこと、彼のそれまでの沈黙を父親に命じられたものであると見なし得たのであるからと思い出すと――そしてこれらの特徴がすべて、抱擁するよりも拝跪するのが容易である天の女王に収斂すると、――そしてこの高貴な、エマーヌエルによって美化され、エマーヌエルのような人に相応しい心がそのすべての天と共に弟子の移り気な心に身を捧げたことを考え――この善き人にはこの謙虚な願いすら叶わなかった、運命が彼女の愛の開花を薔薇の木の開花のように移植によって、影に置くことによって、春と秋に蕾を切ることによって遅らせたので、と更に考えると――そして、にもかかわらずこの高貴な女性は口に指を当て、悲しい心に手を当て、傷心の素振りも見せずにマイエンタールへ去ったということ、倫理的冷たさはこの花を、物理的冷たさが他の花をそうするように、高めること、しかしそのことによって生命の根が断たれることを悟ると――そして遂に三日目の復活祭の彼の夢が、そのときには彼女が明るい霧の上に乗って歌いながら地球から昇っていくのが見えるように思われたのだが、大きな雨雲のように通り過ぎ、そしてその夢が彼女の蒼褪めた色彩と共に彼の憧れる魂の前に立ち止まり、そして夢からの一つの声に次のように問われると、「彼女を永く愛せるか、天使が彼女に憧れていて、彼女を苦しみから引き上げ、君には余りに長く誤解された心の墓しか残さないけれども」と、――――こうした考えがすべて燃えながら赤い夕方の雲の丘の連なりのように彼の魂の周りに並ぶと、彼の心は祭壇のように天から落ちる犠牲の炎によって覆われ、彼のすべての地上の欲望、すべての彼の汚点はこの炎に消えた――要するに、身を改めて、徳によって有徳な女性に相応しい者になろうと決心した。

彼は一七九三年四月三日の夕方頃、月と――そして地球とが――彼の足許の天底にあるとき改心した。

読者はこの経線儀に笑ったかもしれない。しかし美徳が単なる偶発的な枝葉や木の芽よりも何か高いものを意味している人間は誰でも美徳が自分の内部の木の精となったときの時刻を言えなければならない――これは神学者達が改心と、ヘルンフート教徒達が発心と呼んでいるものであるが。時刻が我々の精神的情感を印付けて悪いことがあろうか、単に情感が時を標示しているにすぎないのだから。

惑星的というよりは太陽的人間には誰にでも、ある高い時がある――あるいは来る――このときには彼の心は強い動揺と痛々しい剥離の中で遂にある高揚によって突然美徳に変わるのであり、それは人間がある信仰体系から別の体系へ、あるいは憤懣の至高点からすみやかにすべての過ちを溶かして許すことへ進んでいくといったかの捉えがたい移行の中で生ずる――かの高い時、美徳の生活の生誕の時は、またこの生活の最も甘美な時である、人間には、あたかも自分を抑圧する肉体が取り除かれたかのように思えるからであり、矛盾を何ら感じないという歓喜を味わうからであり、すべての鎖が落ちるからであり、戦慄的に崇高な万物の中でもはや何も恐れないからである。――人間に天使が生まれるときの、そして地球の地平に第二世界が昇り、美徳の太陽の熱気がすべて、もはや雲によって心に落ちることがないとき、この眺めは偉大である。――

しかし哀れな人間は、縛られ、血に沈み、肉に包まれた人間は直に自分の歓喜と自分の力の間の違いを感ずる。約束の地を、その地の葡萄の房が招じているからと戦い取ろうとした者は、その地の巨人（情熱）と戦う段になると、止まってしまう。にもかかわらず私は決してかの度の過ぎた熱狂を非難しない。人間は、改造される為には、建物のように高みに吊り上げられなければならない。三段論法は我々の欲望の血流を干上がらせない。我々の中では悪魔だけが、血や神経、酒類、情熱を自分の戦術、自分の帝国金庫として利用する権利があって、天使はそうではないのは奇妙である。……

しかしこうなのだ。人間は美徳を余りに難しいと考えるから、不品行なのであって、余りに容易と考えると、またそうなってしまう。理性（つまり良心）が我々を善良にするのではない。これは美徳への道で差し出されている木製の道標である。しかしこの横木は我々を運ぶことも押し付けることも出来ない――理性は立法権であって執行権ではない。この諸命令を愛する力、それらに身をゆだねるもっと大きな力は第一の良心の隣の第二の良心である。カントが人間を堕落させるものをインクで印付けられないように、人間の心を倫理的汚辱の上に真っ直ぐに保つもの、汚辱から引き上げるものを描くことも出来ない。

青春のときから名誉のある種の感情を所有しているかあるいは欠いている人間がいるとき――女性ではこの区別はもっと切り立っていて重要である――青春のときからこの世ならぬもの、宗教、人間の中のより高貴なものにある種の憧れを感ずるかあるいは永遠に無縁であるかの人間がいるというとき、誰がこれを説明しよう。――（子供達では宗教への暖かい思いはしばしば天才の印である）。人間は改心するから善良になるのではない（もっと良い者にはなるけれども）、人間は善良であるから、改心するのである。

美徳が禁欲主義と変わらないものであれば、美徳は理性の単なる子供にすぎず、せいぜい理性の養女であろう。禁欲主義は美徳を功利的に、理性的に描いて、それで美徳は結論に過ぎなくなる。ここでは誤謬を正すしかない。美徳は（禁欲主義によれば）最高の善ではなく、唯一の善なので、そしてこの主義によればすべての欲望は虚しい物を目指しているので、美徳は功績ではなく、必然性である。例えば何も憎いものがなければ、怒りを押さえることと、敵を愛することは友人を愛することよりも難しくなく、また功があるわけでもない、同じことなのである。

禁欲主義者はその意見によれば美徳に判じ物、空中楼閣、高熱による幻覚の他何を犠牲にするものがあろう。――にもかかわらず禁欲主義は美徳に対して、批評が天才に対するように、消極的貢献をなしている。禁欲的冷たさは春をもたらさない、が春を食い殺す昆虫を処刑する。禁欲的冬は、自然の冬のように、ペストを滅ぼす、新たな生命を生み出すより暖かな月が到来する前に。

ヴィクトルは、「あなたの心に対してはどんな心も十分に純で、静か、優しくて大きいとは言えない、しかしあなたが耐えてくれる弱い心は、あなたの心の許で浄化され、あなたの許に改善されてやって来るだろう」と言ったけれども、単なる愛だけが彼の美徳の源泉ではなく、逆に美徳だけがこのような愛を通じて現れることが出来た。しかしこのことがなくても行為によって半ば利己的な感覚の変化は非利己的なそれへと至るだろう、顔の美しさから始まる愛が結局魂の美しさへの愛へと高められるように。

クロティルデとの別れは、この間彼女の兄の嫉妬による思い違いに会わなくて済むと考えるとうれしくなった。一緒の愛は今やより良い女性達への友情に、より悪しき女性達への寛容に近付いた。彼は彼の諷刺的不寛容を——これはしかし若い道化の作家達の半分ほどもなかったけれども——自らの寛容委任によって破棄した。彼はガリバーの馬の国への最後の旅を、宮廷へ行ったときの嘘に対する処方箋として読んだ。彼のクーバッハ[1]の本、宝箱［当時の宗教書］、彼の敬虔の一団[2]は三つの不似合いな巻から成り立っていた。カント、ヤコービ、エピクテトスである。

私としては彼に滑稽に振る舞って貰いたくはない。九カ月宮廷にいた男性に対しては、彼が別に振る舞って、身分や悪徳のかの一致に対して違反しないであろうと当然期待して良い。人間は罪を最も犯すのは共同に行うときであって、丁度スイスの教会では聴衆は一緒に咳をしなければならない、あるいは運ばれる新兵は一緒に小便をするようなものであるからである。少なくとも身だしなみのよい男は自分の宗教に対する愛を、自分の妻に対する愛同様に隠そうとするものである。——話しにまた戻る。

ヴィクトルはそこで、自分には腹が立つけれども隣人の気に入る訪問だけをしようと決めた。隣人は侯爵夫人を訪ねたときの特別税であった（日々のプリンセスの為の税はもう止んでいた）。勿論老養蜂家リントの厚い時間時計は刻々と目覚まし時計となって、彼の以前の大胆不敵な冗談、アニョラ宛の時計に封入した恋文を彼に突きつけていた。読者が足を滑らせて、どんな気持でゼバスティアンが侯爵夫人の許に行ったのか見当が付かないという不安を私は禁じ得ない。いやはや、胸一杯の黙した謝罪と——赦免の気持を持って、気位の高い確信と同時に同情した柔和さの一杯に広がった胸を持って行った。どうしてこれが出来たのか。——美しい魂から出たことで、この魂は今や、別の愛で打ち解け一杯になり、もはや友情以外に望まず、幸福の余り、和解しないわけにいかなかった。しかし彼は二つの冷たい洗練された顔を彼女の許で見いだした、それらには謝罪することも容赦することも難しいもので——つまり彼女自身の顔とクセヴィッツのオー伯爵の顔で、この伯爵の許で彼女の引き渡しが行われたのであった。ヴィクトルは赤面した。伯爵は彼を全く知らないかのように見えた——彼らは互いに紹介されなかった——しかし共にあたかも関心があるかのように、関心をもって語った（その違いはなかったのだから）——そして冷たい感情と、自分と他人の匿名性に対するこの上ない無関心とを抱いて宮廷風に別れた。ただヴィクトルだけは後に、アニョラより先に見知らぬ伯爵を伯爵と呼んだのではないかという疑念を抱いて不安になった。

ちなみに今ようやく彼は、クロティルデを愛して以来、女性達の愛と友情の隔壁がまことに良く見えるようになり、厚いものとなった。以前はこの隔壁が透けて見えていた。女性は別の女性の恋人ほどに固く、純粋な友人を選ぶことは出来ない。

ヴィクトルは今や、更に差し迫って、ヨアヒメの許にも行かなければならなかった。人間の中でいつも最期の審判員のように最初に声を出す邪悪な精神が動いた。「自分が彼女を愛しているとのヨアヒメの小さな妄想をうっちゃっておくがいい」――これが可決されないと、悪坊主は別の声を出して、提案した。「彼女のこれまでの曖昧な態度にあからさまに憎しみを示して罰を下すべきだ」――しかし彼は善き精神に従った、これは彼の手を導き、途中で言った。「彼女の許へ行って、彼女に苦しみを与えずに去るがいい――手を次第に彼女の手からはずし、指を一本一本、少女達がそうするように、離していくことだ、そして彼女の敵とも恋人とも称してはいけない」。彼は何の利己心もなしに行った。利己心ならば、むしろ家にいて、過去や未来をめくって楽しんだり、あるいは家から聖リューネに行き、アガーテの許、彼女の調べているクロティルデの紗の帽子の隣に腰かけたであろう。

しかし彼の訪問がヨアヒメの目に余りに重々しいものと映じないように、彼女の部屋に掛かっているマイエンタールの全景図を数週間借りるのを口実とした。マイエンタールよ、その影絵だけで幸せになるとは、何とたいしたものか。しかし彼の訪問は奇妙なことになった。彼は途中、彼女の化粧室には上品な阿呆と良い匂いの阿呆その他がいたらと願っていた――誰もいなかった。彼女は、あたかも自分がコロンビーネで医師が道化師であるかのように、屈託なく陽気に彼を迎えた。彼はしかし単に自分の倫理的不協和音の次第の減退、漸次弱を演ずるつもりであった。それ故彼は自分の楽譜架、自分の内部の調和の総譜をいつまでも見続けていてその演奏はいくらかぎこちなく不器用であった。女性は容易に分別の冷たさと（度を過ごすことがないからすぐに）気分の冷たさとを区別するものである。今や彼は全景図を要求した。ヨアヒメは一層冷たくなることはなく、暖かく、つまり真面目になって、くぼめた手に自分の時計を持ち上げ、それを見ながら言った。「あなたが去った日数だけの数分の猶予を与えますから、別離を詫びて下さいな」。――ヴィクトルはためらわずに――ただ善か悪かの原理に従って行為する者の誰もがそうするように――決められた期限を受け入れ、鏡の下の調整器付時計を取り出して、ヨアヒメに騙されないようにした。侯爵夫人のこの忌々しい時計はいつも彼を嘲笑していた、あたかも押し玉［馬の耳に当てて早く走らせる］か足許の地雷であるかのように。彼は時計を取り上げて、このニュルンベルクの卵を（時計が普段そう呼ばれているように）開けて、とうとう恋の告白が、つまり愛の跳ネル点［有精卵の心臓、転じて核心］があるいはアモールが――これはプラトンによれば同じく卵から生まれたそうだが、まだあるかどうか調べて見た。「とうに抜き取られていることは」、と彼は自分に言った「分かっているが、ただ調べてみるだけだ」。

これにはトスタートの屋台店ではダイヤモンドは付いていなかったのであるから、そもそも同じ時計かという疑問が湧いたであろうが――このパンドラの箱から、彼が窓際で開けるや、薄い紙片が、蝶の羽の半分ほどの大きさの、チューリップの花糸ほどの長さのものが舞い出てきた。――――ヨアヒメはそれを摑まえ――それを読み――そこに恋文を見いだし――それを、彼が彼女自身の為に、不在を詫びようとたった今書いたもの、時計に気を利かせて（そのハートの形をほのめかして）はめ込もうと思ったものと解した。

彼がこれをどう思ったかは誰でも分かるであろう。――途方もない嘘をつけたら、あるいは少なくとも少数の宮廷人を参照できたら、都合が良かったことであろう、彼らは二十八ポンドの、体内を流れる血のうち、二十八の正直な血の滴りを流し込んだことがない――一滴でもあれば、鉛塩に対するワイン試薬のように、他の部分に忌々しい沈殿物を残すことになるのだが。しかし彼の魂は嘘への新たな好餌に吐き気を催した。読者はまだ少しも分からないだろうが、ヴィクトルは間違った――つまり彼は（ヨアヒメの邪推とは遠いところにいて）この邪推に気付かず、それに近い邪推をした、ヨアヒメは侯爵夫人に対する彼の全く馬鹿げたいたずらを今知った、と。彼は決して他人の死体を楯として自分自身への矢の攻撃に利用することは出来なかった――これは宮廷のモイラ山における風習で、旧約聖書のようにイサクを牡羊で購うのではなく、牡羊をイサクで購うのである――彼は今日は侯爵夫人を犠牲にして自分を救うことはとても出来なかった。しかしまたヨアヒメを犠牲にして侯爵夫人を救うこと、つまり、悪魔の紙片をヨアヒメ宛の恋文と改鋳することも決して出来なかった。悪魔が彼の中で叫んで声をからしていたが、それは少なくとも沈黙の身振りで嘘を付き彼女の身振りを正しいと認めよというもので、彼女はそれが他の女性宛のものであると思っているようには次第に見えなくなっていた。

彼は彼女に勝手に自分が何であるか——道化であることを語った。彼はクセヴィッツでのすべての行いを話した。……彼は侯爵夫人が時計の巫山戯た挿入物を全くかぎつけなかったのは自分にとって運が良かったと結論付けた。彼はこのことを単調に何の追従も見せずに歌い、追従から挿入物の新しい改訂版とかが生ずることもなく、それで幸い別れの際には事情を知ったヨアヒメをある状態に残すことになった、それはこのような催眠術的な操作の後では教養ある女性の場合美しい気位の高い昂揚となって、無教養の女性の場合、男性に造形の最後の手を丁度、ギリシアの芸術家がそのモデルに置いたように——つまり最後の手の爪をもって置くという試みとなって現れる状態であった。ヴィクトルは二種類のはなはだ異なる全景図をもって去った、一つは未来の全景図であり、一つはマイエンタールの全景図である。

彼女は紙切れを持っていた。しかし彼のこれまでの愚行は単に他人の心の中で虚しい希望と共に終わったという、恐れではなく渋い感情が若干の苦い滴と共に自分は自分を犠牲にして正しく振る舞ったという甘く若やいだ情緒に流れ込んで来た。一つの感動、一つの涙は天を前にしての良い者となろうという誓いである。——しかしたった一つの犠牲は君を五つの懺悔の涙、十の懺悔日の説教よりも鍛える。

何故侯爵夫人は時計を挿入物と共に、これは（すでにトスタートとの会話の後で）読んだに相違ないが、ヨアヒメの手に渡したのか推し量る勇気は私にはない。しかし彼女の目の包帯と接吻の章で言及した邪推好きの悪漢達にはこれは掘り出し物である。時計を贈ったことは全く彼らの悪漢的な教条の正しさを証している。というのは彼らはこの贈り物を——私は異議を唱えにくいが——アニョラが恋敵のヨアヒメに、ヴィクトルの抵抗を彼女は彼女の所為にせざるを得ずに、彼の他の所での恋文を知らせることによって為そうとするイタリア式復讐の印と解することが出来るからである。

ヴィクトルは、家でこの上なく大股で歩きながら、同じようなことを政治的にして、侯爵その人に告白しようとした。「九カ月をさほど越えない以前に、陛下の花嫁を細かい恋文で煩わせたことがあります、これは読まれることはなく、今や別の女性の手にあります」と。しかし今時計紙入れの告白を行うことは出来なかった。イェンナーはクロティルデの退去で少し不機嫌であった。ヴィクトルはしばらく前から彼とも以前ほど一緒ではなかった、実直な寵臣はそうするべきではなかったが、例えば有名なブリュール伯爵[3]は母親のように朝から真夜中まで主君を見張っていたのである。イェンナーは孤独の中でもっと自分の子供達のことを考えているように見えた、しかしヴィクトルは卿の知らせを何も伝えることは出来なかった。眼目は全く彼の春先の病いで、この為彼はまたクールペッパー医師と足痛風の信仰篤い弟子となっていた。ドクトル帽の下のこの医師の胴体は、その脳の繊維は低音弦へと撚り合わされていたが、その単純さをただ真面目な無器用さによって、これで単純さを免れて、価格以上にせり上げていた。例えば医師とか、税務会計官、財務代理人といった人々には上品な風習の人々でさえ武骨な風習を要求し、留め金大の毛袋や短い縮れ毛の頭よりも垂れの多い鬘に頼る。ゼバスティアンは人々には余りに冗談好きに思えて、何か学んだ者とは思われなかった。医師という点では——財産や人生のどの眼目でもそうであるように——最も高貴な輩も最も低級な輩同様に考えて、男性や抱き犬を外的なもじゃもじゃした荒々しさで評価する。その上ヴィクトルは自らと医師達とに名声欲を押し付ける欠点があって、このような讃え方をした。例えば、「彼らは水夫や死人を詰め込むとき別世界の為の一種の魂の売人であって、実を更に植え付ける為に肉体の殻を欲していない良き天使達にとって胡桃割りとして役立っています。——なんとしばしば」（と続けた）「最も危険な病気移転を簡単な病人移転で済ませていることでしょう。私はこの世からの亡命者達を引き合いに出して、私どもの薬味入れ、インク壺（私どもの処方箋の器具）は人間の冬作物の種の播種機、如雨露ではないかと尋ねることが出来ましょう。しかしこの世に残った者達に話して、答えて貰いたく思います、彼らのものとなった聖職禄、連隊、封土、勲章の綬は私どもの処方箋、ウリヤの手紙「手紙持参者の殺害を依頼されている手紙」のお蔭ではないか、彼らは、それに王さえも墓地での私どもの頻繁な下水溝がなければ安全に守られているかどうか、と。——しかし治癒、快癒における私どもの名声は——これよりも大きいとは言えませんが、同じほどに大きいものです。この名声は——その依って立つ死亡リスト同様に——数百年前から同じものです、私どもの理論、特効薬、認識がどのように変わろうとも」。

このような諷刺は侯爵をはなはだ愉快にし、そして――不信の念を抱かせた。クールペッパー医師はこれに対し威厳を重んじていて、医師達の緩慢な削減について話すような諷刺家に対しては、剣を抜いて、彼をもっと早く削減して、すっかり論駁してしまったことだろう。この世で何ほどかの者に（つまり何か別のものに）なりたい者には誰にでも、男性達の間では葬式を触れまわる者に――女性達の間では代父依頼人に見えるように私は勧めている。――侯爵は長患いの春に二つの理由から再び痛風に取り憑かれていた、第一は神経衰弱の男で、夏には何でもない病気と私が説得したにもかかわらず、次の病弱な冬にはまた病気と思い込まないような男を私は知らなかったからであり――第二は彼はほんとうにしばしば女性の前で跪き、この崇拝のときにこれを膝関節痛風としても感じたとイェンナーは検算したからである。

このような状態のとき、小さな偶発事で我々のヴィクトルはまた幸せになった。前もって言っておかなくてはならないが、いずれにせよ彼は少しも不幸ではなかった。恋する男は何も気にかけないからで、宮廷のことなど念頭になかった。彼はアモールの目隠しをしていて、喜んで幸運の女神や司法の目隠しを許した。倫理的復活祭の野火は――迷信によると実際の復活祭の野火には独自の力があるように――すべての氷を、それでヴィクトルの血はせき止められていたが、喜びの組織液に解かした。復活祭の風は――天気予報者によると聖霊降臨祭まで続くそうだが――彼の昔からの歓喜の花を揺すって花粉をより将来の遠くへ撒いた。雪は冬の眠りから覚める熱い春で溶け、最初の花々と千もの蕾がすべての心に力と希望と愛とを与えていた。ヴィクトルが外の緑の小道に、これは新鮮な植物性顔料と共に二番刈りの干し草の草原の中をマイエンタールの楽園まで彼を誘い連れて行こうとしていたが(春にはまず歩道が緑になるから)、目をやると、そしてそれから熱くなり渇いて向き直り、描かれたマイエンタールへ、借用した全景図の許へ走っていくと、すべての色彩の山に登り、すべての点線を打たれた庭を自分の指と空想とで包囲すると、小さな偶発事で更に喜ぶことになろうとは自身思いもしなかった。しかしそのようなことになった。

私が、先の章の近い曾孫となって生ずるに違いないことを――このことにはこの伝記では余りに慣れてしまったけれども――いつも偶発事と呼ぶことは正しい振る舞いではない。紗の帽子というのは――これは偶発事であるが

――彼が注文していたので来るに違いなかった。しかしそれは原物そのものであった。こんな短期間ではいずれにせよどんなに素早い小間物職人の女性でも帽子は作れなかったであろう。髪粉の痕跡とゆるんだレースの格子の為古い帽子と新しい帽子の区別が明らかであったのでなければ、ゼバスティアンはこのことには思い至らなかったであろう。要するに、クロティルデは、誰の為に模造品を作るのか黙っておれなかったアガーテに、三日目の復活祭の前に模写の為にそれを渡していたのだが、この日の後彼女に手紙を書いて、自分にはコピーを送り、医師には原物を模造品として（蠟人形の場合のように）掛けるよう頼んだ。――何の為であろうか。――彼女の友は甘く感動して思いに浸った。彼女は自分が臆病な優しい心に対して何の声も、眼差しも、喜びも、素晴らしい夜の何の思い出も贈れずに、単にその秋の遅れ咲きの花、この喜びの花の後から縫われた絹の花、琥珀織りの影の琥珀織りの影しか贈れないのが気の毒だったのだ。……いや彼女は黙した恋人に少なくとも影のコピー以上のものを与えようと無理した。善き女性の愛らしい押さえた心の打ち解けるのを見る者は、この中にいかばかりの克服された優しさ、隠された犠牲、黙した美徳の安らっているのを見ることになるだろうか。

　ドイツ帝国議会やその筋交いの席の者達には秘密にすることではないが、ヴィクトルは代わりに紗の帽子を譲らなければならないのであれば、「今はない」第九番目の選帝侯の冠を、いや八番目の最後の「ハノーヴァーの」冠すら被る気はなかった。……彼は言った、旅のとき見せられた最も不格好で厚い王冠ですら皿の上では――その上に更に若干の三重宝冠や輪の付いた総督帽、教皇冠が加えられるとしても、他の皿にクロティルデの紗の帽子が載せられればいかほどの重さがあろう。読者は私同様に分別があろうから、このことを決めて欲しい。――この帽子はマイエンタールへの言いようもない憧れをかきたて、彼にとっては（帽子による封土授与同様に）彼にクロティルデをはじめて贈る奉納の銅版画であった。彼はこの王冠の前に王位継承者として――毎分王冠を載せた車は動いた――幸福な目には分からない二つの大きな喜びの滴と共に立っていて、ゆっくりと頭を振りながら、言った。「いや幸せな目に会いすぎる――天のこの魂にどれほど値しよう。――ただ彼女に言おう、私はあなたのものだ、後に一度、あなたは私のものだ、と」。彼の空想が紗の格子の背後に、いつもは拒まれた心の涙をその中で隠していた両の大きな目を開けさせて、影の糸からのこの面会格子の背後にまた夢見るような声を話させることまですると、彼は我慢出来ずに、マイエンタールに行けるように——この帽子と向かい合って、彼女宛に最初の手紙を書いた、私は明日の夕方きっと犬の郵便でこれを手にすることだろう。——

私はまだ言っていなかったと思うが、アガーテが彼に帽子を渡して、そして彼女は——時は四月の末であったが——彼を五月四日の父親の誕生日に招待した。ヴィクトルは九二年のメランコリックな五月四日を思い出し、更に別れた女性の友に憧れた。

この章を終える前に、より若いクロティルデ達、副クロティルデ達、庶子クロティルデ達、反クロティルデ達に、彼女達は私と私の章とを膝に置いているだろうが、冷たくあれとなお言っておきたい。君達は女性の美徳の冷たさをどんなに推し進めてもかまわない、それに境界を設ける必要はない。——私はこの教えを格言と気の利いた文とでまとめて見よう、扇や記念帳に書きやすいように。

愛は桜草の種子のように雪の上に蒔かれなければならない、両者とも氷で暖められて一層新鮮に育つ——君達は自らを決して単なる贈り物としてはならない、騎士達の貴婦人の感謝としなければならない——君達は君達の要求する分と同じ程度の敬意を得、敬意に値する、そしてどれだけ遺贈されていようと、君達はバッグから貨幣の極印具や刻印棒を手に取って、自分を紳士の為の金貨の貴婦人とも別の紳士の為の惨めな小貨幣とも刻印できる——放蕩者は社交界では空気清浄測定器のように自分の図太さの様々な度数で女性の徳の様々な度数を、逆比例して示す。

女性の名誉とは関わらなくても、もっと苦労することを望まざるを得ない——この点では男性は皆私同様に考えていて、私は少なくとも両親が何か私に反対しないような婿募集の家からは娘を貰いたくない。——ここで告知するが（それ故新聞には載せない）私は、娘が一杯の競売の広間から、愛の接種の病院から、あれこれの娘を譲ろうとしている両親が、そして鉱山局長、領主裁判所長、音楽教師、伝記作者——これは私の数少ない職務であろうが——これを満更でもない配偶者として見ている両親が、つまり彼らが少なくとも私に家の出入りを禁ずるか、あるいは頻繁な文通を禁ずることを期待している。——こうなれば婿達は元気付くのである。

# 第三十の犬の郵便日

## 手紙

私とか他の者が茂みの背後あるいは隘路で待ち伏せていて、時期を見て飛びかかっていたら、ヴィクトルがマイエンタールに送った二通の一緒に封印された手紙を使者から奪うことが出来たろう、使者はドイツ語を解しない、彼のイタリア人の従者であった。エマーヌエル宛の手紙はクロティルデ宛の手紙の封筒で──友情はいつも恋愛の肩掛けである。封筒についてはクロティルデ宛の手紙をすべて知らせる前にほんの抜粋、一端をお見せしよう。彼はエマーヌエルにこれを単に封筒と見て、中の物をクロティルデだけに渡して欲しいと頼んだ──彼は更に詳しく説明せずに言っていた、自分は希望通りにならず、花の鎖［クロティルデの頼み］に依拠していて、この為マイエンタールの別の花の鎖から離れている、花綵の幾重もの縛りを破ることは出来ない、その気がないから──彼は意図的にクロティルデとの新しい関係はぼかしていた、そうしないでいいという彼女の許しを前提とすることは出来なかったからである──彼は冗談で彼の友に、その女性の友に頼んでフラクセンフィンゲンに旅することを命じて貰ってはと頼んだ、自分達が一緒に会えるようにである──（この文の意図を明らかにしたら、この綜合文を終える）──彼は頭の中で、クロティルデはなお医師を必要としているかという質問を再び消した、自分が彼女にとって二重の意味で医師であったからであり、それで単に、彼女は治ったか尋ねた。──最後にこう結んだ。

「かくて私はかなり鱗粉を落とされた蝶の羽で見通しがたい神殿を舞っています、これは私どもの蛾の目にはより小さなものどもに崩れ、その柱の葉飾りを私どもは柱そのものと思い、その柱の列はその大きさの為に目に見えないものとなります、そして人間の蝶は上下に舞って――窓にぶつかって傷つき――埃っぽい網の中を漕いで行き――高い花の周りにその羽をやっと被せます――永遠の調和の大きなオルガンの音は単に音もなくあちこち揺れる嵐でこの蝶を投げ飛ばしますが、この嵐は人間の耳には大きすぎます。――

今や私には人生が分かります。人間が欲望や願望においてすらかくも体系的でなければ――人間が自分のアルカディア並びに真理の国の完成をいつも目指していなければ、人間は幸せで、英知へ十分に向かっていけることでしょう。――しかしその体系の鏡の壁、その楽園の生きた垣根、この両者が人間に無限を覗かせず、渡らせず、すぐに反対側に押し飛ばし、この側には新たな手摺があって、新たな柵に囚われてしまいます。……今私は様々な状態を、情熱的な、賢明な、馬鹿げた、美的な、ストア的な状態を閲し、最も完全な状態は私の大地での現世の根をあるいはエーテルでの私の枝を曲げたり、締め付けること、そしてこの状態は、そのようなことがなくても、一時間以上続くことはないし、いわんや一生続くことはないことが分かっており――我々は断片であり、統一物ではなく、断片でのすべての計算、縮小は分母と分子の間での接近、千一分の千から一万一分の一万への変換にすぎないと私にははっきりと分かっているので、それで私は言います、英知とは私にとって知識、歓喜、行為における最も小さな隙間を見付け、堪えることであってかまわない、と。それ故私は、人間は自らのどの変化をも――いずれにせよ改善はどれも、それどころか悪化のいずれをも――以前のそれよりも大きなものと見なすという極めてありふれた錯覚によってもはや騙されることはありませんし、隣人を騙すこともありません。

――十分です。しかしこのように思ってから――いやそれ以上に、高い運命が私に喜びを、私がそれに値するように与えてからというもの――私の陰の小道に新しい月光が降って来て、私は今自らを改善しようという勇気を抱いています。……時の澄んだ流れは、美しい時間の、下に重ねられた花の床を越えていきます。この床の上にかつて私は立ったことがあり、すべて覗き込むことが出来るのですが。このエデンの沃野が再び隆起したら、私はあなたの手を取ってその上に足を踏み入れ、あなたの横に跪き、感謝しながらあるときは朝の空に、あるときはこの人生の風吹く花野に目を注ぐことでしょう。そうして黙ってあなたの許に倒れ、有り難くあなたの胸を摑み、言うことでしょう、エマーヌエル、まずはあなたのお蔭です、と。――そう、師よ、私は今日それを申し上げます、そしてどうぞ長く地上の弟子の許に留まっていて下さい、弟子が地上からお供できるに相応しくなるまで長く」。――

こう書いている間も、ヴィクトルは彼の師を余りに愛していて――人間を道具扱いする侯爵的無作法を憎んでいた――それで黙っておれなかった、この手紙は――その発生というよりは――その誕生日を恋人への手紙に負うていることを。ここにクロティルデ宛の手紙があるが、その中で彼は次のように会いたいと頼んでいる。

「私が、今高貴なエマーヌエルの傍らで、春の傍らで、その美しい思いの許で幸せであろう筈の愛しい魂を一瞬でもこの手紙で苦しめたり、邪魔したりしたら、喜んで私はこの至福の時を犠牲にして、それに値するかもしれないようにすることでしょう。しかし否、永遠の友よ、あなたの優しい心は私の沈黙を欲していません。人間はしばしば冷淡や心痛を隠さなければならないというのに、何故その上愛や喜びまで隠さなければならないのでしょう。――今日は私には出来ません。

地上の人間が夢の中でエリュシオンを通って行き、大きな見知らぬ花が彼の上でまとめられ、ある故人がこれらの花の中から一つを、目覚めたとき夢をみたのではないとこの花を思い出しなさいと言って渡したとき、この人間は花を見る度にいかばかりエリュシオンの国に憧れることでしょう。――忘れがたい方よ。あなたは私の心が二度屈した微光の夜に、痛みのあまり屈したのは一度だけですが、一人の人間にエデンを与えられた、これは彼の死後も続くものです。しかし私にはこれまで退く夢の夜から一層目覚める思いでした。――このとき楽園の夢から一つの花を得ましたが[*1]、それはあなたが私に残されたもので、それで私は言いようもなく幸せになり、――私の憧れは私の幸せ同様に大きなものとなりました。何故この紗は熱い涙をすべて深く私の心から汲み上げるのでしょうか、何故この織られた格子の背後に、私から遠く離れていて、私の内部をかくも重苦しいものにする目が開けられる思いがするのでしょうか。愛する魂を満足させるのは、愛された魂と一緒に分かつものの他にありません――それ故私は春を甘く沸き立ちながら眺めます。あの人も満喫しているのだから、と。――それ故月と宵の明星、これが気に入っています。その銀の糸であの方の影と鈴蘭とを包んでいるのだから――それ故喜んであなたのエルドラドの陰影を付けられた谷のそれぞれに[*2]没頭しています。拡大された影の中を、これらの絵の薫る花の中を今あの方はさまよっていて、三日月が太陽の稲光を穏やかにあの方の目に戻していると思うからです。それから余りにも嬉しくなって、思い出の夕方の雨が熱い頬に落ちると、私の歓喜がピアノの唯一の震える長い三和音で上下に揺れると、酔った心には震えと沈黙と無限の愛は余りに切なく、私はただ最も小さな声を求めます、それで私は私の心の恋人に言うのです、私がどんなに愛し、敬っているか、私は彼女の為に生き、そして死ぬつもりである、と。——今私の夢が一滴の涙のように私の心に迫って来ます。三日目の復活祭の夜夢を見たのです。私とエマーヌエルとが暗い夜立っていました。西の地平線の大きな大鎌が照り返しながら走る稲妻を高い野原に投げつけていて、これらはすぐに枯れて色褪せました。しかし一つの稲妻が私どもの目に入ると、私どもの心は胸の中で甘く溶けて上昇し、私どもの体は漂いやすいものとなりました。『時の大鎌だ』、とエマーヌエルは言いました、『しかし何から反射しているのだろう』——私どもは東を見ました、そちらでは遠くの方に空中に高く薄靄の広い、暗く輝く国が懸かっていて、それが時折稲光を発しました。『これは永遠ではないか』とエマーヌエルが言いました。——そのとき私どもの前に明るい雪の真珠が火花のように落ちてきました。——私どもが目を上げると、三羽の金緑色の極楽鳥が上に体を揺すっていて、絶えず小さな弧を描きながら続いて飛び回り、落ちる真珠はそれらの眼からのもの、あるいはそれらの眼そのものでした。——それらの上高く青空の中に満月がありました、しかし地上には光はなく、青い影となっていました。青空というのは大きな青い雲で、ただ月のところだけ開いていて、月はただ三羽の極楽鳥と下では明るい私どもに背を向けた人物に微光を注いでいました——あなたがこの人物で、あなたの顔をただ東に、吊り下がる風景に、あたかも何かをすぐに覗かれるかのように向けていました。極楽鳥はもっと頻繁にあなたの眼に真珠を撒きました。『これは涙で、これを私どもの友は泣かねばならない』とエマーヌエルは言いました。果たしてあなたの眼からこぼれて、しかし一層明るく、輝きながら花の床に留まりました。地上の青は突然天上の青よりも明るくなって、一つの傾いだ穴が、その口は永遠の方に開けられていましたが、地上を通って西の方アメリカまで後ろ向きに進んで行きました、そしてその下では太陽が開口部に見えました——夕焼けの奔流が、墓のように幅広く、地上から上に伸びて、夕方の輝きと共に薄い炎のように霧の永遠に遠くの薄靄の国に寄り掛かりました。

そのときあなたの腕は広げられて震え、あなたの歌は憧れの喜びで一杯に震え、私どもとあなたは照らし出された永遠をくまなく見通せました。しかし永遠は見ているうちに色を変えて、私どもは見たものを考えることも、保つことも出来ず、それは捉えがたい形姿、色彩の戯れで、私どもの考えの近くに、遠くに、そして真ん中にあるように見えました。小さな雲が、地上から昇りながら、輝く永遠の周りに漂い、それぞれの雲がその上に立って歌う人間をこの光の島へ連れていきました、この島は地球に向かって裂けましたが、ただ見通しがたい白い樹が並んでいて、光と雪とに覆われて、花の代わりに紫色の花を咲かせていました――そして私どもの三つの影が崇高に白く明るい森に投げ上げられて横たわっているのが見えました、そしてクロティルデの影には紫色の花が花輪のように懸かっていました。一人の天使がこの穏やかな影の周りを飛び、優しく微笑みかけ、その心臓の箇所を触りました――するとクロティルデよ、あなたは突然震え、私どもの方を向いて、永遠の中の天使よりも美しかった、あなたの床全体が落ちてくる涙でかすかに光り、透き通りました――そしてあなたの滴る真珠が今や床を立ち昇る雲へと溶かすと、あなたは私どもに急いで手を差し伸べ言いました、『雲が持ち上げます、また会いましょう』――私の溶けた心はもはやその血を摑めず、私は跪きましたが、何も言えず、私の魂をたった一つの声に溶かそうとしました、しかし縛られた舌は一言も言えず、昇っていく不滅の女性を果てしない慰めのない愛を抱いて凝視しました――嗚呼、人生は夢だと考えました、でも目覚めさえすれば、どんなに愛しているか言えるかもしれない、とも。それから目覚めました――クロティルデよ、人間はどんなに愛しているか言えるものでしょうか。

H・」

彼の性格、この夢の内容を考えるとこれが創作されたものとは考えられない。――ちなみに、クロティルデが、マイエンタールで彼女に会いたいという秘かな彼の願いを断っても、紙片に三行は書かねばならず、これを彼は千回読むことが出来、すでに帽子と全景図の収められている絵画と封印の陳列室に立派なものを増やすことになる。その間彼は二つの高い山の間の美しいアルプスの谷に立っていた、そのいずれの山でも雪崩を引き起こす種が生じていた――ことによると上ではもう押しつぶしつつあって、彼には見えていなかったのかもしれない。ごく小さな物音でも彼に襲いかかりうる最初の雪崩というものは彼の宮廷の知人達との彼の突飛な関係であった。彼は彼らを皆激昂させたと自負できた。侯爵夫人、ヨアヒメ、マチューを。しかしこのことがなくても何らかの導体が――単に彼は王座の共通の絶縁体の上に一緒に立っていないからといって――きっと縮小された稲妻を彼の指や目に打ち込んだことだろう。教授団や宮廷では縁のない者は誰も自立出来ない、ガレー船にいるようなもので、奴隷は皆、鎖の刃を感じたくないのであれば、櫂を一緒に動かさなければならない。しかしヴィクトルは自らに言った、「子供であってはならない、ただもう飛び上がれないからといって酸っぱい葡萄を甘いと称する逆の狐であってはならない。自負するが、おまえは宮廷人の心はなくて済ませる筈だ、彼らはその料理のようにきらきら光る酒精で一杯の暖房盤の上でまず暖められなければならない。――誓って、人間は食べることは出来る、たとえ自分の刺して取るものが、まず小姓に手渡され、それから侍従とか他の伝令の騎士に運ばれてこなくても。――ただ父上が倒されさえしなければ」。これが肝心であった。息子は倒される恐れはなかったが、父親[*3]はその恐れがあって、その頭をもって下に立つまで恐らく長く、伐採樹に印を付ける槌、犠牲の槌が上に持ち上げられたままであって、彼はまだ帰還していなかった。

　しかし忠義の牧師は最初の雪崩は気にかけなかった。彼の空想のハーモニカの鐘では運命の外的災いの音は、舗装の馬車の物音が弦に響くように、穏やかに飛び上がる響きとなって消えた。彼にあっては、占星師同様に四月は、私の本に似て、宵の明星、つまり金星に捧げられていた。

　これに対して別の雪崩はすでに前もって彼の胸にあった――クロティルデの兄との不和の可能性である。嫉妬する者は十二人の使徒、十二人のささやかな予言者も改宗させられない。――日曜日に治療されても、月曜日はまた病気となり、火曜日に荒れ狂い、水曜日にはまた救い出せて、彼は疲れ、賢明である――――用心するがいい。胸の嫉妬の癌は、偉大な医師達を信じてよければ、決してすべてを切り取ることは出来ない。今回はその上そこにはいくらか真実があった。それに丁度のときに嫉妬するものである。嫉妬は不実を強いる。苦しめられた女性は、精一杯、男性を思い違いの状態に置かないようにする。私はその労は取らないが（読者は）、私の伝記で、私の主人公がこれまでフラーミンに自分の恋する心を見せ、聞かせていたすべての小さな裂け目、f字孔を数え上げることが出来よう。これらの節穴は、三日目の復活祭前までは、彼がより無邪気で、あるいはむしろ、より不幸であったので、それ故まさにより一層注意が足りず、更に一層大きくなっていた。

その上フラーミンは――大事な福音史家のマチューを日々より正直でより率直と思って（発射された点火孔のように）――大事なバスティアンを日々より策謀的でより見通しがたいと見なしていた。参事官がもっと気が利いておれば良いのだが。しかしヴィクトルのような密な魂は、幾つかの力とそれ故に幾つかの側面とをもっていて、勿論孔が多いようには見えない、丁度はんだ付けの多い作家が明瞭ではないように――自分の色々に変わる心の色彩をすべて率直に打ち明ける人間は、そのことによって率直であるという評判を失う――ヴィクトルのように他人の策略を気まぐれから集め、見せる者は、それを模しているように見える――変わりやすい、皮肉な、洗練された人間は視野の狭い目には生来の偽の盗人である。――それに、目立たなければ、ヴィクトルは、クロティルデの長い言及、つまり長い偽装からは跳んで逃げた。まさにこの策略からの逃走、まさにフラーミンに対する彼の現在のより大きな好意が彼の高貴な姿に影を投げかけていた。そしてねじ曲げられる邪推に対しては、自分は自分の恋人の兄、自分の心の兄弟の為にマイエンタールでの素晴らしい日々に背を向けているのだと甘美な思いに耽って慰める他なかった。

＊1　紗の帽子
＊2　マイエンタールの全景図
＊3　宮廷人達はこの点でも最初のキリスト教徒達に似ていて、彼らは神の代わりに崇拝を受けていた立像のみを毀した。

# 第三十一の犬の郵便日

クロティルデの手紙——夜の使者——友情の絆の裂け目と切れ目

文芸新聞に、ヘルンシュミットの接吻術［本来は接吻文献学］が私の（学的）仕事に必要であると載せたいところである——つまりはこの章の為で、ヘルンシュミットの時代は女性をどう扱っていたか知りたいのである。ジャン・パウルの時代は扱いがぞんざいである、小説の世界では。ただイギリス人だけが立派な女性を描けている。大抵のドイツの長編小説の鋳型職人にとっては女性は男性に、コケットな女性は娼一に、立像は塊に、花の絵は料理の絵に転化する。これはモデルよりは画家の所為であることは、モデル自身が知っているのみならず、鉱山局長も、長編小説の女性読者は皆そのヒロインよりもロマンチックで、上品で、慎み深いということからすでに承知している。鉱山局長はここで——自分をマインツの八人の高貴な婦人が、女性讃美家にして職匠歌人のハインリッヒ・フラウエンロープ(1)をそうしたように墓場に運んで欲しいと思わずに——印刷した宣誓の誓い（つまり誓いの誓い）をして、自分が同時代の女性の大部分に対して、アルキビアデスやノルデンシルトの著者(2)の善良にして率直であるが、しかし空疎にして粗野な頭が描いているよりも上手に処することにする。実際、女性が男性にすべてを許さなかったら、著者達に対してすら許さなかったら（それも日に七十回で、一方の頬が接吻で侮辱されたら、他の頬を出すのである）、貸本屋には理解できないことであろう、どうしてその頭は男性より重いけれども、その松果体はより小さい人間が、気管に六つの軟骨の輪をより多く持ち——つまり全部で二十あり、多分により多く話す為で——その胸骨はより短く、そしてより柔らかな人間が、どうして女性というこのような人間が、なお女中とか従者を貸し文庫に「私の令嬢に騎士小説を一冊」という注文と共に送り出せるのであろうか、と。私のペンの同僚は——女性に関しては私は鉱山言葉では単にペンの者で火の者［鍛工］、革の者［鉱員］ではない——レッシングがユダヤ人を諸民族の教育の為に選んだように、女性の読者の教育の為に選ばれるが、それは単に彼らが生徒よりももっと粗野であるからにすぎない。

どの女性もその身分より洗練されている。女性は男性よりも教養によって多くを得る。女性の天使は（女性の悪魔もまた）最も高く洗練された人間の引き出しの中にのみ留まる。これはビロードの翼が二本の粗野な男性の指に摘まれて剥きだしの皮のぼろとなる蝶であり——色鮮やかな花弁が運命の唯一の介入によって汚れた革に変わるチューリップである。——

私がこうしたすべてを述べるのは、コッツェブー氏やイェーナの生意気なへぼ詩人達[*1]やすべてのロマン主義の輩がクロティルデのことを、彼女が上述の民として女性に倣っていると非難して欲しくないからである、彼女はまだこのことを読んでいないと弁解できるだけになおさらである。

アガーテ経由で直にエマーヌエルによって上書きされたクロティルデの返事が届いた、それは内部に発送できるように封印されて、幾何学的に切りそろえられ、能筆で書かれていた、女性は感覚的注意の必要とされるすべてを我々よりも上手く行うからであり、女性は——その例外は私の知人では四人を数えない——まさに男性とは逆に、立派に考えるほど綺麗に書くからである。ラーヴァーターは言っている、最も美しい画家が最も美しい絵を生む、と。私は言う、美しい手が美しい字を書く、と。

クロティルデの手紙は別荘の生け垣と花で一杯の活気ある柵とで我々のドクトルを通さず、マイエンタールに招くものではなかった。次のようなものであった。

「立派な友に。

どんな娘も女流詩人ほど幸せではありますまい。思いますに、ここのこの飾られた谷では結局娘にも詩人にもなれます。あなたはどこにいらしても幸せです、宮廷でさえ詩人となられるのですから、あなたの美しい詩的なお手紙がその証拠です。でも空想は化粧箱から好んで描きます——本当のマイエンタールはあなたがその三枚の風景の便箋に書かれたほどのものをあなたの空想に付け加えることは出来ません。私かあなたが詩作によってある物を補わなければならないとすると、あなたの場合だけその犠牲よりも代償が立派でしょう。

エマーヌエル様にお会いになるという楽しみを説得で出来るようでしたら、喜んでそうしたことでしょう。でも結局あなたの許へ旅するよう勧めることは良心が許しませんでした、あの方の病んだ胸を出血の危険に晒すことになります。あの方のことを毎年九カ月待たなければならない春のようなものと御覧下さい。

私の忘れ難い代え難い師に対する心配が今の春全体に対して影を落としていて、花園の上の墓標のようです。今まで今年の春ほどに春を好んで嬉しく見つめたことはありません――私はしばしば月光を浴びながら小川のほとりに出掛け、花を求めます、これは流れる鏡の前で震えていて、それを上の月と下の月とがほのかに照らしています、そして東洋の花祭りを思い浮かべます、（聞き伝えによりますと）そのときには夜庭の花のそれぞれに鏡と二本の明かりが置かれます。でも私の師の花園を眺めるときには心弱くならざるを得ません、そのチューリップがその折れた姿よりもはかないと誰が知ろうと思うものですから。死のうという望みを挫くような方法は医療にはないのですか。――思いますに、あの方のメランコリックな調子が次第次第に私に移って、エマーヌエルの友人以外の方の前では私はおかしく見えそうです。しかし静かな秘かな喜びが憂鬱な気分のときでも湧き出てきます。『我々の運命の美しい季節ではなく、ただ冷たい季節にのみ』とかつてあなたは仰有いました、『目から魂に落ちる暖かい滴は害をもたらす、冬にだけは花に暖かい水をかけてはならないように』と。あなたの率直な魂に何故私の魂の弱さをすべて打ち明けてはならないことがありましょう。私のジューリアがその生を終えたこの部屋、悲しみの余りその死から目をそむけた私に瀕死の姉妹を今一度見せたこの鏡すら、私の目が日中しばしば悲しい茨の多い薔薇の茂みと永遠に閉じられた塚とに行き当たることになる窓、こうしたものすべてが私に若干の溜め息を、普通の幸福な女性によりは多く、与えることになります。あなたが仰有ったかエマーヌエルが仰有ったか分かりませんが、『死の想念は単に我々の改善の手段であるべきで、我々の最終目標であってはならない。心の中に花の子葉の中のように墓の土が落ちると、実を結ばずに、壊れてしまう』と。でも私の葉にはおそらく運命とジューリアとがすでに若干の土をかけていています。私はこれに喜んで耐えます、あなたとの友情以来、私の心を打ち明けられる一つの心の許に逃れることが出来るのですから、そうして苦しめられた魂のすべての悩み、すべての溜め息、すべての懐疑、すべての疑問を明かすことにします。全能の神に感謝いたします、神が私の師から奪おうとされている分を前もって私の友に再びお与えになっていることを――私の友情は別世界まで私どものエマーヌエルに従うことでしょう、そしてこの世界ではこの方の寵児のお供をすることでしょう。いつか私ども二人が彼の死という共通の打撃に見舞われましたら、私どもは共に涙を流して、辛さを更によく耐えることでしょう、私は言うかもしれません、彼の友の方が彼の女性の友より多く失った、と。

クロティルデ」

私という他人の心の鼓動はより幸福な男の鼓動を計ってくれる。しかしこの手紙に対するヴィクトルの喜びをはじめ妨げ、後に倍加したものを語る前に二つの立派な意見を述べたい。一つはこうである。増大した感傷性は気位の高い胸（クロティルデのそれのような）にあっては、この胸はいつも溜め息を引き戻し、我々男性に対する女性の諷刺を送り出すものであるが、その心が愛の陽光で溶けているという素晴らしい印であるということである。愛は女性を変える。愛はコロンビーネをヤング愛読者に、きちんとした女性をきちんとしていない女性に、上品な女性を率直な女性に、婦人装身具女工、おめかし屋を哲学する女性にし、そしてまたその逆をする。――フィリッピーネよ、第二の意見を吟味しておくれ、おまえは実の兄同様に今評判がいいのだから。愛を隠すことは愛の最も素晴らしい打ち明けではないか、と。ヴェールは――倫理的ヴェールのことだが――顔全体を晒して、風だけを――倫理的風のことだが――通さないのではないか。婦人用時計のガラスのケースは奥のワニスがけをされた肖像をすべて見せていて、眺めではなく、単に汚れることを防いでいるのではないか。――この両意見を聞いて、おまえは一体何と述べることだろう。

手紙はクロティルデの許にいたいというヴィクトルの願望を強めると同時にその願望を諦めるという彼の力を強めた――が翌日のナイトテーブルの時間の或偶然ですべて変わった。友人よりは敵の方にほとんど多くの訪問をするマチューが、薬局から上がって来た。彼はマイエンタールの全景図と紗の帽子を見た[3]。彼は妹のヨアヒメがこの二つを持っていると知っていたので、冗談に言った。「変装するつもりか、脱ぎ終えたところだな」。ヴィクトルはこれに対して気のない陽気な「その両方」で応じた。彼は愛や女性の名前を、美徳を決して、女性の貞淑さを少しも信じていない人間、別の蜘蛛が別の音楽に住みつくように、自分の糸にすがって愛に住みつくけれども、しかし鼠が音に対する愛から行うように、弦の上に這い出てそれを噛みきってしまう人間の前で口にすることを好まなかった。ヴィクトルは（宮廷生活以前は）このような哲学的名誉略奪者達と共に非の打ちどころのない娘達の許に居たくはなかった、略奪者達の観点を思い出すだけですでに辛かったからである。「自分の娘については」と彼は言った、「彼らにその存在すら知られたくない、彼らに娘のことを想像されたら、それだけで父親は侮辱を受けてしまう」。

マチューは次回の愛国的クラブ（五月四日の牧師の誕生日）のことを話し、出席するかどうか尋ねた。アガーテがすでに昨日（四月二十九日）そのことに触れていた。最後にマチューは質問した、「聖霊降臨祭にも一緒に加わらないか——参事官（フラーミン）と一緒に、参事官はいつもこの時には休暇を必要とするので、オー伯爵のグロースクセヴィッツまでの小さな旅を示し合わせたところだ——そこでは仕事があって、国の若干の営舎代をクセヴィッツ人に払い、最近の誤解についてオー伯爵との和解を果たさなければならない、その為法律家が必要なのだ——イギリス人達もこの会議に出るかもしれない——このような仕事の後では旅行団は外交団のように大きな楽しみがあろう。オー伯爵はそもそもイギリス人をとても好んでいる、イギリス馬［断尾された馬］に乗るのは好まないけれども——伯爵は最近そうと知らずに宮廷医師殿と侯爵夫人の許で話しを交わしたことをとても残念に思《おぼ》されているのだから」と。ゼバスティアンは長いこと黙って注視していたが、冷たく「否」と締めくくった、この信用ならないさまよえる猫の臭気は腐食する毒をもって彼の無防備の心を襲ったからである。「何をこの人間に」（とその招の間考えた）「したからといって、永遠に迫害され——ナイフで、その一方には、あるいは両方に毒の塗ってあるナイフで青春の友が僕らの二重の苦しみを受けながら僕の魂から切り離され——その坑道の穴が余所の地まで延びていて、どんな姿勢をとろうともその火薬の上に僕が置かれてしまうということになるのか」。ヴィクトルはつまりすべてのことから判断して、降臨祭の旅は発見の旅で、その後ヨアヒメが兄に、騎士ミヒャエーリス(4)が東洋旅行者にしたように時計の紙片の件、トスタート等のことについて尋ね、そこから侯爵に訴え出ることまでありうると案じなければならなかった。彼は彼のカードの、つまり彼の美徳の痛みの裏面を、マチューがすべてを見通すことのないようにして、彼の意地悪な喜びを防いだ。マチューは、レースの仮面ではなく、鉄の、その上に首の付いた仮面を有していて、しばしば冷淡で、その荒れ狂う怒りが分からない程で、逆に――しかし冷淡さは宿営地で、怒りは敵と戦うとき有していた。誰かが彼をすぐに激昂させたら、それは良い徴で、彼が彼に何の含むところもないことを示していた。

福音史家が退出した後――彼は彼に紗の帽子を見られたことで自分を咎めていたが、フラーミンがもっと頻繁に来ていたらもっと隠していたはずで、――クロティルデの影絵を捜して、魅力的な影絵で自分の怒りを静めようとした。それは見つからなかった。彼は最初マチューがこっそりと盗んだのではないかと思った、彼が切り抜いただけになおさらそう思った。彼が本当に影絵を隠したのであれば、福音史家が――周知のようにこの物語の冒頭ですぐにこのシルエットが私の手に入ったので――私の通信相手のクネフということになってしまい、彼が急使、スピッツを遣わしたことになる。――通信員がこのような情報で自ら私の邪推を招くというのは奇妙なことだ。

ヴィクトルが愛する紗の帽子を絵の代わりに手に取って、夢見心地に眺めていると、帽子に彼の魂にとって全く新しい花が咲き出した。「何だって」と彼はひとりごちた、「影絵なんかを見ていなければならないのか。――原物を見ちゃいけないだろうか」。要するに帽子は籤壺となって、そこから彼は楽しい時を引き当てた、つまり降臨祭には旅行する、しかしそれはマイエンタールへであるという計画を引き出した。彼は真面目に考えた、嫉妬深い兄を余りに思いやると、この兄の誤った望みを強める義務は妹にはない筈で、その上にマチューの非人間的な思い付きで、自分とクロティルデにとって事が難しくなり、失敗に終わる、と――従って離れていても少しも解決しないように、訪ねても悪いことはない、と――しかし兄を思いやって、ただ不在の折りに疑惑の遠足を行うことはいいことで、いつか目隠しがはずれたら不実な女性は妹と、恋敵は思いやりのある友と分かろう、と――そして彼女とはマイエンタールで会う方が彼女が戻ったとき彼の近くで会うよりも絶対良い、と――自分の素姓を知らされた兄はいつか、せいぜい不快な思い違いを取り除かれただけと非難するくらいのものであろう、と。愛と美徳とは裸の良心を持っていて、その天上的な喜びを他の者達がその悪魔的喜びの弁解をするよりも長く、数多く弁解する。

　ヴィクトルがその上更に、愛の日々にとっては直にその葉と花とが落ちること、エマーヌエルとそれにクロティルデ自身二つの、墓の岸辺に厳しく移された花であり、そのばらばらの剥きだしの根はすでに枯れて垂れ下がっていることを考えると、その決心は頑なものとなって、エマーヌエル宛に降臨祭に到着する知らせを書いた、クロティルデを不意打ちで怒らせないようにと、そして彼女に更に禁止の機会を与えようとの配慮からである。その文面はこのようなものであった。「いつも自分のするべきでないことを言うソクラテスの守護神（つまりクロティルデ）が許すならば、聖霊降臨祭には伺いたい、いずれにせよ町は面白くないし、フラーミンは四、五日クセヴィッツに旅するので」云々。

　手紙を書き終えたとき、丁度今日四月二十九日［実は四月三十日］一年前一晩中旅をして、五月一日の朝霧の中を牧師館に歩んで行ったことを思い出した。「またも鬱陶しい西風の夜を掛け布団の下で過ごすことは出来ない、星の下でないと。――引き続きマイエンタールの山々の方の夕焼けを眺めていいのだ。――道の半ばを、いやそれどころか道のすべてをそれめがけて進んでいい。――山の上に立って小さな村を眺めてもいい――実際この書き付けをマイエンタールの誰かにお忍びで渡して、まだ早朝のうちに逃げ帰ってもいい」――

　夜の七時に彼は海のように東から西へと歩んだ。オリオン座、双子座のアルファー星、アンドロメダ座が西の方に夕焼けと遠からぬ所で恋人の野の上に輝いていて、恋人同様に直に一つの天から別の天へ沈もうとしていた。ひたすら希望によって震撼された心、彼の興奮した脳室、そこでは共感する［隠現］インクで描かれたマイエンタールがますます明るく多彩に映じていたが、この内部の、ほとんど痛々しい歓喜のどよめきは、はじめギリシア的美しさで築かれている春の神殿を静かな澄んだ魂の中に捉えるという能力を彼から奪っていた。自然と芸術は、二種類の涙の拭われている純粋な目によってのみ最も良く享受される。

　しかし遂に一面の夜景が彼の熱い熱病の絵を覆った、そして天はその光と地はその影とで彼の拡大された心に迫って来た。夜には月光がなかったが、雲もなかった。自然の神殿はキリスト教のそれのように崇高に被い隠されていた。ヴィクトルが長い谷の排水渠から、森の闇から、野の色彩を変える霧から高みに抜け出したのは真夜中で、そのとき彼は王座のように山に登り、そこで仰臥して、目を天に沈めて、夢想と歩行の熱気を冷ました。垂れかかる青空は薄く青い雲、青い靄に散った海に見えた、そしていわば太陽［恒星］が次々にその長い光線でこの青い潮を少しばかり分散させていた。寝ている人間に向かい合ったアークトゥルスは天の女墻からすでに降りてきていて、三つの大きな星座、山猫座、牡牛座、大熊座は日輪の沈む西門の下はるか前方に移っていた。これらのより近い太陽は離れた銀河で暈がかかって、幾千もの大きな、永遠へ投げ出された天が我々の天に白い指尺大の靄として、果てしない世界からの明るい雪片として、霜の銀の輪として浮かんでいた。せめぎ合う諸太陽の層が、これは芸術の幾千もの目の前ではじめてその霧のヴェールを脱ぐのであるが、我々の陽光の中の塵埃の筋のように、輝く、果てしなく燃える永遠の者の太陽光線の中で戯れていた。――その染め上がった王座の反映は明るくすべての諸太陽に見られた――

突然間近の溶けた光の小雲が、間近の霧が、露から舞い上がり、銀色に輝きながら、低く諸太陽の前に出てきて、そして天の銀色の煌めきは散った暗い塊と共に変色した。――ヴィクトルはこの世ならぬ発火を解せず、うっとりとして起き上がった、……すると見よ、良き、親類の、近くの月が、我々の小さな地球の第六の大陸が、静かに、朝の喜びにざわめきもなく太陽の凱旋門の横に母なる地球の夜その半ばの昼の光と共に登場してきた。

そして今すべての山々の影が走り、照らされた風景の中ただ樹々の間の小川の中をのみ移り、月がすべての暗い春に真夜中小さな朝を授けたとき、ヴィクトルは夜のメランコリックな気分ではなく、朝の若返った気分で、年毎の創造の大きな丸い活動の場を自分の目覚めた目に、自分の目覚めた魂に捉えた、そして彼は春を、はるかな沈黙の最中内心喜びの声を上げながら、眠りの輪の中不滅の思いを抱きながら、見渡した。

天ばかりではなく、地球もまた人間を偉大にする。

五月の思いよ、私の魂と私の言葉に乗り移って欲しい、御身達は私のヴィクトルの胸の中で鼓動していた、彼が芽吹いて膨らむ地球を眺めていたとき、自分の頭上の諸太陽に覆われ、緑なす生命、梢から根に至り、山々から畝の溝に至る生命に包まれ、自分の足許の第二の春によって支えられていたとき、彼が透かし彫りの地表の背後に太陽がアメリカの下で光を浴びせていると考えていたときに。月よ、高く昇れ、彼がもっと楽に溢れ、膨らんだ、暗緑色の春を眺められるように、春は小さな青白い尖端と共に地上から現れ、燃える花、波打つ樹々で一杯になってしまう――彼が平野を見渡せられるように、平野は肥えた葉の下にあって、その緑の道では目は起こされた花々から、その花々では光の分割された魅力が育ち、定まるのであるが、花の散らばる茂みに、そして春の風できらめく蕾が上下に揺れるゆっくりとした樹々に達する――――ヴィクトルは夢想に耽っていた、そのとき突然春の冷たい風が、その風は今では花よりも小さな雲と戯れることが出来たが、そして春の小川のざわめきが、小川は彼の傍らをあらゆる山々から、すべての小暗い緑地を越えて走っていたが、彼を起こして、彼に触れた。――そのとき月はいつのまにか昇っていて、すべての泉はほのかに光り、五月に咲く花々が白く緑の中から顔を出し、元気のいい水生植物の周りでは銀の斑点が跳ねた。そのとき歓喜の余りもの悲しい彼の目は、神に至る為に、地上から、小川の緑の緑から、持ち上げられ、あたりに湾曲してある森に移り、その森からは梢の上に鉄の火花の柱、蒸気の柱[*2]が跳んでいて、そして冬が雲の中に眠っている白い山々に向けられた。――――しかし聖なる眼差しが星空に及び、夜と春と魂とを創った神に向かおうとしたとき、彼は翼と共に泣きながら、敬虔に、謙虚に、この上なく幸せに後戻りした。……彼のもの悲しい魂は、神はおわすとのみ言えた。――

しかし彼の心は彼の周りの、彼の上の、彼の下の無限の、溢れる、吹き抜ける世界から生命を一杯吸い込んでいた、その世界では力は力に、花は花にかなっていて、その生命の泉は一つの地球から別の地球へほとばしり出るもので、その虚ろな空間は単により繊細な力の山道、より小さな力の滞在地にすぎない――すべての測りがたい世界が彼の前にあった、その張られた滝は、薄靄と奔流、銀河と心とに砕けて、頂上と奈落の二つの轟きの間を急速に、星を煌めかして、炎を上げて、過ぎた永遠から下って来、将来の永遠に落ちて行く――そして神がこの滝を見るときには、永遠の円環がその上に虹として描かれ、奔流は漂う円環を動かすことはない。……

至福の死すべき定めの者は立ち上がって、不滅の思いを抱いて自分の周りで鼓動している春の命を縫って更にさまよった。そして彼は考えた、人間は不死の例を見ながら眠りと覚醒の間の違いを誤って存在と非在の違いに拡大してしまう、と。今や彼の力強い張り切った感情にとってはどのような物音も好ましかった、森の鉄工場の槌音も、春の川や春の風のざわめきも、騒々しい山鶉も。――

朝の三時に彼は横たわるマイエンタールを見た。彼は五本の樅の木のそびえる山に足を踏み入れ、そこから村全体と更にその先の別の山、枝垂白樺が彼のエマーヌエルに影を投げかけている山を覗いた。エマーヌエルの小部屋は草木が生い茂っていて見えなかった。しかし彼の恋人の夢見ている修道院ではすべての窓がきらきら輝く月光を受けてほのかに光っていた。彼の胸にはまだ夜の陶酔が、彼の顔には夢の燃焼があった――しかし谷は彼を地上に引き寄せて、彼の歓喜の花にただより堅牢な大地を与えた。そして朝の風は彼の息を、露は彼の頬を冷ました。涙が彼の目にこみ上げた、白いカーテンの掛けられた窓を見たときに、その窓の背後では美しく、賢い、愛し、愛されている魂がその無垢の朝の夢を見終えていたのだった。クロティルデよ、君の友人について夢見るがいい、君の側に来ている、と、その溢れる目を君の小部屋に向けていて、君が現れたら姿を消すのだ、と、それでも刻々とより一層幸せになって欲しいと――彼もまた夢を見ているのだ、そして太陽が昇ったら、愛する谷は君の夢同様に星空と共に消えてしまうのだ。――山々が、森が、その背後には愛する人が住んでいて、壁が、その人を囲んでいて、人間を有り難い魔術で見つめ、人間の前に未来と過去の優しいカーテンのように掛かっている。

山は、かつてここにいて、クロティルデの魅力をさながら黄金時代のように遠くからのみ写して、引き寄せようとしていた画家の姿を彼に彷彿とさせた――そしてこれはまた彼女のより若い青春と彼女の修道院での静かな敬虔な生活の日々へと彼の目を向けさせた、そして彼女を愛することの出来ない時がかつてあって、それが過ぎ去っていったことに痛みを感じた。彼は見回して、この山道のすべて、この小川のほとり、この樹の下を彼女は通ったと考えると、一帯のすべてが彼にとっては聖なるもの命あるものとなって、その上を飛びすぎる小鳥のそれぞれが彼のように彼の恋人を捜し、愛しているように見えた。

しかし今や上の空で星が沈んでいく度に、下の地上では花と小鳥とが目覚めた――夜から朝への道はすでに色彩が半ば付けられていた――小さな霧が朝の岸辺で晴れた――ヴィクトルはまだ山にいた。白い窓の覆いが動いて自分は見つかりはしないかという心配は、この心配がますます大きくなって欲しいという願望同様に大きかった。――突然山の麓で鳥の喉が魔笛を放って、静かなユーリウスが、自分にはもはや照らすことのない太陽を彼の朝の音楽で迎えた。そのとき不意にクロティルデの窓のヴェールがはずされ、彼女の美しく明るい目は新鮮な朝を敬虔な魂に受け入れた。ヴィクトルは、離れていたけれども、茂みから茂みの奥に隠れた。しかし愛する目から逃れるとフルートに近付くことになった。彼はしかし、盲人の側にいると思われるエマーヌエルの前にも、クロティルデの前同様に姿を見せたくなかった。音色からわずかの茂みしか離れていないところに来たとき、彼は山の枝垂白樺の下に友人のエマーヌエルを認めた。そこで喜んで、震えながらユーリウスの許に駆け下りると、百合の顔をした、天使の弟のように美しい彼が、鳥達のさえずりに囲まれて、白樺にもたれているのを見つけた。「何という者達、何という心が」と彼は考えた、「この楽園を飾っていることだろう」。彼はこのような朝、このように聖なる地では、かくも善良な人間には偽装して、例えば自分のイタリア人の従者の声を真似て、エマーヌエル宛の手紙を渡したいところであった。――いや、これは出来ない。彼は吃驚させないよう小声で言った。「ユーリウスよ、僕だよ」――それからゆっくりと優しい人間にすがって、その一つの胸の許で――三人の心を抱いた。そして手紙を「エマーヌエルに渡して欲しい」と言って渡し、愛しい手をこの上なく暖かく握って下へ逃げ去った。――

丁度一年前のこの日のこの時刻ジューリアもマイエンタールから消えて、美しい花床からただ――墓塚だけを携えていったのだった。

今彼が灌木の並木道の背後をこっそりと故人の地から去って行くと、夜の高揚した気分は押さえがたい憂鬱に変わった。昇る太陽が夜の夢のすべての明るい色彩を奪った――「本当にマイエンタールとユーリウス、すべての愛する者達を見たのだろうか、それとも月光の下様々に変わる雲の上でのはかない影絵の移ろいにすぎなかったのか」と彼は言った――そして朝は彼の魂の新鮮な夜の大気を鬱陶しい南風のはためきに孵し始めた。人間はいつもは、ラグーエル[5]のように真夜中墓を掘り、朝日とともにそれを埋め戻すのであるが、今日はゼバスティアンはその逆を行った。

実は全くその通りではなかった。愛する者達のすみやかな跳出と沈下、それへの募る憧憬、朝のざわめきと夜の休止との、太陽の炎と月の薄明かりとの感動的な対照、空想と肉体の疲労と結びついた、不眠の夢見心地の衰弱、こうしたことすべてが我々の夜の旅人の心と涙腺から甘い涙を絞り出した、この涙はあてのないもので、喜びの余りでも悲しみの余りでもなく、憧れの余りに流れるものだった。

不意に美しい、霧のない五月一日は昨年の、彼が、春やホメロスの神のように、霧の中から着いた同じ日を思い出させた――そして善良な人間は目に露の滴を浮かべて花の露の滴を見、言いようもなく感動して言った。「一年前にはとても幸せに着いて、とても不幸になり、またとても幸せだ――人間の移ろい、戯れ、反響し、震える歳月よ」。――すべての村から祭日の鐘の音が（フィリップ・ヤコブの日だった）木霊の穏やかな震えと共に彼のすべての悲しみの弦を更に震わせた。

「一年前に」（と鐘は彼に響いた）「そなた同様にジューリアをマイエンタールから送り出したのだ」。それから、天で白い花を咲かせている太陽の前で、暖かい考えが彼の心を引き裂いた。「一年前のこの朝フラーミンが寄って来て、この燃える胸元で多くの喜びの涙を流した――そして今日の日の最後にまた僕を胸に抱いて、予感しているかのように言ったものだ、『僕を忘れないでくれ、裏切らないでくれ、君が僕を見捨てる気なら、一緒に死なせてくれ』と」――

「忠実な友よ」（と彼のすべての考えは言った）「かつて、君に尽くそうと自分の願いをすべて喜んで君の願いの為に犠牲にしたということは、*3 どれほど今日慰めとなることか。いや、彼には何も隠せない、彼の所に行こう」。――彼は真っ直ぐにフラーミンの所に行って、（卿に対する偽証ではなく、嫉妬を思いやってであるが）聖霊降臨祭にはマイエンタールへ旅すると告白することにした。彼の二分された心は共に泣く目をはなはだ必要としていた――彼の立派な名誉心は、他人の旅を自分の旅の屏風とすることをはなはだ蔑んでいた――彼の蘇った愛にとっては友人に対するどのような些細な隠しごともいとわしく――マチューは頭蓋の下のこの青空の楽園からすっかり追放されていて――それで、長く考えて歩くほどに、一層告白したくなった。彼は今日の明け方盲人に招待を請う手紙を手ずから渡したことまでフラーミンに打ち明けたかった。今日の旅で先の降臨祭の旅は一層可能なものになったと錯覚された、そしてこの自らの観点を他人の観点と彼は見ていた。

しかし彼の夢見心地の、夜の為に酩酊した魂はその危険な吐露をそれほどまでに行うことはなかった、フラーミンは怒っていて違いや正当化にもはや耳を傾けず、昔の片付いたものまで非難しただけに、その吐露は一層危なかった。家に入ったとき、フラーミンの顔の五月の霜の為彼の心の咲こうとする萼は少しばかり縮んだのである。彼はフラーミンに顔に対照的な暖かさを浮かべてこの明るい日中を散歩しようと頼んだ。外では対比は一層くっきりとした、フラーミンは散歩の杖を折れんばかりに押して、花を刎ね、葉を打ち落とし、長靴のかかとで足跡を穿っているのに、ヴィクトルは絶えず話して、自分の魂をこれまでの暖かさに保とうとした。

今日の満たされぬ思いで流血する彼の心を、その満たされぬ思いに責任のある心に対して吐露しようとした点は私には嬉しいことである。とうとう彼は難しい告白をただ魂から振り払って、急いで言った。「聖霊降臨祭にはマイエンタールへ行くんだ」――そして次の言葉に飛び移った、「丁度今日僕らは出会って、……」

フラーミンは遮った、そして氷の顔はヘクラのように炎で裂けた。「そうかい――聖霊降臨祭に――クセヴィッツへは一緒に行かないのだな――最後まで聞いて貰いたいね、ヴィクトル」――彼は立ち止まった。フラーミンは荒々しい手で橉木《りんぼく》の枝から花と茎をしごき落とすと、穏やかな友人を見ずに、心を硬化させていた。「一年前の今日と言うのかい。夕方君と一緒に望楼に行った、そして忠誠か死の約束をした。一緒に墜落すると君は誓ったのだ、僕からすべてを奪ったら、すべてを――あるいは彼女の愛といったものを。君が一緒にいると彼女は僕の方をほとんど見ない。僕が盲だとでも思うのかい。彼女と君の旅のからくりは示し合わせたものと気付かないとも。マイエンタールの風景が今頃どうしたというのかい。帽子は誰のものかね――すべてをどう考えたらいいのか――誰のものか、誰のものか、言うがいい、言うがいい――これが本当だとは――ヴィクトル、助けてくれ」――不当な仕打ちを受け、今日疲れているヴィクトルの目にはこの上なく苦い涙が浮かんでいた、しかし自分の涙で怒ってしまったフラーミンは、今これを無視した。フラーミンは憤慨すると異議を受け付けなかった。けれどもこれを期待し、自分の正しいこと、相手の沈黙に驚いて、反駁されることを願った。彼は手を橉木の棘に押し付けた。彼の目は泣いている目に燃えて注がれた。ヴィクトルは父親の前での固い誓いを嘆いて、誓いと思いやる友情とが相殺している震える秤を見た。彼は今一度すべての愛を胸に集め、両腕を広げて、逆らう男を抱き寄せようとしたが、ただ次のことしか言えなかった。「僕と君に罪はない。父が帰ってくるまでは、弁解できないのだ」。――フラーミンは彼をはねつけた。「どうして。――庭園でのコンサートのときもそうだった、あれ以来君は毎日彼女の許にいる、復活祭の舞踏会でも、橇でも、僕はいないで――結婚するつもりかい――その気はないだろうな――ためらわずに

―その気はないと誓ってくれ―そう、マチューが―出来ないのか―それでは嘘でもいいから」。

「いやはや」―とヴィクトルは言った、そして血が暗くなるほどに彼の脳の中と顔の上に散った―「それほど僕を侮辱してはいけない、僕は君に劣らず善良で、君に劣らず自負がある―神の前では僕の魂は潔白だ」―

―しかし橉木でのフラーミンの血がヴィクトルの激昂を静めた、そしてただ、友情の涙に満ちた思いやりのある目をより明るく穏やかな空に向けた。―「ただ結婚のことを誓ってくれないのか―分かった、僕は息の根を止められた―僕の心、僕の幸せのすべては踏みにじられた―君しかいなかった、君が唯一の友だった、今では友一人なく悪魔を友とするさ―誓わないのか―君から血を流して、惨めに、君の敵として離れることになる―別れだ―どいてくれ、終わりだ、すべて―さらば」―彼は杖で道に斬りつけながら去った、そして彼の打ちのめされた友は、偽証に対して炎の剣を上げる真理の足許に拝跪しながら、そして柔らかな心に懇願に満ちた暖かい眼差しを向ける友情の前で涙ながらに瀕死の状態にあって、つまりヴィクトルは去って行く愛しい者に死にながら呼びかけた、「ご機嫌よう、大事なフラーミン、忘れがたい友よ、僕は裏切らなかったと思う。―でも誓ったことがあるのだ―聞いているかい。―そんなに急がないで―フラーミン、聞いているかい。君をまだ愛しているよ、また分かると思う、いつでもおいで」。……彼は一層強く、押し殺したようなひそめた声であったが、呼びかけた。「実直な、大事な、大事な人よ、君をとても愛してきた、今もそうだ―幸せになってくれ―フラーミン、フラーミン、心が裂けてしまう、君が敵だとは」。―フラーミンはもはや振り返らなかった、しかし彼の手は目に当てられているように見えた。青春の友は青春のように彼の目から消えた、そしてヴィクトルは不幸に沈んでいた、素晴らしい空の下、無垢の意識と、友情のあらゆる思いと共に。―友人を失ったら、美徳ですら慰めとならない、そして友情で刺し穴を開けられた男性の心は、致命的に流血して、恋愛のどのような創傷バルサムもそれを静めることは出来ない。

＊1　つまりルチンデやヘルダーの敵達の時代のことである。
＊2　鉄工場、石炭商からのもの。

＊3　彼が木陰道で彼の父親に、フラーミンとのクロティルデの結び付きのことを弁じたときのこと——その為には彼女との友情すら諦めると思っていたときのことである。

# 第三十二の犬の郵便日

ヴィクトルとフラーミンの容貌——友情の沸点——我々にとっての素晴らしい希望

誰がキケロについて（それを読んだのでなければ）、かくも老成した賢い男がそのヨハネ島に腰を下ろして、緒言、導入部、先在する芽を前もって売買の為に仕上げるであろうと考えたであろうか。しかし件の男には利点があって、何かについてトルソを書いたならば、出来上がっている頭部から選んで、頭部の一つを胴体に原肉体の哲学［此岸で魂は出来たとする説］に従ってねじで締め付ければ良かったのである。——何ら慎重なところのない私については、私が私のモルッカ諸島のフラスカーティ［イタリアの町、ヨハネ島の代わりに以前考案されていた名称］で緒言の糸束すべてを前もって紡車に巻いて撚り合わせたというのは不思議ではない。その後でスピッツが犬の郵便を運んで来たら、それを私はとうに始めていて、ただ物語の残り物を序言にくっつけるだけである。——今、この緒言を今日の為に選んだのである。

はじめにしかし私は次の緒言を取りたかった。

私が私の本全体で悩んでいるのは、それがどのように翻訳されるかという不安に他ならない。この不安はフランス人がどのようにドイツ人を、ドイツ人が古代人を訳しているか見てみると、もっともなことである。まことに、下級クラスとその教師によって晒し者になるような案配である。かくも多くの媒介部分を前もって経るその魂の糧を考えると私はかような［下手な翻訳を読まされる］読者とこれらのクラスをラップランドの貧しい民と較べる他ない。そこでは金持が貴重な紅天狗茸から醸造されたリキュールを饗応の間で飲むと、貧しい民は玄関で、裕福なラップランド人が出てきて、おしっこするのを待ち伏せするのである。翻訳された飲み物、火酒の公認ラテン語訳聖書［ウルガタ］はかくて貧しい輩の役に立つ。

しかしこの緒言はある翻訳の序文の為に取って置くことにする。

私がこの本を丁度一七九三年のフィリップ・ヤコブの夜に始めたというのは、数多い偶然の最も素晴らしい手品、造化の戯れの一つであって、このときヴィクトルはマイエンタールのブロッケン山の魔術師達、女魔術師達の許へ魔女の飛行を行い、このとき一七九二年ゲッティンゲンから着いた。

私には書けない、「読者はヴィクトルがどのように五月の最初の日々を過ごしたか、あるいは悲嘆にくれたか、容易に想像できよう」と。読者はほとんど想像できないからである。ひょっとしたら我々は皆彼とフラーミンとを絡み合わせている絆を薄いわずかな繊維、あるいは冷淡ないつもの腱と見なしたかもしれない。しかし柔らかな神経と堅い筋肉とが彼らの魂の接合剤であった。彼自身愛をやめる段になって自分がどんなに彼を愛しているか分からなかった。この共通の思い違いに我々皆が、主人公、読者、著者が陥るが、それは一つの理由からである。自分が長いこと愛している友人に、機会がなくて、長い間愛を証することが出来ないと、自分は友に対して冷たいと自らを非難するようになる。しかしこの非難自体愛の最も美しい証拠である。ヴィクトルの場合更に、かなり冷たい友になるよう彼自身に勧めるものがあった。クロティルデをめぐる夕方の比武［馬上試合］、テーマ毎のこれらの議論はいずれにせよ影響を与えた。しかしいつも彼が自分に批判したことは、時に友人に対して小さな犠牲を断ったことで、例えば彼の為にピクニックを辞退したり、フラーミンの憎むある身分の高すぎる家から遠ざかることをしなかったということである。しかし友情では小さな犠牲よりも大きな犠牲が易しい――友情の為にはしばしば一時間よりも命が、小さな不快な不作法よりも一財産が好んで犠牲にされる、君達に幾人かから手形が同じ大きさの白紙よりもよくプレゼントされるようなものである。理由は、大きな犠牲は感激させるが、小さな犠牲は冷静にさせるからである。フラーミンは、自らは決して小さな犠牲を払わなかったが、他人にはこれを強く求めた、これを大きな犠牲と考えたからである。ヴィクトルはこの点については余り進歩がなかった。しかしクロティルデは彼を恥じ入らせた、彼女の最も長い日も最も短い日も大方の女性の場合そうであるようにただ犠牲の日々であった。——それに彼の生来の繊細さも、これは今や宮廷生活で人為的な面も加わっていたが、以前よりも深く友人の角で傷ついていた。上品な人々はその内部の人間に（その外部の人間同様に）扁桃糖と夜の手袋とで柔らかな手を与え、ただカードの裏面を一層良く感じたり、かわいい半端な女性的平手打ちを加えたりするが、しかし外科医のようにそれで傷を治そうとはしない。

不幸なことに彼は冷淡というこの妄想の為、フラーミンに暖かさを示すという外面的親切な努力を指示されることになった。しかし参事官は偽りから自然なことが生ずるように率直さから自制したことも生ずることがあるとは考えなかったので、悪魔がますます（友情が高い賭け金である）高額トランプ遊びをして、遂には魔女の日に悪魔が勝つまでになった。

しかし五月四日には悪魔はまたすべてを失うだろうと思う。ヴィクトルは、彼の心はごく些細な動揺でまた包帯を血染めにしたが、五月四日の聖リューネの牧師の誕生祝いに出席するばかりでなく、フラーミンとの再生した友情の誕生日を祝おうとした。フラーミンが立ち止まって後退しさえしなければ、一歩でも二歩でも十歩でも進もうと思った。彼を忘れることが出来ず、押し付けられた別れを克服出来なかった、いつもは自発的な別れは容易であったけれども。彼は毎晩フラーミンの美しい像を、この像は自分に対する彼の愛、彼の買収されない正直さ、彼の巌の勇気、彼の国家への愛、彼の才能から、それに不当な仕打ちと自らの無垢という二重の感情から生じている彼の激昂からさえも出来ていたが、この暖かい像を自分の引き裂かれた心に抱き寄せた、そして朝彼が合議団に行くのを見ると、目で彼を追って、後から文書を持ち運ぶ従者を幸運だと言った。贖罪の犠牲を伴う偉大な和解の日の五月四日が間近でなければ、小さなユーリアを他の二つの身分の間の第三身分のようなものとして、不協和音の間の導音として手懐けなければならないところであろう。ただ五月の期待だけが彼の考えに刺草の先端の代わりに少なくとも薔薇の棘を付けた。——青春の友は、読者よ、学校での友は、決して忘れることはない、兄弟のようなものなのだから。——人生の学校に入ったら、シュネプフェンタール学園とかベルリン実科学校、ブレスラウのエリザベート学園、シェーラウのマリア学園[1]に入ったら、君は友人達とまず会うことになる、青春の友情は人生の朝の礼拝だ。

ヴィクトルはフラーミンの和解を確かに前もって知っていた、彼は彼がよく窓際に立って、上の出窓を盗み見しているのを見た、出窓からは親切な、名誉のどのような誤解も気にしない目が自由に真っ直ぐに長老の家を見ていた。――しかしだからといって優しい憧れが消えることはなく、美しい悲しげな愛しい顔を再び目にすると憧れは倍加した。フラーミンは大きな男性的姿をしていて、彼の抑制された狭い額は勇気の巣で、彼の透き通った青い目は――これは彼の妹のクロティルデも有していて、炎のような魂とまことに良く合っていた、古代ドイツ人も田舎の人々もこの二つを実際有するものである――考える精神で燃え上がっていて、彼の結ばれた、それ故に一層暗赤色に膨れた唇は接吻の為に優しく隆起していた。ただ鼻だけが十分に洗練されていず、法学者的あるいはドイツ的に出来ていた。偉大な法律家の鼻は、私の見るところ、時に裁判の鼻同様に、その柔軟な素材が余りに長い指で愚弄されると惨めなものに見える。ちなみに何故偉大な神学者の顔は――別に何か偉大であるという場合を除き――何かカンシュタイン男爵の聖書の活版印刷の華美を有しているのか理解に苦しむ。ヴィクトルの顔はこれに対して少なくとも、幾人かの法律家達のかの無遠慮な通俗な顔立ちも、幾人かの神学者達の燻し金もなかった。彼の鼻は、その刀身とその根の切り込みをむらなくされて、ギリシア的に真っ直ぐに下がっていた、閉じられた薄い唇の角度は（彼が丁度笑っていないときは）六十の五乗分の一度［スターン流の冗談］の先のとがったもので、鋭い鼻と共にしばしば諷刺的人物の持つ結社のバッジ、十字架勲章を形成していた。彼の広い額は反って精神的な円形建築の明るくゆったりとした内陣を作っていたが、そこにはソクラテス風な同様に明晰な魂が住んでいた、この明晰さもかの額も生来の穏やかな堅牢さとは釣り合ってはいなかったけれども、後天的なそれとは釣り合っていた。――彼の空想、この大きな獲得物は、度々彼の顔では何ら富籤のモットーとなっていなかった。――彼のナポリからの瑪瑙の目は愛する心を告げ、求めていた。――彼の白い、柔らかな顔は、宮廷と戦争とのように、フラーミンの褐色の、しなやかな、燃える両頬の地となっている顔と対照をなしていた。――ちなみにフラーミンの魂は、太陽の下ただ一点だけが燃える鏡で、ヴィクトルの魂は幾つかの諸力がほのかに光る多面体の面に磨き上げられていた。クロティルデは兄とはこの発火器のすべて、気質のこの硫黄の地雷を共有していた。しかし彼女の理性がすべてを覆っていた。彼の場合岩から岩へ進む血の急流は、彼女の場合はすでに静かに滑らかに花園の間を流れた。

彼がまた参事官と友情の協定を新たにして欲しいものである。そうしたら彼のマイエンタールへの聖霊降臨祭の旅を書くことになろう、これは今まで人間が考えたことの中で最良のもの、七倍賞金となるかもしれない。この七倍賞金は、彼らがまた和平を実現しなければ、何にもならない。マイエンタールのどの花の横でも、どの歓喜の傍らでもやつれた友の姿が立って尋ねることだろう。「僕の不幸をよそに、幸せになれるかい」と。

両者が僧侶か廷臣であれば、もっと気が利いたことになっただろう。そうしたら、友情は魂の結婚だから、禁欲的に魂の独身に留まるよう彼らに要求できたであろう。……

章が終わろうとするとき犬が新たな章を持って来た、私は二つを互いに編み込んでしまい、続ける。

マイエンタールから返事が来ないことに格別腹を立てず、ヴィクトルは五月四日一人で聖リューネへ行った、そして一歩毎に近付くと、彼の魂は一層優しく、宥和的なものになった。――彼が着くと。――――

どの家でも、愚痴で忘れられた日々――忌々しい、呪われた、ひどい日々がある――この日には万事が食い違って――すべてがきゃんきゃん鳴き、うめきそして尻尾を振り――子供達と犬はぐうの音も出せず、家の世襲領主、封建領主、裁判権所有者はすべてのドアを閉めて、主婦は道徳を説く[*1]リード管を鳴らし、皿と鍵束の銀の音を響かせ――ただ昔の損害を、鼠や蛾のすべての盗伐を、折れた日傘や扇の骨を突き止め、火薬や良い匂いの髪粉、上質紙が湿気を帯びてしまい、田舎の馬車はくたびれて木製の驢馬となり、犬と寝椅子は毛が抜けそうになっている――この日にはすべてが遅すぎて、すべてが焼けすぎ、すべてが煮えすぎて、貴婦人は留め針を人形にするように女性の肉体に刺し――そしてこの質料のない卑劣な病いで十分にいわれなくおだを上げたら、またいわれなく満足してしまう――――

ヴィクトルが牧師館に着くと、今日の誕生日の主人公、牧師が自分の書斎で講義し、叫んでいるのを耳にした。アイマンは彼の聖なる精神を教理受講者の長い耳に吹き込んでいたが、これらは何の熱っぽい演説も受け付けなかった。人里離れた所に（森の唯一の家に）住む一人の自惚れ屋の女性と取り組んでいて、彼女に解く鍵と縛《つな》ぐ鍵［マタイ伝、十六章十九」との違いを教えようとしていた。しかし甲斐がなかった。生まれ変わった男、牧師はすでに授業時間を三十分越えて説明していた。自惚れ屋の女性は鍵となるところをいつも、あたかも——社交界の女性のように、誤解した。牧師は頭を絞って彼女の頭を啓蒙しようとした——彼は鉄木や鉄石を感動させるようなことをすべて、自分の今日の誕生祝い、皆に台無しになった楽しみ、三十分の超過時間を述べて、彼女がその違いを理解するよう説得しようとした——彼女はそうせず、彼を理解しなかった——彼は懇願して、言った。「大事な子羊の告解者よ、後生ですから分かって下され——魂の牧者を喜ばせて、縛ぐ鍵と解く鍵の特別な違いを繰り返して下されー—誠実に接していませんか——しかし一つの鍵も知らないのに、家畜のように放り出すことは牧師の務めとして出来ません。——さあ奮起して、一語一語私の後を付けて下され、高く購われたキリスト教徒の獣よ」。——とうとう彼女はそうして、彼女が終えたとき、彼は喜んで言った。「師としては満足です、これからもご注意願いたい」。——外で彼女はまた要点を繰り返した、すべてを良く把握していたけれども、ただ縛ぐ鍵、解く鍵の代わりにずっと縛ぐ鉢、解く鉢と聞こえていたのであった。

三つ子は下らないことに食後にようやく姿を見せようと思っていた。——赤いアペルの魂はまさにそれ故に野獣の肉の香りを蒸発させ、焦げた牛乳スープの匂いがして、一人で仕事を請け負っていると不平を言い、アガーテが手伝おうとすると、言った。「私の腕があなたと同じってわけ」。——参事官は着いた、しかしまた食事まで野原に出て行ってしまった——アガーテの顔は岩の中の貯蔵庫のようにヴィクトルに対する兄の冷たさで打ち抜かれた——牧師夫人だけが変わらず、単に祖国ばかりでなく、愛の息で彼女の心は彼の心に寄り添い、彼を怒ることは出来なかった。彼女は彼の称える娘を愛した。彼女に夫がいなかったら、彼女は彼の為に恋文執筆者か恋文配達人となっていたことだろう。——このように女性は法外に愛する。しばしばこのように憎むこともある。——その上に私の通信相手は付け加えている、湯治村から証言者のすべてを証拠に引き出すことの出来ることであるが、牧師夫人はいつもそうであるばかりでなく、今日の風の日、雨の日にもキリスト教徒の飾らぬ落ち着き様で、誰か女性が何かを、茶碗か言葉を、落としても、それに耐え、凌ぐことが出来た、と。このようなこと——スープ鉢か洗い鉢、果物皿の眼前の全くの喪失に対して平然としていることの為には——健全さと共に同様の理性が必要かもしれない。

──最後に夕方青年貴族が入って来て、フラーミンはまだ庭にいると言った。ヴィクトルは自分に言われたかのようにそれを聞いて、外に出て、そして彼の沈んだ心を別な不安な心へ運んで行った。フラーミンは緑樹の茂る角から縁切りした友の蠟人形を目でじっと見上げていた。ヴィクトルの心は涙に包まれた如く溢れる胸の中で重苦しくなった。フラーミンの顔は怒りの甲冑ではなく心痛の喪服用ヴェールで覆われていた。ここの明るく暖かい青春の前景で、いわば以前の何にも代え難い愛情の古典的土壌の上で、彼は余りにも優しく余りにも暖かくなっていた──村では彼は町での苛酷さを取り消した──その上に、ここでは彼の友の友人達ばかりが、振られた友に対する愛情溢れる賞賛ばかりが彼の貧しい心に押し寄せ、それを暖め、それで彼は失うよりも弁護する方がまだ容易であった。ヴィクトルは苦しんだ心の穏やかな声で彼を歓迎した、がフラーミンはあらゆる思い、言葉の半分しか言わなかった。ヴィクトルは友情の死を悲しむ魂を深く覗き込んだ。ただ心だけが心を解するからで、かくてただ偉大な男が偉大な男達を解する、山はただ山に登ったときにのみ見えるように。それ故彼はフラーミンがゆっくりと離れるのを怨恨の印とは取らなかった。しかし彼は、見捨てられて、自分の目を、友情がかつて花を咲かせた庭の神聖な大地から、自分がクロティルデとフラーミンの結び付きの為に父に話した犠牲の木陰道から、高い望楼、変容した友情のタボルの山から、より美しい時代のこれらのすべての埋葬地から、より貧しい時代を耐える為に、目を転じなければならなかった。しかし見ようと思わなかったものを、それだけに一層明確に思い浮かべることになった。

このとき祈りの鐘、晩鐘がそのメランコリックな震えを人間の心にまで広げた──過ぎた時代が響きを届けて、夕方の嘆きは熱い懇願のように別れた友人達の胸に沈んだ。「許し合い、一緒に歩み給え。人生は長くて、人間が怒っておれるほどだろうか、善き魂は多くて、互いに逃げておれるほどだろうか。これらの響きは多くの灰の死者の周りを、幾多の愛に満ちた硬直した心の周りを、幾多の憤怒に満ちた閉ざされた口の周りを移って行った。滅び行く者達よ、互いに愛し給え」。──ヴィクトルは喜んで（彼は泣いていた）友人の後を追って、彼が、アイマンがその名前のFを球茎甘藍で青々とさせている花壇の側に立っているのを見付けた、彼は黙っていた、すべての感応療法の為には黙っていなければならないと知っていたからである。友人が他人行儀に並んで立ち、黙って昔の吐露と較べるこのような沈黙の時には、多すぎる心の刺し傷と幾千もの押しつぶされた涙、言葉の代わりの溜め息が見られるものである。

ヴィクトルは、友人の間近にあって、鐘の間彼のより美しい魂は、コンサートの間の小夜啼鳥のように、ますます声高になって、刻々とこの美しく高貴な顔に、この和解の接吻の為に丸まっている唇に、倒れたくなった——しかし最近の不和に驚愕した。このときフラーミンが花壇にずんずんと進み、球茎甘藍の子葉をゆっくりと踏みつけて、潰した。やっと彼は気がついた、青々とした名前をこのように踏み潰すのは単に絶望の黙した言葉に過ぎず、これはこのように言おうとしているのだ、と。「僕は苦しむ自分が嫌いだ、それをここの名前のように砕きたい、誰の為の名か」。——これはヴィクトルの心から血を、目から除かれていた涙を奪った、彼は穏やかに、長いこと引っ込められていた手を取って、彼を名前の自殺から連れ出した。しかしフラーミンは痙攣する顔を横へ、友人の蠟製の影の方へ向けて、じっと捻って、見上げた。——「フラーミン」とヴィクトルはこの上なく感動した声で言い、熱い手で握った。フラーミンは手を振り解くと、二つの指球で涙を目に押し止め——大きく息をして——声を詰まらせて、「ヴィクトル」と言い——大粒の涙を流しながら向き直って一層こもった声で、「また僕を愛してくれ」と言った。——彼らは崩れ落ちて、ヴィクトルは答えた。「永遠に、永遠に君を愛するよ、僕を侮辱してはいないのだから」、フラーミンは熱く死にそうになりながらどもって言った。「恋人は奪うがいい、僕の友人でいてくれ」。——ヴィクトルは長いこと話せなかった、彼らの頬と涙とは一緒にくっついて燃え、最後に彼が言った。「気高い友よ。でも君はどこか思い違いしているのだ。——でももう離れないことにしよう、ずっとこのままでいよう。——僕の父が帰って来たら、いつか言いようもなく互いに愛し合うことだろう」。

ここで二人のことを案じていたやもしれぬ牧師夫人が出迎えた、そしてフラーミンは、めったにしないことだが、心が和らいで子供っぽい抱擁をして彼女に敬意を表した。彼女は二人の濡れた目に朽ちることのない盟約の更新を読み取って喜んだ。

和解を目にすることほど感動的なものはない、我々の欠点はそれが赦されるときどんなに高く購われても高すぎることはない、怒りを感じない天使は、怒りを克服する人間を羨ましく思うに相違ない。——君が許すとき、君の心に傷を付ける人間は海の虫で、これは貝殻に穴を穿つけれども貝殻はそれらの穴を真珠で閉ざすのである。

この和解はさながら幸運の女神との和解をもたらした――霧月の夕べは花月の夕べとなった――三つ子はアペルの焼き上げられた名声を聞いて後から食した――牧師は解く鍵、精神的音楽の鍵の他は何の鍵とも用はなかった――そして誕生祝いは盟約の祝祭、野党クラブに花開き、ここでは皆が、しかしクエーカー教徒や商人達よりも高い意味で、友人と名乗っていた。三つ子は古代イギリス人の演説をした、これは自由な人間だけが理解できるものであった。ヴィクトルは皆が、マチューのようなちくちくした大黒蝿の前で自由に話すのに感心した――しかしイギリス人達は何も気にかけていなかった。牧師は心からの祈りを伝えて、言った。「自分としてはこれはほとんど意に介さない、ただもっと小声で喋々して欲しい、そうして牧師館で敬虔な秘密集会を行っているような評判を立てないで欲しい。しかし自分は全く宮廷医師殿と青年貴族殿を頼みとしている、きっと検事官に対して守って下さるだろう、そうでないと妻と息子とを話しに加わらせたくない」と。牧師夫人は自分の自由な祖国への思い出をどのような中傷や流行よりも重んじた。ヴィクトルは今日は自分の共和主義的正統信仰を疑う余地のないものとする約束を果たさなければならなかった。彼はそれを我々の目前でなしたので、どのようにそれを果たしているのか、彼は古代イギリス人であるか共にみることにしよう。

彼は大抵、最近読んだばかりの、あるいは――今日のように――聞いたばかりの文体を真似た。それで彼は燃えるように冷たいイギリス人のように格言で語った。

「自らを愛する国家ほど自由なものはありません。祖国愛の尺度が自由の尺度です。この自由とは何でしょうか。歴史はモルグ広場[*2]で、そこで誰もが亡き心の縁者を捜します。スパルタ、アテネ、ローマの偉大な死者に自由とは何か尋ねてみて下さい。彼らの永遠の祝日――彼らの芝居――彼らの永遠の戦争――彼らの不断の財産と生命の犠牲――富、商業、職人に対する彼らの軽視では、重商主義的国の繁栄が自由の目的ではないことが分かります。しかし首尾一貫した独裁者はその黒人の農園の物質的裕福さを目指すに相違ありません。個々人の圧力と穏やかさ、不正と美徳とは奴隷的政体と自由な政体の区別をほとんどつけず、それでローマはアントニヌス達の下で奴隷であったし、スッラ[*3]の下自由だったといえます。――それぞれの同盟ではなく、同盟の目的が、共通の法の下での一致ではなく、その法の内容が魂に愛国心の翼を与えます。さもなければどのようなハンザ同盟、商業の同盟もピタゴラスの同盟となり、スパルタ人を生むことでしょう。その為に人間が血と財産を差し出すものは、その両者よりも何か高いものでなければなりません。――自分の生命や財産を守る為には、善人は、他人のそれの為に戦うときほどには勇気を持ち得ません。――母親は自分の為には何も出来ませんが、子供の為には何でもします――要するに自らの内のより高貴なもの、美徳の為に人間は放血を行い、自らの精神を捧げます。ただキリスト教徒の殉教者はこの美徳を信仰と呼び、未開人の殉教者は名誉と呼び、共和主義者の殉教者は自由と呼びます。――十人を連れ出して、彼らを十の異なる島に閉じ込めると、誰一人他人を（コスモポリタンは相手にしない）、小舟で出会ったときに、愛することも守ることもせず、無辜《むこ》の粗野な動物を相手にするように無傷のままやりすごすでしょう。彼らをしかしすべて一つの島[*4]に投げ込んだら、彼らは共同生活の、支援等々のお互いの条件を、つまり法を作るでしょう――かくて彼らは時に法の、従って彼らの単なる手段と分かつところの人格の、従って自由の、享受と適用を得ることになります。以前の十の島では自由というよりは束縛がなかったのです。法の対象が気高くなるにつれ、一層法は法の守る塵の山よりももっと内部の人間に関与する、権利は私有物よりももっと関与することが、そして高貴な人間は自分の財産、自分の利権、自分の人生を擁護して闘うがそれはそれらが大事であるからではなく、自らの尊厳の為であるということが分かります。――私は演説を始めたときの命題の正しさを主張する為に、この件を別な面から見ることにします。ある民が自らの憲法を憎むとき、憲法の目的は、つまり民の和合は失われます。憲法への愛と同国人としての同国人に対する愛とは同じです。私は聞いています、すべての人間が賢明で善良であれば、皆互いに似てきて、従って好意的であろう、と。こうではないので、自然がこの善意を衝動の類似性で、目的の共通性で、共同生活等々で肩代わりしており、――夫婦愛の、兄弟姉妹愛の、友人愛の――これらの絆で我々の滑らかな滑りやすい心を様々に隔たっていてもまとめております。そのように自然は我々の心をより一層暖かくなるよう導いています。国はその心になお大きな暖かさを与えます、市民は市民の中の人間を兄弟が兄弟の中の人間を愛するよりも、父が息子の中の人間を愛するよりももっと愛することからも分かります。祖国愛は限定されたコスモポリタンの愛に他なりません。そしてより高い隣人愛は地球全体に対する賢人の偉大な祖国愛です。私はより年若なころしばしば多数の人間のことを心苦しく思っていました、十億人を一度に愛することは不可能と感じたからです。しかし人間の心は頭よりも受け入れます、より良き人間は、両腕で一つの惑星しか抱えられないならば、自らを恥ずかしく思うべきでしょう」。……

――これから私は喜劇にあるように所見の前に演者の名前のみを記すことにする。冷たく哲学的なバルタザル、「それ故地球全体がいつか一つの国家、普遍共和国とならなければならない。哲学はまだ二つの国家があるかぎり、戦争、隣人憎悪、要するに論理とのいかなる矛盾をも容認しなければならない。いつか人類の国民公会が出来なければならない。諸帝国が市当局です」。

マチュー、「それではやっと十月十一日の段階で、八月四日[2]とは余り言えない」。

ヴィクトル、「私どもは、ダビデに似て、ソロモンの神殿をただ夢の中でのみ見て、目覚めたら幕屋［移動神殿］を見ます［旧約、歴代志略上、第二十八章十一以下］。しかし哲学は、人間がこれまで哲学なしに為したことしか人間に要求しなかったら、情けない話しです。私どもは現実を理想に合わせなければなりませんが、理想を現実に合わせることはありません」。

熱く哲学的なメルヒオル、「大抵の現在の動きは、脳穴開け器の下に眠っている男が出血した脳膜に手を伸ばしているにすぎない。――しかし君主統治の滴る鍾乳石は遂には民衆の上昇する石筍と一体化して柱となります」。

フラーミン、「スパルタ人はヘロットを、ローマとドイツ人は奴隷を、ヨーロッパ人は黒人を前提としているのか。いつも全体の幸福は個々の犠牲の上に築かれなければならないのか、丁度ある身分は耕作に従事して、別の身分が学問に専念できるようにする必要があるようなものなのか」。

大カトー、「それじゃ自分が犠牲になったら、僕は全体に唾するね、僕が全体だったら、自分を軽蔑する」。

バルタザル、「全体が自発的に個別の所為で苦しむ方が、個別が自分の正当な意見に反して全体の為に苦しむよりましだ」。

マチュー、「世界ガ破滅シヨウト、正義ノ為サレンコトヲ[3]」。

ヴィクトル、「ドイツ語では、どんなにひどい物質的災いでも、ごく些細な倫理的災い、ごく些細な不正よりも良しとしなければならない」。

メルヒオル、「何らかの政治的不平等は、人間は身体的に生来不平等であるからと弁解されはしません、殺人がペストがあるからとか、ユダヤ人の穀物専売が不作だからと弁解されないようなものです。逆にまさに政治的平等が身体的不平等の補償をしなければなりません。専制国家では啓蒙は安寧同様内的実質としては大きいかもしれない、しかし自由国家ではそれは外的実質としてより大きく、皆に分配されています。自由と啓蒙とは互いに交互に生み出すからです」。

ヴィクトル、「不信仰と専制とが互いにそうするようなものです。あなたの主張は民衆に二つの道を、よりゆっくりとしているけれども、より正しい道と、そのどちらでもない道とを示しています。——時の文字盤の歯車に乱暴に介入すると、これは幾千もの小さな歯車が動かしていて、それを早めるよりも、ずらしてしまい、しばしばその歯を折ってしまいます。[*5] すべての歯車を動かしている時計の錘《おもり》にぶら下がることです。即ち、賢く、有徳であることです、そうすると偉大にして同時に無垢となれて、神の町を血のモルタルなしに、髑髏の角石なしに築けます」。

ここでこの政治的説教は終息した、その間ヴィクトルは彼のソクラテス的態度、中庸にもかかわらず、これらの荒々しい頭脳を自分の友とすることが出来た。マチュー一人ただ嘲笑を旨としていて、すべて真面目なことをそれに引き戻した、その逆のことはせずに。彼は独特な具合に身分の高い者のかの破廉恥を有していて、ある愚行を犯すと同時にそれを嘲笑し、ある愚者を捜すと同時にそれを軽蔑し、ある賢人を避けると同時にそれを賞賛した。彼は機会がありさえすれば、フラクセンフィンゲンの気のいい侯爵に諷刺の薊の花頭を浴びせ、夫に対する敵意を見せていた、これは普通妻に対する大きすぎる友情の印である。——それで今日はイェンナーあるいはヤヌアールの、彼の月の名前、聖人の名前とは対照的な愛好に関して言った、「ポツウォーリの聖なるヤヌアリウス[*6]にとって魚はクールペッパー医師だね」。

白状すると、このクラブの間ずっと、馬鹿げているがしばしば私の頭からぬぐい去ることの出来ない巫山戯た考えがまた浮かんできた——というのはこれは少しばかり、自分が何処から来たのか無神論者のように知らないこと、フランス人風な名前ジャン・パウルと共に不可思議な偶然によってドイツの写字台に追われたことと関連しており、この偶然についてはいつかこの写字台で詳しく報ずるつもりで——先に述べたように、私自身、このようなことがあり得ると時に想像することは馬鹿げていると思うのであるが、私は例えば――オリエントの歴史ではこの例は幾千もあるのだから――名を秘した、ロシアの侯爵の息子あるいはペルシア王の息子、あるいはそれに類したもので、王座の為の教育を受けており、より良い教育となるようただその高貴な生まれは隠されていると想像してしまう。このようなことは考えてみるだけでも、巫山戯たことである。しかし世界史からは、幾人かのものが二十八歳になるまで――私は二歳年長であるが――アジアか他の王座が自分を待ち受けていることは一言も知らなかったのに、後に王座についてからは立派に統治したという例を消すことが出来ないということもまた正しい。私が国のないジャンから国のあるヨーハンとなると仮定してみよう、すると私は早速ビリヤードに出掛け、誰彼かまわずに我が輩は誰か言うことだろう。私の国の民の一人もそこに居て、突いていたら、早速支配することだろう――民の娘がいたら躊躇なくそうするだろう――私は慎重に行って、ビリヤード仲間の奴等だけを比較的大事な職に就けるだろう、君主たるもの自分の登用する者を知っておかなければならないからで、これは周知のように賭のときにまず分かるのである。私は小作農民の皆に一般規定でいかなる時でも、幸せで裕福であるよう厳しく命ずるだろう、貧しくなる者があれば、罰として給料を半分にする。貧乏を特に禁止すれば、最後にはサトゥルヌスと私とが交互に支配しているような具合になるであろうと考えるからである。――私は私の国では、スルタンがハーレムでそうするように、身体上の唖や小人を求めないだろうが、ときに倫理上のこれらを求めるだろう――白状すると、私は天才達にある偏愛を抱いており、すべてのポストに、どんな惨めなポストにさえももっとも偉大な頭脳を採用することだろう。私が恐れるであろうものはただ（敵を除いて）水頭症で、これは王冠を戴いた頭や司教冠を授かった頭が案じなければならないもので、ルートヴィヒ医師[5]や神経に関するティソー[6]を読むと、このようなものは頭を強く縛ることからまず生ずるそうで、このことを私は私の王冠については、中に収める頭が大きくて、王冠が狭いだけに、一層恐れているのである。……

　閑話休題。次の日ヴィクトルとフラーミンは友情の絆の美しい、新たに結ばれた輪と共にフラクセンフィンゲンに戻って来た。今やヴィクトルは、クロティルデが門を下ろしていないかぎり、マイエンタールの天国の門を通って行けた。五月の風が吹き、五月の花が薫り、五月の樹がざわめいた。これらのそよぎは、すべてのこうした浄福をマイエンタールで味わい、自然の最も美しいコンサートホールへの入場許可を得たいという憧れを何と煽ったことか。それは何も来なかった。すでに——クセヴィッツの養蜂家リントによって届けられていたからで、彼は第一オー伯爵の貴族の使者としてマチューの許に遣わされ、マイエンタールを経由する道を通って来たのだった。エマーヌエルからのものだった。

「ホーリオンよ。

早く来給え。私どものエデンの谷に急ぎ給え、こちらは天から天に移る通路だけの間に緑の壁を持つ自然の庭園に臨む広間だ。……花々の明るい時間は人間の目の前を星が天体観測者の望遠鏡の前を過ぎるように過ぎていく。忍冬の花の輪が君に掛けられ、香りで満たす。それに包まれたら、立ち昇る香りの雲が君を覆い、雲の中から見知らぬ腕が差し出され、愛に満ちた三人の心の許に君を導く。私はすでに五月の花を森から抜いて来て、私の側に植えた——君の町は君という静かな五月の花の周りの森というところだ。私はすでに二本の鳳仙花と五本の小紫羅欄花を移した。しかし私が最初に移した鳳仙花はクロティルデだった。春はその繁茂する旺盛な樹液と共に私の芽吹く魂にも上って来て、五月は、私がいま撫子にそうしているように、魂のすべての蕾を綻ばせている。——また私が鬱々としないうちに、姿を現し給え。そしてユーリウスに私宛の手紙を渡した天使は誰であったか教え給え。

エマーヌエル」。

ユーリウスは、これまで正体の知れない天使がこの降臨祭に開封する為に渡したあの別の手紙のことをまた考えていたように見える。——しかしここで天使と手紙が私に何の関係があろう。さっさと書いて、犬が第三十三の降臨祭の章を持ってくる前に、第三十二章を片付けたいと思っている、第三十三章は三十二の章という先祖を有するからばかりでなく、多分にそこでは喜ばしい聖なる精神の吐露があって、あるいは物語的絵画があって——それに私自身の努力があって、このようなものはどのようなディオニシウス期［西暦］であれその半分も、どのようなコンスタンチノープル期［紀元前五千五百九年から始まる］であれその一つも書かれない章となるに違いない（と思う）。降臨祭の犬の郵便日は長くなろう、しかし立派な神々しいものとなろう――フィリッピーネが兄を揺さぶって言うだろう（彼女は追従が好きだ）。「パウルさん、パウロも第三の天にいました[7]、でもローマ人への手紙ではこれほどには天国を描いていませんよ」。――私自身書く前に、第三十三の犬の日を読めたらと願う。……

私が後少しばかり、これほどに急いで投げ寄越すべき多くの事というのは瓢箪の中の文書によればこうである。ヴィクトルは私同様に降臨祭の福音を楽しみにした。彼の良心は享楽に対してどんなに薄い食事の格子柵も、どんなに低い牧場の境界石ももはや設けず、そして彼は無邪気な喜びの如く愛するクロティルデの許に出掛けて、私を受け取ってと言えた。彼は今や規則的に宮廷で暇乞いをし、往診をし、地獄石に満ちたどのような言葉も、バシリスクの毒に満ちたどのような目も気にかけなかった。フラーミンの許へのより麗しい訪問を倍にして、彼の高貴な和解により暖かい友情で応じ、過去の話し、嫉妬の話題に思いやりのある沈黙という内璽を押した。彼の夢は影絵芝居や空中現象の多い劇場にもかかわらずクロティルデの姿を登場させなかった（まさに最愛の顔を夢は出さない）が、しかし暗い雨の月に、彼がまた不幸で愛の大事な人もいない月に彼を導いて、それでひとしきり雨の降った夜の後、より明るい日が生ずるようにした、それで二重の憂愁は二重の愛となった――そして彼が朝過去の夢のこのような夢の後、五月の霜を通って、葡萄の木の枝の豊かな喜びの滴の傍らを、自分をひんやりさせるというよりは運んでいく朝の風の下、抜け出して、緑のカーテンで自分の希望のオペラの舞台を覆っている堅牢な西の森を、憧れの目で貴重な聖遺物のように触れようとしたとき――　――私の代わりに座る批評家なら、このように時間が限られて、日輪の特別郵便馬車に乗っている（今はより日が短い）ときに、私に長い前文の後その後文を添えるようにと要求できないだろう。

気圧計の垂直な極致と東風の水平な流れですら彼の希望の帆を捉え、降臨祭の未来の静かな海へ、一七九三年のカレンダーへと連れ出し、月が降臨祭には満月であるか見ることになった――いやはや月は少なくとも半分はあって、これははるかにましである、いざ夕方というときに月はすぐ天上に見えるからである。……

私は尋常ならざる早さで片付けたので、スピッツが喜びの杯を首に掛けてインド洋を渡って来るよりも早く、第三十二の犬の郵便日を終えてしまった――いずれにせよ私は読者との永遠条約で（これでは周知のように侯爵と帝国都市代表はくたばってしまう)、今度は閏日を設けなければならないので、それで犬の空席を利用したい。しかしこれまで人差し指の跳躍棒に頼って閏日を飛ばしてきているすべての私の日々占い師［一日が良い日か悪い日か占う］と顧客に、この度はそうしないようにとお願いしたい、第一にまず私はこの閏日において、幾つかの政権によって認められた、極めて重要で深い意味の事柄を述べて良いという閏日の特権をほんの少しでも実行したら、射殺されても構わないからであり——そして第二に犬はすでに閏日に港に着いて、第三十三の犬の日には出さずに、すでに——第八の閏日、あるいは第八のサンキュロットの祝日［フランス革命暦での閏日、一カ月三十日で残りの五日間］に出す事実を運んでくるかもしれないからである。

——その内容は、現在に似て、未来についての巫山戯た緒言である。——

私は言わざるを得ない、第一にベラルミン(8)（カトリックの闘士にして対抗者）が、各人は自ら救世主であると主張するならば——そこから私見によれば各人はまた自分の古きアダムにして自らイブであり蛇であると結論付けられるが——第二に格別に立派な著者は真理の蠟燭の芯切りであるならば、丁度逆に牢獄のモーザー氏(9)にとって蠟燭の芯切りが筆であったように——第三に専制主義が生きた樹の幹の代わりに（これは盲目に世界を鋸で切るので）王座の木挽台を自ら引き切ったら——更に私は言わざるを得ない、第四にどのような行為も（最悪の行為ですら）キリストのように二つの相似ない系図を有するのであれば——第五に一、二の批評家がすべてを調べるその批判的目を頭頂の渦巻きの上に持たず（例えばマホメットの死者達のようなもので、美人を目にすることはない）、アルゴスのように前後にも持たず、前面のすぐ胃の下、腸の上、臍の中に持っているならば、この男が更に有するのはただリンネルの心で、これは女裁縫師がシャツの胸飾りの下の角に補綴したもので、心窩の上に、これは胃窩と呼ばれるのが気が利いているが、舞っているのであれば——最後に言わざるを得ない（少なくとも言える）、第六に真の関連、厳密な段落の連鎖は縛られない散文の演説の、これはしかし［縛られた］滑奏のピアノに似ているが、最大の飾り、魂かもしれないのであれば、そしてそれ故分別が、叙事詩の筋のように（レトリックと時の）ペリオーデ［綜合文、時期］の終わりに乗り出さなければならないのであれば、さもないと何の分別もないので。……

——しかしもはや何の分別も見られないだろう。——しかしかの句点の後の四つの点は雪の中の兎の足跡のように見える。――要するに、スピッツが、我々の伝記の下働き、運送屋が、すでに机の下に横になっていて、若干のエリュシオンの野や天国を降ろしたところである。――いずれにせよ先の文では何のつもりかさっぱり分かっていなかったので（それを知っていたら読者の前で正気で座っておれない）、それでまことに幸いにも犬が綜合文の後文の尾をいわば噛み切ってくれた。どっちみち私の計画では、犬が降臨祭旅行の疑わしさに対する私の不安を奪ってくれるまで、長ったらしい綜合文の中でただ兎跳びをするつもりだったのだ。――そもそも私は決して言葉と考えとを一緒に使いたくない、言葉を浪費するときには考えを節約したい。夙にポイツァーはレーゲンスブルクとヴェッツラーの人々に書いている。考えが多いと小さな言葉の流れを必要とする、しかし小川が大きくなるほど、水車の輪は小さくて良い、と。正直な批評家は簡潔な書を次の点でもう誇っているが（単に読者が理解しないからだけではなく）、それはドイツ人は法律家や神学者の中に冗漫に書く最良の手本を有しているからというもので、その冗漫さときたら、――考えは魂で、言葉は肉体であるので――言葉の間で人間のより高次な友情を築くかもしれないもので、この友情というのはアリストテレスによれば、一つの魂（一つの考え）が幾つかの肉体（言葉）の中に同時に住むということである。――

――私はヴィクトルの徹夜課、降臨祭前の聖夜を今から始めることにする。すでに土曜日であった――風は（学問のように）東から来た――水銀は気圧計の管から（今日私の神経の管の中でそうであるように）ほとんど飛び出していた――フラーミンは静かに金曜日友人から別れていて、五日経ってから戻ってくる筈だった。――ヴィクトルは朝第一の降臨祭の日、日の出前に出発して、三日目の降臨祭の日に、陽がアメリカに沈んだとき戻るつもりであった。――（彼にはもっと長くいて欲しい）。――魂の、素敵な青い月曜日（青い一日はどの日もそうであるが）人生の悲しい時期の素敵な免除というのは、（私の主人公のように）祝日の前夜に、祈りの鐘を聞きながら、月がすでに家々の上に昇っているときに、最も素敵な降臨祭の日々と降臨祭の顔とを思い浮かべて、静かに罪もなくツォイゼルの出窓に座って、希望のあらゆる前菜にナイフを入れ、最も素敵な朝の飾りの薔薇と知らせとをすべて集め、祝日の騒がしい屋台の序曲の間にミイラ〔『見えないロッジ』〕の第二部の丁度、天上的エルサレムのリーリエンバートへの私とグスタフの到来を記してある喜びの扇形を読むという幸運に恵まれるということである。――――このことすべてに、今述べたように、主人公は恵まれた。……

しかし、自分の降臨祭の旅と本の中のかの湯治旅行との間に多くの類似点を見いだしていた彼は、最後に感動した心と共にかのエルサレムの破壊の場面に来ると、今日はじめて悲しい溜め息をもらして言った、「善き運命よ、このような屠殺の刀を私のクロティルデの心に当てないでくれ、彼女がベアーテのように不幸な目に遭ったら、私は死んでしまう」と。――そして更に考えた、希望の赤い朝の雲は上に漂う雨にすぎず、しばしば苦痛は歓喜の苦い核である、ドイツ皇帝の金の球に似て、これは三マルクと三ロットの重さであるが、しかし内部は土で詰められている、と。……

いやはや、我々は皆夜の想いで祝日の前夜をむやみに台無しにする、そして何故そのように溜め息をつくか誰も分からないのである。――私は降臨祭のすべてを写しで目の前に有するが、そこには何一つ不幸はない、ヴィクトルが第四日目の降臨祭の日を小春日和として経験することを除けば、このときには何かが起こるだろう。白状すると、私は美的な恐怖の兄弟［フリーメーソンの審査官］となって、私の見えない司教座ロッジを読んでいる世間の人々の胸に剣を置くとかそのような悪さをもっとしたい――これは何故かというに、青年時代ヴェルターの悩みを読み、それを有するからで、この悩みの為に大学へ入る前に、ミサの司祭のように、血を流さない犠牲を用意するのである。いや今日でも長編小説を書くとなれば、――青いチョッキのヴェルターはどのような優男、著者にあっても、聖金曜日に同じような茨の冠を被り十字架に就くような似非キリスト教徒を有するので――私もまた同じようなことをするだろう。……

――しかし、今や私のマイエンタールを開けて、誰であれそこに請じ入れるときである。私はこのパフォス［アフロディテの為の町、杜がある］、騎士領すべてを読者に、ルイ十一世がブルゴーニュの伯爵領を聖母マリアに献じたように、贈りたいと思っていることをもはや隠しておきたくない。こうするとこの国王が、マリアに単なる銀のペンを遺贈した老リピシウス(10)より目立つように、私も読者に単なる鵞ペンしか贈らない他の作家よりもはるかに目立つかもしれない。最初はこの三度刈れる野と針葉樹を持つエリュシオンを自ら手許に置いておきたかった、私は実際は哀れな奴で、かつてのヴュルテンベルクの公子よりも収入は多くなく、つまり九十フローリンの年金と十フローリンの礼装代を貰うだけであり、神と法とにより私に権限のある二平方マイルの土地で——というのは地球全体が立派な分割プランで等しく粉砕されたら一人当たりこれ程になるからで——まことに見境がなくて、この二マイルを誰であれつまらぬ羊の群れと引き換えにしたいと思っている程であるからである。——マイエンタールを生きている人々に贈ることを私がためらった一番の理由は、私が封土を、幾千倍も大きな州や天領地を有する人々、読者、国会議員、ロシア侯爵に与えることになって、彼らを、天国の女王からブルゴーニュの伯爵夫人となったマリアと似たものに、あるいは戴冠式の日に同時にアーヘンの聖母修道院の会員とならなければならない神聖ローマ帝国の皇帝に似たものにしはしないかという心配であった。

しかし一体すべて彼らの長子相続財産——彼らのドイツ騎士団長職——彼らの陪臣領地——彼らのペトロの遺産［教皇領地］（私のパウルの遺産のあてこすりだが）——そして彼らの祖父からの財産、すべての彼らの地球船に積まれた船荷、要するに彼らの地上でのヨーロッパ人としての所有、これらのオランダの酪農は、マイエンタールのにはるかに勝るようなどんな産物を作り出せるだろうか。彼らの王室領には空色の日々、至福の涙で一杯の夕方、大いなる考えで一杯の夜が育つだろうか。——否、マイエンタールは家畜が喰いちぎるものより気高い花を咲かせ、果実貯蔵室が有するよりも立派なヘスペリス達の林檎を実らせ、地下資源にこの世ならぬ宝を、クロティルデやエマーヌエルのような楽園の有資格者を、そして我々の夢が描き、我々の喜びの涙が注がれるところのすべてを有する。——

——まさにこのことが私の口実となっており、私はマイエンタールの喜びの賄方領地を幾千もの志望者に拒絶するとき、その封土長官としてこのシュヴァーベンの一代封土を、本来の封土にも役立たないような人々、倫理的盲人、跛、未成年、宦官等々に授けられないとき利用する。かくて私は多くの敵を作るはめになるが、私は、マイエンタールをそのすべての詩的用益権と共に封土として与える臣下、采邑受領者の中から、空想の騎士跳躍がもはや出来ない老もぐり医師をすなわち排除する——その心が膝蓋骨や犬の鼻面のように冷たい四十七人のシェーラウ人と百三人のフラクセンフィンゲン人を——大きな焼かれた肉の塊のように真ん中だけがまだ生である、つまり心の粗野な——最も偉い大臣達や他のお偉方を——五千億人の経済学者、法学者、枢密顧問官、財務顧問官、プラス屋、つまりマイナス屋を、彼らの魂はアダムの肉体がそうであるように土でこねられたもので、心膜は有するけれども、心は有せず、脳のない脳膜を、哲学のない要領のよさを有し、自然の本の代わりにただその出納帳、納税者便覧だけを読んでおり——最後に、愛や詩文、宗教の炎に煽られて燃え出す程の炎を十分に有しない者達を、泣く代わりに泣き言を言うと言い、詩作する代わりに韻を合わせると言い、感ずる代わりに血迷っていると言う者達を排除する。

私がここで、他方ではマイエンタールの父系封土、母系可封土の第一所有候補者として推す最も立派な読者団などないかのように、立腹しているのは間違いか、有用というのはより低い美にすぎず、美はより高い有用であると分かっている神秘的倫理的な人間がいないかのように。——すべての感受性に特有なことだが（しかし洞察にはそうではない）、それは自分だけが有すると思うものである。それでどの若者も自分の恋を、世に一回しか見られない特別な天体現象と見なすものである、愛の星、宵の明星が、しばしば彗星に似ているように。しかしアルプスに登るのに、偉大な考えや昂揚の為ではなく、座る為であったり、船に乗るのに、崇高な海に詩人の目を注ぐ為ではなく、労咳を退治する為であったりするフラクセンフィンゲン人[*7]やオランダ人ばかりではあるまい。……どのような市場村であれ、島であれ、至る所に美しき人々がいることだろう、彼らは自然の胸元に休らっていて——自ら自分の夢から醒めていても、愛の夢を尊重し、荒くれた者達によって囲まれ、彼らに対しては第二の人生についての牧歌的空想や第一の人生についての涙を隠さなければならず——より美しい日々を受け取るというよりも与えている——この美しい同盟全体に私は贈られたマイエンタール封土を、これについてはすでに色々話したが、遂に開けて、封土授与庁として友人や女性の友、私の妹と共に先頭に立って入ることにする。

追伸あるいは手ずからの特免の勅書。この伝記の略称の著者は、犬が怠慢であり、この郵便日が一層かさばり、この章では二つを一つにまとめてしまったという事情を鑑み、何故著者は九月あるいは果実月の半ばにようやく第三十二の郵便日を仕上げたのかと尋ねる権利を有する者達に十分申し開きの出来るものであることを鉱山局長は否認するものではない。四カ月にわたって彼はなお物語の記述に取り組み、座っている。一七九三年。

J・P・

*1　大抵の女性は頭に来ないうちは、まだ絞首台の神父（本来は絞首台の祖母）や兵営の説教師ではない、スターンが気分のすぐれないときに大抵の機知を有したように。

*2　パリの格子を付けられた広場で、そこでは夜見付かった死体が公示され、縁者はそれぞれ自分の縁者を捜す。

*3　彼のように四面楚歌のときどのような暴力も断念する魂は偉大である——目の前でこれを許した民衆はもっと偉大である。別の民衆がスッラの虱の前に現れたであろう。［虱でスッラは死んだとされる］。

*4　ヴィクトルは自分の同盟に十人を選んだ、これだけが騒乱の為には必要だからかもしれない。ホンメル『市井日常質問集ラプソディー』二二五。

*5　個々の小さな理由からの大きな事件というものはなくて、常に最後の理由を大きな出来事の母と称し得る百万の小さな理由からなる大きな事件があるにすぎない。火薬は弾薬の装塡であろうか。

*6　この像に対しては彫刻家はこれに合う第二の鼻を作ることは出来なかった[4]——最初の鼻は折れていた——四百年後にようやく一人の子供が大きな魚の中に、ぴったりと合う大理石の鼻を見付けた。ラバの紀行、第五部。［マチューの言は梅毒をほのめかしたものか］。

*7　ショイヒツァーによるとアルプスは便秘に対する最良の薬である。

# 最初の聖霊降臨祭の日（第三十三の犬の郵便日）

喜びの警察の規則――教会――夕方――花の洞

ヴィクトルは降臨祭の朝眠りから醒めると、夢から醒めたわけではなかったが、彼のすべての考えが小声で、エリュシオンの静けさが彼の胸中で、今日安息の週が始まると言った。間違いという非難や決意を有せずに、良心の溜め息もなく彼は無垢のまま喜びと愛とに向かっていった。喜びの花が華奢で柔和であるほど、それを折る手は清潔でなければならない、ただ動物のように牧草を食むとき汚れに平気である。皇帝の茶を摘む者達は、香りの葉を汚さずに採り入れられるように前もってあらゆる粗雑な食事を慎むようなものである。――ヴィクトルが外に出たときまだ朝焼けは十分ではなく、養蜂家リントの幅のある時間時計で彼の安息日の最初の時間をほとんど読みとれなかった。しかしこの時計、養蜂家の美しい人生行路での歩数計と静かさという自然の朝の礼拝とは、自分の今の人生を死後の第二の人生に対して静かな、涼しい、星の多い春の朝として前もって送るという彼の決意を一層固いものとした。

「君達に誓うぞ」――と彼は、次第に多くの雲雀がその露から歌声と共に朝の時祷に昇ってきたとき言った、「喜びのときですら、三十年間ずっと、少なくとも三日間の降臨祭の日はずっと泰然としていることを――喜びの、大学の友、家庭の友とはなるが、ヴェルターのような恋人となるつもりはない――人間は自分の人生の小道が押し詰められた貯蜜の巣脾の橋でなければならず、その中を、自分の手が単なる快楽の砂糖を砕く鋏であるかのように、衣蛾のように噛み進まなければならないと思っているが如く振る舞っていないか。――私は自分の喜びと自分の痛みに冗談を勒《ろく》としてまた置くつもりだ。メランコリーの暖かい涙を、特に歓喜の涙を、発射火薬やパパンの圧力鍋よりも一層強力に破壊する一種の熱い蒸気を、私はまだ流すことだろうが、その前に少し冷やしたい。クロティルデに必ずしも午前中会えなくても、ただこう言うことにしよう。人間はいつも第三の天におれるわけではない、時には第一の天に泊まらなくては、と」。――――彼は能力以上のことを言っているかもしれない。しかし心の健康さはヒステリックな痙攣とも鈍重な硬直とも等しく距離を置くもので、恍惚は落ち着きよりも一層苦痛に近いものである。しかし身に付いた落ち着きや冷たさでなければ何の価値もない――人間は情熱的に振る舞うことが出来ると同時にそれを支配できなくてはならない。意志の氾濫は川のそれに似て、すべての泉を一時期濁す。川を除けば、泉もまたなくなる。――

朝焼けは遠くの太陽を次々に隠していった。そして遂に近くの太陽が、あるいはむしろ自然が昇ったとき、ヴィクトルは――見て、読むことが出来るようになって、私の作品を（良く知られたミイラ）をバッグから取り出した。本は彼にとって萌え出る野外の自然にあって彼の豊かに伸びる夢と喜びの剪定鋏であった。この一面の春で輝く朝は、あらゆる小川でのこの微光は、花から花へのこのざわめきは、この垂れ下がる青い海は、この海の上を太陽はブチントーロ［ヴェニス総督の華美な小舟、これに乗って昇天祭に指輪を投げ、ヴェニスと海の結婚の印とした］のように船出して、海の底の地球に結婚指輪を投げたが、このような現在の情景はこのような未来と相俟って、自分の新しい憲法に従って歓喜を支配しようという、恍惚の日と陰鬱な日の中間色に必要なだけの落ち着きをいつも保持しようという彼の力を三時間目にはもう奪ったかもしれない――つまり彼は彼の伝記作者なしにはそう出来なかったであろう、要するに、彼が私の本を取って、第二部のヴッツ先生を読まなかったならば。しかしこの学的作品は――敢えて自惚れなしに自慢するが――彼の恍惚にきちんとした限界を設けた。――読みながら歩いて（他の者達が、例えばルソーとか私が読みながら食べて、あるときは皿から、あるときは本から一口入れるように）――新しい谷や新しい小森が開かれるまで先生の生涯に読みふけって――あるときは印刷された楽団長に、あるときは生きた楽団長に聞き入って、その生きた楽団長の降臨祭の歌の傍らを過ぎていった、それで彼は自分の考えをそれがどのようにロンドを取り、桂馬跳びをしようと美しい舞踏会秩序、教会規則に収めることが出来て、読んだヴッツ同様に幸福であった。その上私はずっと私のミイラから、気を利かすように、私のヴァッツ先生を喜びのこつの翼兵として尊重するように、そして毎日の、毎時間の核を取り出すように叫んだ。「そうしなかったら」（と彼は言った）「私には救いはない。神よ、すでに存在しているという感情は絶えざる享楽ではないか、目覚める度にまず甘美な味わいがあるのではないか」。彼は確かに、文化は我々に眼鏡を与え、その代わりに舌乳頭を奪って、われわれの喜びをそのより良い定義によって補償する（蚕が青虫としては味覚はあっても目がなく、蝶としては味覚がなくても目があるようなものである）ことを考えたけれども、確かに彼は、自分には余りに分別があって、アウエンタールの教師ヴァッツのようには享受できない、自分は余りに深く哲学すると白状したけれども、しかしまた主張した、「より高い英知は（さもないと全くの賢人は全く不幸な者になってしまう）鬱陶しい講義室から花の部屋への道をまた見いださなければならない。高い人間は山のように最も甘い蜜を実らせる」。……

すでに最後の村で、あたかもマイエンタールの町はずれで、鐘が鳴り止むのを聞いたけれども、しかし到着が遅れたことに彼は腹を立てなかった。いや、自分は哲学者ソクラテスであることを自らに示す為に、懸命にゆっくりと歩いて、アテネ人のように喜びの杯に御神酒を注がず、それをまだすこしも満たさなかった。「私より早く」と彼は百合の花粉から合流した小雲に向かって言った、「良き人々の上に吹かれていくがいい、約束の地の前の雲の柱よ。——そしてその小さな影でゆっくりと後から来るより確かな影を、後に青空に吸い込まれる影を写しておくれ」。——そして曲がりくねった小道が彼に、花の掛かった、谷の門を見せる前に、谷には彼の美しい三日間の未来の愛しい揺り籠と育苗とがあったのだが、彼は口を締めた薊に引き留められた、その封をされた蜜腺には白い蝶がいて三つ目の対比をなした——そしてル・ボーの床のモザイクの薊が蘇ってきて、彼に過去の棘を見せた。彼はどのようにして痛みに耐えることが出来たのか、今では分からず、喜びの天を担うことは一層やさしく思えた。

彼はリントの時計を取り出して、彼の蜜の時の誕生時を知ろうとした——丁度十一時に彼は新たな村に、彼の天国の温室に、彼の希望の植民地に、楽園に足を踏み入れた。……ざわめき、鬱蒼と茂る小村はその花咲く枝を両腕のように彼に回して、彼を抱きしめるかのように見えた。それは緑、白、赤で——塗られたものではなく、過剰に茂り、花咲いているのであった。鐘が鳴り終える間に彼が——エマーヌエルの抱擁を後回しにして、マイエンタールの教会の歌に、自然を見て開放された心と共に忍び寄ろうと――長く、こぎれいな小村に忍び込んで、友情の関税を一分間エマーヌエルの家の近くで迂回すると、彼の静かに喜ぶ心は静かな路地で小鳥と共に窓ガラスを格子状に見せている桜桃の枝の上で揺れ、蜂と共に桜桃の花と戯れているように思われた。「お入りよ」（とすべてが言っているように見えた）「僕らは皆幸せだ、君にもそうなって貰わなければ」。――彼は輝く教会に近寄った、教会のまばゆい塗装は空の青とは対照的な崇高な暗さを投げかけていた、そして彼の脈打つ心は中の波立つオルガンと共に、教会の門の前のかさこそ音を立てる植え込まれた白樺と共に、村の真ん中の乾いた、朝の風になびく五月柱と共に幸せに震えた。……

「しかし」と私の読者は言う、「彼の目はもっと美しい全景図を、彼の心はもっと愛しい美人を見ずに、修道院の代わりに教会だけを捜しておれただろうか」。彼はまず最初にその方を見たのだ、彼の目は彼の太陽の神殿のすべての窓に震えながら滑っていった。しかしそれらがすべて開いて、空《から》で、カーテンが開けられているのを見ると、その美しい教皇選挙女性枢機卿達と中でも彼の胸の教皇選挙女性枢機卿は、自分の捜す所にいるだろうと推測したのだった――そして、神殿に見付けた。彼は教会参詣者達が下ってくる間こっそりと外からは空に見える貴族の正面のボックス、尼僧達のこの花卉棚に登った。中には落ちた白樺の葉しかなかった。すべての尼僧達や尼僧院長、クロティルデは――下の教会の中にいて、歌う天使達の合唱団と共に祭壇を囲み、そこで聖餐を受けていた。――喜びにおののきながら彼は彼の天国の女王を、大事な恋人を、報われることのない女性を、輝く天使を見つめた、天使は地上の雪からなるその覆いを天上的な暖かさで涙へと溶かして、やがて見えなくなろうとしている。――彼の精神は、彼女が跪いたとき、撓んだ。「安心立命を」（と彼は言った）、「何ら考えに一片の雲も溜め息もなかった偉大な人間の勲章の杯から飲み干さなければならない――今固く敬虔に自分が眺めている考えは、ますます輝き、太陽のように不動のものとなって、常に暖かい夕べの光を疲れた魂に投げかけなければならない」。――喪服のこの天使は彼の内部に、死者を蘇らせて、彼の人生のすべての美徳とすべての過ちとを呼び起こして、美徳に天を、過ちに地獄を与えた。それ故彼は今余りに神聖な気分で、聖なる女性に姿を見せて妨げとなる気にはなれなかった、仮に彼女の静かな、ただ敬虔な感動にのみ沈められた目が、決して近くの敬虔な美人達との腰の高度測定に向かうことのない目が、誤って彼の許まで高められようとも。二階席の最初の窓際の白樺を彼は葉の茂る扇として利用した。――この緑の、彼の両頬で戯れるヴェールは彼の注視と喜びの涙とを教会全体に隠した。彼がかくも幸せであった場所は、ガラスの銘から判断すると、普段はクロティルデの足場であるように思われた。ジューリアの足場が隣にあったからで、私の承知していることだが、ボックスの窓には花輪で囲まれたGとKとがジューリアの言葉と共に刻み込まれていたのである。「このように私どもは人生の花と永遠の輪とで結ばれています」。……

ヴィクトルは人に見られずに早々と、配置転換させられた女神達のこの絵画展示の壁龕から忍び出て、愛の詰まった心を友情の率直な胸元に――エマーヌエルの許に運んだ。彼はすでにその幕屋を自然の神殿の中に見ていた――彼の歓喜はより早い歓喜で引き延ばされていたのであったが。ユーリウスは花咲く草叢で横になって、その波に洗われていて、開いた蜜腺の一杯ある桜桃の枝を手に持って、蜂を引き寄せ、それらが花の上をぶんぶんと飛び回るのを楽しんでいた。ヴィクトルは彼に抱きついて、喜びの余り自分の名前を告げることを忘れた――「君は僕の天使かい」と彼は言った――「ただのヴィクトルさ」――「そうかい、そうかい、ようこそ」と盲人は言った、佳調のように震えながら、そして友人をエマーヌエルの家に連れていった。しかし、彼の目の雲の背後を、かなりの道程案内したのは彼で、その上四歩毎に振り向いては新たに抱擁した。

彼らが水車の所に来ると、水車はその如雨露を音高く花壇に降り注ぎ、その分散するきらめきは窓とエマーヌエルの部屋の天井に舞っていたが、盲人は言った。「もう一度抱きしめてくれないか」。――しかし散水の物音の中、愛に麻痺しているときに、彼らは自分達の腕とは別な腕で抱きかかえられた、そして二人の若い心は三つ目の心と並んで、インド人が愛の神の如く彼らの間を覗き込み、言った。「立派な若者達よ、いつまでもそうしてい給え、そして嬉しい愛に泣き続け給え。ホーリオンよ、祝福のあらんことを、私どもの大いなる春にようこそ」。――そしてエマーヌエルとヴィクトルとが互いにくずおれると、あたかもすべての花壇は歓喜の余り跪くかのように、すべての波はその上のこの世ならぬ稲光の下より明るく燃えるかのように、西からの微風は愛の溜め息で強まるかのように、より高い者達が喜びすぎてささやくに相違ないかのように思われた、君達良き人間達よ、私どものように愛しなさい、と。

楽園の河からの一支流がこの愛する三位一体を緑溢れる部屋へ運び上げて、ここではじめてヴィクトルは、春がダホールの頬にあり、夏がその目に、そして十二の歓喜の月［五月］がその心にあるのを見た。いつも死の先駆攻城冠としてヨハネの日［夏至］に向かって花咲くように見えた彼の頬の白い喪の薔薇は、赤い薔薇に取って代わり——要するにエマーヌエルの姿は自分の死については予言を間違えていたという希望を抱かせた。——

この風の吹き抜ける部屋で、その金の壁の押し縁は菩提樹の枝で、その豪華な壁紙は菩提樹の葉であって、そのドアには扉絵としてきらきら光る水車の反映、幻日が震えていたが、自然の喜びの海のざわめきに囲まれた、この部屋の島で、その開けられた窓からは西風が蝶や蜂を窓際の花越しに菩提樹へと運んでいて、昼の鐘がその上に地球の平和祝典の為の鐘のように思われた主人公の心にまで、彼の浸っていた喜びの花が届いた。——エマーヌエルの韻文はこの叙事詩的陶酔の中では散文のように彼には聞こえた。彼はさながら花の茂みに没頭していて、その上に花の覆いを除いて花を開かせた癒えた不滅の者を見いだし、——更にその上には無窮の青の中に永遠の降臨祭の太陽を——間近には花園の繁茂とその上の蜂の群を見いだしていた——そして金色の朝焼けが縁取りの植物として一面の多彩に煙る森林を取り巻いていた。……

——誓って、ただこのような比喩としてではない花の林に横たわることでさえ、すでに結構なことであろう——いわんや比喩としてのそれであればいかばかりか。——ヴィクトルは喜びから敬虔になり、過剰から静かになり、感謝の念から満足した。共通の師を見ているとクロティルデの像により暖かな色彩が、彼の魂により高い炎が付与されたが、しかし彼の願望が飽くことを知らなくなるとか性急になるということはなかった。

エマーヌエルは早速この愛弟子の女性について語った。クロティルデがあたかも三日目の復活祭をはっきりと彼に語ったかのようにとか、エマーヌエルがそれを察知したかのようにというのでは全くなくて、この無邪気な人間はおよそ愛と友情の違いを弁えていなかった、そしてヴィクトルは彼女を愛していると言うのと自分は彼女を愛していると言うのに違いはなかったであろう。まさにこの子供っぽい無邪気さが、これは率直な女性の心に対して通り抜けの権利や突破口を窺うものではなくて、自らのを露呈するもので、また告白を釣り出したり、恨んだり、利用したりするものではなくて、この無邪気さが共感の神経のゴルディアスの結び目［至難事］と共にどのように内気な女性の魂をもかくも率直な男性の魂と結び付けずにはおかないものであった。いや、思うに、クロティルデは自分の恋を恋人よりも師に打ち明けるのがたやすかったであろう。——このエマーヌエルが、彼女に彼が先にここにいたときのすべての情景を、すべての彼の歓喜を——そして彼女に対する友情の彼の告白を描いて見せた次第を——彼女に彼の手紙を読んで聞かせたことを、第二の手紙（シュターミッツのコンサートの夜のかの絶望した手紙）がいかに多くの涙を彼女の目に誘ったかを彼に語ったとき——そしてヴィクトルが、いかに彼の友人は彼女の愛に凋みつつあるチューリップの萼に対するように息を吹きかけてくれたか、分かったとき、彼女に対する彼の愛と彼に対する彼の愛は敬虔の念にまで高まって、彼はこの上なく幸せに当惑して盲人に接吻した。この倍加した愛に基づいて、クロティルデは彼の降臨祭の旅を容易に認めるものと彼は解した。

エマーヌエルにあけすけに、いつ自分は——美徳の恋人に会ったらいいか尋ねなかったら、彼はそれを友情からの天使の離反、ペトロの離反と見なしたことだろう。「今がいい」とエマーヌエルは言った、彼は女性に対してインド人らしい敬愛の優しさを有していたが、我々の聖なる上品さの鼻輪、［教会の］縛る鍵、弱音器を知らなかった。ヴィクトルは別な風に振る舞ったが、しかし同じように考えた。彼はすでに外国で尋ねたことがある。「何故少女の為の惨めな帝国警察規則があって、少女達は例えば一人ではなく、いつもニュルンベルクのユダヤ人のように老婆の年の市護衛の下に、あるいは僧侶達のように連れだって外出しなければならないのか。小説を演ずるとき、これが邪魔になるというのではなく、小説を書くとき邪魔になるのであって、このときには私は女性の行進規則に批評家のそれは犠牲にしても頼って、補助女性達の護衛を全編にわたって一緒にヒロインの防柵の為にひきずり回すことだろう。ほんの玄関から外に出そうとするときも、その横に女性国璽保管人達の帝冠護衛人を置かなければならないのだろうか。私はこのいまいましい共同封土授与、美徳の共同経営によって——自家営業が失われ——私のヒロインに有りそうもないのに女友達を縫い付けざるを得なくなるだろう。スペインの少女が私に足を、トルコの少女が私に顔を見せたら、そしてドイツの少女が一人で立派な若者の所に行ったら、私は確かに遺憾に思う。しかしまさに奇怪な青い法律が、これは青い［休みの］月曜日には［煙に巻く］青い靄となるけれども、少女達の為の道徳律となっていては、私は情けない小心さに腹が立って、ただ——ワルツと堕落だけが禁じられることを願う」

と。……彼はここで胸中に諷刺を持っていたかもしれない。というのは真面目に話すと、少女達は我々にはいつも侯爵への申請書のように写しを添えて申し出なければならないという聖なる規則は、明らかに少女達を互いに馴染ませるという意図を持っている、訪ねるには友情を抱いていなければならないからである――第二に同胞は互いに諍いを止めなければならない、いつ互いに自分達の美徳の副保証人、愛の二号手形を必要とするか分からないのだから――第三にこの人間の会則は女性の美徳にささやかな習俗によって（大きな誘惑は極めてまれなので）日々の宗教的心霊修業とかなりの重要性を与えていて、聖書に対するタルムードの条項のようなものになっている、まともなユダヤ人はタルムードよりは聖書に違反するのを好むけれども――第四に礼節のこの象徴的本のお蔭で我々は女性の明敏さをかなり早期に育てている、この明敏さに我々の注意が向けられる機会はかの本に誓いが立てられるときでしかないが。

ヴィクトルは、立派な女性がそうするように、女性の修道会会則を非難し、同時に遵守した。宮廷は彼を勇敢にしたが、また上品にもした、そして女性達の間では他の皆と同様に儀式の下敷き罫紙と馴染んだ。それで彼は二日目の降臨祭にはじめて正式な公使訪問を尼僧院長にしようと思った、今日はすべて遅すぎたからであり、かつ向こうの美しく敬虔な動きの中で彗星のような動きをしたくなかったからである。彼は満足して言った、愛する人の心の近くにいることはそれを目の前にしているのとほとんど変わらない、目の前といっても単により近くにいるだけのことだから、と。

しかし彼は己に打ち克って、心の双生児と共に――自然のコロセウムに出掛けた、外ではクロティルデに会うかもしれないという恐れを自らに禁じ得なかったけれども。エマーヌエルはこの不安を静めはしなかった、彼女はこれまで毎日傷ついた命と共に池の周りを磁気を帯びた療養の浴槽の周りのように、野原を野戦薬局のように歩いていると告げたからである。――三人の良き人々よ、地球が毎年創造の思い出の為に行う記念祭にいざ急ぎ給え。君達の人生の瞬間が、二つの小川の幅広い波のように、今はまだ流れ去りながらきらきらと輝き、音を響かせているけれども、枝垂柳の許で砕けて消えないうちに急ぎ給え――君達の日中の花、野の花が夕方で覆われないうちに、花々が生命と炎の息の代わりに有毒な息を吐き出す夕方にならないうちに急ぎ給え――そして最初の降臨祭の日を、それが過ぎ去る前に楽しみ給え。

——それは過ぎ去った、夏が今日すでに墓のようにその上にあった。しかし三人の愛する者達は急いで、それが色を失う前に楽しんだ。……彼らはあらゆる茂みから吹いてくる西風の下をさまよった——西風は花の播種機であった——彼らは五つの太陽の懐中鏡、池の前に来た、河は柱鏡、色とりどりの岸辺は鏡台であった——彼らは自然がキリストに似てその奇跡を隠すのを見た、しかしまた結婚する五月の婚礼の松明、太陽も見た、そしてそれぞれの囀る頂きに結婚式場を、それぞれの花の萼に新婚の床を見た——彼ら、地球の婚礼の客は、彼らの周りの蜜を求めて飛び回る蜂を追い払わなかった、また餌を与えている母鳥を、その前では雛が羽をばたつかせていたが、追い立てなかった——そして彼らが支柱を天の河とする永遠の神殿のあらゆる地上の階段を登ったとき、太陽は、人間の考えのように、別の世界へと沈んでいった。……

終焉庭園の噴水は[*1]、これは南側の山の斜面の中程から上に向かって、高く山の上にほのかに光って消えていたが、すでに水晶のような薄い水柱には夕陽によってルビーへと変えられた柱身が見え、この咲いて輝く薔薇は、他の眠り込む花のように、すでに潤んで先端に朱が差していた——最後の光りの中で垂れて移動する蚊の柱は言っているように見えた、明日はまた良い天気となります、戻りなさい、あなた達は私どもより長く陽の中で戯れるのですから、と。

彼らは戻った。しかしヴィクトルが夕方愛しい庭の西の角に五本の高くて白い柱がきらめくのを見たとき、彼の昂揚した心は憧れ、息苦しくなった、そして彼は溜め息を禁じなかった。「クロティルデよ、今日にも会いたい、私の心はこの聖なる日への喜びの涙で一杯だ、あなたに心を打ち明けたい」。——修道院の公園全体が堂々と夕方の空の傍らに並んで彼らの心に迫って来たとき、突然エマーヌエルが言った——彼はいつも変わらず、歓喜のときでさえそうだった——「尼僧院長に今日のうちに話しておこう、クロティルデが明日を楽しみにするだろう」、そして彼は別れた。……素敵な人よ、君は四週間したらこの花の春から君の上の星の世界へ行きたいと願っている——君は死よりも不死のことを考えている、君を育てたのは威嚇的な正教ではなくて、インドの花の教えだ、それ故に君はこの上なく幸せで、瀕死の者はだれでもそうであるように、怒りを知らず、また貪欲も不安も知らない。

君の魂では、極地で毎朝鬱陶しい太陽が出なくなったときそうであるように、第二世界の月が日中、日夜ずっと沈むことがない。——

ヴィクトルは一人で盲人を家に連れていった、両者は黙って、物陰の度に兄弟の涙を流して抱擁し、互いに抱擁のわけも涙のわけも尋ねることはなかった。彼らが静かな村を通って、修道院の公園を通りかかると、ヴィクトルにはエマーヌエルが近くの木陰道から立派な修道院へ入っていくのが見えた。そこのどの女性も自分を知っていて、隠れなければならないかのように彼には思われた。感激の庭というものは谷では単に野原の花壇であるべきで、自然のきわだった柵で跳ね返されてはならず、穏やかに夢から覚醒へ移るように花咲く繁茂する境を通じて自然へと掛かり、ホップの庭を、穀物畑の周りの緑の密な垣を通じて、種を蒔かれた子供用の庭を通じて溢れていくべきである。遠くまでの栗の木の列が、銀色の二つの川に囲まれて、自由に広々と花をさかせて、五つの池を所々花で被っていた。北の山は公園に向かい合ってテラスのように盛り上がっていて、楽園を見たところ更に向こうの見えない谷まで延ばしていた。

ヴィクトルは修道院の窓が開く度に栗の木の下に盲人を連れて逃げ、そこからもっと間近に、しかし見られることなく観察した。並木道の、青々した瓦桟の生い茂る軒には夕方が、秋のように、赤い輝きを落としていた。彼は見付かる危険があったが、並木道が二つに分岐する中心まで行った。ここで葉陰の広間を右に折れた、それと共に修道院からそれたが、小夜啼鳥とも離れることになった、これは庭の中の聖なる茨の生け垣から啼き声と雛とを聞かせていた。並木道は羽のあるプリマドンナのアリアからゆっくりと遠ざかると弱音器や音栓の役目を果たした——こっそりと曲がり道を、この為次第に並木道が小暗く、狭くなっていくのが分からなかったが、小夜啼鳥の後追いの鳴き声を聞きながら、一層弱く葉の間を洩れてくる夕方の光を浴びて、今や栗の木の道の内側をすり抜けていく二つの小川の間を彼は進んで行った——小川は一層接近していて、ただ愛し合う為の余地があるだけであった。——回廊は一層低くなっていった。——両岸の散在する花はまとまってきて、灌木林となった。灌木林は庭の壁へと生い茂り、はじめは穏やかな透き間のある梢へと触れ合っていたが遂には真っ暗に絡み合う梢となっていた。——そして並木道とその下で茂る木陰道とは互いに青々と萌え出て、両方ともの花蓋とでただ一つの夜を作っていた。——

――この緑の薄明かりの中で忍冬の織物と花の薮とが木陰道を塞いでいた、が登りの五段の階段が花のカーテンを引き裂くように誘っていた。それを破ると、花の絶壁に、鬱蒼と茂る洞穴に、さながら拡大された花の萼に落ち込むことになった。萼のこのデルフォイの洞ではクッションは丈の高い草から、座席の肘掛けは花の枝から、背もたれは密生する花から、空気は花粉をまく整枝果樹の息吹から成り立っていた。この至聖の花園にはただ蜂と夢だけが住んでいて、ただ白い花だけが照らして、夕焼けの代わりにただ花大根の深紅色を、青空の代わりにただ接骨木《にわとこ》の花の紺碧を有し、その中で至福の男はただ蜂の羽ばたきと、周りに集まった、小川の五つの河口の音とでまどろみに誘われた、そのまどろみでは遠くの小夜啼鳥が夢のハーモニカの鐘と晩鐘とを鳴らしていた。

今日ヴィクトルが盲人と並んで五段の階段を登って、花で織られた、天国の隠し戸を分け入っていくと、見よ――死の此岸の浄福の者よ――そこには聖なる女性が目から涙を流しながら、フィロメラ［小夜啼鳥］の消え入る嘆きに沈んでいた。……クロティルデよ、それは君に他ならず、君は彼のことをより優しい魂とより大きな愛を抱いて考えていた――そして彼は君のことを報われた思いで考えていた。二人の愛する人間が互いに同じ感動に浸っているとき会うと、はじめて人間の心とその愛とその幸福とに敬意を払うものである。クロティルデよ、花で涙を隠すことはない、涙の下で君の頬は赤らんでいるが、涙は単に孤独のせいで落ちたものだ。しかし喜びの余りならば、太陽が地平の雲間から顔を覗かせるとき震えるように、震えるがいい。花で曇った君の目をまだ伏せることはない、その目ははじめてかくも静かに開けられて、愛の奔流と共に君の美しい心に似つかわしい、君のすべての美徳に自らの美徳で報いる人間の許に休まるものだ。……ヴィクトルは歓喜の稲妻に打たれて、恍惚の甘い微笑を浮かべて強張った、花の雲の背後から恋人が、花の咲き乱れる楽園の背後から月が昇るように現れ、愛の女性らしい神々しさの点で祈りに化した天使に似ていたからである。

盲人はまだ三人目の幸せな男については何も知らなかった。彼女は甘く混乱して手を細すぎる枝に伸ばして、低い草のベンチから起き上がった。恋する男には第二の世界の雲からこの手が彼に二つ目の心を差し出しているように思え、その手を引き寄せて、黙して涙の溢れる顔のまま花越しに彼女の脈打つ血管にくずおれた。しかしクロティルデが両者につかえながら緑の手洗いから出てきてようこそと言うと、天使――エマーヌエルが現れた、彼は修道院から、女性の友を捜しに急いで来たのであった。彼は何も言わず、両者を名付けようのない歓喜の面持ちで眺めて、本当に喜んでいるのか見守っていた、あたかもこう尋ねているようであった。「君達は今本当に幸せではないかね、言いようもなく愛し合っているのではないかね」。――――同情するには単に人間がいれば良い、しかし共に喜ぶには天使が必要だ。輝かしいキリストの頭ほど素晴らしいものはない、そこにはモーゼの覆いを取っても他人の汚れのない喜びに対する、他人の純粋な愛に対する静かな快活な関心が見られるのである。他人の恋を黙って幸せを願う心と共に見守ることは、恋を自ら得ること同様に（あるいはそれ以上に）神々しいことである。……エマーヌエルよ、君をもっと讃えることは近しい者達の心に残るだろうが、しかし紙上ではむなしい。――

並木道の十字路で美しい同盟は別々となり、並木道の左の小道をクロティルデは小夜啼鳥を聞きながら優しい者達の住まいへと戻った。ヴィクトルは、三人に対する募る愛で同時に疲れて、暗い、ただ沈んでいく星によって照らされたエマーヌエルの部屋に着いた、そこには食事の支度がしてあって、洗練された尼僧院長が客人か主人の為に送ったものであった（エマーヌエルは夕方は果物だけを食したからである）。すべてを恋人と分け合いたいものである、食事でさえも。エマーヌエルは復活祭の後は明かりをもはや点さなかった。薄明かりの中を、月の銀色と菩提樹の緑を共に受けて、宵の明星の下に幸せなクローバーの葉が栄えていた。ヴィクトルは夜風について医学的に説明して長患いの友に夜の散策を禁じて、ただ盲人と二人だけで黙した自然の臥所へ出掛けた。……夕べは浄福である、これは浄福な朝の前庭である。五月の霜は星々を暖かい靄から浄化し、半天の青を深めて、美しい夜を美しい朝の保証としていた。すべてが小さな村の周りでは黙していた、庭の小夜啼鳥とざわめくこふきこがね、この明るい朝の使者を除いて。――そしてヴィクトルがこの降臨祭の時に感謝の溜め息をつきながら帰ると、この時は刻々と砂糖振り掛け器となって、静かな人間の稠密な瞬間を甘美なものとしたが、そして彼がこちらでは明日聖餐を受ける十二歳の人間が、向こうでは母親の傍らの人間が歌うくぐもった懺悔の歌を聞きながら通り過ぎると、また遂に修道院から吐き出される夕べの歌が、さながら一つのリュートの音となって漂い、美しい日を白鳥の歌で締めくくると、それに幸せな男の心と修道院の夕べの歌においては穏やかなこの日の中からはその反響しか残らず、空の移り行く夕焼けと眠るエマーヌエルの満足し、まだ微笑んでいる顔においてはその照り返ししか残らないということになると、ヴィクトルの中では黙した喜びは祈りのように、とめどもない涙は喜びの萼から溢れる滴のように、彼の落ち着きは善行のように、彼の心のすべてはより高い守護神の暖かい歓喜の涙のように見えた。

ヴィクトルは盲人の友をこっそりと臥床に案内した、そこでは夢が彼の壊れた目を修復し、彼の子供時代のさやかな風景を朝の色彩を付けて一層明るく目に写しだした。――彼自身は着たまま、低く沈んで来た月に向かい合って、我々のより美しい空中楼閣の建築現場に、子供時代の共鳴板に横になった、そこでは朝の夢が聖なる人間を日中の砂漠からモーゼの山へ連れ出し、永遠の暗い、約束の地を眺めさせた。……

最初の降臨祭の日は、読者よ、この歓喜の三和音で響き止んだ。しかし歓喜のこの三つの祝祭では、カレンダーのそれと同様に、二日目がもっと素晴らしく、三日目が最も素晴らしい。これらの三つの天を通る私のペンの登攀を私は急ぐ気はない――この物語の登場人物達が私の作品を覗くことはないと確信できるならば、私は（この楽園の境界を広げて）、仔細に見ると、話しとしては真実とは言えない多くのことを紛れ込ますことさえすることだろう。――

＊1　このように修道院の公園は呼ばれた、これはホーリオン卿がそのロマンチックな趣味で始めたが、完成させなかったものである、彼は和合の島を思いついた。私はその描写を少しずつ出来事に挿むことにする。

# 二日目の聖霊降臨祭の日（第三十四の犬の郵便日）

朝――尼僧院長――水面――黙した名誉毀損の裁判――雨と晴れた空

二時に朝の風はより一層騒がしく涼しくヴィクトルの開けっぴろげの部屋を通り抜け、磨かれた葉から露の滴を振り落とし、近くの葉ずれの音は彼の耳を通って夢の中に旋回してきた。雲雀は朝の序曲として高く灰色の空に上がり、朝のトランペットの祝いを告げていた。この目覚まし時計は彼の夢の中で木霊する反響となり、朝と混じり合った。近くの物音が穏やかに侵入してくる間、彼はゆっくりと目を開け、更に夢を見て、また目を閉ざし、そして一層目覚めた、眠りは夜の厚い経帷子のようには去らず、朝の靄のヴェールのようにゆらゆら上に昇った、そして彼の魂は、肉体は何一つ動かしていないのに、朝になると花の萼が静かに目覚めるように眠りから覚めた。……

――今私はまた沸騰し、燃え上がっている――しかしペンを浸ける度に、批評家の心を得て、氷柱で書くようにペンで書きたいと思っている。しかしこれが出来ない――第一に私はいい年をしているからである。大抵の人間は確かに鳥と同じように愛と共に歌は止む。しかし自分の頭を考えの温床としている者達は、年を取ると、つまり教練を重ねると、空想や情熱が一層成長する。詩人は、古くなって割れると多彩な色を取るガラスに似ている。――しかし第二に、たとえ私がやっと二十歳の花盛りであるとしても、今は冬を間近にしていて、冷たい筆致で書くことは出来ないだろう。ルソーは言っている、牢獄で自分は自由の為の最良の詩をものにするであろう、と――それ故ミ故国事犯のフランス人はかつて自由なイギリス人よりもその点に関して立派な散文を書いたのである――それ故ミルトンは冬に詩作した。私はしばしば夏、石盤を取り出し、夏をこの影絵板に押し付けて影絵を描こうとした。しかし空想は単に過去と未来のみをその写し紙の下に置いて、現在はどれもその創造を抑制してしまう——薔薇から抽出された香水が昔の自然科学者によれば丁度薔薇の咲く時期にその力を失うようなものである。それ故私はいつも、製図器をもって愛にとりかかるには、自分が不実になるまで待たなければならなかった。……これに対して、現在モルッカ諸島で小春日和に向かっている時期に春の下塗りをし、春を顕彰している人間は、先に述べた諸理由と、新たな理由、過ぎゆく夏は春の憧れを呼ぶ余韻であり春の銀婚式であるという理由から、あざとい植物性顔料を付けた春を画廊の支配人達に渡すに相違ない。——

ヴィクトルのマイエンタール滞在についての多彩に縫い込まれた描写はヴォルテール(1)のパリ滞在のもの同様に長いものとなろう、その謝礼でかの痩身の奴さんは家具付部屋の家賃を支払うことが出来たのであろうが。丁度犬が四日目の降臨祭の日を持ってきたところで、喜びの累乗の三項の根は四項の根へと拡がったからである。この喜びの第四回弁護文には何の苦悩も、殺害も、国難もなく、ただ善いことばかりなので、私は喜んでこの春の残りの絵を私の暗い部屋に集めて、私の主人公を（クネフは私にすべての降臨祭の日を渡していて、ただ小さな補足の手紙を後から送るだけであり）、私のグスタフのように『『見えないロッジ』の主人公』、瓦解した彼の別荘、サマーハウスの瓦礫から救出しなければならないという不安を抱くことはない。——

エマーヌエルは午前中に天文学の表の執筆という一日の仕事を片付けて、午後をずっと客人と共に尼僧院長の許で過ごすことにした。また彼に花のことでささいな仕事を共にして欲しいと頼んだ、つまり迷迭香《まんねんろう》の花を摘むことと、撫子の棚の上に日除けを張ることであった。エマーヌエルにあっては日々の散文的な休息にあってもいつも羽が広く半分の鞘翅の下に広げられていた。ヴィクトルは彼の師の頼みを贈り物と受け取った。彼が外で迷迭香を摘んでいると、昇ってくる太陽が風の弁を開けた、そして風に吹かれて大いなる生物のオルガンのすべての音栓が動き始めた、彼の耳許では小川の顫音が波打って、小鳥のフルート音栓が叫び、森の三十二脚のペダル式音栓がざわめいた。十二年間にわたる記憶のヘラクレス的仕事と共に聖餐式に向かう小さな教区編入された頭が次々に父親の後を花輪を被って、金箔の刺繍を付けられて、硬直して彼の前を過ぎていった。いつもは雨雲が多いのに何と素敵な二回目の降臨祭の日に君達子供は恵まれていることだろう。——ヴィクトルは村の大公に、つまり自作農達に、教師の息子に、理髪師、弁髪説教師のモイゼラーに好意を抱いた、彼は二日目の降臨祭の日に近隣の村で調髪し、牧師がすでに六週間湿らせていた小さな頭にその髪粉の聖水灌水器で最後の撒布降臨をしていた。ヴィクトルの心は喜びで高鳴った、あたかも自分の子供がそこにいるかのように、あるいは自分が子供であるかのように、多彩に髪粉をかけられた生き物の列が金箔を踊らせて、丈の高い花束をもって、黒光りする宗教の年刊詩集を手にして、二人の執政官の司令杖、牧人杖の前を、歌いながら、歌われ、鐘の合図を受け、トランペットで迎えられて教会の凱旋門を通っていったときに。――嗚呼、子供達には我々よりも喜びがもっと似つかわしい、丁度不幸な、乞食の子供が、運命によって最初の子供の園を踏みにじられ、はじめて生に踏み込んだとき目前には黒い不気味な朝の集雲しか見られない子供が彼の横のその子供の父親よりも我々には可哀想に思えるようなものである。

「君達の最初の勝利の日の刻々を、善き子供達よ、もぎ取り給え、説教がうんと長いといい、君達は晴れ着をもっと長く着られることになるから」とヴィクトルは言って、修道院の方を見回した、窓には見知らぬ見物の女性が沢山いた。子供の行列が帰る際には窓の中で最も美しい人のいる窓を懐中望遠鏡で捜すことにしようと彼は決めた。――人間を愛する友よ、美しい魂を美しい自然同様に愛し、冷たい魂を冬の世界同様に耐え、決して復讐することのない人間よ、小川に沿ってあちこち歩くがいい、小道は釣り船なのだから、そして君は君の詩的な騎槍［馬を馳せながら槍で輪を突く騎士の遊び］のときに、決して百姓達の干し草で一杯の荷車を、子供達がはしばみの枝で編んだような荷車を踏み潰そうとはしないのだから。最初の天と、君が昼にアブラハムとではなく、君のクロティルデと尼僧院長の食卓につく第三の天の間隙を第二の天で、つまり全自然の抱擁で埋めるがいい、自然は、魂から程遠からぬ自然に――恋人が住んでいるときほど魂を優しく覗き込むことはない。――

二つの共に輝く小川の間の、つまりそのラックを塗られた、泡だし蝋で一面雪状になった牧草地の間の散歩道はその内部をすべてどのような角の暗い涙にいたるまでも朝の輝きで覆っていた。――その上にヴィクトルはいつも野原越しにエマーヌエルの開けられた窓を見上げ、そして彼の微笑を光に満ちた波のように吹き寄せて貰った。その上に彼はそこに留まらず、二度登って行って、執筆の最中の彼を子供っぽく抱いて邪魔した。その上に彼は彼の目に［一足に七マイル飛ぶ］長靴をはかせて、全体の、棒立ちになっているかと思えば身をかがめている、明るいかと思えば影となっているところのある風景に滑らせて、クロティルデとの午後の散歩の為の最も素敵な所の絵葉書、旅行用地図をすでに前もって作製し、手に入れようとした、午後には恍惚の為恍惚の選択を誤るかもしれないからである。このように自然は彼の精神の中でその朝とその春とを今一度最初の春の土くれから創造した、つまり熱い太陽から、涼しい小川から、五月がその莢をむいた蝶から、生み出す大地が幼虫から空を飛ぶ小花のように送り出す色々な蚊から創造した。――そこで彼は村で雀や燕が騒ぐ中、雲雀の喊声を聞きながら、小川のまぶしい波を前にして目を閉じて、自分の魂を響く海の中へ瞼で描かれた薄明かりの世界へ沈ませた。しかし彼の心は創造の洪水で押しつぶされてしまうところだった、洪水は彼の周りの生命のあらゆる管、床、河口から心に襲って来た、それは同時に花や樹の道管を通って、白い蚊の血管を通って、赤い血管を通って、人間の神経を通ってほとばしる生命の奔流の編み込まれた脈管網からのものであった。……彼は歓喜に気を失って、生命の奔流が縦横に流れ、注ぎ足す深く広い生命の大洋の中で溺れてしまうところだった、この溺れる者のように波の下まで届く鐘の音を耳にしなかったならば。……

要するに――教会は終わった、そして彼は狩りのテントならぬ葉陰を行って、小さな聖餐のパン受領者達が教会のオルガンに送られて、塔のトランペットに後押しされて通り過ぎて行くとき、懐中望遠鏡を取り出して、誰が修道院から覗いているか見ることにした。クロティルデの顔が、魔術のように第二の世界から呼ばれて、ガラスに直に漂った、彼は追い払われずにこの花の周りにその蝶の羽を舞わせることが出来た。彼は自由に彼女の大きな目の中に、二つの露の輝きを帯びた花の蕚に沈むように没入した。彼は今まで、はるかより美しい魂に至る青い空の開口部にこれ程純粋な雪の瞳孔を見たことがなかった。そして彼女が目を庭へと伏せると、大きな覆いの瞼が震える睫毛と共に泉の上の百合さながらに美しくその上に掛かった。愛は、素描や胎児のように目から始まる。――子供達が過ぎ去ると、クロティルデは顔をゆっくりと自由にエマーヌエルの葉葺きの小屋に向けて、愛情のはるかな憧れの眼差しで見遣った。……

彼の自我の中の一つの心のように鼓動するこのような愛を抱いて二人の友と共にヴィクトルは向こうの修道院に着いた。尼僧院長は（彼女の名前は何ら知らされていない、偽名さえも）彼を気高い雰囲気で迎えたが、これは彼女の身分から来たものではなく、それでも和らげられたものだった。彼女の魂は生来王冠を頂いていた。某侯爵夫人は、その教育係典侍を彼女は務めていたが、時に子供の真似を好んだ（子供達はその逆をして、自分達の代理人の代理をする）。しかし夫人は三十歳の気位を有していたが、道徳的な教育係典侍が姿を現すと、自分の道楽馬の手綱を取っておとなしくなった、典侍は国中で（白鳥を除いて）頭を最も後ろにそらしていた。このような女性は、その視線は王の印璽であり、その言葉は聖なる皇帝陛下の自らの発布であって、自然の手そのものから誓忠記念硬貨と王座の足場を得ていて、自分の皇帝象徴の球を若い娘達の美しい林檎と釣り合わせた——このような女性がクロティルデのような女性達を支配し育てることを許された。彼女の魂は三人の名人から描かれていた。背景は世間によって——前景は教会によって——中景は美徳によって。彼女はその禁欲的な構成要素によって奇妙なことにエマーヌエルのインド的なそれと若干親和力を有していた。——

私は、立派な少女達がその愛を一人で敢えて告げるときのあの深い敬意からの女性の会釈の他により感動的なもの、美しいものを知らない。——幸せなヴィクトルよ。君のクロティルデは君を彼女の師同様に敬意を払って迎えた。ただコケットな女性だけが愛によって一層威圧的になる（小石のような法律家用語である）、しかし気位の高い女性は愛によって謙虚に穏やかになる。——この明るい別荘でほど楽しく食べたことは彼にはなかった、その開けられた窓の前には青い地平線と間近に騒ぐ音楽の音色の並木道があって、別荘とは花咲く乙女達の着飾った温室であり、動物園のギムナジウムとか鳥小屋の尼僧院ではなかった。女性を男性よりも御する術を心得ていたヴィクトルはこの活発な少女達の働く蟻塚で蟻塚風呂に入ったときのように元気になり、第二の養蜂家のヴィルダウ[2]となった、彼は蜜蜂の群から髭やマフを合成したのである。ある洗練された丁重さの為には、その諷刺で気の抜けた丁重さと混ぜ合わせてしまう者達が有するものよりももっと多くの男性的分別が必要である。山にのみ最も甘美な蜜があるようなものである。真面目さが冗談の下塗りをして、敬意や好意が賞賛の下塗りをしなければならない。ヴィクトルは十六人の女性の目の前より一人の女性の目の前でよく当惑したが、この当惑というのはちなみに女性の文法では最も粗野なドナートゥス［ローマの文法学者］の誤謬、ドイツ語用法である。彼はつとに女性の機知の揮発性の塩分を男性の機知の固定した塩分と結び付けること、並びに大きなサークルの中で各人、各青虫を然るべき滋養の葉に据える術を心得ていた。

かつて次のように述べた彼にとって、「少なくとも年に四回は、言い回しに気を遣って何を言いたいのか分からなくなってしまうような相手の女性と、また無意味なまでに洗練されているような女性と話しをしたいものだ」――彼にとって尼僧院長のように高貴な女性は、彼女は教育係典侍を辞任して以来ほんの少しであるが気取った女性と混同されるところがあったが、真に一服の清涼剤であった。彼女に千もの言葉を費やして宮廷についての骨相学的断編［ラーヴァーターの書］を、つまり五つの要点で顔全体を描くことが出来たからである。その際彼はもっと高貴な意図を有していて、彼の讃仰する注目、時折涙となって目に現れる彼の心を、愛するクロティルデから呼び戻して、彼女が彼の注意より全く別なことに注意しなくて済むようにした。奇妙なことにいつもまさに彼の諷刺的感情が彼の真面目な感情から、彼の柔和になった魂からモーゼの覆い[3]を取り除いた――彼はつまり涙を恥ずかしく思わなかった、自分の気まぐれが度を過ごしているという疑いや嘲笑者から守ってくれるであろうことを承知していたにすぎないからであり、逆にまた彼の変幻自在な機知は涙を流していても、水の中の燐のように、光を保っていて、育てていたようなものである。

幸い食事の間庭に行っていたエマーヌエルが帰ってきたとき、散歩を申し出た。エマーヌエルの魂の中では人生からは偉大な観念のみが残っていたからである、古代エジプトからはただ神殿だけが残って、家は残っていないようなものである。卑小なことに関する彼の無知は卑小な輩には滑稽に思えるに違いない。――尼僧院長はクロティルデを炎のような尼僧達の副女王として自らの横の王座に座らせた。ヴィクトルは唯一人でこれらの舞い飛ぶ優美女神達の選帝辺境国の後見裁判所を務めた。クロティルデは盲人を極めて元気な女性案内人達の鳩の一群に委ねた、皆が競って盲人の甲板長職、人差し指職を求めたからである。彼女達は彼が天上的に美しいので皆好きであった、(が彼は彼女達の美しさが分からなかったので)、五歳の美しい少年をかわいがるように彼を愛した。……他の時なら彼はきっと振り返って、美が盲目を案内すると上品なほのめかしをしたことだろう。しかし今日は単に別な理由から振り返った。

――遂に至福の島が、これはすでに彼の子供時代の夢の霧の中をはるかに遠くからきらめいていたのであるが、今や彼の足許の大地となっていた、彼は自分の天国を通っての探検旅行に出掛けた――彼とクロティルデは数分黙っていた、やっと二人っきりになって春の大きな広場の前に立っているという喜びで彼らの心は穏やかに沸き立ち始めたからである。至福の微笑みを浮かべて、歓喜のこの沈黙の文字の下、息を震わせながら、愛のこの聖なるサンスクリット語の下、彼らはもう第一の池に着いた、その水晶の水面には橋が金色の葉飾りのように曲がりくねっていた。――彼らはこの滑らかな月の面、鏡の面に眩惑されて立ち止まっていた、日傘は水面のも加えられる二つの太陽に対して同時に遮蔽することは出来なかった。彼らは半ば向き直って、水面に写るより深い青空と二人の静かな幸せな形姿を視線で捜した、形姿は互いに湿った目で見つめ合っていた。彼の目は暖かく彼女の反射した目に休らった、太陽が地下の太陽に休らうように、そして彼の震える視線は唯一つの調べの長い震えと持続となった。水の中に住む女神がその目で彼の魂に向かって沈んで来たからである、彼女は十フィートになる、倍に離れた彼の形姿を利用しようとしたのだった。――とうとう圧倒的な歓喜を締め括るために、彼は目をこのガラスの絵から転じて、原像そのものに（つまり歓喜を二重化したことに他ならないが）向けた。そして視線が合流し、魂が共に震えると窮屈な瞬間に広々とした天の広野が投じられた。――そして彼らは自分達は気が合うこと、互いに愛していること、互いに相応しいことを悟った。更に歩きながらヴィクトルはただ言うだけであった、「今日の私のように言いようもなく幸せになって欲しいものです」。――すると彼女は小声で、葉のない柔らかな花の下で息絶えた西風のように小声で答えた。「多分そうなっています」。……私はよく思い浮かべたものであるが、我々が互いに皆二人の恋人のように愛するならば、あらゆる魂の動きが、恋人のように、帯線で結合された音符であるならば、自然が我々皆にその星々の上にまで達する一組の弦の余韻を同時に響かせるならば、単に愛し合う二人にピアノの連弾をさせるのではなくて――そうなれば愛で一杯の人間の心は無限の楽園を抱くことが出来るであろうこと、神自身世界を愛する為に世界を創ったことが分かるであろう。

しかしまた私はクロティルデが如何に語ったか書きたい、彼女は詩人的精神を言葉によらず、単に行為を通じて明らかにした、話すときに詩人の韻や格調を避ける術を知っている俳優達に似て。

村あるいはむしろ旅館は彼らの天国の梯子に第四の段、四日目の降臨祭の日を与えた。――イギリス人の大カトーが馬車から出て来た、彼はクセヴィッツから遍歴のプラハの名手のオーケストラと共に仲間から別れて、マイエンタールも見に来たのであった。彼は何かを辛抱して待つことはできなかった。彼はヴィクトルに言った、明日彼の許に来る、今日は草木の茂る全景図を見物することにする、プラハ人達の序曲を聞きながら晩拝式の説教の終わりの鐘を待つだけだ、と。最後に言った、フラーミンとマチューは明後日旅立ってまたクセヴィッツに戻る、従って思っていたより更に長くそこに滞在する、と。このイギリス人の出現と嫉妬深い者がもっと遅く帰ると聞いたことの為に、一挙に四日目の降臨祭の日も四番目の弦としてこの喜びの四音音階《テトラコルド》に張るというヴィクトルの最後の意志は固まった。この四日目にまさにこの本の冊子すべてにわたって残っている天使の謎が時の解読局に運ばれるので、ユーリウスが天使の手紙をクロティルデに渡して読んで貰うことになっているので、彼は単にその為に残ると自らに偽って、自らに言った。「一体天使にはどんな事情があるのか不思議に思って残るのもいいだろう」。――健気な主人公よ、君は天使は誰でも君の天使と混同してしまう、悪いとは言わないよ。……

　このとき雲の影が彼らの上に差しかかった、彼らの魂を探す、より暗い雲の影の前兆のように。美しい心を前に自分の心を閉ざすことの出来なかったヴィクトルは、恋の聖化にあたってすべての偽装を嫌った彼は、クロティルデに容易に上品さと結ばれるところのあの率直さでマチューの旅の理由について、つまり彼が侯爵夫人に恋文を添えたクセヴィッツでの自分の小さな愚行について説明したからである。いずれにせよ告発者に機先を制して、自ら打ち明けなければならなかったであろう。しかし彼はクロティルデに早まって彼の小さな年報の年次を承知しているものと思って話してしまい、恋文を書いたのはクロティルデがフラーミンの恋人ではなく単に妹にすぎないということを知る前[*1]だと注釈を付けなかった。彼女は長いこと黙っていた。彼は怒りのこのパントマイムを恐れた、そして彼女の顔を覗いてそのことを確かめる勇気がなかった。最後に彼女は彼に、谷の最も低い窪地で緑の影がその描かれた小枝を日光や水面の反射光の中で揺らしているお気に入りの緑地で、冷たい声でもなく気位の高い声でもなく、ほとんど動揺した声で、少しばかり、肘掛けに大きな花がある自分の好みの草のベンチに休ませて欲しいと頼んだ。彼が彼女の前に立ったとき、彼は驚いたことに彼女の生気ある顔に――礼儀と闘っている憤懣ではなく――彼女の魂の恋人を惑わした運命に対する感動的な闘い、彼の美徳から取り除きたいと思うふさがった傷跡に対する私心のない痛みを認めた。彼女にも、彼にも、二人が足を踏み入れた喜びの花園の中で再び前年が死者の褥から起き上がってくるように思われた。彼らはまことに悲しかった。クロティルデはほとんど目が思うにまかせず、ヴィクトルは舌が思いのままにならなかった――そしてやっとヴィクトルに誤解が思い浮かんだ。それ故彼女に小声で、英語で言った、「父が自分にもっと早くすべてを打ち明けていたら、余計な闘いも、余計な悲しい時も、ともあれ先の愚行もしないで済んだはずです」。

より高い愛においては怒りは相手に対する悲しみにすぎない。クロティルデはそれでも美しい表情の上の日蝕を続けていた――しかしそれは先の溜め息の続きではなくて、和解した魂をすぐに怒った顔に移すことが出来ないというよく見られることでもなくて、自分自身の性急さに対する不満はいつも他人の性急さに対する不満に見えるということであった。そこで彼女は立ち上がって彼に腕とさながらその側の心とをまた与えた。ヴィクトルは両方の側の沈黙を敢えて破らなかった。――エマーヌエルが後からやって来た、クロティルデははじめて先のことに答えるかのように、震えた声で言った。「欠点という点では私は兄に似すぎていますわ」。――フラーミンの嫉妬のこと、邪推のこと、それとも有り得ることだが彼の気質のことであろうか。――ヴィクトルは彼女の方を向いた、さながら彼女の言ったことに許しを請うかのように――彼女の目は言っていた、「誤解すべきではなかった」――そして彼のは言っていた、「知らなかったとはいえ、裏切るべきではなかった」――そして彼らの心は仲直りし、オリーブの枝［平和の象徴］が喜びの古い花の間に彼らの魂を互いにからませた。

エマーヌエルは彼らを、導きの星として、彼の愛しい山々へ、地上のこの前線基地に案内した――ただ枝垂白樺の彼の山からは彼は何故かは分からないが、穏やかに彼らを断った。――彼が容易に登るので彼らは彼の呼吸が治ったことを喜んだ。やっと彼らは一帯の王座、ヴィクトルが夜を徹して旅したときの朝マイェンタールを眺めた山に達した。神の生き生きとした平野、太陽と楽園の前景がなんと奔放な、青々した、息づき、翻る塊となって移り過ぎたことか。天には香りの何と多くの山が、光の何と多くの氷原が懸かっていたことか。そして穏やかな東風は群雲に覆われた東の日輪の門から忍び出て、天と地と、黄色の花とその上の広い雲と、涙の下の睫毛と、掘り返された穀物畑と戯れていた。――雲の影の追い払われた夜景画に地上の明るい陽光が射し込んだとき何と目は大きくなったことか、東風が翔る影をあるときは山々の上に、あるときは輝く池に、あるときはかがんだ田畑に飛ばしたときに、何と心は大きくなったことか。――しかし森の上空には雲の静かな氷山が浮かんでいた。――――この昼と夜との斑点のついた広野、霧の氷河からなるこの防塁は、氷山で両腕を拡げているクロティルデを見たときの古い夢の中にヴィクトルの心を連れ戻した。南の山へ達するこの巌の上で彼は和合の島が暗くその山頂と白い神殿と共に横たわっているのを見た、そして飲みかかる心は憧れと憂いと愛の混じった飲み物で一杯になって酩酊した。――

そこで彼は喜んで彼女に語った、かの朝ここで彼女を見かけ、盲人にエマーヌエル宛の紙片を渡したが、しかし彼女を訪うことは断念した、と。――――クロティルデよ、彼が君の兄を労っていること、高貴に愛して、この愛にヴェールをかけていることに対して感謝に満ちた大きな暖かい眼差しを彼に注いで欲しい。彼女は彼を見つめた、そして彼女の目が涙で暖かくなったとき、陽射しを受けた雲の上の天が彼らの許に降下してきて、熱く舞い落ちる滴で近しい人間達に触れた。健気な地球よ、健気な自然よ。君は善き人々自身がしばしばそうであるよりも頻繁に（そしていつも）善き人々に対して共感を示してくれる。――彼の前に、クロティルデの涙が床を立ち昇る雲へと溶かしたときの夢が現れた。……

しかし迫り来る夕方と小さな、紐のちぎれて落下してくる雨粒の真珠は善き人々を部屋に呼び戻した。盲人とはかつて山頂まで登ったことのなかった少女達は、引き返して来て先に行った。我々の二人の愛し合う人間が下の煙る谷に着いたとき、エマーヌエルは彼の枝垂白樺の山へ、自分の花に雨の恵みを受けさせる為に離れて行った。夕方と大地は何と素敵であったことか。――彼らの頭上の大いなる夕方の空では赤い集雲のチューリップの花壇が動いていて、その間に青い線条が暗い小川のように走っていた。――彼らの背後では太陽の下、山々がヴェスヴィオのように炎の中に、森が燃える茂みのように立っていた、そして花々の上を走るステップの炎が雲の影に襲いかかった。――そしてすべての雲雀が自然の伴奏音と共に夕方の赤い天井画の近くに懸かっていて、一層低くなる陽光のそれぞれに蚊がぶんぶんと連なっているのが見えた。――山の牧羊場では数百もの母羊が数百の子羊に呼びかけながら走り寄って、それぞれの羊が、喉が渇いて跪く子羊の許に騒がしく急いだ。――――

大いなる夕べよ、わずかにテンペの谷でのみ御身は花咲き、枯れることがない。しかし数分後に、読者よ、はじめてその花のすべてがきらびやかに咲きでるのだ。――

クロティルデとヴィクトルは一層親密に暖かく寄り添って、二人を俄雨から守る細い日除けの下を行った。そしてますます強く鼓動しながら、血の代わりにさながら敬虔な歓喜の涙を送り出す心臓と共に彼らは公園に着いた。小夜啼鳥の暖かい音色がその中から彼らを迎えた。イギリス人が今山を越えて行くときの楽団の従者達の遠ざかる調べが花の香りのように流れてきた。――――しかし見よ、地球がまだ太陽の炎の中で金色に輝き、夕方の噴水が松明のように上部が燃え、色鮮やかなガラス球が果実の代わりに接木されている庭の大きな樫の木に二十もの赤い太陽が葉の間からきらめいたとき――そのとき暖められた雲は流れ出し、すべて夕方の炎の中、ほのかに光る水柱の上に滴った。……

樹に近い尼僧達は葉陰に飛び込んだ。しかしゆっくり歩くことを女性にとってはより美しく有徳であると思っていたクロティルデは、あわてずに近くの「夕べの木陰道」へ向かった、これは庭の上に聳えていて、その密な葉を夕陽に向かってのみ開くのであった。――いや、優しい雲の上に休んでいたのは天使、クロティルデの姉妹ジューリアであって、雲を通してその喜びの涙を落下させて、友人を、その腕は恋人の腕に包帯に包まれるように抱かれていたが、ほのかに光る木陰道へと追いやり、二人の幸福な心を至福の思いにさせようとしたのだった。クロティルデは真珠の雨、砂金の雨の下になお留まり、周りの静かな鳩に似ていた、これらは屋根の上で綺麗な羽を色とりどりの雨傘のように左右に開いて雨を浴びていた――そして入る前にヴィクトルは彼女を引き戻して、喜びに鬱然となって言った。「至仁の方よ」、そしてエマーヌエルの園亭を見上げた、そこでは楽園の門が、モザイクの石で積まれて、つまり虹が始まっていて、空を越えてこちらの夕方の木陰道にアーチを描いていて、天上的な魔法の輪で三人の愛する魂を囲っていた。

彼らが暗い木陰道に入ると、そこには雨の中を射し込んでくる太陽に対してただ一つの小さな開口部があって、その開口部の前には夕方の平野が揺れる炎の水柱と共に、その間を沈む夕陽の金色の流れが打ち寄せていたが、また花に至るまで光の小球の海の中にいる沃野と共に広がっていた。――そして落下した虹はその残骸が花の樹々の上にあった。――そして小さな風が野火を野の花の上に吹き付けて、花から火花を出していた。――そして人間の心は歓喜の波にさらわれ、燃えながら自らの涙の中を泳いでいた。——

変容した女性のようにクロティルデは太陽を見た、彼女の顔は太陽とその魂の為に崇高になった。彼女の友はこの美しい魂を妨げなかった。しかし彼は彼女の手から白い布を取って、木陰から滴る、花粉の付いた、多彩な粒を穏やかに拭き取った、彼女は自ら手を差し出した。彼女が涙で一杯の目を彼に向けると、彼は涙はそのままにしていた、しかし涙は彼女が自ら拭き取って、愛を込めた目で彼を見つめた、その愛にはすぐに昔からの愛が加わるのであったが、至福に続く微笑を浮かべて彼女は言った。「心から言いようもなく感動しています。これまであなたの御心に添わなかったことはすべて今日お許し下さい」。……

——見よ、すると暖かい雲は庭にさながらすべての楽園の河のように降り注ぎ、流れに乗って天使が戯れながら落ちてきた、……そして歓喜がもはや泣けず、愛がもはや支えなくなったとき、そして小鳥達が歓呼の声を上げて、小夜啼鳥が雨の中を高らかに啼いたとき、そして天が喜んで泣きながら雲の腕で地球を抱いたとき、そうそのとき二人の夢中になった魂は共に震え、息もつかずに一緒に唇をおののかせて、頬と頬とを熱く震える畏怖の中で寄せ合って休らった——そのとき遂に、腫れた心臓からの生命の血のように、大きな歓喜の涙が愛する目から愛された目へと溢れた。——心臓はその天の永遠を大きな、歓喜で鬱然とした動悸で測った——全き視界、太陽そのものは沈んだ、そしてただ二人の魂だけが寄り添いながら孤独に、空になった薄明の無窮の中で鼓動していた、涙の微光と陽光とに眩惑され、空のざわめきと小夜啼鳥のエコーに圧倒され、歓喜の余り死に瀕しているとき神に支えられて。

クロティルデは脇を向いて、目を拭いた。彼女の黙した寵児はくずおれ、彼女の前に跪いて、顔を彼女の手に押し付けて、どもりながら言った。「心から愛しいあなた、永遠の、永遠の恋人よ——あなたの為に血を流せたらいい、あなたの為に死ねたらいい——」　突然彼は、果てしない感動で高められたかのように立ち上がって、もっと小声で、彼女を見守りながら言った。「クロティルデよ、あなたと神と美徳を永遠に愛します」。

彼女は彼の手を握って、小声で言った。「どうして人間と運命とがこのような心の方を傷つけることが出来たのでしょう。でも私の心は」（彼女は一層小声で言った）「もう苦しめることはいたしません」。——　——彼らは木陰道から出た——空は彼らの心同様喜びの涙を出し尽くして、ただ晴れ上がっていた——太陽は偉大な瞬間と共に没していた。ヴィクトルはゆっくりと、さながら広大なエリュシオンの前を通り過ぎるかのように、受けた楽園を心に抱きながら、ダホールの静かな住まいに帰った。ダホールは、座ってうたたねをしていて、こっくりと揺れていた、ヴィクトルは自分の心を二つ目の相似た胸許で十二分に鼓動させたかったけれども、我慢して——ゆっくりと揺れる師に寄り掛かった。彼はまことに長くまどろむ頭部を自分の騒ぐ胸許に抱いていた。彼の喜びの雷雨は晴朗な天へと冷却して、さわやかな喜びの花が思い出の薫る莟を開かせた。ダホールは両腕を自分の寵児に回した、そのときはじめて彼は目覚めた。彼は自分が彼を抱いている夢を見たのだった、そして目覚めたときに、単に夢を見ただけではないと喜んだ。

もう、いい。——君達、私の愛する人間よ、君達も私同様これらの小さな紙片を手から置いたとき、思い出か希望にすがって休み給え。

＊1　というのは彼はクセヴィッツから戻ってきたとき、島で父からクロティルデの血縁について知ったからである。

# 三日目の聖霊降臨祭の日
# あるいは第三十五の犬の郵便日
# あるいはブルゴーニュ酒の章

イギリス人――野の舞踏会――至福の夜――花の洞

人間では吝嗇家同様喜びの時間に対してはいつも十五分しか告げられず、劣悪な時計に似て我々の希望の逢瀬の時は鳴らない。しかし降臨祭の日々に関してはこれは全く間違っており――これらの日々は豪奢である、そしてかつて聖霊の来降［流出］を昔の教会では花の投下によって表したように、マイエンタールでは比喩的な花を投げ出すことによって描くことにする。そこで私はブルゴーニュ酒を一本開封して、インク瓶の横に置いた、まずは私のかなりの熱気によってこの章で自然批評家、芸術批評家を私の味方に付ける為で、彼らは作家と試合をするよりも容易に作家に死刑判決を下すもので――第二にそもそもワインを飲む為で、これはそれ自体すでに十分に最終目的であり目的論である。読者もこのような章では何か酒精を摂ったら、まことの逸楽郷、天国が得られよう。著者だけが飲むと、印象の半分は忌々しいことになる。批評家達が糊口を凌ぎ、飲むべきものを何も有しないのは不幸なことである。そうでなければ星としての私にとって彼らはその大気圏で屈折の役に立って、私を実際以上に高く、広く見せてくれるところだろう。

ヴィクトルは朝の濡れた草の中に入ると、イギリス人を頭ごと水車の如雨露の下に追い立てた。彼はこの大カトーには彼のすべての風変わりな点、おどけた性質の方言辞典、彗星の運行を大目に見た。というのは彼自身十八歳のときにはこのような箒星であったからであり、これを自らに刻印された彗星メダルと見なしていた。このブリトン人は一風変わったことを求めていたけれども、ヴィクトルは自分の経験から、これは虚栄心からではなく（その気になればどのような行為からも、極めて無邪気な行為からさえも、どの体からも空気を引き出せるように、虚栄心を引き出せる）、気まぐれから生じており、この気まぐれにとっては風変わりな役を享受することは、この役を読むのであれ、演ずるのであれ、自由や内的力の感覚にとってそうであるように同様に大いに魅力的なのであることを知っていた。自惚れ屋は滑稽に堕する、風変わり者は滑稽に打ち勝つ。前者は自分と似たものを憎む、後者はそれを求める。彼に関してヴィクトルが残念に思った唯一のことは、自分も思いやりを欲しないからといって、それだけで他人に小さな思いやりを示さないことだった。まさにこの諧謔とは不可分の、あらゆる些細な人間の弱点や期待との戦いの為人間を愛するヴィクトルはこの奇矯な軌道が心苦しかった。不幸はそれ故幸福より容易に変わり者を作る。

カトーがフラーミンの同じような昇天、歓喜の炎について語った描写に嬉しくなって、彼は素敵な日々の四点合わせ［賭の番号のうち四個当たる事］に対し以前の陰鬱な日々とは何か異なることによって報いたい――つまり他人も自分と同じようにすることによって報いたいと思いついた。要するに彼は大カトーと話し合って――彼は喜んで応じた――プラハの一団を何かに利用すること、つまり夕方涼しくなったらマイエンタールの子供達に野原の舞踏会を開くことにした。その為に両人がしなければならないことは――すぐにそうしたが――ポケットと財布を探って、その地の夜警人に、今日舞踏場の為に刈り取らなければならない広い野原の干し草代をヨハネの日の相場よりも多く与えることだけであった。男はいずれにせよ大いに喜んで提供した、彼の息子が今日――結婚式だったからである。カトーが広間に植えようと思った二十本の五月柱は、すでに土着民としてそこに合併されていた。彼らが清潔な村の両親に――さもないと貧しい百姓は豚に似ていて、豚がアイリアノスによれば耕地を考え出したそうだが――若い踊り手を極めて熱心に――百姓や婦人は風変わりなことは好まないので――請い集め、強要したところ、万事うまくいった。

友人となった三人組は尼僧院長の昼食で昨日と一緒ということになった。ヴィクトルはいつでもすぐに我が家の如く感じて、他人がホストとならないよう、自分が客となることはなかった。普段は少女に別れたときの状態でまた会えることは余りない、少女の応対が以前の手紙よりもいつも一層暖かいものか一層冷たいものであるようなものである。しかしクロティルデの溶けるような面差しには無限の魔術で昨日の思い出が告げられていた、昨日彼女は二つの理由から彼女の心を自然と美徳の祭壇で聖化されたすべての彼の炎に任せたのであった。第一に彼女は昨日一層暖かくなった、その前に、クセヴィッツの時計の件が原因で表情に出た些細な喧嘩によって一層冷たくなっていたからである。愛を一層甘美に繊細なものにするのは、それ以前の些細ながみがみや凍えに他ならない、丁度葡萄の房が摘む前の霜で皮が一層薄くなり、果汁が一層良くなるようなものである。第二に感動や愛が高まると最良の乙女もまさに――良い乙女同様に振る舞うのである。

私はまずコーヒーカップで三杯ブルゴーニュ酒を飲んだ、午後の肉色調や赤チョーク素描の為にはもはやそれ以上は必要ないと踏んだからである。――しかし何としたことか。――大方は午後暑さの所為で庭に出なかったことが後世の耳に達しなくても、それは私の責任ではない。しかし彼らは窓から野原を、美しい晩の普請場を覗いた、そこでは子供達がすでに走りまわっていて、草を運び出し、ビール吸い出し器のホルン奏者達とトランペットの祝典を開いていた。些細にすぎることであろうが、述べて置きたいことは、何人かの少年は射られた赤い頭巾や冠を付けて死んで伸びていたことである。彼らは兎を、帽子の射手は狩人を、他の者達は猟犬を演じていたのである。しかしこれは比喩的に捉えられよう、すると十分に諷刺的、意味深いものとなる。

繊細な人間の喜びは含羞がある、彼らは喜びよりもむしろ傷を見せる、そのどちらにも値しないと思うからである、あるいは二つを涙のヴェール越しに見せる。ヴィクトルがそうで、喜びの度に溜め息をついて西を見た、彼が星や人間の没落を考えたのか、それともその鎖が我々の半球にまで響いてくる黒人のことをか、それとも爆破された鎖をまた血で接合されている近隣の白人のことを考えたのか私には分からない――――しかし自分のメッカを眺めていると、自分の歓喜に値する人間にならねばと思った。昨日と今日の歓喜はとても大きく、彼は感動して大地の守護神に向かって言った。「私の弱い美徳はこれ程大きくはなれない」。――自ら良心に向かって自慢しようとして、如何に多くの素敵な瞬間や楽しい動悸を自分はここザイファースドルフの谷で友人に、自分のお蔭で快癒する恋人に、そして今すでに跳び上がっているのが見え、夕方にはもっと跳ねるであろう恋人達に分かち与えているか良心に説明したが甲斐がなかった。これらの日々の天体の諧調に耳を閉ざすべきであろうか、自分の情熱を克服したのではなかったか、人間のより大きな余裕、より大きな活動は単に克服した情熱のより大きな数の中にあるのであって、それで女官やいや国王でさえ極めて有用な市民に劣らない活動範囲を有するのではないか、そして人間はとても小さな子供達同様に、静かにしていることが出来るよう単に地球の学校へ送られたのではないかと問うたとき、良心にはいくらか効き目があったが、十分ではなかった――しかし古いアダムと新しいアダムの聖餐式の宗教戦争は単にある歓喜によって、つまり、父が宮廷の手枷、足枷をはずし次第、都市医官、地方医官よりももっと治療し、皆を無料で治す、特に貧民にはそうすると決心することによって終わった。――

読者よ、一言許されたい。美徳は幸福に値しない、より以上に値してしまうだけである、すでに存在が我々に倫理的でない動物同様に喜びへの権利を与えているからであり――美徳と喜びは測りえない量であって、至福の一世紀は美徳の十年によって値するのか、後者が前者によって値するのか分からないからであり――喜びの歳月は美徳の歳月よりも先に過ぎて、それで有徳の者は未来の代わりにまず過去に対して、天の代わりにまず地に対して相応しい者でなければならないからである。

午後は明るい泉のように、多彩な些事の上に砂金の上のように、小さな喜びの上に、大きな希望の上に、優しい心遣いの上に、心の最良の縫合薬である、好意的洗練の花粉の上に溢れていった。ヴィクトルは感じた、大いに分別のある恋人は恋に独自のぴりっとした味を添える、と。彼女自身は感じた、心は手袋をした優しい手で摘まれ、荒々しくもぎ取られるのでなければ、一層長持ちする、丁度手袋をして摘んだときにのみボルスドルフの林檎が長持ちするようなものである、と。私の図表によれば恋は最初の接吻の後の日にまさに最高点に、つまり華氏百十二度あるいはデリル十度に達するけれども、ヴィクトルの恋の場合は彼の畏敬の念も同時に上がった――好意の証しで一層大胆になるのではなく、一層内気になるような恋よ、高まるがいい。

我々の友人は、喜びのとき抑制するとどれ程幸せになるか、泡立つ歓喜の高脚杯はほんの若干鎮静剤を投げ入れられると如何に透明になり高貴なものになるか感じた。どれといって特別な瞬間を取り出すことは出来ないけれども時間のすべてが魅力的であった午後の後――雉の羽が個別にではなく束になって輝くようなもので――この午後の後、皆庭に出た、エマーヌエルが最初であった。インド人は岩雲雀と同じく部屋が嫌いで、中では黙っているか本を読んでいるかで、それも単に――不思議なことではないが――シェークスピアの悲劇であった。……

雲に遮られることのない大いなる夕方の空の下、人々の魂は花大根のように開いた。エマーヌエルはこの絵画的庭の案内人、画廊支配人であった。彼は彼の友と他の人々を庭園の一番上の自分の花壇に案内した。庭園はつまり山を下に、五つのさながら山から引き出しのように突き出た台地、階をもって造られていた。これらの五つの平地、これらの切り開かれた青々とした階は、同様に多くの様々な庭、果樹園とか灌木園等を擁していた――それで新たな立脚点に立つごとに、合わせ鏡を通すように古い庭から新しい庭が合成された。庭園の縁には両側に高い、揺れる、燃えるような花の二本の蛇行した道が風の吹き抜ける階段の手摺のようにあって、それぞれの花の蛇行線の背後には山の上から銀色の脈管が、明るく、細く、飛び跳ねては落下する水と共に波形を描いていたが[*1]、これは夕陽を受けて縦に真っ直ぐに曲折する金色の蛇、神々の血液の動脈となっていた。最上部のテラスには夕方の木陰道と朝の木陰道とが庭の両極として向かい合っていて、夕方の噴水が前者の上に、朝の噴水が後者の上にかすかに光っており、互いに月と太陽のように見合っていた。

丁度夕方の噴水のところにエマーヌエルは中間の庭を有していた。彼はインド人として自然の花を詩的な花同様に愛していたからで、彼にとって十二月には花の本は風に揺れる花の沃野であり、撫子の花カタログは夏の莢、蛹であった。彼は愛する者達を山の花壇の上の、立派な少女達のように自らの生命の為に太陽も大地も他の生命から奪うことのない無垢な花々の間を案内した――チューリップの金の総飾りの前を過ぎ――勿忘草の細密画の色の前を――鳴る鐘同様に土の鋳物注入口に注がれる多彩な鐘状花の前を――八月の薔薇色の耳飾り、つまり薔薇の前を――カトーの前を、これは陽気なイギリス人ではなく、ハンブルクのクレフェカー氏の許で得られる炎色ではない桜草であるが――愛するアガーテの前を、これは聖リューネの女性を思い出させるが、美しい桜草属であって、過ぎていった。……

とうとう彼らは夕方の木陰道とエマーヌエルの花の所に着いた、つまり雪のように白いヒアシンスの所で、それらには輝く夕方の噴水が淡い赤色の影を添えていた。何と素敵に夕陽の暖かさと夕方の風の冷たさとが吹き込んでいたことか。しかしクロティルデよ、何故君の目と顔とはここでかくも悲しげに花に向かって沈んでいるのか。水柱が消え、太陽が沈むからか。──いや違う、白いヒアシンスは花言葉ではユーリアと呼ばれるからだ──墓地が見渡せるからだ、その高く揺れる草の花の根は愛する二つの目、色褪せたヒアシンス、ジューリアの目の上にあって、彼女は今日の祝日を体験しない。──しかしクロティルデは妨げとならないよう、隠していた。

水柱の消光しつつある金色とすべての窓で跳ね返る夕方の火炎とは目を舞台から消える太陽へと誘った。──しかし野の和声家達が沈む太陽にお供するときのアレグロに回る炎の水車は目から耳へと集中させた、そして黄昏の野原では喜びの劇場が新しい俳優を伴って現れた。……二本の薔薇が空に植えられていた、赤い薔薇の太陽と、これは第二の半球で花を咲かせていて、白い薔薇の月でこれは我々の半球に懸かっていた。しかし金色の太陽と銀色の月と鉱滓の夕方はまだ煙る魔法の靄に吸い込まれていて、影と月光の銀の地との区別が付かず、舞い落ちる花には蛾が混じっていた。

幸福な者達は栗の木の並木道を下って、より幼い幸福な者達、子供達の所に行った、彼らは母親がいることでより大胆になって、二十本の自由の樹をさまざまな数のグループで取り巻き、攻囲して、一層影が深くなって、一層早く踊りたいと焦がれていた。イギリス人はクロティルデから彼女の二人の友の友のように迎えられた。野原を遺産として得ていた新郎新婦はこれと自分達の音楽とを引き換えていた、そして二人の結婚祝いは我々の主人公に、自分もまたクロティルデを花嫁と呼んでいい楽しい日を彷彿させた。しかし自分の赤面してくる顔を彼女に向ける勇気はなかった、彼女も同じことを考え、赤面しているだろうと思ったからである。ただ恋する男のみが新郎新婦の感激に共感できる、そして愛で一杯のこのカップルに対する程に素晴らしい願いがカップルに祈られることはないだろう。花嫁の四歳の妹がクロティルデに体を押し付けた──妹はこの金星［ヴィーナス］の散歩の際の小さな月［ルナ］であった──クロティルデはその愛を小さな手に浴びせた、この手は彼女の手に対し踊り相手としての優先権を握っていた。

月は今や太陽を反射して、この子供達の楽園を銀世界にし、喜びに一層明るい色彩を与えていた、五月柱の深い影の下、子供達は大胆になっていった──皆が幸せで──皆が束縛されずに──毒を含んだ視線はなく──厳格さが韻律の生を妨げることは少しもなく——旋律的に進むうちに時は刻々と銀色の音として過ぎ、芽吹く夕焼けの薔薇色の茂みに引っかかり留まった。——春のなま暖かく舞うエーテルは花々の許で香りを一杯に吸い込み、それを人間の胸に蜜のように運んだ。——動悸がより強く打つようになると、地平線の霧の周りに黙した冷たい稲妻が走り、月は草木の葉から生命の大気[*2]を引き出して、その萼から取り出された精を胸に一層健やかに給した。

ヴィクトルとイギリス人とエマーヌエルと何人かの女友達の横のクロティルデは下の方に喜びを恵む神々のように子供達と一緒に立っていて、他人の喜悦を楽しんで酩酊した。我々の友人は余りに聖なる愛を抱いていて、それを（殊に多くの他人やイギリス人には）見せるわけにはいかず、奔放に踊る心に手綱を握った。高貴な愛においては犠牲は——愛が犠牲そのものであれ——享受と同様に心地よい。これはエマーヌエルの側ではもっと容易である、彼は——これはより高い人間のほのかに光る十字形勲章であるが——まさに喜びのときに目をより高い生と真理とに上げるのである。この度はその上に健康がいや増したという思いで予告した別れへの渇望が倍加した。彼の崇高な顔、彼のこの世ならぬ願望、彼の静かな献身はいわばより暗い月光に射し込む第二のより高い月光であった。彼は育ちつつあるエリュシオンを妨げずに、例えばこう言った。「人類が永遠なので、死すべき人間はこちらで自らを永遠と思う。しかし弾き出された滴が涸れることのない奔流と混同されているのだ。いつも新たな人間が後から芽吹くことがなかったら、誰もが自分の刹那の生命の儚さをもっと深く感ずることだろう」——あるいはこう言った。「人間が不滅でなければ、より高い存在もないであろう、そしてこの結論が同じであれば、常設の神は戦いつつ消えていく者達の世界から孤独に抜け出て燃えることになろう、地球の大気圏がなければ、黒い空から燃え上がり、夜の穹窿を回るけれども、明るく照らすことはない太陽に似て」——あるいはこう言った。「聖なる神の町への人類の歩みは何人かの巡礼者の歩みに似ている、彼らはエルサレムへ詣でるときいつも三歩前に進んでは一歩後退するのである」。——あるいは最後に、改善されるのは単に粗野な過ちだけで、繊細な良心の呵責が改善され消えることはない、聖者は悪人同様に多くの良心の咎めを感ずるというヴィクトルの意見に対して答えた。「美徳からの我々の距離は、太陽からの距離同様に、より詳しく計算するとより大きく離れているように思われる。しかし太陽は、さまざまな計算にもかかわらずいつも同じ暖かさで我々の顔に接している」。——

突然イギリス人は演奏者達の許に走って——自分の考えの跳躍や伝令を音楽に移したくなって——最良のアダージョを要求し、上の「紗の天幕」へ急いだ、これはホーリオン卿が鉄製のアーチとその上に張った黒色の二重の紗とで建てさせたもので、当時悪化していた自分の目の為に陽光を月光に変えようとしたものであった。どの心もアダージョの最初の感動で至福の涙に蕩けざるを得ず、歓喜は、自らを隠そうとして、静かな一座を砕いた、そして皆散って、（各人が自らの葉陰に隠れて）誰にも見られることなく微笑み、誰にも聞かれることなく溜め息をついた——鉱泉の湯治客のように互いにてんでに散り、出会い、遠ざかった。

美しい盲人は上の小夜啼鳥から程遠からぬ所にさながら調和的流れの泉の許にいるかのように休んでいた、クロティルデは彼の側を通り過ぎる度に、悲しげに見つめて考えた。「哀れな影に覆われた魂よ、音楽の溜め息があなたの憧れる心を広げるけれども、あなたはあなたが愛している者が、あなたを愛している者が見えない」。——エマーヌエルは一人で枝垂白樺の彼の山までの遠い道程を登っていき、帰った。——ヴィクトルは庭園全体をさまよった。彼は覆われたオベリスク、柱、台胴の前を通り過ぎた、これらは石の牧羊神達よりももっと良くおさまっていた。——彼は暗い、ただ夕焼けの映えている夕方の木陰道に入った、そこで彼は昨日死ぬ定めの者としては余りに幸せで、不死の者としては余りに優しかったのであった。彼は輪となった茂みを進んでいったが、茂みからはきらきらと噴水が噴き上がっていて、眩んで目を閉じると、そこの人工の葉の茂る支柱鏡に銀の月光を浴びた水のアーチが次第に色褪せながら百万回と弓形になり、白い虹から三日月の形へと、最後には影へと戻っていくのが見えた。——

なんとしばしば彼は、楽園の日々を想定した子供時代の夢の中で、風景画の中で、この夜を見たことか、そしてこの粗野な地上では決して体験できないと思い、ほとんど断念したことか。今やこの楽園の夜が付属のあらゆる花や星と共に出来上がって彼の前にあった。——我々の中で空想や希望がかつて魔術的に輝くとき、将来の春の夜の同様に大きな夜景画を掲げなかった者があろうか、そのときにはこの夜同様に友人皆と一緒に一度に（必ずしも一人っきりではなく）幸せになって——この夜同様に夜は単にヴェールとして透明に昼の上に掛けられていて——太陽が海に沈むときに脱ぐ赤いベルトは朝まで大地の端にほのかに光りながら残り——小夜啼鳥の長い魂の音色は声高く、ゆるやかに散るアダージョの中を響き、エコーで更に響いて――ただ親しい魂にのみ出会って、酔って見つめ、微笑みを浮かべて尋ねるのだ、君も私に劣らず幸せかい、と。すると相手も微笑んでそれを肯う――神よ、そんな夜には御身は私どもの心を一杯にかつ静かになし給い、私どもは疑わず、怒らず、恐れない、そして御身の子供達は皆御身の胸許で御身の腕の中に休み、兄弟姉妹の手を取って、半ば目を閉じてまどろみ、互いに微笑みかける。――――私がこのことを書き付け、君達がこれを読むときの溜め息は、このような春の夜がこの地上ではいかにまれであるか思い出させるので、私がこの夜の贅沢な絵をただゆっくりと仕上げるのを大目に見て頂きたい、いつか晩年に現在の感激を描いたときのことを思って元気を取り戻し、言うことにしたいのだ、当時このような夜は二度と体験することはないだろうと知っていた、だからこれほど冗長になったのだ、と。我々が我々の空想から掘り出すものは、この地上にはない気候の化石化した花の他にあろうか、丁度我々の北方で化石化した棕櫚の樹を大地から取り出すように。……

　ヴィクトルは小夜啼鳥の生け垣の所の静かなユーリウスの許に行って、彼の手に花大根を置き、見えないけれども喜びの余り泣くことは出来る盲いた目に接吻した――接吻のあいだ近くの小夜啼鳥は鳴き止むことがなかった。庭を登っていくと、エマーヌエルが下って来た。朝方の噴水の横で彼らは見つめあった、エマーヌエルの顔は波の反映の中で輝き、あたかも死の天使の前に立っていて、死へと滅していきそうで、彼は言った。「無限の者が今日私どもを抱き締めて下さる――こんなに幸せでは泣かないわけにいかない」。――再び別れるとき、彼はヴィクトルを呼び戻して言った。「御覧、どんなに赤く花咲いて夕方が東の方に移っていくかを、瀕死の者のように、あたかも調べで運ばれていくかのようだ――御覧、星が花のように永遠の世界から私どもの地球に懸かってきている――御覧、大きな深みを――そこの幾千もの動く諸地球の上では今日いかほどの春が栄えていることだろう」。――

　乙女達は少しばかり歩いたのち、直にテラスの草のベンチに二人ずつあるいは優美女神の数［三人］で腰を下ろした。一人で散策していたクロティルデもとうとうそうして、四番目のテラスの一人っきりの女友達の横に座った、花で出来た多彩な太陽の虹の側で、その背後には水で出来た月の虹が輝いていた。この女友達は近付いていたヴィクトルを貞淑な諍いの審判者に呼び寄せた。「私どもの争いというのは」、と女友達は言った、「立派な人間にとって、許すときと許されるときのどちらが一層甘美かということです。私は許す方が一層甘美だと主張しているのです」。――「私にはね」（とクロティルデは感動した声で言った、それは思いやりのある彼女の心のすべての愛に溢れる考え、ヴィクトルの最近の仲たがいと彼の素敵な許しとに対するすべての彼女の感謝の思い出を物語っていた）「許しを受ける方が一層甘美に思われます、許して下さる方に対する愛は自らの恭順によって一層純粋になり、相手の善意によって一層大きくなります」。これ程に愛らしいことは我々のヴィクトルにかつて言われたことはなかったであろう。彼は感動し、感謝し、決定が難しくなった。しかしクロティルデが夢見心地の彼に次のように述べて助け船を出した、というか目を覚まさせた。「シャルロッテには一昨日のことを持ち出したのだけれど、意見を変えないの」。彼女は告解と聖餐式の日のことを言っていた、その日には美しい心は皆互いに許しを請い、許しを得るのである。ヴィクトルはとうとう正しくかつ関連付けてかつ立派に答えた。「お二人とも不可能なことを仮定しているように思われます、どちらも全く間違っているわけではなく、全く正しいとも言えません。許す人は同時に許されます、その逆も言えます。――それで仲直りする二人の人間はいつも許しの喜びと一層純粋で一層大きな愛の喜びを共有します」。――

ヴィクトルは感動を隠す為に去った、その感動で彼は相手の感動を余りにも高めていた。しかし音色と花との間を近付いたり遠ざかったりしているとき、自分の愛を倍加し、崇高なものとする感情に囚われた。愛の最も強い表現といえど最も繊細な表現ほどに確実に親密に魂を捉えることはないと彼は感じた。影の尺度で我々別の影にその狭い幸福な島を数えて渡す日時計の前を通り過ぎたとき、そして月がその秤で自ら影の指針によって、真夜中に近くなっていると示して、まもなく過ぎ去ると記しているかのように、この喜ばしい時間の最後の瞬間を量って見せたとき、イギリス人が一人でゆっくりと下を向いて紗の天幕から出てきて、楽団の下にいってその周りの天国ごと連れ去った。ヴィクトルは最も深い喜びの静かな海にいてもはや方向が分からず、満足してよろめき、休み、将来に現在の他は何も望まずにいたが、今や長いテラスの上だけをあちこちさまよっていて、庭を登ったり下ったりはしていなかった――丁度最上部の花のテラスの朝方の噴水の許にいて、輝く夕方の噴水へのほの白い道を眺めていた、月光の雪は一層深く一層白く至福の平地に落ちていた、この花咲く砂糖の野は彼の夢見る心にはこの地球に達した故人達の島の先端部に思われ、ただ至福の人間がこの魔術の里を行き、休み、踊り、こちらでは一人っきりで、あちらでは一組ずつ、あるいはグループになっているのが、また無邪気な人々が、静かな子供達が、穏やかで貞淑な乙女達が見えた、そして彼は星の輝く空を見上げ、涙を一杯に湛えた彼の目は全能の者に向かって言った。私の父にも私のフラーミンにもこのような夜をお与え下さい――――そのとき突然吹き飛ばされてきたかのような音色を耳にし、英国人が子供達と一緒に去るのが見えた、そして荘厳に《マエストーソ》［悲しげに《メスト》との混同］の白鳥の歌が過ぎ去る青春の前で先だって奏せられた。

ヴィクトルは音色が遠くに漂うにつれ上の方へ行った、星は一緒に漂い一帯を一緒に動くように思われた――不意に彼は花のテラスの端でジューリアの似姿、白いヒアシンス、ジューリアの女友達、――クロティルデの前で立ち止まった。……瞬間よ、永遠の中でのみ再現される瞬間よ、余りに強くほの白まないでくれ、私が堪えられるように、余りに強く私の心を揺さぶらないでくれ、私が描写できるように。君が姿を現した二人の心のようにただ私の心を揺さぶってくれ。君は我々皆にもはや現れることはない。……そしてクロティルデとヴィクトルは無垢の心で神の前に立っていた、神は言った。私の許で第二の世界にいるかのように泣き、愛するがいい。――そして彼らは無言で夜の変容の中、感動の変容の中見つめあっていた、そして歓喜の涙が目を覆った、輝く涙の背後には彼らの周りに変容した世界が暗い地球から出現し、夕方の噴水がほのかに光って銀河のように彼らの頭上に懸かり、満天の星が輝きながらふりかかり、遠ざかる調べはうっとりとした魂を大地の岸辺からさらっていった。……見よ、すると微風が飛び去る調べをより熱くより近く彼らの心に運び、彼らは目から涙をぬぐった。彼らが現在を見渡すと、諧調の波が庭園の花をすべて動かし、巨大な肢体と共に月光の中地上に眠る大いなる夜は、歓喜の余りその花冠を影絵の梢から動かし、二人の人間は震えながら一緒に微笑み、共に目を伏せ、共に目を上げて、そのことに気付いていなかった。ヴィクトルはやっと言った。「私の知っている中で最も高貴な心が、私同様に言いようもなく幸せでありますように、より以上に幸せでありますように。私には過分のことです」。――クロティルデは穏やかな調子で言った。「私は晩ずっとほとんど一人っきりでした、嬉しさの余り泣いていました、でも私と将来にとっては素敵すぎる晩です」。……女性の友人達が向きを変えて庭園を登って来た、二人は別れなければならなかった。

ヴィクトルが声をひそめて、「お休み、高貴な方よ——このような喜びの涙はいつもあなたの目にあって、このような旋律はいつもあなたの日々に流れて来て欲しいものです——天上的な方よ、お休みなさい」、と言い、新たな愛に満ちた眼差しと新たな涙に満ちた目とが彼に感謝し、そして彼が深く、深く、聖なる女性、静かな女性、謙虚な女性を前に身をかがめ、畏敬の余り手に接吻することすら出来なかったとき、目に見えぬ中で彼女の守護神は恍惚となって彼の守護神を抱擁し、彼ら二人の子供達ははなはだ幸福ではなはだ有徳であった。——

　このとき彼の充足した魂にとって彼の愛しいダホールは如何に心地よいものであったことか、彼には騒がしい栗の木の下で追いついたのだが、彼に歓喜のすべての涙と共に、酔った心のすべての愛撫と共にくずおれたのであった。「エマーヌエル、穏やかにお休み。私は今晩はこの良き暖かき空の下にいます」。——「そうするがいい」（エマーヌエルが言った）「このような夜は春にはもう見られない。……聞こえるかい」、（と彼は続けた、果てしなく遠ざかる調べがさながら輝きの失せた夕方の星のように、去り行く夏の歌の秋の声のように、憧れる魂に響いてきた）「美しく響き止むのが聞こえるかい、このように夏至の日に私の魂も響き終えたいものだ、そしてお休みと言いたいものだ」。……

　最後の愛しい人から身を離して、鬱然とした感激の複雑な薄明かりの中を揺らめきながら月光の射し込む、さながら光の滴る並木道を通って、クロティルデを最初に見つけた花の洞で夢見る頭を蕚の枕にもたせかけようとした。……彼がゆっくりと一人で天上的な思い出と希望を抱いて心を静める小川の間の並木道となった木陰道をよろよろ歩いていくと、消え去った響きの低い波が耳というよりは空想に漂ってきた、小夜啼鳥だけが声高に生気ある夜を支配していた。そこで名状しがたく幸せで、歓喜で重苦しい、この夜の最後の人間はその天上的ベッドの五段を登って、小枝の格子を抜け、暗い花の茂みに沈んで行った。——露を帯びた新芽がひんやりと彼のほてった額に落ち、彼は両腕を灌木の両肘掛けに伸ばして置き、熱い瞼をうっとりと閉じた、啼き続ける小夜啼鳥の声と周りの五つの泉は彼を幾ばくかの距離吹き飛ばして薄明かりの狂った夢の世界へ連れていった——しかし歓喜に声を上げる小夜啼鳥が彼の夢の中を囀った、そして彼が目を、半ば夢見心地で、開けると月の光が白い茂みから射し込んでいた——それでも、先の情景に満足して、彼は半ば我を忘れて微笑み、目を再び閉じ、調和的な微睡みに身を全く任せていった。……ただ幾つかの切れ切れの歌を心の中でなお歌い、……ただ数回横たえている腕を抱擁の為になお動かし、……そしてただ微睡みと歓喜の瀕死の中で一回なおおぼろげに、愛しい人よともった。……

このように素敵に、偉大なる至仁の方よ、私ども他の人間を最期の夜には今日の夜のヴィクトルのように眠らせ給え、そして愛しい人よという最期の言葉を吐かせ給え。——

＊1　弧を描いて飛び跳ね落下する銀糸は下に流れていく一つの泉と見られた。しかし幾つかの反って跳ねる噴水の弧は一つの噴水が次の噴水を続けて行くような距離に置かれていた。
＊2　月光の下植物は炎の大気、生命の大気を吐き出す。

# 四日目の最後の聖霊降臨祭の日（第三十六の犬の郵便日）

ヒアシンス——エマーヌエルの父の声——天使の手紙——墓地でのフルート——第二の小夜啼鳥——別れ——霊の出現

たった今四日目の歓喜の日への付録が届いた。——通常祝日の後の日に祝日は終わったと言い嘆息するが、その溜め息の後で私はまた私の友人の花咲くベッドの前に来て、青々としたカーテンを開ける。九時頃になってようやく彼の手の間近で鳴く岩雲雀の声が深い眠りの海から彼を引き上げた。しかし夢の凹面鏡が空中に写した影の像はすべて忘れ去られた。しかしその為に絞り出された涙はまだ目に留まっていた、何故涙を流したのか思い出せなかった。今日は四季の斎日で、他の天候や月の変化同様に我々の夢の木霊を一層声高に、多音節にする日である。――奇妙に柔和になって林檎の花の覆いの白い薄明かりの前で、緑の糸の錯綜の前で彼は目を開けた――彼の手は茂みから岩雲雀を追い払った――この影の周囲はむしむししていた、樹の梢は黙し、花はすべて真っ直ぐに立っていた――蜂は砂粒から下の彼の周りの泉へ弧を描いていて、水を啜っていた――柳からは白いものが滴っていて、木の花々のすべての気付け薬瓶と草の花々の吊り香炉は彼の寝床を甘く鬱陶しい香りで包んでいた。

彼は右手を濡れた目に持っていった、そこには驚いたことに白いヒアシンスがあった、今日誰かが置いたものに相違なかった。……彼はクロティルデと思った、実際そうであった。三十分前この花のベッドに足を踏み入れ――すぐにこっそりとまた茂みを閉ざした――がまたそれを開けた、ほてって眠る者の顔の上に忘れ去られた夢の涙が流れるのを見たからである――彼女の魂全体が今や優しく祝福する愛の眼差しとなった、彼女は朝の訪問の記念碑、花を手に置かずにはおれなかった――そしてこっそりと自分の部屋へ急いで戻った。

彼は明るい日中に急いで出て、贈り主に追いつこうとした、彼女の朝の贈り物［昔は新郎が新婦に贈った］は残念ながら傷める恐れがあって彼女同様胸に抱きしめることは出来なかった。野外で家路に就いた［ヘルンフート派の通常の墓碑銘］天国の夜のヘルンフート派の墓地の前に、休らう庭園の前に立ったとき、そして裸の刈り取られ踏みしだかれた舞踏の土間と、黙した小夜啼鳥の灌木、それに子供達が放牧されていた山が昨日の装いを失っているのを見たとき、何と彼の胸は締め付けられたことか。忘れられていた夢がまた現れて言った。今一度泣くがいい、君の人生の薔薇祭は今日終わる、そして楽園の四つの河の最後の河が数時間したらすっかり干上がるのだ、と。「素晴らしい日々よ」、とヴィクトルは言った、「君達は私が際限もなく柔和になり、無数の涙を流して別れるに値する」。――彼は厳しすぎる日中の光から紗の部屋に逃げ込み、明るい日中の前景を薄明かりの背景へと変え、昨日の月光で覆われるようにした。去った夜のこの喪服のヴェールの下で、貧しい心に今日最後の喜びを法外に、つまり彼の憧れを恵むことにした。彼は紗から出た、しかし夜の月光は野から消えなかった。一つの長い炎で我々に触れる青い空を見上げた、しかし冬の夜の隠された星が溢れる小さな光線を曇った魂に送ってきた。彼はこう言ったけれども、「これまで私の理性が山上の垂訓の半ばを述べていた氷山は喜びの熱気でもぐら塚となってしまった」、しかし付け加えた。「今日は何も求めない」。

彼は濡れた目をしてエマーヌエルの許に来た。エマーヌエルは言った、昨日の花の鎖の最初の部分、つまり一団を連れたイギリス人はすでに夜離れた、と。しかしエマーヌエルを長く見つめ、明日のことを考える程に——というのは明日彼も夜明け前にこの楽園の庭戸をこっそりと閉め後にするのであって、今日の午後は尼僧院長から、夕方は恋人から別れて、周知の天使の手紙を彼女が読むのを妨げないことにしていたからで——一層重苦しく彼の目は見開かれた、そして彼は自ら血を一杯流す心と共にむしろ野外に出て、盲人と共に歩いた、彼は何も察せず、何も見えず、彼の前ではいずれにせよ子供を相手にするように自分の内心をさらけ出せた。

しかしこの度はユーリウスは同じ柔和な状態にあった、朝ずっと天使が彼の薄明かりの魂の中で戯れ、翔るのが見えたからである。天使への憧れは彼の静かな心を脈打たせた、そしていつになく痛々しく言った。「見えさえすれば、せめて何かを、せめて僕の父か君を」。子供時代の埃を被った思い出が揺すぶられた。この雲上の時代からとりわけある日が、朝のように明るく、青く、歌声一杯に浮かんで来て、三人の姿を霧の床に運んで来た、ユーリウス自身と二人の子供達の姿で、彼らとは彼らがドイツへ船出する前に別れたのであった——彼は気付かずに涙を流していた、接吻やぶら下がり、呼びかけをしてくれていたヴィクトルに、自分を最も愛していていつも案内してくれる子供のそうした振る舞いを描いたのである。「思うに」と彼は続けた、「その声を聞きたいと僕の思う人は誰もこの良い子の顔をしていることだろう、君もね。一人っきりでこの姿を僕の闇の中で思い描き、暖かい滴を唇に感じ、憧れ微睡む歓喜に陥ると、唇から血がわき出るように思われ、僕の心が沸き立つ——でも僕の父は言っている、僕の目が突然明いたら、そして僕の天使や良い子や立派な人間を目にすることになったら、愛する余り僕は死んでしまうだろう、と」。——「ユーリウスよ、ユーリウスよ」（とヴィクトルは叫んだ）「君の心は何と高貴なのか。君がこれ程愛している良い子は直に僕の父が君の許に置くことだろう、その子は今の僕のように接吻し、愛し、抱きしめることだろう」。——

彼は彼を食事に連れ戻した。彼自身は午後まで空の下にいた、そして彼の心は蜂で一杯の樹の下、餌を与えている小鳥で一杯の茂みの横、この終わりつつある祝祭のこれまでの散歩、陽の当たる道の途上で静かな悲しみを湛えた——記憶の冬の眠りからすべての子供時代の時間が目覚め、彼の心の琴線に触れた、心は溶けた。——はるかに遠ざかった時がその合鐘《カリヨン》と共に鳴り響くとき、優しい魂からは大きな滴が落ちる、遠くの鐘の音がより間近に響くとき雨となるように。ヴィクトルよ、私は君のことを少しも悪く思わない——君は単に優しいのであって、軟弱なのではない——君の伝記作者は、心臓の堅い筋肉を弛緩させることもなく、君の柔和さを追記でき、君の読者がそれを追感できるように、同様に君もそうできる、苦い涙を搾り取るような男だけが、甘い涙を嘲って、自ら涙を流すことはない。

とうとうヴィクトルは最後の喜び、終焉庭園に行って、穏やかな涙と共に修道院のすべての女友達から別れた。奇妙な出来事でそれが少し延びた。エマーヌエルから離れて行くと、庭園から来たユーリウスに会ったが、彼は言った。「エマーヌエルに会いたかったら、庭園にいます」。——彼らは友人同士の諍いとなった、どちらもたった今彼と話したと主張したからである。ヴィクトルは彼と一緒にエマーヌエルの許に戻った、ここでユーリウスは師に彼と庭園で話したと称する会話の一言一句を話した。「例えばヴィクトルについて、クロティルデについて、彼の今日の別れについて、これまでの楽しい日々について」。

話す間にエマーヌエルの顔は、月光があふれるように輝いた——愛する子に庭園に自分が現れるのは有り得ないと説明しないで、その出現を受け入れ、うっとりとなって言った。「私は死ぬことになろう——それは私の亡くなった父だ——その声は私の声に似ている——彼は、私がこの世から去る前には、第二の世界からこの世界に来ることを臨終のとき私に約束した。——墓の彼方の者達よ、君達はまだ私のことを思ってくれている——父上よ、その致命的な輝きを帯びて私の前に出現し、その口許で私を溶かしてほしい」。——

彼は更に確信を深めた、ユーリウスがその上に語ったからである、その者は彼に天使の手紙を出させて、小さくつぶやいた後でまた返した、と。封はどうもなっていなかった。死のこの遠隔通信についてのエマーヌエルの喜ばしげな熱中はこれまでの健康が満足できるものでないことを示していた。ヴィクトルは決して師の崇高な迷妄に逆らわなかった。それで例えば、自分が有し、私が次の閏日に呈示しようと思う根拠を無邪気な妄想に対置しなかった。「夢と、肉体からの自我の自立から死後の将来の自立が結論付けられる——夢の中で内部のダイヤモンドは塵が払われる、そしてより美しい太陽から光を吸い込む」という妄想に。――ヴィクトルはそのことに驚いたが、別の理由からであった。ユーリウスは二人を話し合った場所、花の洞の暗い並木道に連れていった。誰もいなかった、何も出現しなかった。葉ずれの音はしたが、霊はささやいていなかった、至福の場所であったが、地上的な至福の場所であった。――

ヴィクトルは別の場所、修道院に行った。クロティルデはそこにはいず、庭園の錯綜した迷宮の中にいた、おそらくは天使の手紙の所有者、ユーリウスに朗読の機会を得やすくする為であった。彼は、丁度太陽が窓ガラスに燃えているときに、かの繊細な感動的な丁重さを有する善良な尼僧院長に別れを告げた、彼女の身分ではこの上ない熱意といえどもこの丁重さに制限されていた。上品な尼僧院長は彼に言った。「訪問は短いものでしたので、許しがたいのですが、ヴィクトルさんは自分の二人目の春の客（クロティルデ）にもっと長く滞在するよう説得なさったので、大目に見ましょう。この人も間もなく去るのですから」。――彼は感動し敬意を抱いて別れた。彼の優しい心は上品さと世間通のレースの仮面の背後にも粗野な革の硬皮の背後にも同様に他人の優しい心を感じとることが出来たからである。

勿論彼が庭園に急ぐと、彼の心の涙は一層高く、暖かく上がってきた――そして彼は太陽を見ながら昇ってくる月を抱かなければならないかのように思われて、考えた。「おまえの青白い魂が今日もっと明るく上に懸かるとき、おまえが一人で見下ろすとき、僕は僕の牧歌の世界から別れているか、別れるところだろう」。――そして下の小夜啼鳥の生け垣では彼のユーリウスが休んでいて、滂沱と涙を流していた――この夕方ずっと不思議な偶然がますます募っていたからである。――彼の許に駆け下りると、所謂天使の手紙が開封されて彼の手にあった、ヴィクトルは小声で言った。「ユーリウス、何故そんなに泣いているのだい」――「僕を」とユーリウスはとぎれとぎれに言った、「葉陰に連れていっておくれ」。――彼を紗の天幕の下に導いた。ユーリウスはその中で言った。「ここはいい、陽が熱くない」、そして右腕でヴィクトルを抱いて、手紙を私、腕を彼の心臓の所まで回して言った。「ねえ、陽が沈んだら教えておくれ、そしてもう一度天使の手紙を読んでおくれ」。

ヴィクトルは始めた。「クロティルデよ」――「誰宛かい」と彼は言った。――「僕宛さ」（ユーリウスは言った）

「クロティルデにもう読んで貰ったけど、彼女が泣いてよく分からなかった、それに僕も切なくて——辛くて死にそうだ、ジューリアよ、何故死ぬ前に言ってくれなかったのか。死んだ彼女が書いたものだ、読んでおくれ」。——彼は読んだ。

「クロティルデよ。

喪服のヴェールに私は私の赤い頬を隠します。私の秘密は私の心の内に隠されていて、心と共に墓石の下に置かれます。でも一年後には朽ちた心から出ていくことでしょう——そのときには永遠に、クロティルデよ、あなたの心の許に、——そして永遠に、ユーリウスよ、あなたの心の許に留まることになります——ユーリウスよ、しばしば黙した霊があなたの周りに現れて、あなたの天使と称しなかったでしょうか。それはあるとき、弔鐘の音が若い乙女に告げられたとき、白いヒアシンスをあなたの手に渡して言わなかったでしょうか、『天使がこのように白い花を摘みます』と。あるとき黙した霊はあなたの手を取って、それで涙をぬぐって、何故泣いているのか言えなかったのではないでしょうか。あるときは小声で言わなかったでしょうか、『ご機嫌よう、もう現れることはありません、天国に帰ります』と。この霊は私だったのです、ユーリウスよ。あなたを愛していました、死ぬまで。御覧なさい、ここ第二の世界の岸辺にいますが、その果てしない野に目を向けてはいず、没しつつも視線をあなたに戻していて、そして私の目はあなたを思い浮かべながら光を失います。——今あなたにすべてを話しました。——今や、慰めとなる死がやって来て、ゆっくりと白いヒアシンスを踏みつぶし、心臓を解体するがいい、ユーリウスに秘められた恋を見て貰えるように。——死んだ女性をあなたの魂に受け入れて下さるでしょうか。これを読んで貰ったら、泣いて下さるでしょうか。棺に覆われ沈められた塵の私がもはやあなたに触れられないとき、私の離れた魂魄はあなたの魂魄に愛されることでしょうか。——でもお願いです、忘れ難い方、この涙の手紙が読まれる日に、陽が沈んだら、私の墓までお出かけ下さい、そして古い塚がすでに崩したその下の色褪せた顔に、もはや鼓動することのない解けた心臓に、あなたをとても愛し、あなたの為に地下に眠る哀れな女性に、死者への供物を、あなたのフルートで私の好きな歌、『奥津城は深く静か』の音をお届け下さい。——クロティルデよ、小声で合わせて歌って下さい、あなたも墓へお出で願います。――哀れなジューリア、魂を奮い立たせて、今果てないようにしないと、墓地にいるユーリウスのことを考えているのだから。――あなたが死者への供物を届けるとき、私の魂魄はきっと高みにいて、この世から離れて一年が経ち、地球のことを忘れていることでしょう――でも、あなたが調べを墓地を越えてエリュシオンまで響かせになるとき、私は降りてきて、熱い涙を流し、両腕を広げて叫ぶことでしょう。そう、この永遠の中でなお彼を愛している――彼がこの世で無事でありますように、彼の優しい心が優しく長くこの下界に休らいますように、と。いえ、長くではありません。死する定めの方、不死の者達の許に上がって来て下さい、あなたの目が癒えて、あなたの為に死んだ女友達を目にすることが出来ますように。

ジューリア」[1]。

「僕は行こう」――とユーリウスは言った、詰まりながら、しかし顔をぴくつかせながら――「陽は沈んでいなくても、父に日没まで慰めて貰おう、墓に立って死者への供物を捧げるときに、心が余りに激しく動悸しないように」。――――読者よ、私が更に抱く苦悶については語らせないで欲しい――正午の前の朝の日時計のようにひんやりとした影の中にいるこの優しすぎるジューリアについても、彼女は鳩のように翼を雨と涙の中に広げているのだ――彼女の魂の姉妹についても語らせないで欲しい、彼女達は十代のときに死の骸骨を花で覆っていて、死の肢体を見ることが出来ない、そして白い腕を単に愛のミルテの枝の上に瀉血支柱の上に置くように置いて、静かに刺絡された血管の出血を見守っているのだ。――

ヴィクトルがこう考えたのでなければ、私はこのことは決して述べなかったことだろう、彼の心は果てしない苦悩と果てしない愛とで致命的に引き裂かれた。彼の誰にも代えがたいクロティルデがすでに、彼女の女友達に倣って、霜に撫子を置くように、大地に愛されない心を隠そうとする道をはるかに来ていたのではなかったか。

陽は一層低く沈み――月は一層高く昇った――ヴィクトルはクロティルデが聖女のように、天上的に具現した天使のように西の方に開かれた壁龕に休んでいるのを見た――小さな、昨日述べられた少女が新しい人形を持って彼女の膝で遊んでいた――彼女が天に漂うかのように思われた――彼女が大きな瞼を亡き女友達の涙から、その女友達の秘密はとうに察し、隠していたのであるが、今日の別れで涙を募らせることになる相手に向かって上げたとき、そして彼の顔も感動に溶けているのを見たとき、両者の中の同じ悲しみの思いが挨拶の最初の声をも押しつぶし、両者は顔をそらした、別れに泣いたからである。――「あなたは」（とクロティルデは言った、少なくとも落ち着いた声で）「ユーリウスと話したばかりでしょう」。――ヴィクトルは答えなかった、しかし目は肯っていた、そして彼の目はただ一層激しく涙し、まじまじと彼女を見つめた。彼女は目を伏せた、ジューリアの為に少し赤みを帯びていた。幼い子供は大きな涙の上に被さる瞼を眠いものと受け取って、人形から細い、干し草の詰められた枕を取り上げてクロティルデに用意して無邪気に言った。「この上に寝てお休みなさい」。彼女が答えたとき、彼女の友は身震いした。「今日はいいの、干し草の枕には死者だけが眠るのよ」。彼女の動く心臓の上で純白の竜田撫子《たつたなでしこ》が、その中心部には大きな暗赤色の点が血の滴のようにあったが、震えているのを見て、彼は身震いした。恐ろしい撫子は彼には百合に見えた、かつて迷信によればこれが牧師の内陣座席にあれば、牧師の死が予言されたものである。

　彼女は痛々しく視線を低い太陽と墓地とに向けた、墓地の奥に五月の太陽は人間のように沈んでいった。「眺めるのはおやめなさい」（と彼は言った、聞き入れられるとは思わなかったけれども）――「繊細な外皮は繊細な魂によって最も容易に毀されます。涙は毒です」。しかし彼女は答えた。「もう長いことそうではありません――以前には涙で眼窩が燃えて、頭が痺れたものです」。彼女の泣きぬれた日々の曇った景色を考えて彼の胸が締め付けられたとき、突然彼女の頬の陽光が消えた――彼女の目から涙がどっと溢れた――彼は振り向いた――向こうの墓地では覆われた女性の塚に目を覆われた者がくずおれていた――太陽はすでに没していた、しかしフルートはまだ鳴らず、苦痛はただ溜め息となって、音とならなかった。……やっと美しい盲人は痛みにおののきながら死者への供物へ起き上がり、そしてフルートの嘆きが堅い墓地から夕焼けへと昇った――三人の心は音色のように、四人目の没した心のように溶けた。しかしクロティルデは黙した嘆きから強引に身を放ち、死者への供物として小声で天上的な歌を歌った、それは故人が彼女に頼み、私が言いようもなく感動して記すものである。

奥津城は深く静か

その縁には身震いする。
それは黒い覆いで
未知の国を隠す。

小夜啼鳥の歌は
その懐に響かない。
友情の薔薇はただ
塚の苔に落ちるだけ。

残された花嫁はどんなに手を
揉み合わせてもむなしい。
孤児の嘆きは
墓地の深みには届かない。

でも憧れの安らぎが
住むところは他にはない。
ただ暗い門を通って
古里に帰るだけ。

ザーリス[2]よ、この「でも」には我々の吹き飛ばされた溜め息のすべてが、我々の乾いた涙のすべてがあって、高まる心臓をその根、血管から持ち上げて、そして心臓は死を欲する。

高貴な歌姫の声は憂愁に包まれた、しかし彼女はこの天の歌の最終節を歌った、痛ましさに圧倒されてより小さな声であったが。

哀れな心はこの世では
幾多の嵐に揺すぶられ、
まことの平和が得られるのは
もう脈打つことのないところだけ。



彼女の声は途切れた、目が光を失い、心が止まるように。……彼女の友は頭を木陰道の葉陰に隠した——地上の生のすべてが一つ嘆きのように過ぎ去った。——クロティルデの苦しい過去とクロティルデの辛い未来とが彼の眼前に浮かんで、暗闇の中で喪服のヴェールをこの天使にまとわせ、覆われたまま彼女を墓地の姉妹の所へ連れていった。……彼は別れることさえ忘れていた。……彼は自分の周りの大いなる情景を、自分の横のかがんだ女性を見つめる勇気がなかった。……

彼は幼女が去って、言うのが聞こえた。「もっと大きな枕を持って来よう」。

クロティルデは立ち上がって彼の手を握った——彼はまた大地の方を向いた——彼女は泣きぬれた、しかし愛情のこもった目で彼を見た、その目の滴はこの汚れた世界には余りに純なものであった。しかしこの大きな目には何かいわば不気味な疑問が見られた。「私どもの愛もこの世では虚しいのではないか」という疑問が。——そして彼女の脈打つ心臓は血斑の撫子を揺っていた。——月と宵の明星がひっそりと過去のように空にほのかに光っていた。

——ユーリウスは黙って悄然として、彼の砕けた楽園の塵の上に転がっていった塚に腕を広げて休んでいた。

小夜啼鳥はこのとき高い波のように夜に響いた　そこで彼は彼女に別れを告げることを思い出した。……

読者よ、精神を恍惚にまで昂揚させてはならない、恍惚は直に痙攣してこわばってしまう——しかし私は私の魂をそれにまで昂揚させる、楽園から出ていくときは楽園の門での致命的転落ですら美しいからである。

親密な小夜啼鳥の最初の呼び声に突然もっと高く、新たに舞い込んできた、厚い花越しにくぐもった小夜啼鳥が応えた、この鳥はずっと歌いながら飛び、今では花の洞から旋律的な憧れをかきたてていた。

別れを惜しみ、恐れていた二人は、茫然として、飛び移る小夜啼鳥の後をさまよい、至福の花の洞へ向かっていた。二人っきりであるのに気付いていなかった。彼らの心には神があったからである。彼らの目の前には蘇った霊で一杯の全き第二世界がほのかに輝いていた。やっとクロティルデが我に帰り、小夜啼鳥の前で向きを変えて、別れの悲しい合図をした。――ヴィクトルはこれまでの至福の島の岸辺に立っていた――すべてが、すべてが今や過ぎ去った――彼は立ち止まり、彼女の両手を取って、まだ彼女を苦痛の余り見つめられず、涙ながらにかがみ、起き上がって、小声で話した。「ご機嫌よう――それ以上は辛くて言えない――本当に、私よりもはるかにご機嫌よう――そんなにいつものように泣かないで、遠くに行ってもらっては困るから――そのときには私も行く」。――もっと声高に荘重に彼は続けた、「もう私どもは離れることが出来ないのですから――ここ永遠の下私の心を差し上げます――あなたのことを忘れたら、二つの世界につながる痛みが私の心を潰せばいいのです」。……（もっと小声で、ねんごろに）「明日は泣かないで、安らぎが得られますように」。――変容した男性が変容した女性に対するように彼はおずおずと彼女の聖なる口許にかがみ、漂う魂が互いに遠くから翼を広げて震えながら向かい合う秘かな敬虔な接吻をして、かすかに触れ、溶けて退く唇から彼女の純な愛の封印を、彼のこれまでの楽園の反復を、彼女の心を、そして彼のすべてを受け取った――――

――しかしここで、運命の雷鳴はあまりに厳しすぎるという比較的穏やかな魂よ、目を、突然静かな楽園をよぎる大きな黄色い稲妻から転ずるがいい。――

＊

「ならず者め」――とフラーミンが飛び出してきて叫んだ、彼は火花を散らす目をし、頬は雪のように白く、鬣のように巻き毛を垂らし、両手に二丁の懐中ピストルを持っていた――「受け取るがいい、血を見ずにおくものか」そして彼に銃を押し付けた――ヴィクトルはクロティルデを退かしていった、「あなたに罪はありません、これ以上苦しむことはありません」。――フラーミンは新たに燃え上がって叫んだ。「血だ、裏切り者、取って射るがいい」。

マチューは彼の右腕をつかんで引き止めた、しかし左腕は震えながらヴィクトルに銃を押し付けた。――ヴィクトルはそれを奪った、銃口がクロティルデの周りに揺れていたからである。「あなたは私の兄なのです」、と責め苛まれた彼女は叫んだ、死の不安からただ死から失神へと苦しみが移って。――フラーミンは両腕で皆を自分から投げ飛ばして、憎々しげに小声で伸ばして、怒りに疲れて言った。「血を、死を」。――クロティルデはくずおれた――ヴィクトルは彼女を見て、彼に話した。「発砲するがいい、ここに僕の命がある」。――フラーミンは大声で叫んだ。「そちらからだ」――ヴィクトルは射た、腕を高く上げて、空を射た、砕けた梢が弾に当たって落ちてきた。――クロティルデは目覚めた――エマーヌエルが飛んできて――彼の弟子の心臓に身を投げた――数年来はじめて情熱に引き裂かれた彼の胸から長患いの血が溢れた――フラーミンは昂然と自分のピストルを投げ捨て、マチューに言った。「行こう、何の甲斐もない」そして彼と共に去った。

クロティルデはエマーヌエルの血が自分の恋人の衣服に付いているのを見たとき、彼が当たったものと思い、血にハンカチを置いて言った、「私の所為でこんなことになって」。――エマーヌエルはその血の中で再び息した、誰も更に話さず、考えず、誰もが慰めの言葉を恐れた、致命的に砕かれた心は互いに痛みにひきつって別れた。「ならず者」という憎々しげな言葉が思い出される度に肺腑をえぐられる思いのするヴィクトルだけはなお妹に対して言った。「もう彼のことは愛していない、でも彼は私どもより不幸だ、彼はすべてを失って、有するのは一人の悪魔だけだ」。

マチューのことであった。マチューは今日エマーヌエルの声を真似た、これはユーリウスと話したもので、ダホールが自分の父の声と思ったものである、そして後に、ヴィクトルが後を付けた小夜啼鳥を真似て、参事官に自分の目と耳とでクロティルデに対するヴィクトルの愛を納得させたのである。

ヴィクトルは虚弱な師をインド風な小屋に連れていった。彼は今多くの溶けるような日々の後この雷雨で神経が冷やされ鍛えられるのを感じた。魂の痛みと犠牲は彼の血を、より狭い障害の多い道が流れをそうするように、より速く、より激しくした、そしてクロティルデへの愛は自分が今や彼女に全く相応しいと考えると、一層男性的に一層大胆になった。高邁さと温厚さの他にはこれらの同盟ほどに素晴らしいものはない。

エマーヌエルはただ疲れていて、夕方が鬱陶しく皆を包んでいたので、ヴィクトルと一緒に彼の家の草のベンチに腰掛けて、痙攣する胸を垂直に保った、穏やかな喜びが血が滴り落ちる度に彼の表情に輝いた、それぞれが彼の死の希望への赤い印章であったからである。しかしヴィクトルがこの善良な男の疲れた頭を胸に抱き、そこでうた寝をさせていると、また静かな晩辛くなって、そして彼の心がまず彼を苦しめた。彼は孤独に考えた、向こうでは如何に熱い剣が罪もなく血を流す魂に対してさっと抜かれることだろうか、と——彼は、いまや二音節の両刃のフラーミンの怒りの言葉が彼らの友情のすべての絆を断ち切るのを感じた——彼は美しい日々の彼の傍らに花咲く劇場が荒れ果て、歓喜が吹き飛ばされるのを思い描いた、歓喜はただ蝶のように遠くに弧を描いて戯れるだけであるが、傷心の神経虫は深く我々の神経に噛みつくのである。遂に彼は泣きながら、微睡む父に寄り掛かって、こっそりと抱き、言った。「友情も愛もなくなればこの世に堪えられない」。——そしてようやく彼の千々に乱れ、枯れた魂も重苦しい肉体から厚い眠りへと押され、導かれていった。

＊

読者よ、マイエンタールの最後の瞬間は最も偉大な瞬間である——戦慄して魂を目覚めさせ、墓地に高い山に登るように登って、別世界を見渡し給え。

真夜中、空想が覆われた死者を棺から引き出し、周りの夜に死者を立たせ、第二世界から見知らぬ霊を吹き寄せるとき、——丁度アメリカから正体不明の死体が旧世界の海岸に漂着し、新世界を知らせたように、——この丑三つ時、ヴィクトルは目を開けた、しかし言いようもなく快活に。忘れた夢が今日過ぎた事をそのすべての騒音、群雲と共に遠くに沈めていた。——明るい月が上の青い闇に懸かっていた、それは別世界の光の流れが我々の世界に侵入し、エーテルの香気を放って沈下してくる銀色の割れ目、泉のように明るい河口のようであった。——「なんとすべてが静かで明るいのだろう」とヴィクトルは言った。「この薄明かりの景色は私の夢の名残ではないか、これは神のこの世ならぬ町の魔法の郊外ではないか」。——通り過ぎる声が言った、「死だ、わしはもう埋葬されている」。

エマーヌエルはその声で目を明け、林を抜けて村の上にある墓地に視線を送り、全身を震わせて言った。「ホーリオン、起きなさい、ジューリアが永遠の世界を離れて、墓の上に立っている」。──ヴィクトルは熱に浮かされたように見上げた。刺すような氷の戦慄に襲われて生命のすべての暖かい考えと神経とは固く強張った、上の墓に白いヴェールをつけた霊が休んでいるのが見えたのである。エマーヌエルはすっくと立ち、彼の弟子を起こして言った。「霊の劇場へ行こう。死んだ彼女が私の魂を摑み、連れて行くかもしれない」。……ぞっとするほどに道の一帯は静まり返っていた。……人間は床から唖の下僕のように、給仕の機械のように起き上がり、空になるとまた沈む。……人類は飛び過ぎる夏［浮遊する蜘蛛の糸］のように陽光の中を移ろい、露に濡れた織物はひらひらと二つの世界に懸かり、夜中には消える。……このように二人は死者の許への巡礼の途次考えた、二人は自らの重い肉体化に驚き、自分達の足音に驚いた。──エマーヌエルは、今跪いているヴェールをつけた人影に視線を送った。彼は、彼女が彼の考えを聞き取り、月光の中を彼の心まで飛んでくると考えた。……

二人の人間の胸は二つの墓石の下にあるかのように上下した、彼らは草の生い茂る長い階段を墓地まで登り、風化し洗われた復活者達の描かれた重い門に触れ、それを開けた。永遠から、霊界の門から大きな雲が除かれたとき、暖かい現世の血は凍り、柔らかい脳は一つの恐怖像に凝固した。エマーヌエルは死者の舞台で我を忘れたかのように叫んだ。「身の毛のよだつ霊よ、私も同じように霊だ、御身も神の下にいる、私を殺す気なら、驚かさずに、人影で砕かずに、殺しておくれ、人々のように微笑んで、静かに私の心をねじ切っておくれ」。──そのときヴェールに包まれた人影は起き上がってやって来た──エマーヌエルは荒々しく友人を摑み、友人の顔に隠れ、くっついて言った。「君の許で、君の暖かい心の許で死のう──一緒に冷たくなるというのでなければ、達者で、おや、連れていっておくれ」。……

「おや、クロティルデ」──とヴィクトルは言った。彼女が霊だったのである。彼女は霊界のように黙していた、詣でた死者のことがまだ心に懸かっていたからである。しかし彼女はそこからの霊のように偉大であった。月のエーテルのような光の霧、死者の上に立っていること、永遠への視線、崇高な夜、悲しみが彼女の魂を高めたからである、彼女が泣いていることはほとんど忘れられていた。──エマーヌエルは彼の翼をその情景の上に広げて崇高に墓地を見渡していた。「ここではなんとすべてが眠り、大きな緑の臨終の床に休んでいることか。私もそこに寝たい――今何も話さなかったか――人間の考えは霊の言葉だ――私どもは薄明の大気圏に忍び込む夜鳥、目覚めたこれらの洞に落ちる黙した夢遊病者だ。――御身死者達よ、そんなに黙して散らないでおくれ、御身霊達よ、埋葬された心臓から移りながら、そんなに透明に舞わないでおくれ――人間はこの世で儚く、灰、玩具、靄ということになろう、自分がそうだと感じないのならば――――神よ、こう感ずることこそ私どもの不滅の証です」。――――クロティルデは、この破滅的感激から彼を静めようとして、彼の手を握って言った。「ご機嫌よう、尊い方、今日お別れします、明日マイエンタールを出ますので――ご無事で――再会の日までご無事で。あなたの偉大さを忘れることはありません、でもまた直にお会いします」。……彼の予告された死について考えることの憂い、永遠の別れへの恐れで他の言葉を言えなかった、彼女はもっと話したかったし、もっと暖かく感謝を述べたかったのである。エマーヌエルは言った。「もう会えないよ、クロティルデ。四週間したら私は死ぬのだ」。――「神様、いやです」とクロティルデは極めて情愛のこもった熱い調子で言った。――「エマーヌエル」とヴィクトルは言った、「辛い女性を辛くさせないで。しっかりなさい、クロティルデ。私どもの友はきっと残ります」。――ここでエマーヌエルは目を空に上げて、ある世界を宿した眼差しで言った。「永遠の者よ、私をこれまで欺くことがあったろうか。いや夏至の日には御身の星々が私を連れ去り、御身の地球は私の心を冷やすのだ。――クロティルデよ、天の魂よ、あなたの美しい頬とこの世での姿を見るのはだから今日がきっと最後だ――あなたを祝福し、あなたに別れを述べるけれども、気が進まず悲しい、あなたのいないところで何日もまだ過ごさなければならないのだから。穏やかな風に吹かれて生きていくがいい、心を高く大地の色とりどりの靄の上に、その雷雲の上に保つがいい――聞いてないね激しく泣いて、神様が慰めを下さいますように、もっと楽しく別れよう――私がこの世から去っても、あなたの友が残っている」。――ここでヴィクトルは泣いて揺れている女性の手を握った、彼女は涙を拭って、今一度師を見て、心に留めようとしたが出来なかった、そのときヴィクトルは思わず叫んだ。「ジューリアよ、亡き人よ、今友の嘆きを和らげて欲しい、心が破れないようにして欲しい」。それでエマーヌエルが言った、言いようもなく優しく二人を見つめながら。「私が父親のように君達を祝福しよう、聖なるカップルよ。決して互いに離れたり、忘れたりしてはいけない。——朽ちた棺のほの白い腐敗の上のここの聖なる霊達よ、この二人の心に平和と幸福を与え給え、私がいつか死んだら、君達の魂の周りに漂い、それらを静めよう。御身の星の下の御身永遠の者よ、この二人の人間を私同様に幸せになし給わんことを。何も、この世では生命の他は何も奪い給わぬことを、お休み、クロティルデ」。……

——聖霊降臨祭の日々は過ぎた。——

善き運命よ、御身に私は感謝する、嬉しいことにこのような束の間の黄金時代の色合いを付けるという健康を私に恵まれたことを、私の弱々しく、不規則に脈打つ心は、このような歓喜を写すには、値しないのだから。——そして親愛なる読者よ、降臨祭が君の人生の何らかの火災の日曜日、拷問の週を甘美なものにしたことを願ってやまない。

第三小冊子の終わり

# 第四小冊子

# 第四の序言

## あるいは私の気に入らないあれこれの批評に対する強引な反批評

上手な長編作家はインクや印刷用黒インクから新しい恐るべき暴君を創って、彼にイタリアかオリエントで王位を与え——それから（自分達の描いた形姿から逃げる子供達とは違って）大胆に、描かれた王位の残虐者の前に進み、面と向かって極めて素晴らしくまた不敵な真実を述べ、自由な男であると明かす、これは多分に卑屈な参審裁判官にはその領主の前で真似できないことである。このような無鉄砲者はしばしば私に二人の小学校新入生を思い出させる、ホーフのハーバー路地の門を通りかかったときのことで、門にはライオンが描かれていて、体と鬣を踊らせ、尻尾と舌を巻き、持ち上げていた。この新入生の一人が私が通り過ぎるとき相手に言った。「ほれ、この尻尾を摑んだよ、全然恐くない」。しかしもう一人の新入生は、はるかに勇敢だと考え、冷静に隅石に登り、言った。「負けるものか、こっちは口の中にはいるぞ」。——

同じように大胆に、しばしば作家は紙上で、上述の残酷な百獣の王の他に、批判的の猫族にも襲いかかる——猫族はリンネによるとライオンの王の家系につながる——そして裁判官席が描かれた王座であるかのようにその席を冷静に大胆に揺さぶり、一般に新聞を自分の序言で叱り、倒す。これは力のある作家には出来る。私自身この点では劣らず勇猛であるかもしれず、次のような批評猫をありありと思い描いて、自由に屈託なく因縁をつけ、勇気の何たるかを示したい。

まず、私は二つの閏日を、第四十と第四十四の犬の郵便日の後に書く義務があると私に批判するであろう批評家はこの第二版を読まなかったのに相違ないのである。私が増補した二つの序言、第一の序言とこの序言は、分別のある人には誰にでも真の閏日なのである。

第二に私の批評家は（将来）私の手法［マニール］を私が大目に見ていることをぼろくそに言うことだろう。しかし今哲学者に（つまり私に）耳を傾けて欲しい。手法とはそれ自体次のことに他ならない。審美的理想や積分は、どれもがそうであるように、無限の力によってのみ捉えられる、しかし我々の有限な力では絶えずより近くに進むことは出来ても、決して近くには来れない。手法はそれ故、哲学者が考えるように、無限性の有限な鏡であり、あるいは関係の表現であり、そこでは何らかの既存の風奏琴のそれぞれの音律や弦の数が無限の天体の音楽の総譜と関連し、それに合わせて鳴るのである。人間的諸力の織物はどれも一つの手法を生み出すにすぎない、より高い霊達はホメロスやゲーテに少なくとも人間らしい手法を見いだすことであろう。いや、より高い天使の位階制はより低い位階制をわざとらしい［マニリールト］と思うだろう、熾天使は村の天使をそう思うだろう。私は決して普通の天使ではないし――いわんや熾天使ではないので――私を評価するであろう批評家とは別な批評家は、早速はじめから、私が手法を有することを前提としていることだろう。――私は明らかに手法を有する。――しかしまだ言うべきことがある。我々の諸力の程度、関係は年々変わるので――同時にその諸力、収穫も、手法も変わるので、――残念ながら普通五十歳のときの手法が二十五歳のときの手法の校正者と勝手に称する。あるいはむしろ、二つの結婚の子供達の不均一な相続権契約となり、この場合両者が失う。このように同時に最後部にして最前部というのは、ヴィンケルマンの芸術時代のギリシアの彫像を別の時代の彫像に従ってつついたり、研いたりしようとすることよりも、もっと厭わしいことである。純粋な流体の作品を君の現在の形式にむしろ注ぎ給え、鋳造され硬化した作品を中に押し込んではいけない。――たとえ私が将来より賢明になって変わるとしても、老齢を青年に接ぎ木することはないであろう。

人間は宇宙のコンサート場で自らを、ソロ演奏者としてではなくても、一つの楽器と見なす――唯一の音色とは見なさないで――丁度侯爵が自らをオベロンホルンとか追い猟ホルンと見なし――詩人がシャルマイと――著者が筆写楽器と[*1]――教皇がパイプオルガンと――美人がベステルマイヤーの携帯鋼ハーモニカあるいは鶉笛と――私の批評家は調律笛と――そして私自身はメルツェル(1)のおおきな汎ハーモニコンと見なすように。しかし我々は皆単に音色にすぎず、ポチョムキン[2]のオーケストラで六十の金管のフルートのそれぞれが唯一の音色を出すようなものである。それ故私はどの個人についても、どの手法についても、人となりの教会音楽の新たな半音について喜ぶように喜ぶ。

第三に、私の将来の批評家が罪深い非難の題材に窮していることがよく分かるのは——将来において——次のような明らかな詰まらぬ些事にこだわるしかないという点に他ならない、つまり例えば私がこのような序言を添えたとか、小品を四分冊にして、この四分冊目で以前の所有者、本の虫に古い版の全紙の虫[*2]を全く不要なものにしてしまったということである。このようなスパルタの執政官エメレペス[3]が私から四番目の最高の弦を、これを私は上がる五度で一杯の私のヴァイオリンに張るのだが、奪おうとするときのかような見本、御託から好意ある読者は批評の全体がいかなるものとなろうか察して欲しい。私は続けるのが恥ずかしい。

第四に、著者が序言で自分自身はほとんど信じていない軽い非を自ら認めると、すると批評家はこの非を承認して倍増するのがどこでも見られる、ローマ人が上手く自殺出来なかった自殺者を後に正式に処刑したようなものである。気の利いた著者がこのことを別様にして、前もって自ら讃えると——それも見せかけの賞賛ではなく讃えると——これは全く承認されず、いわんや倍増されることはない。序言など悪魔が書けばいいのである。

しかし悪魔は単に批評家であるように見え、抜け目ない客というよりは粗野な客に見える。多くの本当に目立つ無礼を私はしかし私の将来の批評家には大目に見ることにする、がフランスあるいはイギリスの批評家には何も許さない、この者は人扱いを心得ているからである。——私自身批評家には反批評で格別丁寧に対応せず、農夫がより高い稲妻に対するようには、その稲妻に対して帽子を取ることをしない。裁判官達は特別批評の後ではいずれにせよ被告人にやあ君と話すものである。穏やかな（批判的な）冬はそれに関係する者の体によくない。ちなみに私は有名になって月桂樹を戴く日だけをうかがっている。そうなったら今月桂樹を被っている他の同時代人同様に、非難されることに我慢できなくなるだろう。そしてあえて非難するものはほとんどいなくなるだろう、丁度月桂樹油を塗られた絵には蝿が落ちないように。

第五に、そして最後に。亡き女流作家のエーアマンは弁護士のエーアマン[4]と、彼女が彼女の作品の一つをシュトラースブルク新聞で拍手喝采して受け入れ紹介批評したとき、その批評の所為で結婚したことは良く知られている。ある新聞の編集者が秘かに画策して、彼の同僚の女性がヘスペルス（あるいは金星）の第二版を、初版がその魅力の所為で一般的に得ている喝采でもって受け入れ、紹介するようにし、そして私には単に批評家の性別についてほのめかすだけにするならば――その際批評家がまだ批評する最良の花盛りの年齢で、宵の明星、金星の炎をまだ容易に感じ、知らせ、好意的に批評できるよう注意されなければならないが、これは自然界でも生木だけが電気的炎の導体であって枯れた木は導体ではないだけに一層大事であり、編集者がこうしたことすべてに気を遣い、片付けてくれるならば、この反批評の著者は自らの署名と共に、その同僚女性を批評を受け取った後早速待ち受け、この女性と通常の儀式を挙げて結婚する責を引き受けよう。

フォークトラントのホーフにて、一七九七年六月八日

ジャン・パウル・Fr・リヒター

＊1　出す音色のすべてが書き留められるピアノはこう呼ばれる。
＊2　どの全紙でも下の方に短縮されて現れる本のタイトルはこう呼ばれる。

# 第九の閏日

## 器官に対する自我の関係についてのヴィクトルの論文

ヴィクトルは哲学にも詩文にも趣味を専らにするのは反対であった。どのような体系にも——エピファニウス[1]やヴァルヒ[2]の異端者でさえ——真理の姿は、動物界でも人間の姿が、ますます大胆な筆致になっているが、刻印されているように型に取られている。ナンセンスなことを言っても、本来ナンセンスを信じられる人はいない。まさに首尾一貫した体系も、感情の微小な愛好がなければ、はるかにばらばらになるというのは奇妙なことである。体系は、情熱同様に、ただ焦点距離を取ったときにのみ対象に最も明るい光明を投げかける。——例えば自己抑制の偉大な理論は何となさけないことにキリスト教から禁欲主義それから神秘主義——それから隠遁主義へと移ることか、そして流れはついには諦観仏教主義へと伸びてしみ込む、ライン川が砂にしみ込むように——カント[*1]の理論はすべての首尾一貫した体系同様にこの砂への埋没を有し、また首尾一貫しない体系同様にかの感情の愛好を有していて、これが乾きつつある支流を再びさわやかな泉に導く。互いに二律背反してかきむしり、殴り合っている純粋理性の両手を実践理性は平和にまとめて、合掌させて心に当て、言う。ここに一つの神、一つの自我、一つの不滅があると。

ヴィクトルは前もって自分の魂を偉大な自然によって、あるいは詩人によって実らせ、それからはじめて体系の出現を期待した。彼は真理を飛行によって、眺望によって、鳥瞰によって見いだした（考え出したのではない）、自然の本の一音節から次の音節へと押し入り、顕微鏡的に観察し、三段論法的に這い回ったのではない、こうしてもその単語は得ても単語の意味は得られない。かのように這い、触ることは、と彼は言った、真理を見いだすことではなく、真理を吟味し、証明することである、と。この為にはいつもベル［Bayle］に授業して貰った。真理を見いだすよりも吟味するには明察あるいはベルに勝る教師はないからである、ベルは真理の貨幣検査官であるが、その鉱夫ではない。

## 論文

ゲッティンゲンで論文を書けば、節に分けてもっと根本的に書けるであろう、フラクセンフィンゲン人の邪魔が入らないのだから。しかし論文はここで書かれなければならない、そうして私は、私の精神を私の肉体に変えようと欲する青年貴族達に対して自ら保護者、弁護士とならなければならない。

脳と神経は我々の自我の真の肉体である。他の縁取りはかの体の体、かの繊細な髄に養分を与え保護する樹皮にすぎない。――世のすべての変化は我々にはかの髄の変化としてのみ現れるので、髄球、鉛弾はその動きと共に魂の本来の地球である。逆の神経樹は張れた胎児の脳から、やはりよく似た種からのように芽生えて、脊髄幹としての感覚の大枝を上って、馬の尻尾の分岐した梢に至る。この髄の植物は血管樹に食い尽くす寄生植物のように接ぎ木されている。そしてどの小枝もより小さな樹であるように、神経節は――すべては機知による類似ではなく、自然の類似であって――小さな第四の脳室である。神経の端は完成されて網膜に、シュナイダーの鼻粘膜に、味蕾その他に花咲く。それ故例えば視神経の継続で見えるのではなく、その繊細な花糸のようにほぐれた繊維で見えるのである。というのは網膜上の大きな揺れる画廊というものは神経精神の動き（あるいは何と呼ぼうと――結局は動きということになるから）によって脳に戻ることは不可能であるからで、かつまた二つの目の二つの画廊は視神経の二つの先端を通って進み、その柄で一つにまとまらなければならないのである。

それ故目や耳等での像は、何がしかの役に立つ為には、前もって神経の先端で感受されなければならない――一言で言えば、魂を第四脳室の牢獄に、つまりこの塊茎植物の孔に閉じ込めることは、私のように生気ある自我を花に仮定する者が、それを湿気のある種という階下部分にくっつけることよりも馬鹿げていよう。むしろ私は魂を感覚の最も繊細の蜜壺、目に、より鈍感な脳によりは置きたいと思うが、そもそも魂は木の精のように、この動物植物の神経枝に住み、それを暖め、活気づけると信じているので、そうはしない。結紮されたあるいは断ち切られた神経はもはや感受を伝えなくなるが、これは魂との、その住まいの脳室との関係が切れた所為ではなく、神経の養分の生気が断たれたからである。神経はすべてのより繊細な組織同様に持続的な栄養の補給を必要としていて、心臓発作や卒中で結滞するとたちまちすべてのその力を失うのである。

更に話しを進め、――二つの誤謬を論駁する為に――前もって述べておく。器官は感受するのではなく、感受されるのである。第二に器官はそもそもあらゆる感受の条件ではなく、単にある特定の感受の条件にすぎない。

後のことからまず述べる。器官は（つまりその変化は）、その変化を器官が魂に伝える何らかの粗野な対象同様に物体であるが、しかし精神的実体により直接に、第二の器官を経ずに感受される。それですべての物質的実体は精神的実体によって神経同様に感受されることになる。肉体化されてない魂というものは、魂は離脱した肉体の場合にはすべての物質界をより鈍重な肉体として担うことになることからして不可能となる。

私の最初の主張は、感受しつつある組織というべきではなく感受された組織というべきであるというものであった。神経は対象を感受せず、ただ対象が感受される所を変えるだけである、その変化、及び脳の変化は感受の対象にすぎず、感受の道具とか感受そのものとはいえない。しかし何故か。

一つ以上の理由が考えられる。物体は運動が出来るにすぎない、運動とは勿論上述の関連の見せかけ、単純な部分へ隠された諸力の結果にすぎないけれども。弦、空気、耳小骨、聴神経は震える。しかしこれらが震えるからといって音の感受の説明にならないのは、魂が弦につながっていて、弦が震えても説明にならないのと等しい。それで目や脳にいくら絵があってもこれらが見えることにはならないし、説明とならない。それとも感覚とは絵で一杯の鏡であるから、精神的目というものはなくて済むし、置き換えられるのであろうか。神経の変化というものは、それが気付かれるには第二の実体の中での二つ目の変化を前提としているのであろうか。それともこの実体の中で再びある運動は運動を思い描くのであろうか。

これは脳のことを考えさせる。この最も大きく最も粗い神経は――他のすべての神経の共鳴板は――魂に、他の神経から持ち込まれる絵の影絵を示す。全体に、思うに、脳はむしろ筋肉神経に対して、魂の手に集まる肢体の手綱に対して、そもそもすべてに対してむしろ養分の根として働いていて、絵を描く魂のコンパスとして働くことは少ない。我々の大抵の表象は下塗りの視覚像に描かれるので、多分に我々は脳よりも視神経で考えているものと思われる。何故ボネは深い思索は目を、鋭い観察は脳を疲れさせると気付いたのか。何故ある種の不節制は記憶力と同時に目を鈍らせるのか。病人や、暗闇の中で自分が熱烈に考えるものを見たカルダーノのような活発な人間の目の外部で舞う熱に浮かされた映像は私の推測から説明される。

脳については二つの誤謬がある。しかしただ一つの誤謬からは天が私の友人達をお守り下さいますように。もう一つの誤謬からはライマールス(3)が守ってくれるからで、彼は、脳を震える繊維を持った風奏琴ではないし、押し込まれた絵を持つ暗い部屋でもないし、精神が回して、自分の観念を演奏しようとするときのそれぞれの観念の為の釘を持った手回しオルガンでもないことを正しく証明した。脳と精神との前もっての調和とか両者の伴奏がこのように決して明らかなものではないのであれば、両者が同一のものであるとは全くいえない。まさにこの誤謬から先に述べた天は私の友人達を守って欲しいものである。物質主義者はまずライマールスが無効としたものをすべて挙げなければならない。彼は脳の粥に七十年間の数百万の絵画陳列室を石化して、それをまた映像機のように動かせて、混じったカルタの絵を瞬間毎に分配しなければならない。この生気ある踊る絵が列を組むように配慮しなければならない。そしてここでやっと彼の苦境が始まるのである。というのは、絵が自らを見、考えが自らを考え、それぞれの表象が他のすべての表象を、自我ですら、モナドが万有をそうするように、暗く写し、それでそれぞれの観念が魂の全体であるということを我々が認めても、——彼は（と我々は言う）まずこの果てしない須臾の観念軍を指揮し、供する大元帥を創造しなければならないのであり、観念の本を未知の原稿によって植字し、夢、熱病、情熱がすべての活字ケースをごちゃごちゃにしたら、すべての活字をまたアルファベット順に並べる植字工を創り出さなければならないのである。この規則だてる部隊、力を——これなくしてはミクロコスモス及びマクロコスモスの均整も表象世界及び現実世界の均整も説明しがたいのであるが——我々はまさに精神と呼んでいる。勿論この未知の力では観念の発生も結果も媒介されないし、説明されない。しかし物質という既知の力、原動力では説明がつかないばかりでなく、不可能である。物質主義者が運動から表象を説明するよりも容易にライプニッツは暗い表象から運動を説明している。ライプニッツでは運動は単に見せかけで、第二の観察する実体の中にのみ存する、が物質主義者では表象が見せかけであり、表象は第二の――表象する実体に存することになろう。

私はしばしば、立派に観察しながら惨めな結論を下す世の紳士達と喧嘩してきた、彼らは魂が肉体に依存しているほんの些細なことから、――例えば、年齢とか酩酊等において――魂を肉体の単なる伴奏とするのである。いや、どのようなダンス教師であれ、次のように結論付けるほど馬鹿ではないとまで言ったものである。「鉛の靴では無様に、木の靴ではより敏捷に、絹の靴では最も上手に踊るので、靴は特別なばねで跳ね上げてくれることが分かる。鉛の靴ではほとんど跳べないので、裸足だったら一つのステップも踏めないことだろう」。魂はダンス教師であり、肉体は靴である。

肉体から肉体への影響もモナドからモナドへの影響も我々には分からない。それ故器官から自我への影響は更に分からない。肉体と魂の間の結束、夫婦共産制はいつも同じであるか、他の者達がより小さいと推測するときにせいぜいより大きいものであるということは分かっている。というのは、最も深い洞察、最も聖なる感受性、空想の最も高い飛翔はまさに肉体の蠟製の飛行装置を最も必要としていて、その後の肉体の疲れが証する通りであるからである。観念の対象が非肉体的になればなるほど、一層肉体的な手仕事夫役、畜耕夫役がそれをしっかり持つ為に必要となり、せいぜい愚かな官能のとき、精神的弛緩のとき、暗い痴愚のときに肉体からの解放のときを考えることになろう。芽を出す豊饒な肉体の衝動を抑えるときの倫理的力でさえも、肉体的な鉄梃、工具と共に働いている。そして魂はここでは単に脳を胃に対して差し向けるだけである。その上にこのような解放や連鎖の境界や障害もその原因同様に挙げることが出来ない。何人かの者が主張するようには、夢の中で魂の絆がより緩やかにより長くなると考えることはなおさら出来ない。眠りは神経の休養であって、体全体の休養ではない。不随意筋、胃、心臓はそのときも働き続ける、目覚めて横になっているときよりはるかに働きが少ないということはない。ただ神経と脳だけが、つまり思考と感受だけが止まる。それ故うたた寝すると騎行して進む人間はさわやかになる、彼らは神経を休めるだけである。それ故休むたびに疲れる神経衰弱者は、夢のない眠りで元気付く。ちなみに、正と負の神経の電気を仮定する解体の理論なしには眠りの流星は説明不能であろう――例えば、そのときには、何故阿片、ワイン、操作、獣性、幼年期、多血症、滋養食、匂いに限っては眠りを促すのに、他方拷問、疲労、高齢、節度、脳圧迫、冬、失血、恐怖、恨み、粘液質、脂、精神的弛緩は興奮させるのか分からなくなる。―― ――せいぜい神経体が休む深い眠りにおいては、魂が地上的なものと離れていると考えることが出来よう。夢の中ではこれに対しより密接に鎖でつながっている、夢は、夢同様に五つの感覚の門を閉ざす深い思考と同じく眠りではないからである。それ故に夢は神経を消耗させる、その内的過度の緊張にはかの外的な印象が更に加わることになる。それ故に朝は脳と夢に同じ活気を与える。それ故に眠る動物には――雌のおとなしい犬を除いて――不健康な夢見がない。それ故にすでにアリストテレスが尋常でない夢を看護人のさきがけと見なしている。それ故に私は今や十分に夢を見、読者は十分に眠った。――

＊1　実践理性による教導。

# 第三十七の犬の郵便日

宮廷での情愛をこめて「アモローソ」――結婚式の仮協定――宮廷的背かがみの擁護

かの大いなる夜の過ぎた朝ヴィクトルは美しい日々のこの聖化された墓地から涙を隠さずに別れた。彼はしばしば彼のパルミラ(1)のこの廃墟を振り返った、遂に防火壁としての山の背しか見えなくなった。「四週間後にまた戻ってきたら」と彼は考えた、「死の天使がエマーヌエルをどのように祭壇に運び、祭刀の下に置くかを見守ることになるだけだ」。彼は、この幕屋祭が一人の友人の死によって如何に高く購われているか、如何に友人はこのような代償なしには痛手を同じ程にこうむることになるか、嘆じた。彼は恐ろしい言葉「ならず者」が永遠の岩壁として彼らの引き裂かれた魂の間に割り込んでくるのを感じたからである。彼は昔の友を赦免する事柄を好んで思い描いたけれども、特に、彼がクロティルデに永遠の愛を誓ったときのマチューによる扇動とフラーミンの傾聴とを思い描いたけれども、いや福音史家は哀れなフラーミンに特殊な（薬店主の考え出した）愛の動機、愛する対象を通じて侯爵の寵愛を確固としたものにするという動機をはるか背景に描いて見せたとまで考えたけれども、——しかし彼の感情は絶えず彼に告げた。「信じ込むなんて。——君が」（と彼は町を見て感動して言った）「弾丸とか他の侮辱で僕を射抜いていたら、君を容易に赦せたのだが。——しかしこの毒のある言葉に噛まれ続けては」。——彼の言う通りである。名誉毀損は、他人が正当さを全く確信して行っているからといって、減ずるものではない。確信することがまさに毀損であるからである。友人の名誉というものは何か大いなるもので、それに対する疑念はほとんどただ自らの告白によって生ずるものでなければならない。しかしそれ故些細な隠蔽から容易に別れが生ずる、三月の霧から七月の雷雨が生ずるように。ただ完成された高貴な魂のみが、試された友人をもはや試さず——友人の敵が否認しても信じ——黙して消え去る邪推が優しい像を汚したとき、不純な考えに対してそうするように赤面することが出来るのであり——そしていよいよ疑念がもはや押さえられなくなったときには、疑念をそれでも長く行為から追い払い、人間の聖なる精神に対して重い罪を犯すよりはむしろ重商主義的な無茶を行うことが出来るのである。この確固たる信頼は自ら有するよりも有して貰うのが易しい。

町の騒々しい鍛工場、製粉所では彼は荒れた森林にいるような気分であった。優しい魂に慣れてしまって、彼には町の魂は皆刺が多く、研がれていないように思われた。愛は情熱を引き起こしながら、悲劇のように情熱を浄化していたからである。すべてが黄昏の為に朽ちて、荒れ止んでいた、一方マイエンタールの純粋な鏡の壁は確固と高く輝いていた。愛は人間の心を縁まで一杯に満たす唯一のものであるからである、直に沈む御神酒の泡でもってであるが。愛のみが数千分の詩をちゃらちゃらいうRの文字を遣わずに書き上げる、ドミニコ会士のカルドーネ[2]が追放されたRという題の同じほどの大きな詩を愛について一字もRを遣わずに仕上げたようなものである——それ故愛は甲殻類と同じくRのない月が最も素晴らしい。

彼がフラクセンフィンゲンでしなければならなかった最初のことはクロティルデ宛の手紙であった。福音史家のマチューが多分にあらゆる所に出掛けて、二人の友人の射撃の決闘の福音をすべての民に説教するであろうから、彼の恋人の聖なる評判の為には、公に宣言された婚約によって彼女を婚約者に変える他になかった。フラーミンが新たに血気にはやるということはクロティルデの弁護の為には問題にならなかった。「あなたは私の兄なのです」という叫び声は、不安に痙攣してクロティルデが発したものであるが、勿論フラーミンには何のことか分からず、効果がなかった。待ち伏せしているマッツにとってはしかしこれは立派な金言で、彼らの兄妹関係についての彼の体系の定理となった。――そこでヴィクトルは手紙で恋人に彼の求婚を黙って許すよう頼んだ。彼の依頼の極めて私心のない動機について察することは、黙って彼女に任せた。

　彼は今や魂の戦場、めったに正確な地図を得られない所、宮廷に現れた。――彼の楽園の詰められた心には、部屋ですら、色彩粒、貝類、花の撒かれた剥製の鳥かごのガラス箱に、部屋の生きた住人は、乾いた、砒素か木材の詰め込まれた鳥に思われた。蛇によって、大きな獣の尻尾によるかのように、糸が引かれ、糸の上にいるのは王座のきつつきであった。――――はなはだ彼は単に降臨祭によって我々とは正反対の者となっていた、我々はかなり冷たい血に宮廷の崇高なもの高貴なものを容易に認めるものである。彼がそこで聞いた最新のことは、侯爵が侯爵夫人と一緒に聖リューネの鉱泉に旅立って、痛風の足を、夫人が目を癒すように、癒しに行くということだった。ヴィクトルは実際全く寛大だとはいえず、自らの裡で考えた。「改善しようという気がないのであれば、こちらにも覚悟が――」。パウリヌム宮殿は彼にとっては屠殺場、各控えの間は拷問室であった。侯爵は彼を宮廷的に丁重に扱わず、冷たかった、これは以前彼を愛していたことを示すものであったので余計こたえた――侯爵夫人は一層気位高く――マチューだけが、彼は自分を激しく憎んでいる者達と話すのが最も好きで、陽の輝く顔をしていた。この者とこの者の妹、それに若干の者達から彼は彼の決闘についての中傷の軽い蛇毒を受け入れ、打ち勝たなければならなかったが、これは胃が他の蛇毒のように消化しても、傷に注入されると生命の血液を溶かすものであった。――私の通信相手ですら興奮して、その興奮を私のカプサリウス[*1]であるスピッツを通じて送り、言っていないだろうか、「暖かくなっている者、つまり恋している者は、一度冷めるといいのだ、まだ死んで冷たくなったのでなければ、その多感な恋に対する宮廷の女性達の刺すような微笑みの前で冷めたままでいるといい、殊にこのようなより高貴な女性達の前で、つまりそのキプロスの祭壇では（スキタイ人の場合のように）余所者の男がいつも犠牲にされる神々であり、（ガリア人が自分達の神々について信じていたように）犯罪者、道楽者、オルレアン公達[3]を犠牲者に最も好む神々である女性達の前で。――あるいは、たとえ耳にしても、悠然と福音史家の類の彼の恋に対する中傷を聞き流すがいい、これは次のような原則を考え出し述べるものだ。『礼儀ハ無作法ノ楽シミヲ増ヤス。美徳ハ愛ノ塩。シカシ摂リ過ギテハイケナイ。私ガ女性デ愛スルノハ怒リノ、痛ミノ、喜ビノ、恐レノ発作。イツモ彼女達ノ熱イ血ニハ何カ男性ヲ喜バセルモノガアル。上品サガイキヅマッタソノ時点デ熱イ攻撃ニトリカカルベシ。女性ハ自分ガ弱イト思ワレルコトニホトンド驚カナイ、女性ガ少シ驚クノハソノ反対ト思ワレタトキ。愛ハイツモ愛ヲ許スガ、理性ヲ許スコトハメッタニナイ』。互いに殴り合える敵は」（とクネフは溜め息をついた）「幸せだ」。

　福音史家は腐食する滴をヴィクトルの心臓神経に垂らすことになったが、それはフラーミンが貴族の出であることを知っているにもかかわらず、「彼が自由の新しいフランスの綱渡り芸人のように市民階級の者と――結婚はしないまでも――決闘するように」育てたからである。彼の奪われた友人が友人に事欠いて、このマチューが最後の友人、跡取りとなっているのを見るのは辛いことだった、この男はヴィクトルの前では、フラーミンの友人の役割をより身分の高い人々の間で引き受け、演じ続けようという労を決して取らなかった。良き人間の心は、（ここのヴィクトルの場合のように）自分を憎み、侮辱する人々の前に立たなければならなくなると、さながら圧搾機型にねじ込まれたようであった――最初彼は陽気で冷静で、そのことを何も気にとめない自分のことを喜んだ――しかし侮辱に何がしか対処する為に知らず知らず軽蔑を募らせていた――遂には軽蔑の増大は愛が遠ざかり、憎しみが忍び込むという不快な感情となって伝わり、苦い硝酸が自らの器、心臓を摑み、腐食した。――するとその痛みは余りにも大きく、彼は彼の魂の本性をなす昔からの隣人愛を胸の中にほとばしらせた。ヴィクトルの場合には更に苛立たせるものがあった――彼の和らぎである。大きな暖かい思いの後ほど冷たくなることはない、丁度沸かした後の水は以前そうであったよりも冷たくなるようなものである。愛と陶酔と時に、自然を眺めて酔った感激とは我々を友人に対しては余りに好意的にするが、敵対者には余りに苛酷にする。さてヴィクトルがこの苦い気分の中カル夕台の横で眺め、頭についての講義を心の中で行っていると、これは厚紙の頭ではなく、単にもっと厚い融通のきかない頭についてであったが、クロティルデが両親の為にまさにこうした人々に従ったときの静かな人間の素養が思い出されて、彼の心の周りに、花の周りのように置かれていた氷の胸甲はすべて溶けて消え去った、そして彼の暖められた心ははじめて今日の喜びを迎えて言った。「何故他人に苦しめられかつ他人を苦しめる人達をかくも厳しく憎むのか。彼らがいるのはただ私の為か。彼らも自我を持っていないか。彼らはこの欠点の多い、悩みの種の自我を永遠にずっと引きずっていかなければならないのではないか。誰もが誰か他の人からなお愛されているのではないか。何故彼らに嫌悪の基だけを見て、どの表情からも、どの声からも渋みを引き出そうとするのか。――いや、人間は人間であるから、その点だけで人間を愛することにしよう」。――然り、友情は長所を欲していいが、隣人愛は単に人間であることを欲するだけである。それ故我々は皆まさに冷たい、よく変わる隣人愛を有している、人間の価値をその権利と混同し、人間の美徳だけを愛そうとするからである。[*2]

我々のヴィクトルは雷雨の後のようにさっぱりした。侮辱の攻撃で最も苦いのは、憎しみを強いられることである。他方では我々の美徳と称する悪人への抵抗はいかに不純なものであるか、敵と敵対せずに戦うことはいかに高貴な魂にとってさえいやなことであるか彼は感じた。このことは、敵を愛することなく、幸せにし、守ることよりも難しいからである。

このように数週間は敵意の宮廷に強いて上陸しているうちに過ぎ去った――彼の父の頼みが心にあったからである――クロティルデの決心に徒な望みを抱いて、愛の保持されている日々と友情の壊滅した日々とを涙ながらに追想しているうちに過ぎ去った。クロティルデの沈黙は彼の到着に同意していることに他ならなかった。しかし彼は二つ目の手紙を書いて余計なことに到着の日を知らせた。ちなみに彼にとっては――王座に鞭打ちの為の支柱のように縛られて、自分の愛のあらゆる対象から投げ出されて、ただ遠くから雷鳴を轟かす未来にくっつけられて、二週間後にはエマーヌエルは死に、クロティルデは千もの苦しみに沈むのである――現在は鬱陶しく狭いものとなった。彼の周りには機の熟さない雷雨があって、春分、秋分の日のように雲が動かずに大きな霧のように彼の頭上にあって、運命の高い雲の峰での秘かな仕事は涙へと流出するのか青空へと消滅するのかまだ決まっていなかった。

遂に彼は聖リューネに出掛けた。……まことにただ憂鬱な幸せの気分で。リューネの歩道や、埋葬された友情の舞台を隠す牧師館を、涙を流しながら目をそむけることなしに、人間の愛は人生よりも如何に虚しいものであるか、運命は如何に最も暖かい心を最良の心の破壊の為に用いるものであるか（丁度ただ火鏡を宝石の瑕焼の為に用いるようなもので）、そして如何に多くの静かな胸が色褪せた愛する像の沈下した棺に他ならないか思い出さずには眺められなかったことか。――友人を追想から愛そうと思いながら名誉から友人と離れなければならないのは、名付けがたい感情である。ヴィクトルは欺かれた友人を許せたらと願った、しかし出来なかった。彼の名において私を苦しめるあの砒素の言葉は、彼がどんなに甘い汁で包み込もうとしても溶けることなく、腐食してきて、致命的に彼の魂の中にあった。フラーミンよ、他人ならば、例えば私なら君を愛せよう、しかし君の青春の友はもはや出来ない。

ヴィクトルはためらいながら彼の真似て演じられ、奏でられた子供時代の絵画室、音楽室の前を、つまり牧師館の前を歩んで行った、同様におずおずしたアポローニアの前を、彼女には身分不相応に深く挨拶したかったが、それに老パグの前を過ぎて行った、この犬は家庭の諍いには介入せず、率直に尻尾で彼を招待した。気位の為に彼の敵の両親（と称する人達）を訪問しなかったのではなく、この善き人々が彼の前で丁重さと、以前からの愛と新たな怨恨の間の争いに当惑して苦しむかもしれないと案じられての不安の為であった。しかし彼は手紙を高邁な牧師夫人宛に書いて彼の愛と彼女の敏感さに応えようと心に決めた。

そして彼は恋人の前に進み出た。――私は一昨昨日ドイツ・フランス史を読みながら、そこには周知のようにクロティルデ統治の御代があって、私の心臓が二倍も高鳴ることから、私が九カ月前から［後の頁からでは五カ月にすぎない］讃えているこのクロティルデに実際に会ったら、私はどんなことになるか分かったのである。クネフ並びに犬が悪漢ではないこと、すべての話しは単に生じたばかりではなく、今も生じつつあること、これらは空想では捏造できないであろう数百もの特徴から窺えるからである。伝記作者が女主人公に出会ったら、新しい冊子と新しい――主人公が、これは私であるが、生ずる他なかろう。……

彼女は病気であった。かの晩は鶻《はいたか》のように彼女の心に襲いかかり、血まみれの鉤爪をまだ抜き取っていなかった。

彼女の魂は敬虔な者の魂の抜け殻を守るただの天使に見えた。侍従は宮廷医師に決闘のことなど知らないかのように対した。いつもは母親の行うことを父親がした。高貴な者、娘を望む者には誰であれ、彼は応じた。ヴィクトルが彼にやっと申し出たことにはびっくりさせられただけであった、ヴィクトルが申し出を延ばしていたのは単にクロティルデの遺産と縁戚について確信が持てないからであるとこれまで考えていたからである。彼の答えは果てしない満悦と果てしない栄誉等々その他の果てしない点にあった。彼にあってはすべてが果てしなかった。それ故プラトナー[5]も正しく主張している、人間は実際は単に有限なものを考えることが出来ないだけだ、と。その気がなくてもル・ボーは娘を差し出していたろう。彼は面と向かって拒絶することは出来なかった、ましてや娘を拒絶出来なかった。彼の案の何らかのもの(彼の四つの脳室は天井までこれで一杯であった)に合致しないような者が来て、クロティルデに求婚するようなこともなかった。勿論今は義理の息子の登場が最も望まれていた、娘は彼の肉体の跳躍棒、梃子棒として使われないうちに死んでしまいかねなかった――それに第二に決闘の噂には心を傷つけられていた。健康な虫状の動きによっては極めて硬いものを消化出来ないかの如くであったというのではなく、廉恥心のない教養人のように、些細な侮辱にも騒がしい大砲と激しい太鼓を伴って現れるのを好み、完璧な、しかし豊富な、銀鉱脈の通った名誉毀損の際には物音一つ立てずにいる権利をこっそりせしめるからであった。侍従が知りたくなかった唯一のことは、宮廷医師に（娘についての）承諾を与えることによってすぐに取り除いたのだが、以前同じ承諾を（秘かに）我らのマッツに与えていたことであった。直に戻ってくる卿の方が大臣よりももっと彼に害を与え、もっと彼を助ける可能性があったので、喜んで昔の言葉を反古にし、最新の言葉を守ることにした。最後の意志ばかりでなく、どんな意志も人間は好きなように変えていいからである、約束を守る男なら、強いて約束を守る為には、全く反対の約束も喜んでするであろう。侍従の偽りの振る舞いがこのような弁護の後でなお一つ弁護を必要とするならば、クロティルデは彼が諾と言えば、否と言って、彼の代わりに敢て行い――償ってくれるであろうという確かな望みの自己弁護があった。少なくともこの望みを彼の怒った妻には口実として、我々のヴィクトルに辛い時間を与えることになったクロティルデのかつての拒否とその不変性を指摘した。クロティルデの諸の知らせを聞いたときの彼の顔を後に化石化したり、石膏に流し込むことが出来たらと私は思う。義母である侍従夫人は、いつも福音史家の楯持ち、同盟者であったが、こうなっては親しげな顔をするしかなく、述べた。誰もが操縦する夫を操縦することほど難しいものはない、と。

婚約の形式的事柄そのものは卿の帰還とその他の事情を待つことになった。――この多くの苦難によって純化されたカップルの愛については何も言うことはない。愛とともに隣人愛までが結ばれるのであれば（何人かの者はこのことは全く理解できないであろうが）、愛の息吹の中では心の他の魅力がすべて一層美しくなり、繊細な感情がすべて一層繊細になり、崇高なものに対する炎がことごとく一層高くなるのであれば、丁度炎と生命の大気の中ではどの火花も稲妻となり、どの螢も炎となるようなものであれば、――二人の人間が互いに目で見ることはまれで、しばしば想いでもって交わすのであれば、――ヴィクトルがかくも犠牲を要し、かくも暗い日々、多くの不安、ほとんど一人の兄弟を要した一つの心を仕舞っておくことにほとんど臆し、――そしてクロティルデがまさにこの優しい臆病を察し、自分達の苦難に対して彼に報いるならば、多くの人間にこのようなエーテルの炎の輪郭を描くことは、いわんやその色彩を描くことは不可能である。少数の者にとってはこれは不要である。

愛する人物に対しては、その人物の入る新たな状況の度に、愛は再び最初から新たな炎を伴って始まる、例えば彼女を別な家で――あるいは新しい人々の許で――あるいは旅行者として――女主人として――園芸家として――踊り子として――（これが最も効くが）婚約者として思い出すときである。ヴィクトルの場合がこれであった。愛着への願望が義務の命令へと高まり、得がたい魂が自らとその希望のすべてと全将来の手綱を愛する手にゆだねたその時から、善良な男性の心のうちではどこでも声が上がるに相違ないのである。「今や彼女が地上で有するのはおまえだけだ――彼女を神聖なものに崇め、おまえのことを信じている愛しい魂を慈しみ、守り、報いねば」。――ヴィクトルはこの状況のとき更に次の付随的事情によって言い知れぬ感動を覚えていた、つまりこのクロティルデ、堅固な気位の高い舞踏会の女王、天国の女王が、多くの力を有して、自立して男性の罠を越え、男性の月桂冠をすり抜けていく彼女が婚約によって独立文書を穏やかな微笑みと共にヴィクトルの手に渡し、今や愛し、愛されることしか望まないという事情であった。かくも偉大な形姿のこの優しい屈服に対してはこれに報いるに十分な大きさに見えるような犠牲、傷、贈り物をヴィクトルは何も知らなかった。――このように愛さなければならない。卑俗な人間を冷ます新たな権利、犠牲はその度に善良な人間を一層暖かくし、優しくする。

ヴィクトルは新たな親族関係の権利によって一層親密な快適な生活を義理の両親の許で見いだしたけれども、毎日忘れがたい牧師館の人々をその庭で見なければならず、それでも先の決闘と現在の婚約との鉄の格子柵でその人達の心から離れざるを得ないというのは辛かった。それでイギリス人達と彼らの継続のクラブにも顔を出さなかった。ル・ボーは慎重であった。「確かな筋からジャコバン主義者であり、偽装したフランス人であると分かっているのだから」。

しかしクロティルデの魂は彼女の女友達、牧師夫人の深い悲しみを察し、その痛みにもはや堪えられなかった。彼女は一葉の紙片で散歩に誘った。望楼の所で二人は会った。ヴィクトルは衷心から感動して、クロティルデが彼の最も年長な女友達の手を早速握り、それを離さないでいるのを眺めた。

クロティルデはまた帰って来たが、楽しく明るくなった顔をし、激しく泣いた目をし、名付けがたい、より熱いというよりはより優しい愛の輝く天上的表情をしていた。後になって彼女は自分の感情を押さえることが出来、ヴィクトルに会話の一部を教えた。すべて教えたとは思えないからである。牧師夫人は――とクロティルデは語った――重い苦しみに充ちた表情で彼女を迎えた、でも冷淡でもなく疑念も抱いていなかった。二人は最初泣くほかなく、話さなかった。クロティルデはまだ心弱く、まだ涙は続いていたが、婚約について話し始めた。彼女は女友達の手を自分の心に当てて言った。「今私どもの友情は厳しい試練に会っています。私はあなたの友情を信じていますー―私の友情も信じて下さい。――この度だけはお気を確かに。重大な秘密の為に、これについて私はどうすることも出来ず、ほとんど説明出来ませんが、私ども皆が酷い誤解に晒されています。この度だけはお気を確かに持たれ、私もあなたも互いに自分達の性格を変えないように私どもの関係も変えないようにしましょう」。――このとき牧師夫人は大きな眼差しで彼女を見た、そこにはまだヴィクトルへの昔からの愛の残り火が光っていた、そしてとっさに乾いた目と次のような言葉とで抱擁した。「あなたを頼りにしています、お好きなことをなさって下さい、私は一人っきりになっても構いません」。――最後の言葉は別の時であればクロティルデを傷つけていたことだろう。しかしこのときはそうではなかった。彼女は何かを許せることに喜んでいた。

こう語った後彼女は友人に話した、卿の不在と沈黙がもっと続くようならば、むしろロンドンの自分とフラーミンの母親の許へ難路の旅をして、母親にこうした危険な謎のすべての解決の為にドイツへ来るよう説得するかもしれない、と。ヴィクトルの犠牲的心は他人の犠牲に対して異を唱えることが出来ただろうか。——否、彼の苦悩は倍加した、しかし彼の敬意と愛も倍加した。

この状況のときクロティルデ宛にエマーヌエルの小さな手紙が届いた。

「夕方ユーリウスが籠に庭土を一杯入れて私の許にやって来て、植木鉢とヒアシンスを頼んだ、この為に土を持って来たというのだ。花の為のこの土はジューリアの塚からのものだった。——赤い斑点のある竜田撫子に似た白く、赤く花咲く彼の顔を私の胸に抱いて言ったものだ。『過ぎ去った人間の花を誰が待つだろうか』。その華奢な花とは彼のことでもあって、苦痛の辛い雨が決してその花に降って欲しくはない。——ヴィクトルよ、クロティルデよ、私を大地の百合が失神させ、最後の微睡みに就かせたら、盲目のユーリウスを引き受け、愛に満ちたこの魂を愛する人々で守っておくれ。

クロティルデよ、今私はあなたがほとんど出来ないであろうことを頼み、お願いする。夏至の日にはマイエンタールへ来給え。あなたの心は堪えられないだろうか。あなたは墓の盲門までジューリアのお伴をして、そこで彼女の魂が飛翔し、彼女の体が沈んでいくのを見たのではないか。あなたとあなたの友が、生命がその色変わりする孔雀の鏡［尾の眼状斑紋］を畳んで、これを色も無く重く墓に沈める今際のときに、私の許に未来の世界の二人の最初の天使として留まってくれるのであればいいが。地球全体が樹皮のように心から離れる瞬間には、裸の心はひしと心に寄り添い、死に対して暖めようとするものだ、そして地上のすべての絆が切れるとき、愛の花の鎖は咲き続けていく。クロティルデよ、あなたのエリュシオンの姿を前に何と天上的に私の生命は続くことだろう。私はきっと軛を離れ永遠の翼に乗ってあなたの周りに漂い、あなたを見つめることだろう。私がエーテルの手であなたの涙を拭くことが出来ないときには、あなたの重苦しい心を他の歓喜で慰めることだろう。そう、人間が第二の世界の前庭で盲いるのであれば、あなたの姿は残光の太陽像のように私の閉じた目の前に留まることだろう。クロティルデよ、来て欲しい。しかし多分来れまい。そして第二の生命の時間を数える永遠の者のみが、いつ私が第二の地球であなたに会えるか、その地での憧れの痛みはどれほど大きいものか分かっていよう。ご機嫌よう、雲の下であなたの軌道を貫かれんことを――私があなたの友を見るとき、あなたは感動して私の前に立つことだろう――私が彼の胸許で亡くなるとき、私はあなたの為に祈り、神に言うことにしよう、彼女の頭上で地上の花冠が十分に大きくなったとき――あるいは茨の冠が大きすぎるとき、私に彼女を下さい、と。――クロティルデよ、変わってはならない、さすれば宿命に尋ねることはないだろう、彼女はどれほど下界で微笑みどれほど下界で泣く定めかと。変わってはならない。

エマーヌエル」。

彼ら二人は互いに穏やかに心の許にくずおれて、自分達の考えを黙っていた。エマーヌエルの愛は彼らの愛を讃えた、ヴィクトルは彼の友と女友達とを余りに尊敬していたので、この女友達を慰めることが出来なかった。彼は彼女がエマーヌエルの依頼にどう答えるか尋ねなかった。彼女は断るに違いない、さもないと愛する心の隣で彼女の心が破れてしまうからと彼は思った。

彼は遂に彼女それに聖リューネから去ることになり、彼女は彼が数日後にはマイエンタールへ行くことを思い出し、彼と彼女の目に涙が浮かんだとき、この涙は一つならぬ痛みを表していて、人間ではなく、死か神かが乾かすものであったが、――ヴィクトルは別れに当たって彼女を見つめ、黙って尋ねた。「私どもの愛しい人に伝えることは何もありませんか」。――クロティルデの魂は重荷を背負ったとき最も毅然としていて、涙しているときほど偉大に見えることはなかった、丁度雨空の星がより明るく、より大きく近寄って見えるようなものである。彼女は空を見た、あたかも問いたげに、「至仁の方よ、これほど私どもを打ち砕くのですか」と――それから重苦しく辛い痛みを測り、――それが話すには大きすぎる――自分の力には余ると思い――そしてもはやそれを信ぜず、目を濡らし、曖昧な微笑みを浮かべて曖昧に言った。「いいえ、ヴィクトル、私どもは皆いつかまた会いましょう」。

ヴィクトルが去ってほどなくして、二人の王座の湯治客が若干のお供を連れて着いた。――私もヴィクトル同様にさほど憤懣を感じずに述べるが、アガーテは母親の例があるにもかかわらず、すっかり最初はヴィクトルから、つまり愛する兄の対極者、反キリスト者から離れ、第二にはクロティルデからもっと離れていった。

――ここでご披露するが、私がエマーヌエルの先の手紙を初版で除いたのは――というのは私は手許にこれを以前から、（理由があって）出版されなかったこの話しの多くの他の記録同様に有していたからで――単にこれが感動させるということを案じたからである。優しい魂はこの巻にそうでなくとも多すぎる痛みを見いだすであろう。――しかしまさにそれ故に冗談の部分は初版から何も削除したくない、そこで続ける。

我々読者はヴィクトルと共に侍従から暇乞いをすることにしよう、侍従は半ば起きた眉毛をして――鼻根の所でそれらは互いに数学的根号の形をして傾いていたが――まことに愛想のよい丁重さで我々と別れた。我々が去ると彼は我々を公平に扱い、我々を下にも置かぬことが私には分かっている。彼は決して中傷しなかった、意地悪でそうすることもなければ軽薄さからそうすることもなかった、彼が中傷するときには追い落とす真面目な意図があって、策謀するよりは不幸にすることを好んだ。――彼が我々に対して背をかがめているのを見ると、彼に対する半ば諷刺を作り上げたが、この中の真実、真面目な部分は、人間は本当に、有気記号のようにかがめるように出来ているということであろう。私は幾何学者が、神々が姿を借りたら、円のような完全のものであろうと書いていることにさして信を置かない。確かにこのことからかがんだ背は少なくとも神々の姿への接近である、弧は円からのものであるからと推論出来よう――しかし私は好まない。身体的なものはここでは児戯に等しく、ただ身体的なものが魂の内的なかがみとへつらいとを一部は示し、一部は（例えば胸が狭くなることから）これを促すかぎりにおいてのみ重要だからである。宮廷ですら、考え方のより高貴な内的なかがみには印はないと確信できるのであれば、外的かがみは無用となろう。カント[6]によれば我々の自惚れの屈服、打倒は純粋なキリスト教的倫理の要請であるというのであれば、何ら倫理的長所を有しない者は、そのことを自覚して、有徳な者のすでに有する謙虚よりも更に一層低く構えて、私が高貴な平伏と名付けるものにまで沈まなければならない。白状すると、私は生き方の些細な規則を授ける練習、いずれにせよ些細な美徳に他ならない練習を軽く見るものではない、つまり論駁するとき――讃えるとき――侮辱を受けるとき――侮辱を加えるとき――他人を平伏させるとき――まさに気が狂おうとするときにぺこぺこするという練習である。かがみのこのような美徳がしかし独自の練兵場を持ち、偶然に左右されないというのは結構なことである。宮廷では真っ直ぐな体と精神の人間は宮廷的に死んだものとして淘汰されよう、真っ直ぐな尾を持つ甲殻類のように、これはくたばったものに限られる。かつては隠者は真っ直ぐ立たないよう低い庵を選んだが、世の紳士はこれは必要ない。彼は高い食堂、別邸、舞踏場に、それらが高ければ高いほど一層低く押さえつけられる。平伏のこの重要な美徳が誰も授けてやれないある特別な精神的肉体的強さをまず前提とするのであれば、まずいことになろう。しかしまさに逆にこれは弱さをのみ欲するのであって、馬の場合とは違う、馬は腱を切られると尾をもはや垂らせない。パリサイの徒が帽子に鉛を入れて、かがみを容易にしたのであれば[*3]、世に流布し、頭の中にある鉛はもっと役に立っているかもしれない。それ故背の高い者のようにかがむのが苦手な偉大な魂が幸い（しかし罰として）何にもなれずに、代わりにかがむことを意に介しない凡庸な魂が栄えて、美しい王冠を得ているのはうまい仕組みである。それでしばしばパンを焼くときには、パン焼き窯の平凡な塊はどれも立派に盛り上がるのに、大きな塊は低く惨めな状態のままである。――しかし市民階級の人間の価値となる美徳、子供のようになるばかりでなく、母胎の中で折り曲がっている胎児のようになるという美徳が最も高い所でのみ栄えていては遺憾というべきであろう、考えてみれば明らかであるが廷臣は平伏［堕落］の後では領地で早速また真っ直ぐに立って歩く――かといって蛇は平伏の前、誘惑のときに這ったのではない。――しかしすべての市民的状況においてかがみ者への教育施設は存在する。いたるところ大気中にあるときは宗教的、あるときは世俗的腕が手を突き出していて、これが我々をきちんと折り曲げる、そしてもっと高みには最も長い手が用意されていて、これがすべての民族の上に懸かっている。学者自身献呈、宮廷文書、判決を生み出すとき写字台の所で背をかがめる。高齢になるだけで肉体は魂同様に骨化したお辞儀が出来るようになる。低い身分の聖職者達はいつも下の墓を見ているので、働いているうちに曲がった姿勢が身についてしまう。かがむことは自惚れを除かず、含むという慰めの言葉で締めくくりたい。まさに円は、人はその弧となるわけであるが、腫れた球面の周りに無数にあるからである。

私はこの号外をそれと題を付けて、――読者が読み飛ばすことが出来るよう――配慮したことであろうが、しかし読者に読んで貰って、気散じをし、私のヴィクトルの辛い時間をもっと楽に彼と耐えて欲しいと思った。鐘の音はどれも彼のより美しい挫折した時間の葬儀の鐘から響く葬送曲であったからである。

彼がフラクセンフィンゲンに着いた夕方にはもうゆゆしいかつ有りそうな話しが彼の耳に届いた。マッツが薬店主にいろいろ語っていた。しかしこの度は彼の噂を是認する。

つまり牧師は婚約を耳にすると町へ出掛けて、息子の殺人と決闘とを阻止しようとした。着替えのとき彼の旅行服一式が見当たらなかったので、家族に自分の予期している血まみれの場面、断頭台の簡単な素描をした、着替えの所為で間に合わないかもしれないと言うのだった。アペルが火の所で少しばかり乾燥させて縮んでしまった長靴は足にはまろうとしなかった——アイマンは喘ぎ——無理に引っ張った——「彼らがもう」と彼は言った、「つかみ合っているかもしれない」。とうとう両腕を力無く垂らして、静かに真っ直ぐに座って、黙って鼓舞と問い合わせを待った。何事も起きなかったので、憤慨して言った。「この家では一体何という悪魔が長靴をこんなことにしたのだ（革の編み上げに、針の穴を通って足を入れようとした、が入らない）、悪魔は私の子供を殺そうと思っているのだ。せめて踵に少しばかり軟石鹸を塗ってくれる娘はいないのか」。入れながら彼はアペルがまだ熱心に彼のワイシャツの仮胸にアイロンをかけているのを見た。「アペル——もう結構」——彼は言った——「ボタンをはずすことはないから」。——彼女はアイロン、彼女の手のスケート靴で軽く滑っていった。「娘よ、ワイシャツを父は所望だ。おまえの兄の命はおまえが握っている——止めの一撃を与えたようなものだぞ」。彼女は今一度敏捷に手のスケート靴で全体を滑ってから喜んでそれを渡した。

途中で牧師はこの件の確かと思われる事態の進展を思い描いた。最初は彼に婚約のことは何も話さないことにし、——それからマイエンタールの決闘について悔悛の文のみを読み上げ——それから復讐断念の誓約、あるいは落ち着くという誓いを得て——そして最後に婚約の報告をするという段取りであった。事態の進展と危険とを考えているとますます大きな不安に駆られた。かつて自らと軽い耳鳴りのする患者とを長い推論の末に二人とも次の瞬間には卒中と半身不随に襲われる筈と追い込んだように、想像の決闘の個々の状況を絵画的に描いているうちに、決闘は既に行われたということが疑い得ないものとなってしまって、市門の下に着いたときには、参事官は鎖につながれているか棺の中にいるものと確信していた。「やれやれ、傷を負っていないし、鎖にもつながれていない」と部屋に入りながら言葉が出た。すんでのことで事態の進展すべてを台無しにするところであった、あるいは逆に進めるところであった。フラーミンはそれを最初の決闘と関連付けた。アイマンはそれで容易に自分の方策の訴訟規則、瀉血図表に戻ることが出来、いわば決闘と決闘した。沈黙の息子は――白ビールを出しただけであった。準備の間に牧師は杖のすべての頭部を引っ張って、仕込み杖ではないか調べた。ピストルの点火器は遠くから怪しげに見えた。壁の間近の二連銃は自分に銃床が向けられていて彼の勇気を奪った。フラーミンは口数が少ないことを法律家として追われ、頭が一杯になっていると詫び、犯罪調書の一山を見せた。彼がそこから話しの抜粋を聞かせることになって、当然ながら牢獄とか殺人罪、斬首刀といった戦いの言葉がアイマンの耳にささやく弾雨のように降って来たとき、不安は更に急いで白ビールのシャワーを浴びて募り、はなはだ強力なものとなって、二連銃は小部屋に掛けられねばならなくなった。「それが暴発して」と彼は言った、「遊底を私の顔に爆発させたら、あるいは銃床で命を落とすことになったら、何にもならない」。今や彼は感動しかつ酔って、泣きながら諫め始めた。人間は主の祈りの五つ目の祈願［我らの罪を許し給え］を忘れてはならないこと――田舎の牧師は、説教を聞きながら決闘する息子を町に持っていては、神の羊達に和解を説いても効果が上がらないこと――そして決闘して死ぬか危めるようなら、フラーミンは決して自分の息子であると名乗ってはならないことを。フラーミンに怒りの嵐を簡単に呼び起こすのは情けない声と長い宗教の勅令を措いて他になかった。「後生ですから」とフラーミンは叫んだ、「もう沢山です――誓いますよ、指一本彼に触れたら、罰が当たって、永遠に破滅しても構いません」。この思わず出た誓いは熱い牧師にとっては素晴らしいゴム泥剤、柔らかな氷菓子であった、彼は今や彼の事態の進展を忘れて、婚約を参事官はすでに良く承知しているものと思った。「このような誓いは」（と彼は喜んで言った）「心配している父親を春雨のようにさわやかに元気付けるものだ、殊に彼との彼女の婚約以来殺人、殺害より他に案じられるものはないのだから。そうではないかね」。フラーミンは唯一つ質問して彼の心のこの凶悪に武装した亡霊の覆いを取り除いた――もはや父の言葉を聞いていなかった。青白く、ひきつって彼は静かに座っていた――椅子の背は彼の圧力でぎいぎい鳴った――時計の鎖を彼は指の周りに巻き付けて、ちぎり、断片を再び痛んだ指の周りに押し付け、砕いた――彼のガラスのような目には二つの厚く堅い、冷たい滴があった――彼の心は空しく力なく間近のおぞましい死の冷たさを前にうずくまっていた、この冷たさは、友情が我らの胸のうちで殺されたときいつも燃える憤怒の前に出現するものである。――我々のうちで不幸な見捨てられた魂を気の毒に思わない者がいようか。――アイマンは錯覚して別れた、彼はこの落ち着きを普通の落ち着きと取り、詰まった途絶えがちの声を感動と取った。この血まみれの状況にいるとき、マチューがやって来て、参事官に（侍従夫人の親書から）彼ら皆に対するヴィクトルの勝利を、さながら二十四人の御者がラッパを吹くかのように語った。この為はじめて氷山は火山へと変わり、フラーミンは閉じ込められた憤怒の中で大陸を次々に粉砕したくなった。

ヴィクトルは数日何も耳にしなかった。フラーミンは閉じこもっていた。マチューはよく彼を訪ねたが、薬店主の家には来なかった。王座の夫妻はやっと聖リューネの鉱泉に旅立った。

このようにすべては、ヴィクトルが薬店主と別れて、マイエンタールの辛い場面の幕の前に進み出る日の朝まで続いた。このとき薬店主は（多分に偽りの）知らせを知らせて、宮廷医の気を削ぐという気を押さえることが出来なかった、つまり青年貴族はクロティルデとの違約のことで侍従に決闘を申し出たというものであった。知らせにほとんど意味はなかった、薬店主はただ自賛して、これをヴィクトルが極めて洗練したやり方で福音史家を陥れるという自分の最近の目配せを実現したというヴィクトルへの賛辞へ紛れ込ませようとしていたに過ぎなかったからである。目配せというのは、覚えているように、二つの提案で、侯爵夫人の愛人とクロティルデの夫となって、侯爵の寵を得て、豚をがらがら蛇が飲み込むように、マッツを楽々と飲み込んでしまうというものであった。ヴィクトルの痛みの虫族にかじられた魂に免じてやらなければならないことだが、彼は激昂して深い軽蔑を目に表してツォイゼルに言った。「このような提案を聞き入れる者がいるものか――提案する者を除いて」。

通信相手は悲しげに短く次の言葉で終えている。「夕方ヴィクトルは遅く、目を腫らしてマイエンタールに着いて、翌日最も素晴らしい師である最も偉大な友が入滅しそうか見た」。――――愛する者との抱擁が如何にその墓と間近なものであるか、我々には皆思い当たるものがある。死期が迫っているという友人は我々の心を痛める、それに疑いを抱いていても。ヴィクトルが自分の枯れた薔薇祭の今なお花咲く地に向けたときの濡れた目に我々は皆思いをめぐらすことが出来よう。――彼の慰めとなったのは、予告された死が有りそうに思えないことであった、エマーヌエルはいつもの様子であったし、この敬虔な精神にあっては自殺は一層有り得ないことであった。彼は自殺者をロブスターと比較していた、これは一方の鋏をうかつにも自ら他方の鋏で挟み、かみ砕き、引き抜かないで切り離してしまうのである。――読者は私が最も長い日[*4]を記述する際、これは一人で崇高な静かな夜に行うつもりであるが、インド人と同じ心を寄せて頂きたい、この心は昔の神殿に似て黙して暗いが、しかし広くて聖なる絵で一杯なのである。

＊1　子供達の教科書を持って付いて行くローマの奴隷はこう呼ばれた。
＊2　スティーブンズはロンドンの半分が殺到した、厚紙の頭についての諷刺的講義をこう呼んだ。
＊3　パリサイ人達は――やはりいつもかがんで歩き、それ故かがみ者達と呼ばれたある種のユダヤ人達同様に、全地球を占めている神に少しばかり席を空ける為にそうした。『新旧のユダヤ人気質』第二巻、四七頁。
＊4　このようにエマーヌエルはいつもヨハネの日を呼ぶ、全く天文学的に正しいとは言えないが。

# 第三十八の犬の郵便日

崇高な夜半前――至福の夜半後――穏やかな宵

今日私はエマーヌエルの最も長い日を、これは今や消滅し冷却されて永遠の日々の間にあるが、色褪せた輪郭と共に人々の空想に供する。喪服のヴェールをまとって私の周りに現れ、私の間近でヴェールを揚げる場面を前にして私の手は震え、私の目は燃える。――――私は今夜閉じこもって――私の考えしか耳にせず――空を移る夜の諸太陽しか目にしない――私は私の心の弱点、汚点を忘れ、自らを高める勇気を得る、あたかも自分が善良で、あたかも星座のように偉大な人間の周りに神、永遠、美徳の他には何もない高みに住んでいるかのようである。しかし私はより善良な人々に対して――自分の義務を果たすことによって義務を増やしていく、そして自分の良心が増加するにつれ日々単に功績を大きくしていくことで足りている静かな偉大な心に対して――死の手を暖かく握ったことがあって、死が朝の野を徘徊しているとき、「私を今日捜しているのかい」と心静かに死に尋ねられる高い人々に対して――糸杉の下で身を静める渇望の魂に対して――涙と夢と翼の人々に対して、こうしたすべての人々に対して私は言う。「私のエマーヌエルの近しい人々よ、君達の兄弟がその手を最も短い夜越しに君達に伸ばしている、握り給え、彼は別れようとしているのだ」。

崇高な夜半前

ヴィクトルは友人の為の墓と棺台しか見えなかった夢から鬱々と醒めた。しかし朝の挨拶のとき秘かな希望を抱いた、熱に浮かされず、不安もなく変化もなく所謂彼の死の日の朝を彼が迎えているのを見たからである。彼はただ、半ば現世の土壌から離れ、大地からむき出しになっている愛しいエマーヌエルの心が、別れの徴候が見えないことで受ける印象だけが心配であった。エマーヌエルはこれに対しまだ夢に浸っていた、これには夜の夢までもが滋養を与えていた。彼は憧れて星のない青空を見上げ、夜の十二時までの長い道を数えた、そのときには空から星と死とが、死はその冷たい国を通って我々を運ぶときの暗い果てしない外套をまとって、出現するはずであった。彼の心は甘美な昼休みの状態にあった。これは一部は肉体的疲労からと素晴らしい一日から来ていた。渦巻きのハリケーンで吹き飛ばされたことのある魂ほどにかくも偉大に魔術的に現れることのない内的凪が彼の本性すべてを憧れの歓喜で覆った、歓喜は彼以外の他の人の目であれば涙に溶け出していたことだろう。

安らぎよ、優しい言葉よ。楽園からの秋の花盛り、精神の月光よ。魂の安らぎよ、いつ頭が静かに横になるように、我々の心が脈打つことのないようにしてくれるのか。顔が青白くなり、心が硬直する前に、おまえはしばしばおとない、去る、そしてただ下の方に眠りと死のときに留まる、上の方では嵐がこの上ない翼をもった人間を極楽鳥のように激しく投げ飛ばすけれども。

エマーヌエルは平然と人生の客演を最後の台詞の送り言葉に至るまで演じきり、平然とすべてを詰め込み――整え――命じ――別れたが、この落ち着きを見て苦悶の友のうちには涙と嵐とが湧いてきた。彼の心は石だらけの道の上を運命によって引きずられ傷を負っていたが、今や死を思い心の炎症は穏やかに冷却されていた。しかし――エマーヌエルの死は少しも信じられずに――エマーヌエルが彼に、死のことは隠されていた盲目のユーリウスを遠くから小さな声で引き渡したときにはそれを聞いていることは出来なかった。「ホーリオン卿に引き渡せるまで、私に代わって慈しみ、面倒を見、守っておくれ」。彼の震える手はホーリオン卿宛の小包をほとんど受け取ることが出来なかった、これを彼の友人は優しい目をして次のように述べながら渡した。「この封印が開けられるとき、私の誓いは終わる、すべてを知ることになるだろう」。彼の優しい良心の為に秘密の内容だけは隠せても、秘密が存在することは隠せなかったのである。ヴィクトルの血管は傷を次々に受けたので、充血によってその流血を増やすことのないよう、フルート演奏家に今日は演奏しないよう頼んだのは不思議なことではない。この日の音楽は彼の溶けた心に余りに感銘を与えたことであろう。

この日の朝は彼らは馴染みの小道、木陰道、丘に別れの挨拶をして過ごした。しかしエマーヌエルはこのとき第五幕のどぎつく激しい役を演じなかった。彼は死が草を食む地上で、花と苗とを刈り取るのを、青い果実が熟れるのを自分が目にすることはないであろうということについて非哲学的な騒ぎの声を上げなかった。地上の春の彼方にもっと美しい春を確信して一層恍惚となって、それぞれの花に別れを告げ、それぞれの葉の花輪、野の夜景画を通って行き、さながら地上に横たわる変容した自分の姿をそれぞれの鏡の池から取り出した、そして自然に対するより細やかな観察は、今晩自然を創造した者の側に行きたいと彼が願っていることを示していた。彼はこうしたことすべてについて話そうとし、ヴィクトルはそれを避けた。「これが最後としたくありません」と後者は言った。「そうかね」（とエマーヌエルは言った）「すべてはただ一回きり、これを最後としないかね。――秋も時間も死と同様に私どもをすべてと分かたないか。――私どもが離れなくても、すべては私どもから離れていかないか。――時間はより穏やかなより薄い刈り鎌をもった死に他ならないのでは。それぞれの瞬間が過ぎ去った瞬間の秋で、第二世界は第三の世界の春となろう。いつかまた第二の世界の花の表面から別れることになったら、天上的入滅の日に二つの生の思い出の薄明かりを目にすることになったら――――未来には苦悩の種と同様に果てしない歓喜の種もあるのだ。何故人間は苦悩だけを恐れるのだろう」。――ヴィクトルは来世での思い出を否認した。「思い出がなければ」（とエマーヌエルは言った）「人生はなく、存在があるだけだ、歳月はなく、刹那があるだけだ――自我はなく、その表象があるだけだ――実体は考えと同じほどの数百万の実体に砕けてしまう――思い出とは現在実存していることの自覚に他ならない」。――詩人も哲学する、少なくとも詩文の為に、哲学に抗して。――ヴィクトルは考えた。「良き人よ、この反論は私に対してでして、あなたに対してではありません」。

正午頃であった。空は澄んでいたが、蒸し暑かった。花々は稲妻の到来を自ら閉じることによって予告していた、靄が雷雨の予言者として先駆けていた。沃野はすべての香煙の祭壇であった。自然の雷雨の素材が集まるにつれヴィクトルの中に心の雷雨の素材も集まった――彼は、しばしば暑い日には肺結核者の命が奪われることを思い出した。――彼は時に別れの辛さを別れの蓋然性と取り違えた。恐れの遠近法に欺かれた人間は恐ろしい化け物を、それが大きいほど、間近に思うからである。――彼は自分が泣くかもしれないと思うだけで泣いた。それでも理性が感情を支配していたことであろうが、次の偶発事が両者を狼狽させた。

マイエンタールには一人の狂人がいて、単に狂った骸骨と呼ばれていた。三つの理由から彼はこう名付けられていた。第一に彼は痩身の骨の標本であったからである。第二に彼は固定観念を有していて、死に追いかけられており、死が彼の左手を、その為に彼はこれを隠していたが、握って引っ張って行くと思っていたからである。第三に彼は直に死ぬであろう人は顔を見れば分かる、その顔には腐敗の切り込みと膿瘍が広がっているのが窺われると称していたからである。モーリッツの経験心理学[*1]には同じような人間が描かれていて、やはり死の先触れと顔への死の破壊の手を予知できるそうであり、他人には滑らかで赤く見える顔も彼が見ると腐敗の硝酸銀で彩色されているそうである。――この骸骨が、四日目の聖霊降臨祭の夜、クロティルデが墓地にいたとき、「死だ、わしはもう埋葬されている」と叫んだのであった。――ヴィクトルとエマーヌエルは十二時の鐘が鳴るとき家路につき、骸骨が不安げに座っている丘の前を通りかかった。彼は死がつかむ左手を深く腋に隠して、「ブルル」（と身を震わせてエマーヌエルに話した）、「死がつかんでいるのはおまえで、わしではない。腐っているぞ。目が抜けている。ブルル」。

狂人達の言葉は目に見えない世界の門で聞いている者には、賢者の言葉よりも心に残るもので、この者が目覚めている者よりも眠っている者に、健康な者よりも病人に一層注意深く耳傾けるようなものである。ヴィクトルの血は暖かい自分の命が冷たく握られて凝固した。狂った骸骨は左手を右手で隠して走り去った。ヴィクトルは友人の左手を取って、暖かい太陽を見上げ、自分の心を隠し、暖めようとした、そして何も言えなかった。濃い青色の空には小さな霧、夕方の雷雨の芽が立ち上がっていた。鬱陶しい大気の中で飛んでいるのは虫だけであった。

エマーヌエルは一層静かになってほとんど不安そうであった、しかしこれは恐れの不安ではなく、かの期待の不安で、この不安を抱いて我々はいつも大きな場面のカーテンがたたまれ、動くのを見守るものである。太陽は刺すようで二人は家に留まった。蒸し暑い大気圏の圧力を受けているエマーヌエルにとっては最後の午後はほとんど長すぎた。しかし彼の友にはこの大気圏には絶えずある腐敗した顔が吊り下がっているのが見え、これが愛する元気な顔に食い込むように見えた、そして絶えず狂った骸骨が彼の耳に語るのが聞こえた。「やつの目は抜けている」。

太陽が雷の坑道を掘り、装塡する静かな蒸し暑さの中で、二人の友人が盲目のユーリウスの耳をはばかって、ただ眼差しだけで今日の先のことについて話しているときに、四時頃夕方の風がそよそよと吹いてきて、これが垂れ下がっている翼と頭とをすべて元気付けた。エマーヌエルはこの涼しい波を入れた、波は揺すりながら宥めながら窓際の垂れた花の上を渡り、カーテンの揺れる襞沿いに下り、部屋の薫る葉の間をさまよって音を立てた。そのとき果てしない静寂、とろかす歓喜、言いようもない憧憬がエマーヌエルの心に生じた。彼の子供時代の喜び——彼の母の面影——インドの平野の像——すべての最愛の塵となった者達の姿——青春の朝の滑るような反映の全体がほのかに輝きながら彼の前を流れて行った——祖国、死んだ人々へのもの悲しげな憧れが彼の胸を甘美な重苦しさで押し拡げた。青春の思い出のこの常緑の棕櫚の葉を彼は冷却の葉として自分とホーリオンの額に置いた、そして彼の最初の存在圏のすべてをインドの楽園からこの狭い庵の二人の最後の友の前に運び入れた。しかし彼がこのように喜びのフェニックスの灰を夕陽の祭壇に積み上げて——このように彼の生の畳々と連なるエリュシオンの野のすべてを出口で眺めて——彼の前で地球全体と人生とが、朝露と朝焼けとで覆われて、人間の黄昏の遊び場に変わると、彼はもはや自分の感動と溶ける心とに堪えられず、永遠の者に対して至福の思いで震え、おののきながら感謝して、盲人にフルートを取って、歓喜の歌を、これはいつも新年の朝と自分の誕生日に吹いてもらっていたが、消滅する人生の木霊として送ってくれるよう頼んだ。

　ユーリウスはフルートを取った。ホーリオンは外の声高にざわめく樹の下に出て、より低くなっている夕陽を見た。エマーヌエルは風の吹く窓際で夕陽の深紅の流れに向かい合った、歓喜の歌が彼の心の中と沈む太陽の周りに流れ込んだ。

　太陽の天体の音が静まったように見えたとき、太陽は夕焼けの中白鳥のように旋律に溶けて金色の煙、喜びの露と化して神の前で恍惚と死したが、――そしてエマーヌエルの前を、永遠に善なる者が我々の心を覆うときのすべての花が、そしてその穏やかな手がよるべない人間を導いていくすべての喜びの野が天使のように飛び過ぎていったとき――彼が生命の道の通じている将来の天が間近に近寄るのを見たとき――そして彼がこれら無限の腕があらゆる傷ついた心を覆い、数千年を越えて差し伸べられ、あらゆる世界を担い、彼、小さな地上の息子をも担っているのを見たとき、そのとき彼は感無量の心を支えることは出来ず、心は感謝の余り破れ、そして彼の目からは再び最初の――涙が長い長い年月を経て落下した。この聖なる滴を彼は拭わなかった。その中で夕焼けは燃える海へと散った。フルートが止んだ。ヴィクトルはほのかに光る目をまた見いだした。エマーヌエルは言った。「御覧、私は私の創造者のことを喜んで涙している」。――するとと昂揚した人々の間ではこの聖なる地で言葉はもはや出なかった――死はその姿を失った――崇高な悲しみが別れの痛みを麻痺させた――地球に覆われた太陽はその上向きの光線で空と夜と雲の底に触れていた――地球は魔術的に夢の風景のようにほのかに光っていた、しかし地球から目を転ずるのは容易だった、空を他の夢の風景が覆っていたからである。

　夜の地球（惑星）はすでに昇っていた、夜の太陽（恒星）はすでにその後から出現していた、月は南東の嵐にすでに包まれていた。そのときエマーヌエルは谷の光景を切り上げて、自らのタボルの山へ行き、死に自分の魂の長袖の服を着せるときが来たと思った。詰まりながら彼はヴィクトルに少しばかり先に行くように頼んだ、盲人との別れを見ずに、動揺して悟られることのないようにする為であった。盲人にはヴィクトルは他の世界への旅を単にこの世界での旅と教えていたからである。彼は不幸な気持ちで静まった蒸し暑い野に出た、ここではかつて彼の恋の楽園の河が流れて、そこでかつてクロティルデの傍らで素敵な晩を経験したのであった。地上は夜の教会のように静まりかえっていた、ただ空には地上にかがんだ鉛の集雲がざわついていて、死が雲から雲に渡って来て、これらの戦列を整えているように見えた。

とうとうユーリウスの泣き声が聞こえた。エマーヌエルが逃げて来た、しかし彼の目には以前よりも重い滴が見られた。残された盲人はその暗い頭を玄関の所で友人達から脇へ向けた、彼らの道が分からなかったか、どの道を彼らが行くのか聞き取りたかったからである。それでヴィクトルは二重の夜に住んでいる沈んだ者に心の憂愁の念の余りほとんど叫び返せなかった、十二時過ぎに戻って来ると。

飾らぬ夕方の挨拶、「お休み、良い眠りを」は、これをエマーヌエルは述べ、返されたのであるが、すべての悲歌、別れの言葉に勝って涙を誘う。このように言葉は我々の時の銘文であって、我々の基本的音符の伴奏音、番号である。

エマーヌエルが夜の空の前に、それとつながっているハリケーンの前に、彼の死の山に進み出ると、天使は彼の和らいだ魂を再び持ち上げた——彼は死が空から降りて来て、彼の墓に自由の樹を植えるのを見た——彼は親しい星が近寄ってくるのを見た、それらは彼の友人やすべての亡き者達の天上的な目であった。ヴィクトルは彼の詩的な望みを根拠を上げて潰すことは出来なかった。むしろ刻々と深く彼の死の確信へと引き込まれた。少なくとも、今日の歓喜の嵐がこの美しい心と溜め息のもろい住まいを砕いて、死がこの高貴な魂の周りに忍び込み、歓喜で翼を立たせたとき、翼をとらえて魂を生からもぎ取るのではないかと恐れた、丁度子供達が蝶を追い回して蝶が花の上で羽を互いに合わせたとき指で奪い取るように。

エマーヌエルは迂回して山に登るのを遅らせ、涙のもはや涸れることのない悲痛な思いの友を一つの太陽から次ぎの太陽へと持ち上げ、そうしてこの光の高い位置からこの影の大地を見下ろし、その後では友人の死骸には卑小なこととしてほとんど気付かないようにした。「この地球が」（と彼は言った）「毎日暗くなるのは、鳥の籠と同じで、私どもが暗闇の中でより高い旋律をもっと楽に出せるようにとの配慮からだ。——昼間は暗い煙や霧となる考えは夜には私どもの周りの炎、光となる、ヴェスヴィオの上に漂う柱が昼には雲の柱に見えるけれども、夜には火の柱となるようなものだ」。ヴィクトルは慰めの意図を感じて、一層絶望して、ずっと黙っていた。

彼らは枝垂白樺への山の側は登らず、ゆっくりと登りになっている尾根を行った。彼らは夜の劇場を見渡した、そこには月と嵐がこっそりと近寄っていた。エマーヌエルは立ち止まって言った。「見上げて、永遠の者の王座の周りの永遠に輝く朝の沃野を御覧。空から星一つ輝くことがなかったら、人間は不安げに最後の眠りのとき地下埋葬場のように作られた開口部のない暗い大地に横たわることになろう」。諸太陽に釘付けになっていた目の前に螢が明るく漂い、蝙蝠が灰色の蛾を求めてさっと飛んでいった――三つの夏至祭の火が、迷信に縛られて、夜の遠くの三つの丘で移っていった――すべての生命はその葉の下、その枝の下、その母の間近で眠っていて、その散在する夢の中には雷雨があった――魚が死体のように河の表面で雷の先触れとしてふらついていた。

突然エマーヌエルは不似合いな、十分に抑えてはいない声で始めた。「私どもの目に最後の罌粟の実［眠り］を落としてくれる守護神の傍らにもっと沈着に立つには、後で教会のアーチの中、教会の墓地に休むよりも、野原に、空の下に、あるいは部屋のミイラとして眠るのがいいだろう。……いいかい、今」（彼らは枝垂白樺のざわめきを聞いた）「空想を静めなさい。白樺の横に私の永眠の穴が開いている――四週間前から花の種を蒔いて、飾ったもの、今大方花盛りだ――明日はともあれ、永眠の服を着せて私を花の下に置いておくれ――そして明日覆っておくれ――しかし私の小さな花壇に他の人々のように辛い名前を付けることはない――それは明日のこと、今日はすぐユーリウスの許に帰るがいい、私が……」（死んだらと彼は言いたかった、しかし感動の余り優しく言い換えることが出来なかった）。――

冷たく開けられた愛しい者の洞穴を見るとホーリオンの目は打ちひしがれ、溜め息を洩らした、彼はその中の花の床まで覗くことは出来なかった。彼は大きく嗚咽し、涙にかきくれながらエマーヌエルの顔を見て、彼が生きているかどうか見た。二匹の螢が弧を描いて墓地の上を交錯した、それらは横に沈んでいき、消えた、それらの明かりは動くにつれて消えるからである。

ヴィクトルの傷にこんどははじめて雷が鳴って襲いかかった――東の地平線に稲光が輝き、炎がアルプスの山々に走り――火薬庫の避雷針がほのかに光り、その雷雨警報が響き、鬼火が庫の周りで戯れ、大気中では漂う火の玉がすさまじくそれに近付いていきた。

マイエンタールでは十一時が告げられた——十二時にエマーヌエルは他界すると思っていた。——とうとうエマーヌエルは、自ら他人の苦悶に圧倒されて、友にすがり言った。「まだ何か言うことがあるかい、愛しい者よ、言いようもなく大事な友よ。——私の時は来た——お別れの時だ——君もお別れを述べて、私の死を妨げないでおくれ——死が山を登って来たら、騒がず、死が私をさらっても、嘆かないでおくれ。——まだ何か言うべきことがあるかい、永遠に愛しい者よ」。——「何もありません、天の天使の方よ。そんなこと出来ません」と血を流す思いの人間は言った、そして沈み込んだ顔を滂沱と泣きながらエマーヌエルの肩に置いた。

「それでは私の心から君の心を遠ざけ給え、ご機嫌よう——幸せに、元気に、大きくなっておくれ——とても愛していた、今一度愛することにしよう、そしていつまでも愛することにしよう——良き者よ、忠実な者よ、私同様に死すべき者であり、私同様に不滅の者よ」。

雷雨警報は一層激しく鳴った——漂う光の玉は火薬庫に近寄った——覆っていたすべての雲の火山は一緒に荒れ狂い、その炎を投げ込んだ、そしてその間を雷が嵐の鐘のように轟いた——二人の人間は最後の言葉を前にひしと抱き合い、黙って、喘ぎながら、震えていた。

「今一度話しておくれ、私のホーリオン、そして君の友から別れておくれ——お休みとだけ言って、死ぬ者と離れておくれ」。

ホーリオンは「お休み」と言って離れた。彼の涙は止み、溜め息は洩れなかった。雷は静まりかえっていた。自然は黙って雷雨のその混沌を整えていた。大空の棺台を通って稲光がきらめくことはなかった。ただ雷雨警報の弔鐘だけがなお響き、火の玉はなお進んで来た。

はるかな静寂の中に眠りと夢と一人の絶望した心があった。

この永遠の静寂の中でエマーヌエルは他人の手を借りずに時の上に黒く聳えている高い門に近寄った。静寂は精霊の言葉であり、星空はその面会格子である——しかし星々の格子の背後には今精霊も神も見えなかった。

人間が自分の肉体を見つめ、それから自我を見つめ、そして身震いする瞬間がある。——自我は一人っきりで自らの影の傍らに立っている――実体の泡の地球は震え、ぶくぶくいい、低くなる、そして泡は消えていき、一つの小泡となる。

エマーヌエルは永遠を覗き込んだ、永遠は長い夜のように見えた。

彼は自分が影を投げかけていないか見回した――影となると影を投げかけない。

ある黙した者が人間を揺り籠に置き、ある黙した者が人間を墓場に押し込む――人間が喜ぶとき、眠っている者が笑っているように見え――人間が嘆き泣くとき、眠りの中で泣いているように見える。――我々は皆空を見上げ、慰めを請う。しかし向こうの無窮の青空には我々の心に語りかける声はない――何も現れず、何も我々を慰めず、何も我々に答えない。――

かくて我々は死ぬ。……

至仁の方よ。私どもはもっと喜んで死にます、しかし哀れなエマーヌエルは静かな暗闇の中で激した考えと戦っていた、これは今まで長く見たことのない、彼の青白い顔に爪を立てるものであった。しかしこの仮面は、親しい兄弟の顔が君の前に歩み寄り、君を抱擁すると逃げ去るものである。――ホーリオンは立ち上がり、かがんでいた者に無言の別れの抱擁をしてまた暖めた。突風が澄んだ西から無言で働く地獄に押し寄せ、あらゆる稲光、雷を追い払った。すると吹き寄せられた集雲から明るい月が平和の天使のように無垢の蒼穹から飛び出してきた――この明るさの中でエマーヌエルは自らの影と区別された――月は色褪せた色彩粒からなる虹を照らした、これは南東（東インドへの門）へ暗い流れの支往として進み、アルプスの上で弧を描いていた――エマーヌエルは先の天への梯子がまた地上の夜の上に寄り掛かっているのを見た――すると恍惚は際限もなくなって、彼は腕を拡げて叫んだ。「嗚呼、向こうの東へ、東へ、祖国への道を通って、凱旋門がほのかに光っている、記念門が開く、瀕死の者達が移っていく」。……

このとき十二時が鳴った。彼は両手をうっとりと山の上の青い天と、雷雨の傍らで晴れて休んでいる月に対して拡げた、そして途切れがちに至福の涙を浮かべて叫んだ。「永遠の者よ、私のはじめての生に対して、私の喜びのすべてに対して、この素晴らしい地球に対して感謝申し上げたい」。

マイエンタールにユーリウスのフルートの音が響いた、彼は地球を見下ろした。

「善き地球よ、善き母国よ、祝福されてあれ、ガンジスの平野よ、栄えよ、その花とその人々とで輝くマイエンタールよ、ご機嫌よう――御身達兄弟よ、皆長い微笑みの後幸せに私の後をついて来て欲しい。永遠の者よ、今こそ私を召して、残る二人には慰めを与えて頂きたい」。

死の天使が雲の上に立って、その稲光する剣を夜から抜いた――雷が次々に鳴った、地上の生の牢獄の戸が次々に開けられるようであった。

恐ろしい火の玉は空中から火薬庫に忍び込んだ。

死の時はすでに過ぎていた、しかし生命はまだ過ぎていなかった。

エマーヌエルはまだ死を感じなかったので、憧れながら不安に震えた――手を誰かに与えるかのように両手を動かし、稲光を自らに引き寄せたいかのように、稲光を見つめた。……

「死よ、私をつかんでおくれ」と彼は我を忘れて叫んだ――「亡き友よ、父よ、母よ、私の心を折って、私を連れていってくだされ――私は、私はもはや生きてはおれない」。――――

そのとき雷雨の中に燃え上がってはじける地球が上がった、そして火薬庫が粉砕された地獄のように散った。

爆音の為燃えるエマーヌエルは青ざめて花の墓に投げ込まれた。東は全体が轟いて震えた。月と虹は隠れた。

## 至福の夜半後

ヴィクトルは投げ飛ばされて気を失っていたがやっと腕を動かし、それで冷たい顔に触れた、この顔から今日狂った骸骨は今晩のことを読み取っていたのだが、顔は墓から出て、天の方を向いていた。彼はその上に身を投げ、自分の顔を青白い顔に押し付けた。辛い痛みからの涙をまだ振り切れないうちに、雲はその防火水と夜の葬列の松明とを取り戻して、透明な泡の塊が柔らかく月を覆って、とうとう谷全体と静かな二人の上で数千の暖かい雫となって落下した、この雫は人間に自らの涙を思い出させた。三人のイギリス人のうちの一人によって爆破された火薬庫は燃える雲の海戦を砕いた。

砕かれた雷雨は小さな雲になって移り、北東の真夜中の赤光の上に懸かっていたが、二人の人間は冷たく麻痺してまだ一緒に重なっていた。やっと上から熱い手が彼らの顔の間に入ってきて、おずおずとした声で尋ねた。「眠っているの」。

「ユーリウス」（とホーリオンは言った）「墓に来て、エマーヌエルは死んだ」。……

私は二人の不幸な者達を嘆きの棘のバンドで故人と縛り付けて横たわらせていた残酷な時間を数えたくない。しかしより美しい時が来た、それは前もってそれぞれの雲を押し出し、曇った月を拭き清め、それから熱い目を澄んで涼しい銀色の夜の前で開けさせた。

「気を失っただけなのだろうか」とかなり遅くなってからヴィクトルは言った。彼らは溜め息をついて起き上がった。彼らはやっと愛しい者を墓から引き上げた。彼らは彼を下の住まいに運んで、この美しい魂の太陽の転換「夏至」をヨハネの日同様に強いて行いたかったのである。悲痛な思いの後になお残っていたわずかな力と、両の濡れた目になお映るわずかな光を頼りに砕かれた天使と格闘して山から野原へと下ろしたが、その間彼らの横の二つの働く影は微光の中の第三の影をぞっとする思いで運んでいった。ここでヴィクトルは一人で村へ行って、霊柩車よりましなものはないか捜しにいった。盲人は白樺の木に寄り掛かり、エマーヌエルは他の花同様に眠っていた、そして彼らの上、月の前に、……しかしユーリウスは突然死人が話し、草の間を進んで来るのを耳にした。彼はびっくりして逃げ出した。……

——夢の守護神よ、御身は死すべき者の霧の眠りの中を通り、孤独な、死体に閉ざされている魂に子供時代の幸せな島を引き寄せる、そしてその中で我々の朽ちた喜びに再び花盛りの頬を与え、我々の哀れな狂った心に過去の天国と楽園の反映、雲の上の流れる沃野を見せてくれる。魔法の守護神よ、この聖なる夜、眠らない人間の前に進み出て、私の開いた目に薄物で覆われた鏡を向けて、そこに我々の地球の影と戦うエリュシオンの光の世界を二重の食の中で青白い月として見、[*2]描くことが出来るようにし給え。

死者の夢中になった声は叫んだ。「静かなエリュシオンよ、ようこそ。安らぎのほの白い国よ、新たな影を受け入れ給え——嗚呼何と穏やかに輝くことか——何と穏やかに吹くことか——何と穏やかに休らっていることか」。……

エマーヌエルの目は開けられた。しかし彼の頭の中では、自分は死んで第二の世界に目覚めているという天上的な妄想が燃えていた。至福この上ない者よ、君を取り巻いているのはやはりきらめく楽園で——このほの白さ、この風、この薫り、この安らぎは地上にしては余りに美しかった。月は銀の糸で空中の蜘蛛の網のように一帯の夜の緑の上に懸かっていた——葉から葉に、樹から樹に輝く雨の火花が見られた——すべての水面には霧が仄かに光ってたなびいていた——かすかに風が吹くと宝石の雫が小枝から銀色の河に落ちた——樹と山とは巨人のように夜に立っていた——永遠の空が落下する火花、散っていく香り、戯れる葉の上にあって、空だけが変わらず、恒星と共に永遠の宇宙の弧を描き、偉大で、涼しく、明るく、青かった。このように谷がかすかに光り、薫り、囁き、魅了したことはなかった。

エマーヌエルはきらめく大地を抱きしめ、燃えながら歓喜に屈し、詰まる胸から叫んだ。「本当だろうか、本当にこれは祖国なのか。——そう、このような安らぎの野では傷が癒え、涙が静まり、溜め息は消え、罪を犯すことはない、そう、小さな人間の心は余りの歓喜にとろけて、また自らを創造してはとろける。……そのように私は御身を考えていた、至福の、魔法の、眩惑の国、私の地球に接する国よ。……愛する地球よ、御身は何処だ」。

彼は酔った目を露の星のきらめく空に上げ、沈んだ月が黄色く疲れて南に懸かっているのを見た。月を彼は地球と考え、そこから死が彼をこのエリュシオンへ運んだと思った。ここで彼の声は彼の人生の愛する最初の庭への感動に移り、上の、星々の上を過ぎていく地球に呼びかけた。

「涙の球よ、夢の住まいよ、影と斑点の国よ。御身の広い影の斑点[*3]では今善良な人々が震え、没していく。霧の輪[*4]が御身を取り巻いている、人々はエリュシオンを見ない。……何と静かに至福の静かな天を通って、戦闘の雄叫び——嵐——墓を運んでいることか。御身の靄の球は棺のように周りの嘆きの声を包み込み、覆われた故人達と共にただの青白い静かな球としてエリュシオンを越えて去っていく。……

君達大事な者よ、ホーリオンよ、ユーリウスよ。君達はまだ嵐の中にいて、私の死体を覆い、泣きながら空を見て、エリュシオンを見ていないのか。……君達が人生の濡れた群雲を抜けておればいいのだが。——しかし私はとうに長く眠ってから目覚めたのかもしれない、地球上の時は永遠とは過ぎ方が違うのかもしれない。——君達がこの静かな平野に下りてこれたらいいのだが」。彼は魔術的な大きく映す微光の中で二人の人影が歩いてくるのを見た。「誰かい」と向かって行きながら叫んだ。「父上、母上、あなた方ですか」——しかし近寄ると、四本の別の腕に抱かれることになり、どもって言った。「この上なく幸せだ、ホーリオン、ユーリウス」——最後に言った。「私の両親は、兄弟は、クロティルデは、三人の婆羅門は何処だい。ダホールはエリュシオンにいると知らないのかい」。

ヴィクトルは暗澹として彼の愛する者の狂った歓喜を見守って、然りとも否とも言わなかった。エマーヌエルは天上的に微笑み、愛を溢れさせてユーリウスの顔を見て言った。「私を御覧、地上では見えなかったから」——「私は盲目と御存知でしょう、エマーヌエル」、と盲人は言った。この妄想に囚われた男は目をそらし、月に向かって溜め息をついて、友人達から離れ、小声で自らに言った。「二人の人影は地球からの夢の影にすぎない——彼らが消えるよう、見ないことにしよう。——このように地球の影の嘆き、夢の嘆きは楽園にまで達するものだ。私はまだ死の夢の中にいるのだろう、ここの一帯は生前の夢の一帯に似ているから——あるいはここは天国の入口か、両親に会えないから」。……彼は高い星の方を見た。「今私のいるのは何処だ。新しい天には新しい天がある筈。——ここでも憧れがあるのだろうか」。

彼は嘆息した、そして嘆息することに驚いた。彼は真珠の花の丘にもたれ掛かり、愛する人影に背を向け、目を仄かな曙光に向けて、捜し、夢見た——しかし遂に涼しい朝が、求め、眩惑され、燃えている目を、あるときは幽霊にあるときは歓喜の海に留められていた目をかすかなまどろみと共に、同じような夢と共に閉ざした。……「穏やかにお休み、疲れた方よ」と彼の友は言った。しかし眠れる者は地平線と共に熱くなってきて、変わらぬ妄想が更に続いていた。……

夢と朝とは彼にもっと気高いエリュシオンを加えた。

彼は、神がその太陽の王座から昇って、目に見えない果てしない西風となってエリュシオンを渡る夢を見た。

夏の最初の朝は彼の周りに地球の花嫁の飾りを重ねた——朝は露の真珠の層と共に野を過ぎり、波立つ小川の上に落下して漂う朝焼けの金箔、水金を投げかけ、茂みに燃える雫の腕の装身具を置いた。——しかし朝がすべての花を開かせ、すべての喜びに震える鳥を輝く空に散らせ——すべての蜂を歌声で包んだときにはじめて——朝が衰えた月を地球の下に沈め、太陽を神々の王座のように花咲く雲の花冠の上に昇らせ、あらゆる庭、あらゆる森にからまる露の虹を懸けたときに——そして至福の者が夢見ながら「至仁の方よ、エリュシオンに現れ給え」ともって言ったときに——そのときにゆっくりと流れる朝の風が彼を起こし、創造の千もの歓呼のコーラスに案内し、盲いたまま、ざわめき燃え上がるエリュシオンへ徘徊させた。

見よ、このとき測りがたい息が静めながら、起こしながら、囁きながら、燃え立つ楽園全体に溢れ、小さな花々は黙ってうなだれ、青い穂はざわざわと揺れ、高い樹は震え、ざわめいた——しかし人間の大きな胸だけが奔流の果てしない息を吸い込み、そしてエマーヌエルの心は、「御身、すべてを愛する方に他ならない」と言う前に、溶けてしまった。

——ここで私を読んでいる読者よ、朝に、あるいは星空の下に足を踏み入れたとき、あるいは無事であったり、幸せであったりしたとき、神を否認してはならない。——

——しかし不幸なエマーヌエル。

君は五匹の戯れる黄縁蛺蝶［きべりたては］を見つめ、美しい蝶をあの世のプシュケと考えた。——君は君の岡の背後で、墓を作っているかのように大地を掘る音を聞いた。——君は善良な盲人を見て、言った。「影よ、失せろ。……通り過ぎていった神を恐れるがいい、消えよ」。——しかし君はその前に今日私が明かしたくないことを何か話した——

——私の心は将来の行を思うと震える。——

痛みの余りわめきながら、喜びに口をゆがめて笑いながら、狂った骸骨が至福の野に裏の岡から飛び出してきた、右手には切り落とされた血塗れの手を持って、狂気で切断した先の左の付け根からは血を滴らせながら、右腕ではシャベルを抱いて、手を埋めようとし、歓呼し、泣きながら叫んだ。「死がわしの手を摑まえた、わしはそれを切り離した——こぶしの墓を死が見たら、やつは馬鹿だからわしが死んだと思うわな。……おや、おまえさん、棺に寝な。眼をくりぬかれ、口は腐っているというのに。……。ブルル」。

「至仁の方よ、これは罰ですか」口ごもってエマーヌエルは言った。彼の押しつぶされた肺からは血が飛び散った、絶望した男は彼の失われた天の血だらけの花の上に瀕死の状態でよろよろと崩れた。

このように日々天国は奪われる、人間は奪われて、かしこの最後の楽園に足を踏み入れる前には、こちらで多すぎる程失っているのだ。――傷で開けられた胸を我々はこの人生の春の息吹のそれぞれに、第二の人生のエーテルに運び込む、しかし胸はまず閉じられなければ、満たすことはできない。……

穏やかな宵

正午頃彼は疲れた目を開けた、しかしただ、死が彼の傍らで彼が眠っているとき開けた墓に目を落とすことになった。しかし一人の狂人は他の狂人の薬師《くすし》となった。彼のエリュシオンの夢は見終わっていた、その夢が実現されるように見えたその直前に、そして彼はまた理性的になった。ヴィクトルはすべての徴候から、少なくとも日没頃には死が収穫具と共にこの白い果実を梢からもぎ取るであろうと見ていた。しかし昨日よりも落ち着いてこれを見た。彼はすでに絶望の試演を行っていたので、悲哀の道具は心に新たな裂け目を切り込むことはなく、ただ古い裂け目からあちこち血を流しただけであった。棺の中で目覚めた者を数年後二度目に運ぶ者は、最初のときほど激しい悲しみには襲われない。

なんと変わった目でエマーヌエルは夕べの部屋で目覚めたことか、そこで彼は昨日喜びの最初の涙を流したのだった。彼の魂は、ゴアの悲しみの樹のように、日中に夜の花の装いを落としていた。彼の冷却した頭には地球はもはや詩文の沃野の面を見せることはなく、冷たい理性の明るい面を見せた。彼は今、自分の内部の人間のより高貴な部分を低い部分を犠牲にして花咲かせたこと――自分の死の希望は詩的翼同様に大きすぎたこと――自分は地球を地球からではなく、余りにも木星から眺めて、木星の天文台からでは地球は火花に縮んでしまったこと、自分はそれで地球を失ったけれども、代わりに木星を得たわけではないと告白した。ヴィクトルは、より高い人間は水彩画家に似て、いつも自分の生命の画を背景と空から始め、これを油絵画家や低い人間は最後に描くという正しい命題で論駁したけれども甲斐はなかった。彼の返事は、自分は残念ながら前景まで描けなかったという嘆きであった。最後に彼は、死というような少なくとも死の当人にとっては些細な別れに当たって大騒ぎをしてしまった、地上の他の別れの方がもっと長くて、辛く、双方に関係するのにと自らを非難した。

彼らはかくてこちらの劇場の向こう側での認識を話題にした。ヴィクトルは言った、自分は地上を越えての推定を多くの賢者のようには誹謗できない、肯定するにしろ否定するにしろ地上を越えて推定し、考えて見なければならないのだから、と。「思い出の継続がなければ」（と彼は言った）「私の自我の継続は他の自我の継続同様に、つまるところ無くなってしまいます。私が今の私の自我を忘れたら、私の代わりに他のどんな自我も不滅となってかまいません。私の思い出の消滅も肉体に対する現世的依存から生ずることはありません。この依存をすべての精神的諸力が共有しているのですから。そうなったらこの依存から他の諸力の消滅も生ずることになります。どこになお不滅が残ることになりましょうか」。エマーヌエルは言った。再認識の考えは、自分もかなり感覚的なものを前提とするけれども、極めて甘美で魅力的なものであり、人間がそれを確信出来れば、誰一人一時間とここに留まりたくはないだろう、殊にすべての偉大な高貴な人間に一度に会えるという天上的な考えを思い描くときには、と。「私はしばしば」（と彼は言った）「将来の思い出を現在の思い出との類似で考えてきた、そしてその思い出の中では地球はある暗い朝の沃野に、私どもの生ははるかに遠ざかった、月光で照らされた一日に縮まるであろうと考えると、いつも恍惚の余り止めざるを得なかった。――私どもは幾つかの子供時代の像を前にしてすでに溶けてしまうのだから、いつかすべての子供時代の像を前にしたら何と穏やかに眺めることだろう」。――ヴィクトルはこの致命的恍惚を断った、そして移行に関して、「いずれにせよこの地球と第二の地球とにはある結び付きがなければなりません」と言った後で、この夜彼の目を引いた何か別のことに言及した。

……………………………………………………………………

今日はまだヴィクトルの尋ねたこと、エマーヌエルの打ち明けたことを伏せておく。この新しい視点は我々の目を余りに長く偉大な病人から遠ざけてしまうであろう。

盲人は不安げに病人の熱い手をずっと握り、愛する父を失わないようにした。エマーヌエルが長いこと自分の死についての優しい慰めを、さながら涼しい葉のように彼のほてる眠りの周りに置くと、ただ衷心から懇願して言った。「父上、あなたを一目、目にしていたら」。――

エマーヌエルは落ち着いているように見えた。しかし思い違いであった。地上に対する彼の今の無関心は実は昨夜のそれより痛切であった、昨夜のそれは単に別の、空想の媚薬の混じった生の享受にすぎなかった。彼の詩人的自殺に対する後悔には結果に対する喜びがほとんど混じっているように見えた。それで感動的に確信を抱いた眼差しで言った。「今日の夕方頃きっと行くことになろう、自分の二人の最後のそして最良の友を別れをこのように引き延ばして苦しめることはすまい。——諸世界の守護神は自分の最後の過ちを許してくれよう、そして長くなりすぎたここでの別れに更に向こうで第二の別れを用意することはあるまい」。

彼が長く話すほどに、再び昔の花の楽園が彼の疲れた魂に蘇った。——このとき彼は友人達に奇妙な哀切な依頼をした。周知のように瀕死の者では聴覚が、すでに他の感覚がすべて大地に閉じられているときに、最も長く残るので、エマーヌエルはヴィクトルに言った。「私の様子がおかしくなったら、ユーリウスにフルートを与えておくれ、そしていいかい、昔の歓喜の歌を吹いておくれ、その音を聞いて死にたいと以前からよく願っていた、臨終の後もしばらく続けて欲しい」。

自分の最後の想念の周りに如何に素晴らしく音が響くことか、沈む太陽の周りの鳥の歌のようなものだと彼は考えた。そして彼の消えた精神には再び昔の火花がきらめいた。「ここから安らかに去ろう。——私の魂は昨夜すでにこの大地にこの世ならぬ装いをさせ、これを楽園と思った。大地がもっと美しく、魂がもっと大きくなりさえしたら、……」

彼は再び失神した、しかし脈はまだかすかに打った。——そしてこのとりとめのない思いのとき、彼は地球から最後の贈り物としてぞっとするほどに甘美な夢を受け取った、この夢には肉体がその病弱な思いを混ぜ入れたもので、蘇生してから彼は新たに夢を思い出して語った。これは我々の去っていく魂と我々の肉体との最後の穏やかな三和音で、肉体は魂に、溶けていきながらもなお（失神者や水での仮死者等から知っているように）甘い演奏や夢を供するのである。

すべての魂を一つの歓喜が殲滅するというエマーヌエルの夢①

彼は神々しく、透き通って、色の付いた暗いチューリップの萼に休んでいた、萼は揺れた、穏やかな地震が曲がった支柱の上のチューリップの亭を揺すったのである。花は磁性の海にあって、この海は亡き者をますます強く引き寄せた。とうとう吸い出されて、彼は花を押し下げ、露の真珠として折り曲げられた萼から外に沈んでいった。

何という多彩な世界か。彼のようなエーテルの人影の片々たる雑踏が遠くの島の上に漂い、島の周りには大きな満開の花の丸い手すりが戯れていた——島の空の上では次々に夕陽が飛び過ぎた——その傍らでは一層低く白い月達が去って行き——水平線の近くでは星達が回っていた——太陽や月が沈んでいく度に、彼らは天上的に天使の目のように岸辺の大きな花越しに覗いた。太陽は月とは虹で隔てられていて、すべての星は二つの虹の間を動き、銀色に天の多彩な輪の球の刺繍をしていた。畳々と多彩な雲が昇って来た、その中では金や銀、宝石の核が燃えていた——蝶の羽によって埃の雲は払い落とされた、雲は飛ぶ絵の具のように大地を覆った、そして沸き立つ雲から光の河が稲光りして、この河は互いにからみ合った。……

この色彩の混雑の中で甘い声が響いて、至る所で言った。光の許で一層甘美に滅せよ。

しかし魂達は盲いるばかりで、まだ滅しなかった。

そのとき夕方の風、朝の風、昼の風が互いに沃野を襲って、淡青色と金緑色の雲を、花の香りから生じた雲を吹き下ろした、そして水平線の花の輪を開けて、甘い煙を故人達の心に吹き寄せた。花の霧は彼らを呑み込み、心は暗い香りの中に、最も深い子供時代からの感情の中へのように浸され、熱い花の香りに覆われて、その中で滴り散ろうとした。——このとき聞き慣れぬ声が間近に来て、穏やかにささやいた。香りの許で一層甘美に滅せよ。

しかし魂達はよろめくばかりで、まだ滅しなかった。

真夜中からの永遠の中に低くただ一つの音色が上下に弧を描いた——二つ目の音色は朝に——三つ目の音色は夕方に生じた——遂に遠くから空全体が響いた、そして音色は島に溢れて、柔らかになった魂達を捉えた。……音色が島に届いたとき、すべての人々が喜びと憧れの余り泣いた。……すると突然太陽達はもっと速く動き、音色はもっと高く上がり、渦巻きながら身を切るような果てしない高みに消えていった——すると人々のすべての傷がまた開き、穏やかに滴る血でそれぞれの胸を暖めた、胸は憂愁の中で死んだ——すると我々がここで愛したものすべてが、我々がここで失ったものすべてが、それぞれの大事な時間が、それぞれの泣かれた野が、それぞれの愛された人間が、それぞれの涙が、それぞれの願いが去りながら我々の前にやって来た。――――至高の音色が止み、再び切り込み、一層長く止み、一層深く切り込んで来たとき、人々の下のハーモニカの鐘は震えて、切り込んでくる渦で鐘の上の震える者をことごとく砕こうとした。――そして暗い小さな雲をまとった高い人影が白いヴェールを付けて現れ、旋律的に言った。音色の許で一層甘美に滅せよ。

嗚呼、彼らは滅したことだろう、それぞれの心が自分の憧れる心を自分の胸に引き寄せていたら、憂愁な旋律の許で喜んで滅したことだろう。しかし各々は恋人を持たずにまだ一人っきりで泣き続けた。

遂に人影は白いヴェールを上げた、終末の天使が人々の前に立っていた。その周りの小さな雲は時であった――彼が小雲をつかめば、それは砕かれて、時と人間は存在しなくなることだろう。

終末の天使が姿を現したとき、天使は言いようもなく愛らしく人間に微笑みかけ、人間の心を歓喜と微笑とで滅ぼそうとした。穏やかな光がその目からすべての人々に注がれた、誰もが自分の最愛の魂を自分の前に見た――彼らが互いに愛で死にながら見つめ合って、溶けて、天使に微笑を送ったとき、彼は近くの小雲に手を伸ばした――しかしそれに届かなかった。

突然誰もが自分の横に今一度自己を見た――第二の自我は透明に第一の自我の横で震えた、そして両者は滅しながら互いに微笑みかけ、互いに一層高くなった――人間の中で震える心は今一度震えながら第二の自我に懸かり、その中で滅するのを見た。――――

その時には誰もが自分の自我から恋しき者へと去って、おののきと愛とに襲われて、両腕を他の大事な人に巻き付けなければならなかった。そして終末の天使は腕を大きく広げて、人類全体を一つの抱擁に抱きしめた。――そのとき沃野全体が輝き、香り、響いた――そのとき諸太陽は止まった、しかし島が自ら諸太陽の周りを旋回した――二つに分裂した自我は互いに滴り合った――愛する魂は互いに雪片のように落ちた――雪片は雲となり――雲は暗い涙に溶けた。――

大きな歓喜の涙は、我々皆から出来た涙であるが、永遠の中を次第に透明となって漂った。

最後に終末の天使は小声で言った。彼らは恋人達の許で最も甘美に滅した。――
そして泣きながら時の小雲を押し潰した。――

＊

エマーヌエルの目には死の熱病の像が輝いていた、これらの像と共に眠りはどれも、最後の眠りですらも始まるものである。彼の精神は揺すりながら弛緩した神経に懸かっていた、穏やかな風に吹かれて。彼はすでに失神者、産婦、出血者、瀕死者達のかの崩れる神経の恍惚の状態にあったのである。しかし彼の空の胸はより容易に上がり、彼の去っていく精神は命の糸をより薄く伸ばした。

痛みが重なったときに我々に押し付けられる鈍い麻痺の慰めをヴィクトルは得ていたことだろう、哀れな盲人に刻々とこの痛みを、つまり死の支度を告げる必要がなかったのであれば。盲人は彼の師に歓喜の歌を吹き聞かせるのが遅くなりすぎはしないかと案じていたのかもしれない。

夕方になった。エマーヌエルは一層静かになり、彼の目は一層強張った、目は部屋で働く脳の空想を見ているようであった、そのとき鏡で反射した沈む夕陽の金色の一条の光が、稲妻のように彼の夢の世界を過ぎった。小声で、しかし別な声で彼は言った。「太陽を」――彼らは彼の言葉を解して彼のベッドと頭とを夕陽の美しい夕べの雨に向けた、かつてこれにしばしば彼は彼の優しい心を開けたのであった。ヴィクトルは、彼の目が太陽に眩まずにじっと開けられているのを見て驚いた。

三人の打ちのめされた人間の周りは崇高に静かであった。夕方の風だけが部屋の菩提樹の葉をそよがせて、蜂が菩提樹の花の周りにいた。しかし不安の劇場の外部では至福の夕べが喜び、羽ばたき、歌い、酔った生き物達の許、赤く夕陽を受けた野の上で休らっていた。

エマーヌエルはより低く地球に迫ってくる太陽を静かに眺めていた。彼は他の者のように掛け布団をつかまず、腕を飛ぶ為か抱擁の為かのように上げた。ヴィクトルは愛する手を握った、しかし力なく彼の手に垂れてきた。そして太陽が審判の日の燃え上がる世界のように最後の炎を噴き上げて沈むと、静かな男は冷たい目をしたまま太陽の空いた席に留まり、日没に気付いていていなかった。ヴィクトルは突然死の大鎌の稲妻が黄色に不動の顔の上を移っていくのを見た。——彼は打ちひしがれてユーリウスにフルートを渡し、途切れ途切れに言った。「歓喜の歌を吹き給え、今身罷るところだ」。——

ユーリウスは盲いた目から涙を溢れさせながらむせぶ息をフルートに当てて、溜め息を天上的音色に高めて、魂が根を抜かれて去っていくとき最初の世界の余韻と第二の世界の先駆けの響きとで魂を包み、麻痺させようとした。

歌の間未知の夢についての至福の微笑が冷たくなっていく顔を変容させて——ただ手が痙攣して絶望した友の手を握り、ただ瞼が痙攣して合図を送り、更に痙攣は下の青白い唇を開けて止んだとき、——そして夕焼けが色褪せた姿を覆ったとき——そのとき死が侵入してきた、地球と我々の悲しみに対して冷たく、不動に、毅然と、黙って、菩提樹の花の下、美しい夕べを通って、静まった死体の中の覆い隠された魂の許まで、そして覆われた魂を果てしない腕で地球から未知の諸世界を通って御身の、私どもを創造された永遠の、暖かい、父なる手の許へ運んだ——私どもを創られた目的のエリュシオンへ——私どもの心に近しい者達の許へ——安らぎと美徳と光の国へ。……

ユーリウスは痛みの余り、詰まった、ヴィクトルは言った。「歓喜の歌を更に続けて、今身罷った」。——音を聞きながらヴィクトルは愛しい者の目を閉ざした、そして地上の彼方の心をもって言った。「目を閉じ給え——光を見ていた精神は地上の地上の彼方にさった——青白い、聖なる御姿よ、あなたの中の天使は抜け出した、あなたは大地に戻られる」。——ここで彼は今一度空の冷たい骸を抱いて、もはや鼓動しない、彼のことをもはや知らない心を抱き寄せた。フルートの音は彼の蒼白の傷を余りに引き裂いたのであった。人間は激しい悲しみで固い氷に強張ったときには音楽は無い方がいい。柔らかい音は穿たれた胸から悲しい血をすべてなめて取る、人間はその苦悩を表現する術を知って、その苦悩の為に死ぬことであろう。……

ここで死のこれらすべての場面に、エマーヌエルの墓に、ホーリオンの痛みに幕を落とすことにする。——私と私の読者は他人の臨終の部屋から出て、私ども自らが倒れる、あるいは私どもの大事な人が倒れたもっと間近な部屋を覗くことにしよう。かの部屋に臨終の床を見てみよう、しかし目は朽ちさせないことにする。——愛と美徳の炎は腐敗を越えて上に燃え上がる——臨終の床の周りには棺が休息のベンチとしてあり、そこにすべての重荷が、それに押し潰された心も片付けられる――臨終の床の周りには一人の大きな未知の人影が見えるが、これは神の似姿から地上の枠を破るものである。――しかし私どもの休息の地の傍らで心が偉大になるとするると、他人のそれの傍らでは心は柔らかくなる。――私の読者よ、君と私が今この感激した魂をもって、地上の永遠の傷を感ずる部屋を覗いて見ると、その中で今一度私どもに死者の目を向ける青白い人影にははなはだ震撼させられ傷つけられる。――それも宜なるかな、黙せる愛しい者達よ――私どもの辛い涙の他に、私どもを苦しめる溜め息の他になお君達に捧げるものがあろうか。私どもの顔の喪章の紗の帯が君達の顔の屍衣のヴェールのように直にちぎれるとき――君達の名前の書かれた墓の大理石が君達の死体の上で裏返され、新たな死体に新たな名前を記して覆わねばならないとき――私ども皆が永遠の愛を、君達の今際のときに約束した永遠の思い出をかくもすみやかに忘れるとき――嗚呼このような騒がしい生の日々では、次のような静かな時は神聖で美しいものである、つまり私どもが崩れた墓にさながら耳を付けて伏し、深く地下から、日々おぼろになるけれども、馴染みの声が叫ぶのを聞く時である。「私どもを忘れてくれるな――息子よ、私を忘れないでくれ――友よ――恋人よ忘れないでおくれ」と。

いや君達を忘れようとは思わない。どんなに辛いことであっても、私どものそれぞれがこのような時最も大事な姿をその休息の地から眼前に呼び出して、崩れた面影を、かくも永く閉じられていて再び愛情一杯に開けられた眼を、愛しい晒された顔をまじまじと見つめるのがいいのだ、彼らの愛の美しい日々の古い思い出が自分の心を砕き、もはや泣けなくなる程に長いこと。

＊１　第二巻の第二編。
＊２　太陽は月による食のとき薄物をつけた鏡で見ることが出来る。
＊３　我々の地球の海は遠くでは月の斑点のように見える。
＊４　月の暈。

# 第三十九の犬の郵便日

大いなる打ち明け話し——新しい別れ



先の章で隠したことを今明らかにしたい。——エマーヌエルが狂気のかの天上的な朝ユーリウスに、「影よ失せろ」と言ったとき、彼は次のように続けた。「私をまだ父と思っているホーリオン（卿）の盲いた息子の振りをするな——去って行った神を恐れ、消えよ」——そしてヴィクトルに向かって言った。「影よ、自分が誰か知らずに、自分の父をアイマンと知らないのであれば、また地球に下りて、そこのヴィクトルの影の中に入っていけ」。——ヴィクトルが翌日瀕死の者にこの言葉を思い出させたとき、彼は苦しげに尋ねた。「それは狂気の中で言ったのではないか、地上での誓いを離れた国にいると思い込んで」と、そして黙って驚いた顔を壁に向けた。……彼はつまり死の狂気の中でユーリウスは卿の息子であり、ヴィクトルは牧師アイマンの息子であると言ったのであった。……しかし何と明るく広い照明をこの満月は私どもの話し全体に与えてくれることか、これまでは三日月が照らしていたにすぎない。——

告白すると、すでに第一章でヴィクトルが医者であることに私は注目していた。今その説明がつく。医師としてのドクトル帽は卿の市民の特使にとっては最良のモンゴルフィエ式熱気球、魔法の帽子であって、一層楽に王座の周りに漂い、脆いイェンナーに影響を及ぼすのが出来るのであった。それにヴィクトルは将来の平価切り下げの後、羽根飾付き帽子喪失の後でも最も良くドクトル帽で日々の市民としてのパンを稼ぐことが出来る——と卿は見た。これが卿がヴィクトルを自分の息子と称した一つの理由である。別な理由は、ヴィクトルは侯爵に仕える役目に、その気まぐれ、機敏さ、愛想の良さ等々で最もかなっていたということである、その上更に、イェンナーのとても愛していた五番目の、これまで行方不明の子息とすべての点で、年齢を別として、似ているという推薦し得る点があった。一人の侍医のみを寵臣とする予定であったので、卿は侯爵の子息を誰もそれにはせず、法律家にさせて、将来の官職に備えさせた。――自分自身の息子ユーリウスを使うことは出来なかった、盲であったからである――ちなみに卿もかっては盲で、父から息子に遺伝する盲目の例の一つとなっている――しかし盲目でなくてもその私心のない細やかな神経の所為で息子に侯爵の寵愛という利点を得させることは出来なかったであろう、イエンナーの実の子供達にその利点を遠ざけながらでは。

御身、希望のない良き男よ。今御身の盲人に対する詩人的な教育を御身の冷たい原則と比較するとき、御身が如何に――抒情的喜びには背を向けて――熱狂の涙には心を鬼にして――それでも御身のユーリウスの瞼で閉ざされた暗い魂をその師によって詩的な花の絵で――感動の露の雲で――第二の人生の星雲の中心星で一杯にさせたか考えて見るとき、御身は御身の飢え果てた心に抱きしめることの出来るものを何もこの地上では見いだせないということ、そして御身の空《から》の涙腺上で枯れた目を冷たく空に向けても荒れた青空しかみえないということが私の痛みを増すと共に私の敬意をも増す。

この痛々しい考察をヴィクトルは私より更に早くしていた。しかし閑話休題。先の話しは千もの棘を彼の心に刺した。もはや以前の快活なゼバスティアンは見られない――彼は四人の人間を失った、さながら四日の聖霊降臨祭の代償に。エマーヌエルは消えた、フラーミンは敵となった、卿は他人となり、クロティルデも――他人となった。彼は自らに言ったからである。「今彼女は自分の届かないところにいったから、自分がこれまで多くを奪ってきた女性にすべてを強いる気はない、彼女の父親の愛や彼女の身分を犠牲にさせたくはない――自分の境遇を知らずに寄せられた愛に迫りはしない。――いや、大事な人から胸に千もの傷を負いながら別れよう、そして一人っきりで横になって、血を流して死のう」。――このときこの決意は簡単であった。友人の死後は新たな辛い不幸を我々は喜んで胸に引き受けるからである、胸は潰れてもいい、死にたいのである。

しかし運命は彼の両腕になお二人の愛しい人を残していた。彼のユーリウスと彼の母親である。ユーリウスには多くの素敵な関係があることを愛していた。自分が混同された人をいつも愛するようになるということさえもそうした関係の一つであった。卿が彼に対してそうしたようにユーリウスに対して父の役を演じたかった、そうしてこの高貴な男性に感謝するというよりはその真似をしたかった。更に一層熱く自らの心で立派な牧師夫人を抱いた、彼女にはこれまで彼の心は息子のように穏やかに暖かく高鳴っていたのであった。これまでの父親がのけられた子供の胸にとっては、母親の心に抱き寄せられて、母親から、「息子よ、どうしてこんなに不幸になって、どうしてこんなに遅く帰ってくることになったの」という言葉を聞いたらどんなに憧れが満たされたことであろうか。しかし彼には許されなかった、さもないとフラーミンの出自を秘密裡にしておくという誓いを破ることになったであろうからである。

　彼は四日間盲人と共に死者の家に閉じこもった——誰にも会わなかった——哀悼する修道院も訪ねなかった、そこではすべての美しい目から同じような涙が流れていた——薫る公園も青空も断念した——そして花々を故人同様に枯れさせた。——彼は残された盲人を慰めた、——一日中彼らは抱き合って休み、泣きながら、自分達の師とその教えと自分達の子供時代の明るい時を思い描いた。とうとう四日目に彼は盲人を永遠に美しいマイエンタールから連れ出した——夕方鐘は遠くまで一つの棺に納められた生涯に対する弔鐘を響かせた——ユーリウスは大声で泣いた——しかしヴィクトルは単に湿った目をしていて、自分ではなく盲人を慰めた。彼の魂は今では他人の推測するものとは異なっていたからである。彼の魂はこの儚い生の高みにあった、故人は守護神のように彼の魂を雲の上に、卑小な時の戯れの上に高く置いた。ヴィクトルは友人の葬儀の日に人が立つ高い山に立っていた、山の下では深淵の死のような海が拡がっていて[*1]、海の上に生ずる広大な震える霧を吸っていた——霧には多彩な町が描かれていて、揺れる風景が霧の中にあった、そして小さな民が赤い頬をして薄靄の風景の上を走っていた——そしてすべてが、民や町が、涙のように滴って、吸い込む海に落ちた——　——ただ水平線上には下の陰気な霧の中に輝き始める縁が朝焼けのようにあった。太陽が薄明かりの背後から昇ってきたからである、すると霧は消えて、新たな緑色の堅牢な世界が果てしなく拡がっていた。

　彼は一晩中歩きたかった、しかし上マイエンタールという次の村で何か恐ろしいことを聞いて引き留められた。彼は旅館の馬車置き場で侍従の馬車が止まっているのが紋章で分かった。彼は盲人を玄関の石造りのベンチに座らせた、盲人は干し草を下ろす物音に耳傾けていた。ヴィクトルが尋ねたところその旅館から次のような情報を得た。「二人のご婦人がいらして、一人は存じ上げない」（彼はしかし服の概要からすぐに牧師夫人と分かった）――「もう一人はよくここを経由される、侍従長の令嬢で、悲しみの最中にある、父親が数日前参事官のフラーミンとの決闘で射殺されたからで、二人はお付きの者達の話しではイギリスへ旅するそうだ」。

彼は声を上げたが空しかった、半ば血と苦悩とで息が詰まって。「そんな筈はない、フォン・シュロイネスの青年貴族ではないか」。しかしそうであった――フラーミンは牢獄に――マチューは国外に――ル・ボーはすでに泉下にあった。……しかしこの殺人の話しは今は出来ない。――ヴィクトルは幸福な養蜂家の時計をゆっくりと取り出して、すでに数日間巻かれずに止まっている楽しい時間の指針を見た。荒々しい絶望に駆られて、時計を石の床にたたきつけて潰したい気持になった。しかし盲人が硬直した魂の前により美しくより暖かい過去を引き寄せるフルートの三つの息吹を聞いていると彼の凝固していく心は濡れた目に溶けて、溢れさせながら目を上げて、ただ言った。「至仁の方よ、お許し下さい――ただ泣くことにします」。――我々の裡の痛みが余りに激しくなると、運命に対して我々の裡で何かがきしんで、心はさながら防衛の為に憤慨して丸まる――しかしこの強がりは冒瀆である。至仁の方よ、御身に対しては、押し潰された心のまま涙となって流れ、自分が死ぬまで愛し黙っていることはもっと素晴らしい。

馴染みのフルートの音はクロティルデの苦悩の厚い雨雲に迫ってきた――彼女は窓際で震えた――彼女は盲人を見た――しかしすぐに後戻って、その心を一層深く冷たい雲の中に隠した――今すべてを悟ったからである。盲人は彼女の偉大な友が地球と慰めのない者達の許を去ったという死の使者であった。「私の師も亡くなりました」と彼女は同伴の友に語った。ヴィクトルが面会を求めてきたとき、彼女は無言で頷いた。――それから牧師夫人に別室に退くよう頼んだ、ヴィクトルを見たら多くの理由で彼女には堪えられなかったであろうからである。ヴィクトルは階段をさながら断頭台に登るように登っていった、そこで運命は彼の心を取り出すことになろう、つまりクロティルデを、彼女から今日彼は彼女の旅と、彼女を諦めるという彼の決意とで別れることになっていた。彼が開けて、青白く疲れて壁に寄り掛かっている苦悶の女性を見、そして両者が互いに手を垂らして赤く泣きはらした目を見、対面したときと最初の言葉との間のばつの悪い時に、丁度最初の大きな砲弾の炎と弾の到着の間の恐ろしい時のように震えていたときに、そしてとうとうクロティルデが小声で「すべては本当ですか」と尋ね、彼が「すべて」と答えると——彼女はゆっくりと彼女の美しい頭を壁の方に回し、小さな声で嘆きを続けて、疲れた嘆きの穏やかな秘かな悲しみの調子で繰り返した。「私の立派な師、忘れがたい友よ。——偉大な精神、美しい天上の魂よ、何故そんなに早くジューリアの後を追ったのです。——怒らないで下さい、今はただ父上のいます所、静かな墓に入りたい気持です」。——ヴィクトルは震えながら問いかけ始めた。「フラーミンが父上を、……」——しかし彼は「殺害したのですか」と付け加えられなかった。彼女が頭を上に挙げて、腫れていく痛み、休みない言いしれぬ痛みをもって見つめたからで、この痛みは彼女の肯定であった。——

彼女は涕泣にぐったりなって、脳穿孔機のように魂に触れる思い出におののきながら、遂に壁際に崩れ落ちようとした。しかしヴィクトルが言いようもない同情の念を抱いてつかみ、自分の胸に真っ直ぐに支えて言った。「無垢の天使よ、私の胸に来て、存分に泣いて下さい——私どもは不幸です、が罪はありません——悩み多き頭を休めて、私の涙の下で穏やかにお休み下さい」。——しかしこの上ない悲哀のときにはいつも山上の風が吹き始めるのであった、鉄梃子が割れた頭蓋骨を開けたような、生命の風が穴の開けられた、内部の黴びた胸を抜けるような気がした。人間の人生は卑小となったが故に、死は偉大なものに、地球は塵となった。「お休み、悩める方よ」——と彼は萎れて彼に寄り掛かっているクロティルデに向かって言った——「悲哀を眠ってお忘れなさい——人生は眠りで、打ちひしがれた熱い眠りです、吸血鬼がその上に座っていて、雨と風とが眠れる私どもに落ちてきます、私どもは目覚めようともがくけれども虚しい——人生とは息が切れる前の長い、長い、溜め息です。しかし惨めな蜃気楼がまさにこの良き魂を、あなたを苦しめるなんて」。——「嗚呼」とクロティルデが言った、「フルートの音が悲しすぎる。私の心は苦しみの余り砕けそう」。しかし彼女の友人は彼女の涙の泉をすべて残酷に裂いて開け、彼女の涙に自分の涙を注ぎ、過ぎたことを話した。「四週間前は別でした、そのときはフルートの音がより美しい国の上を小夜啼鳥の幸福な音の中を私どもの心に響いてきました、当時心はとても快活でした——最初の降臨祭の日、小夜啼鳥が啼いたときにあなたに会いました——二日目は雨が私どもの周りに輝いたとき歓喜と敬意の余りあなたの前に跪きました――三日目には上の夕方の噴水で広い空が開き、そこに唯一人の天使が輝きながら微笑むのが見えました。――――私どもの三日は美しい花の夢でした、花の夢とは嘆きですから」。これまで彼の柔らかな魂はこの残酷な絵に心を鬼にしていた。しかし声を殺して、「当時は私どものエマーヌエルは存命で、夕方自分の開いた墓を訪ねました。……」と付け加えたとき、彼の心は裂けざるを得ず、そしてあらゆる涙が深く差し込まれた刀の上を血の滴りのように溢れ、彼女をもっと激しく抱きながら彼は言った。「際限もなく泣くことにしましょう。慰めようとは思いません。長く一緒にはおれません。嘆きで錯乱したいところです。――崇高なダホールよ、この死すべき定めの二人とあなたの為の涙とを御覧になって、二人の悲しみを消し、疲れた魂に休みとあなたの平和と、人間に欠けているものすべてとをお与え下さい」。

二人の魂は絡み合って唯一つの涙へと落ちた、そして悲しみの静寂がこの瞬間を聖なるものとした――息が重苦しくてもうそれ以上は言えない。

――目覚めたように彼女は頭を彼の心から離して、力無く微笑んで彼の手を握った――彼女は一切の不幸な出来事にもかかわらず彼を言いようもなく愛していたからで、今一度会う為にマイエンタールへ向かう途中に他ならなかった――そして言った。「私はイギリスの母の許へまいります、卿を捜して、早く戻って、仲裁し、私や他の人の痛みを終わりにして欲しいと頼みます」。――彼女はつかえ、眼差しで補ったが、隣室で多くを耳にしている不幸な牧師夫人に話せないことを十分に訴えていた――彼女が隠したことは、フラーミンが侯爵の子息であることを卿に早急に明らかにしてほしいということであった。その上この旅は彼女の目を悲嘆の多くの光景から、彼女の耳を嘲笑の多くの不協和音から遠ざけてくれた。勿論馬車のクッションと船の上で移動を鉄チンキのように受け入れるという意図は、単に宮廷での口実にすぎなかった、宮廷では体裁のいい嘘は許されるばかりでなく、要求される。

ヴィクトルは、自分の力と私心のなさをぼんやりと予感して――というのは不幸な者は幸福な者よりもふんだんに容易に献身的になるからで――彼女に約束した。――「妹同様に彼の為に尽くします」――彼らの目は互いに彼らの秘密とまさにそれ故に彼らの愛とを示していた、クロティルデは愛に泣いて、第一には旅の為に（女性にとっては旅は珍しいことで何か大事なことであったからで）、第二には悲嘆の所為で涙を溢れさせた、愛は女性の心を全き悲しみのときに中途半端な悲しみのときよりも暖かくするからで、火鏡が白色のものよりも黒色のものをより強く熱するようなものである。

彼女が愛を新たにして彼の目を覗いている丁度今日の日に彼は彼女と離れる定めであった。彼は確かに自分の素姓と彼の永遠の別れは打ち明けずに、彼女の裂けた心に新たな苦悩を加えなかった。しかし彼は彼の美しい愛の最後の瞬間を、この落ち穂拾いを、彼の人生のこの遅れ咲きの花を刈り取ろうと思った。これまでにない程に彼女を見つめようと思った――これまでにない程に激しく彼女の手を握ろうと思った――瀕死の者のように彼女にさよならを言おうと思った――――すべては、と絶えず彼の内奥で声が上がった、これが最後なのだ、と。――ただ接吻だけはしようと思わなかった。内気な畏敬の念、演じ終わった恋人役の考えが、彼女の知らないことをいいことに利己的に利用することを彼に禁じた。彼が愛の最後の視線を彼女に投げかけようとしたとき、運命はこれまで彼の神経に突き刺さっていた研かれた武器をすべてまた出血部に差し込んだ、殺害された者の傷口に前の道具をまた入れて、同じものかどうか確かめるように――――同じものであった――部屋はさながら明かりの蒸気のように霧がかかった――フルートの音は内部のざわめきの中で窒息した――彼は彼女を見なければならなかった、しかし涙の余り出来なかった――彼女を長いこと、確かめるように注視しなければならなかった、彼女の美しい顔を影の楽園の影の像として永遠に自分の魂に定着させようと思ったからである――――やっとそう出来た、幾千もの痛みと共に彼女の濡れた顔を、美徳が心のように鼓動する顔を、感動して見つめ、彼の荒れた魂の中にどの線をも、どの雫をも描き込んだ――それだけを持ち去った、それ以上ではなかった。彼女にはすべてを、彼の心と彼の喜びを残した――優しいクロティルデよ。これに気付いていたならば。――彼の母の嗚咽を聞いて彼は隣室へ飛び、ドアを開けて、顔をそむけている母親に打ち砕かれて叫んだ。「全能の神にかけて、御子息は殺人者でもなく、見捨てられた者でもありません」――そして背中越しに差し出された手を意味もなく握りしめた。

友人達よ、気の重い時を見守ることはやめよう、彼がこれを最後にとクロティルデの手を取って、心を彼女の心から裂いて、それでもただ、「ご無事の旅を、クロティルデ、安らかに、クロティルデ、元気を出して、クロティルデ」と言う時を。

——そして村から遠く離れて、盲人の横に跪いて、今は最後に失ってしまった喪に服している心に対して沈黙の祈りを上げた。

朝の四時にようやく彼は疲れも、涙も、考えもなく盲人と共にフラクセンフィンゲンに着いた。

*1　朝エトナから見下ろしたときの、国々や島々が一杯に写っている霧をほのめかしている。

# 第四十の犬の郵便日

殺害の決闘——決闘の救出——牢獄を神殿と見て——牧師のヨブの嘆き——この伝記の先史からの噂、馬鈴薯植え

私が四十番目の日を「決闘の話しはまだ未解読暗号文であり、数字添加前の通奏低音である」と注釈して進もうとすると——四十三番目の部分が届いて低音に数字を付けるか、ヘブライ語の子音に「母音の印の」点を付けた。四十三章が早く手に入ったので、発砲の話しをもっと喜んで語ることが出来る。

クロティルデの婚約に誰が最も煮え立ったか、推測出来ないかもしれない——それは福音史家である。彼は侍従の不遜な不忠にはうんざりした、侍従の丁重さにはこれまで無礼に応えていたのだが、ル・ボーのような無力と追従の人間的混淆が追従から侮辱へ移ると言い知れぬほど腹が立つことになるからである。フラーミンを扇動した彼を更に扇動したのは侍従の未亡人で、彼の根元の火に穏やかな油と若干の火砲点火器とを加えた。彼女はクロティルデが愛されたので、彼女を憎んだ、そして我々の主人公を、福音史家のように継母を継娘の上に置かなかったの

で、憎んだ。一人の男の為に死に赴いた、つまり短い眠りに（これは敬虔な女性にとっては死である）、即ち失神に赴いた女性は――まさに第八の郵便日の未亡人夫人のように――この男が愛せなくなると憎んでしまうものである。これまでクロティルデとヴィクトルの愛を束の間の偶然の色恋と見て、彼の妹との須臾の関係も長いことはないと見ていた福音史家は最初の場合の的外れと後の場合の一等の的中に頭に来ていた。彼は自分と、自分が父親よりも愛している妹の為にそれぞれ復讐する決心をした。

　ヨアヒメはその上更に激しくヴィクトルに対して立腹していた、自分と自分の愛が彼のクロティルデに対する単なる偽装の為にこれまで悪用されたと思ったからである。先に報告したがマチューはアイマンの訪問の後フラーミンを訪ねた。参事官が彼に牧師との話し合いと自分の誓いを打ち明けると、マッツは落ち着いて、多くを侍従の所為にした。「侍従はちょっとした詐欺師で、大変な宮廷人である――彼の方がクロティルデの愛人よりもマイエンタールへの湯治旅行を世話したのかもしれない――ヴィクトルよりももっと彼の方が娘を侯爵の心の夜の捕鳥網、宮廷でのパルナッソスへの階梯[1]としたがっているのだ」と。フラーミンは大いに喜んだ、自分の復讐心が争わないことを父に誓った相手よりも別な対象を得たからである。しかし彼「マッツ」は参事官に（公平であろうとして）、薬店主が至る所でゼバスティアンに腹を立てて、ゼバスティアンは上昇手段としてのこの結婚の計画をただ自分、ツォイゼルから得ていると述べていることを隠さなかった。フラーミンはこのような胸骨粉砕に対してただ剣の鋼剤治療、弾の鉛糖水、サーベルの焼灼器に手を出した。彼は貴族のヴィクトルと決闘して驕っていたので、まず激したとき三ボタン大礼服着用者のル・ボーにも決闘を申し込もうとして、マッツに比武参加資格のない平民として笑われた。フラーミンは先祖に恵まれた者に射殺されることのかなわぬ自分の先祖欠乏を歯ぎしりして呪った。きっと彼は――すぐに熱くなり、ゆっくりと冷めたので――単に貴族に侮辱されただけで（かつてすでにそうした者がいたように）兵士となり、次ぎに士官、貴族となって、ただその後で聖禄と決闘の資格のある侮辱者を銃口前に招くことをしかねなかったであろう。

　しかし忠実なマチューは――彼の汚点のある魂は誰の前でも別に回転して、太陽に似ており、太陽はファーガソンによればその黒点の所為で自ら回転して、すべての惑星に同じ光を分かつそうであるが――助言のすべを心得ていた。彼は言った、彼が彼自身の名前で侍従に挑戦する、それも覆面の決闘を、そうしたらフラーミンが変装して彼の役を果たせばいい、彼自身は三人目のイギリス人の名の下に立ち会おう、他の二人のイギリス人は立会人だ、と。

フラーミンは突っ走ってしまった。しかしまた何かが欠けていた、これは貴族ほどに決闘劇の障害となるものではなかったが――ちゃんとした立派な侮辱が欠けていた。マチューは決闘に十分に相応しい侮辱を相手に喜んで加える用意があった。しかし相手は侍従らしい合い鍵で、それを許すことにすると通過させた――発砲には誰も至らないであろう。――まことに都合のいいことに福音史家は、自分自身すでに彼から一つ受け取っていて、それを有効に正直に利用しさえすればいいことを思い出した。「ル・ボーは三年前に娘を自分に約束したも同然のことを述べた。この偽証はそれ自体取るに足らぬものであれ、もっと大きな過ちを糺す口実としては立派な価値がある」。……このように汚れた舌では嘘が真実の姿を取り得ないときには、真実が嘘の姿を取る。そしてフラーミンは自分の花婿介添人と称する者が本当にサビニ人の花嫁略奪者に他ならないことに気付いていなかった。

マチューは侍従のような、殊に約束と実行とが最も懸け離れた従兄弟であるような者に自分等よりももっと嘘を付くという絶対的権力を認めていないのではないかと、そもそも人生や宮廷の流れを横切るには自然の流れの場合と同様に決して真っ直ぐにではなく、斜めに横切るものであることを彼は忘れているのではないかと思われはしないか私は心配である。しかし悪人は悪人を軽蔑すること、彼が善人を憎む以上である。その上彼は単に情熱からばかりでなく理性からも行動していた。フラーミンが死んだら、自分はアニョラから、彼女は今やますます侯爵を支配していて、彼女にとっては当然イェンナーと卿の以前の種子の遅れ咲きは薊の柵であって、狩猟金と大市繁盛金とを受け取るだろう、そして宮廷の功績表でより高い地位を占めるであろうと。――それに卿はもはや市門から馬車を走らせて入って来てこっそりと伝えることは出来なくなる。「陛下の御子息は存命です」と。侍従が倒されたら、これも捨てたものではない。侯爵冠のこの先の下宿人、聖禄受領者はくたばるがいいのだ、卿は少なくとも自分の沈黙で参事官を、いずれにせよ公には子息への敬意を教えるべき男と血生臭い関係に巻き込んだことを恥じなければならない。マチューには負けがなかった――その上フラーミンの出自については必要に応じて隠すか明らかにすればよかった。

　イギリス人達まで立会人となるので、フラーミンは諾と言った。しかしル・ボーは、マッツから宣言と戦闘証書を得ると否と言った。弾という材料がなくても死の調理法の所為で彼はほとんどすでに死んでいた。私は宮廷人を卑小化して、彼がこのような馬鈴薯戦争を美徳から断るとか臆病心から断ると言うつもりはない――このような人間達は死を前にして震えない、ただ不興を前にしたときにのみである。――大臣や侯爵から買うのではないかと恐れられるこの不興が彼を怖じけさせた。彼はそこで上等の紙に、上等の文面で、その上に撒き砂をちりばめて、マッツに以前の友情とこの顕著な神判に対する愛想のいい警告を述べて、そもそも無闇の撃ち合いによって決闘規則に違反してはならないのでなければ、喜んで彼の名誉を――侮辱するに吝かでないと言明した。しかし彼は違反せざるを得なかった――マチューの返事は、秘密と立会人の沈黙を保証する、余計なことながら、互いに夜仮面をつけて竜のピッチ弾[2]を交わすことを提案するというものであった。「ちなみにまた自分も友人であることをやめないし、彼を訪問する、こうなったのはただ名誉の問題である」。……侍従にとってもそうであった。こうした人々は大きな侮辱は飲み込めても、小さな侮辱は飲み込めない、丁度狂犬に噛まれた者達が固形物を嚥下できても、流動体を嚥下できないようなものである――それで私の目にはル・ボーのような宮廷人は、自分が実直な男であるかのような、あるいは一年間自分の名誉を担保としながら、担保を――諸侯に抵当にされた帝国財宝のように、あるいは愛の生きた担保［子供］のように――決して請け出すことのない輩とは全く違うかのような振りをするならば、これで十分に説明のつくことと思われる。

　ヴィクトルが悲しみながらマイエンタールに入った夕方にかけてすべては確定された――戦闘の劇場は聖リューネと町の間であった。

## 決闘の擁護の号外

　思うに国家は決闘に好意的で、貴族が増えるのに歯止めをかけようとしている、ティトゥスがまさにそれ故にユダヤ人達に互いの決闘を勧めたようなものである。官房では絶えず貴族が作られ、市民が作られることはないが、

――その上いつも帝国官房が一人の貴族をその建築現場に任ずるには、その前に一人の市民を登用して罷免しなければならないが――そして常備軍と戴冠式が同時に増えて、従って貴族の建築も増大しているが、その為国家は、彼らに互いの射殺、刺殺を許さなかったら、余りにも少ないというよりは（皆無ということはないが）余りに多すぎる貴族をかかえることになるであろう。官房パン屋で作られる群小の侯爵達に関しては、――各侯爵と共に一団あるいは二、三団の――家臣達も同時に轆轤から落ちることだけが望ましいであろう。同じように不思議でならないのは、何故帝国官房は詩人ばかり作ろうとするのかである、同様に歴史家、新聞記者、伝記作者、批評家をその［火薬の素の］硝石壁から引き剥がすことが出来る筈なのである。――宮廷では互いの発砲は余り行われないと反論しないで欲しい。この点では自然自身が別なやり方で宮廷人に好ましい境界を設けている、ハムスターの場合と似ていて、これらはベヒシュタイン[3]によるとその減少に対する賢明な摂理は、ハムスターは普段はどんなに邪悪に同類と戦っても、自分達の子供だけは例外とし、見逃すそうである。フェンク博士も彼らの肩を持つのは正当であって、次のように言っている、彼らは国家のより重要な部分、教師や百姓等の身分の者には何も役立たないけれども、しかしより小さな不必要な部分、胃や贅沢の大市手伝い人、側室、従僕達等には大いに役立っていて、公平に見る者ならば彼らを刺草と比べざるを得ない、これは人間と大きな動物には大して役に立たないけれども大抵の昆虫はこれを食するのである、ということを自分は認めると。

擁護の号外の終わり

フラーミンの魂は一日中復讐の絵を描いていた。血がこのように沸騰していると倫理的肝斑は骨炭となり、国家の誤植はラテン語文法違反に、行政府の輝カシイ罪［異教徒の美徳］は黒い悪徳に思われた。今日はその上侯爵を終始目の前にしていた、侯爵を彼は三つ子のクラブでは、更にその上にクロティルデに関して忌み嫌っていた。彼は堕落した生活を侮蔑し、彼の内部のすべての素材が唯一つの河へと溶けて、激して、この内部の溶岩は何か大胆不敵なことに爆発しそうだった。彼の今日の憤慨は結局は美徳の娘であったが、しかしこの娘は母親の頭を越えていた。三つ子は、口ではそうでなくても、頭では彼同様に荒々しかったが、彼のすべての魂の爆発ガス全体に点火してしまった。

　とうとう夜二人の立会人とフラーミンと三人目のイギリス人に仮装したマチューは射撃場に馬で出掛けた。フラーミンは、叫んで汗をかいている馬の上でいきり立って馬を抑えていた。後にクルベットで白馬が侍従を乗せてきた。黙って殺害と射撃の距離が計られ、弾が互いに発射された。フラーミンは侮辱された者として最初に嵐のように相手に向かっていった。荒い鼻息の馬上で、憤激で震えていて、彼は相手の――命を撃ちそこなった。侍従は故意に明らかに相手から遠くに発砲した、マチュー（と思われる者）が倒れたら彼の宮廷での栄達はすべてふいになるであろうからであった。マチューは、極めて抜け目なかったが余りに短気で、余りに勇敢で、すでに戦いの準備の間に激怒していて、その上入れ替わった目的が失敗したことに腹を立て、そしてイギリス人達の前で他人の名前の下で命が贈られ、劣等な相手から辱められたことに気位が許さず、自分自身の仮面を脱ぎ捨て、その上フラーミンの仮面を取り、冷たく侍従の前に馬を進め、相手が貴族ではないと恥をかかせて言った。「的を間違えておられる――今こそお手合わせを」。ル・ボーは混乱し、侮辱されて口ごもった――しかしマチューは自分の馬を後ずさらせ――立って――叫び――硬直した腕で射て、当たり、哀れなル・ボーの空の生命を打ち砕いた。……電光石火に彼は皆に言った。「オー伯爵の許に」、そして疾駆していった――侯爵夫妻と未亡人の側からすぐに容易に許しが得られると思って――国境を越えてクセヴィッツへ向かった。

　フラーミンは氷山となった――それから火山に――それから荒々しい炎になって――そうしてイギリス人達の手を握って言った。「僕が、ただ僕がここで殺したのだ。僕の友は何の関係もないところなのだ。でも僕の代わりに罪を犯したのだから、僕が償うのが務めだ。――僕は死のう。処刑されるよう裁判官達に殺人者として名乗り出ることにする――口裏を合わせて欲しい」。――しかし彼はこの大胆な嘘へのもっと高い動機を彼らに打ち明けた。「僕は死ぬとき」と彼はますます熱くなった、「処刑場で言いたいことを言わせて貰う。王座を灰にするような炎を民衆の下に投げるつもりだ。僕は言うつもりだ。見給え、この斬首刀の横で僕は諸君同様にたじろがず、喜んでいる。僕はこの世から単に虫けらを一匹始末したにすぎない。諸君は水蛭を、狼を、蛇をそれに髭鷲を同時に摑まえて閉じ込めることが出来るのだ――諸君は自由に包まれた人生を、あるいは名声に包まれた死を略奪出来るのだ。

周りの数千の見開かれた目は皆内障盲で、腕は皆萎えていて、誰一人長い水蛭に気付いて投げ飛ばそうとはしないのだろうか、これは諸君皆の上に這い蹲っていて、尾が切られていて、その後にはまた廷臣と一同が吸い付いているのだ。見給え、さもないと諸君がどのように虐待されているか見てきた甲斐がない――宮廷の輩は諸君の皮膚を身に付けている。町を見給え。宮殿が諸君のものか、それとも犬小屋がか。やつらが楽しみに回る長い庭園がか、それとも諸君が死ぬほど身をかがめなければならない石ころの畑がか。諸君は働くだろうが、何も得られず、何者でもなく、何者にもなれない――これに対して僕の横の怠け者の死んだ侍従は」、……誰も微笑まなかった。しかし彼は我に帰った。肉体と時間と王座とは自分達の内部に戻って燃える自由の炎の防火壁、炉格子であった三つ子は彼に他言せぬこと心を固くして協力することを誓った。しかし彼らは口に出さずとも、華々しい演説の後は彼を身命を賭して救い出し、彼の無実を公にする決意であった。この自由の酒神讃歌の一つの影響で、大カトーが翌日マイエンタールの火薬庫を、これは国中で唯一の火薬庫であったが（こうしたものは多くはない）、マチューのいるクセヴィッツへ騎行するとき爆破したのであった。

彼らは村で、フラーミンがマチューの仮装をして、この格好で、先祖を有しない所為で射殺出来ない侍従の生命の火をピストルで消したという噂を広めた。参事官はちょっと見せかけの逃亡をして逮捕され、神の像として唯一人かの神殿に、古代の神殿のように、窓と用具のない所、そこに鎮座する神々は、ディオゲネスが自分の樽にそうしたように、銘を記入する所、下々の者が単に牢獄と呼ぶ所に置かれた。――――私はとりわけこれらの言葉、次の言葉を

号外

と呼びたい。このような神殿の礼拝堂、あるいは分会堂は更には豚小屋と呼ばれる。これらのパゴダの司祭、僧侶は監視人、獄吏である。そもそもお偉方が真理に対して無関心でいられる時代ではもはやない。今や彼らはむしろ重要な真理を述べた者を捜し出して、追跡し、（ティレニ人達が彼らの神メルカルトを縛ったときよりももっとも

な権利があって）上述の神殿に鎖と鉄の恋の使者とでつないで、この者がこの絶縁体でその電気的火花と明かりとをより良く集中させて保てるようにする、そしてこのような水星が一度固定されて、明かりの他に不動性をも恒星と十分に長く共有するようになって、これが大したものになると、ついにはこれは三脚架へ——そう絞首台は呼ばれるが——真理の垂れた封印として運ばれる、そこでこれは普通の乾いた博物標本へとひからびる、さもないとこれは哲学的殉教アルヒーフの生きた植物標本の中に有意義な見本として貼り付けられないからである。このようなぶら下がりは多くのカトリックの教会でキリスト受難記念日で私の見てきたものよりも立派で有益なキリスト磔刑の模造である、それに根本的に伝説によればミケランジェロの為に行われた磔刑に何ら劣るものではない、彼は磔刑者の為に［モデルとして］座る、あるいはむしろ掛けられる人間を本当に磔刑にしたのである。それ故カトリックの国々では血を流さないミサ聖祭の他に幾つかの血を流す聖祭が行われる。このような仮キリストは、これは第三の天ではなく、震動の天[*1]（動揺ノ天）にほんの少し麻糸で高められているが、その死によってより高次の十字架上の死がかつて教えていたことを教えることになる——その為に彼はしとめられたのである。まことに死者達は説教を続ける——真理の為に死ぬことは祖国の為の死ではなく、世界の為の死である——真理はメディチ家のヴィーナスのように後世には三十もの破片となって伝えられるが、しかし後世はこれを一人の女神に合成する——そして永遠の真理、御身の神殿は今半ば地下にあって、御身の殉教者達の地下の墓によって窪んでいるが、遂には地上に上がり、それぞれの支柱と共にゆるぎなく一つの立派な墓として立つことだろう。

終わり

カトーはクセヴィッツへ逃げたマチューの後を馬で追って、彼にフランス風な雄弁でフラーミンの死ぬ計画と、彼を助ける自分達自身の計画を語った。マッツはすべてを許した、しかし何も信じていなかった。彼はまだ国外に留まった。しかし彼は自分がフラーミンの高貴な犠牲に対して、彼らの計画に反するけれども、しかし彼らの期待以上のことを何かして報いることになっても悪く取らないで欲しいと頼んだ。侯爵に自分の子息が逮捕されていることを伝えるつもりなのだろうか。

三分後に読者と私は主人公の薬局に行くことになるが、ただその前に、侍従の空の血の付いた馬と三つ子が殺人の嘘のヨブの郵便をもって牧師の窓際に着いたとき、牧師は石鹸を塗られて、髭剃りの途中であったことを報告しておかなければならない。彼はそれ故静かに座っていて、ただゆっくりと剃刀の下で話さなければならなかった。「何という悲しい知らせだ――もっと急いで剃り終えてくれ、軍理髪師殿――妻よ、私に代わって泣いてくれ」。――彼は痛みに堪えて手を震わせて、腕と顎とを揺すらないようにした。「もっと早く剃ることは出来ないのかね。剃刀の下にいるのは哀れなヨブだ――これが私の最後の髭だ――私と私の所帯は牢にぶち込まれることだろう。何という子だ、父親の首が飛ぶぞ、カインめ」。彼は窓際の至る所に走っていった。「神よ、憐れみ給え。牧師界の噂になってしまう。妻よ、このようなサタンを一緒に育て生んだのだ、あんたのせいだ。軍理髪師殿何を聞いているのだ、とっととお客の許に消えてくれ、牧師のことを中傷するのではないぞ、口外無用」。――――このとき穏かなクロティルデがやってきた、悄然と、手にハンカチを持って、彼女は絶望した母親の心が必要とするものを察したからで、つまり愛する両腕を打ちのめされた胸への包帯として、それに骨片の下で腫れる心に対する他人の涙という幾千もの香油の雫を持ってきた。彼女は腕を広げて母親の許に進み、無言で泣きながら抱きしめた。常軌を逸した牧師は彼女の足許に倒れて、叫んだ。「お恵みを、お恵みを。私どもは皆何も知らなかったのです。故父上殿と御遺族にただお悔やみを申しあげます。――十年前には、私が私自身の教会保護者を打ち倒す夢を育てることになろうとは思いもしなかったことです。私は打ち砕かれた男で、私の妻もそうです。私はもはや恥ずかしくて宗教局員にはなれません――私はたとえ妻が代わりを務めても、陛下に代父への招待状を書けません――私の哀れな息子の首が刎ねられたら、私は悲しみの余り白髪となって死ぬだけです」。――彼にクロティルデが、微笑みを浮かべずに、確かな救出の手段があると彼女の聖なる言葉で請け合うと――フラーミンの侯爵の出自のことを彼女は思っていたのだが――牧師は目を輝かし、呆気に取られた表情をして彼女を見つめ、その間絶えず小声で呼んだ。天の天使、神の天使、至上の天使、と。しかし二人の女性の友は小部屋に一緒にすぐ引きこもり、ここでクロティルデは最初の創傷液を母親の大きく引き裂かれた魂に注いだ、つまり助けとなる秘密の仲裁を請け合い、保証して、一緒にその為ロンドンへ旅立つことを約束した。――この旅行は一部には侍従夫人との不仲の所為もあった、夫人の最後の巻き上げ工は彼女の沈んだ運命の巻き上げ機もろとも彼女の夫と共に埋葬されたが、彼女は、一切をクロティルデの振る舞いの所為にして、この悲しんでいる精神を自らの悲しみを過度に強調して更に傷つけようとした。ル・ボー夫人はそもそも祈祷書と自由思想家の他は何も好まなかったので、今や後者を前者によって置き換えた。

私の読者の何人かはすでに私より早く飛び去って、ヴィクトルの出窓を覗き込んで、彼の四つの壁の中に隠された悲嘆を見ようとしているかもしれない——恐ろしい孤独が彼の前にあった、そして二つの新しい墓の大きな黒い絵を立てていた。一つの大きな墓には失われた友情があり、他方の墓には失われた希望があった。彼は自分自身が入りたいと思う第三の墓を望んでいた。彼は崇高なハムレットの気分であった。目の見えないユーリウスは彼にはぴくぴく動く死者に思われた。彼は全く宮廷を避けた。彼の自尊心は余りに謙虚で気位が高かったので、貴族を失い、卿の息子の権利は偽りと分かった後では束の間の華美を行うことは出来なかった。それに彼の心には、卿はすべての政治家、行政技師長の悪習に倣って、人間を単なる肉体のように、精神のようにではなく、単なる女神像のように、国家の建物の借家人のようにではなく、要するに単に、その肢体で唯一人の騎士のいる駄獣へと絡まり、組み合わせられるゴルコンダの踊り子達[*2]のように取り扱い、要するに卿は、いつもは崇高な魂であるが、彼のヴィクトルをも余りに彼の美徳の道具に使い果たしてしまったという思いで小さな霜焼けが加わった。しかし彼はこの男を許した、この男には父の権利はなかったけれども、ただ父の優しさだけは有していたとしか非難できなかったからである。

ヴィクトルはもはや誰にもご機嫌伺いをしなかったので、当然薬店主ももはや彼の許に来なかった。彼はその上笑みを浮かべて考えた。「どんな宮廷人もこうするものさ、舟上の巧みな渡し守のように、いつも沈む側からは離れて、別の側に移るものだ」。ツォイゼルは寵愛されている鉱泉医師クールペッパーに乗り換えた、彼の見立てでイエンナーは治ったと思われていたが、それは夏の所為で、ツォイゼルは平伏して、その小さな蛇の舌で足を舐めようとした、その踵には以前は毒の歯でかみついたのであった——しかし悪漢どもは許さないものである。クールペッパーは「九割九分ふっかけ薬屋」を軽蔑していた、そして九割九分ふっかけ薬屋はまた私の宮廷医師を軽蔑していた、恐れから——侯爵が鷹揚さからそうしないように——眼前からも家からも彼を追い出す勇気はなかったけれども。

哀れなヴィクトル。不幸な者は活動を必要とする、幸福な者が休息を必要とするように。しかし君は縛られたまま未来を、広がって近寄ってくる雷雨のように覗かなければならない。——君は未来を押しのけることも操縦することも速めることも出来ない、そして痛みに対して武具を鋳造し、サムソンのように苦悩の痙攣を支柱を揺すって解き放ち、——消すという［士師記第十六章二十八以下］慰めも少しもなかった。——彼はもっと大きな悲嘆に追いやった囚われの友に何もしてやれなかった。フラーミンの受難は再び彼の胸に彼に対する友情を導いた、隣人愛というドミノの仮装衣に隠されていたけれども。卿が帰ってくるのか、生存しているのか、待たなければならなかったが、推し量ることは出来なかった——この二つは卿の沈黙と第五番目の侯爵の子息の行方不明とで余り確証できなかった。——最後に彼は——眠りを、殊に午後の眠りを恐れていた。というのは微睡みは確かに我々の現や未来の上に夏の夜を置いて、二つの瞼を人間の傷の上に最初の包帯のように被せて、小さな夢で戦場を覆うけれども、しかし彼が外套を着てまた外出すると、飢えた痛みがますます熱く裸の人間に襲いかかるからで、触れられながら彼は比較的穏やかな夢から起き上がって、理性でもって中断されていた治療、忘れていた慰めを最初から始めなければならなかった。しかし御身、良き運命よ、御身は私どものヴィクトルに夕方の一条の光をその広い夜空に示している。それは彼の心がもはや自分の女性と呼べなくなったクロティルデからロンドンからの手紙を貰うかもしれないという望みであった。……

私はこの章をまず、章は次第に期間が先に進み、紙の判が小さくなっているという知らせで終えたい——これは物語の終わりを示すもので、——次にこの中の登場人物がますますロマンチックに演じ、思案していることを悪く取らないで欲しいとお願いしたい。不幸がロマンチックにしているのであって、伝記作者がしているのではない。

しかし私は終えない——まさに先のお願いの所為であって、——むしろ読者の頭を昔の陽気なヴィクトルの姿で少しばかり元気づけたい、もうほとんど読者には思い浮かべられない姿であるが。犬が第三の犬の郵便日に、当時私が省略した一、二の事実をもたらしていたというのはとても運のいいことである。それを思いがけず今利用することにする。私の絵が——当時すでに出来上がっていたのであるが——ここの紙上に掛けられるとすれば、私と読者にとってはこの上ない楽しみに相違ない。

ヴィクトルがゲッティンゲンから牧師館に着いたときのことを描いている第三章で除いたものは、再現すれば次のようなものである。

牧師は歓喜と訪問のコーラスの最中に自分の最も卑小な仕事を考える、例えば結婚式の日に自分のもぐらの罠を考えるという多くの人に見られる癖があった。今日彼は召使いの部屋で――卿が宮廷医師に秘密の指示を与えているときに――種馬鈴薯を二つに切っていた。彼はこの切断を余り他人に任せることは出来なかった、馬鈴薯を等分の円錐形、球形の切断へ二分割できる程の目の立体幾何学を十分に有する人間はまれであることを知っていたからである。彼は芽の球を不等分に分割するくらいなら、植え付けの時期をやり過ごしたことであろう、彼は言っていた、「秩序だけが大事だ」。――ヴィクトルが午後牧師とアペルの後で畑で名誉の行列をし、若干の田舎で馬鈴薯植えと呼ばれているものをそこで行ったということが分かったら、――印刷で分かるに違いないが――殊にニュルンベルクの貴族や官職や帝国裁判官に就いている者達の耳に達したら、私の主人公にとって決していいことではないであろう。賞賛されることは、彼が牧師と同じようなシンメトリックな距離を保って、地下のパンの実を土の中に植えたことである。そもそも二人は馬鈴薯並木を鋭く考え、彼らの目は苗床のライン定規であった。牧師は前もって視準板で鋤を追って、後押しをしていた、私と帝国裁判官諸氏が今取り囲んでいる畑が同じ角柱あるいは苗床に切り取られるようにする為であった。二人が夕方大いに真面目にそして小さなベストを着て家に帰ってくると、家中から彼は歓迎された。牧師夫人は、ベストを着て、侍従夫人に会っていたら何をしていたことか、お辞儀か、弁解か、それとも何もしなかったか、彼に尋ねた。

「ドイツときたら」（と彼は叫んで両手を打ち合わせた）「宮廷の指令する楽しみしか国中でしてはならないのでありましょうか」。（ヴィクトルはここで聾の老御者のツォイゼルを見つめた。彼が普段諧謔を浴びせるのは、それを最も解しない相手に為していたからである。私はしかしここでは貴族や判官を相手にしたいと思う）。「あなた、この国では絞首台と大工と司法官しかいなくて、つまり司法官が斧でまず一撃を加えないかぎり、大工は斧に触れないという具合になっているのでしょうか。あなたは、どんな道化もモード同様に上からやって来て欲しいですか、風がいつも上方でざわめいてから、下の私どもの窓に吹き付けるように。帝国ドイツ人にお巫山戯を禁ずるような帝国最終決定、司法裁判所決定がどこにありますか。ツォイゼルよ、あなたと私とそれに誰もが大いに分別を有し、自らの分別を持って、独自の、自分の血肉から生まれた個人的な道化を、それぞれの愚かさ、賢さの独学者として有するそんな時代が来て欲しいと思う。――哀れな人間達よ、諸君の激しい行軍の日々の中で喜びの翼の羽、尾羽を求め給え。哀れな者達よ、良き友が大型のインペリアル二つ折り判を書きなぐって、君達は黙示録の哀れな悪魔のように［黙示録第十二章十二］わずかな時間しかないのだということを教えてくれはしないのだろうか。享楽は余り見込みはない――希望は移ろいやすい――喜びの播種日、植え付け日はベルリンの［農作業日］カレンダーにはほとんど記載されていない――君達が全く愚かで、悦楽のすべての時間、オリンピアードを瓶詰めにされたものとして片付け、地下室に貯蔵して、いつのことやら、全く塩漬けにされ、マリネにされた五十年、六十年の後にそれにとりかかることになったら――――つまり諸君が一時間毎の葡萄の房から少なくとも若干のレモン搾り器で数分間の液果を搾らなければ――――一体しまいにはどういうことになろうか。……私がかつて一人のハノーヴァー人相手にした私の最初にして最後の寓話の教訓の他にはありません」。……

読者には聞きたいと思って欲しいと思う。次のようなものである。

「愚かなハムスターというのがタイトルです。これはかつて自分の喰らう鳩の一杯に詰まった嗉嚢を見て、一つ一つの穀粒よりも首に詰まった穀粒貯蔵庫を持つ鳩を喰ったほうがいいのではないかという懸賞問題につきあたった。これはこうした。長い夏の日これは嗉嚢の詰まった鳩の一群の半ばを摑まえた。しかし一つの嗉嚢も喰い破らず、すべてを朝夕腹をすかせながら取っておいた、一つには多くの鳩をとにかく集める為で、二つ目には穀粒のかたまりを夕方柔らかくなったところで味わう為であった。これは遂に夕方十羽の下級官吏の嗉嚢を喰い破った、六羽、九羽、すべてと――一つの穀粒も残っていなかった、拘禁されていた者どもが自らすべてをすでに消化していたのであった。ハムスターは――けちん坊のように愚かであったという次第」。

このように第三と第四十の犬の郵便日は続いた――哀れなヴィクトル。

追記。物語は今八月で、記述者は先の十月にいる――両者間は単に一カ月である。

＊1　古代の天文学者達は恒星と惑星の間に震動の天を挿入して、惑星の小さな異常の原因とした。
＊2　九人の踊り子達が王の為に一頭の象に絡み合った、一人は鼻を、四人は足を、更に四人は胴体を作った。諸国遍歴。第十巻。

# 第四十一の犬の郵便日

手紙――運命の二つの新しい転機――卿の信仰告白

馬のように夜と故郷が近付くと一層力強く走る人間に第十番目の閏日を許されたい。人生と本の終末では脱線は少なくなる。

既に述べたように、不幸の為に行為出来ないときほど人間の魂の髄、脊髄を圧迫するものはない。この悲しみの週に時の汲み水車が二つの新しい涙の甕を人間の心に汲み入れ、永遠の世界に注ぎだしたとき、運命はまだ片方の手でヴィクトルを押さえ、別の手で殴って傷つけた。第一に、彼のかつての青春の友フラーミンが彼との不仲がなければ決して踏み出さなかったことをして、死をもって償わなければならないだろうという悲しい知らせが弔鐘のようにヴィクトルの耳に届いた。土用の休日の後数日して――丁度一年前には哀れな囚人はその新しい官職に多くの隣人愛の希望を抱いて就任したのであったが――かの噂がペストの雲のように会議室から広まった。ヴィクトルは急いで、信じられない気持で、しかし震えながら薬店主の許に駆け付け、論駁を問いただした。薬店主は彼の前で――彼は宮廷医師を軽蔑していて、辱めようと思っていたので――正直にすべての宮廷の報告書、上流界あるいはサークルの知らせをめくって、その通りに相違ないことを読んで聞かせた。ヴィクトルは、すでに予感していたことを聞いた、今では侯爵は自分の妻の手綱、馬銜を身に帯びていて、彼女はクロティルデが遠ざかったことで一層近寄り、耳指［小指］と指輪指［薬指］とで鼻輪に通された手綱をさばいていて、あたかも実際――彼の側室に劣らない存在に見えること――これは、最近では上品な妻が妾の権利を詐取することがどんなに容易であるかの新たな悲しい例である、と。ツォイゼルは勿論こう思っていた、「彼女は、大臣の友人として、大臣は息子のマチュー同様に侍従の友人であったから、侍従の死のことでフラーミンに復讐しようと思っているし、大臣は運命の鋏の柄をもっとよく摑み、参事官の生命の糸を断ち切ろうと、自ら息子の引き続けての脱走を覆い隠し、支えて、息子が不幸な寵児をかばうことのないようにしている」と。――一言も真実はない、とヴィクトルはもっと良く知っていた。しかしそれだけに一層悪かった。すべては、マチューがフラーミンの出自をほのめかして侯爵夫人を自分の不実な利害関係に引き込んで、魔術師のように、遠くから、わずかの呪文を使って、殺そうとしている兆候ではないか。単に挑戦状を出したことを咎められるのを恐れてかくも長く国外にいるものだろうか。――その上侯爵の太陽は大臣のひきがえるの卵をますます元気良く孵し始めていた。それは本当で――ヴィクトルは否認しなかったが――侯爵夫人がマチューやヤコブの［夢に見た天に通ずる］梯子を、この梯子で、彼女は以前は単にイェンナーの手にすがって達したけれども、侯爵の心を捉えることになって、時と共に代わりに足で駆け上がるのではないかと期待された、丁度貂が寝ぼけた鷲に乗って高みに上がり、まず上方で長くかみ砕いて、運んでいる鷲が落ちて死んでしまうようにするように。しかし今は、シュロイネスに対する彼女の永続的感謝は品行方正な方々にも、未完の贈り物からはまだまだ多くのものが取って来れるということで十分弁護出来ると思う。昔の立法家はすべての忘恩を処罰していた、思うにすべての感謝を非難し、罰することにしたら、この立法家と同じ過ちを犯すことになろう、宮廷ではしばしば最も利己的輩が感謝への十分な理由を有するからといって。

ヴィクトルは鬱々として自分の部屋に行き、フラーミンの像を見つめて言った。「もう救出できないなんてことがあって良いものか」。ヴィクトルはそもそも侮辱されて三日後にはもはや復讐出来なかった。「私は誰でも許す」と彼はかつて言った、「ただ友人達と娘達はできない、愛しすぎているから」。しかしどの手、どの枝を牢獄の中の沈んでいくフラーミンに差し出すことが出来たであろうか。彼の為し得たすべてのことは、侯爵の許に行ってその恩赦をただ願い出ることであった。幾千もの犠牲がなされないままである、それが正しい実を結ぶか確証出来ないからである。しかしヴィクトルは行った。彼の黄金律はこうであった。成功が確証出来なくても、他人の為には行為すること。まず確実さを待っていたら、犠牲はまれなものとなりまた甲斐のないものとなろう。

彼は長い期間の後はじめて侯爵の許に行った――長い不在をある願いを述べて終えるという不利な点があったが――孤独な者の熱を込めてフラーミンの為に話し――フラーミンの運命の延期を、卿が帰って来るまで侯爵に嘆願し、――次の決定を得た。「父上も余もこれは単に司法に委ねなければならない」そして冷たく誇り高く別れた。

今、丁度本年の九月五日、大きな日蝕が魂を地球同様に陰鬱に不安にしているが、このとき運命の水車は最初の涙の甕を彼の胸に満たした――それは先に回って行き、二番目の甕が溢れた。クロティルデの手紙が秋のはじめの九月二十二日に届いた。

「親愛なる友、

あなたの父上はロンドンに二月のはじめはまだおいでで、多くのフランス語の文通をなさっていました。それからドイツへ旅立たれ、それ以来私の母は何の消息も存じ上げません。その重要なお命を運命がお守り下さいますように。父上の御不在で解けなくなっている三人の誓い[*1]に多くの涙、多くの心、それに一人の人間の命が懸かっています。――お父上が私の母の許で書かれたものを同封いたします、そこには私の精神、私の見込みをますます悲しくさせるような哲学が書かれています。あなたはかつて、人間の恐怖も希望も的中しない、いつも何か別のものだとおっしゃいましたが、私は私の不安、心配な夢のすべてを信ずるだけの悲しい権利があります、これまで希望の他に裏切られたものはないのですから。――人間は何と足るを知らないのでしょう。――しかしすべてが的中し、余りに不幸な目に会っても、私は言うことにします、余りにも幸福な目に会ったことさえないのだから、どうして今が余りにも不幸と言えるだろうか、と。――――

私がロンドンと、ロンドンが私の心のような放心した心に与えた印象について語らないことを、お許し下さると存じます。自由の活気ある雑踏、贅沢と取り引きの輝きは単に悲しい魂を締め付けるだけで、より快活にするということはありません、以前快活であったのではありませんので。愛する祖国よ、と私の心は言いました、幸せであって欲しい、私が青春時代この国でそうであったように、いつまでもとても幸せであって欲しい、と。しかしそれからはむしろ私は母と一緒に母の別荘に急ぎます、そこはかつて三人の善良な子供達[*2]が楽しく育った所です。そこで私は言いようもなく心柔らかになることでしょう、そしてここではどんな幸福な者達の許よりも幸せであると思うことでしょう。単にそう思うだけでありましょう、というのは、この良き子供達の集められた玩具を、練習帳を、窮屈な服を目にしたら、子供達が戯れに子供用の庭に植えた三本の隣接する桜の木の下に腰を下ろしたら、そしてこの舞台で彼らはその心を自分達が得たものよりも幸せな人生の為に、状況の許したものよりも高い美徳の為に、自分達が見いだしたものより立派な人間の為に大きく育てたのであるということを考えると、私はとても悲しくなって、泣きながらこう言わざるを得ない気分になるからです。私もまたイギリスに生まれた、そしてマイエンタールでエマーヌエルに育てられた、と。

この偉大な魂の名前を書くと、私は私の心を隠しておけません。――彼は崩れた教会のあるここの山によく来、まだ倒れていない柱に登って目を星の方に、今住んでいらっしゃる星の方に向けていました。私の母が彼との別れについて語ったことを今ここに記そうと思いますが、とても辛いことです、口頭で申し上げることにします。私はこの山をしばしば訪れます、東の平原一帯を見下ろせるからです。ここには古い樹がまだその根や枝を砕けた神殿の支柱で一杯の石切場に伸ばして懸かっています。エマーヌエルは自分が最も愛している子供[*3]を夕方よく連れていき、支柱で祈るとき、子供を一方の腕で樹に巻き付けました、子供は憧れをもって歌いながら遠くの一帯を覗き、上半身を乗り出し、それと知らずに甘美な悲哀を自らの歌声と遠くの広野に感じて泣き、また夕焼けの照り返しの淡い朝［東］焼けに泣いたのでした。あるとき師が子供に、「何故今日は静かで歌わないのかね」と尋ねたとき、答えたのです、「朝焼けに憧れているのです、あちらに居て、あちらを歩き、向こうの明るい国々を覗きたいのです」と。――私はしばしばかの樹の下で座り、頭を樹にもたせかけて、黙って遠くの、ドイツの手前の地平線まで目で追います、私の涕泣、私の静かな祈祷を妨げる人は誰もいません。

私は今日最後にそこに参りました、明日は母と一緒に、私の孤児の心はもはや母なしには生きられず、ドイツの最も得がたい女性の友の最良の友の許に帰るからです。

K1」。

*

善良な魂よ。――――

今卿の奇妙な紙片は厳しく響く、これは手紙ではなく、彼の将来の行動の冷たい弁護であるように見える。

「人生は虚しい小さな芝居である。永年にわたって論駁されていないのであれば、残りのわずかな数年で論駁されることはその必要もないし可能でもない。唯一人の不幸な男がすべての酩酊者に釣り合う。我々虚しい者には虚しい事で十分である。眠れる者には夢で。それ故我々の内にも外にも何ら驚嘆すべきものはない。太陽は近くでは一つの地球で、地球は単に土の塊を度々反復したものにすぎない。――それ自体崇高でないものは、度々重ねていっても蚤が顕微鏡で見てもそうならないようなもので、せいぜいより小さくなるだけである。何故雷雨は電気的実験よりも崇高で、虹はシャンボン玉よりも偉大なのだろうか。偉大なスイス一帯をその構成要素に分解すれば、樅の針葉、氷柱、草、雫、砂礫ということになる。――時間は瞬間に、民族は個々人に、天才は考えに、無限は点に解体する。何ら偉大なものはない。――しばしば考えられた三角法の定理は同一の定理となり、しばしば読まれた警句は気の抜けたものとなり、古い真理はどうでもいいものとなる。――再び主張する。段階的に大きくなるものは、小さいままである。形象や情熱を描く詩的力が極めて日常的な形象の創作の段階ですでに賞賛に値しないならば、他でそういうことはない。他人の立場には、詩人のように誰もが、少なくともある段階までは身を置くことが出来る。――熱狂は私には厭わしい、これは空想同様にリキュールでも生ずるからで、その状況のとき、及びその後で大抵せっかちになり、みだらになるからである。――ある崇高な行為の偉大さは、肉体上の貧弱なもの、動きとか立つこととかになってしまう実行にあるのではなく、単純な決意にあるのでもない、反対の決意、例えば殺すという決意も死ぬという決意同様に多くの力を必要とするからで、また稀少性にもない、我々皆が自分の内に同一の能力を有していて、ただその動機を感じないだけであるからであり、こうしたことすべてにはなく、我々の自慢にある。――我々は我々の最後の錯誤を真理と思い、ただ最後の手前の錯誤だけを真理と見ない、我々の今日を敬虔と思い、将来の瞬間のそれぞれを以前の瞬間の花輪と天と思う。年を取っても精神は多くの仕事、多くの満足の後で、同じ渇き、同じ苦悩を持っている。――より高い目にはすべてが小さく見えるので、ある精神、ある世界は偉大である為には、所謂神的目に対してさえそうでなければならないだろう。しかしそうなったら、精神あるいは世界は神よりも偉大でなければならないだろう、自分の似姿は賞賛されないのだから。――私は青春時代悲劇を書いて主人公にこうしたすべての原則を与え、彼が胸に短剣を刺す前に、こう言わせた。『しかし死は崇高かもしれない。私には理解出来ないのだから。それで私は、心臓から跳び出し、戯れながら人間の頭と人間の自我とを高みに持ち上げている血のアーチを、噴水のようにその上に置かれた中空の球を漂わせているこの泉を短剣で崩し、自我を落とすことにしよう』。――当時私はこの人物に身震いした。しかし後にこの人物について考えてみると、私自身の性格となった」。

＊

恐ろしい人間よ。君の血の噴流とその上の自我とはもう落ちたのかもしれない、あるいは直に崩れ落ちるのかもしれない。――そしてまさにこの不吉な予感がクロティルデとヴィクトルの心にも去来した。――私がここで読者の前では名付けるわけにいかない、君、もう一人のかがんだ男よ、(1)君は私が君のことを言っていること、君は不幸な卿同様に君自身の自我を吸血鬼の死体に似て食いつくすこと、君は人生の星空の夜に身の周りに独自の致命的霧を更に有することを察していよう。単に観念だけで身動きがとれなくなり、そして哲学的毒の樹の木陰道に無愛想に、麻痺して横たわっている寛大な心の視線はしばしば日々を黒く描くものである。――卿はどこか正しいと思うなかれ。何か偉大なものと対比しないで、何かを小さいとどうして思えよう。敬意がなければ軽蔑はないであろう、無私の気持がなければ、利己心に気付くことはなく、偉大さがなければ卑小さはないであろう。弦の揺れからアダージョの涙を、あるいは美しい顔の血球や三重の皮膚からその顔への注目を説明出来ないように、同様に自然の中の精神的なものに対する歓喜を、フルートの吹奏法や奏でられなかったハーモニーの嬰二音、嬰へ音に他ならないものの肉体上の繊維で合理化することは出来ない。崇高なものはただ考えの中にのみある、諸世界の文字を通じてそれを表現する永遠な者のであれ、それを後から読む人間のであれ。
私は卿への論駁は他の本へ移す、これもその一つではあるが。

＊1　この秘密を守るという誓いは周知のように卿がヴィクトル、クロティルデ、その母親にかの悲劇的な装置の下で行わせたものので、この装置はとりわけ女性の心に強く作用した。

＊2　ヴィクトル、ユーリウス、フラーミン。

＊3　彼女はそれがヴィクトルであったことを多分知っている。

# 第四十二の犬の郵便日

犠牲——地球への別れの言葉——死を想え——散歩——蠟の心臓

大きな吸い上げ針を心臓に当てて、涙を渇して吸い込む痛みというものがある——心臓全体が流れ出て、痙攣しながら内奥の繊維を押し搾って、一つの涙の奔流とする、そして致命的に甘美な流出の中で痛みの動きを感じない。……このように致命的に甘美に我々のヴィクトルをクロティルデの手紙は苦しめた。

しかし致命的に苦かったのは卿の手紙であった。「この悩み疲れ切った精神は」——彼は叫んだ——「すでに和合の島で死者の安らぎに憧れていた——卑小で煩わしく思える鬱陶しい地球からもう去ったに違いない。そうだとしたら、それを免ずることにフラーミンの命が懸かっている誓いのすべてが永遠のものとされ、フラーミンの命はない。そうでなくても、少なくとも帰還は望めない、エマーヌエルの死と告白、フラーミンの逮捕、それに卿がすべて知っている筈のこれまでの一切の偶発事は、彼の綺麗に線を引いてきた計画の全体を消してしまったからである。今やヴィクトルの魂の中で大きな声がした。「恋人の兄を助けるのだ」。――その為の手段はあった。――しかしそれは偽りの誓いとなった。つまり彼がフラーミンが誰であるか侯爵に打ち明けるということをすれば、フラーミンは助かるのであった。しかし彼の良心は否と言った。「一つの美徳の没落は一人の人間の没落よりも大きな災いである。死ぬことは構わないが、罪を犯してはならない――約束を守ることのこれまでの犠牲以上に、約束を破ることはもっと自分に犠牲を強いることになろうか」。

周知のように今年の秋分の日は、その日に彼は二通のロンドンからの手紙を受け取ったが、冷たく身の切られるような雨の嵐の日で、その後は夏がいわば二度花咲いたようであった。――ヴィクトルは更に思い悩んだ。彼は和合の島でのかの大いなる日を今一度克明に思い浮かべ、卿にずっと秘密を守ると誓ってしまったけれども、自分が死ぬ一時間前を除いたということに気付いた。彼がこの特別な項を当時設けたのは、かつてフラーミンに、自分達が敵対することになったら一緒に望楼から身を投げると誓ったからであり、クロティルデの兄妹関係を知らされたこのとき、かの別れと身投げになりうるかもしれないと前もって案じたからである。それから彼は死の一時間前にだけは友人に、自分は無実であり、フラーミンの恋人は単に――妹にすぎないと述べる自由を少なくとも保留しておきたいと思った。

「では死の一時間前にはすべてを明らかにしていいのだろうか。神よ――いいのだ――いいのだ――話せるように死ぬことにしよう」、と彼は激して、誇って、煽られて、生命の上に持ち上げられて叫んだ。――嵐は天の渓流と細かい氷原を窓に打ちつけた、そして昼は暗く打ち寄せられた上げ潮の中に沈んでいった。「何と」(と我らの友は言った)「人生のこの黒い嵐から逃げ出したいことか――静かな明るいエーテルの中に――眠りを妨げない確固たる不動の死の胸の許に、……」

彼が侯爵にフラーミンは子息であることを打ち明ければ、フラーミンは助かるのであった、彼は一時間後に――死ねばよかった。

このことを彼は欲した。この世で彼には――思い出の他に何かあったであろうか。思い出は余りに多く、希望は余りに少なかった。──彼の没落を誰が気にかけるか。──彼がいなくても困らない恋人か、彼が救いそして避けるその兄か、すでに地中にいるかもしれない彼の良き卿か、それとも愛するその腕はすでに朽ちている彼のエマーヌエルか。──「そうエマーヌエルの為だけの死だ」（と彼は言った）「忠実な弟子に会うことを憧れているだろうから、彼はある太陽の中で腕を広げていて、その途次地球を見下ろしていることだろう、私は胸に大きな傷を負って昇っていく、傷の上に私の出血する心臓はむき出しに置かれている──エマーヌエルよ、あなたの逝去以来私は不幸だと叫んでも、辱めないで欲しい、私を受け入れ、傷を治して欲しい」。

──「私の父上が見えるのかい」と盲目のユーリウスは言った、そして彼の顔には恍惚の微笑みが浮かんだ。ヴィクトルはびっくりして言った。「彼と話しているだけで、彼の姿は見えない」。──しかしこれで彼の昂揚は静まった。彼はこれまで哀れな盲人の代弁者、看護人であった。彼は彼を置き去りに出来なかった、彼は人生の退去砲声をクロティルデの到着まで待って、彼女によるべない者の面倒を見て貰わなければならなかった。善良な夜の旅人、夜の座業者（本来の意味で）ははじめ毎日ヴィクトルに、彼の目を穿開して、光を取り戻して欲しい、大事な父親が崩れないうちに、美しいまだ虫に荒らされていない顔をせめて一度、ほんの一度見たいからと頼んだ、実際彼は少なくとも冷たい仮面を盲目に触れようとした──このことを最初彼は頼んだ。しかし数週間しないうちに彼は腕を死者から引き離し、それを全く（本当の子供のように）愛の愛撫と共にいつも彼と一緒にいるヴィクトルに回した。夜も彼らは近くのベッドから暖かい手を差し出して、そのように結ばれて、夢の西洋の国々に入っていった。子供らしい盲人には町の雑踏の絶えざるざわめきさえも、これは彼の村にはなかったもので、慰めとなっていた。

ヴィクトルはそこでまずクロティルデの到着を待った──盲人がいなくてもそうしたことであろう。──彼の良き母を今一度見て、彼の忘れがたい恋人の声を今一度聞く必要はなかったか。──そもそも隠してはおけないが、フラーミンの救出ばかりでなく、自らの厭世観が自らの死刑文を書いていた。死にたくなる程の厭世をもたらした決定的理由として、エマーヌエルの日没──人生の我々の夜仕事についてのヴィクトルの周知の夜の想い──彼の市民的関係という全面的崩壊──卿の同様の過ぎ去ったあるいは将来の手本──力強い行為への彼の渇望──そして最も強い、自らのむき出しにされたままの胸の周りの死の冷たさがあった、彼の胸はかつては多くの暖かい心で覆われていたのであるが。愛や友情がなくて済まされるのは、それをまだ味わっていない間だけである――しかしそれを失うこと、希望なく失うことは、死ぬことなしには出来ない。自分の良心には光学的詐術、突発事件を起こしてみせて、自分は友人を水中から生命の危険を冒して連れ出して良いのではないか、自分は唯一人を運べる板から波の中に飛び込んで、死を他人の生命の代価として良いのではないかと尋ねていた。――二つの奇妙な考えが彼の死の決心を最も甘美なものにしていた。

最初の考えは、死の日に（侯爵に打ち明けた後で）獄中のフラーミンの許に行って、彼の手を握り、次のように言って良いということであった。「出て来給え――今日君の為に死ぬ、クロティルデが君の妹であり、僕は君の友だということを示す為だ――死の日にようやく許される黒い言葉を僕の無垢の血で消すことにする、死んで再び君の腕に抱かれることになる。――喜んでそうする、君を今一度本当に愛して、言いたいから、僕の善良な、大事な、忘れられない青春の友よ、と」。――それから幾千もの涙と共に彼の首に抱きつき、すべてを許すつもりであった。死の間近にいて偉大な行為の後では人間は人間にすべてを、一切を許すことが出来るし、許して良いからである。

より優しい魂は彼の死の第二の甘美な点を容易に推し当てるであろう。――今一度恋人の許に行って、彼女の前で口にしないけれども考えることが出来るという点であった、あなたの為に死すと。というのは今、生きながらの決然たる別れは余りに辛く、ただ死を通しての別れが容易であると感じていたからである――何と容易で、甘美であることか、と彼は感じた、恋人の前で濡れた目を閉じ、それから地上ではもはや何も見ず、心の高い炎と共に、胸に抱きしめた大事な像と共に、亡き愛児と一緒に棺に納められた母親のように、盲目にこの世界の縁に足を踏み出し、静かな、深い、暗い、冷たい死者の海に落下していくことは。……「あなたは」と彼はよく言った、「私の自我に描かれている、あなたの像を私の心から引き離すものは何もない。両者は、イタリアでの壁とその上の絵のように一緒に移されなければならない」。――彼は今や自分の肉体を何ら気にかける必要がなかったので、自分を痛める涙を故意に刺激して良かった――彼は本当に自分の命から何かをクロティルデに渡したくなった――それで彼は数日間続けて最も血を出す別れの場面の試演を疲れるまでに演じて、自分の痛みをインクで描き、自らに言った、そのことで頭痛と動悸に襲われたときに。「彼女はこのことを知らなくても、彼女の為の悩みはこのようなものだ」。
ここにそのような悲しみの文がある。

「天使のあなた。辛すぎるというのでなければ、私はあなたの許に行って、あなたの目の前で、私の心を、涙と、より素晴らしい時の絵と、最も苦い痛みとで、それが弾けて沈むまで長く満たすことでしょう——あるいはあなたの前で自らを始末することでしょう、自分の心をあなたの胸に寄せながら鉛で砕くことは、そして自らの血と命とをあなたの胸許で消失させることは甘美なことです。——しかし神よ、そのようなことはいたしません、善き人よ、あなたが帰られたら、微笑みながらあなたの許に行き——微笑みながらあなたの前で泣くことでしょう、ただあなたの帰りが嬉しいかのように——ただ赤い雫の竜田撫子だけをあなたにお願いすることでしょう、私の心が飾られて人生の最後の花の下で朽ちていくように。あなたの間近で血を流すことでしょう、天上的な殺戮者よ、殺戮者の前の死体のように、でもそれは心の内だけのことで、血の滴りは考える度に落ちていくだけです。——それから遂に私は長いこと黙って、そして永遠に出掛けて、ただ言うことでしょう。『愛しい人よ、私のことを思い出して欲しい、でもこれまでより幸せになって欲しい』と。——一時間後には何処に行くことでしょう。「マレーの」有毒樹[*1]への、孤独な死への荒涼たる沈黙の道を出掛けて、そこで全く一人っきりで、全く一人っきりで死ぬことでしょう。——死者達は啞で、彼らは鐘を持っています、一人の啞が青空に漂い、弔鐘を鳴らすことでしょう。……クロティルデよ、クロティルデよ、そのときにはこの世での私どもの愛は終わりです」。

　彼の心の中でいつも音楽が泣くとき詩の抑揚で響くあの声を、読者よ、覚えておいでか。このときそれがまた響いた。しかし彼の決心の嵐は直により穏やかな行為と時に席を譲った、秋分の日の秋の嵐が静かな小春日和に移るように。「数週間後には地下にいる」との考えは彼を自由人、天使にした。彼は誰をも許した、福音史家でさえも許した。彼は自分のささやかな周囲を美徳の遅咲きの生の花で満たした。そして短い時を甘い空想にではなく、苦しんでいる病人に捧げた。出費をことごとく切り詰め、ユーリウスに父の財産を削減しないで残すようにした。彼は自惚れてもいず、高慢でもなかった。国家について国家に対して自由に話した。棺の覆いという弾避けの楯、軒の間近で何を恐れることがあろう。――しかしまさに単に善への愛のみを感じて、内面では何の熱狂も、何の臆病さも感じなかったので、彼は穏やかに静かに逆らった。人間は勇気をまさかの時にのみ発揮すると自らに任されさえすれば、勇気を他人の前で衒うことはしなくなる。死を考えると以前は滑稽な愚行に駆り立てられた。今はしかし良い行為にのみであった。彼は幸せであった、周りの人間と情景は穏やかな和やかな夕陽に包まれていた、この夕陽の中に子供時代の病気のときにはいつも両者を置いていた。あたかもこうした敬虔さを通して自分の良心を自筆の死刑判決の判読可能な著名へと買収したがっているように見え、（実際うまくいった）。故人のエマーヌエルにとってのように、彼にとって人間は子供のように、地上の光は夕陽のように、すべてはより穏やかに、すべては少しばかりより小さく思われた、彼は何の不安も欲望もなかった。地球は彼の月であった。今はじめて彼のダホールの魂を察した。……

そして君、私の読者よ、君も死の修道院の門の間近にいたら同じように高貴になるだろうと感じないだろうか。しかし私と君は実際間近にいるのである。私どもの死は、少し間隔が長いけれどもヴィクトルの死同様に確実ではないか。誰もが五十年後にはある日自然がその処刑場に自分を召し出すとはっきり信じさえすれば、別人になるであろう。しかし我々は皆死の像を魂から投げ出す、シュレージエン人が四旬節第四日曜日にそれを町々から投げ出すように。死の想いと期待は死の確かさと選択同様にはなはだ改善するものである。

今や今年の十月の素晴らしい青い小春日和が空の蜘蛛の巣の華奢な蛾の羽に映えた。ヴィクトルは自らに言った。「美しい地球の空よ、今一度御身の下を歩きたい。母国よ、今一度御身の山と森を眺めて、その像を不滅の魂に刻みたい、御身の黄緑の草が私の心臓の上に生えて、その中に根を下ろす前に――私は御身、私の子供時代の聖リューネを見たい、それに美しい私の降臨祭の道を、至福のマイエンタールを見たい、そして善き老養蜂家[*2]に会いたい、そして喜びの時間時計を返したい――――そうすれば満足して死ねる」。

彼は自問した。「自分は墓地の果実貯蔵庫に入れる程熟しているだろうか。――そもそも人間は熟することがあろうか。九十歳になっても二十歳同様に未熟なのでは」。――然り。死は子供達とフエゴ島の住民を奪う。人間は熟す前に天が摘み取らなければならない夏の果実である。別世界は整然とした並木道や温室ではなく、この世界の種畑の苗圃である。

ヴィクトルは接吻し涙ながらに盲人と別れる前に、夕方前もって哀れなマリーを小部屋に呼んで（イタリア人の従者同様に）彼女に盲人の世話を頼んだ。しかし彼の意図は、壊れて力のない魂に数百フローリンの希望を――この程度は彼の資産のある父アイマンから遺産として望むことが出来た――前もって与え、予告することであった。この虐げられた女性の利己心は、他の人ならば鼻白む思いをさせたであろうが、彼を心から感動させた。夙に彼は言っていた。「哲学的にあるいは崇高に考える者に同情する必要はない、学者に対しては特にそうである――このような輩にあっては運命の雀蜂の一刺しはほとんど靴下から届かない――これに対して哀れな庶民には果てしもなく泣かされる、彼らは地上の財貨の他に偉大なものを知らず、原理もなく、慰めもなく、青白く、寄るべなく、痙攣しながら、硬直して自分の財貨の廃墟の前に倒れる」と。このマリーが無闇に感謝して彼の前で途切れ途切れの感謝を述べ――叫び――喜びを爆発させ――上着に接吻し、素朴に笑い跪いたとき、それは単に彼の同情を倍加しただけであった。

彼が翌朝出掛けて――まず聖リューネを目指して――そしてマリア修道院の前を通りかかると、かつてそこではイタリア人トスタートの養女が六番目の指を捧げようとしていたのであるが、マリーが肢体屋台[*3]から出て来て、二個の蠟の心臓を買い求めていた。ヴィクトルは長い巧みな質問で彼女から聞き出した。一つは自分の心臓のつもりで、これを聖母に懸けようと思う、自分の心は先週程痛まないし、押し潰されていないからと。――二つ目については彼女は長いこと話そうとしなかった。遂に白状した。これはヴィクトルの心臓で、これを聖母様に捧げようと思う、彼がとても青白くて、しばしば溜め息をつくのでお辛いのだろうと考えたから、と。――「私にそれをおくれ」（と彼は大いに感動して言った）「私は心臓を自ら捧げよう」。

「然り」と彼は外の静かな空の下で繰り返した、「胸の奥の心臓を捧げよう――これも蠟製だ――母なる大地に与えて、癒すことにしよう、――癒すことに」。……

私の友人達よ、彼を絶えず泣かせるがいい、このとき彼は微笑みながら静かな青白い大地を眺めた、薄靄の懸かった山々に至るまで。――感情の柔らかさは傷つける運命に対する石化やパッサウの技術[1]とよく調和するものである。――彼を絶えず泣かせるがいい、このとき彼はこの花のない、さながら蜘蛛の糸の蚕糸に閉じこもる地球を見て、地に平伏して、冷たい沃野に母親のように接吻して言わなければならないような気がした。私より先にまた花咲け、御身は私に十分の喜びと花とを与えた。――自然の静かな解体は、その死体の上には花盛りの永遠がさながら葬式の花輪のように立っていたが、この溶かすような摩擦によって彼の諸力を穏やかに奪った――彼は疲れていて、宥められていた――自然は彼の周りに休らっていて、彼は自然の中に休らっていた――疲労はほとんど甘美なくすぐったい失神へと移っていった――涙腺は腫れ、溢れるのを押さえ切れず、涙は花の露のように容易に、滞りなく流れた、血が胸の中を流れるように。

今や彼は聖リューネが横たわっているのを見た、しかしさながら彼から遠ざけられて、いわば月光の中にあった。彼は蠟人形を見ないように、中を通過しなかった、蠟人形の弔辞を読んだことがあり、その中にも蠟の心臓を有していたのであったが、外を迂回して行った。「美しい地よ、ますます広くにぎやかになっておくれ、敵に囲まれないように」。それ以上は言わなかった。墓地の前を通り過ぎるとき、彼は考えたのであった。「この者達も皆この地から離れたのではないか、自分一人であろうか」と。――ただ牧師館のスレート屋根を振り返って眺めると自分の死についての母親の涙を思って痛みの閃光が走った。しかし、フラーミンに慣れた牧師夫人の母親の心は犠牲に対する苦悶を救われた愛児への喜びで癒すであろうと彼は直に自らに語って慰めた。

彼はさてマイエンタールに向かった、そして熱心に夢見心地の考えから崇高な部分をそらして（夕方着いたときに）一層――痛みを感ずるようにした。しかし今や彼の自我は新たな考えの織物に織り込まれた。彼は、何の病気の夜もなく明るく、真っ直ぐに、横たわってではなく、巨人ケネウス[*4]のように立ったまま地下に沈んでいく楽しみを考えた――彼は人生のあらゆる不幸に対して守られていること、常にどのような心であれさいなまれる不安から浄化されていることを感じた――こうしたことすべてと義務を果たすことと衝動を抑えることとの喜び、青い、さながら花粉の中にある一日の光は彼の揺すられた人生の流れを清めたので、結局もっと長く（彼の決意が禁じなかったならば）明るい流れの中に戯れていたくなったほどであった。……死を軽視することでこれほどに人生の美しさは大きくなる――それで冷血に自らに死を宣告するものは誰でもきっと生に堪えることが出来よう――まことに死の前には善行を行えば、死なないで済むと薦めているルソー[2]は正しい。……　――ヴィクトルがこう考えていると、運命が彼の前に進み出て、怒って彼に尋ねた。「死ぬつもりか」――彼は答えた。「然り」。――そのとき日没前に上マイエンタールでクロティルデの出発の際に見た馬車を再び目にした。今や死の雲が一帯に垂れていた。彼は急いで通り過ぎた――窓には彼の母とレディー、フラーミンの母親が見えた――彼の内部はざわめいた――彼の目は乾いて輝いた――彼は死の武器を選んでいたのである――何故彼はかくも遅く、暗い中を、すべての甘美な夢を曇らせる騒がしい思いを抱いて、なおマイエンタールに行ったのか。――彼はエマーヌエルの墓に行きたかった、悼む為ではなく、夢見る為ではなく、自らの洞穴を、つまり終の洞穴を捜す為であった。心を引き裂く悲嘆が彼の死の絵を描いた、彼はその裂け目を認めた。彼はつまり、運命が彼の父の行方不明とフラーミンの危機とによって彼の死をやむを得ないものと決めたならば、枝垂白樺の横に彼の墓を掘って、中に入って、自決し、それから何も知らず何も見えない盲人のユーリウスに土をかけて貰い、このように覆われて、誰にも知られず、無名のままこの生から彼のエマーヌエルの腐敗した側へ逃げるつもりであった。……

黒い鳥の葬列がゆっくりと集雲のように太陽の消えた空へ飛んでいって集雲のように森に下りていった――半月が地上に懸かっていた――小さな見知らぬ影が、心臓大のものが、不気味に彼の側を走った、彼は見上げた、ゆっくりと漂う禿鷹の影であった。――彼はマイエンタールに引き裂かれた、彼は葉の落ちた庭とダホールの閉ざされた家を見ずに、栗の木の並木道を通って枝垂白樺に向かった。――　――

フラーミンが彼を殺そうと思った所の栗の木の下で、彼は蕚に血の滴のあるクロティルデの枯れた竜田撫子を見付けた。……そしてまだ雲雀が、自然の最後の歌姫が、庭の上で震えて、人生のすべての春に熱すぎる声で呼びかけ、果てしない致命的な憧れで心を過ぎったときに、ヴィクトルは声高に泣いた、そして彼が上の墓で大きな暗い涙を拭うと――クロティルデが彼の前に立っていた。

彼は一度震え、黙った。……彼女は青ざめた姿に驚き、震えながら尋ねた。「本当にあなたですか。またお会いしているのでしょうか」。――彼の魂は散らされていた、彼は別の意味で言った。「またお会いすることになります」。

彼女は旅で癒され、花咲いていた。しかし血が彼女のハンカチにはあった――エマーヌエルが決闘のとき並木道で胸から吐いた血であった。彼はいぶかしげに血を見つめた――彼女は墓を指し、泣いている目を覆った。――「御父上は帰られましたか」という質問でこの善き女性は優しく話題をそらそうとした――しかし彼を彼の墓に導くことになった――彼の目は荒々しく人生の最後の涼しい洞窟の為の空間を捜した――穏やかな彼女の恋人のこのような姿をこれまで彼女は目にしたことがなかった、そしてエマーヌエルを静かに思い出させて彼の魂を和らげようとした――彼女は自分の手紙に書かなかったことを述べ、故人が如何に泰然と静かにイギリスから出掛けたことか、そしてその前の別れの際に崩れた神殿のとてつもなく深い穴に彼のすべての東インドの花、三枚の絵、文字の記された棕櫚の葉、愛する遺灰を沈めたことか物語った。

ヴィクトルは我を忘れた――彼は手を露で冷たい湿った黄色の墓に突っ張った――彼は泣き続け、恋人をもはや見ておれなかった――彼女の震える口許に飛びつき、彼女に死の別れの接吻をした。彼は彼女に接吻してよかった、死者には位階はないのだから。彼は彼女の溢れる涙を感じた、この涙を刺激したいという不屈の憧れに襲われた。しかし彼はただ話すことが出来なかった。彼は接吻で彼女の言葉を、苦悩で自分の言葉を封じた。やっと言うことが出来た。「ご機嫌よう」。彼女はびっくりして離れ、より大粒の涙を流しながら彼を見つめて言った。「どうなさったのですか。心が潰れる思いです」。――彼は言った。「私の心だけが潰れれば済みます」そして蠟の心臓を取り出して、墓で押し潰して言った。「エマーヌエルよ、あなたに私の心を捧げます、私の心を捧げます」。クロティルデが恐れて去ると、彼はただ疲れた声で呼びかけるだけであった。「ご機嫌よう、ご機嫌よう」。

＊1　この有毒樹は周りの物をすべて殺害するので、荒れた砂漠にある、悪人はこっそりとその毒を取りに行くが、戻って来ることはまれである。

＊2　クセヴィッツの養蜂家リント。

＊3　幾つかの礼拝堂では（シュレーツァーの書簡集、第三巻、十八分冊、四十五参照）蠟製の肢体や動物の店があって、これらは、原物が治るように聖者の耳や腕に掛けるものとして買われる。

＊4　ケンタウロス達は彼を樹で打ち倒すことが出来ず、立ったままの彼を地中に押しつけなければならなかった。オルフェウス

のアルゴー号遠征。百六十八。

# 第四十三の犬の郵便日

マチューの四日の聖霊降臨祭と記念祭

私はより高い身分の真の悪漢の場面をまずフランス語で書き下ろして、それから翻訳するが、これは一つの技法であって、ボワロー[1]がその萎れた詩をまず散文で起草するようなものである。――第四十三の犬の郵便日は重要なので――高貴なマッツが彼のフラーミンを自らの美徳や卿を犠牲にしてさえも救い出そうとするので――それで私はまず起草したフランス語から忠実にドイツ語に翻訳して、私のフランス語の著者自身が拍手を贈りたくなる程にするつもりである。

クロティルデとフラーミンの母親がロンドンから着いたとマチューは耳にすると、このライネッケはその狐の巣からフラクセンフィンゲンに進軍してきた、フラーミンを救い出すという名誉を誰にも奪われたくなかったからである。彼は、その情熱にもかかわらず、先走って偶発事を起こすことはまれで、注視してそれから後押しをした。――小説同様に、人生でも千もの小さな些事が寄り集まって、遂に固く互いに編み込まれ、そして立派なマッツが偶然の乱れた蜘蛛の巣から最後にまともな――隣人の為の絹の絞首索を撚り合わせる。――彼は大胆に侯爵に秘密の謁見を働きかけた、「若干の重要な事についてこれ以上黙っているよりは、処罰を（決闘を要求したことで）受けたいと思うので」と。重要な事と危険な事は夙にイェンナーにあっては近いもので、今では全く同一であった、侯爵夫人が毎朝懺悔の聖歌、「不吉の」梟の歌から叛乱、アンカーシュトレーム[2]達、宣伝活動者達についての数節を歌い聞かせたからである。彼女とシュロイネスは一つのホルンを吹いていた、少なくともそれから一つメロディーを鳴らしていた。

マチューは入って来て重大なことを切り出した――飾らずにフラーミンの命乞いをした。イェンナーは同様に素気なく否と言った。人間は根拠のない不安に陥れる者に対しても、根拠のある不安に陥れる者に対するのと同様に腹を立てるからである。マチューは冷たく請願を繰り返した。「陛下にお願いしますが、単なる友情を挙げればこのような大胆な請願の十分な弁明になるとは毛頭思っていないのであります――臣下の義務というものが私の弁明となります」。――生意気に引き下がったことが気に入らなかったイェンナーは、遮った。「罪あるものが罪ある者への請願は出来ない」。――「陛下」、――と福音史家は、彼を恐れと怒りとに同時に追いやろうとして言った。「私どもの時代と違う別の時代であれば、あることを推し当てたり、予告したりすることは、それを決議すること同様に処罰の対象となりましょう――しかし私どもの時代ではこれら三つの事はより容易くなっています。参事官が処刑される日には、何人かの者が自らの命を犠牲にして彼の命を救う計画が立てられています」。侯爵は――いつもは宮廷の雪前線[*1]には見られず、ただ民主的な赤道に見られる大胆さに立腹して――マッツの顔色に見てみたかった死刑判決を述べた。「明日、正義を妨げる為に命を投げ出すという輩の名前をそなたから聞き出させることにしよう」。……このとき彼は彼の前にひれ伏して、すばやく言った。「真っ先に私の名前が上がります――今や不幸になることは私の義務です――私の友は誰も殺していず、私が殺しました――彼は牧師の息子ではありません、殺されたル・ボー氏の長男です」。……

窓間鏡がある限り、今日ほど狼狽し呆然となった顔が覗かれたことはなかった。イェンナーは彼を退室させて、考えをまとめることにした。

我々としては控えの間で不在の主について三言話すことにしよう。かつて上品な男が私に言った、自分はあるとき偉大な賢者に言った、「偉い人の欠点は、自ら何も信用しないことではないでしょうか、それで誰からでも操縦されてしまうのでは」と、すると賢者は答えた、「その通り」と。――イェンナーはマッツを嫌っていた、これは単にその諷刺的好色的顔つきの所為で――その悪徳とかの所為ではなかった。思うに読者は宮廷を十分に覗いたことがあって——劇場で、ここでより高い身分の者達はその国民の者の概念を、我々は彼らの概念を得ることになるが、何が嫌われるか——悪徳でも、決して美徳でもなくて、この二つは本当に、(丁度こちらではヴィオラ奏者、職人、ヴェッツラーの弁護士、劇場監督がそうであるように)必要とされるや愛されていると御存知であろう。

青年貴族がまた現れた。イェンナーは、これまで子供達が皆行方不明と思っていて、この知らせに甘く、父親らしく感情が高ぶっていたが、それを静めていた。しかし今やフラーミンが侍従の息子(と称される)ことの証明を求めた。決闘のことは何も気にしていなかった。証明は実直な魂には容易であった。この魂は息子を救いに丁度ロンドンから着いたばかりの母親と妹自身とを挙げた。——この魂はこの二人がそのことを知っていることの前提を再び証明することになった。——マチューは数年前盲目の卿にクロティルデの声を偽って読み上げたときの母親の手紙を挙げ、それにマイエンタールの公園での決闘の際の妹の叫び声、「私の兄なのです」を挙げた——そして最後にこの件の生き証人、小春日和を示した、これはまもなく始まるが、ル・ボーの息子が肩に有する林檎の母斑を新たに描くことになるだろう、と。

マチューは自分の侯爵と主君に大いに敬意を抱いていたので、息子の主君を息子の父親と呼ぶことは出来なかった。今やそれをやめた。「分からないのは何故ホーリオン卿はこれまでフラーミンの出自を隠してきたかです——しかしこれは自分がこれまで隠した理由と同じで、卿の弁解もすべて自分のと同じかもしれない——自分には出自の証明は卿にとってよりも難しかったのです。——ただ今となっては母親の到着で証明することも易しくなり、証明する必要も出て来ました。侍従の友人として自分の出来たことのすべては、フラーミンと親しくなって見張り役をすることでした」。

このことで侯爵は決闘の話しに引き戻された、これはマチューがはじめ少しばかりほのめかして触れずにいたものである。自分に重要な件を直に中断して、別のことを長々しく話し、それから先の話しをまた取り出し、かくて重要なことを些細なことの大きな層の中に包み込むことは彼の営業方針であった、本屋が没収された本を全紙一枚ずつ白い紙あるいは別の紙の下で平らにするようなものである。今や殺害についてのフラーミンの無実もイェンナーにとってはより重要になってきた。イェンナーはそこで当然、何故友人を決闘したように見せかけてきたのか尋ねた。

マチューは言った、陛下に傾聴して頂くことは長くなることで、畏れ多いことです、と。彼は――犬の郵便日がこれまで報じてきたことを報じ始めた。彼は少しばかり嘘をついた。彼はそっと告げた、自分はフラーミンのそれと知らない妹クロティルデに対する愛を裂く為に、――愛を募らせようとは少しも思わなかった――彼に嫉妬させようと思った、しかし仲違いさせることが出来たのは彼女の恋人とであった。自ら彼にクロティルデのもっともな裏切りの耳証人になって貰ったことも何の甲斐もなかった、フラーミンは結局妹の婚約に激昂して、これには父との覆面をした見せかけの決闘で満足させる他なかった――それから父と息子との二番目の決闘、これは卿の沈黙が引き起こしたことだが、これを自分は自ら防ごうとして自ら行ったが、残念ながら余りに不幸なことになった、と。

このように高貴な男は話した。我々に周知の本当の挿話は記さない。イェンナーは福音史家を自らが陥れた不安から解放してやろうという気になって当然の質問をした。「何故フラーミンは殺人を自分の所為にしたのか」。――マチュー、「私はすぐに逃げました、彼の嘘は私には思いもよらないことで、防ぐことは出来ませんでした。しかしそれを論駁することは出来たのです」。――イェンナー、「率直に語るがいい、それが身を守ることになる、避けないでくれ」。――マチューはもっと闊達な表情をして、「私の言いたいことははじめに申しました、彼を救うことです。今や彼は救われました」。――イェンナーは考え込んで、何も分からず、「もっとはっきりと言ってくれ」と頼んだ。――マチューは自分の陳述の銀メッキを整えている人間の意図的な表情をして言った。「彼の友人達が彼を助けなければ、彼の為に罪を犯してしまった者（マッツ）の為に高邁さから彼は亡くなっていたことでしょう」。イェンナーは信じられないと頭を振った。「と申しますのは」と前者は続けた、「彼は自分の高貴な身分を知りませんので、若干のフランス風の原理を身に着けやすくなっていまして、この原理の為にいとも易く死に赴いていたことでしょうし、この死を防ぐ為に何人かのイギリス人達が民衆の間にこの原理を利用したかもしれないからです」。証拠に爆破された火薬庫をついでに引いた。

イェンナーはびっくりして一つの明かりが暗い洞穴に滑っていくのを見、その洞穴を深く覗き込んだ。立派な福音史家にとっては、単に友人を救い出すことだけで十分であると考えたら、それは間違いである。彼の善良な心は、卿に記念碑を建てて、彼をその碑の下に礎石として置くことも目指していた。彼は好んで（ハムレットの場合のように）芝居の中にまた芝居を含営させて、二つの芝居の幕を開けた。我々としては第一の桟敷に座ることにしよう。参事官に対する彼のこれまでの振る舞いは、他の友人達、例えば侯爵夫人に無礼なことをせずに如何に広く真の友情を彼が築けたか十分に示している。というのは夫人にとっては侯爵の不明の子息の発見は格別損失ではないからで、子息はジャコバン派の秘密結社館長として、養父と実父双方に対する反逆者として紹介されたし、その上卿は大いに面目を失ったからである。しかしマチューは自分に非難すべき点は過度の隣人愛にあると思ったので、この過度に対しては逆の過度の悪意で対処しようとした、ベーコンが書いているからである。遣り過ぎは逆のことで最も良く直される、と。彼の友情についての熱すぎる概念によれば、卿の真の友とはなれなかった、モンテーニュ[3]によれば愛人同様に一人の真の友しか見いだせないからで、卿はすでにそのような友をイェンナーに見ていたからである。

一言述べることをお許し頂きたい。アラブ人が蛇に対して二百の名前を有するとすれば、二百一番目の、廷臣という蛇を加えるべきであろう——更にお許しを頂いて述べると、影響力と作法のある男性は所謂殺人罪で国家全体がもっと惨めな金属的殺人罪で栄えるように栄えるのである。

イェンナーは今や先の奇妙な事柄を説明するもののすべてを信ずる気になっていた。一つの結び目を解く嘘はそれを結ぶ嘘よりもほんとらしく思われる。マチューは続けた。「自分はすべての共和主義的な宗教音楽会に出席してフラーミンの感染に対処しようとしました。三人のイギリス人と卿の息子（ヴィクトル）に対しては、前者達と後者をある計画そのものの為の協力者としてよりも何か別の隠れた手の道具としてしか自分が見ていなければ、友情を誇張することはないはずです。——これはこれまで無実のフラーミンによってなされた悪用が物語っています」。——ヴィクトルを弁護すると、と彼は言った——その際いつも彼のことを宮廷医師と呼んで、イェンナーがこの気分では何よりも宮廷毒殺者のことを思い浮かべるようにした——つまりヴィクトルに有利な光を当てると、と彼は言った、同人は単に享楽を愛していて、父親の起案したことを単に忠実に実行しているにすぎない——ヴィクトルはイタリア人に変装して、プリンセスを観察し、その後で卿に、卿の命令でそれは多分為されたのであろうが、ある島で秘密裡に会って報告した。イタリア人として侯爵夫人に時計を渡したが、それに彼は紙片を隠していて、それは自分の位階に媚びるもので、より高い位階をないがしろにするものであった、と。

侯爵は、花嫁よりも妻にはもっと大きな嫉妬を感じて愛していて、七面鳥の翼を広げて床を掃き、鼻の錐体を長くして［馬鹿にして］誇り高く尋ねた。どうしてそれを知っている。マチューは静かに答えた、「ヴィクトル自身から、侯爵夫人自身は御存知ではないのでは」。……

読者が千ものことをもっと良く知っているのは私のお蔭である。アニョラは時計の中身を確かに良く知っていた。彼女に怒ったヨアヒメが彼の署名の正直な告白をこっそり知らせたとき、現在の使用法を考え出すことをマッツかヨアヒメに許したのは彼女であったとさえ私は思っている、かくてここで亭主がゼバスティアンの恋文を手にすることになったのである。——

——「夫人はむしろ」（と彼は続けた）「自分の妹にその後長く経ってから紙片ごと時計を下されました——ヨアヒメがヴィクトルの前でそれを取り出すと、彼は彼女に気ままにまさにこのことを告白していいと考えてそうしたのですが、彼女と自分自身は畏敬の念からこのことを侯爵夫人には申し上げておりません。しかしその後妹は彼を避けるようになって——その後彼はクロティルデに近付きましたが、兄とより近しい関係になるようにとの父親の指示によるものかもしれません。——しかし彼はいつも功名心の父親の計画に享楽の自らの計画を混ぜ合わせて、イギリス人達のように善良なものです、この者達は変装したフランス人に思われますが」。

侯爵はこの上品な蛇の標本が突きつけられている間ずっと怒りの下に恐怖を隠していた。仮面と素顔を見ていたマチューはこれまですべてを仮面に従って裁断していて、恐怖が見たところ見えないことを口実に大胆に恐怖を刺激した。かくて彼は侯爵の所から殺人に対する定かならぬ戯れの拘留へと移って行った。イェンナーはしかし、この件と証人とを調べ始めた。

なりゆきの報告の前に、高貴な男マッツが嘘をつけたのは、真実を自らの嘘のモルタルの骨組みとして加えていただけになおさらであると言わせて欲しい。ポーランドの岩塩採掘場がそうであるように上手な嘘吐きは掘る際に穴蔵が崩れない程に多くの真実をいつも支柱に用いるものである。そもそも嘘はどれもまだ真実がこの世にあるという幸せな印である。真実がなければ嘘は信じられず嘘が試されることもないであろう。破産は正直者にとっては他人の正直さという無尽蔵の宗教的基金の新たな証明として嬉しい、この正直さは騙されたときには存在しているに相違なかったものである。戦争条約、講和条約が破廉恥に破られる限り、その限り希望はまだ十分にあって、その限り宮廷には真の実直さが欠けていないわけである。というのは条約が破られることはどれも条約がなされたことを前提としているからである――何一つ条約が守られなければ、何一つ条約は結ばれないであろう。嘘は義歯と同じで、金糸は義歯を二、三の残った本物の歯にのみ結び付けられるのである。

　イェンナーはマチューの福音の貨幣検査日を始めた。

　一、牧師が召喚され、領主の面前で牧師館で一体どのような徒党が組まれていたのか白状させられた。牧師はエームラーの牧会学を開いて、絞首刑に処せられる牧師はどのように振る舞うべきか調べようとした。不平を言わずに今や彼は首をより小さなつましい災難の斬首台の上、斧の下に置いた、住みついてうるさい数匹の子鼠に対して、歩いていると次第に膝蓋骨の上にずり落ちる靴下留めに対して、そうして幸福な者の臆病さを不幸な者の不安と取り替えた。尋問では、自分は聖なる場所その他では人並みにクラブを叱ってきたし、それ故ギルタナの本[4]を買ったと述べた。フラーミンは彼の息子かという問いには悲しげに答えた、妻は彼と彼女の結婚生活を破っていないことを望む、と。――再び家に帰ると、逮捕される不安に陥らないようにと、昔の説教の原稿の束を採石場に運んで、そこで三、四の日曜日の分を前もって暗記した。

　二、同じ日にフォン・シュロイネス大臣は（侯爵夫人に対する好意から）ル・ボー家を訪問して、レディーとクロティルデに率直にフラーミンの素姓についての現下の噂を伝えた。二人ともヴィクトルが不幸なフラーミンを救う為に侯爵に素姓を打ち明けたと信じないわけにいかなかった。誓いの猿轡が舌と口からはずされた以上、さもないと真理が傷つくことになって、秘密を洩らしていいことになった以上、優しい二人が今や自分達の寵児の獄でのこの開放された聖年の扉[5]を心から喜んだ以上、二人がヴィクトルに倣わないことがありえようか。――一言で言えば、大臣は息子の仮説を裏付けるものだけを持ち帰った。

　三、同じ日に商人のトスタートはオー伯爵から屋台での協力者について、ヴィクトルは神父から時計の司教牧書あるいは牧歌の作者について調べられ尋問された。ここでも予期された通り、マチューは完全に自分の側に真実を有していた。ヴィクトルは今や隠すには、余りに気位が高く、余りに敬虔で、余りに諦めていた。

四、クセヴィッツや至る所でのすべての罪の割り符が互いにかみ合った。かつてヴィクトルが侯爵の許でアニョラの為にした先の仲介からさえも、彼の些細な無分別、彼の諷刺、兵士の子供達に対するズボンの供与、侯爵との旅行からさえも今や王座に対する戦列という絵文字と肉太の線だけが文字として合成された。イェンナーは嘘のこの虚像に望遠鏡を向ければ向ける程ただ一層大きく見えることになったというのはそもそも致し方ないことであった。

侯爵夫人のことを忘れていたが、彼女はイェンナーに対して恋文のことにはなはだ侮辱を受けた振り、知らなかった振りをして、犬の郵便日の主人公に宮廷の出入りを禁じた処分にほとんど満足していなかった。宮廷とは、善良なヴィクトルよ、直に地球から出て行く気だというのに。

イェンナーは容易に過去の侮辱は見過ごしたが、しかし将来の侮辱に対しては厳しく叱責した。その上マッツはがらがら蛇のようにひどくがたがたと音を立てたが、それは警告する為ではなく、近代人が別の蛇で経験するように、獲物をこわばらせ、臆病にさせる為で、それで卿はイェンナーの心からすべての王座の段を転げ落ちることになって、彼が早速空から出現しても、自らを救い出すことは出来ないことであった。フラーミンは彼なしに見付かっていた。――三人のイギリス人には、欲するならば彼らの島（イギリス）に出帆していいという許しが家に届けられた。自分達の島に着くには一日を要するのみであるが、一緒に旅する者を待っているだけであるという返事を彼らは寄越した。島というのは和合の島のことで、一緒に旅する者とは逮捕されたフラーミンのことで、一緒に行くよう説得するつもりであった。

私のヴィクトルに宮廷が禁じられたことは私の気に入っている。宮廷の禁止はかつては善行で――宮仕えから解放されることは多分にこの名に値していて――必ずしも最も尊敬すべき者に与えられるものではないが、しばしばルヴォワ[6]のような悪魔にもテシーン[7]のような使徒にも与えられるのである。しかしこれを悪漢に投げ与えては、立派な恵み、功労勲章からすべての価値を奪うことになりはしないか、これは宮廷での最も正直な、最も率直な、最も年長な男性に対してのみ、最大最後の報酬として、突貫兵賞、勝鬨兵賞として、小凱旋式として取って置かれるべきものであるからである。

次の章では騒ぎを覚悟することになろう、このようなことはドイツの章では余り見かけないことである。王党の危急号砲、舞台のがらがらと落ちる音、椅子のひっくり返される音が刑事裁判の終わった後、私の島にまで響いてくることだろう。黒い髪で黒い心の青年貴族は、拘留を解かれると、皮肉な表情と独特の小声とで――これは彼の極めて意地の悪い嘲笑の伴奏音で、他の者の場合これは極めて崇高な熱狂の伴奏音なのであるが、――至る所歩き回っては言うことだろう、卿が現れて欲しい、自分はこれまで出来るだけ彼の為に働いてきた、と。宮廷では時に突出した悪意の所為で秀でることがある、丁度バークによれば最も臭い匂いほど秀でた匂いはなく、最も辛い味ほど秀でた味はないように。そして誰もが落ちていく寵児に容易に同情を隠していた、丁度子供が倒れた際陽気な顔の下に同情を隠す賢明な父親に似て。

十月二十一日マチューは釈放され、フラーミンの所に行くのを許され――彼はそれを願い出た――そして彼に自由と身分昇格とを告げた。……数日すると事件と事件の私の記録とは一つ砂時計から流れ出すであろう、犬がきちんと来ればである。しかし犬は気まぐれである。

＊1　山々がどの地帯でも冠雪する、ブゲールによって定められた海抜はこう呼ばれる。

# 第四十四の犬の郵便日

兄弟の愛――友人の愛――母親の愛――愛――――

犬は来た、しかし卿は見えない――騒ぎは小さなものであったが、喜びはそうではない――すべては用意されていたが、思いがけないものであった――悪徳は戦場を主張するが、美徳はエリュシオンの野を主張する。――要するにまことに道化じみたものであったが、まことに愛らしかった。

思うに、これはこの本の最後の章である。私はきちんと郵便の犬を――私のポメラニアの使者を[*1]――尾は使者の槍で――感動して見つめた、そして犬がアダムと共に堕ちて禁断の樹の下で骨を喰らったことに私は立腹した。というのは楽園では一等星の犬の両親がダイアモンドのように輝いていて、ベーメの主張するようにそれを通じて見ることが出来たからである。――鉱山局長はまもなく書き終えるが故に、この章では以前よりも愛に対して熱心に気持よくなっていること、そもそも今憑かれたように書いていることをお許し頂きたい。

最初は天の馬車［大熊座］はまだ哀悼馬を引いていた。……一七九三年の十月二十一日の朝早く、青年貴族はフラーミンの牢獄に自分の獄から出ていき、ここで贖罪している同志にすべてを告げた、彼の釈放――彼のクロティルデとの兄妹関係――侯爵家での子供としての認知――彼の昇格そして殺害した使者への恩赦、つまり自らの恩赦を告げた。マチューの釈放、取りなしについての、自らの昇格についての喜びは如何ばかり彼の凝固する血管を燃え上がらせたことか。フラーミンはより高い身分に、自分の善行、企画を更に広める為の高みとして昇ることになったからである。ヴィクトルはこれに対して身分の破産を喜んでいた、静かさを望んでいたからである、フラーミンが轟音を望んでいたように。ヴィクトルはもっと自分を、フラーミンはもっと他人を改善しようと思っていた。フラーミンは生きた船員を甲板から海に突き落として、国家というヴェニスの祭り船に一杯の櫂奴隷を付けて一層速く波に向かっていくようにした。ヴィクトルはしかし海賊船を軽くする為には唯一人の死体、——自分自身の死体のみを許した。彼は自らに言った。「自らを犠牲にするという勇気をいつも聖なるものとして持っていさえすれば、より大きな勇気は必要ない。より大きな勇気というのは盗んだ財を犠牲にすることになるのだから。運命は数千年や大陸を幸せにする為に世紀や島を犠牲にしてよい。[*2]人間はただ自分自身だけである」。

歓呼を上げてフラーミンは解放者と共に聖リューネに走っていき、不実な恋人と見えた忠実な妹に感謝し、許しを請いながら妹を抱いた——高い望楼が目に入ったとき、目の膜のように痛々しく血まみれになって目から覆いが取り除かれた、これがこれまで彼の最良の友、ヴィクトルの無実を見えなくしていたのであった。「何と彼は僕を憎むことだろう。彼のことをもっと信じておればよかった」と彼は嘆息した、そして何も嬉しくなくなった。というのは全く正当であるという思いの中であっても、不当なことをしてきた善良な人間の痛みを慰めるものは何もない、多くの犠牲の他には何もないからである。彼は嘆息しながら新しい母親の許へは行かず、忠実な三つ子達の感情を害していない心の許に沈んだ。実直な魂達は皆福音史家を救いの友として歓迎した。この多彩な蜘蛛はその不純な糸の分泌腺と共に率直な愛のこの高貴な作物のすべてに這っていった。蜘蛛はすべてを聞いた、イギリス人達は島へ行くようにとの命令を文字通りに取って、フラーミンとレディーとが彼ら皆と一緒に彼らのより大きな島——自由の工場——目覚めた人間達の古典的土地に船出出来るようになるまで、卿のイギリス風の島に閉じこもるつもりであるという申し合わせまで聞いた。

同日の朝牧師は採石場に入って、そこに停泊した、最新のニュースを何も知らなかったからである。外で彼は不安をやり過ごした、夜にはまた吸い込んだ。彼は自分の体としか関わらなかった——多くの者が魂とのみ関わるように、他の者は自分達の肉体を相手とする——そして時折自然を見つめず、小水を見つめた、——無色であると生理学では苦悶を意味しているので、自分が憔悴しているかどうか知ろうとした。主任医師として、彼が乳糜尿あるいは血尿を飲メル尿と見なかったであろうと保証するものはいないであろうが。医師達は、溜め息は有用である、呼吸を早め、肺葉を一層楽にするると主張するので——君主は国々が溜め息を付くようにすると国々のすべてに一気に役に立つわけで、――それでアイマンは一定の数の溜め息を自らに課して、自分の肺の為に日々吐こうとした。

同日の朝レディーは牧師夫人の許に行って、フラーミンは無実であるが、彼女の息子ではないと言った。クロティルデも一緒に行って、二人の娘の手を握って、彼女達に、別の兄がいると言った。ヴィクトルはまだ素姓を隠していたからである。「神様」（と哀れな牧師夫人は言って、フラーミンの母と妹とをやつれた自分の胸に抱き寄せた、その母親としての胸は熱い溜め息と共に息子を渇望していた）――「私の子供は何処ですか。――私の本当の息子を連れて来て下さい。――決闘では一人の子供を失うと思っていました。子供はすべてをまた得たというのに私はすべてを失いました。――あなたも母親、私も母親です、助けて下さい」。――クロティルデは泣きながら慰めの思いを込めて見守っていた。しかしレディーは言った。「息子さんは存命でやはり幸せです、でもそれ以上は言えません」。

そして同日の朝この息子、我々のヴィクトルは幸せではなかった。フラーミンの釈放とマチューの功労の噂を聞くと、これまで動かずにさながら釘付けにされた翼と共に空高く獲物の上に休んでいた猛鳥が下降してくるときのしゅっという音を耳にする思いがした。自分の友人を狭い獄から連れ出すという機会を失い面目がなくなったということにドクトルはさほど気を悪くしなかった。余りに多くを失い、孤独に過ぎたからである。人間は彼にはポーランドの岩塩採掘場の人々に思われた、彼らは自我と呼ぶ明かりを頭に巻き付けて味気ない塩の光に囲まれて、白い服を着、瀉血止めのような赤い包帯をして歩き回るのである。――彼の知人達の言葉は、中国人のそれのように単音節であった。――イェンナーや町が彼の低い身分のことで瞞着と思う屈辱の日に備えて彼は生きなければならなかった。――目がそれぞれ違えば彼は別の光、あるいはむしろ別の影に映っていた。マチューは彼を粗野と、イェンナーは陰謀家と、女性達はいちゃつく者と見ていた、エマーヌエルが敬虔と、クロティルデが余りに暖かすぎると見ていたように――誰もが多声の人間から単に自分のエコーのみを聞き取るからである。誰の心が今の彼を動かして――いずれにせよ自らの心では出来なかった――人生の奴隷船の櫂をもっと長く保つように出来たであろうか。出来たのは唯一つ、強力な暖かい母親の心であった。「この世から抜け出せば」――と彼の良心が言った――「愛情に満ちた母親も後を追って、涙ながらに、熱いあらゆる傷を負って第二世界で自分の前に立って言うことだろう、息子よ、この痛みはあなたの所為ですよ、と」。――彼は素直に聞いて、恋人の為に死ぬことが高貴なら、母親の為に生きることはもっと高貴であると悟った。

それ故彼は、今晩のうちにも――晩のうちにも、夜がより良き時代の若干の荒れた廃墟の前に、思い出の過ぎていく夜葬の死体の前に出現することになるように――聖リューネへ行き、彼の母親を呼び、彼女の疲れた長患いの心を少なくとも一本の喜びの花で強め、彼女に――もはや誓いの束縛はないので――言うことに決めた。お蔭で二度目の生を受けました、と。どんなに効き目のあったことか。唯一つの立派な意図は裂けた人生の辛辣な病床を整え、風を入れた。

しかし君達困窮せる者よ――人生の夕方ではなく、十月二十一日の夕方は、もっと容易なもっと新鮮なものとなろう、そして幸運の女神の球は嵐の側から日の当たる側に回ることだろう。

夕方ヴィクトルは聖リューネに着いた、そして牧師の庭の木陰道に入った、そこは彼がクロティルデに愛の最初の涙を流した所であった。――牧師館、館《やかた》、望楼、二つの庭が朽ちた騎士の城館のように彼の周りにあった、そこからは夙にあらゆる喜び、住人が去っていた。――すべてが秋の一日のように静かで、周りは不動であった――蜂は黙って処分された雄蜂の横の巣門にいた――月と一片の雲さえも動かずに並んでいた――蠟人形は強張った顔を静かな部屋の方へ向きを変えていた。――やっと牧師夫人が庭を通って館へ行こうとやって来た。彼は、嫉妬深いフラーミンに対する自分の誠実さが今や明るみに出たので、彼女が自分をまた深く愛するに相違ないと知っていた。彼女は疲れ、病んでいるように見えた、赤く泣きはらし、血を流し、老けて見えた。彼女を木陰道に呼ぶ為にまず何でもない言葉を言わなければならないのが彼には辛かった。彼女が入ってくると、彼は起き上がって、深く身をかがめ、嘆息で一杯の世界と愛情で一杯の心を隠している愛しい胸に消え入りながらすがっていった。「母上、息子です――私を受け入れて下さい、息子は何も有せず、この広い世界であなたの他にもはや何も愛するものはありません――母上、私は多くを失って、やっとあなたに会えました。――何故そのような目で御覧になるのです。――私を拒むのでしたら、私を祝福し、去らして下さい。……私はただあなたの為に生きようと思っているのです」。彼女は身を後にそらして、言いようもない優しさと悲しみとを湛えた濡れた眼差しで彼を見つめて言った。「本当ですか。あなたが私の息子だったら。どうしましょう。今までずっと母親のように愛してきましたけれども。――嘘ではないでしょうね、私の心は傷ついていて」。――息子は誓った。……そしてここで幕が次第に母親の抱擁に下りるがいい、そして幕が息子と母親とをすべて隠したら、良い子は自分の魂を振り返って、ここに自分の描くとの出来ないすべてのことがあると言うがいい。

この晩牧師は野から帰って来て、庭を通り、彼の新たな息子に呼びかけた。「宮廷医師殿、私はとてつもなく衰弱しています。私は明らかにコノ人ヲ見ヨとか熱病患者に見えます。こたえます――哀れな者、村八分にされた者、[異端の]神受難論者の役回りです」。――ヴィクトルが彼に、「すべては終わりました、参事官は無罪釈放です」と伝えるとアイマンはひしと望楼を見つめ、言った。「本当だ、向こうに参事官が座っていて、眺めている」、そして彼の許に行こうとした。しかしヴィクトルは穏やかに彼を押さえて優しく言った。「私があなたの息子です」そして彼にすべてを打ち明けた。――「何だって、あなたが。これほど高貴な卿の御子息が息子ですと。代父殿を私がつくったと。前代未聞だ、兄が弟の名親とは――ゼバスティアンを二人一度に家に持つことになった」。――彼は牧師夫人に気付くと喧嘩を始めた――これはいつも彼の喜びの印であった。「そういうことか。あんたは今日一日中このことを知っていて、私を外の採石場の狭い所に、悲嘆のまま、放っていたわけか、そして私は夜まで死刑執行の鐘を鳴らしていたのか。ふいご踏みを知らせの為に送れなかったのかね。よくもと思うぞ――奥方は家にいて、砂糖樽とクッキー皿のすべてが投げ入れられている苦味泉を飲むわけだ――夫ときたら採石場にいて、吐薬コップから苦いエキスを飲み続けていて」。――彼女はこれには答えなかった。

このときようやくヴィクトルは彼の母から、フラーミンは単に彼の友（マチュー）の為と祖国の為に死ぬ覚悟であったこと、彼が自分の嫉妬による不当な言動を後悔し、台無しになった友情を嘆いていること、彼女が彼を迎えに行くのは、彼を本当の母親の両手の中に、傷つけられた妹の面前に連れて行く為であることを聞いた。友情の凍った部分、彼の心が、フラーミンの獄からの救出を耳にしたとき、フラーミンに対して少しばかりより冷淡で無感動であったのは今朝の人間的弱さであった――しかしフラーミンの死ぬという覚悟が、凍傷軟膏のように彼の強張った心に再び暖かみと動きを与えたのは今晩の人間的良さであった。彼の内部は強く活動し、湧き上がり、押さえられた恨みを越えて溢れた、そして青春の友の像が起き上がって言った、「ヴィクトルよ、学友にまた手を渡すがいい――彼は大いに悩み、高邁に振る舞ったのだ」と。望楼に行って、昔の寵児に、「忘れたことだ――一緒に君の妹の所に行こう」と話そうと心に決めたとき、涙が彼の痙攣する目から迸り出た。彼は一人で望楼に行き、彼を後でレディーに紹介しようとした。牧師夫人は数分間ヴィクトルから離れて、彼の二人の妹に知らせ、来るようにし、そして町から盲目のユーリウスを呼び寄せ、愛の黄金の鎖のネックレスに欠けるものがないようにした。

刻一刻がより高い段となっていき何という［ヤコブの］天への梯子がこの夜揺れる地上に立っていたことか、そして良き人々が順に登っていった。

和解の王座の階段の下の方でヴィクトルの心は熱くたぎる血の中で強力に働いていた。フラーミンは彼がゆっくりと上がってくるのを見た。しかし彼は出迎えなかった、ヴィクトルが怒って来るのか許して来るのか判然としなかったからである。ヴィクトルがようやく上に来たとき、フラーミンは恥じ入って顔を枝の中に背けた。はなはだ不当な仕打ちを受けた友人の目を、彼が許してくれたと分かるまでは、覗くことが出来なかったのである。彼らはざわめく菩提樹の梢の下で互いに恐れて黙っていた――彼らは互いにすっかり了解し合っているわけではなかった、その為に沈黙は一層暗くなり、和解は疑わしかった。やっとフラーミンは、激しく息をしながら、顔は葉陰に向けたまま、震える手を彼に差し出した。ヴィクトルはこの黙って許しを請う手が震えるのを見て、心にたぎる涙を滴らせ、心を溶かして、そしてただ憂愁の念と愛の思いやりとから謙虚な手を握るのをためらっていた。しかしこのときフラーミンは（間違って邪推して）気高く、赤面し、涙とかつての愛を一杯に浮かべて振り向き、言った。「天使の君に対し僕は悪魔であったと許しを請いたい、しかし許してくれないのなら、僕は下に身を投げ、悪魔にさらわれてしまうさ」。――奇妙なことに、この許しの強要でヴィクトルの率直な魂は少しばかり収縮した。しかし彼は友情の野蛮人を抱いて、物静かな愛の穏やかな声で言った。「魂の底から僕は今日君を許した。でもずっといつでも君を愛していたし、数週間後には君の命を救う為に死ぬつもりだったのだ」。――ここで彼らの魂は間近に隠さずに近寄って、彼らの命を打ち明けた――――二人はすべてを語り合い、ヴィクトルが自分は彼の立場になって、息子を奪われた母親の息子となったと告げると、フラーミンは後悔の余り消え失せたくなり、恥じて顔を一層深くヴィクトルの胸に埋めた――そして彼らの魂は新たに結ばれて望楼の婚礼祭壇で月の松明の下銀婚式を挙げた、彼らの至福に匹敵するのは彼らの友情だけであった。

彼らは優しく酩酊してゆっくりとル・ボーの庭をさまよった、歓喜の奔流はますます深くなった。しかし三途の川からのような冷たい波が突然穏やかに暖められていたヴィクトルを襲った、悲しみの木陰道に来たときのことである、ここで丁度一年前の今日、十月二十一日に――つまり今日はクロティルデの誕生日である、――自分の打ちのめされた心から彼女の像を引き裂いたのであったが、今日また来たのも、その像をまた古傷から引き裂く為かもしれなかった。彼の身分の降下は彼を少しばかり――より気位高くし、クロティルデに対する彼の愛をより内気にしたからである。本当のことを言うと、彼自身、彼の低い素姓を彼女が知らなかったとは思っていなかった。むしろその反証を、卿が自分の手紙やすべての秘密に彼女を引き入れたその関与から――芽生える愛に対する彼女の最初の抵抗から、最初の日の彼に対する些細な誇りから――不釣り合いな結婚に対する彼女の賞賛から――卿の子息として知っていたユーリウスに対するジューリアの愛への彼女の好意から――露見してからは彼女の父が同意しなかったと思われる婚約への彼女の簡単な同意から――そしてこの作品を二回読めばもっと容易に集められるその他の特徴から引き出した。すでに述べたように、彼女は彼のことをずっと承知していたというこの希望が彼の気むずかしさ、彼の諦念の若干の異議を論駁していた。そしてそれは今日このような多くの喜び、素敵な出来事の下で一層高く花開いた。――彼が何の希望もなければ、このように多くの幸福者の中で最後の犠牲の死体として沈んで行かなければならなかったであろう。――しかし人間の中の何物か、いつも大きな喪失をまことしやかに描き、大きな利益をそらぞらしいものに描く何物かが、憂鬱な思い出と一緒になって、今彼を苦しめた。

彼はそこでフラーミンに、自分を少しばかり木陰道に放っておいて、一人で（牧師夫人はすでに庭にいたので）見いだされた妹と母親の親しい腕の中に急ぐように頼んだ、そして直に後から行くと付け加えた。フラーミンが去ると、彼の素姓の知らせを聞いてクロティルデが襲われるかもしれない彼女の震撼を考えて絶えず震え始めた。そして庭にいるすべてにとって地上の黒幕を張られた喪室の悲しみは除かれるが、ただ自分だけはそうではあるまいと考えると、はなはだ打ちひしがれた。

しかしそのとき、新たな歓喜を反映させて、彼の母が来て、問う前にまず彼の目を拭いた。彼女の新たな歓喜は、クロティルデが、彼女に彼の素姓を語ったときに、彼女の首にすがって、長いこと隠していたこと、長く子供を奪い続けていたことの許しを請うたということ――そして母に婚約後の散歩の折に為され、今や守られた約束を思い出させたということから来ていた。母親からは――読者からもと案ずるが――多くこぼれ落ちた、クロティルデはこの件にはただ急いで赤面しながら触れて逃げた。しかし彼女は言わなかったであろうか、「私どもの関係は変わりませんわ」、つまり姻戚関係は、と。――牧師夫人はこの知らせを、新しい息子をすぐに連れて来て欲しいというレディーの請願で締め括った。ヴィクトルは歓喜に泣いて次のことしか言えなかった。「アガーテと盲人はまだですか」。すると両者が――彼の背後に立っていた。彼は途方もない自分の喜びを妹と友を抱擁しながら隠した。彼の広い受難の杯はすべて喜びの涙で満たされた。

彼が愛する三人に囲まれて愛の同盟者達への素敵な道を歩き始めると、皆が輝かしい顔をして――うるんだ目で――痛みに打ち勝った思い出と共に、あるいはむしろ享受された思い出と共に彼を出迎えた、人生の道の踏み散らされた喜びの花からは現在の時に芳香が漂ってくるからである、丁度しばしば草原から移動する軍が踏み潰された草の芳香を放つように。レディーは二人の子供に案内されて来て、愛想良く微笑んで言った。「私の子供を紹介いたします、これまで通りのご厚誼をお願いします」。――彼女の息子のフラーミンは作法には構わずに、彼の首に飛んで来た。クロティルデは、あたかも侯爵の前かのように深く身をかがめた、そして彼女の目には憂愁の愛が問いかけていた。「まだ不幸なのですか、私はまだあなたの心を得ていますか。何故そんなに目が濡れているのです、何故そんなに声がとぎれるのです」。――ヴィクトルは優しくかつ上品に答えた、レディーの方を向いて、「御子息を再び見いだされた日が御令嬢の誕生日とはこの上なく素敵なことです」。……

このことはこれまでの旋風の中で誰も考えていなかった。何という楽しい混沌。お祝いを述べる即興詩人達の何という心のこもった愛らしい言葉の混乱。親切な物覚えに対しクロティルデは何と感動した目で感謝していたことか。

人々は酔って涼しい庭を通って館へ移った。姉妹の愛、子供の愛、母親の愛、恋人の愛、そして友情が互いに祭壇で燃えると、善良な人間にとって、人間の心がかくも高貴で、多くの炎の素材を保存していること、そして我々が愛と暖かさを感ずるのはただそれらを自分の外部に分配したときであることは結構なことである、最後のことは丁度我々の血が暖かく感じられるのは血が血管の外に流れ出た時でしかないのと同じである。愛よ。御身が、二つ目の魂に眺められると、自らを再び生み二重化するということ、暖かい心は暖かい心を引き寄せ、創るということ、それは太陽が惑星を、より大きな太陽がより小さな太陽を、神がすべてをそうするようなものであるということ、そして暗い惑星でさえ単により小さな、覆われ、外皮を被った太陽にすぎないということは何と素敵なことであろう。……すべての魂は今日はそのアルプスの山に立ち、――自然のアルプスでそうであるように――幸福の虹が地上と太陽の間の大きな完成された魔法の円として懸かっているのを見た。――館ではレディーは娘に、一人でハーモニカの暗い部屋に行くように頼んだ、誕生日の贈り物を贈りたい、と。クロティルデの目は彼に二回目の感謝をして残る友人から優しく別れた。

彼女が離れるとレディーは彼に、一緒に他の人々の後に残るよう合図をした――そこで彼は彼の恋への同意を願い出ていなかったクロティルデの母の前で跪き言った。「私の願い出をお察し頂けなければ、申し上げる勇気はございません」。彼女は彼を起こして言った。「静かな胸の内での願い出は同じように静かに叶えられます――でも今は私の娘への贈り物を御覧にお出で下さい」。――しかし彼はまず長いこと、彼に生涯の菩提樹の蜂蜜を渡そうとする手を濡らし、接吻しないわけにいかなかった。

二人は千年王国から送られてきたこの晩娘のいる暗い部屋に入っていった。何故クロティルデの涙は、母親がまだ話さないうちに喜びで流れ出したのか。――すべてを察していたからである。母親は恋人のヴィクトルを恋人の許に連れていって許嫁に言った。「祝いの日の贈り物を受けなさい。このような贈り物をするほど豊かな母は多くありません――これを受け取るほど果報な娘も多くありませんが」。新郎新婦は重々しい歓喜、大きな黙した感謝の重みで彼女の前に跪いて、母親の慈しむ両手を別々に取った。しかし母親は穏やかに手をはずすと恋人同士の手を互いに握らせて、そこから次のように述べて去った。「ここにお客様を案内します」。

君達二人の遂に幸せになって、互いに跪いている良き魂よ。喜びの涙なしに君達を見られる者は何と不幸せに、憧れの涙なしに君達を見られる者は何と幸せに相違ないことか、今黙って泣きながら互いに抱き合っていて――多くの別れの後遂に結ばれて――多くの出血の後遂に癒えて――千もの溜め息の後遂に幸せになって――無垢な心と安らいだ魂と神とで言いようもなく幸福な君達を見られる者は。――否、私は今日濡れた目を君達からそらしたくない――私は今日は他の善良な人々を見て、描くことは出来ない――私は幸福な者と不幸な者とが持つ二種類の涙の私の目を、しっかりと穏やかに暗い部屋の二人の静かな恋人に据えることにする、この部屋ではかつてハーモニカの音色の息が彼らの二つの魂を金箔、銀箔のように吹き寄せたのであった。私の本は今や終わり、私の恋人達は退場するので、二人の天使を携えている暗い至高のものよ、ゆっくりと去るがいい――メロディーの美しい魂と共に飛び去るとき、長いこと響きを残すがいい、夜白鳥がフルートの音と共に空に移るように。――しかしもうすでに私より高く遠くに至高のものはあって、銀色の小雲として夢の地平線に懸かっているのではないか――これらの善き人々、この善きヴィクトル、この善きエマーヌエル、この善きクロティルデ、これらの春の夢は昇っていった、そして私の心は痛々しく見上げ、希望もなく呼びかける。「春の夢よ、いつまた戻ってくるのだ」。

私がこう言うのは、私どもがしっかりと手を握っている友人達も、昇っていく夢だからではないだろうか。しかし墓石で痙攣し、落ち込んで悲しい心は夢に呼びかけることはない、「春の夢よ、いつまた戻ってくるのだ」と。

＊1　パリ大学ではまだポメラニアの使者がいて、これは毎年ポメラニア等々へ行き、両親からパリの学生への手紙を貰ってくる。

＊2　不滅性や賠償に関してのみである。ある者が植民地農場の黒人となろうが、別の者が天使となろうが、我々は不当性を感じない。しかし創造は権利の始まりである、永遠の者はごく小さな者の痛みがあっては、それがまた弁償されないことには、不当性の思いなしにすべてのより良き者達の喜びを買うことは出来ない。

# 第四十四の犬の郵便日の補遺

――無――

この補遺は小郵便日には小さすぎるので、私はずっと犬と新たな伝記用のパイプ用白陶土とこね粉とを待っていた。――しかし犬の郵便は来なかったので、先の章の愛のコンサートから除いたわずかばかりの猫の音だけをここの私の楽譜に写すことにする。ここで私が追記することはうんざりさせられることばかりで、かのぎしぎしした音はまた新たな雪崩を引き起こし、新たな狼藉をもたらしかねない。このように本が終わって、まだ終わっていないというのはつまらぬことである、犬が――犬に全く思いがけず、嗅ぎ煙草のように夢中になっているからである。

継母の侍従夫人は、伝記の霊と肉体の祈祷師によって長いことこの紙上から国外追放されていたが、レディーが到着するともっともな反感から小さな田舎の領地に移った。行くがいい、そなたは私の恋人ではない。――マチューは先の章では彼の昔からの大胆さで彼の暗褐色の自我の敵対者ばかりの許に少しばかり残っていた。幸福な行列が庭園から侵入してきたとき、館にいた。宮廷人のヴィクトルが実際単なる平凡な牧師の息子にすぎないということは彼はまだ知らなかった。はじめはアガーテに対する愛の告白という昔の冗談を続けて、牧師に彼が皆に今日示した好意に対する世辞と感謝状を述べさせた。しかし彼の冷たい悪意に対する無関心が多すぎるのを知ると、彼は軽蔑を顕にした。そもそも彼の心は率直で、実際よりも有徳に見えるようにするよりは意地悪く見えるようにするのを好んだ。彼は多くの廷臣が有徳者の仮面を容易に付ける際の偽装を嫌った、この仮面は、怒る人は顔に自分の憎む人の表情を浮かべるというラーヴァーターの見解で最も良く説明されるものである。

やっとマチューは秘密を察し、牧師はそれを正しいと認めた。彼が人間を王座の足場の為に切り整える彼の製材場用のこのような水が今まで彼の許に流れてきたことはなかった――卿が侯爵に演じたこの新たな詐欺を、この驚くべき忌まわしい欺瞞を侯爵に伝えたら、イェンナーは――と彼は結論付けた――ホーリオン卿の嘘とマチューの真実とに驚いて我を忘れるに違いない。――今や彼は微笑むことにしたけれども、しかしマッツのように他人の不幸を喜んでではなく、宮廷の家臣に相応しくきちんと軽蔑して微笑むことにした。それに、馬鹿にしないで、これ以上長くこの市民階級の混成曲に混じっていたら自らの品位をはなはだ落とすことになると感じた。彼はそこで――知らせを彼の種入れ袋から国中に蒔く為に――結婚に対して短い、しかし率直な祝辞を述べた後、その晩のうちに宮廷に戻った――――――そして悪魔が従者のモール人として上品に彼の後に従った。

私はこの悪漢には私の伝記の書斎、聖なる家[1]にはもはや登場願いたくない。彼は多くの非道徳的方策を知っていて、普通それを意のままに出来ると思って悪行と戯れ、いつも必要以上に多くの若干の悪行を行う。それで彼は例えばマイエンタールの並木道では単なる自負から小夜啼鳥の声でヴィクトルとクロティルデとを近くに呼び寄せた、フラーミンはこの小夜啼鳥の仕掛けがなくても二人に聞き耳を立てられたのであったけれども。この面から郵便の犬はもう来て欲しくないとさえほとんど思っている。マチューが新たな蟇の卵と不幸の新たな種酢をイェンナーの暖かい所に運んでそこで新たな有毒な辛辣な不運が孵化されないか心配でならない。彼はきっと王座に、三人のイギリス人達はカタコンベに隠れるように島に隠れること――フラーミンが彼らに加わること――ヴィクトルはこれまで臣下であるのに侯爵を騙してきたことを――それに大臣の女スパイであるル・ボー侍従夫人が知らせて、彼の反クラブ主義者の父親が黒々と染め上げるその他のことは言うまでもなく、報告するであろう。この伝記においては小さな不幸はいつも大きな不幸の卵の殻、蛋白であったことを考えると、十月二十一日の牧師の表現は真実よりももっと機知を含んでいると思いたくなる。「自分達は皆現在涙のパンの代わりに喜びの婚礼の菓子にナイフを入れた」と。……君達良き人々よ。今この瞬間君達の胸は何処で上下しているか、喜びの柔らかな薄いエーテルの中かそれとも不安の嵐の靄の中か。

補遺の補遺

私はここで、初版が売り切れる間に、第二版の為の若干のまことに興味深い事情を知った。ユーリウスは庭でヴィクトルの首に固く抱きついて言った。「ここに来たのはとても嬉しい――一日中一人っきりで、誰の声も耳にしなかった――君のイタリア人の従者はいなくなってしまった」。ヴィクトルの心に忠実な従僕のこの不可解な逃亡について、雷雲とまではいかなくても霧が生じた。静かなマリーが盲人に対して逃亡者の仕事を熱心に行った。「イタリア人にその前に彼宛の手紙を渡したかったのだけれども」(ユーリウスは続けた)「でもまだそれを持っている」。ヴィクトルはそれを見て、宛先が――卿の筆跡なのを見て驚いた。手紙はその男が逃亡した後数分後に他ならぬイタリア人に渡して欲しいと盲人に託された。手紙を開封することの責任は持つとフラーミン、レディー、牧師夫人は約束したけれども、ヴィクトルは彼の人生の新たな謎の解明に乗り気ではなかった。クロティルデがそのことに対して黙っていたからである。ここに査証された写しがある。

「貴方の仰有る通りです。しかし明日になって旅なさらず、即刻＊＊＊氏の許に旅して下さい。場所は土星です。しかしⅥが必要です」。

氏とはムッシュー(五番目の子息)であったろう。それ以上はこの雲の去来からはどのような天気予報官であれ先の天候を察することは出来なかった。しかしこの十二宮の意味を知りたいという自分達自身の不安な好奇心からだけでも読者は我々の主人公の大きな好奇心を思い描くことが出来よう。

# 第四十五あるいは最後の章

クネフ——ホーフの町——紅栗毛の馬——盗賊——眠り——誓い——夜の旅——茂み——終わり。……

前もって言っておくが、まだインクが——酸塊《すぐり》のワインのように——羽茎から小売されるかぎり、まだ鵞ペンが切られて平和の文書が記されるかぎり——炭にされて戦争の文書が作られるかぎり（というのは火薬の炭は羽から用意されるので）——そしてそれよりも先だって、私が世間に報告すべき奇妙な出来事がまだ何も生じないかぎり、先に述べたように、前もって言っておく。出来事はまあまあのものである。

郵便の犬は第四十四章以来この学術書から手あるいは前足を引いてしまったので、私は一人で片付けて、ただ最後の章を——これではないが——要石、白鳥の歌として接合し、作品をいつか郵便物として世間に出したいと思っている。最後のカデンツァの欠如については立派な批評家達を好きなだけ、郵便の犬、伝記の先導の羊といがみ合わせるがいいと私は考えた。十月、ヨハネ島での私のロビンソン紀の終わり頃に、このロビンソンの善良な老フライデイ、私のフェンク博士(1)が長い植物学のアルプス旅行からシェーラウへ帰って来たが、すぐにまた出帆して、私のヨハネ騎士修道会島に降りた。

私どもは旅の逸話の史的寄せ集め（シチュー）の二、三品に就いて腰を下ろした。最後に私は——すべての学者がそうするように——私が書いているものに、天文の円錐台のようにいまいましくもうず高く重なっている私の最新の小品に彼の注意を向けた。「さらさらと」（と私は言った）「私によって書かれたもので、大抵は夜の間で、丁度ヴォルテールや孔雀の雌が眠っているときに卵を藁の上に生み落とすようなものです。私は世間に四分冊のこの遺産を残したい。しかし遺産にはまだ最後の章が必要です——さもなければ高尚な意味の犬の仕事は悪しき意味の仕事［苦役］となりましょう」。彼は遺産のすべてを私の前で読み通した——これは著者にとっては奇妙に鬱陶しい思いのすることである——しばしば両腕を上下に振って、著者を過分な褒め言葉によって赤くさせようとした。しかし甲斐はなかった。著者はすでにそれぞれの賞賛を前もって数千回自らに授けていて、同時に自ら肉の秤であり、自ら肉の分銅であり、自ら肉である、著者は有徳者同様に自らの喝采に満足しているからである。

「この郵便日の主人公は」——彼は言った——「少しばかりあなたに倣って象られています」。——「それは」、私は答えた、「世間と主人公が決めることです、両者が私のことを知ったときに。しかしすべての著者がそうしています、彼らの自我は書物の扉の前か作品の中に模写されています、丁度画家のルーベンスや素描家のラムベルク(2)がほとんどすべての彼らの作品に犬を描いているように」。

しかしすべて話しの起こっている小国を博士が私に名付けたとき、私がびっくりして両手を叩き合わせたことをお考え頂きたい。＊＊＊と実際その小国は呼ばれる。「自分で行ったら」、彼は言った、「第四十五の尻尾の章を源泉から汲み出せましょう。私が通過したときにはフラクセンフィンゲンでは第四十の犬の郵便日に当たっていました。自分の馬を利用したら、（そうしよう、と私は言った、今日のうちにも自分の馬を買う）高貴な旅行者に追いつくかもしれない、この方は、騙されているのでなければ、卿その人です」。フェンクは途中で若干ロートの阿魏が必要となって、ツォイゼルの薬局にも寄っていた、薬店主には数字の九十九が番号の鳥（カタランタ）に数字九十八が生まれついているようにはっきり読み取れた、と彼は言った。

第四十五の尻尾の章、引き裾の章を求めてあがき、捜す著者のことを、そして彼が無分別に走り去り——荷をまとめ——馬具を付け——馬に乗り——疾駆し、そして猛然とホテルの前を、別荘の前を、行列の前を、星や夜の前を飛び過ぎて、＊＊＊日ではなく、すでに＊＊＊日には（私は法螺を吹いていると思う者も多いであろうが）旅館黄金のライオン亭に埃だらけになって、髪粉を付けないまま飛び込んだことを御海容願いたい。上述の旅館はホーフの町にあって、この町はまた一段と大きな所、つまりフォークトラントにある。私は勤勉に私の旅の日数や、ホーフに入ったときの門を名付けることはしない、好奇心の強い悪漢やスパイに行進ルートでフラクセンフィンゲンの名を洩らしたくないからである。ホーフの名は呼んで差し支えない、そこからは——門を出たら——コンパスのあらゆる点に行けるからである。そしてそこへは（これは本当に結構なことだが）またあらゆる所から、メンヒベルク、コッツァウ、ガッテンドルフ、ザクセン、バンベルク、ボヘミア、そしてアメリカ、悪漢島［ラドローン諸島］、そしてすべての［地理学者の］ビュシングやファブリからやって来れた。

　黄金のライオン亭から程遠からぬ所（本当はハーバー路地に）一人の高貴なイギリス人が立っていて、四頭の馬が煙を出しながら三分の二の普通の硝石と三分の一の生硫黄の薬を蹄葉炎に対して服用するのを見ていた。外国人は——この本の郵便日と大体同じ程の年齢に見えたが——黒い服を着て、背が高く、堂々として、裕福で（馬車から判断するに）そして男性的であった。彼の明るく、じっと見据える眼差しは焦点のように燃えて人間に向けられていた——彼の顔は上品で冷たく——彼の額には垂直の割線が仕事の縦線として、人生の労苦に対する感嘆符として見られた——青白い水平な線によってこの縦線には五線が引かれていた、両種の線は、如何に高く悲哀の涙がこの額、この魂にすでに昇ったものであるかさながら印として広すぎる額に刻まれていた。「ホーリオン卿を」——と私は考えた——「この顔にもっと早く会っていたら、別な風に描いていたことだろう」。これは卿その人だと読者は考えるかもしれない。

　イギリス人は私の紅栗毛の馬の三重唱を目にすると私の所に真っ直ぐに来て、交換を申し出て、一頭の黒馬と私の紅栗毛の狐を取り替えようとした。彼は色とりどりの立派な継ぎ接ぎ細工で進むという高貴なロシア人の空想を有していた——同様に自由な空馬《から》を鹿のように馬車の横を踊らせていくというナポリ人達のより素敵な習慣も有していた。——それ故、馬の混淆物の為に、彼は私の惨めな狐を欲しがった、それは、本当のことを言うと、後の臀部にしか毛を持たない代物だった。私はあけすけに——利己心や意図があると邪推されないよう言った。「私の三頭の狐は三人の復讐の女神達に見えます、そして解剖学の三つの腔[3]を少しばかり思い出させます。ただ貴方の欲せられる紅栗毛の馬だけが立派で、特に頭部がそうです、今これを失いたくない気持です。頭が肝心なのです」。——「そうかい」とイギリス人は言った。「勿論です」、と私は言った、「馬の頭は南京虫に対する最良の薬です、これが直に、熟したすもものように馬から落ちる筈で——頭をベッドの藁の中へ入れるのです」。イギリス人は少しも微笑まなかった。取り引きの間ずっと彼は指一つ、表情一つ、筋肉一つ動かさなかった。私自身、「三人の運命の女神達が、私が旅で第四十五章に追いつくまで、元気でいてくれさえしたら」と言ったとき、彼がさりげない仕方で紅栗毛の馬よりも私を調べ、尋問しようとしていることに気付き、馬の交換はすべて彼のいかがわしい詮索の口実に悪用しているにすぎないのではないかという仮定に至った。

読者は読み進むがいい――イギリス人は私の狐の筋肉標本と共に去った――私はその後で、強く、黒く、輝く、古いアダムのような黒馬と共に進んだ。

しかし私がホーフでしようと思ったことをまず言わなければならない。――献呈しようと思ったのである。最初はこれらの小冊子のそれぞれを女友達に献呈しようとした。しかし私は毎月別な女友達と――一度にすべての女友達とそうなることはなかったけれども――喧嘩する癖があるので、後悔することになるのではないかと案じなければならなかった。女友達との喧嘩が友達との喧嘩よりも千度も多いということがない男性はどのような地理的緯度に住んでいるものか、知りたいものである。伝記作者はそこでやむを得ず――余りに気分屋なので――四小冊を持って黄金のライオン亭から路地を横切って、自分も変わることがなく相手も変わることのない唯一の友の家へ行って、彼に言った。「親愛なるクリスティアン・オットーよ、また君に少しばかり捧げる――一度に四小冊だ――それぞれをまた君の兄弟姉妹に献呈したら、いいだろう、三冊がその分、そして君の分もある――私は第四十五章を追いかけることにする、君は好きなようにその間四十四の他の縁取り花壇を刈ったり、毛虫を除いたりするがいい」。

そしてここに、友よ、最終章もある、付け加えることはただこうである。「私のさわやかな人生の朝方に明けの明星としてあるこのヘスペルスを、君は私の地上の日々が過ぎ去っても、まだ眺めることが出来よう。そうなったら、これも没してしまうまでは静かな人々にとって静かな宵の明星となる」。

周知のように、私宛の手紙はすべて、勤勉ないくらか気むずかしい町ホーフで渡されるので、それにそもそも多くの旅行者がそこを通過するので、町が町自身について為す二つの意見の為の小さな場を認めて欲しい。つまりホーフ人達は皆、自分達が仲良く出来ないと述べ非難している。我々は皆、と彼らは言う、互いに理解し合って、そうして商業は諸民族を結び付けるが個々人をばらばらにするという偉大なモンテスキューの意見を論駁すべきである、と。第二に皆互いに非難し合っている、自分達は毎年鳳仙花や薔薇、クコーバ、百合の種で一杯の大きな紙袋や立派な林檎の種（とりわけ紳士林檎、菫林檎、アダム林檎、乙女林檎、オランダのケッターリング）で一杯の高い箱を大量に交換し、貯蔵し、温室に保存している——しかしこれらの種子類を蒔いたりすることは少ないかあるいは全くない、と。「晩年に」、と彼らは言う、「立派な花実がつくことになろう、現在のまことに多くの種子から選んでそれを蒔いたら」。ある聖職候補生には（私の大学での同室者であるが）この二つの意見は午後の説教での二つの都合のいい部分へのきっかけとなった。第一部では書簡からホーフの人々に、人生の短い気象の中で互いにつかみ合いをするべきではなく、家々の番号は気にせず、まことに愛し合うべきであると示した——そして第二部では人生の短く減少していく光の中では刻々にあれこれ楽しむべきであると説いた。

　私が数時間——数日——数週間も行かないうちに（真実を私は言わない）、真夜中頃山上の厚い森の中馬車に眠り込んでいたとき、後ろの背窓から侵入してきた二本の手が私の頭に養蜂家の覆面を被せ、急いで首をしぼり南京錠をかけ、私の目を覆って見えなくし、私自身を十本ないし十二本の他の手が捉え、押さえ、縛った。このようなことで最悪のことは、殺され、宝石箱を奪われるのではないかと思われることである。しかし自分の本を仕上げていない著者にとって撲殺されることほど腹立たしく嫌なことはない。計画の途中で死にたいものはいない。誰もが一日の刻々、芽生えた青い計画、半ば熟した計画、完全に熟した計画を同時に有している。そこで私は自分の生命を勇敢に守ろうとした——私には第四十五章とその批評家が問題であったので——それで、一味が六人でなければ、四人や五人の皇子盗賊[4]は簡単に片付けていたことであろうと、申し上げておく。私は降参し、しかし勝利を、つまり馬車のクッションを得て、そもそも一味は鉱山局長を殺そうとしているのではなく、局長に目隠しをしようとしているのだと気付いた。更に波瀾に富んだことになって——私自身の御者は御者台の王座から追われずに——馬車はフラクセンフィンゲンに向かって——二人の紳士が一緒に座り、この者達はその少女の手から察するに身分の高い者達で——更に奇妙なことには、一匹の犬が吠えたが、その声から察するに、これはこの学術書の助手、協力者として働いていた犬であった。

　私どもは野外で夕食を味わった。ここで外科的勲章の綬が裸体に巻かれた、私は防衛の四分の一旋回と手の機動の際に不運なことに肩胛骨を剣の先に当ててしまったからである。食べることは上手に出来た、ブリッキのカナリア籠の小扉が覆面に広く開けられていた。しかし天よ。読者に犬の郵便日の著者が食べ物をブリッキ製の懸けられた門扉へ押し込むのを見られたら、著者は恥ずかしさの余り死んでしまうだろう。――食べながら私は犬をホーフマンと呼んで呼び寄せた。犬は本当に来た。首に四十五章がないか探ってみた。――空であった。

移動――食事――沈黙――睡眠――日中――夜の長い交替の後やっと海に来て、長いこと巡回し、(あるいは催眠飲料から来たのか)、遂に私はぐっすり眠った。その後に生じたことは、――不思議なことであったが――まず次の見解を記してから明らかにする、つまり大きな喜びと大きな痛みは我々の中のより高尚な傾向を活性化し、若返らせる、しかし希望とそれ以上に不安とは惨めな欲望の虫の巣や卑小な考えの滴虫類の卵を孵し始め、離してはかじるようにさせる、それで我々の中の悪魔と天使とは、アウクスブルクでの二つの宗教の場合よりも、その二つの宗教の一層ひどい同権を維持する術を心得ていて、それで人間の中の二つの宗派それぞれが、上述のアウクスブルク同様に自分達の夜警、検閲官、旅館亭主、新聞記者を雇っているという見解である。……

――私がまだ目を閉じていたとき、千もの梢から渦巻いてくるあるそよぎに包まれた、風の海が狭い風奏琴を伝って来、波をそれにぶつけた、そして波は私をメロディーで洗った――高い山の風が、移りすぎる雲から送られて、噴水のように冷たく私の胸に当たった――私は目を開けて、夢を見ているのではないかと思った、鉄の仮面を付けていなかったからである――私はギリシアの神殿の最上段の五番目の柱に寄り掛かっていた、神殿の白い床は揺れるポプラの梢が取り巻いていた――樫や栗の梢は果実の生け垣や格子垣の樹のように高い神殿の周りに波打っていて、人間の心臓までしか達していなかった。

この激しい梢の苗は知っている筈だ、と私は言った――向こうでは枝垂白樺が大枝を垂らしている――外では幹が雷に当たって跪いている――九つの紗と飛び散る噴水とが濡れた枝の間で舞っていないだろうか。――雷雨はここではその避雷針を五つの鉄の笏として地中に植え込んでいた。これはこれまでしばしば眠りの霧を輝きで裁ち切り、天上的に私の魂にきらきら光ってきた和合の島の夢に違いなかった。――　――

しかし夢ではなかった。私は段から立って、ただギリシア風の屋根と五つの柱とその周りの大地からなるギリシア風の明るい神殿に足を踏み入れようとしたとき、八本の腕が私を摑み、四人の声が語りかけてきた。「兄弟――

僕らは兄弟だ」。彼らを見守る前に、彼らに語りかける前に、私は喜んで、私の知らない三人の心の間に腕を広げて、私の知らない四人目の者の心に涙を注ぎ、そしてようやく、尋ねはせず、幸せな気分になって、目を見知らぬ心から彼らの顔へ上げた、すると私の背後で見守っていたフェンク博士が言った。「君はフラーミンの兄で、そしてこの三人のイギリス人は君の実の兄弟だ」。……喜びが痛みのように私の間を痙攣していった――私は黙って、私に抱擁され、わたしを抱擁している四人の唇に向かっていった――しかしそれから昔の友に飛びついて、どもりながら言った。「フェンクよ、すべてを語って欲しい。自分で理解できないことに呆然とし、心奪われているところだ」。

フェンクは微笑みながら再び四人の兄弟の所に行って、彼らに言った。「こちらはムッシュー、君達の五人目の、七つの島で行方不明になった兄弟で、その上君達の伝記作者だ――やっと第四十五章をつかまえたところ」。――そして私の方を向いて、「御覧の通り」(彼は言った)「ここは和合の島、――こちらの三つ子は侯爵の三人の子息で、卿がお連れしようとしていた方達。――君が七つの島から随分長いこと不明になっていたので、卿はあらゆる市場村やヨーロッパ中の島を捜していた。とうとう私が手紙に書いて」。……

「君はまた」(と私は遮った)「犬を使った私の通信相手だろう」。――

「続けるがいい」と彼は言った。

「クネフ［Knef］とはフェンク「Fenk」の逆――君はヴィクトルの所でドイツ語の出来ないイタリア人の振りをしていただろう――そして一日中卿の為に彼自身の素行調査表を書き写していた、私に対しても同じで、卿と私のスパイとなる為だ」。――

「その通り――それで」(彼は言った)「卿に書いたのさ。君のフランス風の名前ジャン・パウルは怪しいと、それに君自身何処から来たか知らないし、君の変わった人生の道を考えたのだ、これは英国庭園と同じで一マイルと真っ直ぐではないのだから」。――――

「伝記作者は」と私は言った、「そもそも自分自身について書くことになろう」[*1]。

「どうしてすぐに察しなかったのか、今では不思議でならない。侯爵の五人目の子息が有すると言われるゼバスティアンとの類似性には君自身が夙に気付いていたのだから——それに肩胛骨のシュテティーンの煙草缶の絵がある、これはそこの方々は皆有していて、卿自身一昨日包帯のとき御覧になったものだ」。

「そうか」(と私は言った)「それで諸君の伝記作者は鷹の目隠し、背中の傷、可愛い黒馬を得たのだ、ホーフの外国人は卿だったのか」。——

要するにこうしたことで卿は私が長いこと捜されていた本人であるとの確信を得たのであった。それ以前に卿は十五人の手を経て夙にフェンクの手紙を得ていた、手紙はハンブルクから、あるいはハーデルンの国からニーダーヘッセンのツィーゲンハインへ行き、それからシュヴァーベック領地に、それからホルツアプフェル伯爵領に、シュヴァインフルトに、シェール・シェールに、そしてまた某と某とに戻って最後にフラクセンフィンゲンに届き、そこでようやく彼は手にした。そこの和合の島に彼は長いこと隠れていた、そして手紙と、母斑を赤インクのように強調する十月の末になったことと、特に聖リューネから追放され、島におりた三人のイギリス人の所為でシェーラウ、あるいはむしろフォークトラントのホーフに旅立つよう強いられることになった。ここで私は彼にイタリア人の従者、つまりフェンク博士との約束に従って、この約束の為に私は私の島から第四十五章へと送り出され、盲人が手にし、今解読された紙片にこの約束が繰り返されていたのだが、当然会うことになったし、そして私の年を経た顔を彼は早速五人目の侯爵の子息の若い頃の肖像と比べて、すぐにハーバー路地では万事が照らし出されたのであった。

彼はこのことを知ると、私を一人養蜂家のブリッキの覆面の下、モーゼの覆いの下に置いて行かせ、自分は侯爵の許に、——手遅れになる寸前に駆けつけた。マチューがすべてを漏らしたからである。三つ子は自分達の逃げた島から、我々のヴィクトルは自分の母の家から、そこで彼は患者と学問と花嫁にかまけて宮廷と貴族のことはとうに忘れていたのだが、連行され逮捕されようとしている矢先、卿が侯爵に面会を求めた。侯爵はカエサルがキケロに説得されることを恐れたように彼にそうされることを恐れた。卿は——彼の魂はいずれにせよ崇高な考えの岩石学の地図であって——侯爵の処置をその処置の予定以上に大胆な抵抗で混乱させた。彼は、自分は侯爵に単に一人の子息をお連れ申し上げるのではなく、すべての子息をお連れ申し上げるが、最後の一人は、運命の手に見離されるのか支えられるのか見定めがたくて約束出来なかったという報告で始めた。――彼は侯爵に長く冷たい話しをして、五人の子息のカリキュラム、彼らの成長、歴史、使命を述べた。彼は彼らの素姓の証明を前提としているように見えたが、その証明を素姓からの結論へ作為的に織り込んだ。それで例えば次のように語った、この重要な秘密を知っていたのはレディーとクロティルデとエマーヌエルだけで、エマーヌエルの神聖な、すべてを死をもって誓っている文書をここに子供達の為の文書と共にお渡しする。ただ青年貴族とやらが自分の盲目の間に五つの秘密のうちの一つを盗んで悪用した、と。卿はこの罠好きな魂を砕かなかった、この魂は、彼によれば、償わせるには余りに取るに足りず、罰するには余りに黒く染まっており、いずれにせよ直に自分はこれらの一帯から永遠に去るのであるから、であった。要するに彼は思うままに侯爵の心を捉え、綺麗に過去のヴェールをすべてはぎ取り、それで侯爵はほとんど、彼を呪ったり、赦免したりする代わりに、ただ謝罪し、告訴と不信の代わりに感謝の念を持つことになった。青年貴族の為した唯一つの善行は、とホーリオン卿は結んだ、彼がその雑草の播種機で大いなる認知を一カ月早く熟させたことで、それで五つの肩の果実の輪（母斑）は花盛りである、と。侯爵は相手の冷たさにもかかわらず溶けた、というのは彼の父性愛は新たな愛しい子を得たからである。しかし彼は感謝にヴィクトルの貴族詐称のことで微妙な非難を混ぜた。「感謝しておる、そなたの言葉ですぐに感謝を述べることが出来なかったが。これまでは少なくともそなたの息子に、どれほど父親には、恩義の念とは言わずとも感謝の念を抱いているか示せると喜んでいた。しかしこれは間違いであった」。卿は――今は勝利でより柔軟になって――答えた。「意図は良かったのだと弁解したものか状況が悪かったと弁解したものか分かりません。しかし侍医に相応しいと思った人間は、私の息子に相応しいと認めた者に限ったのです」。――侯爵は彼を素直に抱擁した。卿は同じように暖かくそれに応じて言った。十月三十一日には（本日のことで、昨日彼は述べた）侯爵に対する誠実な気持を百万言費やすよりも決定的な方法で定めるつもりである、と。

高貴な男よ。御身がこの世で食い尽くしたのは自らだけで、御身は海燕だ、その脂身は明かりの芯となって体内にあり、今や自分の明かりが自らを焼き尽くし、炭にする――私には、御身の美しい魂は直にこの世とは別の、より高い和合の島に行くような予感がする。

私はこれを島で十月三十一日午前十時に書いている。

＊

マイエンタールの夕方六時

この本は何で終わるだろうか──涙であろうか、歓呼であろうか。

フェンク博士は二時まで（この頃卿はやっと到着する予定で）気まぐれという料理用砂糖や赤砂糖を私どもの刻々の痛みに投げつけた。彼の奇妙な赤ら顔は甘美さの菫色の砂糖包装紙であった。私のヴィクトルはクロティルデと共にマイエンタールにいた。フェンクは絶えず私のことを皇太子として笑っていた。彼は比喩を多用し、言った。私は本と喜劇全体の終わりにようやくまっとうな肩書きを得るであろう、丁度ジャーナルでは最後の分冊で表題が印刷されるように──あるいは私は、チェスの百姓のように最後の目でようやく将校［百姓以外の駒］に昇進することになる、と。しかし私は歴史から夙に承知していた、フランスではすでにルイ十四世治下に現在の平等システムが、まずは皇太子達に関してであるが、存在していて、国王は、王子達がメスティーソ［白人と土着インディアンの混血児］として、あるいはクレオールとして、あるいはクヴァルテローン[*2]として、あるいはクヴィンテローンとして、あるいは王座の土着民として生を受けようが平等であるとしていることを。ドイツでも帝国法の新法や修正法令を帝国外同様に制定できる筈で、それで私の存命中にも、非嫡出子と認知された皇子が王座に就けるようになり──かくて無論私が統治することになることが有り得よう。そのようになればフラクセンフィンゲンにとっては結構なこととなろう、私はその前に統治についての最良のフランス語、ラテン語の本を買って、間違いのないよう勉強するつもりだからである。思うに私は、哀れな人類を、これは永遠に四月一日に暮らしていて、歩行練習の車から降りることはなく──単に幾つかの車輪がこの車に付けられるだけであり──少しばかり私の王笏で立ち直らせるよう試みていい筈である。かつては貴族とイギリスの曲馬師の馬とは、帽子を脱いだり、ピストルを射たり、煙草を吸ったり、集会に処女がいるか知ったりすること等々が出来た。今ではしかし馬と貴族とは文化によってはなはだ隔たってしまい、それで貴族であることは真の名誉であって、私が卑俗な知識以上のことを知っていることは貴族の私に差し支えることではない（最初は案じられたけれども）。今日では貴族という先頭の馬はもはや百年前のように国家の馬車への市民階級の轅の馬のはるか前につながれることはない。それ故義務、少なくとも賢いこと（私のような新貴族にとっても）なっているのは、貴族（あるいは私）、が身をおとして、身分の感情を――何故私にはこのことが他の者達のようには上手くいかないのであろうか――快く軽い身だしなみに飾って隠し、将来の子孫以外にはそもそも先祖のことを鼻にかけないことである、子孫のすべての業績はいくら大きく描いても十分ではない、地球はまだ本当に若く、やっと長い袖の少女服を着、ポーランド人のように、ポーランド服［子供服の別名］を着ているところだからである。

閑話休題。二時に卿は盲目の息子とやって来た、さながら哲学が詩文と共に来るように。美しい、美しい青年よ。無垢が君の頬を、愛が君の唇を、陶酔が君の額を描いている。卿はラウドンの額[5]をし、ホーフのときよりも今日はもっと暗い陰のある顔をしていて、この顔には青春の蜜月と後年の拷問の月とが明暗を交錯させていたが、卿は今日もっと暖かく近寄って来た、人生は閏日であって、自分は隣人ではなく単に隣人愛を愛しているにすぎないという気持がただ表情にあったけれども。彼は言った、自分と宮廷医師の為に、今日のうちに医師をマイエンタールに訪ねて、これを連れて来て欲しい、ここで誰にも見られずに侯爵が到着したときの為の指示をすべて済ませておきたいから。しかし皆夜にはヴィクトルと戻って来て欲しい、父上殿が明日早く到着されるから、と。盲人は盲人として残ることになった。彼が善良な目の見えないユーリウスに自分が父親であることを隠したのかは私には分からなかった。彼は曖昧に言ったからである。「この者はすでに一度父親を失うという痛みに耐えており、二度目のこの痛みに晒してはならない」と。しかし彼が自分がこれまでフラクセンフィンゲンの為にしようとしてきたことに対して、我々自身が行って彼に報いるように頼んだこと、そして我々が得るであろう官職の中で、彼が文書で渡す彼の世界市民的願いを我々が実現するであろうことを、少なくとも彼と再び会うことになるまでの間はそうするであろうことを彼に誓って請け合うよう頼んだことは私には分かった。侯爵も同じ厳かな誓いを彼にしなければならなかった。我々は彼を曇った彗星のように見上げて、悲しく誓った。

私どもはマイエンタールへの道を進んだ。一人のイギリス人が自分は喪の茂みの背後に、黒い大理石碑の下に休む盲人の母、卿の恋人の寝室の背後に、二つ目の大理石が据えられているのを見た、それを翻る紗の布が覆うはずであるが、まだ覆っていなかったと語った。そこでだれもが重苦しい気持で島を振り向いた、吹き飛ばされる前の地雷を敷設された町を見るような気分であった。——しかしヴィクトルとマイエンタール、私の最も暖かい夢のこの迷宮、花園を目にしたいという憧れに不安は紛れてしまった。

とうとう私どもは南の山を登った、すると色とりどりの楽園が豊かな葉と鼓動する小枝の群れと共にざわざわと谷に懸かっていた——向こうには大きな枝の中に小夜啼鳥の巣のようにエマーヌエルの静かな小屋があって、今ヴィクトルが中にいた——私どもの近くでは栗の木の並木道がざわめいていて、上の方では草を刈り取られた墓地があった。こうした一切を今までは単に空想の夢の中で見ていた私には、夢が近寄って来るように思われた。不透明な大地は薫るもので一杯のいわば透明な大地となった——私は憂愁に包まれて山の上に倒れた。……私は約束の地に行くようにやっと下っていった、しかし私の魂全体は柔らかな喪服のヴェールにくるまれていた。

——ヴェールを剥いだのはヴィクトルであった、彼は暖かい魂を私の魂に押し当てて、私どもは一つの輝く点に溶けた。——しかし私は後に、彼が修道院から戻ったとき、もう一度もっと暖かく彼の胸に倒れ、それからはじめて私の愛を告げることにしよう。……ヴィクトルよ、君はどうしてかくも温和で、かくも調和的で、かくも高貴で、かくも優しいのか、喜びの涙がいかに美しいことか、感激がいかに大きいことか。隣人愛よ、御身は内部の人間にギリシア人の横顔を、その動きに美曲線を、その魅力に花嫁の装いを与えるが、私の消耗性の胸に御身の霊力を、薬効を、倍加しておくれ、私が阿呆を見たときに、あるいは罪人を、あるいは不似合いな人間を、あるいは敵を、あるいは余所者を見たときに。

決して人間の不安を一層大きくすることのないヴィクトルは、私どもに卿について若干落ち着かせることを述べた。彼は修道院のクロティルデの許に行って、彼女と尼僧院長に私どもの来訪を告げた——遅い訪問は夜また戻らなければならないのでと弁解された。彼が戻って来るまで、私は静かに物語にかかっていた。花嫁の許へ行く彼を見送ったが、彼の手、彼の目、彼の口は誰に対しても、特に侮られた人々、老人、老末亡人に対して敬意が溢れていた。私の主人公の喜びは私の喜びとなった。時は美しい日に取り組んでいて、この日には彼の心は永遠に婚約者の心と溶け、宮廷の断ち切られた蚤の鎖や猿の鎖という継ぎ手なしに彼は自由に自然を通って行き、一人の人間以外の何者でもなく、接見《クーア》の代わりに治療《クーア》だけをし、全世界だけを愛して、余りに幸せで、妬まれることはなかった。私はいつか、バスティアンよ、夕方月光の中菩提樹の蜂のざわめきの下君と食事をしたい、そして丁度包みから取り出された印刷された犬の郵便日のバレンに腰掛けたいと思っている。ちなみに私は——私は私自身の自我を座らせて、彼の自我を染め上げたけれども——単に彼の惨めな、溶け去った、消去された石盤の複製にすぎない、単にこの魂の勝手な、敷衍された翻訳にすぎない。思うに、教養ある牧師の息子は全く無教養な皇子よりも結局は立派であって、皇子は詩人のように生まれついてくるのではなく、作られるものである。

私は彼が戻って来るまで、書く為の十分な題材があればと思う。私はそもそもこの伝記では自然の臨時雇いの複写人としていつも現実を写してきた——例えばフラーミンの性格はある竜騎士の隊長を頭に入れていた——エマーヌエルの場合は、偉大な故人、著名な作家[6]を考えていたが、彼は丁度私がエマーヌエルの破滅の夢を甘美におののきながら酩酊して書いた日に、地上から去り、半ばは地下に残ることになろう。——女神クロティルデは二人の女性の天使[7]から合成したが、数分後には当たっていたか自ら知ることになった。習慣から私がこの本の人々に話すとき犬の郵便日の名前を言ってしまうのは不愉快なことである、フラーミンは本当は＊＊＊で、ヴィクトルは＊＊＊、クロティルデときたら＊＊＊なのである。私が本当の名前をこの冊子の何人かの倫理的堕落者、ペスト患者の死後、あるいは私自身の死後世間に明らかにすることは——望ましいことであろうが——誓いはしない。私がそうしたら、ヨーロッパの学界はヨーロッパの政界がすでに知っていること、何故鉱山局長は彼の物語の若干の部分において(殊に宮廷に関して)実際には為し得た筈の光を当てることを控えたのか理由のすべてを知ることになろう。これらの理由を開陳したら新聞記者のY.と大使の秘書のZ.——これらはフラクセンフィンゲンの宮廷と私の最大の二人の敵であるが——それでも私が馬鹿であると主張するものか見ものである。いや私は大胆に、ここで公然と＊＊＊の＊＊＊エージェントを引き合いに出し、私がこの話しの多くの人物を、この中で共演し、私の伝記の砂糖の水車で下掛けの水車として加わっていた人物をすべて除かなかったか問うてもいい。いやそれどころか私の敵対者の二人には、この二重の禿鷹がその勇気があるなら、除かれた人物を——この者達は傷つける若干の権力を有している

——世間に公表する許しを与えてもいい。
スピッツィウス・ホーフマンは今尾を振って、私の前で高く跳んだ。善良な、熱心な郵便の犬よ。ジャン・パウルの伝記のエゲーリア［泉の精］よ。私は暇が出来たら君を鼓舞する為に皮を剥いで、上手く剥製にし、干し草の腸詰めで閉じて、君を公の図書館に自らの胸像として偉い他の学者の横に置くことだろう。——モイゼルは公正な人間で、私は彼に私信でスピッツの為にドイツ学界での席を請いたいと思っている。この学者は、私同様に、何故私の犬のような、学者の熱心な下働き、編集者、運送業者が、単に尻の髭である尻尾を有するからといって、ただそれだけのことで他の学的下働きよりも惨めな冷たい運命を甘受しなければならないのか、理解に苦しむとするであろう。ただこの尻尾が哀れな獣を学者達の位階で下位に置いている。

　今私にはヴィクトルが庭の木陰道を明かりに伴われて来るのが見える。私は葉に落ちた茂みで格子になっているエマーヌエルの祭具室に座っていることをただ急いで触れておきたい。急ぐことはない、ゼバスティアンよ、君はこれまでの取り違えで、ポルトガルの三人乃至四人の偽りのセバスティアン[8]に似ているが、急ぐことはない、私はただ後私の妹に言いたいのだ。愛する前の妹よ、おまえの風変わりな兄は貴族のフォンが付くことになった、しかしおまえは彼の胸を失っただけで、彼の心を失ったのではない。シェーラウにやって来たら、何も気にかけずに、おまえを抱きしめて泣きながら言うことだろう。大したことではない。私の精神はおまえの兄で、おまえの魂は私の妹だ、変わらないでおくれ、妹の心よ、と。

　善良なヴィクトルは急いだ。しばしば痛みに冷やされた人間は、身体上の動きにおいても倫理的動きにおいても幸福のゆったりとした均整を得ることはない、丁度水の中を徒渉する人々が大きな歩幅で進むようなものである。
——哀れなヴィクトル。何故君は今そんなに泣いて、涙が乾く間がないのか。

### 和合の島での朝四時

　この本は涙で終わるのかと尋ねてから長いことになる。——ヴィクトルは夜の八時に目の縁に大きな不動の涙を浮かべて戻って来て言った。「少しばかり急いで島に戻ることにしよう。クロティルデは自ら、むしろ別の機会に島を見たいと頼んでいる。ある不幸が――（彼女は夢に見たそうで）――大きく高く海蛇のように身を持ち上げて、蛇が船を襲うように、人間の心に襲いかかり、下に引きずり込むそうだ」。彼女は刻々と一層不安に一層締めつけられていった、まだ稲妻が狙っていて迫ってくる湿った地を行くような気分であった。これは卿が自分の忠実な女性の友に私どもが今夜体験するのではないかと恐れていることを打ち明けていたということではないか。私どもは皆、彼の疲れた魂はリュクルゴスのように[9]自分の死体という封印を私どもがイェンナーの子息であるという保証に、更には善い事を行うという私どもの誓いに、そして私の兄弟達に従うという侯爵の誓いに、自分が帰ってくるまでと押そうとしているのかもしれないという不安を隠し得なかった。

「そんなに泣かないで、ヴィクトル」（と私は言った）「確かなことではないから」。彼は静かに快く涙を拭って、ただ言った。「それでは今から島に行こう――もう九時だ」。

私どもは遠くを、まだらな枝垂白樺から遠くを過ぎていった、白樺は散った葉を大いなる人間の枯れた覆いに投げかけていた。ヴィクトルは痛みの余り見やることが出来なかった。しかし私は冷たい戦慄と共に晴れた夜空でその揺れる様を見た。ヴィクトルがより幸せになった数日前からようやく、エマーヌエルの塵はさながらまた青ざめた形姿に合わさって、枝垂白樺に起き上がって、両腕を広くかつての寵児に広げた――ヴィクトルは嘆き、憧れ、死にながら白い影を抱こうとして虚しかった。

彼は痛々しく微笑み、私どもと自らの気をこう述べて紛らわそうとした。「不幸が遠くから近付いただけで、馬鹿な人間は鳥のように身をかがめる（背を丸める）ものだ」。涙の為彼は盲人となった、私とフラーミンとが彼を案内した、しかし痛みの中にあって彼は夜の使者に挨拶した。

私は終焉庭園について、花の萎れ葉の落ちた歓喜の日々の移ろう大地について何も言わなかった（言えなかったからである）。

刈り株の上を、蛾の蛹の上を（蛾は将来の春の夜の香具師である）、そして堅牢な地下の冬の眠りの上を孤独な夜の風は渡ってきた――人間は考えざるを得なかったであろう。「風よ、墓の上を、大事な、大事な墓の上を吹いてきたのではないか」。――

私は言った。「人間の体と人間の骸骨の間の薄緑の土の間隔は何と狭いのだろう」。――ヴィクトルは言った。「自然はかくも静かに休らっている、何故人間の心はそういかないのか」。

真夜中近くであった。天は大地に一層近く輝き、白鳥座、琴座、ヘラクレス座[*3]が別な青空から低くほのかに光っていた。大いなる空よ――と誰の心も言った、――御身は人間の精神の為にあるのか、いつかは精神を受け入れるのか、それとも御身は、塗り込められた柵を隠し、存在しない空を色彩で見せている大聖堂の天井画に単に似ているにすぎないのか。――現在はいつも我々の魂をかくも卑小にする、ただ未来だけがそれを偉大にする。

ヴィクトルは我を忘れて、再び言った。「安らぎよ、おまえをもたらすのは喜びでも痛みでもなく、ただ希望だけだ。我々の内部のものは皆何故我々の周りのもののように休らっていないのか」。

そのとき静かな夜の中を一発の銃声が森という森にこだました――そして和合の島が濃紺の中に浮かんだ、白い神殿がその上に懸かっていた――年若い心臓が崩れた後に育った喪の茂みの横では、九つの紗のところから空に九つの細い炎が走った、さながら平和の祭典の為の喜びの篝火のように。

青ざめ、急いで、嘆息し、黙しながら私どもは島の最初の岸に触れた。水は大地に吸い込まれ乾いていた。黒い東門は大きく引き裂かれ、その白い絵の太陽は樹々に寄り掛かり隠れていた。白い柄杓には多くの葬儀の松明があって東門を出発点にして、長い緑の道に添って、廃墟、スフィンクス、大理石のトルソを越えて、喪の茂みにまで通じそこで暗くなっていた。

風奏琴の翻る響きは入口の所で長い音となった。東門の下では静かに盲人が休んでいて、楽しげにフルートを吹いていた――鳩が雷鳴の中に飛び込むように。

彼は喜んでヴィクトルに抱きつき、言った。「来てくれて嬉しい。物静かな背の高い男性が七、八分僕の心を抱きしめ、僕の手に涙し、君宛の紙片を渡した」。

ヴィクトルは紙片を奪った、こう書かれていた。「私の声を再び聞くまで、私の願いを果たすと、君達は皆誓ってくれた。黒い大理石は開けないで欲しい」。――卿は盲目の息子に渡したのであった。ヴィクトルは叫んだ。「父上、父上、それでは何にも報いることが出来ません」、そして息子の胸にくずおれた。彼は身を離そうとした、しかし盲人は彼を抱きすくめ、何も知らずに喜んで夜に微笑んでいた。――私どもは喪の茂みに急いだ――そこの二つの葬儀の松明が燃え尽きる間に、私どもは、そこには二つ目の墓が掘られていて、そばに新しい土があること、――穴には黒い大理石が埋められていること、卿の黒い服が少しばかり穴からのぞいていること、卿がその中で自殺したことを知った。その大理石には、彼の恋人の大理石同様に、色褪せた灰色の心臓があって、心臓の下には白い文字で書かれていた。

ここに眠る。

＊1　ここで読者に自分自身の伝記を書く望みがあることを満足して伝えたい、私は若干の必要な章を体験しさえしたら、以下の表題で読者に贈るつもりである。ジャン・パウルの使徒行伝、あるいはその行為、事件、及び意見。

＊2　クヴァルテローンは、ムラート［白人と黒人の混血児］と白人の子であるテルツェローンの子供である。

＊3　白鳥座はジューリアで、アポロの琴座はエマーヌエル、ヘラクレス座は卿を思い出させた。

本の終わり

# 訳　注

モットー

（1）『悪魔の文書からの抜粋』、ジャン・パウルの初期諷刺集、一七八九年。

第三版への序言

（1）Joachim Heinrich Campe（一七四六――一八一八）教育学者、言語学者。

（2）Karl Wilh. Kolbe（一七六六――一八三五）腐食銅版制作者、作家、言語学者。

（3）Ernst Moritz Arndt（一七六九――一八六〇）フランス人支配の間ドイツ国粋運動の論陣を張った。ジャン・パウルの文学は軟弱と非難された。

（4）ベーレントは Gottfried Tobias Wilhelm のことと推定している。ジャン・パウルは彼の『博物学の話題』（一七九二年）を抜粋している。

（5）Lorenz Oken 本来は Ockenfuß（一七七九――一八五一）近世の自然哲学の創始者。

（6）Ernst Wagner（一七六九――一八一二）小説家。ジャン・パウルは彼の『ヴィリバルトの人生観』（一八〇六年）を評価した。

（7）『ファウスト』第一部九一一行。

第二版への序言

（1）ヴィーナス学的断編。Joh. Hieron. Schröter は一七九六年天文学の本『金星をより詳しく知る為のヴィーナス学的断編』を書いた。

序言、七つの願いそして決議

（1）デウカリオンとピュラ。ゼウスの大洪水の後人類の再興を願ったこの夫婦は大地の上の石を背後に投げたところ、デウカリオンの投げた石からは男が生じ、ピュラの投げた石からは女が生じたという。

第一の犬の郵便日
（1）Giovanni Battista Riccioli（一五九八 ― 一六七一）ボローニアの天文学教師。月のクレーターを著名な科学者にちなんで命名した。
（2）Henri Louis Cain、Lekain と呼ばれる（一七二八 ― 七八）。フランスの著名な俳優、悲劇における情熱の演技に優れていた。
（3）マインツの Hatto 大司教（八九一 ― 九一三）は飢えた者達を焼いた罰として鼠の塔で食い殺されたとされる。ビンゲンの近くに鼠の塔はある、十三世紀来。
（4）シェーラウ侯国は、ジャン・パウルの処女長編『見えないロッジ』の架空の侯国。
（5）Justus Möser（一七二〇 ― 九四）政治家、ジャーナリスト。未完の『オスナブリュックの歴史』で歴史家としての声望も得た。
（6）ヴォルテールの『シャルル十二世の歴史』（一七三七）、『ピョートル大帝治下のロシアの歴史』（一七五九 ― 六三）のことと思われる。
（7）Karl Wilh. Ramler（一七二五 ― 九八）レッシングとニコライの友人。一七八五年『ザーロモン・ゲスナーの牧歌選集』を出版し、ゲスナーの繊細な散文を鈍重な六歩格に移した。

第二の犬の郵便日
（1）ティトゥスの有名な言葉、「一日を失ってしまった」と東へ地球一周旅行をする者は一日を失う事実とを結び付けている。
（2）イギリスの占星術師、医師の Nicolas Culpepper（一六一六 ― 五四）と思われる。
（3）コッツェブーは夫人の死を嘆いて一七九〇年パリに旅行し、一年後『一七九〇年冬の私のパリ逃避行』を書いた。
（4）キケロ『友情について』、第十六章。
（5）ジェームズ一世と下院を爆破しようという狂信的カトリック教徒の陰謀、前日発覚。一六〇五年。

第四の犬の郵便日
（1）Bernard Le Bovier Fontenele（一六五七 ― 一七五七）フランスの作家、哲学者。
（2）Claude Prosper Jolyot Crebillon（一七〇七 ― 七七）フランスの作家、官能的小説を書いた。
（3）Pierre Carlais de Marivaux（一六八八 ― 一七六三）重要な感傷的小説『マリアンヌの生涯』、『成り上がりの百姓』を書いた。
（4）Makarius der Große（三〇〇頃 ― 三九〇）エジプトの隠者。ロシアの宗派に影響を与えた。
（5）フォントネルの『世界の多数性に関する談話』（一六八六年）のこと。
（6）『プルンダースヴァイレルンの年の市』一七七三年。『美学入門』第三十二節参照。

（7）Aloys Blumauer（一七七五―九八）ウィーンの文学者。『敬虔な英雄アエネイスの冒険』という下手な戯文を書いた。
（8）Julian Offray de La Mettrie（一七〇九―五一）『人間機械論』の著者。シュミットの銅版画が高笑いしている顔を写していて、ラーヴァーターがその『観相学』で言及している。
（9）『陽気な人々の為の入門書、快適な冗談、機知等の集成』、ベルリン（一七六四年―九二年）のこと。

第五の犬の郵便日
（1）ジャン・パウルは『文芸、劇場新聞』でハンガリーのエスターハージー侯爵の別荘に関する記事を読み、この椅子のことを知った。

第六の犬の郵便日
（1）Pierre Louis de Maupertuis（一六九八―一七五九）フランスの物理学者。
（2）Karl Hildebrand von Canstein 男爵によって一七一〇年ハレに設立された聖書普及協会の出版した聖書。
（3）Seiler は一七八一年この選集を出したが、このバイロイトの宗教局評定官、エアランゲンの神学教授をジャン・パウルは評価していなかった。
（4）イギリスの神学者 Benjamin Kennicott（一七一八―八三）は協力者達と共に異本を含む旧約聖書の出版を一七七六年から八〇年に企てた。しかしテキストの原本を確定することに成功せず、非難を受けた。
（5）スウェーデンのクリスティーネは従兄弟の Gustav von Zweibrücken の為に一六五四年退位し、ローマに移った。
（6）Joh. Amos Comenius（一五九二―一六七〇）の絵本、一六五八年。

第七の犬の郵便日
（1）Johann Arndt（一五五五―一六二一）に『キリスト教徒の美徳の楽園の小庭』（一六一六年）という祈祷集がある。
（2）『トリストラム・シャンディー』のⅡの十七、Ⅷの二十五を思い出させる。
（3）絞首台の死体から切り取った親指は魔力を有するとされた。
（4）聖書外典、ダニエル書Ⅲの三十六によれば天使が予言者ハバククをバビロンのダニエルの許に連れていき、ライオンの洞窟にいるダニエルに食事を運ばせた。
（5）Georg Benda（一七二二―九五）コーダの宮廷楽団長、オペラを作曲し人気を得た。

第八の犬の郵便日
（1）Petrus Camper（一七二二―八九）比較解剖学者、一七七九年人間とオラン・ウータンの解剖学的違いについて述べた。

第九の犬の郵便日

（1）John Gay（一六八五―一七三二）イギリスの詩人、一七二八年『乞食オペラ』を書いて成功を収めた。

第十の犬の郵便日

（1）『トリストラム・シャンディー』Ⅳの十三参照。

（2）ホラティウスの『詩論』に「立派なホメロスが眠ると、同様に私には厭わしい」とある。

（3）『アントニウスとクレオパトラ』Ⅴの二参照。

（4）James Bruce（一七三〇―九四）イギリスの旅行家。『ナイルの水源紀行』は一七九〇年から九二年にドイツ語に翻訳された。

（5）Joachim Lange（一六七〇―一七四四）教科書に『初等ラテン語問答』（一七一三年）。

（6）ニュートン、リンネ、スウィフトは晩年精神的に衰えた。

（7）Abraham Gotthelf Kästner（一七一九―一八〇〇）ゲッティンゲンの数学者、即興詩人。

第十一の犬の郵便日

（1）Karl Leonhard Reinhold（一七五八―一八二五）カントの理解者として知られていた。

（2）Joh. Aug. Ephraim Goeze（一七三一―九三）神学者、科学者。一七八二年『動物の内臓寄生虫の博物学試論』を著した。

（3）スターンではなく、スターン作と思われていたRichard Griffith作の『コーラン』に見られる。第十五章。

（4）Edward Young（一六八三―一七六五）イギリスの詩人。『生、死、不死についての嘆き、あるいは夜の想い』（一七四二―四五年）は強い影響を与えた。

（5）おそらく『神聖ローマ帝国のすべてのルター教徒、改革教会教徒の新しい宗教の重荷等』、フランクフルト、一七二〇年より。

（6）Joh. Mart. Miller の感傷的小説『ジークヴァルト　ある修道院の話』主人公は恋人の墓で死ぬ。

（7）Home の『批評の要素』第七章、John Beatie（一七三五―一八〇三）の『笑いと滑稽な気質について』一七七六年。

（8）Charles du Fresne du Cange（一六一〇―八八）。一六七八年、『中世、近世のラテン語作家の語彙辞典』を書いた。

（9）Ernst Platner（一七四四―一八一八）医師、人類学者、哲学者。ライプツィヒ大学で若いジャン・パウルに強い刺激を与えた。彼の『新しい人間学』第一巻、第八七六節。

（10）両者はペイシストラトスの息子、ヒッパルコスを刺し殺したアテネの暴君殺害者。

（11）プラトナー『新しい人間学』第一巻、第八〇二節。

（12）ジャン・パウルは、ベーレントの注ではシスティナ礼拝堂のコージモ・ロッセルリの晩餐のフレスコ画を思い浮かべているそうである。

（13）Joseph Addison（一六七二―一七一九）イギリスの啓蒙主義の作家。

(14) Johann Georg Sulzer（一七二〇―七九）スイスの美学者、哲学者。『芸術の一般理論』一七九四年の冗談の項で真面目なキケロの冗談について論じている。
(15) Aloys Merz（一七二七―九二）当時のカトリックの代表的論争家。
(16) 古代ローマでは町の守護神の名前を述べることは、敵にも祈られる恐れがあるので禁じられていた。
(17) Th. Amery の啓蒙主義の小説『ジョン・バンクル殿の生活』（一七五六―六六）をあてこすっている。一七七八年ドイツ語に翻訳されるとニコライとヴィーラントの間で論争が生じた。

第十二の犬の郵便日
(1) かつては麦藁冠は淪落の女性の結婚式に不名誉の印として贈られていた。しかし後には風習が変わって結婚式の翌日花嫁に冗談を言いながら渡されるようになった。
(2) John de Mandevill（一三〇〇―七二?）イギリスの医師、旅行者。この話しはマンデヴィルにはなく、プルタルコスの倫理的著作にある。話の凍結についてはラブレーにも、ビュルガーの『ミュンヒハウゼン』にも見られる。
(3) Baldassar Gracian（一六〇一―一六五八）の『紳士』（一六四六）。

第十四の犬の郵便日
(1) Joh. Heinr. Lambert（一七二八―七七）物理学者、哲学者。

第十六の犬の郵便日
(1) Heinr. Meibom（一六三八―一七〇〇）医師。
(2) François-Pourfour de Petit（一六六四―一七四一）医師。
(3) 黙示録第十九章十参照。
(4) マタイ伝第四章八―十参照。
(5) バーゼドーの教育施設に属するデッサウ近くの森。
(6) Charles Bonnet（一七二〇―九三）ジュネーブの科学者、哲学者。
(7) Robert Hooke（一六三五―一七〇三）イギリスの物理学者。『物理実験』一七二六年。
(8) Leonhard Euler は一七五九年桂馬跳びについての論文を書いた。
(9) ジブラルタル海峡東端の両岸に聳える岬。

第四の閏日
（1）Strabon（前六四頃――前二六）ギリシアの歴史、地理学者。
（2）John Tillotson（一六三〇――一六九四）英国国教会の説教家、政治家。
（3）ホルバインの脚のエピソードはカンペの『ハンブルクからスイスまでの旅行』（一七八六年）から採られたもの。

第十七の犬の郵便日
（1）Joh. Georg Meusel（一七四三――一八二〇）出版者。
（2）Christ. Ludwig Liskow（一七〇一――六〇）諷刺家、スウィフト風な諷刺を書いた。
（3）このナポリの守護聖人はその記念日に死体から新鮮な血を流す。この血が流れないとき、ナポリ人は不吉と感じた。
（4）ゼウスが白鳥の姿をしてレダとの間に生ませた息子達。卵から生まれたことになる。

第十八の犬の郵便日
（1）『アントン・フリードリヒ・ビュシングのベルリンからポツダムを経由しレカーンへ至る旅』一七七八年。
（2）『見えないロッジ』からのフィリッピーネ。
（3）トリボニアヌス（?――五四二）ユスティニアヌス一世の側近として法律編纂を取り仕切った。
（4）John Howard（一七二六――九〇）イギリスの博愛家。牢獄や病院の改善に力を尽くした。
（5）duc de Sully（一五五九――一六四一）アンリ四世の政治顧問。
（6）オーストリアとバイエルンでは普通の貴族と男爵の間に Edler（高貴人）という称号があった。
（7）Michael Denis（一七二九――一八〇〇）ウィーンのイエズス会神父、後に詩人。一七六八年マクファーソンの『オシアン』を訳した。
（8）『ウィーンのスケッチ』（一七八六――九〇）『ファウスト夫人』（一七八三）両作とも凡庸なウィーンのジャーナリスト Joh. Pezzl（一七五六――一八二三）の作。
（9）Alxinger によって編集され、まず一七七四年に出版された。
（10）Kaspar Risbeck の『ドイツを旅するあるフランス人の手紙』（一七八三年）にある。第一巻、二九五頁。

第十九の犬の郵便日
（1）Carl Stamitz（一七四六――一八〇一）ヴィオラ・ダモーレの名手、マンハイム学派の作曲家。
（2）Joh. Friedr. Teller『説教者の為の楽しい逸話』一七七八年。
（3）レビ記第十六章二十一参照。

（4）Schulpforta 一五四三年にザクセンの選帝侯により設立された学校。
（5）ベーレントによると「音楽家がタッチを間違うと毒蜘蛛に刺された者は苦しむ」と若いジャン・パウルはメモしているそうである。
（6）第三の感覚は少年の場合嗅覚、歌姫の場合は性感。
（7）Leonhard Euler は一七三九年数学的な『音楽の理論』を出版した。
（8）Antonio Sacchini（一七三〇—八六）フィレンツェ出身のオペラ作曲家。

第二十の犬の郵便日

（1）一七七三年の第二次ポーランド分割を暗示している。

第五の閏日

（1）Karl Aug. Musäus（一七三五—八七）作家、諷刺家、フィールディングやスターンに倣った幾つかの小説を書いた。
（2）Friedrich Georg Jacobi（一七四三—一八〇九）詩人、哲学者。ジャン・パウルは彼を高く評価した。
（3）ゲーテの『ヴィルヘルム・マイスターの修業時代』第八部第五章。
（4）Karl Friedrich Bahrdt（一七四一—九二）啓蒙的神学者。一七八九年プロシアの宗教勅令に対する諷刺で一年間の禁固と追放とを受けた。
（5）Charles-Marie de La Condamine（一七〇一—一七七四）と Pierre Bouquer（一六九八—一七五八）は一七三六年、地球の姿を探る為にペルーに探検旅行に出掛けた。
（6）ルカ第十二章四十七以下参照。

第二十一の犬の郵便日

（1）Pringle と Schmucker（一七一二—八六）軍医としての大家達。
（2）イクシオンはヘラに恋して、ゼウスから罰として燃えて回り続ける車輪に処刑された。
（3）エンドルの魔女はサムエル記Iの第二十八章参照。キュメの魔女はキュメのシビュラ、女予言者として有名であった。
（4）一七七九年に『マルティウスの自然な魔術の授業、ヴィークレープによる改訂』が出た。
（5）マルブランシュ（一六三八—一七一五）フランスの哲学者。デカルトの後継者、『真理の探求』。
（6）ハミルトン伯爵による小説『グラモン伯爵の回想』一七一三年。

第二十二の犬の郵便日
（1）Anton Friedr. Büsching（一七二四―九三）近世の地理学の創始者。
（2）『見えないロッジ』のオットマルを想起している。
（3）マインツのブルカルト（？―一〇二五）によって残された教会法にちなむ短い法令。
（4）サビヌス派と並ぶローマの法学派の一派。「形態は変わった瞬間新たな物となる」と主張した。
（5）Michel Baron（一六五三―一七二九）フランスの劇場の最も偉大な俳優の一人。

第二十三の犬の郵便日
（1）Marie Catherine Biheron（一七一九―八六）蠟人形や解剖模型を有し、一部は売りもした。
（2）ナントの勅令、一五九八年フランス王アンリ四世はこの勅令で新旧両教徒の抗争に終止符を打とうとした。
（3）Joh. Georg Forster（一七五四―九四）自然科学者、作家。
（4）一七五六年の厳冬に、あるロシアの廷臣が女帝エカテリーナ二世の為にペテルブルグの湖上に氷の宮殿を建てさせた。
（5）カエサルは戦いでポンペイウスの兵士の顔を狙わせたとされる。
（6）ガリア教会の自由、一四三八年国本勅諚によってフランスの教会に対するローマ法王の影響力を制限した。
（7）クラリサは長編小説の第五巻でラブレイスの誘惑に屈する。
（8）クレルモンフェラン近郊に自然の橋がある。

第二十四の犬の郵便日
（1）イフィゲーニエの出典は先がⅡの1、後はⅢの1。

第六の閏日
（1）黒人法典、フランスの植民地における黒人の取り扱いに関する法典、一六八五年発布。
（2）ホメロスによると（イリアス第十八章）アキレスの楯には人間、動物、町、地球、海、太陽、星座が描かれている。

第二十六の犬の郵便日
（1）Leopold Aloys Hofmann（一七四六―一八〇五）ウィーンの悪評高いジャーナリスト。
（2）イタリアの解剖学者 Gabriele Fallopio（一五二三―六二）にちなんで呼ばれる。

第二十七の犬の郵便日

（1）Fernando Galiani（一七二八―八七）イタリアの経済学者、哲学者。

（2）Salvatore Rosa（一六一五―一六七三）画家、詩人、音楽家。切り立った岩壁の絵を描いた。

（3）ティツィアーノの絵は、一五七〇年頃の作で、現在ペテルブルグのエルミタージュ美術館にある。

（4）ヴァン・ダイクの絵は現在ミュンヘンのアルテ・ピナコテーク所蔵。この言及は第二版から。

（5）Nikolaus Rosen von Rosenstein（一七〇六―七三）著名なスウェーデンの医師。ホメオパチーの先駆者。

第二十八の犬の郵便日

（1）Isaak Causaubonus（一五五九―一六一四）フランスの人文主義者。

（2）Nicolas de Catinat（一六三七―一七一二）ルイ十四世下のフランスの元帥。

（3）Hermann Boerhaave（一六六八―一七三八）ライデンの医学と植物学の教授。

（4）牧師職についての助言集、エームラーの『司牧神学についての復習』をあてこすっている。

（5）Franz Koch この退役軍人の演奏をジャン・パウルはホーフで一七九二年の夏聞いた。

第七の閏日

（1）災いの杖、旧約ゼカリヤ書第十一章七参照。

（2）プラトナー『哲学的アフォリズム』一七九三年第一部第千八節。

（3）一七六八年 John Murray の『驢馬への説教』が出版されたが、ドイツではスターン作と思われ『驢馬へのヨリックの説教』と訳された。

（4）Cesare Baronio（一五三八―一六〇七）ローマの教会史家。『教会史』を若い時に執筆し始め、晩年に完成させた。

第二十九の犬の郵便日

（1）ミハエル・クーバッハの『日々の祈祷の、懺悔の、賞賛の、感謝の捧げ物、偉大な、完全なる祈祷書』一六一六年。

（2）Philipp Spener がフランクフルトで主宰した祈祷時間はこう呼ばれた。

（3）Brühl 伯爵、アウグスト強壮王の寵臣、彼の死後すぐに（一七六〇―六四年）『ブリュール伯爵の生涯と性格』がユスティによって書かれた。

第三十一の犬の郵便日

（1）恋愛歌人 Heinrich von Meißen は Frauenlob（女性賛美）とも呼ばれ、女性を讃えた為に一三一八年八人の貴婦人によって墓まで運ばれた。
（2）Karl Gottlob Cramer（一七五八―一八一七）騎士小説、盗賊小説の著者。はじめは『ドイツのアルキビアデス』（一七九〇）や『ヘルマン・フォン・ノルデンシルト』のような啓蒙的小説を書いた。
（3）この帽子の場面は、『トム・ジョーンズ』（第十巻、第七章）を思い出させる。
（4）Joh. David Michaelis（一七一七―九一）は著名な東洋学者で、『陛下の命でデンマークから東洋へ旅した学者一行への質問状』を一七六二年刊行した。
（5）聖書外典のトビーアスによると、ラグーエルは娘サラの八番目の求婚者として現れたトビーアスの為に真夜中墓を掘った。これまでの求婚者は悪霊アスモデウスが婚礼の夜殺していた。トビーアスが生きたままであったので、翌朝喜んでまた墓を埋めた。トビーアス第八章九―十七。

第三十二の犬の郵便日
（1）シェーラウ以外はすべて当時声望のあった学園。
（2）一七八九年八月四日フランスの国民立法会議はすべての封建的権利を無効とした。
（3）ハプスブルクの皇帝フェルディナント一世の言葉。
（4）Jean Baptist Labat（一六六三―一七三八）フランスの旅行家、『スペイン、イタリア紀行』。
（5）Christian Gottlob Ludwig（一七〇九―七三）個々の医学上の規律についての彼の『制度』は長く教材として使われた。
（6）Simon-André Tisso（一七二八―九七）スイスの医師。
（7）コリント人への手紙第二、第十二章二以下参照。
（8）Robert Bellarmin（一五四二―一六二一）イエズス会士の神学者、改革者に対して教皇の権威の為に戦った。
（9）Joh. Jak. Moser（一七〇一―八五）ヴュルテンベルクの国内法学者、一七五九年侯爵によって六年間投獄されたが、芯切りで論文や讃美歌を書き、後に自伝を書いた。
（10）Just Lipsius（一五四七―一六〇六）晩年再びカトリックに帰依し、文芸の庇護に感謝して聖母に銀のペンを捧げた。

第三十四の犬の郵便日
（1）ヴォルテールは最晩年（一七七八年）パリに滞在した。
（2）Sigaud の『自然の驚異についての辞書』からジャン・パウルは抜き書きしている。「ヴィルダウは蜂に腕のところでマフを作らせ、顔のところで仮面を作らせた、……」。
（3）モーゼがシナイ山から戻って来たとき、モーゼの顔は輝いていて誰も見つめられず、モーゼは話すとき顔を覆わなければならなかった。出エジプト記第三十四章二十九以下。

第三十六の犬の郵便日

（１）ジューリアの手紙、ミラーの小説の主人公ジークヴァルトもゾフィーという少女の死後、彼女の片思いの恋を記した日記を読むことになる。

（２）Joh. Gaudenz von Salis-Seewis（一七六二――一八三四）奥津城と題するこの詩は Matthisson の編する彼の『詩集』（一七九三年）から採られている。

第四の序言

（１）Joh. Nep. Mälzel（一七七二――一八三八）ウィーンの技術者が評判を取った大きな汎ハーモニコンは一七九二年はじめて紹介された。

（２）Potemkin 侯爵（一七三九――九一）ロシアの政治家、奢侈な宮廷生活で知られていた。

（３）エメレペスは伝統を重んじ、二つの弦を切って、それで歌人のフィリニスは竪琴を間に合わせようとした。

（４）Marianne Ehrmann、旧姓 Brentano（一七五五――九六）作家、実際にシュトラースブルク新聞で書評した Ehrmann と一七八九年結婚した。

第九の閏日

（１）エピファニウス（四〇三年死亡）キプロスの大司教、『薬品箱』の中で八十種の異教を上げ対処法を記した。

（２）Christian Wilh. Walch（一七二六――八四）教会史家。『宗教改革までの異端、分裂、宗教論争の完全な歴史草案』。

（３）Hermann Samuel Reimarus（一六九四――一七六八）哲学者、自然科学者。

第三十七の犬の郵便日

（１）パルミラとは西アジア、シリア砂漠の中にある廃墟。

（２）十六世紀末に生きた Vincente Cardone は若いとき『追放されたＲ』という詩を書いた、これは一六一四年出版され、後に一六一八年『破壊されたアルファベット』と共にまた上梓された。

（３）オルレアン公爵（一六七四――一七二三）ルイ十五世の後見人を王の成人までしたが、放埒な生活を送った。

（４）聖 Chlotildis はフランク族の王 Chlodwig 一世の妻としてフランク族の国を支配した。

（５）プラトナー『哲学的アフォリズム』第千四十九節。

（６）カント『実践理性批判』第一巻、第一章、第三参照。

第三十八の犬の郵便日
（1）エマーヌエルのこの夢はジャン・パウルによって、モーリッツの死んだ日に書かれていた（一七九三年六月二十六日の手紙）。モーリッツ（一七五六――一七九三）はエマーヌエルのモデルであった。

第四十の犬の郵便日
（1）パルナッソスへの階梯、同義語や適切な形容詞を明示してあるラテン語やギリシア語の辞典。
（2）竜のピッチ弾、ダニエル書外典によると、ダエルはバビロンの竜にピッチ小ケーキを食べさせて破滅させた。
（3）Joh. Matth. Bechstein（一七五七――一八二二）自然科学者、はじめて動物をその有用性に従って体系的に調べた。

第四十一の犬の郵便日
（1）ベーレントは、ここでは『Dya-Na-Sore』の著者、Friedrich von Meyern（一七六二――一八二九）に呼びかけていると解している。

第四十二の犬の郵便日
（1）鉛と鉄による傷に対する肉体の不死身化は、一人のパッサウの刑吏がはじめて考案したのでこう呼ばれる。
（2）ルソー『新エロイーズ』（第三部、二十二章）の自殺に対する書簡より。

第四十三の犬の郵便日
（1）Nicolas Boileau Despréaux（一六三六――一七一一）一世紀以上フランス語の『詩法』制定者であったが、生前から凝った表現を笑われていた。
（2）J. J. Anckarström（一七六二――九二）スウェーデンの将校であるが、一七九二年三月十六日国王グスタフ三世を弑した。
（3）モンテーニュ『エセー』第一巻、二十八章参照。
（4）ギルタナが一七九一年出版した『フランス革命についての歴史的報告と政治的考察』のことで、反動的でしばしば間違いが見られた本。
（5）聖年の扉、聖ピエトロ大寺院の側門で、ただ二十五年毎の聖年に教皇自らの手で開けられる。
（6）Louvois 侯爵（一六四一――九一）ルイ十四世の陸軍大臣、プファルツを破壊した。プファルツの継承戦争の結末で宮廷での立場が難しくなった。
（7）Karl Gustav Tessin（一六九五――一七七〇）スウェーデンのアドルフ・フリードリヒの寵臣。一七五二年不興を買い、引退した。

第四十四の犬の郵便日の補遺

（1）聖なる家、ナザレの聖母マリアの生家は伝説によれば一二九五年天使達によってイタリアのロレットに移された。

第四十五あるいは最後の章

（1）フェンク博士、『見えないロッジ』の登場人物の一人。

（2）Jon. Heinr. Ramberg（一七六三――一八四〇）手慣れた素描で年刊詩集を飾った。

（3）頭蓋腔、胸腔、下腹部腔。

（4）皇子盗賊、一四五五年のザクセンの皇子強奪をあてこすっている。

（5）Laudon 男爵（一七一七――九〇）マリア・テレジアとヨーゼフ二世下のオーストリアの陸軍元帥。晩年気鬱に陥り、陰鬱な表情をしていたと言われる。

（6）著名な作家　K. Ph. Moritz

（7）二人の女性の天使、Amöne Herold と Beate von Spangenberg、ジャン・パウルの青春時代の恋人。

（8）偽りのセバスティアン、アルカーザルの戦い（一五七八年）で死んだ若いポルトガルの王セバスティアンの後偽王が出現した。

（9）リュクルゴスはデルフォイの神託を聞きに行く前に、自分が戻るまで彼の法を何も変えないという誓いをスパルタ人にさせた。神託は彼の法は良いと保証したので、彼は食を絶ち、異郷で亡くなった。死に際に自分の死体を焼いて、そうしてスパルタ人が誓いを解くことが出来なくするように命じた。

# 『ヘスペルス』解題

『ヘスペルス』（一七九五年）はジャン・パウルを一躍有名にした作品であるが、出版部数は少ない。初版は新人といっていいジャン・パウルに対しては千部から千五百部と推定され、一七九八年の第二版では三千部、一八一九年の第三版では千部である。『ヘスペルス』とは宵の明星の意で疲れた魂への慰謝を意味するがまた明けの明星として希望も担っている。読めば分かるように大体五分の三が物語、五分の一が読者と作者の戯れ、残りの五分の一が筋とはほとんど関係のない閏日という諷刺や論説である。しかし全編に脱線がみられ、慰謝としての物語と啓蒙的批判的語り口とが併存する。物語は十八世紀末のドイツの小国を舞台にして、卿の息子の宮廷医師、実は市民の主人公ヴィクトルの愛と友情を軸に展開するが、その背景には革命家がほとんどいない国での革命の不可能性と現実的な上からの改革という妥協が描かれている。しかし主人公は政治的事象には余り関わらず、もっぱら内的世界の経験にかかわる。滑稽、プラトニックな愛、媚態と官能、友情、牧歌、死の不安、メランコリー、夢等特に青年期の青年の情動が微細に表現されている。作者は仕掛けとして侯爵や卿の子供達と牧師の子供との交換を設定しており、そこには近親婚の排除、自我の同一性の揺らぎといったテーマもみられる。同一性はヴィクトルの蠟人形が作られるときや彼の自らの弔辞のとき、及び彼の師エマーヌエルの臨終のときにも問題となる。他に登場人物としては主人公の友フラーミン、実は侯爵の子供、彼が慕うが実は妹の女主人公クロティルデ、冷徹な政治家の卿、夏至に死のうとして果たせない宗教家のエマーヌエル、声真似のうまい策謀家のマチュー、内面性の象徴としての盲目のフルート奏者ユーリウス、虚栄心の強い滑稽な薬店主等多彩である。作者は犬が運んでくる手紙を書き写すだけであるという触れ込みであり、書き写すうちに物語の時間に追いつき、最後は自分も侯爵の子供の一人と判明する。脱線の主なものは狩り好きな領主への批判、歴史の不可知論を展開しながら最後にその逆転を述べる歴史哲学（第六閏日）、唯物論を批判しながら魂の実体を推測せしめるヴィクトルの器官と自我の関係についての論文等である。

ジャン・パウルを読むに当たっては同一の作中人物の名前が適当に使い分けられているので、主な名前を記しておく。主人公ヴィクトルはゼバスティアンであり、またホーリオンである。フラーミンは参事官、ダホールはエマーヌエル、マチューは福音史家、青年貴族、侯爵はヤヌアール、イェンナー、侯爵夫人はプリンセス、アニョラと呼ばれる。また拙訳では主人公は概して「私」と称するが、男友達には「僕」とも称する。女主人公に対しては原作では du（君）と Sie（あなた）と使い分けられているがすべて拙訳ではあなたと呼びかけることになってしまった。

作品の成立に関して影響を受けた作家は、ギュンター・デ・ブロインの評伝『ジャン・パウル・フリードリヒ・リヒターの生涯』（一九七五年）の犬の郵便日の章によるとローレンス・スターンやヒッペル、フィールディング、スモレット、ルソー、ヴィーラント、それに『シャクンタラー』の翻訳者のゲオルク・フォルスターであるが、特に筋に関してはフリードリヒ・ヴィルヘルム・マイヤー（フォン・マイエルン）の『ディヤーナーゾレ。あるいは放浪者達、サンスクリットから翻訳した物語』という芸術的価値の少ない哲学的政治的傾向小説からの影響が見られるそうである。革命的時期に革命を扱っていたためにこの小説はかなり注目されたようであるが、その影響はデ・ブロインによると次のような結論になる。「いずれにせよジャン・パウルは筋の重要な要素を自分の長編に取り入れている、多くの取るに足りない変更と二つの重要な変更とによって。彼は話を蒼古たる昔から現在に、異郷のどこかの地からドイツに移している。彼が話をあらゆる寄せ集めによって一層混乱し、一層見通し難く、有りそうもないものにしているのは（それでマイエルンの高貴な共和主義者のディヤの息子達は領主の庶出の息子達になっている）、こうした着想に於ける彼の無器用さと、並びに、主人公の感情世界に集中している描写をスリルに富んだ筋で一層魅力のあるものにしようとする彼の努力とを示している。彼の短所は彼の過度の長所をカバーしなければならない。もちろんうまく行かない。行為の少ない内的世界の出来事を担い、動かすかわりに、筋はあるときは副次的になり、あるときは全く消えてしまう。最後に急いで、あたかもしぶしぶ、終わりまで語られねばならない、〈報告調〉でと、オットーが批判的に述べているように（一三五頁）」。筋の結論としては、「ジャン・パウルが一七九二年『ヘスペルス』の下準備を始めたとき、（六千五百のかなり乱雑にメモされた覚え書きが、丁寧に保管され、今日でも手にできる）、革命に夢中になった彼はまだ革命的戦闘と勝利の結末を考えていた。しかし二年後最後の章を書いたとき、ドイツの革命への希望は潰えていた。〈世界的革命の三日熱への合図〉を与える代わりにハピー・エンドは〈上からの革命〉の可能性を暗示している（一三六頁）」。

作品の反響についてはデ・ブロインは次のように記している。「同じ年にゲーテの『ヴィルヘルム・マイスター』とティークの『ウィリアム・ラヴェル』が出たけれども、『ヘスペルス』はその年の流行の本となり、その著者は一挙に有名になった。市民的徳操と感情の至福、鋭い社会批判、革命的精神のこの混淆は正確に時代の神経を捉えていて、それでドイツの教養層は自らの姿を、いやむしろ自らについての夢を、見いだすことになった。『ヘスペルス』の反響は『ヴェルター』のそれに較べることが出来よう。この成功を再び取り戻すことの出来なかったゲーテと同じく、ジャン・パウルもそうなるであろう。彼はよりましなものを書くであろうが、しかし二度とこれほどの喝采は得ないであろう。

『見えないロッジ』について表明されたモーリッツの見解、これは〈ゲーテをも越える〉は、今や度々同じくされた。古くからの友、新しい友が夢中になった。ヘスペルスの作家には賛美者の手紙、訪問が洪水のように押し寄せてきた。婦人達は彼を崇拝し、彼を招待した。グライムは匿名で六十ターラー送って、ハルバーシュタットの栄誉の殿堂に彼の名誉席を設けた。ラーヴァーターは彼の肖像画を描かせて、ペスタロッチも待っていると言って、チューリヒに来るよう頼んだ。ヘルダーは強い印象を受けて、数日仕事が出来なかった。ヴィーラントは長編を三度読んで、この〈人間はヘルダー、シラー以上である〉、彼は〈シェークスピアのようなすべてを見通す力〉を持っていると思った。ゲーテはシラー宛に書いた。〈ところで目下のところ犬の郵便日が、教養ある人士が有り余る喝采を送っている作品だ〉。そしてアンハルト・ツェルプスト侯爵夫人はホーフに絹の財布を、〈ヘスペルスの偉大な精霊に〉と刺繍して送った。ハーモニカ演奏者のフランツ・コッホは長編に登場するが、その効果のある宣伝に感謝して、ポスターに自分の名前の傍らにジャン・パウルの名前を刷った。服飾業界は〈ジャン・パウルの外套〉を造り出し、煙草の箱には彼の肖像が貼られ、その処方が長編に載っている駆風薬は〈ヘスペルス散薬〉として売られた。辛苦の末の名声があった。

もちろんヘスペルスの通読は当時でも容易ではなかった。感激この上ない言葉の中にも、著者は作品の享受を大いにそして不必要に難しくしているという批判がしばしば混じっていた。カロリーネ・ヘルダーは個別の珍奇な箇所が全体に合わなくて、それで読みながら〈千もの感情に囚われて先に〉進めないと嘆いている。読者の〈より弱い感覚〉に対する思いやりが足りないとバイロイト出身のある知人は述べて、作者にその〈細密画を上に掲げて普通の目にも見える〉ようにするよう薦めている。更にフケーが自伝で『ヘスペルス』に夢中になっているとき、彼は、それでも最初の数頁が〈草臥れる〉努力を強いて、それからやっとこの不思議な門への鍵を若干自由に出来るようになったことを思い出すのを忘れていない。

三版を長編はジャン・パウルの生前重ねた、そしてその後もその影響は見られた。フケーやハウフ、アイヘンドルフがそれに魅了されたばかりではない、シュティフター、ケラー、ラーベもそうであった。アレクサンダー・ヘルツェンは一八三七年花嫁に、〈ぼくらの愛、純粋で聖なる愛はヘスペルスに書かれている。奇蹟だ、奇蹟だ〉と書いているが、これは賛美は後になっても政治的面よりは感傷的面に向けられていたことを示す多くの例の一つである。シュテファン・ゲオルゲが一九〇〇年頃ほとんど忘れられていたジャン・パウルを〈抒情詩人〉として再発見したとき、その詞華集にはとりわけ『ヘスペルス』を利用していた（一三八—四一頁)」。

次に訳者が『ヘスペルス』を読んで興味を惹かれた点を記す。

## 真実と虚偽の間の『ヘスペルス』

典型的にジャン・パウル的な諷刺の例として次のような文を挙げておきたい。「そもそも嘘はどれもまだ真実がこの世にあるという幸せな印である。真実がなければ嘘は信じられず嘘が試されることもないであろう。破産は正直者にとっては他人の正直さという無尽蔵の宗教的基金の新たな証明として嬉しい、この正直さは騙されたときには存在しているに相違なかったものである。戦争条約、講和条約が破廉恥に破られる限り、その限り希望はまだ十分にあって、その限り宮廷には真の実直さが欠けていないわけである。というのは条約が破られることはどれも条約がなされたことを前提としているからである——何一つ条約が守られなければ、何一つ条約は結ばれないであろう。嘘は義歯と同じで、金糸は義歯を二三の残った本物の歯にのみ結び付けられるのである」(第四十三の犬の郵便日、以下数字のみ例示)。この巧みな軽業的な諷刺は三年経つと肉体は替わるので人は別人となり、それ故条約を守る必要はないという条約についての別の諷刺を思い出させるが（第九)、解題ではこのようなお巫山戯を真面目に考えてみたい。

義（偽）歯とは気の利いた例えである。本物の歯の使えなくなった者は、義歯に頼らざるを得ない。義歯が無ければ食べられない、つまり嘘なしには生存は容易ではない。虚偽の助け、あるいは真実と虚偽の協同作業はほとんどあらゆる面でジャン・パウルの世界を構成している。例えばジャン・パウルでは自我意識が問題となるが、これを分析してみると、ヴィクトルは自らの蠟人形を持ちながらの自らの弔辞の中でこう述べている。「私にはこの死体の周りに自我という幽霊が見えます。……自我、自我。考えの鏡の中で深く暗闇の中に逆行する深淵よ——自我、鏡の中の鏡よ、戦慄の中の戦慄よ」(第二十八)。もとより自我が真正なものであれば、肉体はジャン・パウルでは虚偽である。このことを蠟人形は語っている。しかし一体どこに真正な自我があろうか。自我を示そうと思えば、自我という言葉を、即ち自我とは別物を使わなければならない、あるいは自我の鏡像を比喩として、偽りの自我として利用しなければならない。自我のこの基本構造にまさに長編の基本テーマは影響されているのであって、二人の若者が一人の乙女を愛する。自我は分裂しているので、乙女はブリダンの驢馬のように決定不能に陥る可能性がある。しかし長編ではクロティルデはヴィクトルを愛する。これを決定付けているのは、近親婚の禁忌に他ならない。バッハの研究によれば近親婚と子供交換のテーマ自体はすでにフィールディングのジョウジフ・アンドルーに見られるそうである。しかしジャン・パウルはこのテーマを自我の謎と結び付けている。このことが彼の長編を哲学的にし且つ新鮮なものにしている。新鮮というのは、自我とか禁忌といった自明のものがテーマとされているからである。彼の長編を読む者は、この世に初めて生まれてあり、そしてこの世のことを知るかのような思いをいだかされる。「それでも相変わらず、彼は彼女のすることすべてがこの世で初めて行われるような気がしていた」(第四)。

義歯は真正な歯同様に大事なものなので、ジャン・パウルが真実と主張しているものをそのまま一義的に受け入れるわけにはいかない。時にどの歯が本物でどの歯が義歯か判別に苦しむ場合もある。例えばジャン・パウルは第六の閏日の『人類の砂漠と約束の地』の中で彼の歴史哲学の結論として次のように述べている。「我々の証明しえるものよりも一段と高い事物の秩序がある――世界史と各人の人生にはある神慮があって、これは理性が大胆に否認するものであるが、心が大胆に信ずるものである――我々がこれまで根拠としてきたものとは別な規則でこの混乱した地球を神のより高い町と娘の国［植民地］として結ぶある神慮があるに違いない――ある神、ある美徳、ある永遠が存在するに違いない」。即ち神慮、摂理が存在するという。しかしほんの数頁前で主張していたのは摂理の否定、「人間の目的論的履歴を推定出来ない」ということである。「自然は不動で、いつも変わらず、その構造の英知は曇りが見られない。人類は自由で、滴虫類のように、多様な繊毛虫類のように、ある時は規則的な形を、ある時は不規則な形を取ったりする」。先の結論は単に願望としてのみ聞きとめるべきであろう。第九の閏日のヴィクトルの器官に対する自我の関係についての論文においても真実と虚偽は今日では入れ替わりうるようにみえる。「それ故例えば視神経の継続で見えるのではなく、その繊細な花糸のようにほぐれた繊維で見えるのである。というのは網膜上の大きな揺れる画廊というものは神経精神の動き（あるいは何と呼ぼうと――結局は動きということになるから）によって脳に戻ることは不可能であるからで、……」。ヴィクトルは「そもそも魂は木の精のようにこの動物植物の神経枝に住み、それを暖め、活気づける」と信じている。しかしライマイールスは誤謬と指摘したそうであるが、はたして、「脳は震える繊維を持った風奏琴ではない」と断言できるものであろうか。脳の機能と構造の混同がみられるのではないか。

マックス・コメレルは自我の分裂にジャン・パウルの登場人物の特性を見ている。どの人物も彼の自我の真実な部分、真実ならざる部分を持っているというのである。『ヘスペルス』についてはこうである。「エマーヌエルはジャン・パウルの自我の聖化された形であり、ヴィクトルは彼の現実の自我である、全体的に、美化されずに、すべてのジャン・パウル的な諸力、諸反力の緊張状態を伴っている。……タイプの純粋さは青年という意味でも哲学的諧謔家という意味でもみられない。世界の嘲笑と世界の讃歌とが甲高く交差する」(『ジャン・パウル』一一一頁)。長編の主人公、ヴィクトルに関してはジャン・パウル自身が自分自身との類似性を記している。「侯爵はヴィクトルに彼の五番目の(七つの島で行方不明の)子息、ムッシュー［長編の中のジャン・パウル」との魅惑的な類似点を冗談や振る舞いの点で見いだしていて、それを好きになっていた」(第十七)。「ちなみに私は――私は私自身の自我を座らせて、彼の自我を染め上げたけれども――単に彼の惨めな、溶け去った、消去された石盤の複製にすぎない、単にこの魂の勝手な、敷衍された翻訳にすぎない」(第四十五、ほかに第三十九参照)。ジャン・パウル自身が長編に登場するのはスターン等の影響もあろうが、彼の場合、自我の謎、真実と虚偽、現実と虚構の不可分の関係構造に由来している。真実なる自我は、言葉を通して表現されたとき何か別物になるからである。自我は真実にして真実ではない。本物が登場するのは本物が捉えられないという身ぶりにほかならない。ヴィクトルがこのジャン・パウルに似ているということは、ヴィクトルもまたこの自我の構造、言葉の二重性を承知していることを意味している。この面を無視してはならない。ハンス・バッハは詳細に両者の類似性を列挙しているけれども、この面からの分析を欠いているように思われる。「それでヴィクトルは作者自身の『三つの異なる戯《おど》けた魂』を、『諧謔的、多感的、哲学的魂』を有する、同様にまた彼の倫理的性格の特徴を、外面的習慣すらも有する。ヴィクトルの中の多感な気高い人間はジャン・パウル同様にすべての音楽的印象に開かれていて、音楽を聞いて情景を描き、ピアノの伴奏の下手紙からの一節を歌い、あるいはジャン・パウルも好きな散策の途次意味もなく思わず知らず歌っている。作者同様音楽に心動かされやすいが、そもそも涙脆いところがあって、このことをジャン・パウルは(Vitabuch の中で)『性格の弱さのせいというよりもせいぜい涙腺の弱さのせい』と説明している。舞踏会での感傷、子供の当てのない憧れ、並びに大人の子供時代へのなつかしさの思いというものは作者の面影をとどめている。ヴィクトルの洗練さへの愛着、空想癖、恋しやすくて、一目惚れの傾向も同様で、このため作者もたびたび主人公と同じく幻滅を味わっている。しかしジャン・パウル自身幻滅したからといって荒れることがなかったように、ヴィクトルもまた絶望の中にあっても隣人愛に帰還している。作者自身かつてこのように突然隣人愛の燃え上がるのを体験したのであった。しかしまた同様にヴィクトルは純粋に人間的なものを傷つけるもの、貶めるものすべてに嫌悪感を抱いている、商売の如才なさとか、人生の外面的事柄への気遣い、パンのための学問、キャリア志向といったもので、余りにも慎重な秘密保持までもがそれにあたる。作者の自我感情の分裂、魂のおどろおどろしい力に対する戦慄はヴィクトルに反映されていて、ヴィクトルは自分自身の肉体を他人の自我のように感じ、自分の蠟人形を前にぞっとしている。また速やかに感情が変わることとか、倫理的改善への突然の決心も作者並びに主人公の特徴的な性格である。ジャン・パウルの私的な肉体的な特性や習慣さえもヴィクトルには付与されていて、例えば作業能率を高めるためにワインやコーヒーを使用し、鬘と弁髪は嫌いで、部屋の中を急いで行ったり来たりする」（ベーレント版、第三巻、序文二八頁以下）。ながながと引用した。バッハの論文のお蔭でヴィクトルとジャン・パウルの関係が明瞭になった。しかしここには何か欠けたものがある。ジャン・パウルの自我が同時に真実にして真実ならざるものであるならば、真実ならざる部分も記述しなければならないからである。これは彼の言語の使用、諧謔の方法を明らかにするということである。ジャン・パウルでは記述されたものは、記述しようと思っているものと完全には一致しない。しかし一致しないことは分かるように記述される。ジャン・パウルが仮にこれらのバッハの文を引用すれば、バッハはイロニー化されるであろう。彼の諷刺のひとつの方法は現実を正確に写していると主張することである。「実際ドイツ人はイロニーをまとめ、記すことはめったにないので、多くの真面目な本や書評に悪意のイロニーをなすりつけて、ともかくそれを所有する他ない。――そしてこれは私自身が試みていることと異ならず、私は開廷日には思念の中で裁判所を喜劇劇場に、法曹家を法律家のルカインと道化役に、審理全体を古代ギリシアの喜劇に高めている。善良な人々に裁判全体を単に客演として覚えて貰っており、自分は従ってその座付き作者、監督であると自ら信じ込むまでは安心できないからである。それで本当は私は威勢良く私の黙した顔をドイツ人の喜劇的ポケット劇場として彼らの最も高貴な屋敷（例えば大学、政府）を通じて持ち運んでおり、全くこっそりと――垂らした顔の肌のカーテンの奥で――自然の喜劇を芸術の喜劇へと高めているのである」（第一）。この方法をヴィクトルも作者と共有している。「ヴィクトルはしかし彼の頭の骨壁の間にドイツ人の喜劇劇場を雇い入れていたが、それはただ現実の人間を笑ってしまわないようにする為であった。彼の気まぐれは他の人々の美徳、感傷同様に理想的であった。こうした気まぐれの中で彼は（腹話術師のように）すべての権力者達に対してただの内的演説を行い――騎士用祭典席では教会視察演説に、帝国都市代表議席では弔辞に立ち――教皇席では乙女のエウロペと教会の花嫁に麦藁冠奉呈の祝辞を述べた――権力者達は皆また彼に答えなければならなかったが、その様はどうかと言えば、彼が、大臣のように、彼の頭の中のプロンプターの穴からすべてを彼らの口に教えたのであった――それから立ち去って、皆を笑い飛ばした」(第十二)。権力者達については、第二十一の犬の郵便日では「彼らは自らの欲することを話すことをその王座のプロンプターより数日遅れで知る」とされる。このプロンプターの喜劇愛好の他に作者と主人公は現在に対する同じような嫌悪を共有している。これは直接性の謎に由来するものであろうが、両者とも直接性よりは間接性、つまり言葉を、あるいは追憶と希望を贔屓している。近代の自我は自明のことながら世界での身の置き所がない。ジャン・パウルにとって、「現在は人間の胃の為以外には出来ていません。過去は歴史から出来ていますが、それはまた畳まれた、被殺害者の住む現在で、……それで自分の外でよりも自分の内でより幸せになりたい人間にとっては、未来あるいは空想、つまり長編小説しか残されていません」(第一)。「現在はいつも我々の魂をかくも卑小にする、ただ未来だけがそれを偉大にする」(第四十五)。ヴィクトルにとって、「たぶらかされている人間を劇全体を通じて案内しているのは二人の背景画の女流画家、つまり、思い出と希望です――現在にあっては人間は不安で、享楽は人間にはガリバーのようにただ千ものリリパットのような瞬間へと注がれてしまいます。どうしてこれが陶酔させたり、満腹させたりしましょう」(第七、その他第十六参照)。研究者の中にはこの現在の忌避をデリダと関連付けて理解しようとする者もいる。「純粋な現在は『動物的』で、人間にとっては現在は単に現在の意識の中で、つまり、そもそも思い出/過去と希望/未来の楕円に関連してのみ可能となる。ここでは過去の次元は『痕跡』と、未来の次元は『延期』と考えることができよう」(ヘルベルト・カイザー『ジャン・パウル講義』二三七頁)。

パンのための学問に対してはジャン・パウルは確かにバッハの主張するように否定的である。「学問は美徳よりもそれ自らで報われる」(第八)。しかしヴィクトルは眼科医である。ヴィクトルの学問についてジャン・パウルはこう述べている。「それにヴィクトルは将来の平価切り下げの後、羽根飾付き帽子喪失の後でも最も良くドクトル帽で日々の市民としてのパンを稼ぐことができる――と卿は見た」(第三十九)。ジャン・パウルは従って就任演説の中のシラーのようには一面的にパンのための学問を切り捨ててはいない。

ジャン・パウルが別のジャン・パウルを包摂するのであれば、ヴィクトルに他人の部分が見られることは不思議なことではない。バッハは「ヴェルナーの気鬱症」と「若干のヴィーラント」が取り入れられていると指摘している」(バッハ、同上三三頁)。ジャン・パウルでは、果たして独我論が破られ、本当の他者に至れるのか問題となろう。

主人公の他にジャン・パウルの多くの別の自我が登場している。策謀家のマチューは研究書では言及されることが少ないが、しかしよく見ると典型的にジャン・パウル的な人物の一人である。彼も同様のプロンプターの技術、つまり模倣を心得ているからである。ただ倫理的な意味で批判的に評価されているにすぎない。「好色の天才で、これほどひどい者はいなかった――彼はフラクセンフィンゲンの一座のすべての俳優を真似、茶化し、その上桟敷席までそうすることが出来た――彼は宮廷全体よりも学問を解し、いや更に言語を解し、それどころか小夜啼鳥や雄鶏の声にまで至り、それをそっくり真似たので、ペトラルカやペトロも逃げ出すところだった」（第四）。実際彼は小夜啼鳥の声を二度ほどそっくりに真似ている、一度はヴィクトルがフラーミンにマチューとの友情を警告している時で（第五）、もう一度はヴィクトルがクロティルデと至福の時を過ごしている時である（第三十六）。その上彼はクロティルデの声を真似（第十二）、エマーヌエルの声を真似ている（第三十六）。この模倣の才能は『巨人』のロケロルを思い出させる。彼は美的模倣家という点でロケロルの先駆者といえる。彼はまた上手な影絵作家である。これは『ジーベンケース』の諧謔家ライプゲーバーが得意としていたものである。マチューはそれ故ジャン・パウルの主要人物の特性を萌芽として有する重要な人物である。ちなみに至福の時は錯覚かもしれないというのは、ジャン・パウルの基本的感覚である。この感覚にエマーヌエルの死は影響を受けている。彼は自分の予告していた夏至の日には死ねない、翌日に死ぬ。鬼火は火薬庫爆破の準備と説明される。

ホーリオン卿は政治家である。彼は大抵冷徹な打算家として描かれる（第二）。若干否定的なことも言われている（第十三）。しかし結局は卿の信仰告白は気高い崇高なものとして記されている。興味深いことに卿にもこの信仰告白ではジャン・パウルの、（あるいは神経小枝の上の木の精とするヴィクトルの）魂の理解に似たものが見られる。「しかし死は崇高かもしれない。私には理解出来ないのだから。それで私は心臓から跳び出し、戯れながら人間の頭と人間の自我とを高みに持ち上げている血のアーチを、噴水のようにその上に置かれた中空の球を漂わせているこの泉を短剣で崩し、自我を落とすことにしよう」（第四十一）。ここでは同時に死の崇高化が感じられる。卿は長編の最後では自裁して果てる。この死は訳者には政治的意味での必然性が余り感じられない。確かにジャン・パウルはリュクルゴスのように死んだのかもしれないと説明している（第四十五）。ハンザー版の注ではリュクルゴスのようにとは、「リュクルゴスはデルフォイの神託を聞きにいく前に、自分が戻るまで彼の法を何も変えないという誓いをスパルタ人にさせた。神託は彼の法は良いと保証したので、彼は食を絶ち、異郷で亡くなった。死に際に自分の死体を焼いて、そうしてスパルタ人が誓いを解くことが出来なくするように命じた」と説明している。とすればギリシア風の死であるが、しかしながらこの死に対してはパウル・ツェランの一節を思い出さないわけにいかない。「死はドイツからきた名手」。

死のロマンチックな美化のみがこの作品では唯一後のナチズムとの親和性を疑わしめるものである。

『ヘスペルス』では一七九二年と一七九三年の現実のカレンダーが利用されている。現実の日の記載は先に述べた同一性への同様な希求から生じている。このモチーフは根底的には模写と原物、体と魂、蠟人形、クロティルデの影絵、紗の帽子、子供交換、ジャン・パウルの登場といった諸問題と共通している。この際には現実の祝日と誕生日等の虚構の日とが記述されることになる。ジャン・パウルは現実の、流れ去る、捉えどころのない日々を、義歯のように現実を模倣する虚構の助けを借りて、確定したいのである。虚しさの気配を漂わせながら。次頁以降一七九二年と一七九三年のカレンダーを示す。日付は長編の物語と関連し、日付はジャン・パウルの称する記述と関連している。

一七九二年五月一日ヴィクトル到着（第一）、五月四日二人のゼバスティアンの歓迎会、アイマンと卿の誕生日（第六）、五月二十七日聖霊降臨祭、ヴィクトルの安息週（第八）、六月十五日ヴィクトルのル・ボー訪問（第八）、六月二十日聖リューネへの卿と侯爵の訪問（第八）、六月二十一日ヴィクトルのクセヴィッツ旅行（第九）、六月二十三日和合の島へのヴィクトルの旅行（第十二）、同日マイエンタールへの旅行（第十三）、六月二十四日エマーヌエルの夏至（第十四）、六月二十五日ヴィクトルの別れ（第十五）、八月二十日フラクセンフィンゲンへのヴィクトルの出発（第十六）、十月二十一日クロティルデの誕生日、シュターミッツの庭園演奏会、町の長老の銀婚式、彼の娘の結婚式、（ヴィクトルの失恋、第十九）、十一月三日、十一月十一日、十二日、十五日、十二月一日から三十一日までヴィクトルとヨアヒメ（第二十二）、一七九三年二月二十五日月蝕（ここでこの年が一七九三年と分かる、第二十四）、二月二十六日イフィゲーニエの劇（第二十四）、三月二十四日？受難週にクロティルデは聖リューネに旅する（第二十七）、三月三十日アニョラの誘惑（第二十七）、三月三十一日最初の復活祭の祝日、ヴィクトルの牧師館への到着（第二十八）、四月一日自らに対する弔辞（第二十八）、四月二日橇の遠乗り（ヴィクトルの恋の告白、第二十八）、四月三十日手紙を持ってヴィクトルはマイエンタールへ旅する（一七九二年五月一日にジューリアは死んでいる、第三十二）、五月四日アイマンの誕生日のクラブ、政治談義（第三十二）、五月十九日最初の聖霊降臨祭（第三十三）、五月二十日第二の聖霊降臨祭（第三十四）、五月二十一日第三の聖霊降臨祭、夜警人の息子の結婚式（第三十五）、五月二十二日第四の聖霊降臨祭（第三十六）（これらの聖霊降臨祭の日々をヴィクトルはクロティルデとエマーヌエルとともに幸せに過ごすが、四日目にフラーミンが現れてヴィクトルに対してならず者と言う）、六月二十四日エマーヌエルの死の予告、夏至、火薬庫の爆発（第三十八）、六月二十五日エマーヌエルの死（第三十八）、九月二十二日クロティルデの手紙（第四十一）、十月二十一日マチューとフラーミンの釈放

1792

Jan

| S | M | Tu | W | Th | F | S |
|---|---|---|---|---|---|---|
| 1 | 2 | 3 | 4 | 5 | 6 | 7 |
| 8 | 9 | 10 | 11 | 12 | 13 | 14 |
| 15 | 16 | 17 | 18 | 19 | 20 | 21 |
| 22 | 23 | 24 | 25 | 26 | 27 | 28 |
| 29 | 30 | 31 | | | | |

Feb

| S | M | Tu | W | Th | F | S |
|---|---|---|---|---|---|---|
| | | | 1 | 2 | 3 | 4 |
| 5 | 6 | 7 | 8 | 9 | 10 | 11 |
| 12 | 13 | 14 | 15 | 16 | 17 | 18 |
| 19 | 20 | 21 | 22 | 23 | 24 | 25 |
| 26 | 27 | 28 | 29 | | | |

Mar

| S | M | Tu | W | Th | F | S |
|---|---|---|---|---|---|---|
| | | | | 1 | 2 | 3 |
| 4 | 5 | 6 | 7 | 8 | 9 | 10 |
| 11 | 12 | 13 | 14 | 15 | 16 | 17 |
| 18 | 19 | 20 | 21 | 22 | 23 | 24 |
| 25 | 26 | 27 | 28 | 29 | 30 | 31 |

Apr

| S | M | Tu | W | Th | F | S |
|---|---|---|---|---|---|---|
| 1 | 2 | 3 | 4 | 5 | 6 | 7 |
| 8 | 9 | 10 | 11 | 12 | 13 | 14 |
| 15 | 16 | 17 | 18 | 19 | 20 | 21 |
| 22 | 23 | 24 | 25 | 26 | 27 | 28 |
| 29 | 30 | | | | | |

May

| S | M | Tu | W | Th | F | S |
|---|---|---|---|---|---|---|
| | | **1** | 2 | 3 | **4** | 5 |
| 6 | 7 | 8 | 9 | 10 | 11 | 12 |
| 13 | 14 | 15 | 16 | 17 | 18 | 19 |
| 20 | 21 | 22 | 23 | 24 | 25 | 26 |
| **27** | 28 | 29 | 30 | 31 | | |

Jun

| S | M | Tu | W | Th | F | S |
|---|---|---|---|---|---|---|
| | | | | | 1 | 2 |
| 3 | 4 | 5 | 6 | 7 | 8 | 9 |
| 10 | 11 | 12 | 13 | 14 | **15** | 16 |
| 17 | 18 | 19 | **20** | **21** | 22 | **23** |
| **24** | **25** | 26 | 27 | 28 | 29 | 30 |

Jul

| S | M | Tu | W | Th | F | S |
|---|---|---|---|---|---|---|
| 1 | 2 | 3 | 4 | 5 | 6 | 7 |
| 8 | 9 | 10 | 11 | 12 | 13 | 14 |
| 15 | 16 | 17 | 18 | 19 | 20 | 21 |
| 22 | 23 | 24 | 25 | 26 | 27 | 28 |
| 29 | 30 | 31 | | | | |

Aug

| S | M | Tu | W | Th | F | S |
|---|---|---|---|---|---|---|
| | | | 1 | 2 | 3 | 4 |
| 5 | 6 | 7 | 8 | 9 | 10 | 11 |
| 12 | 13 | 14 | 15 | 16 | 17 | 18 |
| 19 | **20** | 21 | 22 | 23 | 24 | 25 |
| 26 | 27 | 28 | 29 | 30 | 31 | |

Sep

| S | M | Tu | W | Th | F | S |
|---|---|---|---|---|---|---|
| | | | | | | 1 |
| 2 | 3 | 4 | 5 | 6 | 7 | 8 |
| 9 | 10 | 11 | 12 | 13 | 14 | 15 |
| 16 | 17 | 18 | 19 | 20 | 21 | 22 |
| 23 | 24 | 25 | 26 | 27 | 28 | 29 |
| 30 | | | | | | |

Oct

| S | M | Tu | W | Th | F | S |
|---|---|---|---|---|---|---|
| | 1 | 2 | 3 | 4 | 5 | 6 |
| 7 | 8 | 9 | 10 | 11 | 12 | 13 |
| 14 | 15 | 16 | 17 | 18 | 19 | 20 |
| **21** | 22 | 23 | 24 | 25 | 26 | 27 |
| 28 | 29 | 30 | 31 | | | |

Nov

| S | M | Tu | W | Th | F | S |
|---|---|---|---|---|---|---|
| | | | | 1 | 2 | **3** |
| 4 | 5 | 6 | 7 | 8 | 9 | 10 |
| **11** | **12** | 13 | 14 | **15** | 16 | 17 |
| 18 | 19 | 20 | 21 | 22 | 23 | 24 |
| 25 | 26 | 27 | 28 | 29 | 30 | |

Dec

| S | M | Tu | W | Th | F | S |
|---|---|---|---|---|---|---|
| | | | | | | **1** |
| 2 | 3 | 4 | 5 | 6 | 7 | 8 |
| 9 | 10 | 11 | 12 | 13 | 14 | 15 |
| 16 | 17 | 18 | 19 | 20 | 21 | 22 |
| 23 | 24 | 25 | 26 | 27 | 28 | 29 |
| 30 | **31** | | | | | |

（第四十三）、クロティルデの誕生日、ヴィクトルとクロティルデとの実際の婚約（第四十四）、十月三十一日（あるいは十一月一日）卿の自裁（第四十五）。

　記述に関してはこうである。一七九三年四月二十九日ジャン・パウルはスピッツに出会う（第一）、五月一日執筆開始（第三十二）、五月四日読者との条約（第六）、五月三十一日　一カ月働いた（第八）、六月三十日第十六を書き上げる、七月三十一日第二十四を書き上げる、第四十の結末では、物語は今八月で執筆者は先の十月にいる、十一月一日午前四時長編を書き終える。実際の執筆は一七九二年九月二十一日から一七九四年六月二十一日（一年九ヵ月）だそうである（バッハ序文六頁）。

　長編の物語は一七九二年五月一日に始まり、一七九三年十月三十一日（あるいは十一月一日）に終わっている、丁度一年半である。ジャン・パウルが記述を開始したのは一七九三年五月一日で同年十一月一日に終わっている、丁度半年である。それ故形式面ではこの伝記は前もっての計算が働い

1793

Jan

| S | M | Tu | W | Th | F | S |
|---|---|---|---|---|---|---|
| | | 1 | 2 | 3 | 4 | 5 |
| 6 | 7 | 8 | 9 | 10 | 11 | 12 |
| 13 | 14 | 15 | 16 | 17 | 18 | 19 |
| 20 | 21 | 22 | 23 | 24 | 25 | 26 |
| 27 | 28 | 29 | 30 | 31 | | |

Feb

| S | M | Tu | W | Th | F | S |
|---|---|---|---|---|---|---|
| | | | | | 1 | 2 |
| 3 | 4 | 5 | 6 | 7 | 8 | 9 |
| 10 | 11 | 12 | 13 | 14 | 15 | 16 |
| 17 | 18 | 19 | 20 | 21 | 22 | 23 |
| 24 | 25 | 26 | 27 | 28 | | |

Mar

| S | M | Tu | W | Th | F | S |
|---|---|---|---|---|---|---|
| | | | | | 1 | 2 |
| 3 | 4 | 5 | 6 | 7 | 8 | 9 |
| 10 | 11 | 12 | 13 | 14 | 15 | 16 |
| 17 | 18 | 19 | 20 | 21 | 22 | 23 |
| 24 | 25 | 26 | 27 | 28 | 29 | 30 |
| 31 | | | | | | |

Apr

| S | M | Tu | W | Th | F | S |
|---|---|---|---|---|---|---|
| | 1 | 2 | 3 | 4 | 5 | 6 |
| 7 | 8 | 9 | 10 | 11 | 12 | 13 |
| 14 | 15 | 16 | 17 | 18 | 19 | 20 |
| 21 | 22 | 23 | 24 | 25 | 26 | 27 |
| 28 | 29 | 30 | | | | |

May

| S | M | Tu | W | Th | F | S |
|---|---|---|---|---|---|---|
| | | | 1 | 2 | 3 | 4 |
| 5 | 6 | 7 | 8 | 9 | 10 | 11 |
| 12 | 13 | 14 | 15 | 16 | 17 | 18 |
| 19 | 20 | 21 | 22 | 23 | 24 | 25 |
| 26 | 27 | 28 | 29 | 30 | 31 | |

Jun

| S | M | Tu | W | Th | F | S |
|---|---|---|---|---|---|---|
| | | | | | | 1 |
| 2 | 3 | 4 | 5 | 6 | 7 | 8 |
| 9 | 10 | 11 | 12 | 13 | 14 | 15 |
| 16 | 17 | 18 | 19 | 20 | 21 | 22 |
| 23 | 24 | 25 | 26 | 27 | 28 | 29 |
| 30 | | | | | | |

Jul

| S | M | Tu | W | Th | F | S |
|---|---|---|---|---|---|---|
| | 1 | 2 | 3 | 4 | 5 | 6 |
| 7 | 8 | 9 | 10 | 11 | 12 | 13 |
| 14 | 15 | 16 | 17 | 18 | 19 | 20 |
| 21 | 22 | 23 | 24 | 25 | 26 | 27 |
| 28 | 29 | 30 | 31 | | | |

Aug

| S | M | Tu | W | Th | F | S |
|---|---|---|---|---|---|---|
| | | | | 1 | 2 | 3 |
| 4 | 5 | 6 | 7 | 8 | 9 | 10 |
| 11 | 12 | 13 | 14 | 15 | 16 | 17 |
| 18 | 19 | 20 | 21 | 22 | 23 | 24 |
| 25 | 26 | 27 | 28 | 29 | 30 | 31 |

Sep

| S | M | Tu | W | Th | F | S |
|---|---|---|---|---|---|---|
| 1 | 2 | 3 | 4 | 5 | 6 | 7 |
| 8 | 9 | 10 | 11 | 12 | 13 | 14 |
| 15 | 16 | 17 | 18 | 19 | 20 | 21 |
| 22 | 23 | 24 | 25 | 26 | 27 | 28 |
| 29 | 30 | | | | | |

Oct

| S | M | Tu | W | Th | F | S |
|---|---|---|---|---|---|---|
| | | 1 | 2 | 3 | 4 | 5 |
| 6 | 7 | 8 | 9 | 10 | 11 | 12 |
| 13 | 14 | 15 | 16 | 17 | 18 | 19 |
| 20 | 21 | 22 | 23 | 24 | 25 | 26 |
| 27 | 28 | 29 | 30 | 31 | | |

Nov

| S | M | Tu | W | Th | F | S |
|---|---|---|---|---|---|---|
| | | | | | 1 | 2 |
| 3 | 4 | 5 | 6 | 7 | 8 | 9 |
| 10 | 11 | 12 | 13 | 14 | 15 | 16 |
| 17 | 18 | 19 | 20 | 21 | 22 | 23 |
| 24 | 25 | 26 | 27 | 28 | 29 | 30 |

Dec

| S | M | Tu | W | Th | F | S |
|---|---|---|---|---|---|---|
| 1 | 2 | 3 | 4 | 5 | 6 | 7 |
| 8 | 9 | 10 | 11 | 12 | 13 | 14 |
| 15 | 16 | 17 | 18 | 19 | 20 | 21 |
| 22 | 23 | 24 | 25 | 26 | 27 | 28 |
| 29 | 30 | 31 | | | | |

ているといえよう、内容面ではギュンター・デ・ブロインのように言えるかもしれないが。「彼は実際ある犬の郵便日を書いているとき、次の犬の郵便日についてはほとんど知らない」（『ジャン・パウル・フリードリヒ・リヒターの生涯』一三七頁）。五月一日のヴィクトルの喜ばしい到着の日は実はジューリアの死を隠していて、この死は最後の卿の死と照応する。長編は死に囲まれているのである。長編の中でもエマーヌエルの死が語られるが、その傍らでは祝日、誕生日、結婚式が、つまり生の日が、同様に旅立ちの傍らでは到着が語られる。フィリップ・アリエスによると「誕生日が重要な日となり、版画のよく知られたテーマとして取り上げられるほど、重要な祭日となったのはこの頃［十九世紀初頭］であった」（『教育の誕生』九六頁）そうである。これについては既に例えばシェークスピアに誕生日の言及があることから、反論は容易であろうが、一般的にはアリエスの言うとおりかもしれない。実際冒頭でのヴィクトルの到着に対する家庭的な喜びとそれに続く

牧師館での誕生祝いはなかなか印象的である。ヴィクトルが結局クロティルデの誕生日に彼女と結ばれるのは象徴的である。家庭的な雰囲気は誕生祝いの他には第十六の犬の郵便日の別れの同伴の場面で効果的に表現されている。ちなみに誕生日はゲーテの『親和力』でも重要な構成要素として利用されている。近代の自我は家庭的雰囲気の誕生のときに同時に疎外されているといえよう。『ジーベンケース』では諧謔家のライプゲーバーは、「人間には誕生日なんてない、同様に命日もない」と言っている。

ジャン・パウルはしばしばドイツ人に対して諷刺をおこなっている。民族は常に個々人から成り立っている以上、ある民族についてのイメージは蓋然性に基づいているにすぎない。ある民族の特性を記述する際には、その記述が真実と虚偽の間にとどまることはさけられない。この事実はさておき、ジャン・パウルが当時のドイツ人をどのように見ていたかは興味をそそられるところである、なんといってもドイツ人は後にナチに共鳴することになった民族であるからである。第一に彼らには自由な諧謔、権威に対する自由が欠けている。「ドイツときたら宮廷の指令する楽しみしか国中でしてはならないのでありましょうか」(第四十)。第二に彼らには簡潔さが欠けている。「正直な批評家は簡潔な書を次の点でもう誇っているが、それはドイツ人は法律家や神学者の中に冗漫に書く最良の手本を有しているからというもので、その冗漫さときたら、──考えは魂で、言葉は肉体であるので──言葉の間で人間のより高次な友情を築くかもしれないもので、この友情というのはアリストテレスによれば、一つの魂(一つの考え)が幾つかの肉体(言葉)の中に同時に住むということである」(第三十二)。第三に彼らには洗練さが欠けている。彼らは散文的で、現実的、田舎者で、感傷的である。例は多い。「なんといっても胃は最大のドイツ人の部分なのだから」(第十七)。「この折り彼は、機知と芸術に対するドイツ人の冷淡さを考えて、全く間違った命題を述べた。イギリス人、フランス人、イタリア人は人間であるが──ドイツ人は市民で──後者は人生を稼ぐが──前者は享受する、そしてオランダ人は銅版画の欠けた単なる印刷用紙によるドイツ人のより廉価な版である、と」(第十)。ちなみにジャン・パウルはオランダ人を嫌っている。彼らは彼にとってドイツ人よりも散文的である。「ヴィクトルは祖国との血のつながりがなくてもイギリス人を愛したことだろう──そしてそれがあってもオランダ人を嫌ったことだろう」(第二十八)。ある号外でフラクセンフィンゲン人は小ウィーン人と形容されている。ここではあるドイツ人達(フラクセンフィンゲン人)は非難され、別のドイツ人達が賞賛されている。「ウィーンの作家は読者にあの魂の貴族を通じて、あの地球の蔑視を通じて、あの古来の美徳と自由、より高い愛に対する敬意を通じてすべての現在を越えて行く翼をもたらさない、この点に於いて他のドイツの天才達は聖なる光の中にあるように輝いている」(第十八)。しかし天才達は例外であって、一般には、「ヴィクトルは十六人の女性の目の前より一人の女性の目の前でよく当惑したが、この当惑というのはちなみに女性の文法では最も粗野なドナートゥスの誤謬、ドイツ語用法である」（第三十四）。ドイツの長編小説は大抵感傷的で、劣悪である。「立派な市民階級の愛の為の調理法を述べましょう。二個の若い大きな心臓を取って――洗礼水もしくはドイツの長編小説の印刷用黒インキで綺麗に洗い――その上に熱い血と涙を注ぎ――……」（第二十四）。「ただイギリス人だけが立派な女性を描けている。大抵のドイツの長編小説の鋳型職人にとっては女性は男性に、コケットな女性は娼―に、立像は塊に花の絵は料理の絵に転化する。これはモデルよりは画家の所為であることは、モデル自身が知っているのみならず、……」（第三十一）。「ドイツの読者を育てているのは、七面鳥と同様に白いのが最良であるようなそのような作品であるからである」（第二十六）。ジャン・パウルはドイツの女性に対しても時に諷刺的である。「彼女はドイツ女性にしては余りに洗練され、イギリス女性にしては余りに感傷的ではなく、スペイン女性にしては余りに活発であったからである」（第二十七）。「すべての美しいものは彼女の心に深く迫った。それ故彼女はクロティルデを大いに愛し、多くのドイツ女性に対してはそうではなかった」（第二十五）。しかし時に女性に対しては気の利いたことを言っている。「男というものはただのオランダ人、あるいはせいぜいドイツ人であるが、女性は生まれながらのフランス人あるいはパリ女性であるとさえ言える」（第二十三）。この小説ではじめて知ったのであるが、当時は少女達に関して帝国警察規則があって、少女達は一人で外出してはならず、連れだって出なければならなかったそうである。「スペインの少女が私に足を、トルコの少女が私に顔を見せたら、そしてドイツの少女が一人で立派な若者の所に行ったら、私は確かに遺憾に思う」（第三十三）。第四に彼らには当時も「ドイツ人の丁付けする鈍重さ」（第二十二）が、ジャン・パウル自身、訳者自身免れていないと反省することであるが、欠けていない。「私はドイツ人を知っているからである。彼らは形而上学者同様にすべてを最初から知ろうとする、全く正確に、大八つ折判で、過度に縮めず、若干の引用で。彼らは一つのエピグラムに一つの序言を付け、愛のマドリガールに事項索引を付ける――西からのそよ風を羅牌に従って規定し――少女の心を円錐曲線に従って決め――すべてを商人のようにドイツ文字で表わし、すべてを法律家のように証明する――彼らの脳の膜は生きた計算皮で、彼らの足は秘密の標尺、歩数計である――彼らは九人のミューズのヴェールを切り裂いて、これらの娘の心にノギスを置き、頭に検査棒を置く」（第二十二）。

翻訳に際してはハンザー版ジャン・パウル全集第一巻を底本とし、適宜ベーレント版を参照した。訳注の大部分はこれらの版に基づくものである。注はテキスト内でも短いものは［　］を用いて説明した。

『ヘスペルス』についての単行本の文献を以下に挙げる。

Bach, Hans: Jean Pauls Hesperus. Palaestra 166. 1929. (Johnson Reprint Corporation 1970)

Hedinger-Fröhner, Dorothee: Jean Paul. Der utopische Gehalt des Hesperus. Bouvier 1977.

Verschuren, Harry: Jean Pauls “Hesperus” und das zeitgenössische Lesepublikum. Van Gorcum, Assen. 1980.

Geulen, Hans und Gößling, Andreas (Hrsg.): “Standhafte Zuschauer ästhetischer Leiden” Interpretation und Lesarten zu Jean Pauls Hesperus. Kleinheinrich. 1989.

# あとがき

『ヘスペルス』の翻訳を行ったのは九四年度と九五年度でしたが、その間の座業で訳者の体重は八キロ太りました。九六年度の出版準備の間に近くの大濠公園を歩き回って減量しましたが、ジャン・パウルの翻訳は健康に悪いと巷間流布されている伝説を改めて実感いたしました。

『ヘスペルス』はすでに八十頁程の抄訳が岩田行一氏により国書刊行会のドイツ・ロマン派全集の第Ⅱ期で『宵の明星』（一九九〇年）として紹介されています。参考にさせて頂きました。ただタイトルについては当時ドイツでは意味不明の表題を付けることが流行していたこと、ギリシア語由来のヘスペルスは宵の明星には違いないけれども、ジャン・パウルは多分に明けの明星とのダブルイメージで使用していることからそのままヘスペルスとしました。翻訳に当たっては他に同僚諸氏の助言を求めました。テキスト中のフランス語については、高藤冬武氏、田中陽子氏、イタリア語については山村ひろみ氏（スペイン語担当）、ドイツ語そのものについては Andreas Kasjan 氏を煩わせました。またとりわけ難文についてはボン大学の Kurt Wölfel 教授に質問し、明快な説明と激励とを頂きました。諸氏に御礼申し上げます。

なお出版に当たっては九州大学出版会の編集長藤木雅幸氏の温かい御理解を得、出版会関係者の丁寧な校正を経て、上梓に至りました。厚く感謝申し上げます。

『ヘスペルス』を読破した日本人は現在一桁の数であろうと思われますが、この翻訳で三桁に増えれば訳者冥利に尽きることです。もっとも訳者は兵は拙速を要すを座右銘にしていますので、色々不備な点も多いかと思います。読者の御叱正を頂ければ幸いです。

一九九六年十二月　福岡にて

恒吉法海

**訳者紹介**

恒吉法海（つねよし　のりみ）

1947年生まれ。
1973年，東京大学大学院独語独文学修士課程修了
九州大学名誉教授
主要著書　『続ジャン・パウル　ノート』（九州大学出版会）
主要訳書　ジャン・パウル『レヴァーナ あるいは教育論』，同
『生意気盛り』，同『彗星』（いずれも九州大学出版会）

ヘスペルス あるいは四十五の犬の郵便日

1997年 4 月15日　初版発行
2019年 9 月 5 日　新装版発行

著　者　ジャン・パウル
訳　者　恒　吉　法　海
発行者　笹　栗　俊　之
発行所　一般財団法人　九州大学出版会
〒814-0001　福岡市早良区百道浜 3-8-34
九州大学産学官連携イノベーションプラザ 305
電話 092-833-9150
URL　https://kup.or.jp/
印刷／青雲印刷　　製本／日宝綜合製本

　ISBN978-4-7985-0265-6

# 九州大学出版会刊

*表示価格は本体価格（税別）

恒吉法海
**続 ジャン・パウル ノート**
四六判 三一二頁 三、四〇〇円

本書は十年余ジャン・パウルを翻訳してきた著者の解題を中心にした論考である。ジャン・パウルの作品を隅々まで理解した上で、カレンダーを利用したり、精神分析を応用したりして論ずる謎解きの味わいのある論考十二篇。

ジャン・パウル／恒吉法海・嶋﨑順子 訳
**ジーベンケース**
A5判 五九四頁 九、四〇〇円

ジーベンケースは友人ライプゲーバーと瓜二つで名前を交換している。しかしそのために遺産を相続できない。不如意な友の生活を救うためにライプゲーバーは仮死という手段を思い付き、ジーベンケースは新たな結婚に至る。形式内容共に近代の成立を告げる書。

ジャン・パウル／恒吉法海 訳
**彗 星**
A5判 五一四頁 七、六〇〇円

『彗星』はジャン・パウルの最後の長編小説である。その喜劇的構成は『ドン・キホーテ』を淵源とし、『詐欺師フェーリクス・クルル』につながるもので、主人公の聖人かと思えばそうでもない、侯爵かと思えばそうでもない、二重の内面の錯誤の劇が描かれる。

ジャン・パウル／恒吉法海 訳
**生意気盛り【新装版】**
A5判 五六二頁 九、四〇〇円

双子の兄弟の物語。さる富豪の遺産相続人に指定された詩人肌の兄を諷刺家の弟が見守る。兄弟は抒情と諷刺の二重小説を協力して執筆するが、一人の娘に対する二人の恋から別離に至る。ジャン・パウル後期の傑作の完訳。待望の新装復刊。

ジャン・パウル／恒吉法海 訳
**レヴァーナ あるいは教育論【新装版】**
A5判 三六四頁 七、四〇〇円

ジャン・パウルの教育論の顕著な特徴は、子供の自己発展に対する評価で、この自己発展の助長を使命としている。本書は、出版以来教育学の古典と認定されてきた、〝ドイツの『エミール』〟の本邦初の完訳。待望の新装復刊。